KB000485

깨진 유리 구두의 조각

A piece of broken glass shoes

깨진 유리구두의 조각 Ⅳ

열매 장편소설

초판 1쇄 찍은 날 | 2018년 3월 16일
초판 1쇄 펴낸 날 | 2018년 3월 23일

지은이 | 열매
펴낸이 | 권태완 우천제

편집책임 | 박은정
편집 | 김효주 천희진
편집 디자인 | 이즈플러스

펴낸곳 | (주)케이더블유북스
등록번호 | 제25100-2015-43호
등록일자 | 2015. 5. 4
WFN | 제3-029호

주소 | 구로구 디지털로31길 41 이앤씨벤처드림타워 6차 1108호
전화 | 02-867-4626 팩스 | 02-866-4627
E-mail | cl_production@naver.com

ISBN 979-11-293-1195-5
979-11-293-1191-7 (set)

※ 이 도서의 국립중앙도서관 출판시도서목록(CIP)은 서지정보유통지원시스템 홈페이지(http://seoji.nl.go.kr)와 국가자료공동목록시스템(http://www.nl.go.kr/kolisnet)에서 이용하실 수 있습니다.

깨진 유리 구두의 조각

A piece of broken glass shoes

IV

열매 장편소설

위치북

Contents

여섯 번째 조각

1장 반란 8

마지막 조각

1장 결자해지 54

에필로그 - 깨어진 조각은 다시 붙여지지 않는다 165

외전

1. 데뷔탕트 무도회 174

2. 발각(發覺) 261

3. 마무리 325

4. 청혼 401

5. 남은 조각들 436

작가 후기 487

여섯 번째 조각

1장
반란

그림자는 좁은 길을 통해 숲길을 뱅 돌아서 지나갔다. 군데군데 적이 매복해 있을지 모르는데도 그의 걸음은 거침이 없었다. 미리 점검했다는 듯 말이다.

그렇게 나는 그를 따라 무작정 말을 재촉하여 달렸다. 몇 시간이 흘렀을지 모를 긴 거리를 돌파하다 슬슬 엉덩이와 허벅지가 아파 왔을 때쯤 그림자가 드디어 강행을 멈추었다.

우리가 도착한 곳은 임시로 지어진 막사가 여러 개가 놓여 있는 공터였다. 그곳엔 전쟁에 있는 군대보다 조금 더 가벼운 차림-그러나 빈틈없이 갑옷을 차려입은 건 여전했다-을 하고 있는 병사와 기사가 있었는데, 대부분이 검처럼 날카로운 기운을 뿌리고 있었다. 병사 한 명이 재빠르게 달려 나와 그림자와 나에게서 말고삐를 넘겨받았다.

그림자는 나를 그중 가장 가운데에 설치된 막사로 인도했다. 나는 그의 안내에 따라 걸어가며 주변을 힐긋 바라보았다. 모닥불 주변으로 비슈발츠가의 문양이 찍힌 상자 여러 개가 나뒹굴고 있었다. 마침 병사한 명이 상자 속에서 빵과 육포를 꺼내어 다른 병사에게 건네주는 게 보였다. 저번에 새가 비슈발츠가의 상선이 가문의 허락을 받지도 않고서 은밀하게 이동하였다고 말했었는데, 이 모습을 보고 나니 황태자가 어떤 의미로 썼는지 알 것만 같았다.

내가 막사에 들어가니 그 안에 대기하고 있던 하인이 내게 편지를 건넸다. 로샨가의 문양이 찍힌 거였다. 나는 바로 편지를 펼쳐 읽었다.

『친애하는 시스에게.

이 편지를 읽고 있다는 건 무사히 그 거점에 도착했다는 소식이겠죠. 정말 다행이에요. 시스는 나와 다르게 매우 연약하고 섬세한 성품을 가졌으니까요.

우선 안타까운 소식 하나를 전할게요. 비슈발츠가가 습격을 받아 풍비박산이 났어요. 풀케르가 저지른 일이랍니다. 아니, 대공이 묵인했으니 같이 벌인 일이라 하는 게 맞겠군요. 키란 백작에게 로에나와 비슈발츠가를 준다고 약속했는데 그녀를 찾지 못했을뿐더러 시스와 그대의 남동생이 버젓이 살아 있으니 매우 거슬렸던 거죠. 그래서 비슈발츠가의 직계 중 하나에게 누명을 씌우고선 이런 끔찍한 일을 저지른 거예요. 그런데 놀라운 건 황후가 선황 폐하께서 시스에게 했던 약속을 알고 있다는 점이랍니다. 누가 알려 줬을지 모르겠지만 우리에게 있어 무척 불행한 일이라 할 수 있겠죠.

그나마 다행인 건 그녀가 어떠한 서류를 찾았다거나 로에나 영애를 데려갔다는 소문이 돌지 않았다는 거예요. 네, 로에나 영애는 내가 데리고 있어요. 다락방에 갇혀 있었던 그녀를 말이죠.

오랜만에 본 영애는 매우 불안한 상태였어요. 그렇기에 지금도 마치 고양이처럼 내 손길을 거부하고 의심하고 있답니다. 마음을 안정화하기를 위해서라도 마담 드 라발리에와 접촉해야 하겠지만, 그러기엔 황후의 눈이 너무나 매서워 시도조차 하지 못하고 있어요. 그러니 나 역시 그녀를 저택의 구석진 방에 숨겨 두고 있음을 양해 바라요. 본의가 아니라는 것 또한요. 자, 이쯤 되면 그대는 한 가지

의문을 품겠죠. 그래요, 솔직하게 이야기하자면 사실 나는 이 모든 걸 다 알고 있었답니다.

하지만 전하께서는 전쟁터에 나가 계시고 멜 또한 곁에 없는지라 오롯이 나의 힘만으로는 그분을 막을 수 없었어요. 그 누구도 비슈발츠가의 어려움에 대해 깊이 생각하려고 하지 않으니까요.

오, 그래요. 나의 아버지조차 비슈발츠가의 중요성을 깨닫지 못하고 있었죠. 그래서 전하께 도움을 요청했고, 전하께서는 그대를 그곳으로 부르셨어요. 그 전에 내가 시스와 시스의 어머니, 그리고 남동생까지 함께 돌보겠으니 병력을 보충 좀 해주십사 하고 요청했지만요. 아마 전하께서는 그대가 당신의 곁에 있는 게 더 안전하다고 느끼신 것 같아요.

그런데 나는 그게 정말로 좋은 방법이었는지는 잘 모르겠어요. 시스는 어떻게 생각하나요?

아아, 그대는 지금 나를 원망하고 있겠죠? 미워하고 있을지도 몰라요. 이해해요. 나라도 그랬을 게 분명하니까요. 아마 떠나기 전에 한 마디 말이라도 해줬으면 하는 생각이 들고 있을 테죠.

하지만 내가 솔직하게 이야기를 했다면 시스는 저택을 떠나려고 하지 않았을 거예요. 그리고 우리는 진정한 비극을 맞이했겠죠. 그러니 부디 나를 이해해 줘요. 나는 여전히 그대의 충실한 친구이고 그대를 너무나 사랑해요. 제발 내 진정을 의심하지 말아요. 나에게 있어 가장 중요한 건 그대의 목숨이었으니까.』

나는 여기까지 편지를 읽다 말고 종이의 한 부분을 힘주어 구겨 버렸다. 구구절절한 변명에 헛웃음조차 나오지 않았다. 로에나를 가둬 놓고 있다는 점에선 안도가 되나 미리 알고 있던 사실을 숨긴 것은 '나를 위한 행동'으로 너그럽게 넘기기엔 어폐가 있었다. 그녀는 언제나 입으론 나의 진실한 친구라 말하지만, 결정적인 순간엔 황태자에게 이득이 되는 쪽으로 움직였다. 로샨 영애가 황태자에게 푹 빠져 있다는 건 내게 있어 큰 불행이나 다름없었다.

분한 마음에 잠시 숨을 몰아쉰 나는 다시 편지를 읽어 내려갔다. 글의 2/3가 비슈발츠가의 몰락을 알리지 않은 것에 대한 해명이었다. 그 부분을 빠르게 넘기니 전쟁에 대한 이야기가 나왔다.

『대공만이 에리뉘스를 움직인 게 아니에요. 우리 또한 그들과 손을 잡았죠. 무력으로 인해 억지로 봉합된 부족 내에 족장에 대한 불만을 가진 이가 없을 리가 만무하니까요. 그래서 전하께선 개중 가장 야망이 높은 이를 포섭하여 마지막 싸움에서 야만인의 족장을 배신하라고 명령을 내리셨어요. 만일 그게 잘되었다면 그대가 막사에 도착했을 때쯤 전쟁은 제국의 승리로 끝나 있을 거예요. 선황 폐하의 시신도 무사히 돌려받았을 테구요.』

과연 황태자가 겁도 없이 앞으로 나간 이유가 여기에 있구나. 로샨 영애는 황태자가 오늘 밤 당연한 것처럼 축하연을 열 것이라고 적었다. 황제의 시신을 찾기도 했고 지금껏 고생해 온 병사들을 위로하기 위해서라도 그럴 수밖에 없을 거라는 추측이었다. 대공이 그 시간을 노리고 있다는 점 또한. 긴장이 풀려 잔뜩 늘어진 군대가 황태자를 보호할 수 있을 리 만무하니까 말이다.

그런데 대공이 이렇게 수를 다 읽힐 정도로 어수룩한 이였던가? 내가 본 그는 매우 교활한 사내였는데? 오랜 시간 동안 치밀하게 반란을 준비했던 이이기도 하고.

내가 모르는 무언가가 황태자와 대공의 사이에서 일어났던 게 분명하다. 서로의 수를 읽고 준비하고, 예상치 못한 시행착오로 넘어지기를 반복하다 결국 여기에까지 이르게 되는 그런 것이. 문제는 그걸 내게 말해줄 사람이 없다는 데 있었다. 그저 황태자가 승자가 되기를 초조하게 지켜봐야 할 뿐이다.

지금도 보라. 절벽에 무작정 서 있다가 그림자가 이끄는 대로 이곳에 달려오지 않았나. 주도적으로 움직이지 못한다는 건 무척 답답하고 분통 터지는 일이었다.

『풀케르도 대공에 맞춰 군을 일으킬 것 같아요. 그런 조짐이 보이는걸요. 아아, 믿기나요, 시스? 우리의 운명은 자정에서 다음 날 새벽으로 넘어가는 시기에 정해지는 거예요. 하지만 최후의 승자는 우리가 되겠죠. 시스, 나는 그렇게 믿고 있어요.』

이후의 말은 다시 만날 때까지 몸조심하라는 소리로 가득했다. 편지의 말미에는 반란이 제압되고 나면 최선을 다해 비슈발츠가의 재건을 돕겠다는 문장이 적혀 있었다.

글쎄, 황태자가 그걸 그대로 보고만 있을까?

내가 편지를 다 읽은 듯하자 옆에 서 있던 하인이 촛불을 가지고 왔다. 태우라는 소리인가. 나는 종이 끝에 불을 가져다 대었다. 순식간에 타올라 한 줌의 재가 되어버린 편지에 이루 말할 수 없는 기분이 들었다.

"쉬십시오."

그림자가 내게 말했다. 나는 언제까지 쉬냐고 물었다. 로샨 영애의 편지가 맞는다면 여기에 주둔하고 있는 군대는 분명 자정이 되기 전까지 변경백의 성에 도착해야 할 터였다. 이렇게 한가롭게 시간을 보내고 있을 틈이 없었다.

"아직 연락이 오지 않았습니다."

전쟁이 아직 끝나지 않은 건가. 아니면 연락이 늦어지는 건가. 혹은 그 이상의 무언가가 있는 건가.

나는 하인이 준비해 놓은 의자에 앉아 천천히 몸을 기댔다. 어느새 바깥은 노을이 뉘엿뉘엿 질 만큼 시간이 지나 있었다. 하인이 음식을 가져다주었지만 배고픔이 느껴지지 않았다. 아침부터 지금까지 물 한 모금 마시지 않았는데 말이다. 그저 손가락으로 톡톡 의자를 두들기며 조용히 생각에 잠길 뿐이다.

대공은 과연 로샨 영애와 황태자의 생각대로 움직여 줄 것인가. 만약 그렇다면 어떤 이유로 뻔히 짐작이 가는 행동을 하는 것인가. 로샨 영애만큼 정보력를 쥐지 못한 상태에서 그들의 계획에 따라 행동하는 것만큼 답답한 일은 없다. 제국의 운명을 건 마지막 전쟁이므로 물밑에서 많은 작업을 해왔고, 그게 오늘에 이르러 끝을 맺게 되었는데도 여전히 나는 조각이 빈 퍼즐처럼 전체적인 그림을 그리지 못하고 있었다.

잠깐, 그러고 보니 대공이 풀케르를 압박하고 있다고 했지. 그래서 황후가 자꾸 대공의 뜻에 어긋난 짓을 하는 거고. 키란 백작과 손을 잡으려는 것도 그러한 연유에서였지. 함께 힘을 합쳐도 모자랄 판에 대립의 각을 세운다라……. 서로의 욕심이 빚어낸 참극일까, 아니면 황태자 쪽의 계략일까. 아아, 정말 모르겠다. 골이 아파진 내가 머리를 감싸 쥐며 한숨을 내쉴 때였다. 그림자가 들어와 작은 목소리로 말했다.

"잠시 뒤 출발할 겁니다. 그러니 준비해 주십시오."

"전쟁은요?"

그림자는 내 말에 당연하다는 것처럼 여상스럽게 대답했다.

"당연히 우리의 승리입니다."

새벽부터 시작된 전투가 이제야 겨우 끝을 맺었나 보다.

로샨 영애의 말마따나 황태자가 미리 포섭한 이가 후미에서 제국군과 함께 적을 포위하는 형태로 둘러쌌으며, 항아리에 갇힌 쥐를 죽이는 것처럼 서서히 구석으로 몰아 몰살했다고 한다.

대공이 있는 쪽이 약간 흐트러져 꽤 많은 수가 달아났긴 했지만, 추격대를 보냈으므로 덕분에 앞으로 몇십 년 동안 국경을 괴롭히는 일은 없을 거라는 소리였다. 게다가 황제의 시신을 되찾았으니 이대로 수도로 간다면 다시 장례식을 치를 수 있을 터였다.

참으로 이상한 일이지. 지금 내가 서 있는 곳은 전쟁이 일어난 국경지대와 몇 시간이나 떨어진 거리인데도 이상하게 피비린내가 맡아지는 것 같았다. 내 눈에 들어왔던 참혹한 시신을 생각하니 그대로 토하고 싶어졌다. 전쟁에 승리하였다고는 하나 이겼다는 안도보다 두려움이 더 컸다. 아닌 게 아니라 얼굴부터 창백하게 질렸을 것이다. 말로는 간단하게 설명이 가능한 전쟁이나 실상 내가 본 현장은 아귀다툼이나 다름없었다. 그리고 이제 내가 그 지옥으로 걸어가게 되었다.

"괜찮으십니까?"

"네."

나는 버석하게 일어 꺼슬꺼슬한 입술을 손등으로 문지르며 힘없이 대답했다. 목구멍으로 치솟아 오른 신물을 너무 억지로 삼킨 탓일까? 위가 있는 부분이 쿡쿡 쑤시며 아파졌다.

"전하께 따로 더 연락이 온 게 있나요?"

로샨 영애가 친절하게 설명을 해놨지만 나는 그에게 다시 물었다. 계획엔 언제나 예상치 못한 변수가 있어 뜻대로 되지 않을 때가 있다. 황태자가 미리 예견한 대로 변경백의 성으로 갔으면 다행이나 이대로 수도로 진군한다면 그 또한 나쁘지 않을 터였다. 그림자는 천천히 고개를 끄덕이며 대답했다.

"오늘 밤은 변경백의 성에서 밤을 보내고 내일 아침 수도를 향해 출발하실 겁니다."

그의 안내를 받아 막사에서 나오니 일사불란하게 서 있는 병력과 마주할 수 있었다. 그들은 몇 개의 부대로 나뉘어 순차대로 출발하는 중이었다. 고양이처럼 조용하고 날렵한 움직임이었다.

"우리는 마지막 부대와 함께 출발할 것입니다."

"상선은 어디 있나요?"

"가까운 부두에 정박해 있습니다."

그림자의 말에 나는 한숨을 내쉬었다. 이 남자는 이번 일에 대해 얼마만큼 알고 있을까. 황태자가 지시 사항을 계속 그에게 보내는 것으로 보아 그럭저럭 떨어지는 인사가 아닌 것 같긴 하지만 주어진 것만 알고 있다면 그 자체로도 문제였다.

대공은 자의로 공격을 하는 것인가, 아니면 그럴 수밖에 없게끔 몰린 상태인가.

이 의문을 누군가 해소해 주었으면 좋겠다. 전자라면 운명이 황태자를 도와주는 것이라고밖에 생각할 수 없고, 후자라면 그의 능력이 대공을 뛰어넘었다는 소리와 다름없으니 지금 가는 길에 안도할 수 있을 터였다. 물론 대공 또한 만만찮은 인사이므로 후자가 될 가능성이 극히 적긴 하지만 말이다. 그도 그럴 것이 사람 일이라는 게 또 모르는 법이지 않나. 황태자로 승패가 난다면 그것은 모두 날 때부터 권력을 손안에 굴리던 자와 숨을 죽이며 여기저기서 힘을 끌어모아야 했던 자의 차이일 뿐이었다.

어쨌든 시간은 빠르게 흘러 이제 마지막 두 부대만 남았다. 천천히 지켜보던 그림자가 한쪽을 향해 눈짓하자 병사 한 명이 내가 타고 온 말을 끌고 왔다. 내가 천막에 들어가 쉬는 동안 어떻게 했는지 모르겠으나 다가오는 말에서는 발굽 소리가 매우 극미하게 났다. 투레질하려는 듯 고개를 부르르 떠는 말의 입에는 전용 재갈이 물려 있었다.

"출발하겠습니다."

그는 내가 먼저 말에 올라탈 것을 권했다. 그런 다음 자신도 말에 탔는데, 그의 말머리는 아까 우리가 왔었던 길을 향해 있었다.

"조용하고 신속하게 이동한다."

그림자는 마치 기사처럼 행동하며 모두에게 말했다. 병사들은 그런 그의 태도가 익숙한 듯 군말 없이 따랐다.

숲속의 밤은 유독 더 어두웠다. 우리는 혹시 모를 상황에 대비하여 횃불조차 최소한의 상태로 들고 이동하는 중이었다. 달이라도 크게 떴으면 모를까 안타깝게도 오늘은 하늘조차 흐려 달빛이 구름에 가려진 상태였다. 하지만 병사들은 이런 상황이 익숙하다는 것처럼 단 한 번도 흐트러짐이 없이 빠르게 숲을 헤쳐 나갔다. 어느새 우리는 아까 왔던 길에서 반이나 거슬러 와 있었다.

그림자는 갈림길에 이르렀을 때 그제야 고삐를 잡아당겼다. 병사들에게 잠시 물을 마실 시간을 주기 위해서였다. 투레질하는 그의 말머리는 왼쪽 길에 향해 있었다. 나 역시 마찬가지였고. 그런데 갑자기 바람이 불었다. 왼쪽 길에서부터였다. 그것을 정면으로 맞으니 몸이 부르르 떨리며 한기가 일었다. 그저 가벼운 바람일 뿐인데도 소름이 오도독 이는 게 이상할 정도였다. 가슴 한구석이 싸늘하게 일렁이며 불안감이 차오르는 것부터가 그랬다. 이때 와구스의 예언이 떠오르는 건 우연일까? 그가 불길한 바람을 피하라고 했는데 말이다.

"오른쪽으로 가요."

"예?"

그림자는 내가 갑자기 방향을 틀자 이해할 수 없다는 것처럼 되물었다. 나는 다시 말했다.

"오른쪽으로 틀어서 갑시다."

"좀 더 돌아가게 될 텐데요?"

"그렇게 해요."

"하지만……!"

그림자가 항변하려는 것을 내가 재빠르게 가로챘다. 얼굴 전체를 다 감싸 드러난 곳이라곤 눈뿐이었지만, 그것을 보는 것만으로도 그가 매우 불만스러워하고 있음을 알 수 있었다. 하긴 나라도 그랬을 것이다. 한시라도 빨리 도착해야 하는데 갑자기 방향을 틀자고 고집을 부리니 아니 그러하랴.

그래서 대충 거짓말을 꾸몄다. 와구스에 대해 이야기해 봤자 불신만 심어주게 될 터이니 그럴듯한 근거를 제시하는 게 낫겠다 싶은 것이다. 다행히 나는 몇 시간 전에 로샨 영애에게서 온 편지를 읽은 적이 있었다. 그것도 나 혼자서.

"로샨 영애가 오른쪽으로 돌아오라는 말을 적어서 굉장히 뜬금없다고 생각했는데, 이를 가리킨 말이었어요."

"로샨 영애께서 말입니까?"

"네."

그러자 그림자의 말머리도 오른쪽으로 향했다. 그는 의심쩍어했지만 마땅히 반박할 게 없어 고개만 갸웃거렸다.

"……알겠습니다."

이게 맞는 일이겠지? 이로 인해 내 운명의 수레는 잘 돌아가고 있는 거겠지?

나는 앞서 나가는 그림자를 바라보며 다시금 한숨을 내쉬었다. 변경백의 성으로 향하는 길은 아직도 많이 남았다.

그래서일까. 어둠에 물든 숲이 커다란 괴물의 입처럼 보였다. 부디 시간이 빨리 흘러 우리가 도착하였을 때쯤 반란이 다 제압된 상태였으면 좋겠다. 오늘만큼 이러한 생각이 간절하게 바라지는 일은 또 없었다.

그림자의 말마따나 변경백의 성에 도착했을 때 예상 시간이 훌쩍 지나가 있을 즈음이었다. 미리 출발한 병력이 들어간 상태인지 성문은 살짝 열려 있었다. 그리고 그 틈을 통해 비명과 함께 병기가 부딪치는 소리가 들렸다.

벌써 시작된 건가? 하긴 자정이 넘은 시간이었다. 모두의 긴장이 풀릴 대로 풀려 있을 터이니 이보다 더 적절한 때는 없었다. 나는 말에서 내려 그림자와 함께 안으로 들어갔다. 여기저기서 고함이 계속 들렸다. 피비린내가 코를 찌르고 있었다.

"야만인이 전하를 습격했다. 모두 전하를 지켜라."

"에리뉘스의 습격이다."

"에리뉘스의 잔당이 우리 병사로 위장했다."

그림자에게도 누군가의 검이 날아들었다. 그는 그것을 가볍게 막으며 자신을 공격한 이를 바라보았다. 제국군의 옷을 입긴 했으나 생김이 다른 것이 한눈에 봐도 야만인이었다. 우습게도 야만인은 에리뉘스가 병사로 위장했다는 소리를 꽥꽥 내지르며 모두를 혼란케 하고 있었다.

"야만인이로군. 어떻게 네놈들이 여기에 있는 거지?"

"웃기지 마라. 복면을 쓰고 있는 네놈이야말로 야만인이 아닌가. 죽어랏!"

그 소리에 그림자가 이를 바드득 갈며 적을 베어 넘겼다. 그리고 바로 복면을 벗는데 희미한 횃불에 비친 그의 얼굴은 중년에 가까웠다. 고작 얼굴을 덮은 천 하나를 벗었을 뿐인데 입고 있는 갑옷을 보니 작위가 있는 기사처럼 보였다.

그는 내게 '무례를 용서하십시오'라고 말하며 팔을 잡아당겼다. 그런 다음 병력을 이끌고 한쪽을 향해 뛰는데, 혼란스럽게 뒤엉킨 긴 복도를 빠르게 지나쳐 커다란 홀에 진입했다. 그곳은 이미 난전 상태였다. 황태자의 모습은 보이지 않았다.

"누가 적이…… 으아악."

"죽여. 전하를 지켜라."

"이봐, 난 같은 편이라고. 무기 휘두르지 마. 칼 찌르지 마!"

나는 손등으로 입을 막으며 시체를 보지 않으려고 애를 썼다. 주변에 켜져 있어야 할 횃불이 인위적으로 꺼져 있는 상태였다. 그러니 적아를 더 구분하기 어려웠다. 지금 나만 하더라도 눈먼 칼에 맞을 뻔했는데, 그림자가 지켜 주어 무사할 수 있었다.

"이게 어떻게 된 거지?"

그림자는 혼란에 가득 찬 시선으로 홀을 바라보았다. 그것은 그를 뒤따라온 병사들도 마찬가지였다. 그렸던 그림은 이게 아니었는지 그들은 뜻밖의 상황에 매우 당황하고 있었다.

"길을 뚫어라. 전하를 찾아라."

황태자가 보이지 않는다? 아이레스 경은 어떻게 된 거지? 그는 왜 보이지 않아? 무사하긴 한 건가?

"원래의 의도는 전하의 시동 역할을 했던 영애께서 연회를 즐기고 있는 전하를 불러내는 거였습니다. 그리고 미리 모여 있던 병력과 함께 대공을 제압하는 것이었죠. 하지만 대공이 더 빠르게 움직인 것 같습니다. 우리가 늦었군요. 로샨 영애가 왜 편지로 돌아서 가라고 말했는지 모르겠습니다."

이미 싸움의 한복판에 들어선지라 그는 나 혼자 따로 떼어 놓을 생각을 못 한 것 같았다. 아니, 그럴 정신조차 없어 보였다. 술에 취한 사람, 멀쩡한 사람, 그리고 그런 그들에게 달려드는 이. 서로가 서로를 향해 야만인이라 외치며 칼을 휘두르는 게 낮에 보았던 전쟁보다 더 끔찍했다. 조금만 시선을 돌리면 바로 눈앞에서 피가 튀기는 데 정신이 멀쩡할 리 없었다.

나는 달달 떨리는 이를 손으로 틀어막으며 그림자가 이끄는 데로 맥없이 따라갔다.

"그런데 병력이 왜 이것뿐이지?"

그는 나를 데리고서 길을 돌파하면서 끊임없이 의문을 되새겼다. 그러면서 덤벼드는 적을 망설임 없이 베어 넘겼다. 뜨거운 피가 뺨에 튀어 주르륵 흘러내렸다. 결국 견디지 못한 나는 가까운 기둥을 향해 달려가 그걸 붙잡고 올라온 것을 모두 게워 냈다. 신물만 잔뜩 흘러나왔지만 속이 뒤집힐 것처럼 구역질이 났다. 눈물이 절로 나고 있었다.

그러다가 등이 섬뜩하여 고개를 돌렸는데, 피가 잔뜩 묻은 칼 하나가 나를 노리고 있는 게 보였다. 그런데 그 과정이 매우 느렸다. 주변의 소음이 사라지고 오롯이 칼만 눈에 들어왔다. 마치 마법에 걸린 것처럼. 기이한 건 상대방의 칼이 눈에 보일 만큼 아주 천천히 움직이는 것 같은데도 몸을 옴짝달싹할 수 없다는 점이었다.

"조심!"

그림자가 소리를 내질렀다. 나는 멍하니 눈을 깜빡이며 그림자를 바라보았다. 순간 드는 생각은 '죽는 건가?'였다.

그런데 '텅' 하는 소리와 함께 누군가의 칼이 내 앞을 가로막았다. 허리를 감싸 쥔 단단한 팔과 땀과 함께 풍기는 체취가 놀라우리만치 익숙했다. 나는 천천히 고개를 돌려 검의 주인을 바라보았다. 단단하게 맞물린 턱을 지나 높게 솟아오른 코를 건너 분노로 불타오르고 있는 차가운 눈동자와 마주했다.

"아이레스 경?"

미카엘 아이레스, 바로 그였다.

"무사했……."

아니, 황태자의 곁에 있어야 할 남자가 여길 어떻게?

"어떻게 된 겁니까?"

그림자가 내 말을 가로채고 아이레스 경에게 물었다. 아이레스 경은 대답 대신 내 몸을 끌어당겨 자신의 품에 안기게 만들었다. 이후 외마디 비명이 들리는 것으로 보아 내게 칼을 겨눈 남자를 베어버린 모양이다.

"상선의 진로를 역추적하여 우리 군이 있을 장소를 유추한 것 같습니다. 지나갈 만한 골목골목에 도망간 에리뉘스와 병력을 섞어 매복해 놓았더군요. 몇몇 부대는 침착하게 잘 돌파해 왔지만 피해가 만만찮았습니다. 나머지는 크게 당한 모양입니다."

"하지만 이렇게 혼란스럽게 뒤엉키다니요. 미처 예상치 못했습니다."

"달이 숨어버린 바람에 예상보다 더 어두운 게 안타까울 따름이지요. 서로를 구분하지 못할 정도이지 않습니까? 그래선지 저들의 계책이 잘 먹혀들어 간 것 같습니다. 처음에 야만인 몇이 습격을 강행한 게 문제입니다. 때문에 다들 상대방이 에리뉘스인 줄 알고 있더군요."

"누군가 외치는 소리를 듣기론 그들이 우리 군의 옷을 입었다고 하던데요?"

"아주 일부에 불과하고, 이미 다 죽었습니다. 그런데 계속 외치는 것으로 보아 우리를 혼란스럽게 하려는 게 목적인 듯합니다. 실제로 그것이 먹혀들어 갔기도 하고요."

"전하께서는요?"

"대치 중이십니다."

"전황은 어떻습니까?"

미카엘 아이레스는 한숨을 내쉬며 낮은 목소리로 대답했다.

"반반입니다."

아이레스 경의 품에 안겨 그들의 대화를 듣다 보니 상황이 어떻게 진행되었는지 얼추 알 것 같았다.

대공은 마지막 전쟁 때 에리뉘스를 공격하는 척하면서 아군 진영으로 끌어들인 뒤 무사히 변경백의 성안으로 데리고 들어왔다. 전장에서 황태자를 암살하는 작전은 실패했으니 연회에서라도 그를 쳐야겠다고 마음먹은 것이다. 그래서 대공은 모두가 곯아떨어지는 순간을 기다렸다. 로샨 영애가 예상했던 그대로.

다만 그녀가 짚어 내지 못한 한 가지가 있다면 대공이 변경백의 성으로 오는 모든 길에 매복조를 설치했다는 점이었다. 그 누가 짐작이라도 했겠는가. 습격을 예상하여 경로를 달리 짰지만 그조차 대공의 예상 범위 안에 있었다는 사실을 말이다. 이는 에리뉘스의 잔당을 섞었기에 할 수 있는 계획이었다.

그렇게 대공은 매복조 편승으로 인한 병력의 손실을 야만인들을 통해 훌륭하게 채웠다. 그 결과 그는 황태자와 반반인 상태에서 대치할 수 있게 되었다.

나는 갈림길에서 느꼈었던 바람을 생각하고 입술을 잘근 깨물었다. 와구스가 이상한 느낌이 들면 반대로 가라더니 그렇게 행동한 게 정말 다행이었다. 만약 예정된 길로 갔었더라면 이렇게 무사히 목적지에 도착하지 못했을 터였다. 어쩌면 나부터가 부상을 입었을지도 모를 노릇이다.

먼저 출발했던 부대 중 야만인들에게 발목을 잡혀 아직 도착하지 못한 이들도 있었다. 변경백의 성에 왔다 하더라도 부상을 입은 이가 대부분이기에 현 상황에선 도움이 되지 못했다. 대공과 대치를 하는 황태자의 입장에선 무척 애석한 일이 아닐 수 없었다.

"전하께선 어디에 계십니까?"

그림자의 물음에 아이레스 경이 낮은 목소리로 대답했다.

"홀에서 대치 중이십니다. 그런데 경께서는 용케 급습을 당하지 않으셨군요."

"길을 돌아왔기 때문이지요."

"그래서 조금 늦게 도착하셨군요. 그나마 다행입니다. 경이라도 오셨으니 전하께 큰 도움이 되겠지요."

"예, 부디 그러기를 바랍니다. 저는 이만 전하께로 가겠습니다."

이어 발소리가 요란하게 울려 퍼지기 시작했다. 동시에 주변의 비명 또한 높아졌다. 반사적으로 고개를 돌리려고 했지만 아이레스 경은 여전히 나를 자신의 품 안에서 놓아주지 않고 있었다. 오히려 내 몸을 번쩍 들어 올려 안더니 어디론가 달려가기 시작했다. 덕분에 몸이 떨어질 듯 앞뒤로 크게 흔들리는지라 어쩔 수 없이 그의 목에 손을 감고서 정신없이 매달릴 수밖에 없었다.

코끝으로 그의 체취가 느껴졌다. 땀과 피 냄새가 섞인 그것은 매우 낯설고 무서웠다. 아이레스 경은 더는 내게 주변의 광경을 보여 주고 싶지 않아 했지만, 이미 공기 자체만으로도 죽음의 향기가 흐르고 있었다. 우리의 목에 사신의 낫이 드리워져 있지 않은 게 다행일 정도다.

아이레스 경은 어느 방에 도착해서야 나를 내려놓았다. 그는 말없이 벽의 한 부분을 더듬어 비밀 통로를 열었다. 나는 그제야 아이레스 경이 이 방에 들어온 이유를 눈치챘다.

"괜찮으십니까?"

그의 목소리는 침착함을 잃은 것처럼 매우 거칠었다. 아이레스 경이 말하는 '괜찮음'은 비단 육체적인 건강만은 아닐 터였다. 흔들리는 눈동자 위로 넋을 잃은 것처럼 가쁘게 숨만 몰아쉬는 내 얼굴이 비쳤다.

나는 맥없이 고개만 힘겹게 끄덕였다. 그러자 아이레스 경의 손이 내 뺨 위로 올라왔다. 경련이 이는 것처럼 바들바들 떨리는 손길은 울음을 닮은 것 같았다.

나는 가만히 그의 손을 느꼈다. 눈가가 뜨끈하게 달아오르며 어린애처럼 매달리고 싶다는 충동이 일었다. 그러면서 남자에게 괜찮냐고 묻고 싶었다. 하지만 이상하게도 입술이 떨어지지 않았다. 그저 그가 나를 구해 주었던 그 장면만 생각났다. 나를 품에 안고서 거칠게 숨을 몰아쉬던 상황이. 망설임 없이 적을 베는 듯했으나 정작 내게 닿은 손은 긴장으로 인해 차갑게 식어 있었던 그가. 숨을 쉬라는 것처럼 말없이 내어주었던 넉넉한 품이. 그리고 피비린내가 나던 체취가. 이 모든 것이 강렬하게 내 머리를 휘감고 있었다.

그렇게 서로를 응시하고 있었을까. 아이레스 경은 딱딱하게 굳은 표정으로 나를 비밀 통로로 인도했다. 그는 벽에 걸린 횃불에 불을 붙인 뒤 내게 부싯돌을 건네주었다. 일렁이는 불빛 너머로 그의 그림자가 길게 드리워지고 있었다.

“여기서 잠시만 기다려 주십시오. 오래 걸리지 않을 겁니다.”

비장한 어조에 입이 말라 왔다. 본래라면 황태자의 곁에 서서 대공을 견제하고 있어야 할 그였다. 그런데 지금 이렇게 홀로 나와 있다 못해 적에게서 내 목숨을 구해 주기까지 했다. 이것이 뜻하는 바는 뻔하다. 나 때문이었다. 이제나저제나 내가 도착할까 싶어 복도를 주시하며 적을 베어 넘기고 있었던 것이다.

아아, 그래. 항상 타이밍은 늦지만 결국 나를 구해 주는 건 언제나 아이레스 경이다. 이전의 마차 사건이나 조금 전의 일만 해도 그렇지 않나. 게다가 여기는 아이레스가가 아닌 변경백의 성안이었다. 그런데 그는 비밀 통로를 알아내 나를 위해 사용하고 있었다. 구설에 오르다 못해 궁지에 몰릴 수 있는 데도 불구하고. 황태자가 나를 예언 때문에 자신의 곁에 두려고 하는 것 또한 잊어버린 채 말이다.

“금세 달려오겠습니다.”

그는 나를 안심시키려는 것처럼 애써 부드럽게 웃었다. 조금 전 자신의 입으로 전황이 반반이라고 말했음에도 남자는 다 이긴 것처럼 굴고 있었다. 허세나 오만이 아니라 내가 불안해할까 봐 그런 것이었다.

나는 떨리는 입술을 달싹여 아이레스 경에게 물었다. 바들거리는 입꼬리가 평온한 미소를 그려 내기를 간절히 바라다가도 흘러나오는 목소리가 평소와 다르지 않음에 적잖이 안도하면서 그렇게.

“……승전보를 가지고서요?”

“예. 그런데 영애, 혹시나, 혹시나 해서 드리는 말씀입니다. 이전에 제가 그랬었지요. 무슨 일이 생기면 누군가 영애를 찾아가 ‘블랑시’라고 말할 것이라고 말입니다. 그런데 장소가 바뀌어 그게 어렵게 되었군요. 그러므로 아침이 밝더라도 제가 나타나지 않으면 그대로 통로를 쭉 걸어가 바깥으로 빠져나가십시오. 문 옆에 돈과 간단한 보석류, 변장할 옷과 망토, 식량을 준비해 놨습니다. 그러니 어떻게든 빠져나가서 델타의 아스렌을 찾아가 '블랑시'라고 말하십시오. 그럼 영애를 도와줄 것입니다."

비밀 통로의 끝에 나를 위한 탈출 준비까지 해놓았다는 그의 말에 더는 견딜 수 없어진 나는 손을 뻗어 그의 몸을 가볍게 밀었다. 으르렁거리는 소리를 잇새로 억누르며 마음속 깊은 곳에서부터 차오르는 슬픔과 분노를 힘겹게 삼켰다.

여기까지 왔는데 패배한다는 가정을 두다니? 우리는 그래선 안 되었다. 어떻게든 황태자가 반란을 제압하여 황제의 위에 오른다는 희망을 품어야 마땅했다. 그래야 모두가 살 수 있었다. 운명이 제대로 돌아간다면 진실로 그럴 수밖에 없을 터였다.

"아뇨. 아이레스 경은 분명 절 데리러 오실 거예요. 그렇게 믿고 있어요. 그러니 그런 말은 하지 마세요. 우리는 승리할 거예요."

"아니요, 영애. 혹시 몰라서 하는 말입니다. 내부의 적을 제압하는 것만큼 여러 변수가 튀어나오는 일은 또 없으니까요. 저는 진심으로 영애가 무사하기를 바랍니다. 이곳에 있다는 것 자체를 견딜 수 없을 만큼이요."

"저도 그래요. 경이 무사하기를 바라요. 스스로도 믿을 수 없을 만큼 아주 간절하게 말이에요. 그러니 저를 절망에 빠뜨리지 마세요. 제게 믿음을 주세요."

꿈에서 이야기한 대로면 결국 승리하는 건 황태자일 게 분명하나 그 주변 사람들이 멀쩡한지에 대한 언급은 없었다. 내 기억으로도 그렇고. 그렇기에 지금의 헤어짐이 두렵고 무서웠다.

"믿음이요?"

"네."

"우리가 이길 거라는 확신 말입니까?"

"경께서 우리 군과 함께하는데 이기지 못할 이유가 있나요?"

아이레스 경은 짧은 탄식을 내뱉더니 갑자기 내게로 한걸음에 달려왔다. 그러고는 내게 입을 맞추었다. 살갗과 살갗이 부딪치는 무척 담백하기 그지없는 접촉이었지만, 세상 그 어떤 것보다 애절하고 안타까웠다. 우리는 끝을 맞이한 사람처럼 간절하게 서로를 붙들고 있었다.

잠시 후 그가 내 이마에 자신의 이마를 가져다 대며 속삭이는 것처럼 말했다.

"용감하고 상냥하신 분. 언제나 제 무례를 너그럽게 넘어가 주시는군요. 영애께선 너무나 자비로우십니다. 그래서 저로 하여금 늘 염치없는 어리광을 피우게 만드시죠. 예뻐해 달라고 조르게 되거든요."

어느새 남자의 목소리는 한결 가벼워져 있었다. 그래서일까? 나 역시 잘게 웃으며 그를 놀리게 되었다.

"어머나, 제게 책임을 떠넘기는 건 비겁한 행동이에요. 그러니 부디 사내답게 구세요."

"옳으신 말씀입니다. 하지만 그러고 싶지 않아요. 그래야 영애께서 절 더 안타깝게 여기며 붙들어주실 거 아닙니까? 그러니 한 번 더 어리광을 부리겠습니다."

"경?"

"믿음을 주라고 하셨죠? 예, 그래야죠. 미카엘 비슈발츠가 되어야 하는데 여기서 무너질 순 없는 노릇 아닙니까?"

"아이레스 경?"

"무사히 돌아오면 부디 저를 '멜'이라고 불러 주십시오."

미카엘 비슈발츠라는 말에 깜짝 놀란 내가 바로 대답을 하지 못하고 있자 갑자기 그가 품에서 작은 칼을 꺼냈다. 그리고 망설임 없는 손길로 길게 늘어뜨린 머리카락을 목덜미에 가깝게 잘라 내었다. 그것은 마치 자신의 목을 베는 것과 같은 착각을 불러일으켰다.

"제 목숨은 여기에 있습니다. 바로 그대의 손에. 그러니 사신이라 할지라도 감히 저에게 손을 대지 못할 테지요. 영혼조차 나의 아가씨, 당신에게 빼앗겼기 때문입니다."

얼음의 기사는 그간 단 한 번도 머리를 잘라 본 적이 없었다. 그렇기에 허리쯤에 우아하게 늘어뜨린 장발은 어느덧 그를 상징하는 것이 되었다. 그런데 그걸 내게 건네준 것이다. 자신의 목숨이라면서, 그렇게.

나는 재촉하듯 손을 뻗는 그의 행동에 홀린 듯 머리카락을 받아 들었다. 손바닥에 감겨 오는 매끄러운 감촉이 도무지 믿어지지 않아 기분이 얼떨떨했다. 하지만 내 눈에 들어온 건 엉망으로 잘린 그의 머리카락이었다. 아이레스 경 그 자체다. 즉, 현실이었다.

"다녀오겠습니다."

이제는 기다려 달라는 말은 하지 않는 그다. 돌아올 거라고 확신하기 때문이었다. 나는 마법에서 깨어난 것처럼 몸을 한번 가볍게 떨다 이내 검을 잡은 그의 손을 붙잡았다. 얼음의 기사와 달리 나는 따로 줄 만한 게 없어서다. 할 수 있는 일이라곤 이런 것밖에 없었다. 그래서 재빨리 손등에 키스했다.

"가호예요."

그리고 변명하듯 말했다. 아이레스 경은 내 말에 환하게 웃으며 '무적이 된 기분입니다'라고 중얼거렸다. 그리고 더는 지체할 수 없다는 듯 바로 벽의 한쪽을 더듬었다. 곧 문이 천천히 닫히기 시작하며 그의 모습이 조금씩 지워지기 시작했다.

나는 멍하니 서서 내 입술이 닿은 손등을 자신의 입술로 살며시 가져다 대는 남자를 응시했다. 눈 안이 커다란 돌벽으로 채워질 때까지.

쿵.

이윽고 사위로 희미한 어둠이 찾아들었다.

어느 귀족이든 저택에 비밀 통로 하나쯤은 있는 법이다. 그 길의 끝이 어디로 이어져 있는지에 따라 목적이 달라지지만, 대부분 밀회를 하거나 적을 피해 목숨을 구제하기 위한 용도로 쓰였다. 이는 변경백의 성이라 할지라도 예외는 없는데, 국경 지대라 그런지 비슈발츠가의 비밀 통로보다 더 깊고 튼튼해 보였다. 막힌 문만 하더라도 두꺼워 보이는 돌벽이었다. 그것은 기계장치로 움직이는 것 자체가 신기할 정도로 커다랬다. 마치 세상과 단절된 느낌이었다. 미카엘 아이레스 경의 발소리가 들리지 않는 것만 해도 그랬다.

나는 잠시 벽을 바라보다 문득 정신을 차린 것처럼 손에 들린 머리카락에 시선을 내렸다. 그리고 머리를 묶고 있는 끈을 풀러 아이레스 경의 머리카락 끝을 단단히 잡아매었다. 이대로 손에 들고 있을 순 없는 노릇이라 단단하게 땋아서 허리에 띠처럼 두를 생각이었다. 오래지 않아 머리카락은 긴 끈처럼 촘촘하게 땋여 허리에 칭칭 감겼다. 그러자 놀라우리만치 마음이 안정되었다. 마치 그와 함께 있는 기분이었다.

하나의 일을 해결한 나는 손을 뻗어 횃불을 잡았다. 그러고는 주변을 살피기 시작했다. 통로는 깊고 좁았다. 어두운 입을 길게 벌리고 있는 게 오싹한 느낌마저 일고 있었다. 내 숨소리 외에 아무런 소리가 들리지 않는 것부터가 그러했다. 하지만 이 말 자체가 이곳엔 나밖에 없다는 뜻이므로 되레 안심되었다. 그러니 이대로 얌전하게 아이레스 경을 기다리면 될 터였다. 그렇게 시간이 어느 정도 지났을까? 갑자기 비밀 통로의 문 쪽이 크게 들썩이며 쾅쾅거리는 소리가 들렸다. 웬만하면 바깥의 소리가 들리지 않는 문인데 이렇게 강하게 흔들릴 정도면 누군가가 아주 세차게 내려치고 있다는 뜻이었다.

누구지?

아이레스 경, 혹은 그에게 언질을 받고서 찾아온 이라면 어렵지 않게 통로를 열었을 것이다. 이렇게 억지로 부수려고 하지 않고. 그러니 생각할 수 있는 건 단 하나밖에 없었다. 적이다.

두려움에 질린 나는 본능적으로 뒤로 한 발자국 물러났다. 철옹성이라 여겼던 문은 가루를 흘리며 조금씩 비틀리고 있었다. 이렇게 가다간 얼마 되지 않아 부서질 것이다. 나는 고개를 돌려 어둠이 짙게 깔린 길을 바라보았다. 아이레스 경은 내게 무슨 일이 생기면 끝을 향해 달려가라고 말했다.

설마 반란을 제압하지 못한 건가? 아냐, 그럴 리가 없어. 만약 그렇다면 그건 기만이야.

나는 입술을 꼭 깨물다가 그대로 몸을 돌려 길의 끝으로 뛰어들었다. 등 뒤로 쾅쾅거리는 소리가 크게 울려 퍼지고 있었다. 누군가가 바로 안으로 달려 들어와 내 목덜미를 잡아챌 것만 같은 두려움이 일었다. 그래서 발에 힘을 주고서 미친 듯이 달렸다. 아이레스 경이 말한 길의 끝으로. 탈출할 문을 향해서.

쾅.

저 멀리서 희미하게 문이 무너지는 소리가 들렸다. 그리고 요란한 발소리가 들렸다. 한두 명이 아니었다.

“빨리 들어가. 뒤에서 공격해야 해. 잽싸게 움직여라. 비밀 통로를 찾는 데 너무 시간을 허비했어! 버러지들 같으니라고. 뭐 하는 거야?!”

어눌한 목소리가 울려 퍼졌다. 제국의 언어였지만 유창하지 못했다. 역시 적이었다.

나는 횃불을 끄고서 최대한 발소리를 죽이고자 노력했다. 너무 급하게 뛰어선지 갈비뼈 아래가 아팠다. 목 끝까지 숨이 차올라 개처럼 헐떡이고 있었다. 무엇보다 절망스러운 건 길의 끝에 이르렀지만 불을 끈 탓인지 주변이 너무나 어두워 문으로 보이는 벽을 찾을 수 없다는 점이었다.

어떻게 하지? 이대로 잡히는 거야?

미친 듯이 주변을 눌러 보고 소리가 나지 않을 만큼 살짝 두들겨 보아도 도통 열리는 게 없었다. 행운과 운명이 나를 철저하게 외면하고 있었다. 발소리는 점점 더 가까워지고 있는데.

나는 구석에 몰린 쥐처럼 벽의 끝에 기대어 섰다. 그리고 꺼진 횃불을 무기처럼 꼭 감싸 쥐었다. 어찌 되었든 반항이라도 해볼 참이었다. 그게 얼마나 통할지는 모르겠지만.

곧 그들의 것으로 보이는 불빛이 조금씩 선명한 빛을 발하며 주변을 밝히기 시작했다. 빠르게 움직이고 있는지 요란하게 쏟아지는 발소리는 거침이 없었다.

나는 마른침을 꿀꺽 삼키며 미친 듯이 뛰고 있는 심장을 향해 주문처럼 중얼거렸다.

난 죽지 않아. 이러려고 돌아온 게 아니야. 이런 식으로 비참하게 당하기 위해서 이곳에 온 게 아니란 말이야! 그래, 운명의 여신이, 나를 되돌려 보낸 악마가 미치지 않았다면야 이렇게 장난을 칠 리가 없다. 다시금 죽음을 맛보라는 잔혹한 조롱이 아니라면 이런 식으로 몰릴 수 없었다.

내가 왜 여기까지 왔는데? 내가 무엇 때문에 버텼는데?

이를 바드득 갈며 손에 힘을 단단히 주었다. 어떻게든 살아남을 거야. 무슨 짓을 하더라도 말이다.

그런데 갑자기 등을 단단하게 떠받치고 있던 벽이 스르륵 움직이며 누군가 뒤로 기울어지는 내 허리를 잡아챘다. 그리고 너무 놀라 비명조차 내지르지 못하고 있는 내게 얼굴을 보이며 탄성을 내질렀다.

"아아, 드디어 찾았다!"

잭, 새, 쥐, 그리고 그의 동료라 할 수 있는 누군가가 그곳에 서 있었다. 순간 머릿속으로 뎅 하고 종이 울렸다.

"아가씨, 모시러 왔어요."

마법이 일어났다. 나는 너무 놀라 숨조차 제대로 쉬지 못했다. 그래서 눈으로만 '네가 어떻게 여기에?'라는 말을 반복했다. 과거로 다시 돌아온 이래 이렇게 멍청한 표정을 지은 적은 또 없을 것이다. 그만큼 내 허리를 감싸고 있는 타인의 손이 현실처럼 느껴지지 않았다.

내가 꿈을 꾸는 거야? 너무 두려워서 환상을 보는 거냐고. 세상에 어떻게 이럴 수 있지?

잭은 입술을 뻐끔거리는 내게 부드러운 미소를 지었다. 안심을 시키려는 것처럼 그렇게.

"내가 말했죠? 저 진짜 고집 세다고요. 돌아갈 시간이에요, 아가씨."

하지만 다리에 힘이 빠져 제대로 서 있는 것조차 힘겨운 실정이었다. 심장이 입 밖으로 튀어나오지 않는 게 용할 정도로 말이다.

"서둘러, 잭."

누군가 말했다. 얼굴을 가로지르는 긴 흉터가 무척 인상적인 중년의 여인이 아이를 재촉하고 있었다.

"알고 있어요, 요정 할머니."

잭이 투덜거리듯 말하며 내게 자신의 작은 등을 내밀었다. '업히세요'라고 말하는 목소리는 무척 든든했다. 쥐와 새가 네 몸으로는 무리라고 말해도 막무가내였다.

"아가씨를 아무에게나 맡길 수 없죠."

"네 몸이 아무리 호박처럼 단단하다 해도 이건 무리야. 고집 좀 피우지 마라."

하지만 잭은 자신의 뜻을 굽히지 않았다. 발소리는 점점 더 가까워지는데 말이다. 결국, 쥐와 새가 무기력하게 서 있는 나를 부축하여 아이의 등에 업히게 했다. 그리고 잭을 이끌고서 비밀 통로를 빠져나갔다. 아이의 몸은 작았으나 나를 업는 덴 무리가 없다는 듯 무척 재빨랐다.

우리가 나온 비밀 통로의 탈출구는 바깥과 연결되어 있지 아니했다. 내가 기대어 서 있던 벽의 문은 성안으로 이어져 있는 것 같았다. 아이레스 경이 말했던 것과 달리. 아마 그는 변경백에게서 탈출로가 여러 개라는 소리를 듣지 못한 모양이었다. 그래서 우리는 바로 가까운 방안에 들어가 몸을 웅크렸다. 문을 닫자마자 발소리가 요란하게 울려 퍼졌다. 다행히 적들은 이곳을 지나쳐 다른 곳으로 달려가고 있었다.

"찾아서 다행입니다."

새가 말했다. 그의 얼굴은 잭 못지않게 땀으로 번들거렸다. 이건 쥐와 다른 이도 마찬가지였다. 잭에게 있어 요정 할머니라 불린 여자는 나와 시선을 마주하더니 어깨를 으쓱이며 고개를 모로 숙였다.

"저번에 말했던 제국 최고의 정보상이라 할 수 있는 '요정 할머니'에서 나온 분입니다. 덕분에 이 성의 비밀 통로를 알 수 있었죠. 그래서 아가씨를 찾을 수 있었구요."

쥐가 여자를 가리키며 설명했다. 그리고 자신의 옆에 서 있는 낯선 남자에 대해선 '도마뱀'이라고 덧붙였다. 과연 얼굴이 길쭉한 게 말보다 도마뱀에 더 가까웠다.

"이제 탈출하는 일만 남았습니다. 아, 우선 이것부터 말씀드려야 하겠군요. 지금 수도도 난리랍니다."

"……난리?"

나는 숨이 벅찬 것처럼 헐떡이며 가까스로 입을 열었다. 긴장이 풀린 머리는 안개에 휩싸인 듯 아무것도 떠오르지 않았다. 로샨 영애가 수도에서도 똑같이 일이 일어날 거라 말했음에도 불구하고.

쥐는 천천히 설명했다. 황후가 갑자기 반역을 들먹이며 병력을 일으켜 귀족파를 제압하려고 했다는 것이다. 황태자가 저지른 패륜의 증거를 잡았다는 게 이유였다. 풀케르는 황태자의 일에 협조한 귀족 가문을 가만히 놔둘 수 없다고 말했다. 아마, 로샨가와 디뷘젤가가 기다렸다는 듯 군사를 이끌고 오지 않았더라면 수도는 진작 그녀의 손아귀에 넘어갔을 터였다.

"그리고 들어온 소식에 의하면 키란 백작은 지금…… 쉿, 잠시만요."

말을 이어 나가던 쥐가 갑자기 검지를 자신의 입술에 대고서 목소리를 낮췄다. 그리고 한쪽 벽을 바라보며 귀를 쫑긋거리기 시작했다. 그런데 그 행동을 하는 건 쥐뿐만이 아니었다. 모든 사람이 그쪽을 향해 시선을 돌리더니 입술을 꾹 다물었다. 숨소리조차 내지 않으려는 것처럼.

영문을 몰라 두 눈을 멍하니 깜빡이던 내 귓가에 희미한 소리가 들린 건 그즈음이었다. 나는 마치 홀린 것처럼 자리에서 일어나 소리가 나는 벽, 정확히는 벽난로를 향해 가까이 다가가 귀를 기울였다. 집중하니 들리는 소리가 무척 익숙하게 느껴졌다. 대공의 것이었다.

"형님의 시신을 에리뉘스에게 넘겨서…… 독살한 것도 황태자 너…… 용납할 수 없……."

잠시 후 누군가가 냉소적으로 답했다. 이 또한 익숙했다. 황태자의 목소리였으니까.

"……반역을 준비한 것은 숙부…… 나는 이미 알고 있었…… 이만 항복……."

여긴 지하로 통한 방인가? 아니면 홀이 2층에 있는 것인가. 어쨌든 위로부터 소리가 희미하게 들리고 있었다. 챙 하고 병기가 부딪치는 소리가 들리는 것으로 보아 대화만 나누는 게 아니라 싸움 또한 하고 있는 모양이었다.

"아가씨?"

"잠시만 기다려."

긴장이 풀려 다리가 후들후들 떨렸지만 나는 벽난로에 머리를 집어넣다시피 하며 소리를 들었다. 하지만 조금 전의 대화가 끝인 듯 더는 들려오는 게 없었다. 고통에 찬 신음만 간간이 울려 퍼질 뿐이다. 쥐는 내 행동을 잠자코 지켜보다가 잠시 후 내가 벽난로에서 몸을 떼자 다시 말을 이어 나갔다.

"어쨌든 드리고 싶은 말은 우리 쪽 정보원들에게 연락이 오기 전까지 바로 수도에 입성할 수 없다는 것입니다. 조금 힘들더라도 길을 빙 둘러서 가야 합니다. 이 점을 양해해 주십시오. 자, 그럼 이제 이곳을 떠납시다."

순간 기묘한 느낌이 들었다. 이대로 떠나면 안 된다는 강렬한 예감이 몸을 관통하고 있었다. 심장이 심하게 쿵쾅거리며 몸이 저릿저릿 울렸다. 동시에 머릿속으로 비밀 통로에서 들었던 적의 목소리가 놀라우리만치 선명하게 떠올랐다.

"빨리 들어가. 뒤에서 공격해야 해. 잽싸게 움직여라. 비밀 통로를 찾는 데 너무 시간을 허비했어! 버러지들 같으니라고. 뭐 하는 거야?!"

그러고 보니 적이 어디론가 급하게 뛰어갔었지. 뒤에서 공격한다고. 뒤? 설마 황태자의 뒤?

"아가씨?"

잭이 내게 다가와 손을 이끌었다. 왜 망설이냐는 뜻이다. 그런데 마치 운명처럼 그림 하나가 내 눈에 들어왔다. 벽에 걸려 있는 액자 속엔 누군가의 손을 꼭 붙잡은 여신이 그려져 있었다. 이상하게도 그것은 와구스가 주었던 쪽지 속 그림, 꿈에서 보았던 것과 비슷해 보였다. 그래서일까. 나도 모르게 입을 열어 말했다.

"가야 해."

누군가 나를 조종하는 것처럼 황태자에게 가야 한다는 마음만 일고 있었다. 훗날 잭이 말하기를 그때의 나는 제정신이 아닌 것처럼 보였다고 했다. 아닌 게 아니라 지금 내 상태는 스스로가 생각해도 무척 이상했다.

"아가씨?"

"황태자를 구해야 해."

"제발, 아가씨. 저번부터 왜 그러세요?"

"그렇지 않으면 돌아가. 다시 겪을 순 없어!"

째깍째깍. 갑자기 귓속으로 환청처럼 시곗바늘이 돌아가는 소리가 울려 퍼졌다. 기이하게도 나는 그것이 뒤로 돌아가는 시계 소리라고 생각했다. 시간의 흐름을 거슬러 올라가는 것처럼, 그렇게. 묘한 확신이 나를 옭아매고 있었다.

"아가씨, 우린 떠나야 해요. 제발요. 대체 왜 자꾸 황태자의 안위를 걱정하는 거예요?"

"잭, 나를 믿니?"

"네?"

나는 아이의 양 뺨에 손을 대고서 중얼거리듯 말했다.

"날 믿느냐고 했어."

"당연하죠."

"그럼 나를 황태자에게 데려다줘."

"그럴 수 없어요."

"그럼 혼자라도 가겠어."

이상하게 마음이 조급했다. 누군가 내게 속삭이고 있다는 환청마저 일고 있었다.

"그렇지 않으면 돌아가리라. 다시 시작하게 될 것이다. 드디어 수레바퀴의 마지막에 도달했느니. 비틀어진 운명이 정상적인 궤도에 이를 첫 번째 기회. 선택하라."

어쩌면 머릿속 깊숙한 곳에 자리한 예언과 꿈에 대한 강박감이 나를 미치게 만들었을지도 모르겠다. 살육의 현장을 보다 못해 하마터면 죽을 뻔까지 했으니 제정신일 리가 있나. 하지만 이때만큼은 그에게로 가야 한다는 충동이 매우 거셌다. 여차하면 잭의 손을 뿌리치고서라도 달려 나가겠다는 생각을 할 정도로 말이다.

"그러고 보니 우리 정보원에게 재미있는 소리를 하나 들은 적이 있었죠. 수도에 살았던 마녀가 황태자의 명에 의해 어떤 손님에게 기묘한 예언을 하나 했다나요? 마녀의 집에서 일했던 아이라서 그 고약한 노파가 내뱉었던 두 가지 예언을 똑똑히 들을 수 있었지요. 무척 흥미로운 내용이었어요."

그런데 갑자기 우리의 실랑이를 지켜만 보고 있던 여자—요정 할머니에서 온—가 차분한 목소리로 입을 열어 말했다.

"하나는 이제 와 생각해 보니 대공과 황후에 관한 이야기였던 것 같고, 나머지 하나는 어떤 기적의 여인에 관한 이야기였는데, 정확히 몇 달 후 마녀가 젊은 미녀로 되살아났다는 소문이 퍼지기 시작했죠. 하지만 예언의 말마따나 죽음의 거스른 사람은 따로 있었어요. 아, 그래요. 비슈발츠가의 아가씨라 하더라구요."

그녀의 눈동자가 내게로 향했다. 소름 끼칠 정도로 차분하고 올곧은 시선이었다.

"예언 때문에 황태자에게 가려고 하시는 건가요?"

그 눈빛에 불쾌감을 느낀 나는 미간을 찌푸리며 차가운 목소리로 말했다.

"감히 내 생각을 헤아리려는 건가?"

"오, 노여워 마세요. 제 주제에 감히 그럴 리가요. 다만 정보원으로서 호기심이 인 것뿐이랍니다. 그러니 부디 자비를 베풀어주세요."

"그렇게 알고 싶다면 이대로 따라와 보든지."

비아냥거리는 어조로 도발하자 여자가 빙그레 웃었다.

"그러고 싶지만 전 싸움엔 재주가 없어서요. 탈출로를 구상하는 데에만 쓸모가 있답니다. 다만 아가씨의 소원을 들어드릴 수는 있지요. 이들 모두 제게 빚 하나 졌거든요."

"대체 무슨 꿍꿍이지?"

"조금 전에 말씀드렸잖아요. 호기심이 생겼을 뿐이라고. 에구구, 늙으면 궁금한 것만 많아진다더니 제가 딱 그 짝입니다, 그려. 그러니 어떠세요? 제 제안에 응하시겠어요? 그럼 이들은 아가씨를 모시고 황태자에게 갈 거예요."

"그럴 수 없어!"

잭이 반발하여 나섰지만 새가 그의 어깨를 붙잡음으로써 어떠한 행동조차 하지 못했다.

"우리 세계에서 약속은 절대적이야. 너도 알잖아. 그러니 어떻게 아가씨를 지킬 것인지만 생각해."

쥐의 말에 잭이 내게 애절한 눈빛을 보냈다. 그러지 말라는 뜻이었다. 하지만 나는 아이의 눈빛을 애써 외면한 채 여자에게 말했다. 직위로 찍어 누를 수 있지만 당장 잭부터가 반발하여 고집을 피울 게 분명하니 그녀의 저열한 흥미를 채워 주는 게 나았다. 놀랍게도 이때의 나의 마음속엔 황태자에게 가서도 죽지 않을 거라는 확신이 강하게 일고 있었다.

"좋아. 그러지."

"현명하신 선택이세요."

여자는 부드럽게 미소 지으며 잭과 새와 쥐, 그리고 도마뱀에게 말했다.

"자, 아가씨를 모시고 홀로 향해요. 그럼 우리에게 진 빚을 탕감해드리도록 하지요. 자, 어서요. 모두가 기다리고 있다구요. 오, 빚은 상대를 휘두르기에 참으로 좋은 도구예요. 마법처럼 모든 걸 마음대로 할 수 있잖아요?"

그러자 새가 대표로 내게 말했다. 그의 목소리는 무척 딱딱했다. 아마 긴장으로 인해서이리라.

"아가씨, 모시겠습니다."

나는 반사적으로 잭을 바라보았다. 아이의 얼굴은 무어라 표현할 수 없을 만큼 강하게 일그러져 호박 빛으로 누렇게 떠 있었다. 그래서 조용히 시선을 피했다.

째깍.

귀에서 울리는 시계 소리는 여전했다.

탈출하는 데 일가견이 있다고 장담했던 것처럼 요정 할머니에서 온 여자는 성의 내부를 대부분 꿰고 있었다. 덕분에 우리는 생각보다 빨리 홀이 있는 위층에 도착했다. 고요했던 아래와 달리 위는 지옥 그 자체였다. 방에 가까이 가면 갈수록 피비린내가 짙어졌다. 복도엔 시신들이 널려 있었다.

나는 발에 채는 시체에 치솟아 오르는 구역질을 꾹 참으며 앞으로 전

진했다. 거의 박살이 나다시피 한 문짝 너머로 병장기가 부딪치는 소리가 요란하게 울려 퍼지고 있었다. 이대로 안으로 들어가기만 한다면 황태자와 아이레스 경을 만날 수 있을 터였다. 그런데 갑자기 이게 아니라는 생각이 들었다. 홀로 들어가는 건 잘못된 선택이라고 누군가 말하는 것처럼 머릿속이 윙윙거리고 있었다.

"아가씨?"

"아니야."

"네?"

나는 시선을 돌렸다. 그리고 왼쪽에 나 있는 긴 복도를 향해 무작정 달렸다. 누군가 인도하기라도 하듯 그렇게. 그리고 그곳에 있는 문을 열었다. 계단이 있었다. 홀의 이 층으로 가는 돌계단이. 나는 무언가에 홀린 것처럼 바로 뛰어 올라갔다. 숨도 안 쉬고서.

계단 끝에는 아래층을 내려다볼 수 있는 커다란 테라스가 있었다. 그래, 테라스. 내 공포의 근원. 나는 그것을 보는 순간 그 자리에서 멈춰 섰다. 머리가 지끈거리며 다리가 바들바들 떨리고 있었다. 더는 나갈 수 없어 손으로 가슴 부근을 쥐어뜯으며 그 자리에 주저앉았다. 눈동자 위로 하얀 드레스를 입은 누군가가 떠올랐다. 만일 잭이 내 몸을 흔들지 않았더라면 그 자리에서 기절했을지 모를 노릇이었다.

"아가씨, 정신 차리세요!"

"허억, 잭."

"내려가요. 그냥 가요. 대체 왜 이러세요? 제발요, 아가씨."

쥐와 새, 도마뱀이 내게 다가와 부축하려고 했다. 하지만 나는 그것을 매정하게 뿌리쳤다. 오롯이 잭만이 내 몸을 감싸 안을 뿐이었다. 눈앞이 핑핑 돌면서 눈물이 쏟아질 것만 같았다. 그런데 귀만은 날카롭게 살아 있어 아래에서 울려 퍼지는 비명을 여과 없이 받아들였다.

반역자. 패륜아.

두 개의 단어가 번갈아 가며 나타나고 있었다.

"누군가 밑을 내려다봐 줘. 이상한 낌새가 없는지. 어서!"

나는 헐떡인 채로 겨우 입을 열었다. 그러자 새와 쥐가 나서서 아래를 바라보기 시작했다. 그들이 시야를 가려 주니 숨통이 조금 트이는 것 같았다.

잠시 후 그들의 입에서 당혹을 담은 소리가 흘러나왔다.

"어, 저기 조금 이상한데요?"

"그러게? 왜 계속 황태자 쪽으로 다가가는 거지?"

"그를 지키려는 병사가 아니야? 자세히 봐봐."

내 질문에 쥐가 고개를 갸웃거렸다.

"뭔가 좀 미묘한데요? 이봐, 도마뱀. 이리로 와서 저것 좀 봐봐. 네가 우리보다 잘 알잖아?"

도마뱀이 쥐의 손짓에 테라스 가까이로 다가갔다. 그리고 잠시 후 그의 입에서 확신에 찬 음성이 흘러나왔다.

"확실히 이상하긴 하군. 포위하려는 것처럼 움직이잖아? 이렇게 위에서 보지 않았다면 모를 정도로 매우 정교하게 움직이고 있어."

그의 말을 들은 나는 잭에게 가냘픈 목소리로 속삭였다.

"잭, 부탁이야. 날 부축해 줄 수 있니?"

"아가씨……."

"이해 못 하리라는 걸 알아. 왜 모르겠니? 나도 지금 내가 이상하다고 생각하고 있는걸. 그런데 이렇게 해야 할 것만 같은 기분이 들어. 운명처럼. 그러니 제발 날 도와주렴. 나의 잭, 제발."

"……네. 전 아가씨의 잭이니까요."

잭이 내 몸을 힘주어 일으켰다. 나는 목구멍 위로 치솟는 신물을 연신 삼키며 이를 딱딱 부딪쳤다.

"아무렇지 않아."

"아가씨?"

"돌아가는 것보단 나아. 참을 수 있어. 한순간이면 돼."

하얀 드레스를 입은 시스에가 눈앞에 어른거렸다. 그녀는 창백하게 질린 얼굴로 나를 응시하고 있었다. 그래선지 자꾸 발이 멈춰졌다. 고작 세 발자국을 걸어갔을까. 견디지 못한 나는 결국 고개를 돌려 바닥으로 신물을 토해 냈다.

"아가씨!"

"날 끌고 가. 어서, 잭!"

"하, 하지만."

내가 단호하게 명령하자 잭이 이를 악물고서 앞으로 걸어 나갔다. 내 몸이 자신의 어깨에 죄다 쏠려 힘겨울 법하지만 아이는 꿋꿋하게 테라스 앞까지 나를 데리고 갔다. 덕분에 나는 하얀 드레스를 입은 시스에의 발끝에 이르렀다.

"아가씨, 괜찮으십니까? 제가 보이세요?"

귓가로 쥐의 목소리가 들렸다. 나는 힘겹게 고개를 끄덕이다가 다시금 바닥에 신물을 토했다.

웩.

속이 뒤집혀 쓰러질 것만 같았다. 하지만 손바닥에 손톱을 박아 넣으면서까지 정신을 차리려고 노력하자 어찌어찌 아래가 보였다. 과연 도마뱀의 말마따나 황태자의 주변을 어슬렁거리는 한 무리의 병사가 있었다. 나는 직감적으로 저들이 아까 비밀 통로에 들어온 자들이라고 생각했다.

황태자의 곁에 아이레스 경과 할버드 경이 서 있는 게 보였지만 기습 공격에 당해 낼 장사가 없으므로 걱정이 되는 건 사실이었다. 그래서 나는 좀 더 자세히 지켜보기 위해 고개를 더 앞으로 빼내었다. 그러자 몸이 앞으로 휙 하고 기울어졌다. 테라스를 두려워한 주제에 이렇게 행동하는 나는 진정 제정신이 아니라 할 수 있었다. 잭에게서 떨어진 손이 난간을 제대로 지탱하지 못하고 있는데 말이다.

뿐만이랴. 기능을 잃어버린 다리는 갈대처럼 연약하기 그지없어 옆 사람의 기척만으로도 흔들렸다. 그래서일까? 순간적으로 눈앞이 아찔해지며 몸에 힘이 풀렸다. 그러자 숙인 상체 쪽으로 무게가 쏠리며 앞으로 미끄러졌다. 아차 하는 순간 내 몸은 홀 아래로 힘없이 떨어지고 있었다.

"아가씨!"

그런 내 등 뒤로 잭의 목소리가 비명처럼 날아들었다. 나는 반사적으로 눈을 감았다. 이전에 로에나의 눈앞에서 자살할 때 이런 느낌이었나? 잘 모르겠다. 하지만 확실한 건 눈앞이 명멸할 것처럼 아찔하게 반짝인다는 점이었다. 모든 것이 느리게 흘러가는 것 또한 말이다. 하지만 느끼는 것에 비해 떨어지는 건 찰나에 가까운지라 나는 곧 통증이 찾아올 것을 대비하여 이를 악물었다.

그런데 이상하게도 발밑만 허전할 뿐 고통이 느껴지지 않았다. 오히려 부유하는 감각만 들 뿐이다. 곧 덜컥하는 소리와 함께 몸이 위아래로 크게 한 번 흔들렸다. 아, 이걸 뭐라고 하지? 마치 허공에 떠 있는 것 같아. 기묘한 일이었다.

잠깐, 허공에 떠 있는 것처럼이라고?

순간 정신을 차린 나는 내가 무언가에 걸쳐져 매달려 있다는 것을 깨달았다. 허리띠처럼 매고 있었던 아이레스 경의 머리카락이 나를 구해주었다는 사실 또한 말이다.

나는 바들바들 떨리는 고개를 힘겹게 움직여 가까스로 아래를 살폈다. 커다란 뿔 하나가 아이레스 경의 머리카락 사이로 하늘을 향해 솟아오른 게 보였다. 나는 그것이 무엇인지 쉽게 알아차렸다. 수사슴의 머리 위에 달려 있는 뿔이었다. 2층 테라스의 아래엔 커다란 수사슴의 머리가 박제되어 변경백의 문장 위로 달려 있는데—그 주변으론 길게 주름 잡힌 천이 반(反) 아치형을 이루며 일정한 형태로 늘어뜨려져 있었다—그곳에 내가 걸려 있는 것이다. 운이 좋았다고 할 수밖에 없었다.

게다가 잭이 나로 인해 크게 비명을 질렀지만, 밑이 워낙 시끄럽다 보니 내가 여기에 매달린 걸 눈치챈 이가 없었다. 알았다면 날아드는 무기에 의해 죽었을 터였다.

"아가씨, 제게 소, 손을."

머리 위로 쥐의 목소리가 들렸다. 나는 힘겹게 고개를 위로 들어 올렸다. 쥐뿐만이 아니라 새, 도마뱀, 심지어 체구가 작은 잭까지 나를 끌어 올리기 위해 자신의 손을 뻗어 내리고 있었다. 나는 몸을 살짝 비틀어 그들의 손을 잡고자 했다. 하지만 아슬아슬하게 닿지 않았다. 이를 악물고서 손끝에 힘을 주어 다시 손을 펼쳤다. 그러나 여전히 손톱만 한 차이로 스치고 지나갈 뿐이었다.

"조금만 더 힘을 내세요."

다시 몸을 크게 비틀어 손을 잡으려고 했다. 순간 아이레스 경의 머리카락이 느슨해지며 몸이 크게 휘청였다. 떨어질까 봐 무서워 사슴뿔을 잡았더니 투툭 하고 아래로 살짝 기울어졌다. 반동으로 인해 크게 쏠린 탓이다. 그러자 새가 쥐의 허리를 붙잡고 그의 몸을 내 쪽으로 깊숙하게 내렸다. 그랬더니 금세 손을 잡을 수 있을 것처럼 넉넉하게 팔이 내려왔다. 이제 그를 잡기만 하면 될 터였다. 그런데 쥐에게 닿기도 전에 툭 하는 소리와 함께 몸이 아래로 훅 꺼졌다.

"꺄아아악!"

나는 비명을 내지르며 손에 잡히는 아무거나 붙잡았다. 사슴뿔 주변으로 치렁치렁하게 늘어져 있던 천이었다. 그것들은 아래로 세차게 떨어지는 내 무게를 이기다 못해 툭툭 하는 소리와 함께 벽에서 떨어지기 시작했다. 살기 위해 발을 버둥거리다 보니 사슴뿔이 신발에 걸리며 발아래로 축 늘어졌다. 무게 추처럼. 몸은 연이어서 떼어지는 천을 따라 앞뒤로 크게 원을 그리며 아래쪽을 휘젓고 있었다.

"뭐야?"

"비켜!"

"물러나! 찔린다!"

한데 뒤엉켜 정신없이 싸우던 사람들은 사슴뿔에 찔릴까 봐 소리를 내지르며 이리저리 정신없이 피해 다녔다. 바닥에 엎드리거나 옆으로 몸을 날리는 이로 인해 진형이 흐트러지고 있었다.

그렇게 몇 번을 크게 앞뒤로 흔들렸을까? 잠시 후 벽을 장식하던 천이 다 떨어지며 내 몸은 바닥으로 추락했다. 다행히 앞뒤로 움직이는 와중에 높이가 서서히 줄어들어 큰 충격은 없었다. 그 뒤로 꼬리처럼 길게 이어진 천이 병사들의 머리 위를 덮었다.

순간 정적이 흘렀다. 소란스럽던 싸움이 한순간에 고요해지며 모두 멍하니 나를 바라보고 있었다. 나는 울렁거림을 이기지 못하고 우욱, 다시금 신물을 토해 냈다. 그러자 그게 신호라도 된 것처럼 여기저기서 다시 목청을 높이기 시작했다.

"이때다! 대공 쪽 병사들이 천에서 빠져나오지 못할 때 덮쳐라!"

"기회다. 반란군을 제압하라!"

나를 중심으로 다시금 사람들이 어지럽게 엉키기 시작했다. 나는 허우적대며 엉금엉금 기다시피 사슴 머리에서 떨어져 나왔다.

우웩.

그리고 다시 목 끝까지 차오르는 신물을 게워 냈다. 너무 많이 토해서 그런지 눈앞이 어질거리고 몸에 힘이 들어가지 않았다. 아직 정신이 돌아오지 않아 지금 내가 어디에 서 있는지조차 인식되지 않은 상태였다. 몇 걸음 걸어가다가 그대로 주저앉는데, 머리 위로 서늘한 바람이 스쳐 지나가며 누군가가 욕설을 퍼부었다.

"이 새끼가!"

눈물로 젖은 눈을 깜빡이니 악귀처럼 일그러진 얼굴을 한 병사가 보인다. 그는 나를 향해 검을 겨누고 있었다. 하지만 그는 뒤에서 날아오는 칼에 의해 그대로 꾸르륵 피를 토해 내며 무릎을 꿇었다. 복부 사이로 칼날이 튀어나와 있었다.

죽음. 전쟁.

정수리에 찬물을 들이부은 것처럼 정신이 번쩍 들었다. 나는 벙어리처럼 아 소리를 내며 엉덩이 걸음으로 뒤로 물러났다. 그러나 천에서 벗어나려는 병사로 인해 발에 천이 감겨 등 뒤로 드러눕게 되었고, 누군가의 다리와 강하게 부딪쳤다. 걸음이 꼬인 그가 앞으로 넘어지며 다른 이를 건드렸다. 그 사람도 다른 이와 부딪쳐 벌러덩 나자빠졌다. 그러자 도미노가 넘어지듯 여기저기서 부딪쳐 다치거나 넘어져 허우적대는 사람들이 속출하기 시작했다. 훗날 누군가 회상하길 기막히게 대공 쪽 병사들에게만 적용이 되어 운이 따르나 보다 하고 생각했다고 한다. 덕분에 황태자 쪽으로 승기가 기울어지기 시작했으니 말이다.

"항복하면 살려라!"

"대공을 잡아라!"

그런데 이런 내 몸을 잡아끄는 손길이 있었다. 두려움에 발버둥 치며 반항하니 누군가 차분한 목소리로 말했다.

"쉿, 나다."

이오발데 디보쉬 에키나시아. 제국의 황태자였다. 그제야 이성이 찾아든 나는 초점이 잡힌 눈으로 그를 바라보았다. 황태자는 매우 신기하다는 듯 나를 바라보고 있었다. 그의 입가에 어린 건 만족이라는 글자다.

"그대는 정말로 대단해. 덕분에 전황이 뒤집혔어. 어떻게 이런 생각을 다 한 거지?"

옆에 그를 호위하듯 서 있던 아이레스 경이 황태자에게서 내 몸을 빼내었다. 그리고 서늘한 목소리로 충고하듯 말했다.

"전하. 아직 끝난 게 아닙니다."

"하지만 이미 승기는 우리에게 있다."

"끝까지 방심하시면 안 됩니다."

"아아, 그렇지."

바들바들 떠는 내 손을 아이레스 경이 꼭 잡았다. 그리고 그런 나를 할버드 경이 애절한 시선으로 바라보고 있었다.

"어째서 여기에 나타난 겁니까? 세상에, 제 눈을 의심할 뻔하였습니다."

아이레스 경이 주변을 경계하며 속삭이듯 물었다. 나는 메마른 입술을 달싹이려다 이만 딱딱거리는 소리를 냈다. 말이 나오지 않았다. 대신 식은땀으로 가득 찬 손을 풀고서 그를 바라보았다. 그러자 아이레스 경이 황태자에게 '허락해 주십시오'라고 말했다.

"안 돼."

"아량을 베푸십시오, 전하."

"아니, 오히려 위험할 수 있다. 차라리 여기 있는 게 나아."

"아무것도 모르는 이입니다. 버틸 수 있을 리 만무합니다."

"그대만 이 사람을 걱정하는 게 아냐, 아이레스 경."

이때 조용히 나를 지켜보던 할버드 경이 나섰다.

"그동안 제가 전하를 지켜 드리면 되잖습니까. 제 명예를 걸고서 전하의 망토 끝자락 하나 건들지 못하게 하겠습니다."

"홀 안에만 병사들이 있는 게 아냐. 잔당들이 곳곳에 숨어 있어. 안타깝지만 그녀를 위해서라도 여기 함께 있어야 한다."

작은 실랑이가 이어지고 있었다. 승기를 거의 다 잡았다고 생각하기에 일어날 수 있는 일이었다.

나는 그들의 대화에 집중할 수 없었다. 귓가에 계속 울려 퍼지는 째깍 소리에 두통이 밀려와서다. 자꾸 머릿속으로 시계 소리가 들려 미칠 것만 같았다. 비명이라도 내지르고 싶은 심정이다. 그러다 앞으로 거꾸러지다시피 넘어졌는데, 불행하게도 그 앞에는 황태자가 있었다. 그는 엉겁결에 내 몸을 붙잡고서 뒤로 넘어졌다. 소름 끼치는 건 그 순간 그의 머리 위로 눈먼 화살 하나가 날아갔다는 점이었다. 동시에 황태자가 넘어지면서 무언가를 건드리는 바람에 벽에 장식되어 있던 석궁이 정면을 향해 발사되었다.

"으악!"

"어디서 석궁이 날아온 거지? 대공 전하를 보호하라!"

"대공이 눈에 화살을 맞았다!"

"대공을 잡아라!"

"물러서지 말고 대공 전하를 보호하라! 패륜아에게서 황실을 지켜라!"

이쯤 되면 운명이 노골적으로 황태자의 편을 드는 것이라고 생각할 수밖에 없었다. 하지만 황태자는 다른 생각을 하는 듯 눈동자를 빛내며 나를 바라보았다. 그 속에 담긴 건 기쁨과 탐욕이었다.

"그대……."

할버드 경과 아이레스 경은 잠깐 시선을 돌려 눈에 화살을 맞았다는 대공을 바라보고 있었다.

그때 귓가에 울려 퍼지는 시계 소리가 커지더니만 내 눈 안으로 황태자의 등 뒤로 나타난 누군가가 매우 느리게 들어왔다. 그래서 나는 손으로 바닥을 더듬어 잡히는 것을 아무거나 들고서 머리 위로 방어하듯 올렸다. 단 한 번도 해본 적이 없는 동작인데 본능적으로 그렇게 하고 있었다. 마치 누군가 내 몸을 움직이는 것처럼, 그렇게.

순간 텅 하는 소리와 함께 양 손목이 끊어질 것 같은 통증이 밀려들어 왔다. 나는 처절한 비명을 내지르며 손에 잡은 것을 떨어뜨렸다. 고통으로 일그러진 와중에도 내게 통증을 안겨 준 사람의 얼굴이 똑똑히 보였다.

변장한 채 대공의 곁에 있다고 알려진 쉴피스 경이었다. 그는 내 비명에 바로 반응한 할버드 경과 아이레스 경에 의해 바로 제압당했다. 동시에 홀에 수십의 병력이 우르르 밀려들어 오며 크게 외치기 시작했다. 대공의 매복조에 막혔던 이들이 드디어 변경백의 성에 도달한 것이었다.

"황태자 전하, 저희가 왔습니다."

"모두 전하를 도와 저 반역자들을 제압하라!"

하지만 황태자는 계속 내게서 시선을 떼지 않았다. 나 역시 고통으로 눈물을 줄줄 흘리는 와중에도 그에게서 눈을 돌리지 않았다.

째깍.

드디어 시계 소리가 멈추었다. 끝났다는 것처럼. 그리고 맑은 하늘처럼 청명해지는 머릿속을 미련이 남았다는 것처럼 예언 하나가 휘감고 지나갔다.

『죽음이 다가온다. 사신이 낫을 들고서 그대의 주변에 서 있다. 그러니 죽음을 거스른 여인, 운명에 얽매이지 않는 여자를 찾아서 곁에 두어라. 그리하면 빛을 보리라.』

나는 힘없이 본능적으로 쏟아져 나오는 말을 내뱉었다.

"드디어 하나가 끝났어."

열린 창문을 통해 새벽빛이 쏟아지며 아침을 알리는 종소리가 저 멀리 바람을 타고서 흘러들어 왔다. 전쟁의 끝을 축복하기라도 하듯.

댕- 댕- 댕-

"대공을 찾아라!"
"항복할 자는 그대로 무기를 내려놓고 무릎을 꿇어라. 그러면 죽음만은 면하게 할 것이다."
황태자가 나를 잡을 것처럼 손을 뻗었다. 나는 뒤로 물러난 채 고개를 내저었다. 가까이 다가오지 말라는 뜻이었다. 그리고 그런 나를 부축한 건 아이레스 경과 할버드 경이었다.
어느새 이 지옥을 뚫고 왔는지 잭 또한 내게 달려와 근심스러운 표정으로 나를 바라봤다. 아이레스 경이 잭을 내게서 떼어 내려고 했지만 내가 먼저였다. 본능적으로 무엇을 해야 하는지 깨달았기 때문이다.
"잭, 외쳐."
"예?"
"라데 렐신이 황태자 전하의 목숨을 구했다고 외쳐! 어서!"
영문을 모르는 잭은 순순히 내 말대로 목청껏 외치기 시작했다.
"라데 렐신이 황태자 전하의 목숨을 구했다!"
잭을 따라온 새와 쥐, 도마뱀 또한 아이를 따라 소리쳤다. 그들의 얼굴에 떠오른 건 의아함이었다. 하지만 계속 같은 내용을 반복하여 외치니 잭의 말을 따라서 사람들이 소리 지르기 시작했다. 여론에 휩쓸린 거였다.
"라데 렐신이라는 자가 황태자 전하를 위해 몸을 내던졌다."
"라데 렐신이 황태자 전하를 구했다. 그가 있어 전하께서 무사하셨다!"
"라데 렐신으로 인해 전쟁에서 이겼다!"
"아까 반란군을 혼란케 한 이도 라데 렐신이다!"
황태자의 얼굴이 일그러졌다. 영민한 그는 내가 무얼 노리고서 이런 말을 외치게 했는지 알겠다는 듯 사납게 미간을 찌푸렸다.
"그대……!"

나는 희미한 미소를 지으며 그에게 말했다.

"이제 끝입니다, 전하. 완벽하게 끝이에요."

그리고 양 손목에서 전해져 오는 통증을 견디지 못하고 바로 기절했다.

나는 수도로 돌아오는 내내 깨어나지 못했다. 눈을 떴을 땐 수도의 반란 역시 완벽하게 제압된 후였다. 도대체 얼마나 오랜 시간 동안 기절해 있었던 거지? 나는 내가 누워 있는 침대 곁에서 근심에 찬 표정을 하고 있는 로샨 영애를 발견하고 힘겹게 몸을 일으켰다.

"여긴 어디예요?"

로샨 영애가 내 말에 반색을 토해 내며 몸을 일으켰다. 오랜만에 본 그녀의 얼굴은 무척 피곤해 보였다.

"시스, 깨어났어요?"

"로샨가인가요?"

"네, 맞아요."

그녀가 컵에 물을 따라 내 입가에 댔다. 나는 그것을 받아들이려고 했지만 로샨 영애가 만류했다.

"아직 손목을 움직이면 안 돼요."

나는 눈을 내려 무기력하게 뻗어 있는 양손을 응시했다. 붕대가 칭칭 감긴 그것은 보기에도 무척 흉했다.

"부러졌나요?"

"아뇨, 그렇지는 않아요. 다만 안정이 필요할 뿐이죠."

"그렇군요."

"시스가 전하의 목숨을 구했다면서요? 엄청난 활약을 했다고 들었어요. 라데 렐신으로서요."

로샨 영애가 내 입술을 천으로 톡톡 두드려 닦으면서 상냥한 어조로 물었다.

글쎄, 그게 과연 활약이라 할 수 있을까?

나는 쓴웃음을 지으며 대답하지 않았다. 내가 홀에 도착했을 땐 이미 싸움은 절정에 치달아 있는 상태였다. 운명에 휩쓸려 어찌어찌 운 좋게 그를 구했다 하지만 제대로 된 과정이나 절정조차 모른 채 어설픈 끝만 맺었을 뿐이다. 누군가의 손에 의해 움직인 마리오네트처럼 말이다. 황태자와 대공이 지금껏 물밑에서 어떻게 싸워 왔는지, 그들이 에리뉘스와의 싸움에서도 어떻게 힘겨루기를 했는지, 심지어 황후의 몰락조차 어떻게 되었는지 알지 못했다. 그저 운명대로 황태자를 구했고 전쟁은 끝이 났으며 황태자는 이제 황제가 되리라는 것만 알 뿐이었다.

철저하게 농락당한 기분에 쓴웃음만 흘러나왔다. 그나마 한 가지 위안이라 할 수 있는 건 더는 예언을 핑계로 황태자에게 질질 끌려다니지 않아도 된다는 거였다.

"내 어머니는요? 동생은 어떻게 되었죠? 비슈발츠가의 저택으로 돌아갈 수 있나요?"

내 질문에 로샨 영애의 얼굴이 굳었다. 그녀는 한숨을 내쉬고는 내 뺨을 부드럽게 어루만지며 안타깝다는 듯 말했다.

"미안해요, 시스. 한 가지 문제가 생겼어요."

"문제라뇨?"

"나는 로에나 영애를 통제하지 못했어요. 그녀가 갇혀 있는 내내 어떤 생각을 하고 있었는지 말이에요."

시스, 하고 그녀가 애절한 목소리로 나를 불렀다.

"그로 인해 그대의 어린 동생에게 문제가 생겼어요. 발레리안 드 비슈발츠의 한쪽 다리에 심각한 부상이 생겼거든요. 아마도 그는 커서 다리를 절게 될 거예요."

청천벽력과 같은 소리였다.

마지막 조각

1장
결자해지

잠시 깊은 침묵이 흘렀다. 나는 벌어진 입을 닫을 생각을 하지도 못한 채 그녀를 바라보았다. 로샨 영애는 할 말을 잃은 내게 동정심을 느꼈는지 가까이 다가오려고 했다. 입가에 어색한 미소를 띠며 앞으로 손을 뻗는 게 나를 껴안으려고 하는 것 같았다. 나는 손을 들어 그런 그녀의 행동을 막았다.

"지금 리안이 다리를 절게 된다고 하셨나요? 로에나에 의해서요?"

무슨 말인지 충분히 알아들었지만 받아들이는 건 또 다른지라 천천히 되물었다.

흠결이 생긴 후계자라니……. 어머니의 절망이 느껴지는 것 같아 정신이 아득해져 왔다. 마담을 비롯한 다른 친인척이 발레리안을 인정할 수 있었던 건 죽은 양부를 똑 닮았다는 것 외에 아무런 지병 없이 건강하게 태어나서였다. 그렇지 않았더라면 여전히 로에나를 밀었을 것이다. 사교계만큼 미추와 신체적인 부분에 민감한 곳은 또 없으니까. 화상을 입은 대공이 모두의 조롱을 받은 것만 해도 그렇지 않나. 다리를 저는 귀족을 존경할 사람은 없다. 그것은 일반적인 평민이라 할지라도 마찬가지지였다.

"네, 불행히도."

로샨 영애가 어깨를 가볍게 으쓱이며 유감을 표시했다. 그리고 내게 어떻게 된 영문인지 천천히 설명하기 시작했다.

그녀는 로에나가 많이 불안해하는 것 같아 황후의 이목을 피해 어머니와 만날 수 있게 주선했다고 말했다. 사교계 내에서 무척 사이좋은-발레리안을 낳기 전까지만 하더라도 그랬다-모녀의 모습을 보여 왔으니 의지할 대상으로 충분하다고 여겼다. 그리고 그러한 생각은 틀리지 않아 며칠 동안은 서로 잘 지내며 같이 있는 모습을 자주 보였다고 한다. 황후가 군대를 일으켜 수도를 장악하려고 했던 그날이 되기 전까지 말이다.

"나는 사람들을 이끌고 황궁으로 가야 했어요. 이런 사고가 일어날 거라 미처 상상조차 하지 못했죠. 그런데 반란을 제압하고 돌아와 보니 어린 영식은 다리에 심각한 부상을 입었고 백작 부인은 울부짖었다가 기절한 상태였어요. 오롯이 로에나 영애만이 온전하게 서 있었죠."

"그것만으로는 로에나가 저지른 일이라 단정할 수 없어요."

내 말에 로샨 영애가 딱하다는 듯 낮게 혀를 찼다. 그녀는 가엾다는 것처럼 '오, 사랑스러운 시스'라는 말을 내뱉더니 한순간에 달려와 내 어깨를 꼭 붙잡았다. 움찔한 내가 몸을 뒤로 빼려고 해도 막무가내였다. 그윽하게 휘어진 눈동자는 어떠한 감정을 주입하려는 듯 기묘하게 반짝였다.

"나도 그렇게 여기고 싶어요. 하지만 시스, 안타깝게도 로에나 영애가 어린 영식을 떨어뜨리는 걸 본 사람이 있어요. 그러니 이를 어쩌면 좋아요."

"……로에나는 어디에 있죠? 어머니는요? 발레리안의 상태를 살펴

봐야겠어요."

"백작 부인과 어린 영식은 지금 만나 볼 수 있어요. 하지만 로에나 영애는 여기에 없답니다."

"왜죠?"

내 물음에 로샨 영애가 낮게 한숨을 내쉰다.

"풀케르 쪽 사람들은 지금 모두 조사 대상이에요."

내가 기절해 있는 동안 얼마나 많은 일이 일어났는지 아마 상상조차 할 수 없을 것이라고 그녀는 말했다. 그러면서 이런저런 이야기를 해 주었는데, 내용을 요약하자면 대충 다음과 같았다.

황태자가 황후를 향해 노골적으로 칼을 빼 들었다는 것이다. 풀케르가 대공과 손을 잡고서 황제를 독살한 증거가 나타난 것은 물론이고―에머리 닐람이 증거를 가져다주었다고 한다―군을 일으켜 황궁을 장악한 정황까지 뚜렷하니 가볍게 넘어갈 수 없었다. 제아무리 친어미라 할지라도 말이다.

더욱이 아직 반란군의 수장이라 할 수 있는 대공이 붙잡히지 않았기에 더더욱 황후 쪽 사람들을 좌시할 수 없었다. 그래서 지금 수도의 분위기가 매우 흉흉하다고, 황후와 조금이라도 연관이 있는 사람들은 바닥에 납작 엎드려 황태자의 눈치를 살피고 있다고 한다.

나는 에머리 닐람이 풀케르를 배신했다는 대목에서 천천히 고개를 끄덕였다. 이전에 황후궁에서 만났을 때는 세상에 다시없을 충신처럼 굴더니만 '서운함'이라는 사소한 감정을 이기지 못하고 제 주인을 배신한 꼴이 퍽 우스웠다. 일 년도 안 된 상태에서 자신의 위치가 이렇게 전락하게 될 줄 예감하기나 했을까?

무어 스스로야 살길을 도모했다고 뿌듯하게 여길지 모르겠으나 로샨 영애가 훗날에라도 저를 귀중히 쓸지는 모를 노릇이었다. 한 번 배신한 자가 또다시 배신하지 말라는 법은 없으니까. 그래도 황후의 심복으로 활약한 나날이 많으므로 원하는 것을 모두 다 얻어 내기 전까진 소중한 증인으로서 대할 것은 분명했다.

어쨌든 얼추 상황을 알게 되니 더는 이곳에 있을 마음이 사라졌다. 그래서 로샨 영애에게 말했다.

"어머니를 만나게 해줘요. 이만 저택으로 돌아가야겠어요."

동시에 몸을 비틀어 그녀의 손에서 빠져나왔다. 그리고 침대에서 일어났다. 갑작스레 몸을 움직인 탓인지 순간 눈앞이 핑 돌았지만, 가까스로 중심을 잡았다. 양손이 힘없이 늘어져 있는 게 꽤 불편하긴 하나 치료가 잘되고 있는 모양인지 통증은 거의 없었다.

"벌써요? 너무 이른데요. 몸을 생각해요, 시스. 무리하지 말아요."

"그래도 여기에 계속 머무를 순 없어요. 폐를 끼칠 순 없는 노릇이죠."

"시스, 페라뇨. 우리 사이에 무슨 그런 말을 하는 거예요. 설마 내게 서운함을 느끼고 있는 건가요?"

나는 조용히 로샨의 눈을 응시했다. 그러자 그녀가 몸을 움찔하며 살며시 고개를 돌렸다. 수가 빤히 읽힐 정도로 심하게 흔들리는 눈동자가 뤼세트 로샨답지 않았다. 내가 아는 한 그녀는 사교계의 그 누구보다도 능숙하게 자신의 감정을 숨길 줄 아는 이었다. 그런데 자꾸 내 눈치를 살피며 안절부절못하는 게 퍽 수상쩍었다.

물론 영애의 이러한 행동은 내가 입은 상처에 대한 걱정과 비슈발츠가의 몰락을 미리 알려 주지 않았던 것에 대한 죄책감 때문은 아니었다. 다른 꿍꿍이속이 있어 시간을 끄는 거였다. 그런 와중에 내가 빤히 쳐다보니 당황한 것이고. 나는 그 속셈 안에 로에나가 얽혀 있을 것이라고 생각했다.

하지만 내가 로에나에 대해 이야기를 한다면 로샨 영애는 황태자의 명령이라 말하며 말을 얼버무릴 것이다. 그런 다음 나를 지키기 위한 방책이라며 이곳이 더 안전하다는 말을 반복할 터였다. 그래서 아무렇지 않은 척 여상한 대답을 내놓았다. 입가에 드리운 미소는 그녀를 안심시키기 위한 가면이었다.

"그렇지 않아요. 내가 뤼세에게 서운함을 느낄 리가요. 내가 뤼세라도 그렇게 행동했을 테니까요. 그러니 그런 생각 하지 말아요."

"그럼 왜 떠나려는 건가요? 이제 막 깨어났는데. 몸이 다 회복된 건 아니잖아요. 어수선한 저택보다 이곳에 있는 게 더 편할 거예요. 이곳만큼 안전한 곳은 또 없어요, 시스."

"비슈발츠니까요."

"네?"

"나는 시스에 드 비슈발츠예요. 그걸로 충분히 대답이 되지 않나요?"

로샨 영애는 내 대답에 할 말을 잃은 것처럼 입을 벌렸다. 그녀는 무척 당황하고 있었다. 그도 그럴 것이 전쟁 전만 하더라도 나는 후견인의 뒤에 숨은 채 내가 비슈발츠가를 움직이고 있음을 드러내지 않았다. 이는 같은 편인 로샨 영애에게도 마찬가지로 나중에 책이라도 잡힐까 봐 무척 조심하고 있었던 편이었다. 하지만 지금에 이르러 비슈발츠가가 오롯이 내 것임을 선언했다. 대놓고 야심을 표현한 것이다. 로샨 영애로선 이런 내가 낯설 수밖에 없었다.

"시스……."

"내가 있어야 할 곳은 비슈발츠가 저택이에요. 그러니 가겠어요."

단호한 말에 로샨 영애가 다시금 한숨을 내쉬며 고개를 끄덕였다. 내가 고집을 피우며 말을 듣지 않자 포기한 모양이었다. 나를 소중하게 여기고 있다는 말이 거짓은 아닌 듯 그녀는 가끔 이렇게 내게 져 줄 때가 있었다. 이미 정해 놓은 무언가를 멈추면서까지 말이다. 영애에게 있어 우선순위는 황태자지만 그 속에서 나를 아예 배제하진 않은 모양이었다. 그래 봤자 이런 관계도 이제 끝이지만.

"어쩔 수 없군요. 그렇게 해요. 내가 무어라고 그대의 고집을 꺾겠어요? 비슈발츠가 저택은 이미 다 말끔하게 정리해 놓은 상태예요. 그러니 언제라도 들어갈 수 있죠. 백작 부인은 지금 2층의 다른 방에 계신답니다."

그녀는 하녀를 불러 나를 어머니가 있는 곳으로 인도하게 했다. 그리고 동행하지 않겠다는 듯 뒤로 한 걸음 물러났다. 의외의 행동에 내가 갸웃거리자 어색하게 웃으며 변명에 가까운 말을 했다. 이후 정해진 약속이 있어 어쩔 수 없다는 것이다. 서운한 마음을 먹지 말라고 말하는 그녀의 입꼬리는 살짝 경련이 일고 있었다. 나는 고맙다고 말한 뒤 하녀의 뒤를 따랐다. 뤼세트 로샨은 그늘이 진 방 정중앙 쪽에 서서 그런 내 뒷모습을 물끄러미 바라보고 있었다.

오랜만에 본 어머니의 얼굴은 속이 상할 정도로 처참했다. 눈물이 마르지 않은 눈가는 벌겋게 젖어 짓물러져 있으며 입술은 하얗게 껍질이 일어 있었다. 잔뜩 엉켜진 머리카락은 며칠 동안 빗지 않은 것인지 무척 지저분했다.

아픈 와중에도 미모만큼은 발군이었던 당신이었는데 지금의 모습은 이전의 외모를 떠올리기 어려울 만큼 초라해져 있었다. 비쩍 마른 뺨은 못 먹은 사람처럼 홀쭉하게 들어가 흡사 해골을 연상케 했다. 내가 아는 사람이 맞나 의심스러울 정도였다. 어머니는 하녀의 시중을 받으며 힘겹게 물을 마시고 있었다.

"어머니."

나는 조용히 그녀를 불렀다. 말하는 목소리는 낮고 고요했으나 어머니의 정신을 일깨우는 덴 부족함이 없었다.

"시스? 시스니?! 세상에, 내 아가야. 어디 갔다가 이제 왔어!"

어머니는 침대에서 벌떡 일어나 뛰다시피 내게 달려왔다. 주변 사람들이 우려에 찬 소리를 내질러도 아랑곳하지 않았다. 어디서 그런 힘이 솟아났는지 모를 노릇이었다.

어머니는 손을 뻗어 나를 안으려다가 내 양손에 감긴 붕대를 보고서 잠시 멈칫했다. 그리고 떨리는 손으로 내 몸 여기저기를 만지다가 이내 통곡에 가까운 울음을 토해 내기 시작했다. 다리를 절게 된 리안처럼 내 손 역시 엉망으로 망가졌을까 봐 두려운 탓이었다. 나는 담담한 어조로 어머니를 위로했다.

"진정하세요. 제 손은 멀쩡해요. 곧 멀쩡하게 나을 거예요."

"그래, 그래야지. 설마 손에 흉터는 남지 않겠지?"

"아마도요."

"아마라니, 안 돼! 상처 좀 보자. 응? 어떻게 되었는지 좀 보자꾸나."

"어머니."

"시스, 얘야. 너라도 멀쩡해야지. 리안이, 우리 리안이 다리가……!"

어머니는 결국 무너졌다. 내 허리에 매달리듯 주저앉아 꺽꺽 소리를 내며 몸으로 울었다. 들썩이는 어깨는 눈물이 나올 만큼 애처로웠다. 유모는 그런 어머니의 모습을 차마 쳐다보지 못하겠는지 몸을 돌려 훌쩍이고 있었다.

"네, 로샨 영애께 자초지종을 들었어요. 하지만 어떻게 된 영문인지 어머니의 입으로 들어야겠어요. 무슨 일이 일어난 거죠?"

"무슨 일이 일어났다니! 말 그대로야! 로에나 그 애가 리안을 일부러 떨어뜨린 거란다. 후계자인 아이를 질투한 거라고!"

목에 핏대가 솟을 만큼 소리를 광광 내지르는 모습이 흡사 광인을 연상케 했다. 로에나의 이름을 씹어 먹듯 내뱉는 것 또한 그랬다. 이성을 잃은 탓인지 흘러나오는 말이 두서가 없었다. 하지만 증오는 확실하게 전달되었다. 어머니는 로에나를 원망하고 있었다. 이전부터 쌓이고 쌓였던 게 이번의 기점으로 확 하고 터진 모양이었다.

그도 그럴 것이 로샨 영애의 배려를 승낙하여 로샨가에 들어오긴 했으나 자신을 바라보는 로에나의 시선이 퍽 두려웠던 어머니였다. 그녀만 보면 리안을 딸로 바꾸려고 했던 마고가 생각나 견딜 수 없었더랬다. 그래서 아이에게 다가오려는 로에나를 거부했다. 발레리안에게만 다가오지 않는다면 차 정도는 몇 잔이고 마셔 줄 수 있었다. 가식적으로 생글생글 웃으며 비위를 맞춰 주는 것 또한 가능했다. 실종되었다고 알려진 시스에가 무사히 돌아올 때까지 버티자, 어머니는 이런 생각을 하고 있었다.

운명의 그날 밤 로에나가 방 안에 들어와 리안을 껴안지 않았더라면 계속 평온한 나날을 보냈을 것이다. 아슬아슬하게 이어진 평화를 깬 건 로에나였다. 그녀는 무슨 짓이냐고 소리를 내지르는 어머니를 향해 무척 억울하다는 듯 항변하면서 그렇게 울먹였다.

"방금 누군가가 리안을 데려가려고 했어요. 오, 정말이에요. 전 아이를 보호한 거라구요. 어머니, 제발 제 말 좀 믿어주세요. 어째서 저를 그런 눈으로 보세요? 그러지 마세요. 제 진정을 의심치 마세요. 그것보다 어서 여기를 빠져나가야 해요. 어머니, 우린 이곳에 남아 있으면 안 돼요. 곧 큰일이 일어날 거예요."

그간 건강상의 이유로 칩거에 가까운 생활을 한지라 수도의 사정과 사교계 내의 이슈에 대해 어두웠던 어머니다. 때문에 로에나가 무슨 말을 하는지 전혀 이해할 수 없었다. 무엇보다 주변엔 침입한 흔적이 없을뿐더러 설사 바깥에서 누가 들어왔다 하더라도 후작가의 사람들이 몰랐을 리 없었다.

그렇기에 그녀는 로에나가 거짓말을 한다고 생각했다. 발레리안에 대한 질투로 아이를 해코지하려다가 들킨 거라고 여겼다. 그래서 어머니는 이성을 잃고서 로에나에게 달려들었다. 아니, 정확히는 그녀가 안고 있는 리안을 향해 손을 뻗었다.

로에나는 미친 것처럼 자신에게 달려든 어머니에게 겁을 먹고서 뒤로 주춤주춤 물러나다 방의 끝까지 몰렸다. 그러다 벽에 어깨를 부딪쳐 자신도 모르게 크게 움찔했다. 동시에 리안의 몸을 받치던 손에 힘이 빠졌고, 아이의 몸은 힘없이 아래로 추락했다.

만약 바닥에만 떨어진 것으로 그쳤더라면 리안은 무사했을 것이다. 나중에 머리 쪽에 문제가 생길지언정 겉으로는 멀쩡했을 테니 구설을 피할 수도 있었을 게고. 하지만 당황한 로에나가 아이를 구하려는 것처럼 손을 뻗다가 주변의 장식품을 건드렸고 그것이 고스란히 아이에게 떨어져 산산조각이 났다는 게 문제였다.

날카로운 유리는 아이의 발을 그대로 관통했다. 작은 조각들도 리안의 여린 살 속으로 파고들었다. 아이는 자지러지게 울며 모두의 이성을 마비시켰다. 순식간에 피가 줄줄 흐르며 방 안은 난장판이 되었다. 아이가 머리부터 떨어졌다는 건 그때만큼은 문제조차 되지 않았다.

어머니는 울부짖으며 주변을 향해 의사를 불러 달라고 요청했다. 이미 로샤 영애는 황궁으로 출발했고 모두의 시선이 그쪽으로 쏠린지라 집사나 하녀장을 부르는 데도 꽤 많은 시간이 소비됐다.

게다가 운이 없게도 하필 그날은 로샤가의 주치의가 일주일에 한 번 자신의 집으로 돌아가는 날이었다. 황후가 군을 일으켜 도심 곳곳을 통제하는 바람에 그를 부르러 나가기도 어려웠다. 하릴없이 시간만 흘려보내다 급한 대로 유리를 뽑고 지혈을 시도하는 수밖에 없었다. 하지만 그것도 잠시 급하게 치료한다는 게 다리의 어느 부분을 건드려 버렸는지 되레 뽑지 아니함만 못하게 되었다. 악몽 같은 시간이 흘러 주치의가 가까스로 저택에 도착했을 땐 발레리안의 부상은 이미 손쓸 수 없는 상태에 이른 뒤였다.

"머리도 부딪쳐서 나중에 문제가 될지 모른다고 하더구나. 아아, 시스. 우리 리안을 어떡하면 좋니? 응? 그리고 우린 어떻게 하면 좋아. 분명 로에나 그 계집애가 우릴 쫓아내려고 그런 수작을 부린 것일 게다. 로샨 영애가 없다는 걸 알고서 일을 벌인 거야. 리안만 없다면 비슈발츠가의 후계자는 자신이 될 테니까!"

어머니의 발언은 로샨가의 하녀가 있는 앞에서 하기엔 적절치 않았다. 그래서 나는 하녀를 시켜 당신의 몸을 일으켜 세웠다. 그런 다음 따뜻한 차를 권하며 진정할 때까지 기다렸다. 이 상황에서 내가 할 수 있는 일이라곤 돌아가자는 말을 하는 것밖에 없었다.

"알겠어요, 어머니. 무슨 일인지 확실하게 알게 되었으니 이제 집으로 돌아가요."

"시스, 애야. 넌 아무런 생각이 들지 않아? 어쩜 이렇게 침착할 수 있니? 네 동생이 그 망할 계집 때문에 다리를 절게 생겼대도!"

"어머니, 제가 어머니의 심정을 왜 모르겠어요? 하지만 이곳에선 아무것도 할 수 없어요. 여긴 비슈발츠가가 아니니까요. 그러니 우리 집으로 가서 다시 이야기해요."

그녀의 눈동자가 '우리 집'이라는 말에 반짝였다. 찰나에 불과했지만, 그때의 생기는 내가 익히 알던 어머니의 빛이었다.

"우리 집? 비슈발츠가?"

"네. 다시 돌아가야죠."

"아암, 그래. 가야지. 네가 돌아왔는데 가야지. 네가 무사히 왔는데, 으흑, 돌아가야지. 그래, 가자. 리안과 함께 가자. 으흐흑."

로샨 영애가 여러 말로 안심을 시켰겠지만 이미 수도엔 내 실종 소식이 파다하게 퍼진 상태였다. 그것만 해도 꽤 불안했을 텐데 발레리안까지 상처를 입자 도저히 견딜 수 없었을 것이다. 다만 하소연할 상대도 마땅치 않아 어쩔 수 없이 꾹꾹 참고 또 참았을 뿐이다. 이런 와중에 나를 만났으니 그간 억눌렀던 속을 다 토해 내고 싶었을 것이다. 곪을 대로 곪아 비통하기 짝이 없는 심경을 구구절절 외치며 위로를 받고 싶었을 터였다. 이곳에서 자신의 편이라 할 수 있는 이는 나밖에 없어서였다.

그래서일까. 어머니는 나를 보며 다시금 눈물을 주룩주룩 흘리더니 곧 알 수 없는 외마디 비명과 함께 기절했다. 주변 하녀들은 당황하여 어머니의 몸을 침대에 눕히고 사지를 주무르기 시작했다. 주치의를 부르기 위해 바깥으로 뛰어나간 사람도 있었다.

"아가씨……."

유모가 안절부절못하며 나를 바라봤다. 나는 그제야 그녀의 품에 안긴 발레리안에게 가까이 다가가 아이의 모습을 천천히 살폈다. 리안은 발에 칭칭 감긴 붕대가 불편한지 자는 내내 낑낑거리며 입술을 오물거리고 있었다. 어머니 못지않게 수척해진 모습이 퍽 안쓰러웠다.

"약이 독해선지 젖도 제대로 못 들고 계셔요. 이로 인해 마님 또한 음식을 거의 끊다시피 하셨구요. 도련님이 못 드시는데 어찌 음식이 입에 넘어가냐고 하시면서요."

"그래도 버텨 내야지. 그래야 해."

"하지만……."

"유모는 본 것이 없나?"

"죄송해요. 그때 하필 소변이 마려워서 잠시 자리를 뜬다는 게……. 제가 도착했을 땐 로에나 아가씨께서 도련님을 품에 안고 계신 상황이었어요."

유모는 나와 눈조차 마주치지 못하고 웅얼거리듯 말했다. 그러고 보니 그녀의 뺨 한쪽은 무언가에 긁힌 것처럼 매우 엉망이었다. 어머니에게 손찌검을 당한 건가. 입술 또한 검붉은 딱지투성이였다.

"어머니가 깨어나시면 리안을 데리고 저택으로 돌아갈 준비를 해."

"……엉망이라는데 괜찮을까요?"

"로샨 영애의 말에 의하면 얼추 정리가 다 되었다고 하니 무리 없이 생활할 순 있겠지."

"예."

나는 발레리안이 붕대 감긴 손에 불편함을 느끼지 않도록 손가락 하나만으로 아이의 보드라운 피부를 살살 쓰다듬었다. 먹음직스럽게 물이 오른 뺨과 입술에서 젖내가 확 나는 게 이제야 조금 실감이 났다. 몸을 다친 후계자와 황후의 편이라는 이유로 구석에 몰린 로에나. 황태자조차 외면할 수 없는 완벽한 판이 이런 식으로 만들어질 줄은 미처 몰랐던 터라 기분이 이상했다.

이건 운명의 보상인가, 아니면 이전의 삶에선 존재하지 않았던 아이에 대한 비틀림인가. 어쨌든 확실한 건 이번의 변수가 내게 있어 가장 큰 기회가 되리라는 점이었다. 이번이 아니면 다시는 도약할 수 없다는 것 또한 말이다.

어머니는 기절한 지 반나절이 지나고 나서야 가까스로 깨어났다. 그녀는 눈을 뜨자마자 소스라치게 놀라더니만 곁에 앉아 있는 나를 발견하고 곧 안도의 한숨을 내쉬었다. 그리고 기어 오듯 내게 달려들어 안기더니 다시금 울먹였다. 신음처럼 쏟아지는 목소리에는 '돌아가자'라는 말만 가득했다.

그래서 나는 어머니를 봐서라도 좀 더 쉬었다 가라는 로샨 영애의 만류를 뿌리치고 곧바로 저택으로 향했다. 로샨 영애가 무척 세심하게 잘 봐준 것인지 비슈발츠가는 풍비박산이 났다는 단어를 쓰기가 조금 어려울 정도로 매우 멀쩡했다.

계단 곳곳에 나 있는 칼자국이나 바뀐 문, 그리고 채 지워지지 않은 돌벽의 핏자국만 제외한다면 모든 것이 그대로였다. 마리와 세릴을 비롯한 몇몇 하녀가 되돌아와 소매를 걷어붙이고서 일을 시작하니 되레 이전의 사건이 마치 꿈처럼 느껴질 정도였다. 횡액을 맞아 죽은 이만 불쌍할 따름이었다.

나는 그날의 사건으로 인해 뺨에 긴 상처를 입은 믈랑에게 고생했다는 말을 건넸다. 하녀장은 내 상태를 보고서 엉엉 울음을 터뜨리다가도 무사해서 다행이라고 말했다. 마리와 세릴 등도 내 발에 엎드려 통곡하다시피 했다. 살아남은 하녀와 하인들 또한 서로를 붙들고서 울었다. 바닥이 눈물에 절어 질척해질 때까지 모두 꺽꺽대며 감정을 토로했다.

이들은 나를 구심점으로 삼아 안도를 표하고 있었다. 어느새 내가 저택의 사람들에게 그런 인물로 자리 잡은 것이다. 그래서 안쓰럽다가도 기뻤다. 내 것이 망가짐에 분노가 치솟아 오르다가도 기묘한 애정이 샘솟아 오묘한 기분이 들었다. 그렇기에 저들이 내 치맛자락을 붙들고 놓아주지 않아도 가만히 서 있었다.

모두에게 상처를 준 사건은 가까스로 끝을 맺었지만, 그것을 안고 가는 이의 마음은 이제 시작이라 눈앞이 막막했다. 할 일이 산더미였다. 그날 죽은 사람은 꽤 많았다. 개중 내 후견인도 있었다. 이 불쌍한 남자는 늦게까지 일을 하다가 저택을 습격한 이의 칼에 맞아 죽었다고 한다. 마리의 추천을 받아 집사가 된 사람도 마찬가지였다. 나를 도와서 일을 해야 할 대부분의 사람이 비명횡사했다.

모든 죽음이 애석하나 후견인의 부재가 가장 안타까웠다. 이미 저택의 일 전반이 내 손을 거쳐서 이루어지고 있긴 하지만, 대외적인 시선을 의식한다면 좀 더 감춰야 하는 게 사실이므로 아직 그가 필요한 상태였다.

그치만큼 좋은 방패는 없었는데……. 참으로 아쉬울 따름이다. 앞으론 그와 같은 후견인을 다시 만날 수 없을 게 분명하니 더더욱 그러했다.

그래도 해야 할 일은 해야 하는지라 나는 먼저 죽은 이들의 가족에게 장례를 치를 수 있도록 보상금을 내리고 재산의 피해 정도를 파악하여 금전적인 손실부터 메꾸기 시작했다. 건물은 멀쩡해졌지만 여기저기 손볼 곳이 한두 군데가 아니라 정신이 없었다. 집사를 다시 뽑아야 할뿐더러 저택에서 일할 인력을 다시금 구해야 했다.

실종되었다고 알려진 내가 멀쩡하게 돌아온 것에 궁금함을 느낀 사람들의 초청을 거절하는 것도 일이었다. 그들은 모두 내가 그동안 무엇을 했는지, 그리고 가문에 대한 황태자의 처벌은 어느 수준에서 끝날 것인지 궁금해했다. 그도 그럴 것이 전쟁이 끝나 할버드 경을 위시한 많은 병력이 되돌아왔지만 황태자를 마지막으로 급습했던 이가 쉴피스 경임이 드러나면서 몸을 움츠리는 수밖에 없었다.

이미 귀족 내부에서도 이를 두고서 활발한 논쟁이 이어지는 중이었다. 나름 고상한 이유를 대고서 자신의 주장을 피력하지만, 그 끝은 황태자에 대한 아부인지라 매일같이 지루한 설전이 이어지고 있었다.

확실한 건 오래지 않아 피의 폭풍이 불어닥치지 않겠느냐 하는 여론이 급부상하고 있다는 점이다. 단두대가 귀족들의 고귀한 피로 흠뻑 적셔질 것이 머지않았다는 소리 또한 거리 곳곳에서 울려 퍼지고 있었다.

그런 와중에 곧 선황제의 장례식이 치러질 거라는 소리가 들려왔다. 사람들은 안도의 한숨을 내쉬며 황태자의 효심을 칭찬했다. 장례식 이후에 전쟁의 승리를 기념하는 무도회를 열고 논공 행사를 벌인다는 소문이 떠돌았을 땐 크게 반색했다. 바로 피를 보지 않겠다는 말과 다름없으니까.

대관식은 무도회 다음이었다. 반역자들을 처리하는 건 새 황제를 맞이한 이후의 일이라는 소리다. 황태자의 신분에서 처분하는 것과 황제의 입장에서 처분하는 건 다르기 때문이다.

내게 주어진 권력을 확실하게 휘두르겠다. 황태자의 생각이 들리는 것 같았다. 그래서 나는 무도회가 열리기 전 황태자를 만나야겠다고 마음먹었다. 로에나가 풀케르의 일로 연관되어 조사를 받는 동안 모든 것을 확실하게 해놔야 했다.

로샨 영애에게 선언했듯 이젠 비슈발츠가를 동생인 리안에게 넘기는 것조차 상상할 수 없었다. 사지가 멀쩡하면 모를까 아이를 괜한 자리에 밀어 올려 고통받게 하고 싶지 않았다. 이전의 내가 맛보았던 수치감을 대물려 줄 필요는 없잖나. 그러잖아도 한차례 우리를 찾아와 어머니의 가슴에 못을 박고 간 라발리에다. 한번 풍비박산 난 데다가 유일한 후계자라 할 수 있는 아이조차 다리를 절게 되었으니 그녀의 심정이 멀쩡할 리가 없었다. 이 우아하고 아름다운 여인은 로에나가 조사를 받고 있다는 소문에 시달림에도 특유의 분위기를 잃지 않고 있었다. 오히려 곱게 화장한 얼굴 그대로 악의로 똘똘 뭉친 비난을 내어놓으며 모든 잘못을 우리에게 돌렸다.

"시작이 좋지 않으면 끝 또한 그러더라니 사람을 잘못 들였으니 자꾸 이런 불행한 일이 일어나는 게야. 쯧쯧. 하지만 어쩌겠는가. 죽은 이의 안목을 탓할 수도 없는 것을. 그저 백작의 재혼을 말리지 못한 것에 대한 책임을 절절하게 통감할 뿐이야. 유일한 후계자에 흠집이 생겼으니 죽은 동생을 내 어찌 보겠는가. 이렇게 된 이상 어떻게든 로에나라도 무사히 돌려받아야지. 그래야 비슈발츠 가문의 명맥을 이을 수 있어."

로에나를 구제하는 데 온 힘을 쏟아야 한다며 나지막한 목소리로 경고하는 그녀의 태도엔 나에 대한 희미한 경계가 깔려 있었다. 다리를 절게 된 발레리안이 흠결이 되자 로에나마저 잃을 수 없다는 소리였다. 그녀가 반역에 연루되었다는 의심을 받고서 갇혀 있는데도 말이다. 제

아무리 레이디 중의 레이디요, 모두의 선망을 받는 여인이라 알려진 그일지라도 핏줄 앞에선 무뎌질 수밖에 없었다. 기막혀진 내가 마지못해 대답하자 그조차도 마음에 들지 않는다는 것처럼 눈썹을 찌푸리는 것만 봐도 그랬다.

마담 드 라발리에가 내 후견인이 되겠다고 자청하지 않은 것도 이 때문이었다. 로에나가 풀려났을 때를 대비하여 든든한 뒷배가 되어주겠다는 생각에서다. 그녀의 외가와 함께. 아닌 게 아니라 마담이 나선다면 비슈발츠가의 친인척들이라 할지라도 감히 입을 열지 못할 게 뻔했다. 그 눈물 나는 애정에 코웃음조차 나지 않았다.

그러잖아도 사교계 내부에서 슬슬 로에나에 대한 동정론이 흘러나오고 있는 참이었다. 주로 라발리에와 친하게 지낸 사람들에게서 일어났다. 평소 로에나에 대한 흠모의 마음을 가졌던 이들도 그들의 말을 받아 열심히 그녀를 옹호했다. 천사같이 너그러운 성품을 가진 로에나가 감히 그런 무서운 짓을 저지를 리 있겠냐는 소리였다. 황후에게 이용을 당한 것일 뿐 그녀 또한 피해자라는 소리가 모두의 귀를 간질였다.

물론 이렇게 말을 해도 모든 것은 황태자의 판단으로 인해 결정이 날 터였다. 암만 우리끼리 입방정을 떨어 봤자 그가 원하지 않는다면 잠자코 따르는 수밖에 없었다. 이미 반란으로 인해 귀족파–황후 쪽의 입김이 가장 셌다–의 목줄을 틀어쥔 그가 아닌가. 이대로 황제의 위에 오른다면 선황보다 더 강력한 힘을 가진 군주가 될 가능성이 컸다. 벌써부터 그에게 잘 보이기 위해 이리저리 아부를 떠는 사람이 넘쳐 나는 실정이었다. 그렇기에 여론만 넘쳐 날 뿐 그녀를 구하기 위해 용감히 나서는 이는 드물었다.

내가 지금껏 보아 온 황태자는 자신에게 해를 끼친 자를 가만히 보고 있을 이가 아니었다. 황후와 정면으로 부딪친 것만 해도 그랬다. 보통의 사람이라면 그래도 모정에 흔들려 대공에게만 죄를 뒤집어씌웠을 테지만, 수도로 돌아온 황태자는 가차 없었다. 그는 즉시 대공의 몽타주를 뿌려 추적에 나섬과 동시에 황후를 궁에 감금했다. 풀케르가 수족처럼 부리던 시녀를 다 감옥에 가두고 불편함을 느끼지 않을 정도의 숫자만 새로 붙여 주어 감옥과 다름없는 생활을 영위하도록 몰아세웠다.

주변에서 그를 가리켜 인정머리가 없다고 수군거려도 눈 하나 깜빡하지 않았다. 이미 외가라 할 수 있는 키란가는 식솔 대부분이 끌려가 차가운 감옥에 갇힌 터였다. 그렇기에 암만 동정론이 거세진다 하더라도 그것이 황태자에 대한 압박으로 이어질 수 없었다. 그저 자꾸 불을 지피며 눈치를 살필 뿐이다.

마담 드 라발리에가 황태자와 친밀한 사이를 유지하고 있었던 나를 자꾸 만나 로에나에 대한 말을 꺼내는 것도 이 때문이었다. 나는 그럴 때마다 모르는 척 시선을 돌리며 말을 흘려 넘겼다. 로에나가 돌아오기 전에 기반을 먼저 더 튼튼하게 하는 게 우선이라는 핑계를 대고서 잔뜩 뿔이 난 마담을 달래었다.

나는 대행자일 뿐 모든 것은 마담의 말이 맞는다는 것처럼 몸을 잔뜩 움츠리자 그녀는 그제야 상냥한 미소를 머금었다.

"죽은 네 양부도 이런 네 모습을 보면 무척 흐뭇해할 게다. 아무렴. 네가 로에나를 보호해 줘야 하지 않겠니? 그래, 피가 우선이어야지. 그렇고말고. 그래도 네가 잘 처신하고 있으니 안심이 되는구나. 더는 네게 간섭할 일은 없겠어. 현명함과 지혜는 바라지 않더라도 제 분수 정도는 파악할 줄 알기를 바랐는데. 정말 다행이야."

마담이 내 속내를 헤아릴 수 없는 게 천만다행이었다. 행여 황태자가 변덕을 부려 로에나를 풀어줄까 전전긍긍하는 나를 알게 된다면 이런 말을 할 순 없겠지. 이전에 그녀가 황태자비가 되었던 것을 생각한다면 근거 없는 망상은 아니었다. 황태자를 승리자로 만든 운명이 그것마저도 손대지 아니하란 법은 없잖나.

그래서 온몸의 촉각을 곤두세워 황궁 쪽을 주시했다. 다시 나를 찾아온 잭과 계약을 맺어 로에나에 관련된 정보를 죄다 끌어모으게 했다. 동시에 라데 렐신에 대한 영웅담을 거리에 퍼뜨렸다. 그가 진정한 영웅인 것처럼 꾸며 황태자가 나를 외면할 수 없게 만들었다. 사람들은 몰락한 귀족이 황태자의 목숨을 구한 은인이 된 이야기에 흥분하며 그의 용감함을 칭송했다. 어느새 거리엔 라데 렐신을 주인공으로 한 연극이 인기리에 상연되고 있었다.

시간은 속절없이 흘러 어수선하기 그지없었던 수도의 분위기도 제법 안정화되었다. 지난번만 하더라도 길을 걷는 사람들의 얼굴에 불안감이 가득했는데, 이제는 제법 소리 높여 손님을 끌어모으는 상인이 있을 정도였다.

비슈발츠 가문 또한 이전의 성세까지는 아니어도 어느 정도 회복하여 사람 사는 냄새가 나기 시작했다. 여전히 로에나의 방은 비어 있고 어머니는 앓아누워 있으며 리안의 발에 붕대가 두툼하게 감겨 있었지만, 재산적인 손해는 조금씩 메워 가고 있는 실정이었다.

황태자는 장례식 직전까지 어마어마하게 바빠 로샨 영애조차 그의 얼굴을 보기가 어려웠다. 아이레스 경 또한 황실의 기사들과 병력을 다시 재정비하느라 궁 안에서 밤을 꼴딱 새우는 나날이 반복되었다. 그가 선물 상자에 곱게 싸서 보낸 자신의 머리카락–그때까지 난 그가 주었던 머리카락을 잊어버리고 있었다–만이 이전의 애틋했던 감정을 다시금 되살렸을 뿐이다.

내가 답례로 하녀를 시켜 간식거리를 보내었지만, 궁의 경계가 워낙

삼엄하여 안으로 들어가지 못했다는 말만 되돌아왔다. 이후 아이레스 경이 미안하다고 편지를 보내왔지만 이 일만으로도 황궁이 얼마나 살벌하게 움직이고 있는지 새삼 다시 느낄 수 있었다.

뤼세트 로샨은 그들 못지않게 정신없이 움직였다. 그녀는 사교계 내를 부지런히 뛰어다니며 풀케르와 친밀하게 지냈던 이들을 죄다 솎아내기 시작했다. 로샨 영애를 필두로 조금씩 티타임이나 모임이 열리고, 그러면서 상대방을 향한 온갖 모욕과 견제가 빈번하게 이뤄지자 여인들은 그녀의 발밑에 엎드려 눈치를 살살 살폈다.

이때만큼은 디뵌젤 공녀라 할지라도 황태자를 등에 업은 로샨 영애의 상대가 될 수 없었다. 디뵌젤 공녀의 입장에선 무척 자존심이 상하는 일이었을 테다. 로샨가만이 반역을 제압한 게 아닌데 모든 공은 오롯이 뤼세트 로샨 쪽으로만 넘어갔으니 말이다.

그래서 그녀는 내게 자신이 주최한 티타임에 참석할 것을 정중하게 요청했다. 이전에 사냥터에서 연을 맺었던 추억이 있으므로 그것을 거론하며 감정을 부추긴 것이다. 나는 그런 그녀의 초대를 기쁘게 승낙했다.

오랜만에 찾아간 공작저는 이전과 다름없었다. 그때 보았던 구성원도 여전했다. 아니, 새로운 얼굴이 늘었으면 늘었지 바뀐 것은 거의 없었다. 로에나를 연상시켰던 소린 영애나 그녀의 단짝인 베올린 남작 영애 또한 그대로였다. 마치 나만 변한 것 같았다.

나는 아이린 드 디뵌젤의 환대를 받으며 그녀의 곁에 앉았다. 예전을 생각한다면 무척 황송하기 짝이 없는 대접이었다. 공녀는 시종일관 내게 상냥하게 굴었다. 손수 다과를 건네는 것은 물론이요, 그 누구보다도 내 말에 귀를 기울이려고 애를 썼다. 저 높은 곳에 여왕처럼 앉아 공평한 애정을 흩뿌리던 소녀가 갑자기 이렇게 행동하니 놀랍지 않을 수 없었다. 언제 데면데면하게 굴었냐는 듯 애정을 과시하는 게 특히 그랬다. 그만큼 로샨 영애에게 느끼는 압박감이 큰 걸까?

"이전에 우리는 좀 더 가까운 사이였는데 말이에요. 나는 영애의 언니가 되고 싶다고 말하기까지 했죠. 기억나나요? 그런데 어째서 이렇게 되었는지 참 애석할 따름이에요. 그건 다 내 부덕의 소치겠죠."

공녀의 말에 소린 영애가 흥, 하고 코웃음을 치며 대답했다.

"그건 다 로샨 영애 때문이잖아요. 비슈발츠 영애는 마음이 여려서 그녀의 휘둘림에 당하고 있던 것뿐이라고요. 아이레스 경이 연인이니 어쩔 수 없었겠죠. 가엾은 비슈발츠 영애. 그 사나운 여자의 곁에 있느라 얼마나 힘들었나요? 나 같았으면 진작 이쪽으로 도망쳤을 거예요. 지금 그녀가 하는 꼴을 봐요. 자기가 황후가 된 것처럼 오만하게 굴고 있잖아요. 정말 염치도 없나 봐요."

오랜만에 본 소린 영애는 여전히 생각이 없었다. 그녀의 시간은 내 침실에 몰래 찾아 들어온 그날에 머무르는 듯했다. 베올린 영애가 기겁하여 눈치를 주어도 꿋꿋하게 제 할 말을 하는 것만 봐도 그랬다. 여과되지 않는 날것의 언어는 고상한 행동이라 보기에 무리가 있었다.

하지만 아무도 그런 영애를 경멸하거나 예의를 모른다고 나무라지 않았다. 자신들이 못하는 말을 대신 해주고 있으니 그럴 수밖에 없었다. 어떤 이는 통쾌하다는 듯 부채로 얼굴을 가리면서 낮게 웃기까지 했다. 디뷘젤 공녀가 난감하다는 듯 '영애'라고 말했지만 의례적인 만류에 불과할 뿐이었다.

"아니, 그렇잖아요. 그 여자가 황후의 자리를 노리고서 황태자 전하의 곁을 꿋꿋하게 지키고 있었다는 걸 모르는 사람이 있나요? 미모나 집안이나 지혜나 모두 디뷘젤 공녀보다 떨어지는 주제에 참으로 뻔뻔하기 그지없죠. 어릴 적에 수치라는 단어를 배운 적은 없는지 낯짝 한번 두꺼워요. 이참에 제가 썼었던 단어책이라도 선물로 보낼까 봐요."

디뷘젤 공녀는 소린 영애의 말을 부정하지 않았다. 그저 옅은 미소를 지으며 차만 마실 뿐이다. 그것이 공감인지, 혹은 당황으로 인한 것인지 알 길은 없었다. 다만 확실한 건 그녀가 황후의 자리에 눈길을 보내고 있다는 점이었다. 그렇잖으면 이렇게 자연스럽게 '황후'라는 직위가 거론될 리가 없잖나.

나로선 무척 재미난 상황이었다. 풀케르가 몰락한 이상 황태자나 로샨 영애에게만 매달려 시야를 좁힐 이유가 없었는데, 마침 디뷘젤 공녀가 알아서 접촉을 해오다 못해 제 속내를 밝히고 있으니 아니 반가우랴. 다들 부채로 얼굴을 가리고서 슬금슬금 속을 내비치는 게 한 편의 희극을 보는 것만 같았다.

"모든 이의 견해가 동일할 순 없는 노릇이죠. 하지만 그러한 증후가 이전부터 보였다는 걸 부인하지 않겠어요. 로샨 영애는 지금 자신의 행동이 스스로를 초라하게 만드는 행동이라는 점을 깨달아야만 해요."

"지금 궁에 구금되어 계신 풀케르조차 군림은 하되 지배하지는 않으셨죠. 그게 당연한 관례이기도 하구요. 하지만 로샨 영애는 우리를 자신의 발밑에 억누르고 싶은 모양이에요."

"전하께서 그를 두고만 보는 것은 무슨 까닭일까요?"

누군가의 질문에 디뷘젤 공녀가 찻잔을 내려놓으며 차분한 목소리로 대답했다.

"안과 밖을 확실하게 정리하고 싶은 모양이세요. 풀케르께서 사교계 내에서 가졌던 힘이 워낙 컸어야 말이지요. 하지만 이런 식의 강제는 모두의 반발을 불러일으키는 법이랍니다. 로샨 영애는 매우 영민하신 분으로 알고 있는데 왜 이런 무리수를 두는지 모르겠어요. 시스에 영애는 혹시 알고 계신 것이 있나요?"

나는 부드러운 미소를 지으며 고개를 설레설레 내저었다.

"저도 로샨 영애를 만난 지 오래돼서 말이에요. 그래서 아는 바가 없답니다."

"오, 그럼 이곳에 온 사실조차도 모르고 계시겠군요. 나중에 안다면 퍽 섭섭하게 여기겠어요."

"글쎄요, 로샨 영애의 만족을 모두 충족시키기엔 제가 너무나 부족한 사람이라서요. 그저 안타까울 따름이지요."

내 대답에 공녀의 눈이 교활한 빛을 발했다. 그녀는 내가 일부러 내어준 틈을 놓치지 않고 있었다.

"아이레스 경이 중간에서 곤란해하지 않으실까요? 나는 그분처럼 상냥하고 속내 깊은 기사님을 본 적이 없답니다. 로샨 영애와 얼음의 기사의 우애는 제국 내에서도 이미 정평이 나 있지요."

"어머나, 그럼 전 더더욱 몸을 움츠리며 오늘 모임에 참석한 것을 숨겨야겠어요. 그러니 공녀, 부디 제 무례를 용서해 주세요."

"역시 로샨 영애가 걸리는 건가요? 이해해요. 내가 하지 못한 걸 그녀가 해주었으니 아니 그러겠어요? 그저 우리의 연이 깊어지지 않았음을 애석해할 따름이에요."

"세상에, 공녀. 그런 안타까운 말씀을 하지 마세요. 제 말을 오해하셨군요. 저는 단지 아이레스 경이 저로 인해 우정을 배신했다는 소리를 들을까 봐 우려를 표한 것뿐이랍니다."

로샨 영애를 따르지 않는다는 소리와 아이레스 경이 나를 위해 우정쯤은 거뜬히 배신할 수 있다는 대답을 에둘러 내어놓자 그녀가 부드럽게 웃었다. 깊게 휜 눈동자가 야망으로 불타오르는 것이 내 말이 퍽 마음에 든 모양이었다.

"이런, 위로의 말을 건네지 않을 수 없군요. 그래, 무어가 좋을까요?"

나는 태연한 어조로 속삭이듯 대답했다.

"저는 그저 비슈발츠임에 족할 뿐이랍니다."

아이린 드 디뵌젤이 '그럼 곧 서재에서 한번 만나야겠군요'라고 응수했다. 나는 그제야 황후에 관한 야망이 비단 그녀 혼자만 꿈꾸는 것이 아님을 깨달았다. 디뵌젤 공작부터가 이를 노리며 계획을 짜고 있는 것이다. 사랑스러운 딸을 굳이 황태자라는 지옥에 밀어 넣는 이유를 모르겠으나 그건 당사자들의 사정이니 내가 관여할 바가 아니었다. 내 이득만 챙기면 되는 일이니까. 그래서 살며시 고개를 끄덕이며 방긋 미소 지었다.

"영광이에요."

오늘처럼 차 맛이 꿀처럼 달게 느껴진 적은 없었다.

디뵌젤가에서 내게 바라는 건 다음과 같은 일일 것이다. 아이레스 경을 움직여 그의 지지를 받는 것.

나라도 내 말에 껌뻑 죽는 얼음의 기사의 힘이 당장 탐날 터였다. 황태자를 도와 반란을 제압하는 데 큰 일조를 한 사람이므로 어디까지 날아오를지 짐작조차 되지 않으니 말이다. 최소 황궁 기사단의 단장이요, 황태자와의 우정을 생각한다면 백작 이상 작위를 받을 것이 분명했다. 여기에 아이레스 경에 대한 가문의 절대적인 지지를 생각한다면 더더욱 손을 내밀지 않을 수 없었다. 어머니가 사교계 내에서 업신여김을 당할 때 나와 연인 사이라는 소문이 퍼졌지만 이를 가만히 두고 보는 것만 해도 알 만하지 않은가.

이 정도면 하늘 무서운 줄 모르고 천방지축 날뛰고 있는 로샨가를 어렵지 않게 제압할 수 있을 것이다. 비등한 힘을 가진 가문을 제치고 황후를 배출하기 위해선 이 정도의 힘은 필수였다. 거기에 요즘 들어 거리에 은밀하게 떠돌고 있는 소문 또한 저들의 이목을 내게 집중시키는 데 한몫했을 것이다.

나는 그것이야말로 디뵌젤가에서 나를 초청한 진정한 이유라고 생각했다. 황태자를 구한 라데 렐신이라는 자가 나와 먼 친인척이라는 이야기가 수도에 자자하니 말이다. 잭과 정보상을 시켜 라데 렐신이라는 이의 공을 부풀려 퍼뜨렸더니 그의 충성심과 모습을 드러내지 않은 신

비스러움에 매료된 사람이 기하급수적으로 늘어났다. 그들에게 있어 할버드 경이나 아이레스 경의 공은 라데 렐신에 비할 바가 아니었다.

아닌 게 아니라 전쟁에서 되돌아온 병사 또한 내가 마지막에 황태자를 구한 사실을 떠들고 다녔으므로 사람들은 몰락한 귀족 가문의 자제인 그가 어느 정도의 보상을 받을지에 대해 궁금해했다. 새로운 황제가 될 사람의 목숨을 구했다는 게 얼마만큼 큰 의미가 있는지 아주 잘 알고 있기 때문이다. 혹자는 그가 신흥 세력이 되어 사교계 내에 활기를 불러일으킬 거라고 생각하고 있었다.

로샨가와 힘겨루기를 하고 있던 디뵌젤가에게 있어 혹하는 소문이 아닐 수 없었다. 그래서 이들은 '렐신'이라는 성을 추적하여 진짜 있는 가문의 이름인지 확인했을 것이다. 그러다가 라데 렐신이 나라는 확신이 들자마자 티타임에 부른 것이고. 당장 디뵌젤가가 후원을 한다면 화려하게 부활할 수 있으므로 거부하지 않으리라는 생각을 해서였다.

"여인은 작위를 가질 수 없다네. 영애께서는 그걸 알고나 있는지?"

티타임이 끝난 이후 모두가 다 자택으로 돌아갔지만 나는 그러지 못했다. 디뵌젤 공녀가 나를 살짝 잡아끌어 공작의 서재 쪽으로 이끌었기 때문이다. '곧'이 지금이 될 줄 몰랐던지라 나는 얼떨떨한 표정을 겨우 감춘 채 그녀의 안내에 따랐다.

커튼을 살짝 내려 조금 어두운 서재 안엔 디뵌젤 공작이 앉아 있었다. 그는 나에게 인사를 하고 자리를 권하더니 바로 본론을 꺼내었다. 이것저것 에둘러 말하는 것보다 확실하게 의사를 밝히는 게 더 낫다 여긴 모양이었다. 확실히 그게 더 편하기도 하고 말이다.

"하지만 렐신 영식은 다르지. 나는 그에게 투자하고 싶다네. 그와 같이 전도유망한 청년을 그냥 놔두는 건 아까운 노릇이지. 비록 몰락한 가문의 자제이긴 하나 이번에 큰 공을 세우지 않았나. 전하께서도 좌시하지는 않으실 걸세. 그런데 그와 연락할 방법이 되지 않아 영애를 통해 이야기를 하게 되었으니 무례하다 여기지 말아주시게. 어차피 영애의 생각이 그의 생각이지 않나."

"깊으신 배려에 감사드립니다. 그가 듣는다면 무척 좋아하겠군요."

내가 모르는 척 나와 라데 렐신을 구분 지어 말하자 공작이 만족스럽다는 것처럼 턱수염을 쓰다듬으며 빙그레 미소 지었다.

"나는 그가 비슈발츠가의 백작이 되었으면 하네. 지금 영애가 가문의 전반을 도맡고 있다 하지만 그건 일시적인 일에 불과하지 않나. 혼인하면 남편에게 넘어가는 것이 가문이야. 이대로 넘기기엔 아깝다고 생각하지 않나? 물론 그것이 전하의 목숨을 구한 값에 비하면 부족하다 싶은 상이긴 하지만 말일세."

"다른 이들의 반발이 거셀 텐데요? 특히 친인척들이 말입니다."

전쟁에 참석했던 귀족들에게 있어 이미 내 남장 소식은 은밀한 비밀처럼 공유된 상태였다. 마지막 전쟁이 벌어졌던 날 대공 쪽 사람들이 나를 언급하며 죽이려고 했던 사실만 봐도 그랬다.

잭과 새가 나를 손쉽게 찾아낸 것도 같은 맥락이라 할 수 있었다. 그렇기에 누구라도 라데 렐신에 대해 집요하게 파고든다면 나에게로 도달할 수 있을 터였다. 디뷘젤 공작이 그랬던 것처럼. 그래서 그의 말마따나 라데 렐신이 비슈발츠가 될 수 있을지 우려가 되었다.

하지만 공작은 문제가 되지 않는다는 것처럼 딱 잘라 말하더니 우아한 태도로 담배를 피웠다. 황태자의 권위가 막강한 지금 그 누가 그의 치부라 할 수 있는 사건을 들쑤시겠냐면서 말이다.

"아니, 그들은 그러지 못할 걸세. 전하의 눈치를 살피지 않을 수 없거든. 게다가 내가 지지를 하겠다는데 감히 누가 반대를 할 수가 있겠나?"

그러면서 그는 귀족 세계에 그걸 밝힐 만큼 용기 있는 이가 없다며 낮게 한탄했다.

"비슈발츠 가문에 후계자가 될 수 있는 남아가 있다는 걸 잊으셨는지요?"

"실례지만 영애, 나는 의도적으로 그에 대한 언급을 피한 것이라네. 그대를 생각해서 말이지. 무척 유감스러운 일이지 않나. 확실한 건 그 누구도 신체적인 결함이 있는 귀족을 좋아하지 않는다는 것이네."

"그 말인즉 미망인이 낫다는 이야기로군요."

내 말에 그가 고개를 차분히 끄덕였다. 담배를 몇 모금 피우다 말고 곧바로 재떨이에 짓눌러 끄는 것이 퍽 여유로워 보였다.

"사교계는 오히려 그것을 더 미덕으로 여길 걸세. 참으로 우스운 일이지. 그래서 영애께선 이러한 제안을 어떻게 생각하시나?"

"렐신 영식은 자신에게 주어진 기회를 놓치지 않으려고 할 겁니다. 그는 비슈발츠가에 있는 먼 친척 누이를 무척이나 아끼거든요. 설령 그녀가 어리석은 선택을 할지라도 너그럽게 이해해 주겠죠. 자신의 목숨을 바칠 정도로 말이에요."

"아주 만족스러운 대답이로군. 그가 우리와 함께하는 한 그 누구보다 더 멀리 날아오를 수 있을 걸세."

"라데 렐신은 누이가 불이익을 당하지 않는 선에서 무엇이든 할 준비가 되어 있어요. 공작 각하께서 보여 주시는 마음이 진정이라면 말이에요."

물론 그에 대한 결정은 황태자의 태도에 따라 다른 거겠지만요. 이 말이 목 끝까지 차올랐지만, 일부러 내뱉지 않았다. 그저 부드럽게 웃으며 협상에 대한 만족을 표할 뿐이다. 이렇게까지 하면서 황후를 내려는 게 이해가 되지 않았지만—차기 황권에 대한 욕심 때문일까—나로선 밑지는 장사가 아니기에 거부할 이유가 없었다. 당장은 내게 주어지는 이득이 더 많기 때문이다. 게다가 그간 로샨 영애가 내게 보여 주었던 행동에 적잖이 실망하고 있었던 터라 이런 식의 회유는 나쁘지 않았다.

"영애가 사리에 밝은 사람이라 다행이야. 아주 현명한 선택을 했어."
"제 친척 오라비를 어여쁘게 봐주셔서 감사할 따름입니다."
"그러고 보니 비슈발츠 영애를 만나려다가 계속 불발이 되었다는 이야기가 있던데…… 내가 도움을 주는 건 어떠하나?"
공작이 말하는 비슈발츠 영애란 로에나를 말하는 것일 게다. 나는 눈을 크게 뜬 채 그를 바라보았다. 언제 이런 것까지 준비했는지 몰라 조금 놀랐던 탓이다. 그도 그럴 것이 그동안 몇 번이나 그녀를 만나려고 했지만 기이하리만치 불발이 되는 터라 수도로 돌아온 이래 얼굴 한 번 보지 못한 터였다. 마치 누군가가 의도적으로 막는 것처럼 매번 안 된다는 말만 돌아왔다.
"가능하신 일인지요?"
내 질문에 공작이 다시금 빙그레 웃었다.
"잊었나? 디뷘젤가는 로샨 후작가와 더불어 수도를 지킨 공이 있다네. 그러니 황태자 전하라 할지라도 쉽게 대하지 못하고 있지. 그래서 로샨 영애가 노골적으로 활발한 움직임을 보이는 것이고."
"그렇게만 해주신다면 감사할 따름이지요."
"영애, 내 딸은 그대를 무척 아끼고 싶어 한다네. 나는 렐신이라는 청년에게 많은 관심을 가지고 있고. 그러니 이 정도쯤은 가벼운 호의라 생각해 주시게."
"예, 그러지요."
내 대답에 그가 드물게 손을 내밀어 악수를 청했다. 그것은 귀족 여인을 대하는 행동으로 보기엔 무척 무례했으나 라데 렐신에 대한 행위로는 존중에 가깝다 할 수 있었다. 즉, 이제부터 나를 철저하게 라데 렐신으로서 보겠다는 의도였다. 그래서 나 역시 아무렇지 않게 손을 뻗어 공작의 손을 마주 잡았다. 내 것과 겹쳐진 타인의 손은 적당한 온기가 있어 기분 나쁘지 않았다. 이는 타협이 잘되었기에 할 수 있는 생각이었다.

황제의 장례식은 무척 간소하게 치러졌다. 전쟁과 반란으로 인한 상처가 이제 겨우 아물어 가는 데다가 벌써 두 번째 장례식이므로 더는 거창히 할 이유가 없었다. 곧 황제의 위에 오를 황태자가 그렇게 하겠다는데 아니 된다고 말할 사람이 없었기도 하고. 그렇기에 추모와 묵념, 성직자의 기도를 끝으로 선황제는 역사 속으로 완벽하게 사라졌다.

황제를 독살했다고 알려진 풀케르는 두 번째 장례식엔 참석하지 못했다. 대신 그 자리를 메꾼 것은 샤토루였다. 그동안 다른 귀족 여인에게 어찌나 수모를 당했던지 오랜만에 본 그녀의 얼굴은 초췌하게 야위어 있었다. 하지만 타고난 자태는 어쩔 수 없어 검은 드레스를 입었음에도 요염한 태가 뚝뚝 흘렀다. 그녀는 황제의 시신에 흰 꽃을 던진 다음 몸을 돌려 자리로 내려왔다. 그런 그녀의 입가에는 의미 모를 미소가 지어져 있었다. 아마 후련함일 것이다.

더는 눈치를 볼 이유가 없어진지라 오랜만에 샤토루의 곁에는 그녀의 눈에 들기 위한 사람, 특히 사내들로 넘쳐 났다. 그들은 이 아리따운 황제의 창녀가 자신과 어울려 주기를 바라고 있었다. 샤토루는 그 저열하기 짝이 없는 행동을 즐기는 것 같으면서도 우습다는 것처럼 어깨를 으쓱이며 나를 바라보았다. 그것이 마치 도움을 요청하는 신호처럼 느껴져 나는 사람들에게 양해를 구하고 그녀를 곁으로 데려왔다.

"사내들이란 곧 죽어도 그 짓 생각뿐이죠. 내가 자신들의 손짓 하나에 넘어갈 거라 생각하다니, 정말로 우스워요. 선황제 폐하만큼 돈이 많지 않다면 얼굴이나 몸매라도 훌륭해야 할 거 아냐. 주제에 감히 나를 넘보다니, 이 얼마나 화가 나는 일인지요. 그래, 그간 잘 있었나요?"

"마담께서는요?"

"오, 세상에. 지금 나를 보고 마담이라 했어요? 여전히 나를 마담이라 부르다니, 영애는 참으로 순진한 건지 영악한 건지 모르겠어요."

비아냥거리듯 말하는 그녀의 태도에 나는 조용히 웃음만 지었다. 고양이처럼 발톱을 들이 내밀며 캉캉거리는 게 퍽 귀여웠기 때문이다. 마담이 왜 이런 행동을 보이는지 알 것 같기도 하고 말이다. 서운함을 감출 수 없었던 거다. 그럴 만한 사정임을 알고 있지만 치솟아 오르는 감정은 외면할 수 없는지라 이런 식으로 표현하는 거였다.

"이제 드디어 저택으로 돌아가는 거군요."

"네, 그렇죠. 황궁에서 쫓겨나는 거예요. 화려했던 생활을 모두 다 던져 버린 채 평범하게 살 수 있게 되었어요. 사실 그 평범함이라는 걸 아직은 모르겠지만요. 굶어 죽지 않기 위해 몸을 팔려고 마음먹었고, 손님을 받은 지 얼마 되지 않아 황제 폐하를 만나게 됐으니까요. 내가 그곳에 얼마나 머물러 있었던 거지? 아, 모르겠다. 어쨌든 그동안 사교계를 넘나들며 고귀한 귀족들을 내 발아래 억누른 채 조롱했었지요. 풀케르조차 내 상대가 되지 못했어요. 너무나 즐거웠죠. 하지만 이제 꿈으로만 남게 되었네요."

"바로는 아닐 거예요."

"오, 알아요. 한동안 구애로 인해 몸살을 앓게 되겠죠. 하지만 아까와 같은 치들이라면 절대적으로 사양하겠어요. 그러기엔 나는 너무나 젊고 아름답지요. 몸매 또한 환상이잖아요?"

전쟁을 벌이는 동안 마담 드 샤토루는 슬픔을 삭여 가슴에 묻는 법을 터득했다. 그리고 현실에 타협하여 체념해야 하는 이유를 깨달았다. 이것이야말로 그녀가 지금 내 앞에서 태연하게 행동할 수 있는 진정한 이유였다.

"마담의 아름다움을 그 누가 부정하겠어요? 그러니 잊지 마세요. 선황 폐하께 약조한 것을. 저는 여전히 기억하고 있답니다."

샤토루는 내 말에 소리 내어 깔깔깔 웃었다. 주변 여인들이 눈살을 찌푸리며 눈총을 주어도 아무렇지 않다는 것처럼 쾌활하게 굴었다.

"세상에, 지금 그런 말을 다 하다니. 나를 너무 우습게 보는 거 아니에요? 있잖아요, 나는 영애가 내게 상냥하게 구는 이유를 알고 있어요. 그러니 애써 꾸밀 필요는 없어요. 그래도 무어 조금 전의 말이 기분 나쁜 건 아니니 대담하게 받아들이도록 하지요. 증언이 필요하면 언제든지 말해줘요. 한걸음에 달려올 테니까요."

샤토루는 내 뺨에 키스를 하며 나직이 속삭였다.

"아, 그렇지. 이전에 그대를 황제 폐하께 소개하는 게 너무나 싫다고 말한 적이 있는데 기억이 나나요? 그 마음은 지금도 마찬가지예요. 영애는 정말로 무서운 사람이 될 거예요. 지금의 위치에서 머무르지만 않는다면 말이죠."

"하지만 그러기엔 올라가야 할 곳이 너무나 험준해서요. 그러니 너무 염려 말아요. 가장 바라 마지않는 것을 얻는 것부터가 힘든걸요."

"영애, 내가 비록 비천한 창녀이긴 하지만 사교계에서 구를 대로 굴렀다는 것을 잊지 말아요. 나는 그대와 같은 눈을 가진 이를 무수히 많이 보았답니다. 그들이 어떤 결말을 맞이하게 되었는지 또한 말이에요."

"마치 예언자처럼 구는군요. 그래서 저는 어떻게 되나요, 아름다우신 마담?"

"내 증언이 필요할 때가 되면 그 누구보다 찬란하게 피어오르겠군요. 부디 그런 날이 빨리 찾아오기를 바라요. 이거 아나요? 그대는 이 세계에서 유일하게 나를 경멸하지 않았던 사람이랍니다. 귀족으로서 태어나지 않아서일지는 모르겠지만, 어쨌든 그런 그대의 반응이 너무나 신선하고 재미있었어요. 그러니 부디 사교계라는 정글에서 잡아먹히지 않기를 바라요."

볼에 닿은 온기가 참으로 사랑스러웠다. 그래서 나 역시 그녀의 뺨에 키스하며 그녀의 앞날에 축복이 있기를 기원했다. 누군가의 죽음을 통해 새로운 삶을 시작한다는 것만큼 아이러니한 일은 없지만, 아마 샤토루에게 있어 오늘만큼 홀가분한 날은 없을 터였다. 그래서일까? 문득 그녀의 자유가 부럽다고 생각했다. 이제부터 아무에게도 구애받지 않은 삶을 살아가는 그녀가 바람보다 더 상쾌해 보였다. 손을 뻗어 잡고 싶을 만큼 말이다.

디뵌젤 공작은 자택에서 약조한 대로 나를 로에나와 만나게 해주었다. 비록 장례식이 끝난 이후 일주일이 더 걸렸지만, 그동안 만나지 못했던 걸 생각하면 이 정도의 기다림 쯤은 별것이 아니었다. 우스운 건 로에나를 만나는 사람을 내가 아닌 디뵌젤 공녀로 신청했다는 점이었다. 그들은 라데 렐신과의 연계가 헛말이 아님을 증명하려는 것처럼 로에나가 갇혀 있는 저택에 동행했다. 그리고 그녀와 내가 단둘이서 이야기를 할 수 있도록 배려했다.

오랜만에 본 로에나는 여전히 청초하고 아름다웠다. 아무런 무늬가 없는 흰 드레스를 입은 모습은 천사처럼 보일 정도였다.

하지만 나는 감탄보다 소름이 먼저 돋았다. 그녀의 모습이 이전의 나를 연상시켰기 때문이다. 물론 그때의 나는 비쩍 말라 거의 해골처럼 피골이 상접해 있었고 지금의 로에나는 조금 핼쑥해졌을 뿐 이전과 별반 다를 바가 없었다. 단지 매우 불안정하고 초조해 보일 뿐이다.

로에나는 방 안에 들어선 나를 관심 없다는 것처럼 한번 흘깃 쳐다

보더니 이내 믿을 수 없다는 듯 두 눈을 크게 떴다. 모자를 벗은 내가 얼굴을 보이자마자 체면도 잊어버린 채 급하게 달려들었다.

"시스, 날 구하러 왔구나. 그럴 줄 알았어."

내 품에 폭 안긴 어깨가 안도감으로 인해 바르르 떨렸다. 부드럽게 흩날리는 머리카락으로 마른 먼지 냄새가 났다. 그녀의 여린 피부는 생전 처음 입어 보는 재질의 드레스로 인해 빨갛게 부어올라 있었다.

"나에 대한 오해가 풀린 거야? 그럴 줄 알았어. 오, 신이시여, 나를 구원하소서. 자, 어서 나를 데리고 나가 줘. 집으로 돌아가고 싶어. 따뜻한 물이 가득 담긴 욕조에 꽃잎을 풀어 넣고 목욕을 하고 싶어. 응? 시스, 나 지금 비슈발츠가로 돌아가는 거 맞지?"

나는 그녀의 칭얼거림에 메마른 목소리로 대답했다.

"오늘의 방문은 디뷘젤 공녀의 이름으로 되어 있어."

"뭐?"

"누군가 너와 내가 만나는 걸 막고 있어. 왜인지 모르겠지만."

"그럴 리가. 그럴 짓을 할 이유가 뭐가 있다고."

"그건 내가 묻고 싶은 말이야. 사실 난 말이야, 네게 듣고 싶은 말이 아주 많아."

손을 뻗어 그녀의 어깨를 부드럽게 쓰다듬었다. 이전의 그녀였다면 상상을 할 수 없을 정도로 뼈가 도드라진 상태였다. 제대로 먹지 못하고 있는 건가. 나는 손톱만큼의 동정심을 가진 채 그녀의 몸을 안쪽으로 이끌었다. 그리고 강하게 응시했다.

"가령 리안의 일이라거나…… 내가 사라졌을 적 수도에서 어떤 일이 일어났는지 등등."

내 질문에 로에나가 소리를 내지르듯 말했다. 왈칵 솟아오른 눈물이 발긋한 뺨에 뚝뚝 흘러내리는 것이 사내라면 애간장 좀 녹았겠다 싶을 정도였다.

"사고였어. 난, 난 함정에 당한 거라고."

"함정?"

"그래, 누군가 날 이렇게 만든 거라고. 시스, 잘 들어. 비슈발츠가가 습격당하던 날 로샨 영애의 도움을 받아 그 참상 속에서 빠져나올 수 있었어."

로에나는 내가 건네준 손수건으로 눈물을 닦으며 연신 훌쩍였다. 그녀는 어머니와 달리 내가 자신을 몰아세우지 않으며 차분하게 이야기를 듣는 것에 희망을 느낀 것인지 그때의 일을 주절주절 쏟아 내고 있었다. 마치 변명이라도 하듯 말이다.

"그리고 로샨가의 저택에 거의 감금당하다시피 했지. 그녀는 그래야 날 보호할 수 있다고 말했지만 그건 다 거짓말이었어. 풀케르께서 보낸 사람이 아니었더라면 그 새빨간 거짓말을 그대로 믿었을 테지."

"거짓말이라고?"

"그래. 시스, 그녀는 정말로 고약한 거짓말쟁이야. 위선자 그 자체라고."

눈물로 아롱진 눈동자가 나를 바라보며 호소하듯 말했다.

"비슈발츠가를 습격한 건 바로 황태자의 사주를 받은 로샨가였어! 그걸 어떻게 아냐고? 오, 시스. 넌 내가 무얼 보고 들었는지 아마 상상조차 하지 못할 거야. 풀케르께서 왜 그런 행동을 하게 되었는지조차 말이야. 시스, 넌 날 이해해야 해. 내가 한 행동은 모두 가문을 위해서였다는 것을. 너마저 날 외면한다면 차라리 죽어버리는 게 나아."

"그래서 가문을 위해 무슨 일을 한 거니?"

"도망가려고 했어. 어머니를 설득해서 그곳을 빠져나와 황궁으로 가려고 했었어. 풀케르께서 로샨가에 병력을 보내 친다고 하셨거든. 하지만 어머니는 내 말을 들으려고 하지 않았지. 차를 마시는 내내 날 외면했어. 그래서 이러다간 안 될 것 같아서 리안만이라도 데리고서라도 탈출하려고 한 거야. 그 아이는 가문의 후계자니까!"
"하지만 병력이 로샨가로 가지는 않았지. 즉, 그날 다른 사람이 있었던 건 아니었던 거야. 어머니께 거짓을 고한 거니?"
내 질문에 그녀의 눈동자가 심하게 흔들렸다. 로에나는 다시금 왈칵 눈물을 쏟으며 내게 말했다. 초조함을 느끼는 건지 나를 향해 뻗는 손길이 풍에 걸린 사람처럼 덜덜 떨렸다.
"그렇게 날 보지 마. 어쩔 수 없었어. 어머니가 날 믿어주지 않는데 내가 어떻게 다 진실만을 말할 수 있겠니? 넌 날 이해해야 해. 아니, 어머니 또한 날 믿어야 한다고. 아버지가 어머니와 네게 어떻게 대하셨는데! 그런데 어떻게 날 이렇게 놔둘 수 있어?"
"그 결과 우리는 정당한 후계자를 잃었지."
"내가 있잖아!"
로에나가 소리를 내질렀다.
"로에나."
"본디 비슈발츠가의 후계는 나였어! 그런데 왜 날 제외하는 거야? 시스, 네가 말했잖아. 네가 하는 모든 일이 나를 위한 거라고. 그건 거짓말이었니? 난 널 위해 모든 것을 양보했는데. 그런데 너는 왜 단 한 번도 나를 위해 조건 없는 헌신을 보여 주지 않니? 마고를 누구 때문에 잃었는데! 어째서 넌!"
"로에나."
나는 그녀를 다시 불렀다. 로에나는 내게 달려와 어깨를 강하게 붙잡으며 몸을 앞뒤로 마구 흔들었다. 마치 제정신이 아닌 것처럼 무작정 떼를 쓰는 것이 한눈에 보아도 위태로워 보였다. 이전의 내가 그랬듯이 말이다.
"말해. 날 꺼내 주려고 왔다고 말해. 난 여기에 있어선 안 돼! 왜 내 것을 빼앗으려는 거야! 내 선택이 잘못되었다고 그러는 거야! 날 몰아붙이지 않았더라면 이렇게까지 할 리가 없잖아!"

잠시 후 힘이 빠진 그녀가 고개를 푹 숙인 채 흐느꼈다.

"날 사랑해 줘, 시스에. 날 외면하지 마. 난 정말로 힘들어. 외롭단 말이야. 그런 식으로 한심하다고 보지 마. 내가 너보다 못할 리가 없잖아. 그런데 왜 자꾸 그렇게 보니? 그러지 마. 난 이렇게 있을 사람이 아니야."

그것은 날이 선 칼날 위를 걷는 듯 아슬아슬한 목소리였다.

성장하지 못한 로에나. 어린 로에나. 누군가의 치마폭에 휩싸여 엉엉 울어야 하는 불쌍한 로에나.

지금 그녀의 모습을 표현하자면 이와 같다고 할 수 있을 것이다. 두려움으로 인해 제정신이 아닌 가엾은 소녀가 여기에 서 있었다. 그러니 그 누가 저를 가리켜 천사라 할 수 있으랴. 광인이라고 하면 또 모를까.

로에나는 계속 자기애로 가득한 변명을 내뱉고 있었다. 어머니와 리안에 대한 미안함은 전혀 보이지 않았다. 그래서 나는 그녀의 어깨를 감싸거나 위로의 말을 건네지도 않았다. 동정심이 섞인 말은 고사하고 이해할 수 없다는 듯 물끄러미 쳐다보았다. 로에나가 내 몸을 흔들면 흔들수록 나를 옭아매던 그림자가 동강동강 떨어지는 기분이었다. 그러다 손을 뻗어 그녀의 턱을 살짝 위로 들어 올렸다. 절망으로 완벽하게 일그러진 얼굴을 감상하기 위해서였다.

아아, 그래, 이거야. 나는 치솟아 오르는 웃음을 슬며시 삼켰다. 분노와 슬픔, 허기와 절망이 엉망으로 뒤섞인 눈동자가 나를 응시했다. 그것은 황홀하리만치 짜릿한 감각이었다. 나를 원망하면서도 '그래도'라는 단어로 붙잡고 있는 한 조각의 희망이 꿀보다 더 달콤하게 느껴졌다. 육체적인 학대에서는 볼 수 없었던 균열이 만개하고 있었다.

그래서일까? 처음으로 로에나의 얼굴이 아름답다고 생각했다. 일반적인 미의 구조에 따른 순수한 감탄이 아니라 인간적으로 추악하게 뭉그러뜨린 감정이 나를 완벽하게 사로잡았다. 얄팍한 동정이 나를 희열에 들뜨게 만들었다. 리안의 일로 어머니를 슬프게 만들었다는 것에 대한 비난보다 그녀가 망가졌다는 사실에 저열한 기쁨을 느꼈다. 아직도 자신이 어떤 말을 해야 하는지 모르는 로에나의 어리석음이 나를 행복하게 만들고 있었다.

너는 내가 되었구나. 나는 이제 네 그림자를 보지 않아도 되는구나. 이렇게 돌아와서야 비로소 우리의 위치가 반전되었구나. 아아, 이 얼마나 추악한 마음인지.

나를 압도했던 그녀는 이제 사라지고 없었다. 열등감을 불러일으켰던 완벽한 소녀는 오롯이 내 기억 속에서만 생생하게 살아 숨 쉬며 언제고 아지랑이처럼 흐리게 녹아 없어질 터였다. 뇌리에 조각처럼 날카롭게 박혀 자신을 두렵게 만들었던 허상이 완벽하게 산산이 조각났음에 전율했다.

이 후련한 감정을 무어라 표현해야 할까? 자유? 아마도 그럴 것이다. 로에나 드 비슈발츠가 아무것도 아닌 게 되었으니까. 여타의 다른 영애와 다를 바가 없어졌으니까. 평범해졌으니까. 마담 드 샤토루가 신체적으로 자유스러워졌다면 나는 정신적으로 해방된 셈이었다. 무어 사람을 홀리는 미모와 사랑스러운 태도, 몸에 깊숙이 밴 예법은 여전하나 이는 다른 영애라 할지라도 하나쯤은 가지고 있는 것이라 걱정스럽지 않았다. 자신만의 논리에 휩싸여 어리광을 부리는 태도는 소린 영애와 별다를 바 없었다. 특별하지 않은 평범함이라니. 생각만 해도 짜릿한 일이다.

나는 슬금슬금 흘러나오려는 웃음을 꾹 참으며 그녀에게 말했다. 비슈발츠가의 악몽이 누구의 손에 의해 이루어졌든 배신감으로 치를 떨 시기는 이미 지난지라 그녀의 감정에 동조할 수 없음이 퍽 재미있게 다가왔다. 그녀가 보여 줄 태도가 눈에 선해 더더욱 그러했다.

"아아 그래, 그랬겠구나. 힘들고 외롭다라…… 그럴 수도 있겠지. 이해해. 그래서 이런 무례한 짓을 거리낌 없이 자행하고 있는 거고."

로에나는 무성의한 대답에 울컥한 건지 이를 악물었다. 거칠게 짓뭉개진 입술은 곧 새빨간 핏방울이 맺혔다. 그녀는 내가 자신을 믿지 않는다고 생각한 것인지 무어라 항변하려고 했다. 그러나 나는 모르는 척 말을 이어 나갔다. 시선이 허공에 얽혀 열정적으로 불타오르고 있었다.

"그러니 다시 말하는 거란다. 난 너뿐이라고."

흘러나오는 목소리는 내가 들어도 퍽 무감각했다. 대본을 읽듯 평이하게 흘러나오는 어조가 '네가 원하는 말이니까 해줄게'라고 말하는 듯했으니까. 이전 같았으면 달콤한 말로 달랬을 내가 귀찮음을 감추지 않자 로에나의 눈가가 파르르 떨렸다. 그것은 고작 이만한 말에 안도해 버리는 스스로에 대한 경멸이었다.

그럼에도 그녀는 내 어깨를 잡은 손에 힘을 빼지 않았다. 아니, 뺄 수 없었을 것이다. 애초에 감정을 알지 못했다면 모를까 모두의 숭배를 받던 그녀이므로 이만한 감정적 허기에도 죽을 듯이 매달릴 수밖에 없었다. 다락방에서부터 감옥에 이르기까지 '혼자'인 시간이 오죽 길었으랴. 탈수로 인해 죽어 가는 이에게 물 한 방울의 달콤함을 선사해 준 꼴이었으니 그럴 수밖에 없었다.

그래서 그녀는 더 해달라는 듯 계속 나를 바라보았다. 내 손끝이 닿은 턱이 바르르 떨림에도 언뜻 환희의 감정을 놓치지 않았다. 일렁이는 눈동자로 점차 선연해지는 빛은 거짓된 희망이다. 마고의 부재로 인해 로에나는 완벽히 감정적인 기아가 되어 있었다.

"네가 느꼈었을 두려움도 이해해. 아니, 이해해야지. 나보다 더 널 생각하는 사람이 어디 있으려고. 그래, 혼자 겪으려니 얼마나 두렵고 무서웠겠니? 그래서 내가 필요했어? 생각났어? 얼마만큼? 난 널 무척 걱정했는데."

소곤거리듯 부드럽게 속삭이는 말에 로에나의 목울대가 크게 출렁였다. 꿀꺽. 영애답지 않은 생생한 소리에 그녀는 매우 당혹스러운 표정을 지었다.

"시스……. 나, 나도 널 생각했어."

"이런, 이젠 능숙하게 마음에도 없는 말을 받을 줄도 알게 되었구나."

내 대답에 로에나의 얼굴이 파랗게 질렸다. 나는 어깨를 으쓱이며 신경 쓰지 않는다는 것처럼 여상스럽게 말을 이어 나갔다.

"어쨌든 로에나, 사랑스러운 엔. 내가 해줄 수 있는 일은 이 말뿐이란다. 네 말에 동의하여 같이 화를 낼 수 없다는 거야. 로샨 영애가 가문을 망가뜨렸다고? 그래서 풀케르의 명에 따를 수밖에 없었다고? 그런데 지금 네 모습을 봐봐. 어떻게 되었는지. 하늘 아래 오롯이 서 있을 군주가 누구인지도 생각해 보렴. 애석하게도 지금 시점에서 우리가 할 수 있는 일이라곤."

나는 입술을 끌어당기며 부드럽게 웃었다.

"아무것도 없단다. 다른 사람의 이름을 빌려 너를 찾아온 나만 봐도 그렇지 않니?"

이제 와 누군가에게 책임을 전가하기엔 황태자의 힘이 너무나 셌다. 제국 내에서 그를 견제할 수 있는 귀족은 거의 사라지고 없었다. 키란가가 몰락하고 디뷘젤가가 황태자를 지지하면서 더더욱 그렇게 되었다. 그러니 로샨 영애가 비슈발츠가를 몰락시켰다 해도 어떻게 할 수 있는 방법이 없었다.

무엇보다 로샨 영애는 비슈발츠가가 다시 일어서는 걸 원치 않는 눈치였다. 재산을 보존해 주긴 했으나 이 이상의 도움을 주지 않는 것만 봐도 그랬다. 그녀의 힘이라면 재건을 위한 전폭적인 지지를 보내 줄 수 있을 터인데 고작 저택 내부를 청소해 주는 것으로 그치고 있었다. 그것은 얄팍한 수 하나를 덫처럼 깔아 놓았기에 할 수 있는 태도였다. 아아, 황태자는 정말 훌륭한 '개'를 길렀다. 자신을 위해 배까지 홀라당 뒤집어 내미는 혈통 좋은 암캐를.

그도 그럴 것이 귀족 세계에 입성한 지 얼마 안 된 소녀가 망가진 집안을 다시 일으켜 세울 수 있을 리가 있나. 오히려 친인척이나 주변 사기꾼에게 걸려 한입에 삼켜지지 않으면 다행일 터였다.

……그도 아니라면 그들, 아니, 황태자에게 매달리든가. 로샨 영애가 원한 건 이러한 미래일 터였다.

그러나 내겐 '라데 렐신'이 있다. 황태자를 구한 영웅. 공로를 인정받아야 마땅한 보잘것없는 신분의 남자가. 황태자라도 감히 손을 댈 수 없는 유일한 것. 디뷘젤 공작가의 후원을 받아 승승장구할 사내가 지금 내 안에 있었다.

그래서 문득 궁금해졌다. 로에나 네가 라데 렐신의 존재를 알게 된다면 어떤 표정을 지을까?

내가 그녀를 물끄러미 바라보자 로에나의 얼굴이 일그러졌다. 벌려진 입술에선 소망이 애원처럼 흘러나왔다.

"나, 날 데리러 온 게 아니야?"

나는 대답 대신 내 어깨를 잡고 있는 그녀의 손 위로 손톱을 세워 빠르게 미끄러뜨렸다. 그러자 아픔을 느낀 로에나가 외마디 비명을 내지르며 내게서 떨어졌다. 먼지가 내려앉은 새하얀 손등 위로 새빨간 선혈 하나가 곱게 피어났다.

그녀는 떨리는 눈으로 나를 바라보았다. 고통에는 면역이 없는 유리 같은 소녀인지라 지금 내가 자신에게 벌인 행동을 믿을 수 없어 하고 있었다. 속눈썹이 파르르 떨리며 나붓나붓 움직였다. 그도 그럴 것이 귀족 세계에선 상처란 수치였다. 몸에 난 상처를 제때 치료하지 못했다는 건 그만큼 재정이 어렵다거나 그만한 능력이 되지 않음을 증명하기 때문이다. 기사가 아니고서야 제 몸에 흉악한 자국을 남기는 이가 드물었다. 그리고 그것은 꽃같이 자란 영애들일수록 더했다. 그런데 지금 내가 그와 같은 수치를 저에게 안겨 주었으니 놀라지 않을 수 없었을 것이다.

"실례, 어깨가 아파서. 손을 잡는다는 게 왜 이렇게 되었는지 모르겠어."

나는 유감이라는 것처럼 태연하게 말했다. 아닌 게 아니라 정말로 로에나에게 잡힌 어깨가 욱신거렸다.

"그래도 어떻게 내게!"

로에나는 탄성처럼 나를 비난했다. 하지만 막상 내게 덤벼들지는 못했다. 또다시 상처를 입을까 봐 두려웠던 탓이다. 그 대신 몸을 벌벌 떨다시피 하며 울먹이기 시작했다. 나는 그 모습을 찬찬히 구경했다. 내 몸을 암팡지게 움켜쥘 때는 언제고 다시금 몸을 수그리며 눈치를 살피니 퍽 보기에 좋았다. 힘없이 뚝뚝 떨어지는 눈물이 구역질 나지 않기는 처음이었다.

"그래서 실례라고 했잖니."

단호한 말에 로에나의 입이 꾹 다물렸다. 분을 참고 있는 것인지 여물지 않은 입술에 다시금 핏방울이 아롱아롱 맺혔다.

"그보다 더 안타까운 건 이런 식으로 네게 체념이라는 단어를 알려 주게 되었다는 거야. 정말 유감이구나. 하지만 내게 무슨 힘이 있어 널 이곳에서 꺼내 줄 수 있을까? 네 말마따나 난 후계자도 아닌걸. 아아, 그런 식으로 보지 말렴. 나도 가슴이 찢어질 듯 아프니까."

"정말 날 이곳에 놔두고 가는 거야?"

"로에나 넌 천사같이 착한 소녀니까 이 정도쯤은 아무렇지 않잖아? 네 인내심이 너른 들판처럼 광활함을 모르는 이가 누가 있다고. 정말

대견하기도 하지. 덕분에 나도 한시름을 놓을 수 있겠어."

"하, 하지만 시스. 저번에도 내게 문을 열어주지 않았지. 그런데 내가 무얼 믿고 널 기다리란 말이야?"

"세상에, 로에나. 내가 누누이 말했잖니. 내가 보고 있는 건 너뿐이라고. 안타깝게도 풀케르의 일에 휘말려 이런 고초를 당하고 있지만, 그건 아주 잠깐일 뿐이야. 그래, 시련이라 하자. 네가 성장하기 위한 하나의 무대라고 할까?"

내가 한 걸음 다가가자 로에나가 상처 입은 손등을 등 뒤로 감추며 뒤로 물러났다. 겁에 질린 짐승은 구원을 바라면서도 본능적으로 살길을 찾아 헤매고 있었다. 나는 입꼬리를 밀어 올렸다. 그리고 예전에 교육받은 대로 선량하게 웃으려고 노력했다.

"사랑해 달라고? 오, 세상에. 그 누가 널 사랑하지 않을 수 있겠니? 이토록 아름다운 너를. 그래서 네가 풀케르 때문에 리안을 구하려다가 그 아이를 다치게 했다는 말조차 믿어주고 있잖니. 어머니도 믿지 않았던 이야기인데도."

노래하듯 흘러나오는 목소리는 퍽 부드러웠지만 감흥이 적었다. 그리고 그것이 빈말이라는 건 바보가 아닌 이상 알 수 있는 일이었다. 하지만 로에나는 멍하니 서서 나를 바라보다 넋이 나간 것처럼 중얼거렸다.

"날 사랑한다고? 아름다워서? 날 믿어?"

나는 그녀에게 가까이 다가가 고개를 숙였다. 그리고 양 뺨과 콧등, 이마에 차례로 키스하며 속삭이듯 말했다.

"그래. 그래서 너를 이렇게 만나려고 온 거잖니. 너도 제발 나 좀 믿어 봐. 적당한 의심은 미덕이라지만 넌 정말 그 정도가 심해. 언제까지 내 가슴을 갈기갈기 찢어 놓을 거니? 네가 돌아왔을 때의 비슈발츠가를 생각하란 말이야."

되돌아왔을 때 성만 비슈발츠일 뿐이지 그 어떠한 영향력도 행사할 수 없어 절망감으로 몸부림칠 그녀를 생각하니 이 정도의 접촉쯤은 괜찮았다. 내가 느꼈던 패배감을 그녀 역시 맛보리라 생각하니 너무나 즐거웠다. 비록 뱀과 키스를 하는 것과 같은 혐오감이 치솟아 오르고 있지만 말이다.

"시스…… 맞아. 넌 날 거부하는 것 같으면서도 언제나 손을 내밀었지. 그래서 나 역시 널 선택할 수밖에 없었던 거고. 정말, 이번엔 진짜 날 데리러 와 줄 거지?"

나는 상냥한 손길로 그녀의 머리카락을 어루만지며 고개를 끄덕였다. 그리고 그녀가 좋아할 내용의 거짓말을 아무렇지 않게 내뱉었다.

"그럼. 아, 그렇지. 이참에 마고를 찾아볼까 생각하고 있어. 아무렴 무사히 돌아올 너를 위해서 그쯤은 못하겠니? 그 고약한 성미도 이쯤 되었으면 풀이 죽었을 테니 더는 너와 나의 우애를 방해하진 않겠지."

"마고를? 하지만 넌 그녀를 좋아하지 않잖아."

로에나의 말을 듣자마자 갑자기 무슨 충동이 들었는지 몰라도 내가 자살하기 전 그녀가 내게 해주었던 말의 일부분이 떠올랐다. 그래서 나도 모르게 내뱉었다.

"그러나 과거예요. 우리는 다시 시작할 수 있어요."

"네가 무슨 생각을 하는 줄은 알아. 그러나 과거잖니. 우리는 다시 시작할 수 있어."

우리라고? 웃기지도 않는 거짓말.

하지만 내 대답이 마음에 퍽 들었는지 그녀의 얼굴이 눈에 띄게 밝아졌다. 제게 맹목적인 헌신을 보였던 이가 다시금 돌아온다고 생각하니 겨우 안정이 된 모양이었다.

"다시 시작? 그래. 다시 시작할 수 있어. 우리는. 시스, 그러니까 어서 빨리 날 구원하러 와 줘."

동화 속 공주님이 왕자의 구원을 바라는 눈빛을 한다면 바로 이런 것일 게다. 조금 전의 광기 어린 모습과 손등의 상처에 대한 경계는 어디로 사라졌는지 다시금 순한 양처럼 돌아간 모습에 웃음조차 나오지 않았다.

너도 미쳐 가는구나. 제정신이 아니야. 이전에 내가 그랬던 것처럼. 나는 조용히 조소를 머금으며 생각했다. 황태자는 왜 이런 로에나를 만나지 못하게 하려 했던 걸까? 아무짝에도 쓸모없는 어린애에 불과한데. 이런 게 다 뭐라고.

로에나는 내 품에 안겨 조용히 숨을 들이 내쉬었다. 어깨의 떨림은 상당 부분 잦아져 있었다.

디뵌젤 공녀는 내가 자신의 무리와 어울림을 숨기지 않았다. 로샨 영애가 그랬듯 그녀 또한 나를 여기저기 데리고 다니면서 보란 듯이 과시했다. 반란이 일어나기 전 아는 사이에 불과했던 우리의 관계가 현재에 이르러 친밀한 우정으로 변모했다. 다른 이의 눈에 있어 나는 공녀의 오른팔과 다름없었다. 디뵌젤의 무리 중 그녀와 어깨를 나란히 하며 걸어갈 수 있는 건 오롯이 나뿐이었으니까.

사람들은 모든 이에게 공평한 애정과 신뢰를 나누어준다고 알려진 공녀가 나만 특별 대접하자 고개를 갸웃거리며 신기해했다. 이런저런 복잡한 사정에 얽혀 있는 비슈발츠가의 사람을 저리도 아끼니 흥미로운 모양이었다.

저 소녀에게 당최 무슨 매력이 있기에 로샨 영애와 디뵌젤 공녀가 곁을 내어주는 걸까요? 그럴 가치가 있나? 가문은 엉망이 되었는데.

사람들은 나를 볼 때마다 낮은 목소리로 이같이 쑥덕였다. 내 절친인 로샨 영애의 가문만 하더라도 이번 반란을 제압한 공으로 큰 보상을 받을 수 있겠다 알려진 참이었다. 그런데 그에 못지않은 세력을 가진 공작가의 공녀가 나를 살뜰히 대하자 내게 무언가가 있다고 생각한 모양이었다. 그러잖으면 벌써부터 사교계의 여왕 자리를 놓고서 암암리에 다투고 있는 두 여인에게 총애를 받을 리가 없었다.

그래서일까. 양부가 살아 있을 적엔 말만 귀족 가문이지 거의 상인에 가까웠던 비슈발츠가가 다시금 사교계의 시선을 끌기 시작했다. 나와 친분을 쌓는다면 로샨 영애나 디뷘젤 공녀에게 접근할 수 있다는 소문이 데뷔하지 못한 영애들 사이로 은밀하게 퍼져 나가고 있었다.

그들은 아직 데뷔탕트를 치르지 못한 나에게 접근하여 자체적인 세력을 형성하고자 했다. 웬만한 재물이나 권력을 가지지 않고서야 두 영애의 드레스 끝자락만 보게 될 터이니 나라도 붙잡겠다는 소리였다.

나는 그것을 고요히 지켜보았다. 저들끼리 나와 인사하기 위해 앞다퉈 달려오는 걸 물끄러미 바라만 보았다. 아무런 행동도 말도 하지 않고서 차분하게 시간이 흐르기를 기다렸다. 디뷘젤 공녀와 로샨 영애가 반응할 때까지 그렇게.

디뷘젤 공녀는 의외로 이 상황을 너그럽게 받아들였다. 그녀는 내게 모인 사람들이 세력 없는 불쌍한 이들의 마지막 발악이라 생각하는 것 같았다. 무엇보다 공녀는 나를 이제 막 사교계에 적응한 새내기로 얕잡아 보았으므로 이 정도의 위치에서 그칠 것이라 단정 짓고 있었다. 그래서 제법이라는 듯 흐뭇하게 웃기까지 했다. 자신과의 친분으로 인해 이만한 혜택을 얻게 되었으니 제게 더 달라붙지 않을까 하는 속내가 여실히 보였다.

반면 로샨 영애는 안타까우면서도 불안한 태도를 보였다. 그녀는 내가 디뵌젤 공녀와 자주 어울린다는 사실에 퍽 섭섭함을 느끼는 것 같았다. 그런 와중에 다른 이들이 내게 몰리니 어찌할 바를 몰라 했다. 세력을 만드는 것에 대한 불만보다도 점점 힘을 얻는 나를 바라보는 황태자의 시선이 불쾌함으로 물들까 봐 걱정해서다.

"이런 시기에 이만큼의 주목을 받는 건 좋지 않아요."

그녀는 진심으로 충고했다. 쉴피스 경의 처분이 아직 내려지지 않은 상태에서 개인 사병을 소유하고 있는–황태자는 반란이 진압되자마자 귀족들의 개인 사병을 모두 해산시켰다–비슈발츠가가 이슈메이커로 떠오른다는 건 무척 위험한 일이었다.

"그러잖아도 할버드 경에 대한 이야기가 나오고 있어요. 돌아온 병력도요. 시스의 아름다움 또한 새삼 화제가 되고 있지요."

정당한 후계자가 존재하지 않는 비슈발츠가는 무주공산이었다. 누군가 가문의 어린 소녀, 혹은 미망인이 된 젊은 백작 부인을 손에 넣기라도 한다면 이 모든 걸 누릴 수 있다는 소리와 다름없었다. 거기에 디뵌젤 공작가의 금지옥엽이 노골적으로 나를 총애하니 더더욱 군침이 돌 수밖에 없었다. 그렇기에 이전에는 오지도 않았던 구애 편지가 하루에도 수십 통 쏟아졌다. 내가 미카엘 아이레스 경의 연인이라 알려졌음에도 불구하고.

"나는 시스가 너무나 걱정돼요. 이건 진심이랍니다. 이전부터 누누이 말해왔듯이 나는 그대의 진실한 친구이며 누구보다 그대가 행복하기를 바라니까요. 그래서 지금의 주목이 너무나 두렵답니다."

로샨 영애는 내가 자신의 보호 아래 있기를 바랐다. 이전에 나를 데리고 상점에 가서 손수 목걸이를 골라 매어줬던 것처럼 계속 그런 관계를 유지하기를 소망했다. 그녀가 보인 감정은 디뵌젤 공녀가 선보이고 있는 얄팍한 우정보다 훨씬 깊어 어떤 때는 로에나와 같은 태도를 비칠 때가 있었다.

황태자가 우선이지 않은 한 영애가 보이는 모든 행동은 진실 된 것이라는 소리다. 그래, 황태자 그 개자식만 아니라면. 그래서 이전과 같은 관계는 좋지 않았다. 자유롭게 날기 위해서는 날개 두 개가 필요했다. 그래서 그녀의 고백에 침묵했다. 그러자 로샨 영애는 씁쓸한 미소를 지으며 말을 이어 나갔다.

"이상한 일이죠? 요즘 들어 시스의 마음이 보이지 않아요. 그래서 불안해요. 그대는 내 손을 잡고 있나요? 아니면 나만으론 부족했나요? 말해봐요. 지금의 침묵은 긍정인가요, 아니면 부정인가요? 나는 요즘 시스가 무슨 생각을 하고 있는지 전혀 모르겠어요."

내가 계속 입을 열지 않자 로샨 영애는 한숨을 내쉬며 이어 말했다.

"대답하기 곤란하면 더는 묻지 않겠어요. 그대가 그런 표정을 짓는 것 자체가 매우 가슴 아프니까. 하지만 전하께서도 그러실 거라곤 장담하지 말아요. 시스가 공녀와 함께 로에나 영애를 만났다는 걸 알고 계시니까. 그분께서 곧 그대를 부르실 거예요."

나는 알겠다는 듯 조용히 고개를 끄덕였다. 잠잘 시간조차 쪼개어 서류를 처리하고 있다는 황태자가 드디어 응답한 것이다.

"잊지 말아요. 그분은 대관식만 올리지 않았다 뿐이지 황제와 다름없는 분이세요."

깊게 침잠한 눈동자가 나를 가득 담았다. 로샨 영애의 목소리는 무게 추를 단 것처럼 무척 무거웠다.

"제국 내에 그분을 거역할 수 있는 사람은 이제 없어요."

그 말은 사형선고보다 더 끔찍했다.

황태자는 매우 바빴다. 자는 시간까지 쪼개어 일할 정도로 말이다. 반란을 일으켰던 귀족들의 재산을 국고에 환수하고, 그만한 인력을 다시 채워 넣는 일이란 만만찮았다. 거기에 논공행상을 위한 무도회와 대관식 준비까지 해야 하니 몸이 두 개라도 모자랐다. 남은 귀족들이 황태자에게 도움이 되고자 열심히 노력했지만, 의심이 많은 그는 자신에게 올려진 서류 한 장이라도 허투루 보지 않았다. 꼼꼼하게 따져 읽고 몇 번을 더 생각한 끝에 직인을 찍었다. 그것은 로샨 영애가 보낸 보고서라 할지라도 마찬가지였다.

덕분에 죽어나는 건 귀족들이었다. 반란으로 인해 귀족들의 세력이 급격하게 줄어들었다 하더라도 그만큼 정국이 혼란스러워 제 세력을 늘리기 위한 뒷공작을 벌일 수 있는데—가령 반역자들의 재산을 조금 꿀꺽한다든가—황태자가 그럴 기회조차 주지 않으니 옴짝달싹할 수 없었다.

어떤 가문은 반역을 제압하는 데 힘을 보탰는데도 이전에 풀케르와 연관이 있었다는 의혹을 받고서 감옥에 갇히기까지 했다. 황제가 된 황태자가 반역자들의 목을 치기 전까지 그 어떤 귀족도 반역이라는 틀 안에서 자유로울 수 없었다. 그래서 황태자가 이를 핑계로 자신들을 마구 휘둘러도 고개를 납작 엎드리며 아부를 떨어 댔다. 그 앞에서 고개를 들고서 직언할 수 있는 건 디뵌젤 공작가와 로샨 후작가, 그리고 아이레스 후작가뿐이었다.

하지만 제대로 자신들의 의견을 전달할 수 있다 뿐이지 이들조차 황태자의 날 선 칼을 피할 수는 없었다. 황태자는 제국 역사상 가장 강력한 군주가 되기 위해 철저하게 기반을 닦고 있었다.

그래서일까. 오랜만에 본 그는 이전보다 한층 더 위엄이 넘쳤다. 그것은 지배자만이 가질 수 있는 날카로운 기백이었다. 이전에 내가 로에나로 인하여 그에게 끌려갔을 때보다 더 숨이 막혔다. 내가 알던 무자비한 황태자. 내가 두려워했던 그가 여기에 있었다.

"손목은?"

황태자는 나를 보자마자 이미 다 나아 붕대를 풀어버린 손에 시선을 두었다. 나는 공손한 어조로 황태자의 은혜로 다 나았다는 아부의 말을 내뱉었다. 멀쩡하게 잘 돌아다닌다는 것을 알고 있음에도 굳이 그것을 물어보는 이유를 알 수 없다고 생각하며.

"요즘 그대의 행보가 퍽 흥미롭다지?"

그의 날카로운 눈동자가 나를 훑었다. 이전이었더라면 겁에 질려 바들바들 떨었겠으나 이젠 익숙해질 대로 익숙해진 상태라 태연한 목소리로 대답했다.

"별다를 게 없는 소소한 일상인데 흥미롭게 봐주시니 감사할 따름입니다. 하나 후견인이 있었더라면 이리 주목을 받을 일은 없었을 테지요."

"그런 의미가 아닌데? 영애, 지금 나는 소중한 시간을 쪼개어 그대를 만나고 있는 거야. 그러니 이것저것 잴 것 없이 솔직해져 보자구. 굳이 사교계의 얼간이들처럼 말을 빙빙 돌릴 필요가 무어 있나."

바라 마지않은 일이었다. 황태자와 사교계의 화법대로 대화를 나누는 건 무척 끔찍하니까. 보이지 않은 칼로 싸우는 것처럼 정신이 너덜너덜해지니 아니 그러하랴. 그래서 그가 가장 관심 있어 할 것 같은 사실부터 털어놓았다.

"사실 로에나를 만났습니다."

내 대답에 황태자가 입꼬리를 밀어 올렸다. 냉소였다.

"알고 있어. 디빈젤 공녀의 이름으로 방문했다지? 제법 머리를 잘 썼군. 가문에 대한 의혹을 더하지 않고서 동생을 만날 수 있었으니 말이야. 그것참 눈물 나는 우애야. 그래, 그녀를 풀어주기 원하나?"

"비슈발츠가는 전하의 의중을 따를 뿐입니다."

"그녀에게 구해 주겠다고 말했으면서? 그런데 내 의중을 따르겠다고?"

아아, 역시 로에나와 나의 대화를 누군가 엿듣고 있었구나. 하긴 선황제와 밀실에서 대화한 것조차 알고 있었던 그인데 풀케르와 연관되었다 알려진 로에나를 그냥 둘 리 없었다. 그래서 아무렇지 않은 척 변명했다.

"가엾은 동생을 안심시키기 위해 무슨 말이라도 못 하겠습니까? 그저 어여쁘게 봐주시길 바랄 뿐입니다."

"가엾다라…… 그대는 진정 그녀가 가엾은가?"

"가엾다 뿐이겠습니까? 사랑스럽기까지 하지요."

"그녀가 돌아가면 지금껏 이뤄 놨던 모든 것을 다 빼앗기게 될 터인데? 그런데 어찌 그녀가 가엾고 사랑스러울 수 있어? 그대는 참 속도 좋군."

나는 의문으로 인해 고개가 모로 기울어지려는 것을 가까스로 참았다. 마치 나를 위해 로에나를 구금해 놓았다는 소리처럼 들려서다. 하지만 그가 그럴 리가 없지. 다른 꿍꿍이속이 있다면 또 모를까. 내가 그라면 로에나를 증인으로 삼아 풀케르를 압박하기 위한 용도로 사용할 터였다.

아아, 맞아. 이제야 알겠군. 그가 왜 나와 로에나를 떨어뜨려 놨는지. 비로소 모든 퍼즐이 맞춰지는 기분이다.

비슈발츠가는 수도 유일의 병력이 주둔할 수 있는 가문이다. 이는 초대 황제의 약속으로 그 누구도 감히 깰 수 없는 맹약과 같았다. 하지만 황제가 되는 황태자의 입장에선 수도 내에 통제되지 않은 병사, 그것도 청음의 기사를 소유하고 있는 비슈발츠가가 마음에 들지 않았을 터였다. 풀케르와 대공이 가문의 상선을 이용하여 자연스레 병력을 옮기려고 계획한 것부터가 매우 위협적으로 느껴졌을 테니 말이다. 그래서 그는 유력한 후계가 될 로에나를 구금하여 그녀가 죄인임을 강조했다. 쉴피스 경이 자신을 암살하려고 했다는 소문을 막지 않았다. 귀족들이 비슈발츠 가문만 사병을 가지고 있음에 불안함을 느끼도록 말이다.

그도 그럴 것이 제국 내 귀족들이 다 같이 들고일어나 반란을 처벌

해야 한다고 외치면 초대 황제의 약속이고 다 무어란 말인가. 풍비박산 난 가문에서 할 수 있는 일이 뭐가 있다고. 마담 드 라발리에가 있다 하지만 남편의 성에 따라 다른 사람이 된 그녀였다. 아무도 비슈발츠를 도와줄 수 없었다. 로샨가라 할지라도.

그러므로 죄를 지은 후계자, 다리를 저는 후계자가 있는 비슈발츠가는 이도 저도 아니게 도태되어 역사 속으로 사라지고 청음의 기사 및 병사들은 자연스레 국가에 귀속될 터였다. 그런데 그런 일이 일어나기도 전에 내가 디빈젤 공작가의 힘을 업고서 다시금 비슈발츠가를 모두의 입에 오르내리게 만들어버렸다. 후견인이 없는 상태인데도 태연하게 나서서 가문을 정리하고 데뷔도 안 한 주제에 사교계를 종횡무진 휘젓고 있다. 황태자의 입장에선 무척 불쾌한 일이 아닐 수 없었다. 그러니 이런 식으로 민감하게 반응을 하는 것일 테지.

"디빈젤가가 그대에게 무얼 약조했지?"

나는 그의 질문에 여상스러운 대답을 내어놓았다.

"로에나를 만나게 해줄 수 있다고 했습니다."

"아니, 내가 말한 건 그게 아니야. 서로가 얻을 수 있는 이득을 솔직하게 이야기해 보자는 거지."

"공녀와 어울려 달라는 요청을 했습니다. 그녀와 이미 친분이 있는지라 저로선 거절할 수 없었습니다."

암만 제국을 주무르는 황태자라 할지라도 디빈젤 공작가의 서재를 엿듣는 건 역부족이었나 보다. 그는 공작이 라데 렐신을 후원하기로 했다는 걸 전혀 모르는 눈치였다. 오히려 디빈젤가가 내가 여백작이 될 수 있도록 도움을 주는 것으로 해석했다.

"……로샨가로는 부족하나?"

"전하, 제가 원하는 건 비슈발츠일 뿐입니다."

내 말에 황태자가 어이가 없다는 듯 헛웃음을 지었다. 그는 나를 이상한 사람 보듯 바라보고 있었다.

"그대는 기이하리만치 가문에 대한 집착이 강하군. 처음부터 귀족이었던 것처럼. 그래서 언뜻 듣기엔 지위에 대한 욕망으로 여겨진단 말이야. 하지만 내 제안을 거절한 것으로 보아 그런 건 또 아니고. 그래서 이해가 되지 않아. 돌아가신 선황제와 했던 약조를 믿고서 그러는 건가?"

아니, 당신은 이해하지 못할 더 깊은 무언가야. 나는 속으로 대답했다. 내가 비정상적일 정도로 비슈발츠라는 가문과 이름에 집착하는 건 '시스에 드 비슈발츠'여야만이 오롯이 나의 정체성을 확립할 수 있다고 여기기 때문이다. 돌아오기 전의 나는 비슈발츠 가문의 시스에가 아니라 양부를 유혹한 천박한 여자의 딸에 불과했으니까. 가문의 후계가 자신이라고 믿는 로에나를 완벽하게 무너뜨릴 수 있는 가장 최상의 방법이기도 하고. 그래서 이해가 되지 않는다는 것처럼 황태자에게 물었다.

"선황제 폐하께서 남겨 주신 문서는 완벽합니다. 그렇기에 전하께서 그리 말씀하시는 저의를 모르겠습니다."

"제국 역사상 여백작은 없었다."

"황송하옵게도 선황제께서 제게 최초라는 이름을 붙여 주시겠군요."

황태자는 내 말에 피식 웃었다. 비웃음이었다. 그는 허황된 꿈을 꾸지 말라는 것처럼 내게 말했다.

"그걸 누가 용인할 것 같은가? 전통이라는 고루함에 젖어 있는 귀족들이? 아니면 내가?"

"……제게 보상을 준다 하지 않으셨습니까."

나는 황태자에게 나를 전쟁터로 끌고 갔던 것을 상기시켰다. 그러자 그가 내게 가까이 다가와 손끝으로 내 턱을 들어 올렸다. 그는 헛된 망상에 허우적대는 어린 소녀를 바라보듯 나를 동정하고 있었다.

"그 보상으로 그대가 끔찍이 아끼는 여동생을 풀어주도록 하지. 그리고 반란이라는 죄목에서 가문을 해방시켜 주겠다."

개자식 같으니라고. 나는 말도 안 되는 소리를 지껄이는 그의 뺨을 후려치고 싶은 충동을 애써 참으며 가까스로 입을 열었다. 그는 내가 비슈발츠에 대한 집착을 내보이자 바로 로에나를 풀어주는 것으로 내 소망을 망가뜨리려고 하고 있었다.

"청음의 기사는 전하께 충성했습니다. 그것은 비슈발츠가의 의지이기도 합니다."

"그가 쉴피스 경과 합작하여 나를 죽이려고 했다는 죄목을 뒤집어쓰면 어찌하려고?"

"기사의 충정까지 외면하실 참이십니까?"

"그게 무어라고 유난이지? 비슈발츠가가 가지기엔 무척 아까운 인재긴 하지만 그렇다고 해서 목매달지 못할 정도로 중요한 건 아니야. 그러니 헛된 꿈은 꾸지도 마라. 게다가 문서를 작성하실 적의 황제께선 병마로 인해 정신이 온전치 못하셨다. 그렇기에 그런 이상한 약조를 하실 수도 있었겠지. 아, 함께 있었던 창녀는 증인으로선 적합하지 않으니 기대조차 하지 말도록. 그런 천박한 여자의 말을 믿는 사람은 아무도 없을 테니까."

이제는 숫제 자신의 죽은 아비마저 미친 사람으로 만드는 그의 언행에 나는 할 말을 잃었다. 황태자는 기어코 내가 비슈발츠가를 가지는 것을 방해할 심산이었다.

"어째서입니까?"

"그대 하나로 인해 사교계에 혼란을 줄 순 없는 노릇이지. 귀족들은 내 발밑에 좀 더 엎드려 개처럼 짖을 필요가 있어. 그런데 나와 가까이 지냈다고 알려진 그대를 여백작으로 만든다면 저들의 기가 살아날 거야. 나는 그런 혼란을 원치 않아."

황태자의 대답은 일견 듣기에 타당해 보였다. 하지만 나는 그가 속내를 다 밝히지 않았음을 깨닫고 경계를 늦추지 않았다. 황태자가 이만한 일로 귀족들에게 휘둘린다는 건 있을 수 없는 일이었다.

"……반란의 누명을 벗은 비슈발츠가는 어떻게 되는 건가요?"

"충성의 대가를 선보여야겠지."

그가 말하는 충성의 대가가 청음의 기사임은 두말할 필요가 없을 터였다. 나는 터져 나올 것만 같은 헛웃음을 삼켰다.

결국 황태자는 이것을 말하기 위해 나를 불렀던 거구나. 디뷘젤 공작을 이용하여 여백작이 되는 건 꿈도 꾸지 말라고 경고하기 위해서. 라데 렐신에 대해선 언급조차 하지 않는 것부터가 그랬다. 이래서 논공행상이 치러지기 전에 그를 만나고자 했던 것이다. 이런 개자식인 줄 알고 있었으니까.

나는 뒤로 한걸음 물러나 그에게서 떨어졌다. 그리고 내가 자신의 말을 따를 수밖에 없다는 걸 안다는 것처럼 오묘한 미소를 짓고 있는 그에게 천천히 고개 숙여 답했다. 치맛자락 속으로 숨긴 손이 분노로 인해 바들바들 떨리고 있었다.

"전하의 배려에 감사드릴 따름입니다. 자매간의 우애를 살뜰히 살펴주신 데다가 가문을 보전할 수 있는 은혜를 내려 주시니 아니 그러겠습니까? 비슈발츠가는 전하의 의중을 따를 뿐입니다."

"아아, 그대는 참 현명하단 말이지. 그래서 정말로 탐이 나."

숙여진 고개 위로 떨어지는 목소리가 퍽 역겨웠다. 귀를 틀어막고 싶은 심정이었다. 하지만 황태자는 계속 자기 할 말을 이어 나갔다. 이것은 나조차도 미처 예상치 못한 소리였다.

"일주일 후 승전연이 열릴 것이다. 그때 이전에 나누어 가졌던 구두를 가지고 왔으면 하는군."

뜻밖의 말에 고개를 들어 올려 그를 바라보는 내게 황태자는 요사스럽도록 달콤한 미소를 지었다.

"손등의 빚은 갚아야 하지 않나, 케룰라?"

유혹하는 것처럼 낮게 속삭이는 목소리는 언제 반란을 미끼로 나를 협박했냐는 듯 부드러웠다. 그러나 깊게 가라앉은 눈동자는 음습한 기운을 뿌리고 있어 조금 전의 이야기가 농담이 아니라는 것을 증명하고 있었다. 어째서인지 모르겠지만 황태자는 진심으로 나를 탐내고 있었다. 지금까지 했던 말이 거짓말이 아니라는 듯이. 한 짝씩 나누어 가졌던 유리구두는 이를 위한 덫이었다. 가면무도회의 늑대가 예고했던 것이 이제야 이루어지는 것이다.

나는 아무런 말도 하지 못한 채 얼어붙은 듯 입을 꾹 다물었다. 뇌리로 아이레스 경이 스쳐 지나갔다. 돌아온다면 '멜'이라 불러 줄 것을 요구했던 그의 아련한 미소가 눈앞에 아른거렸다.

"예, 전하. 그리하겠습니다."

하지만 이러한 마음과는 반대로 내 입술은 순종의 말을 내뱉고 있었다. 황태자는 체념으로 인해 눈을 감는 내 모습을 바라보며 흡족하다는 듯 웃었다. 그는 승리자처럼 미소 짓고 있었다. 아주 역겨웠다.

황태자도 짬을 내서 나를 만날 수 있었는데 기이하게도 아이레스 경은 그러한 시간조차 내지 못했다. 승전연이 열리기 전 그를 만나기 위해 황실 기사단을 찾아갔지만 마침 어제부로 변경백의 성에 갔다는 소리만 들려왔다. 그가 수도로 돌아오는 건 승전연이 열리는 전날 밤이었다.

그에게 변명조차 하지 못하는구나.

허탈한 마음에 힘없이 저택으로 돌아온 내게 하녀장이 편지 하나를 건넸다. 아이레스 경이 변방으로 떠나기 전에 보냈다는 편지였다. 타이밍이 기막히도록 어긋나 있어 헛웃음조차 나지 않았다. 마치 누군가가 일부러 방해한 듯한 느낌이었다. 하지만 페이퍼 나이프를 이용하여 그가 보낸 편지를 뜯었을 때, 나는 빙그레 미소 짓고야 말았다.

『부끄러운 고백을 하자면 저는 원망이나 슬픔이라는 단어가 어떤 것인지 모릅니다. 하지만 굴종이라는 단어는 알기에 감히 이런 편지를 보냅니다. 단언컨대 제 의지는 비슈발츠 영애 그대의 것입니다.』

어떤 의미로 이것을 보냈는지 모르겠으나 지금 상황에 있어 이보다 더 적합한 소리는 없었다. 언제나 그랬듯이 뒤늦게라도 나를 지켜 주는 건 미카엘 아이레스 그였다. 그래서 나는 한동안 미친 것처럼 웃음 짓다가 잠시 후 플랑을 시켜 잭을 불러오게 했다. 그리고 나를 찾아온 아이에게 환한 미소를 지으며 말했다.

"남장에 능통한 극단 배우 좀 은밀하게 데려와 줄래? 입 무거운 사람으로. 보수는 아끼지 않으마."

며칠 후 잭은 내 의뢰를 훌륭하게 해결했다. 그가 데려온 중년의 여인은 극단의 분장을 도와주는 이로 어릴 적 사고를 당해 벙어리가 된 사람이었다. 그리고 글조차 쓸 수 없는 까막눈이기도 했다. 그녀가 할 수 있는 의사소통 방법이란 수화뿐이었다. 나는 영문을 몰라 굽실거리는 여인에게 부드러운 목소리로 말했다.

"네가 해야 할 일이 있단다. 아주 중요한 일이지. 나를 만족시킨다면 섭섭지 않은 보상을 내리마."

그리고 복종하겠다는 듯 고개를 푹 숙인 그녀를 바라보며 소리 내어 웃었다. 승전연이 열리기까지 고작 이틀이 남은 상태였다.

황태자는 승전연이 열리기 하루 전 로에나를 저택에 돌려보냈다. 그녀에게선 어떠한 죄목을 찾을 수 없다는 소리와 함께. 사람들은 이에 대해 의구심을 품었지만 황제가 될 이가 그렇다고 하니 반박조차 하지 못한 채 고개만 끄덕였다. 나는 그런 그의 행동에 나지막이 이를 갈았다. 황태자는 의도적으로 쉴피스의 경은 언급하지 않고 있었다. 아직 비슈발츠가에 반란을 덧씌울 여지는 남아 있다는 걸 의도적으로 경고하고 있는 것이다.

그가 로에나를 풀어준 건 진실로 그녀의 행적이 보잘것없었을뿐더러–증인으로 내세우는 건 무죄인 상태에서도 가능하니까–자신을 만난 이후로 디뷘젤 공작가와 접촉을 하지 않은 나를 칭찬하기 위함이었다. 완벽하게 길을 들이겠다는 선언이나 다름없었다.

로에나가 저택으로 돌아오자 라발리에와 외가 사람들이 찾아와 그녀를 위로했다. 하지만 로에나의 표정은 밝지 않았다. 그녀는 어쩐지 매우 침울하고 슬퍼 보였다. 나는 그 이유를 금세 알아차렸다. 오랜만에 저택에서 저녁을 먹다 말고 중얼거리듯 말한 로에나 때문이었다.

"황태자 전하께서 너를 위해 나를 풀어주셨다고 했어. 내가 죄가 없는 걸 믿지 않지만 시스 너를 위해 눈감아주신다고 하셨어."

그녀의 눈동자에는 실망과 분노가 복잡하게 뒤엉켜 있었다. 그것은 아마 돌아오기 전의 내가 그녀로 인하여 감옥에 풀려났을 때 맛보았던 치욕과 닮았을 터였다. 그래서 더더욱 기꺼웠다. 황태자가 했던 수많은 행위 중 유일하게 내 마음에 쏙 든 처사였다.

"나는 잘못하지 않았어."

로에나는 다짐이라도 하는 것처럼 내게 말했다. 그런 그녀의 뇌리엔 어머니나 리안은 없어 보였다. 나로 인해 풀려났다는 사실에 감사하는 마음 또한 보이지 않았다. 그녀는 진실로 자신이 풀려날 것이라 믿고 있었으며, 돌아오기만 한다면 모든 게 다 이루어질 거라 기대하고 있었다. 하지만 저택은 이미 내 수족으로 꽉 차 있었고 사람들은 모두 승전연의 준비로 바빠 로에나에 대해 많은 관심을 기울이지 않았다. 그녀의 친구들은 편지만 겨우 보냈을 뿐이다.

나는 자신의 말에 동의를 구한다는 것처럼 나를 바라보는 로에나에게 짤막한 어조로 대답했다.

"그래. 너는 잘못한 게 없어."

그렇게 믿고 싶을 테니까.

하지만 로에나는 그마저도 마음에 들지 않는다는 것처럼 울상에 가까운 미소를 짓더니만 곧 입맛이 없다는 핑계를 대고 자리에서 일어났다. 방으로 들어가 쉬고 싶다는 소리와 함께. 그녀는 이러한 작은 행위조차 내게 부탁해야 한다는 걸 못 견뎌 하고 있었다. 그래서 아주 친절하게 명령에 가까운 대답을 해주었다. 그리고 굴욕으로 인해 빠르게 사라지는 로에나의 등 뒤를 바라보며 미소 지었다.

아마 그녀가 원했던 건 '황태자 전하께 일러 네가 죄가 없음을 알리도록 할게'라는 소리였을 터였다. 그런데 그런 대답을 해주지 않으니 퍽 실망한 것이다. 그리고 거기엔 자신에게 비슈발츠가의 도장을 건네지 않는 나에 대한 원망도 섞여 있었다.

버릇없기는.

나는 그녀가 먹다 남긴 음식을 바라보며 코웃음을 쳤다. 벌써부터 이런 재미있는 모습을 보여 주는데 승전연에선 얼마나 더 좌절할까 싶어 기대가 되었다. 동시에 나로 인해 일그러질 황태자의 모습이 생각나 더더욱 즐거워졌다.

그래서 한시라도 빨리 승전연이 열렸으면 좋겠다고 생각했다. 방 한구석에 처박아 놨던 유리 구두는 이미 깨끗하게 닦여 작은 상자에 보관한 상태였다. 내일 언제라도 들고 갈 수 있도록 말이다.

승전연의 밤 수도의 곳곳은 축제 분위기로 들떠 있었다. 사람들은 여기저기에 모여 황태자가 내린 음식을 먹고 떠돌이 음악가가 연주하는 곡에 맞춰 춤을 추었다. 아이들은 어릿광대의 익살에 깔깔깔 소리 높여 웃었다.

활기로 가득 찬 도시는 전쟁의 참상과 반역의 비극에서 완벽하게 벗어난 것처럼 보였다. 밤하늘을 수놓은 불꽃이 그를 증명하기라도 하듯 화려하게 터졌다. 모두가 바라 마지않은 평화로운 광경이었다. 이는 귀족들도 다르지 않아 그들은 간만에 맞이한 평화를 마음껏 즐기고 있었다. 오늘을 위해 저 멀리 시골에서부터 마차를 타고 올라온 귀족이 있을 정도였다.

나는 그런 그들을 바라보며 느긋하게 와인을 마셨다. 수수한 옷차림을 한 채 벽의 한구석에 서 있으니 내게 말을 거는 이가 거의 없어 편했다. 간혹 내가 시종인 줄 알고서 명령을 내리려던 사람이 있었으나 낡지만 깨끗하게 세탁된 복장을 보고서 이내 비웃음을 지었다. 몰락한 가문의 시골뜨기 귀족이 콩고물이라도 얻어먹기 위해 승전연에 참석한 것으로 생각해서였다.

지금 나는 라데 렐신으로 변장한 상태였다. 잭이 데려온 여자는 솜씨가 무척 좋아 몇 번의 연습 끝에 나를 그날의 소년으로 완벽하게 재탄생시켰다. 어떤 부분에선 로샨 영애가 데려온 사람보다 더 손끝이 야무져 변장을 끝냈을 무렵 거울 속엔 진짜 남자가 앉아 있었다.

그래서 무도회에 왔음에도 나를 의심하는 사람은 없었다. 디뷘젤 공녀조차 내가 먼저 인사하기 전까진 알아보지 못했다. 공작 또한 놀랍다는 듯 감탄을 토했다. 덕분에 나는 공작에게 잘 보이려고 접근한 귀족 행세를 하며 그와 이야기를 나눌 수 있었다.

나는 고개를 돌려 저 멀리 마담 드 라발리에와 함께 서서 사람들의 시선을 한 몸에 받고 있는 로에나를 바라보았다. 그간 고생을 하긴 했지만 타고난 바탕이 워낙 빼어난 탓에 고작 반나절만 관리했음에도 이전의 미모를 전부 다 회복한 상태였다. 진실로 그녀는 모든 이를 압도할 만큼 엄청나게 아름다웠다. 이곳에 자리한 사람 중 로에나보다 더한 미모를 지닌 이는 없다고 단언할 수 있을 정도였다. 그런데 화사한 미소까지 짓고 있으니 꽃에 몰려든 나비처럼 눈이 멀지 않은 사내가 없었다.

나는 그녀가 저리도 행복한 미소 짓는 진정한 이유를 알고 있었기에 피식 비웃음을 머금었다.

승전연이 참석하기 몇 시간 전 로에나는 나를 찾아와 따로 가겠다고 말했다. 마주칠 때마다 자신을 죽일 듯이 노려보는 어머니 때문이었다. 라데 렐신으로 변장해야 했기에 그녀를 어떻게 떼어 내야 하나 고민하던 내게 있어 무척 반가운 소리가 아닐 수 없었다. 그래서 흔쾌히 허락했다. 그리고 바로 집사에게 일러 로에나에게 마차를 내어주라고 말했다.

그녀는 상처받은 표정을 한 채 내가 내리는 명령을 듣다가 마지못해 고개를 숙여 고맙다고 말했다. 그리고 머뭇거리는 목소리로 '언제 돌려줄 거야?'라고 물었다. 후계자에 대한 소리였다. 그녀는 여전히 내가 자신을 위해 미리 길을 닦아 놓고 있다고 믿고 있었다. 저택으로 돌아온 첫날 마담 드 라발리에가 이제 후계자는 너뿐이라 열심히 속살거렸으니 그럴 수밖에 없었다. 아마 그녀의 가슴은 희망으로 인해 잔뜩 부풀어 올라 있을 게다.

그런데 정작 가문의 도장을 가지고 있는 내가 속 시원하게 확답을 내려 주지 않으니 이상한 모양이었다. 그녀의 눈동자가 왜 약속을 지키지 않느냐는 듯 힐난의 빛을 머금었다. 남들의 이목 때문에 직접 나서서 자리를 빼앗지는 못하는 주제에.

로에나가 원하는 바는 뻔했다. 평화로운 승계였다. 능력이 부족한 내가 한계를 느끼고서 자신에게 건네주었다는 이야기를 꾸미기 위해선 더더욱 그러했다. 풍비박산이 나다시피 한 가문을 짧은 시간 내에 이 정도로 끌어올린 나를 내치기엔 면이 서지 않은 것도 있기도 하고. 그래서 로에나는 자신이 지금껏 그랬듯 나 역시 그녀를 위해 물러서 줄 것을 원했다.

속이 훤히 들여다보이는 행동이 제법 꼴사나워 재미있다는 생각이 들었다. 하지만 대놓고 표현할 수 없는지라 여상스러운 목소리로 '내일'이라고 답해 주었다. 그리고 한 점의 욕심이 없다는 것처럼 부드럽게 미소 지었다. 어차피 몇 시간 후면 산산조각이 날 꿈인데 이 정도의 거짓말쯤은 얼마든지 해줄 수 있었다.

그러자 그녀의 얼굴이 꽃처럼 화사하게 피어올랐다. 흘러나오는 목소리는 탄성에 가까웠다.

"세상에, 시스. 그럴 줄 알았어. 아아, 이 기쁜 소식을 어서 빨리 고모님께 말씀드려야겠다. 무척 좋아하실 거야. 그럼 먼저 가서 기다리고 있을게."

내 대답에 순식간에 기운을 되찾은 로에나가 문으로 가다 말고 내게 돌아와 뺨에 키스했다. 그리고 기쁨에 겨운 목소리로 속삭이듯 말했다. 그녀의 얼굴은 행복으로 인해 반짝반짝 빛이 났다.

"내겐 너뿐이야, 시스. 난 정말로 널 믿었어."

그리고 내 대답을 들을 새도 없이 경쾌한 발걸음으로 방문을 나섰다. '내일도 과연 그런 말을 할 수 있을까?'라고 중얼거리는 내 말을 듣지 못한 채.

로에나에게 이야기를 들은 모양인지 마담 드 라발리에는 벌써부터 로에나의 후견인이 된 것처럼 그녀의 곁에 찰싹 달라붙어 있었다. 그런 그녀의 얼굴에는 흐뭇한 미소가 가득했다. 로에나는 마담의 안내에 따라 쉼 없이 이런저런 사람을 만나며 열심히 인사하고 대화를 나누었다. 멀리 떨어져 있어 무슨 이야기를 나누는지 들리지 않았지만 그녀의 표정으로 보아 대충 알 것 같았다. 비슈발츠가를 당분간 이끌게 될 터이니 잘 부탁한다는 소리일 테지.

저 말이 언제까지 이어질 수 있으려나.

나는 심드렁한 표정으로 빈 와인 잔을 가까운 탁자 위에 올려놓고서 고개를 한번 모로 꺾었다. 주인공은 나중에 등장하는 법이라더니 황태자와 로샨 영애는 아직 나타나지 않은 상태였다.

하지만 그것도 잠시 오래지 않아 황태자가 등장했다는 소리가 울려 퍼졌다. 그는 아이레스 경과 로샨 영애를 대동하고서 나타났다. 아이레스 경이야 그의 호위니 같이 오는 건 당연한 일이지만 로샨 영애까지 데리고 나온다는 건 의외인지라 많은 이들이 웅성거렸다. 그의 뒤를 따르는 영애의 모습이 흡사 황후를 연상시켰기 때문이다. 그래선지 디뵌젤 공녀의 얼굴은 냉랭하게 굳어져 있었다.

거침없는 걸음으로 상석에 올라선 황태자는 잠시 좌중을 바라보다 곧 입을 열어 연회를 위한 짤막한 인사말을 내뱉었다. 그리고 바로 논공행상을 하겠다고 밝혔다.

대공파를 숙청하느라 많은 직위가 공석으로 남은 상태라 모두 마른 침을 삼키며 황태자만 바라보았다. 개중 논공행상의 제1순위는 미카엘 아이레스 경이 될 것이라고 속삭이는 사람도 있었다. 하지만 황태자는 아이레스 경의 이름을 부르지 않았다. 로샨가를 먼저 불렀다. 작위를 따지자면 디뵌젤 공작가가 먼저인데도 로샨가를 선순위로 놔두었다는 건 로샨 영애가 곧 황후라는 공식을 완성하기에 충분했다. 로샨가를 공작가로 승격시킨다는 황태자의 말은 그것을 뒷받침해 주는 증거나 다름없었다.

황태자는 노골적으로 디뵌젤 공작가를 차별하는 모습을 보였다. 함께 수도를 지켰던 로샨가에 비하면 터무니없을 정도로 쩨쩨한 보상이었다. 그래선지 감사하다고 말하는 공작의 얼굴이 굴욕으로 인해 푸들푸들 떨렸다.

"그러고 보니 디뵌젤 공작은 귀족파의 수장이었죠? 반란이 일어 두 무리로 나누기 전까진 그가 대표로 황제께 간언을 했구요. 전하의 의도가 뭔지 이제야 알겠군요."

"제길, 전하께선 우릴 아주 억누르고 싶으신 모양이야. 선황제만 하더라도 이런 식으로 푸대접하지 않았는데 말이지. 정말 너무한 거 아닌가?"

여기저기서 불만 섞인 목소리가 흘러나왔다. 하지만 큰소리를 내지 못하는 건 황태자의 칼이 무서웠기 때문이었다. 그래서 그들은 어색하게 웃으며 손뼉을 쳤다. 즐거워야 할 무도회의 분위기가 서리가 내린 듯 차갑게 식어 내리는 건 순식간이었다.

황태자는 디뵌젤 공작가를 기점으로 귀족파 사람들의 공을 교묘하게 깎아내렸다. 불만을 표시하면 속이 좁은 자라는 소리를 들을 수 있게끔 조절하는 솜씨가 아주 일품이었다. 보는 나조차 기막혀 화가 날 정도인데 당사자들은 어떻겠는가. 후한 보상을 받는 건 중립에 가까운 자나 황태자의 사람으로 알려졌던 이뿐이었다. 하지만 그런 자들조차 주변의 눈치가 보여 자신의 공에 대한 뿌듯함을 나타내지 못했다.

그렇게 시간이 흘러 논공행상이 막바지에 이르렀다 느꼈을 즈음이었다. 황태자는 비슈발츠가의 이름을 꺼내더니 류스테윈 할버드 경의 공으로 모든 것을 상쇄했다고 짤막하게 말했다. 상쇄의 앞에 쉴피스 경의 반역이 숨어 있음을 모르는 자는 아무도 없는지라 모두 침묵했다. 할버드 경을 무도회에 부르지 않은 것은 이 때문이었다.

"이상으로 논공행상을 마치도록 한다."

사람들은 황태자의 말에 아이레스 경이 논공행상에서 제외되었음을 깨닫고 의아해했다. 최소 황궁 기사단장의 직위라도 받을 줄 알았는데 아무런 언급이 없다는 건 공을 인정하지 않겠다는 소리와 다름없었다.

"자신의 측근조차 세력이 커진다면 좌시하지 않겠다는 소리일까요?"

"만일 그런 거라면 정말 무서운 분이세요."

"앞으로 어떻게 견뎌야 할지 모르겠습니다. 암흑기가 도래하겠군요."

사람들은 자신의 이름이 불리지 않았음에도 태연하게 서 있는 아이레스 경을 바라보며 낮게 소곤거렸다. 똑같이 공을 세웠음에도 로샨가가 받은 혜택이 너무나 커 불만을 표시하는 사람도 있었다. 노골적인 차별에 모두 어찌할 바를 몰랐다. 누군가는 황태자가 왜 이렇게 적을 만들어 내는지 이해할 수 없다고 말하기까지 했다.

디뵌젤 공작이 몸을 움직인 건 그즈음이었다. 황태자는 갑자기 앞으로 걸어 나와 자신을 향해 공손하게 인사하는 공작의 모습에 냉소를 머금었다. 그가 자신의 결정을 받아들이지 못해 나선다고 생각한 모양이었다.

"하실 말씀이 있소?"

"전하의 혜안에 부족한 능력임에도 불구하고 감당하기 어려운 치하를 받아 감읍할 따름입니다. 하나 전하 가장 큰 공을 세운 이의 이름은 부르지 않으시니 그를 안타까이 여겨 감히 앞서 나오게 되었습니다."

"가장 큰 공을 세운 이라니?"

황태자가 의아하다는 듯 되물었다. 공작은 미소를 지으며 말을 이어 나갔다.

"대역무도한 죄인 쉴피스에게서 전하의 목숨을 구한 자 말입니다. 라데 렐신이야말로 가장 먼저 치하를 받아야 할 이가 아닙니까?"

순간 홀 전체가 술렁이며 사람들이 웅성거리기 시작했다. 라데 렐신의 진정한 정체를 알고 있는 이는 불쾌감을, 잭이 뿌린 정보로 인해 그에 대한 호기심을 가진 이들은 긍정의 끄덕임을, 황태자는 차가운 얼굴을 한 채 디뷘젤 공작을 바라보고 있었다.

"논공행상은 공평해야 하는 법입니다. 하오니 그에게도 마땅한 상을 내려 주십시오."

"그러고 싶지만 애석하게도 그는 나를 구한 뒤 홀연히 사라졌다오. 그래서 상을 주고 싶어도 줄 수가 없소."

"하면 그가 나타난다면 상을 주실 생각이십니까?"

황태자는 내가 시스에 드 비슈발츠의 모습으로 참석했다 여긴 모양인지 망설이지 않고서 고개를 끄덕였다. 설혹 내가 변장하여 나타났다 하더라도 라데 렐신이 아니라 부인하면 될 것이기에 자신만만한 표정이었다.

"그럴 생각이오. 내 목숨을 구한 이가 아니오?"

"역시 황태자 전하시옵니다."

과장된 동작으로 황태자를 추어올린 디뷘젤 공작이 내가 있는 쪽을 향해 몸을 돌렸다. 그리고 그를 따라 시선을 돌린 사람들 틈으로 큰소리로 외쳤다.

"렐신 영식, 이리로 나오시게. 그대의 겸손함은 익히 아는 바이나 전하의 목숨을 구한 영웅이니 겸양 떨 필요가 없다네. 전하께서도 조금 전 약조하시지 않으셨나?"

나는 모여드는 시선을 두려워하지 않고서 용감히 한 걸음 앞서 나왔다. 남장한 내 모습에 크게 놀란 황태자와 로샨 영애의 모습을 보노라니 무척 통쾌했다.

"전하를 구한 영웅이옵니다. 제국의 존귀한 이를 지킨 자이오니 크게 행사하심이 옳을 줄 압니다."

황태자는 공작의 말에 입술을 비틀었다. 그리고 냉소적인 어조로 말했다.

"글쎄, 내가 보았던 얼굴과 조금 다른 듯하여 그가 진짜 라데 렐신인지 가물가물하군."

역시나 황태자는 내 모습을 부인하고 있었다. 사람들은 내가 라데 렐신이 아니라고 돌려 말하는 황태자의 말에 고개를 갸웃거렸다. 당사자가 가물가물하다고 하니 무작정 우길 순 없는 노릇이었다. 하지만 아이레스 경의 한마디에 모든 것이 달라졌다.

"전하, 저 소년이 바로 라데 렐신입니다. 전하께서 그간 과중한 업무로 인해 피곤하시여 잠시 어지러우신 모양입니다. 제 이름을 걸고 감히 맹세하나니 저자는 전하의 목숨을 구했던 영웅이 맞습니다."

황태자는 자신의 이름을 걸면서까지 나를 옹호하는 아이레스 경의 말에 당혹스러운 표정을 지었다. 다른 이라면 모를까 황태자의 측근이라 할 수 있는 얼음의 기사가 보증하니 아니라고 말하기가 어려웠다.

"아이레스 경? 진정 그렇게 생각하나?"

"예. 그렇습니다."

"그대는 내가 내 목숨을 구한 이를 못 알아보았다고 여기는 겐가?"

"송구스러운 말이오나 전하를 구한 다음 기절한 렐신 영식을 수도에 데려온 이가 저입니다. 착각할 리 없습니다."

미카엘 아이레스는 황태자의 검이 될 자였다. 그가 있어 황태자의 안위가 든든하다고 말할 수 있었다. 그렇기에 이런 상황에 자신의 기사와 틀어지는 모습을 보이는 건 좋지 않았다. 더더군다나 조금 전만 하더라도 귀족파를 노골적으로 견제하지 않았나. 친밀한 모습을 보이지 못할망정 이런 식으로 말다툼할 이유가 없었다. 아이레스 경에 대한 논공행상을 하지 않은 것부터 수상쩍게 여긴 이가 많았기에 그럴 수밖에 없었다.

"……그대가 그렇게 말하니 그런 거겠지."

황태자의 말 사이로 으르렁거리는 소리가 들리는 건 착각일까? 그는 묘한 미소를 지으며 옆으로 살짝 물러나는 디뷘젤 공작을 한번 바라보더니 나를 향해 차가운 목소리로 말했다.

"내가 요즘 피로하여 영식을 알아보지 못하였군. 섭섭하다 여기지 마라."

"기억해 주신 것만으로 영광스러울 따름입니다."

"그래, 내 목숨을 구한 그대에겐 무엇을 주어야 하나? 말하라. 가장 아리따운 여인을 줄까? 아니면 평생 다 못 쓸 재화를 줄까? 그도 아니라면 봉토와 작위를 줄까?"

목숨을 구한 은인을 대하는 것치곤 태도가 너무나 싸늘하여 사람들 사이에서 웅성거림이 커지고 있었다. 숫제 비아냥거리듯 상을 나열하는 황태자의 태도가 그런 그들의 의아함을 부추겼다. 나는 차분한 태도로 황태자의 말을 받았다.

"가진 바 없는 이에게 아리따운 여인을 주어서 무얼 하오리까. 분수에 넘쳐 감히 받잡지 못하겠나이다. 재화 또한 먹고 자는 것에 어려움이 없으면 족하니 감히 사양함을 용서하십시오. 봉토와 작위 또한 소신의 어리석음에 비하면 너무나 과분한 상이므로 오히려 거두어 달라 애원하겠나이다."

"이것도 싫고 저것도 싫고. 내 목숨을 구한 이를 대접하지 않으면 면이 서지 않으니 영식은 굳이 사양하지 말라. 그대는 그것을 충분히 누릴 자격이 있다."

막상 받으면 가만히 두지 않겠다는 기운을 풀풀 내뿜는 주제에 튀어나오는 말은 참으로 매끄러웠다. 누가 보면 내가 저의 철천지원수인 줄 알 정도였다. 그만큼 황태자는 라데 렐신으로 나선 나에 대해 깊이 분노하고 있었다.

디뷘젤 공작이 나선 건 이즈음이었다. 그는 나와 미리 맞춰 놓은 말을 아주 자연스럽게 토해 냈다.

"전하, 실은 영식이 제게 부탁한 것이 있사온데 이것은 제 소관으로 해결될 일이 아니라서 전하를 구한 상으로 받으면 어떨까 하고 건의드리고 싶습니다."

"말하라."

황태자의 눈이 번뜩였다. 그는 내가 이것 때문에 남장까지 하여 모두의 앞에 나섰다는 것을 깨닫고 깊이 경계하고 있었다. 나는 그런 그를 향해 부드럽게 웃었다. 어린 소년의 목소리를 흉내 내며 여상스레 말을 꺼냈다.

"소인의 가문은 몰락하여 이름만 남아 명맥을 유지하던 차입니다. 하여 먼 친척이라 할 수 있는 이모님과 연락이 끊겼는데, 다행히 이번에 수도에 올라오면서 다시 만나 뵐 수 있게 되었습니다."

"먼 친척이 수도에 있다?"

"예. 한데 근래에 가문에 우환이 생겨 고생하고 계신다 들었습니다. 소인 감히 전하를 구한 공을 내세우고 싶지 않으나 어릴 적 저에게 다정하게 대해 주신 이모님을 차마 외면할 수 없던 터라 디뷘젤 공작님께 도움을 요청하게 되었습니다. 하오니 무례를 용서해 주십시오."

"당최 무엇을 원하기에 공작에게 도움을 요청하게 되었을까? 아니, 공작은 그대를 어찌 알고서 도움을 준다 말한 것인가?"

황태자의 의문에 디뷘젤 공작은 허허 웃으며 매끄럽게 넘겼다. 과연 귀족파의 수장이라 말할 수 있는 자다웠다.

"전하를 구한 영웅이라 개인적으로 깊은 흥미를 느끼고서 알아보던 차에 그의 재능을 높이 사 후원하기로 하였습니다."

후원이라는 말에 사람들이 크게 놀란 모습을 보였다. 디뷘젤 공작을 지지를 받는 이라 하니 부러웠던 탓이다.

"공작께서 나를 그렇게 깊이 생각해 주실 줄은 몰랐습니다."

"태양을 경배하는 것은 당연한 일이 아니옵니까. 마음 쓰지 마시옵

소서."

"그래도 퍽 고마운 마음이오. 내 공작의 충성심을 잊지 않겠소. 자, 이제 어디 한번 들어 봅시다. 당최 무슨 부탁이기에 공작이 이리 관심을 가지는지 말이오."

드디어 본론이구나. 나는 숨을 한 번 크게 들이마신 다음 황태자를 바라보았다. 옆으로 아이레스 경의 눈빛이 느껴졌지만 모르는 척 꾹 참았다.

"소인의 이모님은 비슈발츠가의 백작 부인이십니다. 그분의 처녀 적 성이 렐신입니다."

황태자의 얼굴이 일그러졌다. 견고한 균열이 깨지고 있었다. 나는 깔깔 소리 내어 웃고 싶은 것을 꾹 참으며 말을 이어 나갔다.

"시스에 드 비슈발츠와 혼인하게 해주십시오."

순간 무도회장은 마법에 걸린 것처럼 깊은 침묵에 휩싸였다.

귀족 세계에서 나 '시스에 비슈발츠'는 굉장히 재미있는 위치에 서 있다. 이슈메이커라고 해야 하나, 아니면 우연히 소문의 중심에 서 있다고 해야 하나? 평범하지 않은 배경만 아니었더라면 밀림과 같은 사교계에서 진작 도태되었을 소녀는 가끔 생각나는 별미처럼 모두의 혀에 오르내렸다. 비록 그 끝이 좋은 의미로 이어지지 않긴 하지만 말이다. 그들에게 있어 나는 경애로 이어지기는 어려운 덜떨어진 존재에 불과하니까.

존중이란 고귀한 핏줄을 가진 이에게만 적용되는 것으로 잡피와 뒤섞여 긍지를 잃어버린 혈통은 천것이나 다름없었다. 그렇기에 내게 주어지는 조롱과 감탄은 한 끗 차이에 불과했다. 로샨 영애와 같은 이가 주변에 없었더라면 진즉 사교계 내에서 사장되었을 터였다.

어머니 덕에 운 좋게 백작가의 영애가 된 소녀. 죽은 백작을 대신하여 비슈발츠가를 이끌고 있는 소녀. 로샨 영애의 귀여움을 받아 황태자의 옆에 서 있는 소녀. 미카엘 아이레스의 마음을 훔친 소녀. 사람들의 눈에 비친 시스에 드 비슈발츠는 온통 다른 사람의 후광으로 둘러싸인 세계에 있었다.

이것은 타인으로 하여금 나를 매우 운이 좋은 사람으로 보이게 만들었다. 그래서 여타의 평범한 귀족들은 나의 가치를 알아차리거나 그럴 엄두조차 내지 못했다. 편견에 가득 차 있어서다.

그런데 라데 렐신이 내뱉은 말은 나의 가치를 다시금 상기시키기에 충분했다. 잭팟이나 다름없는 기회인 것 또한 말이다. 백작가의 장녀와의 결혼이라니. 비슈발츠 백작이 되겠다는 선언이나 다름없지 않나.

어느새 침묵이 깨지고 사람들은 약속이라도 한 것처럼 동시에 움직였다. 여인들은 부채를 빠르게 흔들며 흥분을 나타냈고 남자들은 수염을 쓰다듬으며 흥미와 불만, 경멸과 경악이 뒤섞인 감정을 노골적으로 드러냈다. 이것은 모두 라데 렐신으로 변장한 내게 쏟아지는 감정으로, 시선만으로도 온몸이 뚫릴 것만 같았다.

그도 그럴 것이 황태자는 자신의 은인에게 고작 일회용에 가까운 보상을 들이밀었지만, 그는 스스로 실리와 권력, 명예와 부를 한꺼번에 움켜쥐는 방법을 택했다. 앞서 보여 주었던 겸손함은 지금을 위한 거짓이었다는 듯 감히 탐욕스러운 혀를 내돌리며 자신의 야망을 노골적으로 드러낸 것이다.

몰락하긴 했어도 귀족가의 자제, 그것도 곧 황제의 위에 즉위할 존귀한 이를 구한 영웅이므로 그의 소망은 일견 타당한 것이었다. 주변 사람들이 기막히다는 듯 낮게 웃으며 '전하께서 구두쇠처럼 인색하게 구시긴 했죠'라고 소곤거리는 것도 무리는 아니었다.

황태자는 지금껏 세력을 견제한다는 빌미로 귀족파의 공적을 후려쳤다. 제국의 군주가 될 이가 보이는 성품치곤 무척 쩨쩨하고 졸렬한 포상이었다. 들인 공보다 수십 배는 더 해먹고 싶어 하는 돼지들에게 있어 이번의 차별은 화가 나는 상황이 아닐 수 없었다.

하지만 선불리 불만을 표시하지 못했다. 반란이라는 무적의 방패에 가로막혀서다. 관련자들의 목이 떨어지기 전까지 이것은 절대적인 선이요, 법이나 다름없었다. 창조신이라 할지라도 감히 건드릴 수 없는 지고한 무기였다.

하지만 나는 아니다. 나에게는 그 어떤 기준도 적용되지 않는다. 오히려 나는, 아니, 라데 렐신은 황태자의 너그러움과 자비를 증명하기 위한 선례로 남아야 할 자였다. 그렇지 않으면 조금 전의 논공행상의 기준이 흔들리게 되니까. 견제와 충성이라는 두 마리의 토끼를 다 잡아야 하는 황태자의 입장에선 무척 골치 아픈 상황이 아닐 수 없었다. 무엇보다 나는 그가 불러와 손수 시종 삼은 이가 아닌가. 비록 지금 눈앞에서 존재를 부정당하기는 했으나 모든 일의 시초가 황태자인 것까지 부인할 수 없는 노릇이었다.

라데 렐신이 여자임을 아는 이들이 계속 침묵하고 있는 것도 바로 이 때문이다. 제 주군의 체면을 손상시킬 마음이 있지 않으면 또 모를까 지금으로선 그저 가만히 서 있는 게 나아서다. 하지만 배가 아픈 건 아픈지라 누군가 볼멘 목소리로 따지듯 외쳤다. 몰락한 영식이 여자 하나를 잘 물어서 백작이 되려 하니 기분 나쁜 것이다.

"너무 욕심이 많은 거 아니오? 남작의 작위라도 족하지 어딜 감히! 염치가 없어도 적당히 없어야지!"

그러자 디뷘젤 공작이 눈을 부라리며 반박했다.

"감히라니! 전하의 목숨이 몰락한 가문의 작위에 비견되지 못할 만큼 가볍다고 여기는 건가? 게다가 몰락한 백작가를 다시 살리겠다는데 뭐가 문제인가? 내가 후원하는 이의 능력이 보잘것없다고 말하고 싶은가?!"

그의 역성에 무도회장이 다시금 조용해졌다. 노골적인 편애에 기가 죽었는지 나를 향한 뒷말도 상당히 줄어들어 있었다. 사람들은 시선을 피한 채 뒤로 슬금슬금 물러났다.

디뷘젤 공작을 위시한 귀족파는 상석을 향해 도전하듯 고개를 쭉 들이 내밀었다. 황태자가 자신의 오점을 어떻게 처리할 것인지 자못 기대가 된다는 것처럼 그들의 얼굴엔 의기양양함이 가득했다. 이만한 보상도 주지 않는다면 앞으로 그에게 충성할 이는 없을 터이니 강제적인 선택만이 남은 터였다.

자, 이제 어떻게 할 거지? 무슨 말이라도 해보란 말이야.

나 역시 미소를 지으며 황태자를 바라보았다. 이전 생이나 지금 생이나 단 한 번이라도 이런 표정을 짓는 그를 본 적이 없기에 지금 이 순간이 너무나 황홀했다. 승리에 도취된 짜릿한 희열이 온몸을 휘감고 있었다. 그의 곁에 서서 아무런 말도 하지 못하고 있는 로샨 영애의 모습을 보고 있노라니 더더욱 그러했다.

아이러니하게도 이 모든 사태는 황태자가 제공한 것이었다. 만일 그가 보상을 빌미로 내 소망을 짓밟으려고 하지 않았더라면, 오히려 모든 것이 저의 뜻대로 이루어졌을 터였다. 하지만 그는 끝까지 자신의 욕심을 채우려 했고, 그게 고스란히 되돌아와 저의 목을 죄게 되었다. 인간 부적에 불과했던 라데 렐신이 스스로를 겨누는 칼이 된 것이다. 그러니 세상천지 이보다 더 재미있는 상황이 있을 수 있을까?

잠시 후 황태자가 가까스로 입을 열어 말했다. 목소리는 신경질을 머금은 것처럼 퍽 냉랭했다. 그 누구라 할지라도 지금 황태자의 기분이 저조함을 알 수 있었다.

"공작의 말처럼 나를 구했으니 그깟 여인 하나 주지 못할까? 하지만 너무 뜻밖의 요구가 아닌가? 나는 그대가 무얼 믿고서 이렇게 당당하게 나서는지 모르겠군. 그래서 매우 불쾌해."

"전하를 믿어섭니다. 이전에 제게 어떤 보상이든 들어주신다 약조하지 않으셨습니까?"

"내가? 당최 무슨 말을 하는지 모르겠군."

"약조를 담은 종이에 직인까지 찍어 소인에게 주셨지요. 그를 기억하지 못하시다니요."

내가 말하는 종이는 선황제가 약조한 것으로 나에게 비슈발츠가를 주겠다는 내용이 담겨 있는 것이었다. 이를 공개하면 당장 귀족들이 반발하여 일어날 것이고, 그들의 불만을 잠재울 방법으로 라데 렐신의 요구를 들어줄 수밖에 없으니—아무렴 여인이 백작이 되는 것보다 낫지 않나—이왕 이렇게 된 거 좋게 가자는 협박이었다.

그러자 황태자가 황당하다는 듯 짤막한 탄성을 내질렀다. 잔뜩 구겨진 미간엔 분노가 어렸다. 그도 그럴 것이 언제 그가 이런 식으로 협박을 받아 봤겠냔 말이다. 그것도 손안의 꼭두각시라 생각했던 나에게서. 길들였다고 생각한 개에게 물린 꼴이니 화가 나지 않을 수 없었다.

"그대가 감히 나의 기억을 의심하는가?"

"그럴 리가 있겠사옵니까? 그저 제가 전하께서 약조하신 내용을 읽을 수 있도록 선처해 주시길 바랄 뿐입니다."

내가 당장 품 안에서 무언가를 꺼내려고 시늉하자 황태자의 미간이 더더욱 가늘게 좁혀졌다. 주변인의 웅성거림도 조금씩 커지고 있었다. 황태자가 자꾸 내 말을 부인하려 하지만 정작 진실에 가까운 행동을 보이는 건 나라서 이번에도 그가 거짓말을 한다고 생각해서다.

"저 영식이 전하께 밉보인 거라도 있을까요? 왜 자꾸 저리 행동하시지? 목숨을 구해 준 은인인데 말이에요."

"아니, 나라도 대뜸 백작위를 달라 하면 심기가 불편하겠소. 어디에서 빌어먹다 왔는지 모르겠지만 이미 망한 가문의 성을 내세워서 감히 비슈발츠가를 삼키려고 해? 양심도 없지."

"하지만 황제가 되실 존귀한 분의 목숨을 구한 영웅이잖소. 저 정도는 받아야 하지 않을까?"

"아이레스 경도 잠잠히 있는 마당에 무슨. 로샨가가 너무 큰 혜택을 받은 거지. 그리고 듣지도 못한 한미한 가문의 사내가 난데없이 백작이 되어 정치에 입문한다니…… 심히 불쾌하오만?"

나는 그들의 말을 못 들은 척 시선을 돌려 로에나를 바라보았다. 새파랗게 질린 얼굴로 마담의 손을 붙잡고 있는 그녀의 모습은 장난감을 빼앗기기 직전의 어린아이와 같았다. 하긴 믿을 수 없겠지. 갑자기 나타난 남자가 비슈발츠가를 가지겠다고 선언한 꼴이니 아니 그러하랴.

아닌 게 아니라 지금쯤 마담 드 라발리에나 로에나의 외가에서 나에 대한 반발을 토해 냈어야 함이 마땅했다. 구심점 없이 거의 망하다시피 한 가문이긴 하나 무려 백작가가 아닌가. 이렇게 함부로 오르내릴 만한 위치가 아니었다.

하지만 그들은 잠잠했다. 비슈발츠가가 황태자의 목숨값으로 운운되었을 때 이미 가문은 자신들의 손을 떠나 있었다. 여기서 입을 잘못 놀리다간 오히려 큰 화를 당할지도 몰랐다. 게다가 자칫 나 대신에 로에나가 라데 렐신의 상대로 거론될 수도 있는 상황이므로 잠자코 눈치를 살필 수밖에 없었다. 비슈발츠가의 진정한 핏줄인 로에나를 렐신이라는 본데없는 성을 가진 사내에게 내어줄 수 없으니까 말이다. 마땅한 정치적인 세력이 없는 그들로선 이게 최선이었다.

마담은 로에나에게 귓속말을 하며 무어라 속삭였다. 달래고 있는 건가. 하지만 로에나는 자꾸 고개를 내저으며 울음을 터뜨릴 것처럼 얼굴을 일그러뜨렸다. 실망과 억울함으로 뒤범벅이 된 눈동자가 나에게로 향했다. 그녀는 나에게 분노하고 있었다.

생각보다 잘 버티고 있잖아? 구슬프게 울다가 기절이라도 할 줄 알았는데…….

나는 실소를 삼키며 황태자에게로 고개를 돌렸다. 막 그의 입이 열리던 찰나였다.

"그래, 그랬던 것 같기도 해. 아니, 아주 똑똑하게 기억이 나. 그러니 종이를 꺼내어 읽지 않아도 된다."

황태자의 눈이 교활한 빛을 발하며 모두를 응시했다. 어느새 그의 얼굴은 여유를 되찾아가고 있었다.

"그대의 요구가 들어줄 수 있을 만한 사항이라는 것 또한 부정하지 않겠다. 하지만 인도적인 차원에서라도 아이레스 경의 의사를 먼저 물어봐야 하지 않겠나? 나의 친우이자 검인 그를 존중하기 위해서라도 말이야."

황태자가 결정을 얼음의 기사에게 미룬 채 몸을 슬쩍 틀었다. 비겁한 행동이었다. 아이레스 경이 나에게 목을 맨다는 사실을 알기에 이러한 짓을 자행하는 것이다. 사실 그 누가 연인을 다른 사내에게 그냥 넘겨주겠는가. 미치지 않고서야 그럴 리가 없었다.

사람들은 호기심 어린 표정으로 미카엘 아이레스가 라데 렐신을 어떻게 억누를 것인지 상상하기 시작했다. 주제를 모르는 어린 영식에게 어떠한 근사한 선전포고를 할지 벌써부터 설렌다는 여인도 있었다.

결국, 이렇게 되는 건가.

나는 아이레스 경과 시선을 마주했다. 초조함과 미안함에 입안이 바짝 말라 왔다. 미카엘 아이레스가 아닌 미카엘 비슈발츠가 되어야겠다고 말하던 그때의 기억이 생각나 더더욱 그러했다. 암만 자신의 의사가 나의 것이라 말했어도 이와 같은 상황은 예상치 못했을 터이니 상처받았을 것이다. 내가 비슈발츠가를 가지기 위해 그를 외면하리라는 것을 알기에 더.

시선이 허공에서 얽혔다. 나를 안심시키려고 일부러 표정 관리를 하는 것인지 아이레스 경의 얼굴은 평온하기만 했다. 그의 눈엔 자신의 연인을 빼앗기게 생긴 사내의 슬픔이나 분노 따위는 없었다. 그저 덤덤했다.

어째서? 아……!

나는 치솟아 오르려는 탄성을 애써 삼켰다. 그가 무엇을 생각하고 있는지 알 것 같았기에 소름이 돋았다.

당신은 지금 나를 위해서…… 그러니까 나를 위해서, 미카엘 아이레스 경 그대는……!

곧 얼음의 기사의 입이 열리며 모두를 경악케 하는 말이 흘러나왔다.

"군주의 약속은 지고한 것이므로 지켜져야 합니다. 그러니 전하, 그의 뜻대로 해주십시오. 비슈발츠 영애께서도 제 결정을 이해해 주실 겁니다."

순간 홀이 크게 술렁였다. 사람들은 잘못 들은 게 아니냐는 듯 눈을 크게 깜빡이며 입을 딱 벌렸다. 여기저기서 '지금 우리가 뭘 들은 거죠?'라는 소리가 속출했다. 개중 가장 큰 반응을 보인 건 역시 황태자였다. 그는 아이레스 경의 이름을 크게 외치며 분노를 표출했다. 미카엘 아이레스가 시스에 드 비슈발츠를 포기할 줄 그 누가 예상이라도 했겠는가. 믿는 도끼에 발등이 찍힌 꼴이었다.

"미카엘 아이레스! 그대가 어찌!"

"과분한 상이긴 하여도 이만한 대우를 해주셔야 하올 줄 아옵니다. 전하의 너그러움과 자비로우심을 널리 떨치기 위해서라도 그리 해야 한다고 생각합니다. 그렇기에 신, 비록 가슴이 찢어질 듯이 아프나 참아 내겠습니다."

황태자의 평판을 위해서 자신의 연인마저 포기한다는 충심에 사람들은 할 말을 잃은 듯 헛웃음을 토해 냈다. 얼음의 기사가 녹아내렸다는 말은 거짓이었나. 역시 저치의 심장은 얼음인가? 사내로서 자존심을 버리면서까지 차기 황제를 보좌하겠다는 건가?

"아이레스 경, 그렇게 안 봤는데 상당히 잔인한 사내였군요."

“이로써 그에 대한 평판이 상당히 떨어지겠어요. 저런 행동을 보이는데 차후 누가 그의 연인이고 싶겠어요?”

여기저기서 미카엘 아이레스 또한 야망에 가득 찬 사내에 불과했다는 비난이 흘러나오고 있었다. 화끈한 공방을 기대했는데 너무 일방적인 수용이라 맥이 빠진다는 소리도 많았다. 어떤 이는 공작을 등에 업은 새로운 귀족이 정치계에 혜성처럼 등장하는 것보다 비슈발츠 백작이 되어 상업에 종사하는 게 모두를 위해서 낫다고 지껄였다. 확실한 건 미카엘 아이레스의 명예가 진창으로 처박혔다는 점이었다.

시스에 드 비슈발츠에 대한 동정심이 섞인 시선도 있었다. 자신의 의사에 상관없이 먼 친척 소년과 혼인을 올려야 하는 그녀가 불쌍하다는 말이 흘러나왔다. 연인에게 버림받았으니 속이 많이 상할 거라는 이야기도 있었다. 그러나 그 누구도 나를 위해 소리 높여 부당한 결정이라 항의하지 않았다. 사교계 내에서 귀족 여인이란 원래 그러한 용도에 불과하니까. 이제 나는 라데 렐신의 여인이나 다름없었다.

“아이레스 경께서 아주 큰 결단을 해주셨소이다. 역시 전하의 검이구려. 전하, 아이레스 경이 전하를 위해서 큰 희생을 하였는데 이제 용단을 내려 주셔야지요. 영웅이옵니다. 제국의 미래를 지켜 낸 장한 이입니다. 크게 포상하시어 모범 사례로 삼으소서.”

디뷘젤 공작은 이 순간을 놓치지 않고서 쐐기를 박듯 크게 외쳤다. 호탕하게 웃으며 주변을 둘러보는 게 역시 노회한 능구렁이다웠다. 그가 포문을 열자 다른 귀족들이 연달아 고개를 숙이며 라데 렐신을 비슈발츠가의 백작으로 만들어야 한다고 말했다.

물론 황태자가 여기서 자신의 권한을 십분 발휘하여 억지로 다른 작위를 강요할 수 있었다. 하지만 아이레스 경의 의사를 물어보면서까지 일을 길게 잡아끌었으므로 이제 와 다른 소리를 한다는 건 자신의 평판을 위해서라도 좋지 않았다. 라데 렐신이 직접적으로 시스에를 원했기에 로에나를 거론하는 것 또한 지금 상황에선 알맞지 아니한 방법이었다.

그답지 않은 자충수에 헛웃음이 흘러나오는 건 당연지사, 황태자는 자신의 의사를 배반한 아이레스 경을 차가운 시선으로 노려보다 이내 입을 열었다. 상처 입은 짐승이 으르렁거리듯 깊게 흘러나오는 음성은 어둠을 닮은 것처럼 오싹했다.

"아이레스 경의 충정에 눈물이 다 나올 지경이군. 일이 이렇게 되었으니 받아들일 수밖에 없겠어. 렐신 영식, 그대의 소망은 이루어질 것이다. 내 목숨을 구한 보답이니 당연한 포상이지. 새로운 백작의 탄생을 축하해야겠군."

황태자와 로샨 영애의 패배였다.

나는 고개를 숙여 감사를 표시했다. 그리고 새하얗게 질린 얼굴로 나를 바라보는 로샨 영애에게 빙그레 미소 지었다. 입술을 달싹여 소리 없이 물었다.

'내 행복을 바란다고 했죠? 나는 여전히 뤼세의 친구인가요?'

뤼세트 로샨은 대답하지 않았다. 그녀는 한동안 나를 쳐다보다가 맥없이 고개를 숙였다. 그 모습은 꼬리 내린 개와 다름없었다.

그때 디뵌젤 공작이 크게 웃으며 내 어깨를 가볍게 두들겼다. 그를 추종하는 다른 귀족들이 내 주변에 모여 축하한다고 말하면서 악수를 청했다. 당연한 포상이라며 앞으로 사교계에서 자주 보자는 이도 있었다. 나는 그런 그들을 향해 겸손한 표정으로 답했다.

"고마운 말씀이나 제가 몸이 좋지 않아 자주 활동하기는 어려울 것 같습니다. 아마 가문을 추스르는 것만으로도 벅찰 테지요."

공작의 후원을 받기는 하지만 정치에 깊게 관여하지 않을 테니 걱정하지 말라는 소리였다. 이에 황태자파 귀족들의 얼굴이 환해졌다. 그들은 남장한 내가 제국의 질서를 어지럽히는 걸 원하지 않았으므로 지금의 대답에 무척 안도하고 있었다.

이름뿐인 백작, 이 얼마나 달콤한 말인지. 어떤 사람은 내가 주제를 잘 파악한다며 돌려 추켜세우기까지 했다.

나는 나를 둘러싼 사람들 틈에서 거의 기절할 것처럼 서 있는 로에나를 다시 바라보았다. 그녀는 조금 전까지만 하더라도 크게 부풀었던 꿈이 한순간에 산산조각이 난 모습에 절망하며 바들바들 떨고 있었다. 그 옆에 서 있던 마담 드 라발리에는 분한 것처럼 이를 앙다물다가 누군가의 귓속말에 두 눈을 크게 떴다. 그녀는 녹슨 몸을 움직이는 것처럼 가까스로 고개를 돌려 나를 바라보았다.

아아, 내가 시스에라는 걸 이제야 건네 들은 모양이지?

나는 마담을 향해 상냥한 웃음을 지었다. 그리고 입술을 달싹여 소리 없이 도발했다. 모두가 아는 진실을 이제야 알게 되었으니 이 어찌 기쁘지 않겠냐고. 공식적으로 라데 렐신이 비슈발츠 백작이 되었지만, 실제로 그 가문을 움켜쥔 건 시스에 드 비슈발츠라고.

이전에 늙은 암표범이 백작가를 방문하였을 때 뱀이 그녀의 다리를 물었던 적이 있었다. 아주 은밀하게 말이다. 그때의 독이 이제 와 효력을 발휘한 건지 마담이 뒤로 스르르 넘어갔다. 사람들이 그녀의 이름을 부르며 비명을 내지르고, 로에나는 결국 구슬픈 울음을 터뜨렸다. 순식간에 소란스러워진 홀에 모두 어리둥절하고 있었다. 나는 걱정하는 사람들에게 '마담의 건강이 좋지 않나 보군요'라는 말을 농담처럼 건넸다. 완벽한 논공행상이었다.

시간이 조금 흘러 디뷘젤 공작은 담배를 핑계 삼아 나를 한적한 곳으로 데리고 나왔다. 신뢰 가득한 얼굴로 나를 다른 귀족에게 열정적으로 소개하던 모습은 어디로 사라졌는지 그는 매우 가라앉은 상태였다.

"정치에 나서지 않겠다는 말은 사실인가?"

나는 실망이 가득한 공작의 말에 여상스러운 말투로 대답했다.

"라데 비슈발츠면 충분합니다. 본래 상업에 종사하던 가문이기도 하고요."

"정체가 들통날까 봐 불안한 건가? 걱정하지 말게. 내가 있는데 그 누가 자네를 핍박할 수 있단 말인가?"

정치란 뭐든 초반이 중요하다. 힘이 있을 때 기틀을 잘 닦아 놔야 훗날이 편안해지는 법이다. 황태자가 지금 기를 써 가며 귀족파를 억누르는 건 이러한 이유에서였다. 디뵌젤 공작의 입장에선 한 사람이라도 아쉬운 실정이었다. 반란으로 인해 귀족들의 세력이 줄어든 상태라 황태자를 막는 것만으로도 힘에 겨웠기 때문이다. 무어 귀족파와 황태자파 두 곳에 발을 담그고 있는 나만큼 유용한 패가 없기도 하고.

나는 그의 말에 고개를 내저었다.

"황태자 전하라면 가능하시지요. 이미 보지 않으셨습니까? 그분의 의도를 말입니다."

황태자는 잔혹하고 무자비한 남자였다. 분명 오늘 일을 잊지 않고서 보복할 가능성이 컸다. 나로 인해 자존심이 크게 상했는데 아니 그러하랴. 어쩌면 아이레스 경 때문이라도 내 발에 족쇄를 채우기 위해 노력할 것이다. 그러니 병을 핑계로 두문불출하는 게 나았다. 이제야 겨우 동등해졌는데 다시금 붙잡힐 이유가 없었다.

"게다가 보셨잖습니까? 아이레스 경이 누구의 손을 들어주었는지 말입니다. 그러니 더더욱 피해야지요. 시스에 비슈발츠는 아이레스 경만으로도 저들이 버릴 수 없는 패가 되었습니다."

"그럼 어찌하겠다는 건가?"

"본래의 제 모습으로 돌아다녀야겠지요."

"내 딸의 곁에서 나를 돕겠다는 소리인가?"

나는 그의 말에 고개를 끄덕이며 답했다.

"라데 비슈발츠는 제국의 역사상 가장 허약하고 존재감이 낮은 백작이 될 것입니다. 그는 제 사촌 누이인 시스에를 그녀의 연인과 갈라놓은 죄책감에 누이의 말이라면 뭐든지 들어주려고 노력할 거구요. 머지않아 '라데 렐신은 시스에 드 비슈발츠의 꼭두각시다'는 소리가 나오겠군요."

"그리고 몇 년 내에 그녀는 미망인이 되겠지."

"공작 각하께서 원하는 것을 쟁취한 이후로 말입니다."

그제야 만족스럽다는 듯 껄껄 웃는 디뷘젤 공작이다. 그는 짐짓 감탄했다는 듯 수염을 쓰다듬더니만 손을 뻗어 악수를 청했다.

그는 여전히 나를 라데 렐신으로 대하고 있었다. 그 점은 정말로 존경할 만했다.

"본의 아니게 아이레스 경의 순정을 짓밟게 되어 미안하게 생각하네. 하지만 정말로 감탄스럽군. 어떻게 얼음의 기사의 심장을 녹일 수 있었던 거지?"

"글쎄요, 그에 대한 답은 앞으로 라데 렐신이 보여 줄 겁니다."

"이런, 내 딸이 보고 배웠으면 했는데, 아쉬운 노릇이군. 그런데 그대의 아내가 될 비슈발츠 영애는 언제 도착한다던가?"

"몸이 좋지 않은 렐신 영식이 사라지고 나서가 아니겠습니까?"

내 대답에 디뷘젤 공작은 크게 소리 내어 웃었다. 그는 내 어깨를 가볍게 두들기는 것으로 친근함을 표시하더니 앞으로도 잘 부탁한다고 말했다. 나는 고개를 숙이며 '저야말로'라고 중얼거렸다. 이후 나는 그와 이런저런 이야기를 더 나누다가 담배를 홀로 피우기 위해 남은 공작을 뒤로하고 집으로 돌아갔다. 이제는 시스에 드 비슈발츠가 나타날 차례였다.

나는 미리 대기하고 있던 분장사의 도움을 받아 분장을 씻어 냈다. 워낙 연습을 많이 해서 그런지 본래의 모습을 되찾는 건 오랜 시간이 걸리지 않았다. 머리를 손질하고 드레스를 입고 화장을 하자 거울 안에는 얼굴도 모르는 사촌에게 팔려 가게 된 시스에가 자리하고 있었다. 다소 피곤해 보이는 표정이 흠이긴 하나 사람들의 동정을 받아 내기엔 이만한 모습은 또 없는지라 그대로 마차에 올라탔다. 무도회가 열리고 있는 성에 도착했을 땐 이미 한밤중이었다.

사람들은 내가 홀에 들어오자 기다렸다는 듯 시선을 보냈다. 커다란 무대 위에 홀로 서 있는 배우가 된 기분이었다. 모두의 주목을 받는다는 건 그만큼 엄청난 압박감을 느끼게 했다. 그들은 내가 한 걸음 내디딜 때마다 놀랍다는 것처럼 한숨을 내쉬었다.

귀족들은 내가 어서 빨리 라데 렐신의 이야기를 듣고서 무너지기를 기대하고 있었다. 그리고 이러한 반응은 내가 순진하게 눈을 깜빡이며 수줍어하는 모습을 보이자 탄식으로 이어졌다.

나는 의도적으로 디뷘젤 공녀의 곁에 다가갔다. 로샨 영애가 이를 보고서 걸음을 멈추었지만 그쪽으로 얼굴을 돌리지 않았다. 어차피 어떤 핑계를 대서라도 나를 불러낼 황태자였다. 잘만하면 비련의 여주인공으로 모두의 주목을 받을 터인데, 벌써부터 그와 신경전을 벌일 필요가 없었다.

디뷘젤 공녀는 매우 영리하게 소린 영애를 자신의 곁에 두고서 나를 맞이했다. 이 철없는 소녀는 누구의 눈치를 보지 않고서 혀를 놀릴 수 있는 멍청이이므로 렐신 영식에 관한 이야기를 꺼내기엔 최적의 인물이었다. 아니나 다를까 그녀는 내가 공녀에게 인사를 하기 무섭게 조금 전에 있었던 이야기를 꺼내었다. 타인에 대한 배려가 없는 그 태도는 다른 이로 하여금 수치심을 느끼게 했지만 정작 말리는 이는 없었다. 멍청한 일을 대신해 주겠다는데 아니 그러하랴. 그저 부채로 너머로 느른하게 흐르는 비웃음을 감출 뿐이다.

소린 영애의 말은 흥분으로 인해 무척 빠르고 두서가 없었지만 나를 충격으로 몰아가기에 충분했다. 나는 믿을 수 없다는 듯 두 눈을 깜빡이다 기절할 것처럼 비틀거렸다. 디뷘젤 공녀가 친절하게도 내 몸을 붙잡아 제 품에 안기게 했지만 그조차도 느끼지 못한다는 것처럼 힘겹게 한숨을 내뱉었다. 더없이 가엾은 모습에 모두의 입에서 동정 섞인 말들이 흘러나오는 건 당연지사, 나는 억지로 눈물을 짜내기 위해 부단히 노력해야만 했다.

"레…… 렐신 영식과 혼인을요? 어째서? 아이레스 경은요? 어떻게 전하께서……! 로샨 영애께서는 그걸 지켜만 보셨나요?"

도움을 요청하듯 주변을 바라보는 내 모습에 디뷘젤 공녀가 딱하다는 듯 고개를 설레설레 내저었다. 모두가 바라 마지않은 가련한 연기가 자연스레 흘러나오고 있었다. 조금 전까지 내가 어떤 짓을 저질렀는지 알고 있는 사람들은 기가 막힌다는 듯 인상을 찌푸렸고, 모르는 이들은 이 상황이 재미있다는 것처럼 쉴 새 없이 속닥였다. 관망하는 사람 중 나에게 손을 내밀어 진정 어린 위로를 건네는 이는 없었다. 오히려 들으라는 듯 노골적으로 외치기까지 했다.

"아이레스 경이 정신을 차린 거죠. 어울리는 사람들끼리 만나야 하는데 그간 너무 이상하게 구셨어요. 이제야 모든 것이 제자리로 되돌아가는군요."

질투가 섞인 목소리는 악의에 가득 차 있었다. 이는 사람들의 틈을 뚫고서 나타난 로샨 영애가 조그마한 목소리로 '전하께서 부르세요'라고 말을 할 때 절정에 이르렀다. 아마 이들의 뇌리엔 확인 사실을 받고서 기절할 내가 그려져 있을 터였다.

나는 공녀의 품에서 벗어나 힘겹게 고개를 끄덕였다. 그리고 괜찮겠냐는 듯 물어보는 공녀에게 기어들어 가는 목소리로 대답했다.

"네. 전하께서 부르신다는데 아니 갈 수 없죠."

그리고 상처받았다는 것처럼 로샨 영애를 응시했다. 그녀의 눈동자에 비친 나는 익숙한 얼굴을 하고 있었다. 그것은 사람들에게서 동정심과 사랑을 유도했던 로에나의 표정이었다.

나는 사람들의 시선을 한 몸에 받으며 홀을 빠져나왔다. 황태자는 따로 휴식을 취하고 있어 그곳으로 가야 한다는 로샨 영애의 말 때문이었다. 아무렴 라데 렐신의 일로 제정신일 리 없으니 그럴 만도 했다. 황태자의 체면이 있지 모두의 눈이 버젓이 살아 있는 공간에서 노골적으로 감정을 표출할 수는 없을 터였다. 아마 내가 그라도 그랬을 것이다.

로샨 영애는 나를 황태자에게 데려갈 때까지 아무런 말을 하지 않았다. 대놓고 비난을 할 거라 생각했는데 예상 밖이었다. 그러나 인내심은 오래가지 못했는지 황태자가 휴식을 취하고 있는 공간에 거의 도착할 기미를 보이자 입을 열어 내게 말했다.

"그래서 나를 버릴 건가요, 시스? 디뵌젤 공녀에게 갈 거예요?"

그런 그녀의 목소리에는 참담함이 묻어 있었다. 나는 시선을 돌리지 않은 상태에서 빠르게 대꾸했다.

"버리지 않았어요."

"그럼 내가 못 미더웠나요? 어떻게 그런 일을 벌일 수 있죠? 그간 우리의 우정을 생각한다면 내게 귀띔이라도 해줘야 했어요. 내가 그대의 모습을 보고서 얼마나 절망했는지 감히 짐작이라도 할까요?"

"정당한 대가를 받겠다는데 뭐가 문제죠? 아니면 나 혼자 목줄을 벗어난 게 아쉬워요?"

"목줄이라 했어요?"

노골적인 언사에 화가 난 건지 로샨이 내 손을 잡아챘다. 그 우아하지 못한 태도에 인상을 찌푸리려던 찰나 충격을 받은 것처럼 눈물을 글썽이는 그녀의 얼굴에 헛웃음이 먼저 나왔다. 빗물에 젖은 낙엽처럼 우울함이 가득 깃든 얼굴이 퍽 가엾었다.

"그럼 개 줄이라 할까요? 말해봐요. 어떤 게 더 마음에 드는지."

"시스…… 지금 날 모욕하는 거예요?"

"아뇨, 진실을 이야기하는 거예요. 뤼세는 날 아낀다 했죠? 그래요, 나도 그대를 아껴요. 디뵌젤 공녀를 생각하는 만큼이나. 그러니 내가 렐신 영식과 행복하게 살 수 있도록 축하해 주세요. 날 친구로 생각한다면 그럴 수 있겠죠?"

"친구…… 하, 친구니까 이걸 받아들이라?"

"네, 뤼세가 날 걱정해서 비슈발츠 가문의 악몽에 관해 이야기하지 않은 것처럼 말이에요. 그게 우정이잖아요? 아닌가요?"

온기를 찾아볼 수 없는 신랄한 말투에 그녀의 손이 힘없이 떨어졌다. 나는 영애의 태도가 슬픔으로 인한 것인지, 아니면 자존심이 상해선지 혹은 스스로의 저열함에 놀라선지 모르겠다고 생각했다.

확실한 건 그녀가 노골적으로 나를 거부하기 전까지 우리는 여전히 친구라는 이름으로 묶여 있을 테고, 아이레스 경이 나를 떠나지 않은 이상 이렇게 계속 마주하게 될 거라는 점이었다. 사교계 내에 자리한 수많은 우정처럼 말이다. 그래서 나는 여상스러운 태도로 말을 이어 나갔다. 그녀가 받은 충격 따위는 아무렇지 않다는 것처럼, 그렇게.

"그러니 친구인 그대에게 부탁 하나만 할게요. 사람을 시켜 비슈발츠가의 마차 안에 있는 상자를 이곳으로 들고 오게 해주세요. 전하와 관련된 물건으로 아주 중요한 것이랍니다."

로샨 영애는 침묵했다. 하지만 나는 그것이 무언의 긍정임을 깨닫고 소리 없이 울고 있는 그녀를 차갑게 지나쳤다. 이제 남은 건 나를 기다리고 있을 황태자를 향해 걸어가는 것뿐이었다.

문은 망설임 없이 열렸다. 황태자는 방의 한가운데에 서 있었다. 나는 그에게 다가가려다 문득 방의 구조가 익숙하다는 것을 깨닫고 멈춰섰다.

이곳은 이전에 내가 로에나 때문에 황태자에게 끌려와 대면했던 방이었다. 그의 기백에 눌려 벌레처럼 바르작거렸던 바로 그 장소였다.

이것까지 되풀이되는구나.

나는 탄식처럼 흘러나오는 한숨을 삼키며 조용히 걸음을 옮겼다. 내 기척을 느낀 것인지 황태자가 고개를 돌려 나를 바라보고 있었다. 날 선 눈동자는 얼음보다 더 차갑고 서늘했다. 그는 내가 인사를 하려고 하자 손을 들어 만류했다.

"언제부터 계획한 거지?"

두서없는 질문이었으나 요지는 명확했다. 그는 내가 이 모든 것을 계획한 것처럼 책임을 떠넘기고 있었다. 자충수를 둔 건 자신임을 깨닫지 못한 것처럼. 그래서 모르는 척 의뭉을 떨었다.

"무엇을 말씀하시는 것인지 모르겠습니다."

그러자 황태자가 '허' 하는 짧은 한숨을 내쉬었다. 그는 진실로 기막혀하고 있었다.

"전장에 와 달라고 했을 때부터인가? 그때부터였어? 점괘에 휩쓸려 멍청이처럼 구는 내 모습에 좋은 기회가 왔다고 여겼겠군. 아주 대단해."

"제가 무어라고 이리 역정을 내시는지 모르겠습니다."

나는 차분한 어조로 대답했다. 자존심 때문인지는 모르겠으나 그는 이와 같은 상황을 외면하려고 노력하고 있었다. 인정하면 편할 텐데 말이다. 내가 무어라고. 도대체 무슨 의미가 있다고. 점괘로 인한 집착이라면 꽤 우습지 않나.

"그 어떤 전쟁도 이번처럼 어이없게 막을 내리지 않는다. 하지만 그대는 그렇게 했고, 모든 것을 쉽게 종결짓게 했지. 혹시 모를 삶에 이보다 더 기막히고 든든한 방패가 또 있을까?"

아아, 나는 이제야 알겠다는 듯 과장되게 고개를 끄덕였다. 기막힌 운명, 정해진 미래가 우리로 하여금 무대에 올라간 광대처럼 춤추게 했다. 무어라고 설명할 수 없는 기묘한 흐름이 이성적인 사고를 막고서 운명론적인 미신에 젖어 들게 하고 있었다. 그러니 황태자라 할지라도 홀딱 빠질 수밖에 없는 거였다. 광신도처럼 말이다. 이성을 가린 본능이 그를 얼간이처럼 만들고 있었으니 아니 그러하랴. 지금의 내가 비슈발츠가에 집착하듯 말이다.

냉정하기 짝이 없는 계략가가 고작 이만한 일에 흔들리는 게 이해되지 않지만 내가 다시 돌아온 것 자체만으로도 말이 되지 않으므로 비웃을 수 없었다. 그 누구도 수레바퀴 밖을 벗어날 수 없으니 말이다.

"충실한 자를 원하시면 라데 렐신이 있잖습니까?"

"디뵌젤 공작의 개가 될 이를 품 안으로 끌어당겨서 무얼 하라고? 내 손에 쥔 꽃이 낫지."

내 말에 황태자가 입꼬리를 당겨 웃었다. 흡사 여인을 희롱하는 난봉꾼처럼 묘하게 웃는 것이 제 얼굴의 잘남을 아는 듯 요사스럽기 짝이 없었다. 순식간에 변해 버린 분위기는 마치 우리를 가면무도회의 그날로 되돌린 듯했다.

"전하, 소녀는 아둔하여 전하께서 이리 말하시면 의중을 읽어 내지 못한답니다. 그저 연인에게 버림받은 가엾은 여인의 마음을 헤아려 주시길 바랄 뿐입니다."

"연인에게 버림받았다? 하, 케룰라. 그대가 우울함으로 잔뜩 젖은 멜의 얼굴을 보았어도 그런 말을 할 수 있을까? 그대는 정말이지 모두를 미치게 만드는군."

"그것은 자꾸 분에 넘치는 자리를 권유하셨던 전하께서 하실 말씀이 아니시지요."

"그래서 이렇게 도망치겠다?"

나는 도전적으로 턱을 들어 올려 그를 도발했다. 입술에 느른한 미소를 지으며 황망하다는 듯 나를 바라보는 황태자를 노골적으로 비웃었다.

"적어도 아이레스 경은 비슈발츠가 될 수 있지만 전하는 아니잖습니까?"

"그깟 몰락한 상인 가문이 뭐라고. 그대는 아직 권력의 달콤함을 몰라. 그러니 그런 말을 쉽게 내뱉을 수 있는 거겠지."

"아니요, 제 손에 쥘 수 있는 온전한 것, 그것을 소유했을 때 어떤 기분이 드는지 알기에 하는 말입니다."

"뭐라?"

"이 얼마나 값진 일입니까? 뒷골목을 뛰어다니던 소녀의 손에 주물러지는 귀족 가문이라니요? 그러니 그 누구라도 탐내지 않겠습니까? 이런, 전하라면 아주 잘 이해할 거라 생각했는데 말이에요."

자신의 뜻대로 움직이는 하나의 세계. 황태자에게 있어 그것은 제국이었고 나에게는 비슈발츠 가문이었다. 그를 위해 무엇이든 할 수 있다는 것 또한 말이다. 그것은 서로의 정체성을 대변하는 것이나 다름없었다. 그렇기에 그가 계속 나를 시험하여 몰아가지 않았더라면, 어쩌면 우리는 서로의 이해자로서 좋은 관계를 유지했을지도 모를 노릇이다.

하지만 이 빌어먹을 폭군은 지극히 이기적인 마음으로 나를 몰아갔고, 결국 남은 건 서로를 향한 날 선 공방뿐이었다. 고로 라데 렐신이 정치에 입문하여 꼬투리 잡힐 만한 것을 만들어주지 않는 이상 나를 둘러싼 자그마한 제국은 온전할 터였다.

"전하에게 충성을 다하는 여인이 있는데 왜 하필 저인가요? 가문이며 미모며 전하를 생각하는 마음이며 뭐 하나 부족함이 없는 영애가 바로 뒤에 서 있지 않습니까?"

내 질문에 황태자가 말도 안 된다는 듯 빠르게 대꾸했다.

"로샨가의 용도는 디뵌젤가를 견제하는 데 그칠 뿐이야. 더는 힘을 실어줄 수 없지. 게다가 한미한 가문이지만 재력은 제법이고, 내 총애를 믿고서 날뛸 외척이 없는 데다가 고분고분하고 영리하기까지 한 여인이 눈앞에 있는데 그냥 참으라고? 우스운 말을 다 하는군. 어리석게 굴지 마라."

과거의 로에나가 그에게 선택을 받은 게 이러한 이유 때문이었나? 권력 앞에선 핏줄도 소용없다더니 우정이나 충정까지 거리낌 없이 내칠 수 있다는 듯한 그의 태도에 기가 질렸다. 아니면 아이레스 경이 나보다 자신을 선택할 거라는 믿음 때문일까? 아아, 하긴 그의 곁엔 자신의 밑바닥까지 핥아줄 것처럼 고분고분하게 구는 로샨 영애가 있으니 그럴 마음이 들만도 하겠다. 설사 아이레스 경이 그를 외면한다 하더라도 아이레스 가문까지 황태자의 곁을 떠나지는 못할 테니 이리 자신만만하게 구는 터였다. 무어 나조차도 비슈발츠가를 얻기 위해 별짓을 다 하고 있으니 아니 그러하랴.

"전하, 시스에 드 비슈발츠는 곧 미망인이 될 것입니다."

내 말에 황태자가 어이없다는 듯 헛웃음을 지었다. 고작 그런 허명을 뒤집어쓰기 위해 이런 짓을 저질렀냐는 듯 비난 가득한 시선을 보내는 그의 태도는 놀라우리만치 뻔뻔하기 짝이 없었다.

"그러나 곧 새 남편을 만나게 될 거랍니다. 미카엘 비슈발츠, 참으로 사랑스러운 이름이 아닙니까?"

"감히 그에게 그런 모욕을 주겠다고?"

나는 그에게 한 걸음 가까이 다가갔다. 그리고 손을 뻗어 그의 뺨을 쓰다듬는 행동을 거리낌 없이 저질렀다. 혐오감으로 인해 구역질이 치밀어 올랐지만 여상스러운 미소를 지으며 속삭이듯 말했다.

"그건 멜이 판단할 일이에요. 전하, 아시잖아요? 안타깝게도 그는 저를 버리지 않았답니다. 네, 맞아요. 아이레스 경은 그런 모욕을 기꺼이 감내하겠다고 제게 선언했어요. 모두가 있는 앞에서. 전하께서도 들으셨잖아요. 그가 라데 렐신에게 어떠한 말을 했는지."

'멜'이라는 단어를 혀끝에 굴렸을 때 그의 시선이 내 입술에 고정되었다. 차갑게 가라앉은 시선은 분노와 함께 또 하나의 감정을 담고 있었다. 그것을 한 가지의 말로 실체화한다면 돌이킬 수 없는 일이 일어날까 봐 애써 모르는 척했다.

자신의 손을 벗어난 짐승에 대한 반응은 예상외로 격정적이라 문득 두려움마저 일었다. 그도 그럴 것이 가면무도회 때부터 줄곧 그에게서 벗어났으니 오기가 치밀 만도 할 터였다. 그가 가져오라던 유리 구두는 이를 상기시키기 위함이니 아니 그러하랴. 세상천지에 그 누가 황태자의 자존심을 이만큼 건드릴 수 있을까?

"굳이 비슈발츠가 필요하시다면 전하를 사모하는 제 사랑스러운 동생 로에나 드 비슈발츠는 어떠신지요?"

황태자는 건방지게 구는 내 태도에 헛웃음을 지었다. 이제야 내가 자신의 손에서 완벽하게 떠났음을 깨달았는지 숫제 으르렁거리기까지 했다.

"그대가 지금 슬픔으로 인하여 제정신이 아닌 듯하군. 하긴, 멜이 모든 사람 앞에서 그런 말을 내뱉었으니 아니 자존심이 상할까? 그렇지 않으면 감히 내게 이런 말을 내뱉을 리가 없지."

"그러니 너그러운 마음으로 소녀의 무례를 용서하시지요?"

내 건방진 태도는 그럴 만한 근거가 있기에 가능한 일이었다. 황태자가 더는 내게 손을 대지 못하리라는 걸 알기 때문이다.

디뷘젤 공작이 비슈발츠가를 후원하기에 앞으로 가문의 기사에 대한 불만은 쏙 들어가게 될 터였다. 반란은 할버드 경의 공으로 이미 상쇄되었으므로 새로이 백작이 된 라데 렐신이 뒤집어쓸 이유는 없고 말이다.

내가 라데 렐신임이 밝혀지지 않는 이상 그 누구도 나를 억누르지 못한다. 설사 황태자가 나를 억지로 취하려 해도 자신의 목숨을 구해 준 은인의 여인이니 손 하나 까딱할 수 없다. 그러므로 나는 완벽히 자유였다. 그것도 황태자가 의도치 않게 만들어준 기회를 틈타 얻은 날개다.

불과 몇 개월 전만 하더라도 이런 일이 일어날 거라고 그 누가 예상이라도 했을까? 나는 소리 내어 깔깔깔 웃고 싶었다. 지금 이 상황이 너무나 통쾌해 견딜 수 없었다.

그때 갑자기 똑똑 하고 문을 두드리는 소리가 났다. 황태자의 시선이 문으로 향했다. 나는 재빨리 들어오라고 말했고, 곧 어린 시종 하나가 작은 상자를 들고서 들어왔다. 비슈발츠가의 마차에서 가져온 것이었다. 나는 태연하게 황태자의 곁에서 떨어져 그것을 받았다. 그리고 시종에게 수고했다고 말했다.

황태자는 이 모든 것을 조용히 지켜보고 있었다. 그리고 내가 상자에서 유리 구두를 꺼냈을 때 기막히다는 것처럼 탄식했다.

"뭐 하려는 거지? 감히 지금 이 상황에 그것을 꺼내 와? 비슈발츠 영애, 그대가 제정신이 아니구나."

"구두를 가져오라 하신 건 전하지 않습니까? 소녀는 그 명령에 순종했을 따름이랍니다. 그런데 제게 모든 책임이 있다는 것처럼 말씀하시니 섭섭할 수밖에요."

내가 일부러 '순종'이라는 단어를 내뱉었음을 황태자가 모를 리 없었다. 그래선지 그의 미간이 형편없이 구겨졌다. 황태자의 아름다운 얼굴은 악귀처럼 매섭게 변해 있었다. 그는 직감한 것이다. 내가 무엇을 하려는 건지. 어떻게 끝맺으려는 건지.

"하늘 높은 줄 모르고 날뛰는군. 이 상황이 오래갈 것 같은가? 그러니 지금이라도 애원해. 라데 렐신에게 가고 싶지 않다고 말해. 그대의 방종을 더는 두고 보지 않게 하라 명령하는 것이다. 감히 무슨 짓을 저지르려고!"

황태자는 이 유리 구두를 어떻게 이용하려고 했을까? 은밀한 의미를 담은 이 구두를 한 짝씩 소유하고 있음을 나타내어 아이레스 경에게 좌절감을 맛보게 하려고 했을까? 아니면 로샨 영애의 야망을 뭉개려고 했던 것일까? 그도 아니라면 이와 같은 방 안에서 이전에 못 했던 욕망을 풀려고 했던 것일까? 혹은 모든 귀족이 있는 앞에서 선언이라도 하려 했었나? 이용하기 편한 여자를 손에 넣기 위해? 할버드 경을 끌어들이기 위해? 미카엘 아이레스를 견제하기 위해? 자신의 권력을 이용하여 나를 찍어 누르려는 지금 이 상황처럼?

그렇다면 나는 왜 돌아온 것일까? 비슈발츠가에 대한 욕망이 극대화되어서? 로에나에 대한 원망이 운명을 움직여서? 만일 그렇다면 왜 하필 이와 같은 사내와 더럽게 얽혀 고생이란 고생은 다 하게 된 걸까?

나는 차분한 어조로 황태자에게 물었다. 진심으로 이해가 가지 않는다는 듯, 그렇게.

"전하, 어째서요?"

"하?"

"제가 무엇 때문에 포기해야 하나요? 제가 돌아오는 이득이 무어라고 말이에요."

"모두가 바라 마지않은 만인의 위치가 그대에겐 별것 아닌가 보지?"

"아아, 제가 몇 번을 말씀드렸잖습니까? 제가 원하는 건 그런 게 아니라고 말이에요. 저는 비슈발츠만으로도 족할 뿐이랍니다. 이전에 제가 로에나의 부탁으로 사슴 가면을 넘겼듯이, 가면무도회의 케룰라는 존재하지 않아요. 오, 물론 전하의 힘이라면 라데 렐신을 몰락시킬 수 있겠죠. 멜 경을 위해서 그래 주실 거라면 언제든지 환영이에요."
"그대는!"
그때 열린 창을 타고서 뎅- 하고 종소리가 울려 퍼졌다. 자정을 알리는 소리였다. 이는 가면무도회 때 그를 뿌리치고서 도망쳤던 시간과 완벽하게 일치했다. 그러므로 마음먹은 일을 행하기에 이보다 적합한 때는 없었다.
나는 황태자를 보며 환하게 웃었다. 이보다 더 행복할 수 없다는 듯 그렇게 눈까지 접어가며 황홀한 미소를 머금었다. 동시에 손에 들고 있던 구두를 바닥으로 떨어뜨렸다. 나는 더 이상 황태자 당신의 손에 잡혀 눈치를 살피는 여인이 아니다.
쨍-
구두에 달린 유리구슬이 산산조각이 나 여기저기로 비산했다. 어떤 조각은 높게 튀어 나를 할퀼 듯이 스쳐 지나갔지만 하나도 무섭지 않았다. 그저 후련했다. 하늘 위로 날아갈 것만 같았다. 진작에 지었어야 할 매듭이 이렇게 마무리되고 있었다.
뎅-

"언제고 그 한 짝을 가지고 내게 찾아오게 될 거다. 그땐 이 손등의 빚도 갚아주지."

그와 나를 가리켜 '우리'라 묶을 수 있는 마지막 수단마저 산산이 조각났다. 이제 그럴듯한 이유가 있지 않고서 내가 황제가 될 그를 단독으로 만날 일은 없을 터였다. 완벽한 단절이었다. 그래서 말없이 깨어진 유리 구두의 조각을 바라보고 있는 황태자에게 웃음 섞인 어조로 쾌활하게 말했다.
"그간 전하의 의심으로 인하여 마음고생 한 저를 가엾이 여기사 손등의 빚은 넘어가 주시지요. 라데 렐신과의 혼인은 겸허히 받아들이겠습니다. 너그러우신 전하시라면 슬픔으로 인해 제정신이 아닌 소녀의 인사도 아무렇지 않게 잘 받아주시겠지요? 그럼, 안녕히."

뎅-

"거기 멈춰 서."

황태자가 나에게 말했다. 나는 못 들은 척 걸음을 빨리했다. 그러자 그가 비명을 지르는 것처럼 내 이름을 외쳤다.

"시스에 드 비슈발츠! 거기에 서라고 말했다!"

황태자의 손이 내 팔을 붙잡았다. 나는 소름이 끼친다는 듯 경멸 어린 표정을 지으며 그것을 세차게 뿌리쳤다. 닿는 것만으로도 구역질이 치밀어 오르는 것처럼 질색하는 내 모습에 그의 손이 허공을 배회했다.

"만지지 마세요. 제가 전하의 부름에 응답한 건 오롯이 구두를 돌려드리기 위함이랍니다. 그러니 전하는 더 이상 저를 강제하실 순 없어요."

"그대……."

억지로 목을 죄어 놨던 개에게 물린 기분은 어떠신지? 황태자에게 있어 처음 겪어 보는 기분일 것이다. 스스로의 무기력함을 느끼는 게. 하지만 여기서 더 무얼 할 수 있지? 산산이 조각난 유리 구두를 붙여 보기라도 하겠다는 건가? 나는 망연자실한 상태로 서 있는 그를 비웃으며 다시금 걸음을 옮겼다. 한시라도 빨리 이곳을 벗어나고 싶다는 것처럼, 그렇게.

뎅-

종소리가 심장의 고동 소리처럼 들렸다. 이제는 숫제 뛰고 있었다. 나는 드레스 자락을 양손 가득 움켜쥔 상태로 재빨리 문을 열었다. 그리고 골목을 뛰어다녔던 어린 시절의 시스에처럼 복도를 달려 나갔다. 등 뒤로 황태자의 목소리가 울음처럼 번지고 있었다. 하지만 들리지 않았다. 그 무엇도 나를 잡아챌 수 없었다.
그렇게 사슴처럼 모두가 자리한 홀에 뛰어 들어가 나를 바라보는 사람들 틈 사이를 헤집었다. 훗날 사람들이 충격을 받은 내가 모두에게서 도망치는 것처럼 바깥으로 빠져나가 퍽 가엾었다고 말할 만큼 체면과 예법 모두를 벗어 던졌다. 등에 날개가 돋아난 것처럼 내딛는 걸음마다 놀라우리만치 가뿐하고 시원했다. 그 누구도 나를 막을 수 없었다.
그렇게 달리고 또 달렸을까? 가문의 마차에 가까이 다가갔을 때, 나는 이곳에 올 것을 알고 있었다는 것처럼 가만히 서 있는 아이레스 경의 손에 이끌려 그의 품 안에 안겼다. 단단하고 안정된 품에 휘감겨 익숙한 체취를 느끼니 온몸이 덜덜 떨려 왔다. 긴장이 풀려선지 다리에서 힘이 풀리고 있었다.
세상에, 벗어났어. 그 개자식이 나를 붙잡지 못했다고.
뿐만이야? 이제 내가 비슈발츠야. 시스에 드 비슈발츠라고! 오롯이 내가 되었어! 내가, 내가 되었다고!
"원하는 바를 다 이루셨습니까?"
감격으로 인해 정신이 없는 내 귀로 부드러운 목소리가 내려앉았다. 그것은 내 가슴을 충만하게 채우고 있었다. 나는 눈을 들어 그를 바라보았다. 아이레스 경은 이해한다는 듯 웃고 있었다. 내가 왜 그런 선택을 했는지 안다는 것처럼, 그렇게.
"네."
"그것참 기쁜 일이로군요."
"미안해요, 아이레스 경. 난 말이죠…… 나는……."
나는 숨이 막히는 것처럼 낮게 헐떡이며 그에게 말했다. 사과의 말이 제대로 흘러나오지 않아 미칠 것만 같았다. 아아, 이 남자를 어떻게 하면 좋을까? 언제나 나를 찾아와 구원의 손길을 내밀어주는 사람. 나를 위해서라면 스스로의 자존심과 명예를 아무렇지 않게 내던져 버리는 남자. 오롯이 나를 기다리며 이곳에 홀로 서 있었을 그가 너무나 사랑스러워 견딜 수 없었다.

"말했잖습니까. 영애의 의사가 곧 저의 의사라고."

"하지만 경께서는……."

그러자 이마에 가벼운 키스가 깃털처럼 내려앉았다. 이어지는 말은 나를 향한 면죄부였다.

"괜찮습니다. 이제 멜이라 불러 주시겠지요?"

나는 울음으로 인해 먹먹해지는 목을 가까스로 참아 내며 그에게 되물었다.

"앞으로 모두가 아이레스 경 그대의 명예를 짓밟고서 비웃을 거예요. 그래도 제게 애칭이 불리기를 원하세요? 제가 밉지 않아요?"

"그것으로 영애께서 행복해진다면 기꺼이."

"훗날 오늘 일을 후회하실지 몰라요. 분명 그럴 거예요."

"아니요, 제 인생 최고의 선택을 했다 자부할 테지요. 언제나 그랬듯이 말입니다."

아, 이제 더는 견딜 수가 없다. 도저히 그의 품을 빠져나갈 방법이 보이지 않았다. 황태자에게서 자유를 얻었다고 생각했는데, 정작 이 남자에게 완벽하게 사로잡혔다. 나는 헐떡이는 것처럼 숨을 몰아쉬며 그의 애칭을 불렀다. 혀끝에 굴려지는 단어가 꿀을 바른 듯 달큼하기 그지없다.

"멜."

그러자 그가 기다렸다는 듯 내 애칭을 불렀다. 정중하면서도 수줍은 울림이었다.

"네, 시스."

"멜."

"네, 시스. 그대의 멜입니다."
"멜."
"네, 시스. 더 불러 주세요."
나는 손을 뻗어 그의 옷자락을 강하게 움켜쥐었다. 그것만이 세상의 전부라는 것처럼. 곧 다정한 웃음과 함께 남자의 얼굴이 내게로 내려왔다. 나를 위해 모든 것을 희생했고, 앞으로도 희생할 가엾은 사내가 더없이 황홀하다는 듯 숭배의 키스를 뿌리고 있었다.
뎅—
나는 입술로부터 시작된 짜릿함에 바르르 떨며 행복한 쾌감을 음미했다.
뎅—
자정을 알리는 종소리는 여전히 울려 퍼지며 승전연의 밤하늘을 곱게 수놓고 있었다. 나의 승리를 축하하기라도 하듯 말이다.

시스에 드 비슈발츠가 황태자의 명령을 받아들였다. 그래서 황태자는 그의 영웅인 라데 렐신을 라데 비슈발츠 백작으로 임명하였다.
사교계는 한동안 황태자와 라데 렐신, 그리고 냉혹한 연인 때문에 정치의 희생양이 된 가엾은 소녀에 대한 동정심으로 끓어올랐다. 나는 어디를 가나 인기인이었고 모두가 나와 이야기를 하고 싶어 안달이었다. 라데 렐신, 아니, 라데 비슈발츠가 미안함으로 인해 나에게 간이라도 빼어줄 것처럼 군다는 소식이 알려졌을 땐 모두의 관심이 극에 달했다.
나를 버렸다 알려진 아이레스 경이 여전히 내 옆을 지키며 달콤한 미소를 짓는 것도 저들의 호기심을 자극하기에 충분했다. 혹자는 나보고 사랑에 눈이 멀어 자존심도 내팽개쳤냐며 비아냥거리기까지 했다.

하지만 그것도 잠시, 황태자가 반역자들을 향해 칼을 빼어 들기 시작하자 모두 얼어붙은 것처럼 숨을 죽이고서 그의 눈치를 살폈다. 승전연 이후 지난 몇 주 동안 황태자는 무척 신경질적인 모습을 보이며 죄인들을 거칠게 몰아붙이고 있었다. 단두대는 피에 흠뻑 젖어 마를 새가 없었고, 하루에도 몇 번씩 도심으로 황궁 기사단이 말을 타고서 달려 나갔다. 광기에 가득 찬 나날이 이어지고 있었다. 그리고 끝내 키란 공작의 목이 단두대 아래로 떨어졌을 때, 황태자는 제국의 가장 존귀한 이로 등극하였다.

황후는 선황제를 독살했다는 이유로 시골의 별궁에 쫓겨나 평생을 감금당해 살게 되었다. 아마 도망간 대공을 잡을 때까지 그녀의 목숨은 붙어 있을 터였다. 하지만 그 누구도 그런 황태자의 손 속에 대해 야박하다, 잔인하다 비난하지 못했다. 권력이 없는 황후는 보호해 줄 가치가 없으니까. 그렇기에 사교계의 사람들은 냉혹하게 그녀를 잊었다. 황제가 어미 없이 태어난 사람인 것처럼 말이다.

이렇게 모두 새로운 시대에 적응하려고 애를 쓸 때, 비슈발츠가에도 변화의 바람이 불고 있었다. 혹자는 이별이라는 말하는 헤어짐이 나의 가문에 들이닥친 것이다.

처음은 류스테윈 할버드 경이었다. 어느 날 그는 집무실에 앉아 있는 나를 찾아와 결연한 어조로 말했다.

"저를 황궁으로 보내 주십시오."

나는 금세 그의 의도를 눈치채고 씁쓸한 미소를 머금었다. 그래서 부드러운 어조로 달래듯 만류했다.

"경, 그러지 마세요. 경께서 떠나시면 가문은 어찌하나요? 모두를 위해서라도 남아주세요."

하지만 할버드 경의 생각은 확고했다. 이 영리한 남자는 제 나름대로 비슈발츠가를 보호하기 위해 애쓰고 있었다. 그래서 자신이 할 수 있는 최선의 행동을 하려고 나를 찾아온 것이다.

"황궁 기사단에 들어가면 다신 비슈발츠가가 모두의 입에 오르내릴 이유가 없겠지요."

그의 우려는 나도 익히 느끼고 있는 바였다. 그러잖아도 사교계 내에 가문의 이름이 너무 오르내리고 있다 여긴 참이었으니 말이다. 아니 그러하랴. 라데 렐신이라는 그럴듯한 후계자가 가문을 손보고 있을뿐더러 시스에 드 비슈발츠에게는 여전히 미카엘 아이레스가 붙어 있다. 뿐만이랴. 비슈발츠의 뒤를 봐주는 건 디뷘젤 공작가이고 그녀의 절친한 친구는 공작 가문의 고귀한 공녀들이다.

라데 비슈발츠가 병을 핑계로 잠적하고 있다 하나 질투 섞인 시선이 떨어지는 건 아니었다. 지금이야 잠잠하더라도 언젠간 꼬투리를 잡고서 물고 늘어질 게 분명했다. 하지만 할버드 경이 황제의 품에 안긴다면 이 모든 말이 쏙 들어가게 될 터였다.

"그리고 군신 관계에서 벗어나야 저를 제대로 봐주실 수 있을 것 같으니 말입니다. 계속 뒷모습만 바라보고 있을 순 없는 노릇이지요."

"네?"

"책은 재미있으셨습니까? 그건 제가 드린 손수건처럼 없어지지 않기를 바랍니다."

"할버드 경……."

내가 채 말을 잇지 못하자 그가 몸을 일으켜 가까이 다가왔다. 그러고는 조심스러운 어조로 손등에 키스를 해도 되겠냐고 물었다.

"제 진정이 전해졌다면 부디 저를 보내 주시길 바랍니다. 처음이자 마지막으로 아가씨께 드리는 부탁입니다. 이렇게라도 아가씨, 당신을 지키게 해주십시오."

그는 내 손등에 경건하게 키스를 하며 애원에 가까운 어조로 말했다. 잔인하게도 이 남자는 내가 자신의 부탁을 들어주지 않을 수 없음을 알고 있었다. 모두를 위해서 그래야 한다는 것 또한 말이다. 그래서 나는 그의 부탁대로 류스테윈 할버드, 과거의 시스에가 그토록 바라 마지않았던 청음의 기사에게 드디어 자유를 주었다. 동시에 가슴에 남은 한 점의 미련 또한 망설임 없이 떨쳐 냈다.

류스테윈 할버드는 그날로 황제에게 찾아가 자신의 검을 바쳤다. 사람들은 황태자에게 충성을 다하는 라데 비슈발츠의 현명함을 칭찬했다.

황제는 할버드 경의 명성과 그의 실력을 높이 사 백작의 작위를 주고 황궁 기사단을 개편하여 그를 기사단장으로 삼은 뒤 또 다른 기사단장인 아이레스 경-결국 그에게 기사단장의 작위를 주었다-과 함께 군을 이끌게 했다. 할버드 경의 봉토와 성은 반역자에게서 회수한 것을 하사하면 되었으므로 문제 될 일이 없었다. 그저 황제의 검이 늘어났음에 기뻐할 뿐이었다.

두 번째 헤어짐은 로에나였다. 라데 비슈발츠 백작이 로에나를 잠시 시골에 있는 별장으로 보내겠다고 선언해서다. 그는 그녀로 인해 발레리안 비슈발츠가 다리를 절게 되었음을 맹비난하며 이모님의 건강을 위해서라도 이렇게 해야 한다고 말했다. 그녀가 돌아오는 날은 사교계에 데뷔하는 날로 아직도 일 년이나 가까운 시간이 남아 있었다.

사람들은 그의 말에 그가 로에나를 노골적으로 배척함으로써 그녀가 진정한 후계자라 떼쓰는 외척들을 좌시하지 않으리라는 것을 깨달았다.

게다가 모두 쉬쉬하고 있지만 백작의 병세가 깊어진 게 황제를 구한 일로 인한 후유증이 아닌 로에나 때문이라는 소문이 돌고 있었다. 그녀가 비슈발츠 백작을 인정하지 않았기에 외척들의 꼬임에 넘어가 독약을 먹였다는 소리였다. 사람들은 언제 로에나를 옹호했냐는 듯 그녀가 유폐된 황후와 어울렸던 것을 거론하며 그럴 수도 있겠다고 수군댔다. 그렇지 않으면 비슈발츠 백작이 로에나를 이렇게 쫓아내듯 내치지 않을 거라는 말과 함께.

라데 렐신의 행보를 영웅화한 덕분인지 아직도 많은 사람이 그에게 매우 너그러운 모습을 보이고 있었다. 공식적인 장소에 거의 얼굴을 드러내지 않은 그이지만 그 누구도 저의 행보를 비난하지 않았다. 그저 사교계에 얼굴을 들이 내밀며 활발한 활동을 펼치는 내 얼굴을 보고서 겨우 그의 생활을 유추할 뿐이었다. 내 생각이 곧 라데 비슈발츠의 생각임을 끊임없이 어필한 탓이었다. 어느새 사교계에선 그가 내게 죽고 못 산다는 소문이 파다하게 퍼져 있었다. 우습지도 않게 말이다.

어쨌든 로에나는 자신이 시골 별장으로 쫓겨난다는 소리를 듣자마자 내게 찾아와 울고불고 매달렸다. 아직 마담에게서 라데 렐신의 정체를 듣지 못한 탓인지 그녀는 새로운 백작을 만나야겠다고 주장했다.

그러고 보니 마담 드 라발리에가 그날 쓰러진 이후 아직도 정신을 차리지 못하고 있다고 했나. 생각보다 충격이 엄청났던 모양이지?

"로에나, 한 가지 안타까운 소식이 있어. 마고를 찾지 못했어. 하지만 네가 별장에 가 있으면 어떻게든 찾아서 네 시중을 들게끔 보내 줄게. 그러니 가서 얌전히 기다리렴."

로에나는 내 말에 믿을 수 없다는 것처럼 두 눈을 크게 떴다. 그녀는 자신의 편을 들어주지 않은 내가 야속한 것인지 눈물을 펑펑 흘리며 내게 말했다.

"시스, 어째서 그 사람의 말을 듣는 거야? 그는 너를 이용해 가문을 손에 쥐었어. 어머니를 핑계로 들어와 우리 가문을 망치고 있단 말이야. 그런데 어째서 넌 이렇게 태연하니? 사랑하지 않는 남자의 아내로 산다는 게 좋아? 사람들이 너를 가엾어하는 걸 느끼지도 못하니?"

누가 누구를 동정하는지 모르겠으나 로에나는 나를 라데 렐신에게 체념하여 순종하는 어리석은 여자로 보고 있었다. 그래서 그것이 매우 부당하며 이렇게 있어서는 안 된다고 설득했다. 울음 섞인 목소리에는 세상의 모든 불만과 불평이 담겨 있었다.

"내가 어리석어 보이니? 제정신이 아닌 것 같아?"

"올바른 지성과 혜안을 가진 사람이라면 이렇게 행동하지 않아. 제발 눈을 떠. 설마 내가 그에게 약을 먹였다는 말도 안 되는 소문을 믿는 건 아니지? 왜 이런 모습을 보이는 거야, 불쌍하게도."

"내가 불쌍해?"

"그래. 너무 가엾어."

"아아, 로에나. 나는 가엾지 않아. 지금 이 생활에 만족하고 있는걸. 그러니까 그렇게 생각하지 말렴."

"아니, 처음부터 그랬듯 내가 널 더 살폈어야 했어. 그럼 이런 일이 일어나지 않았을 거야. 시스, 제발 눈을 떠. 우린 이렇게 살 수 없어!"

나는 빙그레 웃으며 그녀에게 물었다.

"세상에, 로에나. 나는 네가 이끌어줘야 할 사람이야? 지금도?"

그러자 로에나가 이해가 가지 않는다는 것처럼 내게 물었다. 그녀의 표정은 당연한 것을 물어보는 이에 대한 답답함으로 가득 차 있었다.

"그 누구라도 지금의 너를 본다면 그렇게 생각할 거야. 어리석게 굴지 말렴. 너는 지금 네가 어떤 행동을 하고 있는지 모르겠니?"

"글쎄, 나는 네가 가문을 돌려받기 위해서 억지를 부리는 것으로밖에 보이지 않는데? 내 남편이 될 백작에게 약을 먹였다는 소문처럼 말이야."

"나는 그런 비열한 짓을 하지 않아. 시스, 도대체 누구의 편을 드는 거야? 어떻게 그 남자를 옹호할 수 있지?"

"황제께서 인정한 백작이잖니. 그러니 내가 여기서 더 무얼 할 수 있으려고."

"아니야, 내가 있잖아. 비슈발츠가문의 피가 내게 흐르고 있는데 왜 벌써 포기하는 거야? 네가 그랬잖아. 내게 도장을 주겠다고."

나는 그녀의 말에 입을 다물고서 저를 빤히 바라보았다. 탐욕으로 인해 한 꺼풀 벗겨진 로에나의 얼굴이 놀라우리만치 생생하게 다가왔다.

그래, 우리의 대화는 이러한 상태에서 진행되어야만 한다. 그래야 공평하다 할 수 있었다. 과거에 로에나가 나를 감옥에서 풀어줬을 때 사람들은 그녀의 너그러운 마음씨에 감탄했다. 그리고 로에나의 자비에 감사하지 않은 나를 욕했다. 하지만 그건 저들이 그녀의 진정한 속을 몰랐기에 할 수 있는 소리였다.

돌아오기 전의 나는 로에나가 성장하기 위한 발판이나 다름없었다. 어둠이 있어 빛이 더 환하게 느껴지듯이 말이다. 그래서 그녀는 굳이 나를 꺼내어 자신의 선함을 자랑했다. 내가 자살할 때 우리가 나누었던 대화는 이러한 생각을 확신하게 했다.

"대답해. 넌 알고 있었지? 어느 순간부터 무언가 잘못되고 있다는 걸 알고 있었잖아! 하지만 모두의 뒤에 숨어서 고개만 내밀고 있었어."

"네, 하지만 모두가 나처럼 하는 줄 알았어요. 너무나 자연스럽게 해야 하는 것이기에 언니의 기분을 이해하지 못했던 거죠."

귀족의 예법을 완벽하게 숙지한 최고의 미소녀, 천한 신분의 하인들에게까지 상냥한 어조의 말을 건네는 천사 같은 소녀는 성장하지 않은 어린애였기에 가능한 일이었다.

당연하다는 듯 나를 얕잡아 보는 우월감. 선함을 무기처럼 휘두르는 저열함. 모두가 속을 수밖에 없었던 완벽한 가식.

만일 내가 기억을 고스란히 가지고서 돌아오지 않았다면 어떻게 되었을까? 여전히 우리는 서로를 잡아먹기 위해서 날뛰고 있었을까?

현재의 나는 그녀의 위치를 빼앗았다. 성장 발판을 없앴고, 애정에 허덕이는 그녀를 굶주리게 만들었으며 종내에 그녀의 성에서 그녀를 쫓아내려고 한다. 내 일신의 안위를 위해서였다. 이전에 맛보았던 미래가 다시금 되풀이되지 않기를 바랐기에 어쩌면 지금 황태자비가 되었을지도 모를 소녀의 일생을 진창에 처박았다.

누군가 이걸 안다면 나를 가리켜 악마라고 욕하겠지. 그런데 그게 뭐 어때서? 그럼에도 불구하고 로에나는 나를 가엾이 여기며 자신의 밑으로 깔보고 있는데. 어차피 우리는 양립할 수 없는 운명이다. 내가 그녀를 잡아먹든 그녀가 나를 잡아먹든 누군가는 상대의 그림자가 되어야 마땅했다. 그리고 현재에 이르러 승자는 바로 나 시스에 드 비슈발츠였다.

나는 목소리를 최대한 낮춰 로에나가 그토록 찾아 헤매었던 사내의 음성을 흉내 내었다.

"로에나 드 비슈발츠. 내 가문에선 네가 필요하지 않아."

"지금…… 시스, 지금 무슨…… 아니, 왜 네게서 그 남자의 목소리가?"

"만나고 싶다 하지 않았나?"

"거, 거짓말."

"너는 비슈발츠 백작에게 약을 먹이지 않았다 했지만 그건 거짓말로 밝혀졌지. 이미 증거가 다 나왔거든. 내 아내가 될 시스에가 너를 위해 내게 애원하지 않았더라면 감옥으로 끌려갔을 거다."

"말도 안 돼. 거짓말이야. 그렇지? 시스, 그렇다고 말해줘."

"네가 그렇게 믿고 싶다면 그래도 좋아. 하지만 네가 별장으로 요양 가는 건 정해진 사항이니 얌전히 떠나기나 해."

"……이건 사기야. 모두를 속인 거라고. 인정할 수 없어. 라데 렐신이 가짜라는 걸 알릴 거야. 고모님께 말할 거라고!"

"마담은 알고 있어. 아니, 대부분의 사람이 알고 있지. 황태자 전하께서도 말이야. 그분이 백작을 만들었으니 그럴 수밖에."

내 말에 로에나가 얼어붙은 것처럼 멈춰 섰다. 그녀는 창백하게 질린 얼굴로 숨을 헐떡였다. 믿을 수 없다는 듯 흔들리는 눈동자는 동정을 불러일으킬 만큼 퍽 애처로웠다.

"뭐, 뭐라고?"

"가엾은 로에나. 정말 불쌍하기도 하지. 아무것도 모르다니 말이야. 하지만 어쩌겠니. 네 그릇이 이 정도인데. 어쩔 수 없이 내가 네 어리석음을 참으며 돌봐 줘야 하겠구나."

나는 조롱하는 것처럼 그녀의 이름을 길게 늘여서 말했다. 그리고 나지막이 혀를 차며 그녀의 뺨을 어루만졌다. 이전에 그녀가 그랬듯 불쌍한 자를 보는 시선으로 저를 바라보며 너그러운 주인의 행세를 했다. 은연중에 쌓여 있는 나에 대한 우월감을 산산조각 냈다.

"너를 생각해서 동행하는 하녀를 하녀장이었던 믈랑으로 붙여 주지. 그녀는 손재주가 아주 좋아. 그러니 너를 예쁘게 꾸며주는 덴 문제가 없을 거야. 본래 네 하녀였으니 더 친숙하겠지."

"너…… 너 처음부터 이럴 생각으로……!"

나는 그녀를 바라보며 승리에 찬 미소를 지었다. 부정하지 않겠다는 듯이, 그렇게.

"자, 이제 하고 싶은 말은 다 한 거지? 네 형부가 될 사람을 만나 불만을 토로했으니 말이야. 그러니 이만 나가서 별장에서 어떻게 생활할 것인지 계획해 보려무나. 네가 없는 일 년 동안 무척 적적하고 슬프겠지만, 어쩌겠니? 내 남편인 백작이 원하지 않는다는데. 어리석은 내가 그에게 순종하는 것 말고 더 무얼 할 수 있으려고."

내 말에 로에나가 발작적으로 비명을 내질렀다.

"난 안 떠나. 안 나갈 거야!"

"이런, 로에나. 나는 네가 수치스럽게 떠나기를 원치 않는단다."

"네가 어떻게 내게 이럴 수 있어? 날 사랑하지 않아?"

"오, 물론 너를 사랑하지."

나는 눈을 휘어 가며 부드럽게 웃었다.

"그러니까 내 눈앞에서 치우려는 거야."

"어, 어째서……. 너, 넌 날 보낼 수 없어."

"아니, 난 무엇이든 할 수 있어. 비슈발츠가가 누구 것이 되었는지 생각해 보렴. 너를 내보내는 일 따윈 아무것도 아니란다. 그러니 너는 내가 네 행동을 인내하고 존중하고 있다는 사실을 깨달아야 해."

나는 손가락을 들어 문을 가리켰다. 그리고 단호한 어조로 말했다.

"나가!"

"시스, 제발 이러지 마. 난 나가지 않을 거야! 어떻게든 남아 있을 거라고!"

"하녀를 불러서 끌어낸다면 나가겠니?"

"내게 그러한 수치를 안기겠다고?"

나는 단호한 어조로 '물론이지'라고 답했다. 그리고 그녀가 말을 듣지 않으면 바로 그렇게 행동할 것처럼 하녀를 부르는 작은 종을 들어 올렸다.

로에나는 원망과 서글픔으로 범벅된 얼굴을 한 채 나를 바라봤다. 그러다 곧 얼굴을 감싸 안은 채 바깥으로 튀어 나가는데 아주 비련의 여주인공이 따로 없었다. 패배자의 등은 비에 홀딱 젖은 개처럼 초라했다.

나는 그것을 가만히 음미하다가 하녀를 불러 로에나가 나가지 않으려고 하면 가차 없이 끌어내리라고 명령했다. 흉악한 소문에 휩싸여 있는 그녀이기에 어떻게 쫓겨나든 내 잘못이 아니었다. 오히려 그녀가 멍청하게 굴어 사람들을 즐겁게 만들어주었으면 좋겠다고 생각했다. 그래야 앞으로 할 일에 대한 변명거리가 생기겠지.

하지만 로에나는 생각보다 더 무모하고 대책이 없었다. 빌어먹을 운명이 확실하게 매듭을 지으라고 말하는 것처럼 그녀의 행동은 놀라우리만치 충동적이었다.

로에나는 떠나기 전날 하녀를 시켜 나를 데리고 오라고 떼를 썼다. 오지 않으면 후회할 거라 협박하는 꼴이 우습지도 않아 코웃음이 절로 나왔다. 하지만 집안사람들 보라는 것처럼 소란을 피우니 아니 갈 수 없었다. 그래서 나는 가벼운 마음으로 그녀의 방문을 열었다. 내 얼굴에 걸린 미소는 테라스에 서 있는 그녀를 보기 전까진 매우 선연한 상태였다.

그녀는 마치 자살하기 전의 나와 같았다. 커튼이 휘날리는 테라스, 그리고 그 난간에 서 있는 로에나. 하얀 잠옷을 입은 그녀는 두려움과 원망으로 가득 찬 눈으로 나를 노려보았다.

"날 쫓아낸다면 차라리 죽어버리겠어."

"네가?"

"그, 그래. 그러니까 날 이곳에 놔두겠다고 말해. 넌 날 쫓아내선 안 돼."

테라스에 대한 공포가 여전하여 나는 섣불리 그녀에게 가까이 다가갈 수 없었다. 로에나는 이런 내 모습이 자신의 행동으로 인한 불안으로 착각하고 목소리에 힘을 주었다. 매달리는 것이나 우는 것이 안 되니 이런 식으로 어리석은 행동을 하는 것이다. 그렇기에 그녀의 행동엔 절박함이 없었다. 그저 제 행동을 정당화하는 어린애만 있을 뿐이다.

"고작 일 년이잖니."

"고작 일 년이라고? 그 일 년 사이에 비슈발츠가는 오롯이 네 손에 떨어져 있겠지. 내 가문을 네가 다 삼켜 버릴 거야! 망칠 거라고!"

소리를 빽빽 내지르는 모습은 떼를 쓰는 어린아이와 다름없었다. 그래서일까. 머리가 지끈지끈 아파 왔다.

"아아, 이런. 왜 이렇게 어리게 행동하니? 네가 떨어지면 분명 이런 저런 말이 나올 텐데."

"……내가 여기에 서 있는데 그런 생각밖에 안 들어?"

"그럼 뭘 더 해야 하니? 자아, 착하지? 나를 곤란하게 만들지 말렴. 어서 내려와. 넌 천사 같은 아이잖니."

"어째서 그렇게 무덤덤하게 쳐다보는 거야? 이 모습이 두렵지 않아?"

나는 한숨을 내뱉으며 책을 읽는 것처럼 그녀가 원하는 말을 내뱉었다.

"너무 무서워서 가슴이 다 떨리는구나. 그러니 나를 위해서라도 내려와 주겠니? 제발."

"……지금 날 조롱하는 거야? 이런 내가 우스워?"

순간 로에나가 이제야 깨달았다는 것처럼 나를 바라봤다.

"맙소사. 넌 날 단 한 번이라도 사랑했던 적이 없구나."

나는 그녀를 향해 양손을 펼친 채 태연한 어조로 말했다.

"설마. 난 널 사랑해. 내 천사 같은 동생. 어떻게 널 아끼지 않을 수 있겠니?"

"거짓말쟁이! 난 널 위해 모든 걸 양보했어."

"그래. 그러니까 이번 일도 양보해 주렴. 착하지? 거긴 위험해."

나는 두려움을 참고서 앞으로 걸어갔다. 공포로 인해 구역질이 치밀어 올랐지만 저 얼간이를 설득하기 위해선 어쩔 수 없었다. 하녀와 하인을 통해 끌어 내릴 수 있었지만 사람들이 한 발자국 다가가기만 하면 바로 뒤로 떨어져 내릴 듯 협박하는 그녀로 인해 내가 다가가는 수밖에 없었다. 우습게도 로에나는 여전히 내가 자신을 붙잡아주기를 바라고 있었다.

"그래, 처음부터 넌 날 좋아하지 않았어. 왜 알지 못했지? 왜 네 달콤한 말에 자꾸 속아 넘어간 거지?"

그녀가 고개를 돌려 땅바닥을 바라봤다. 악마가 속삭이고 있는 것인지 저의 얼굴에 한 가닥의 위험한 결심이 아로새겨지고 있었다. 익숙한 얼굴이다.

"내가 떨어지면 넌 곤란하겠지?"

"아니."

"거짓말. 그러니까 날 붙잡으려고 하는 거잖아."

"그렇지 않아. 너를 위해서야."

"왜 자꾸 거짓말을 하는 거야. 날 생각하는 게 아니잖아."

결국 그녀의 눈에서 눈물이 터져 나왔다. 두려움과 서글픔, 그리고 절망으로 인해 무너진 밑바닥이 로에나로 하여금 미치게 만들고 있었다.

"제발 나를 이곳에 남게 해줘. 비슈발츠가를 가져가지 마. 시스, 내가 널 증오하게 하지 마. 내겐 너뿐이잖아. 응? 날 버리지 마."

"그러니 착하게 굴라는 거야, 엔."

"착하게 굴라고? 시골에 가는 게 착하게 구는 거야? 이곳에서 쫓겨나는 게?"

"그래, 그러길 바라. 그렇지 않으면 네가 뭘 더 할 수 있다는 건데?"

내 물음에 로에나가 충격을 받았다는 듯 바르르 떨었다. 그 바람에 몸이 앞뒤로 크게 휘청거려 모두 비명을 내질렀다.

"아니야. 그렇지 않아. 나도, 나도 할 수 있어. 저택에 들어온 지 얼마 되지 않은 너도 하는데 내가 못 할 리가 없다고!"

나는 그녀의 말을 가볍게 비웃었다.

"글쎄, 전혀 믿음이 가지 않는구나. 지금 네 행동이 가문의 이름에 먹칠한다는 것은 알겠어. 모두를 곤란하게 만들지 말렴."

그러자 로에나가 무언가 크게 결심했다는 듯 테라스 너머를 한 번 바라보았다. 마른침을 삼킨 건지 그녀의 목울대가 크게 일렁이고 있었다. 이어 나오는 말은 놀라우리만치 불길하고 섬뜩했다.

“시스에. 내가 떨어지면 무엇보다 네가 엄청 곤란하겠지?”

“멍청한 생각하지 마, 로에나. 넌 정말로 영리한 아이잖아, 그렇지? 날 생각한다면 더더욱 그러지 마.”

그녀가 나를 바라봤다. 저건 과거의 시스에다. 아니, 이전에 꿈에서 보았던 로에나가 창백한 표정으로 위태롭게 서 있었다. 그녀는 불길한 예감에 움찔하는 나를 보며 중얼거리듯 말했다.

“……싫어.”

‘이번엔 내 차례야.’

이건 지난날에 꿨던 꿈의 재현인가? 아니면 악마의 장난인가. 로에나의 몸이 천천히 뒤로 기울어지고 있었다.

나는 본능적으로 달려 나갔다. 이때만큼은 테라스로 인한 공포고 뭐고 아무것도 소용없었다. 그저 이전의 나를 답습하는 그녀만이 보였다.

시간이 기이할 정도로 느리게 흘러가고 있었다. 온 세상이 물에 잠긴 듯 몸이 잘 앞으로 나아가지 않았다. 그래도 기어코 손을 뻗었다. 뇌리로는 한 가지의 생각만이 떠돌고 있었다.

로에나가 되돌아간다. 내가 그랬듯이 그녀 또한 다시 새롭게 시작할 것이다. 이전에 황태자의 목숨을 구했던 것처럼 기묘한 확신이 나를 사로잡고 있었다. 꿈에서 봤던 소리가 마구 웅웅댔다. 그래서 미칠 것만 같았다.

넌 돌아가선 안 된다. 내가 어떻게 얻은 자리인데. 너와 내가 돌아가서는 안 돼.

우리는 이대로 끝이 나야 해. 이것이야말로 이 이야기의 진정한 마지막이야. 네 차례는 돌아오지 않아. 아니, 돌아가게 하지 않아.

턱.

팔이 빠질 것 같은 통증에 비명을 내질렀다. 주변에 있는 모든 사람, 그리고 내게 붙잡힌 로에나 또한 함께 소리를 질렀다. 강하게 흔들리는 눈동자 사이로 공포에 질린 내가 떠올랐다. 이전의 삶으로 되돌아갈까 봐 두려워하는 내가 있었다.

"절대로 용납 못 해. 누구 좋으라고! 이대로 다시 시작할 줄 알고?"

열등감으로 인해 비참한 삶을 살았던 시스에, 황태자로 인해 고생이란 고생은 다 했던 지난날이 주마등처럼 떠오르고 있었다. 그런데 이 더러운 삶을 또 시작하라니 말이 되는가. 그래서 이를 악물며 버티고 또 버텼다. 와구스가 주었던 종이에 나타났던 그림처럼 그녀의 손을 강하게 붙들었다. 경악에 찬 하인들이 나를 도와 그녀를 끌어 올릴 때까지, 그렇게.

가까스로 들어 올려진 로에나는 내 품에 안겨 구슬픈 목소리로 울었다. 내가 자신의 전부라는 것처럼 등을 강하게 껴안으며 애원했다. 어미젖을 찾는 새끼처럼 내게 파고들었다. 그녀는 내가 자신을 구했다는 사실에 감격하고 있었다.

잘된 건가? 이게 끝인가?

나는 급격하게 밀려들어 오는 두통에 헛구역질하며 힘겹게 생각했다.

와구스의 예언 종이, 꿈, 황태자의 부적, 그리고 이전의 나를 상기시키려는 듯 자살을 꾀한 로에나.

과거를 닮은 듯 닮지 않은 사건이 차례로 일어나고 사라지기를 반복하며 나를 혼란스럽게 했다. 진짜로 끝난 건지 스스로를 향해 거듭 되뇔 정도였다.

다행히 몇 번의 구역질과 어지러움을 감내하며 눈을 떴을 때, 비로소 나는 내가 운명의 수레바퀴에서 튕겨져 나갔음을 깨달았다.

더는 꿈과 예언에 전전긍긍하지 않아도 된다는 것 또한. 그것은 기묘한 확신과도 같았다. 이전에 황태자의 예언을 끝냈던 것처럼 말이다.

그때처럼 누군가 내게 속삭이고 있었다.

결국, 마지막 운명마저 이겨 냈노라고. 진정한 자유를 찾았노라고.

그래서 나는 처음이자 마지막으로 로에나의 등을 부드럽게 어루만지며 한숨처럼 속삭였다. 주치의가 곧 도착할 거라는 하녀의 말을 힘겹게 흘려 넘기며 천천히 눈을 감았다.

'내가 이겼어. 진정한 해피엔딩이야.'

이렇게 잔혹한 동화가 끝이 났다.

에필로그

깨어진 조각은 다시 붙여지지 않는다

사교계 내에서 라데 비슈발츠 백작은 굉장히 기묘한 자였다. 그는 평소 저택에 칩거하며 정치에 관심이 없는 것처럼 굴다가도 황제의 비를 거론하는 자리에는 어떻게든 나타나 그에 대한 충심을 보이곤 했다. 무엇보다 비슈발츠 백작은 자신을 후원하는 디뷘젤 공작에게 큰 감명을 받은 것인지 그의 딸인 공녀야말로 황후의 자리에 부족함이 없다 강력하게 외치고 있었다. 그것도 자신의 라이벌이라 할 수 있는 아이레스 기사단장과 함께.

그러고 보면 미카엘 아이레스도 참으로 의중을 알 수 없는 사내였다. 시스에 드 비슈발츠를 비슈발츠 백작의 아내로 버릴 때는 언제고 태연하게 그녀의 곁을 맴돌며 애정을 과시하는 것으로 보아 말이다.

암만 비슈발츠 백작이 병약하여 결혼식조차 제대로 올리지 못할 정도로 허약한 남자라 하지만 너무하지 않나? 그 정도의 사내는 자신의 상대조차 안 된다고 과시하는 것도 아니고 말이야. 아니면 백작 부인의 마음이 아직도 자신에게 있다고 착각하는 건가?

시스에 드 비슈발츠 백작 부인도 좀 그러하다. 남편인 비슈발츠 백작이 자신에게 죽고 못 사는 걸 이용하여 아이레스 경이 다가오는 걸 용납하고 있으니까. 뭐, 그녀가 매력적인 여자라는 건 부정할 수 없지만, 그래도 자중할 줄 알아야지.

그나저나 요즘 비슈발츠 백작의 건강을 보면 그녀가 미망인이 되는 날도 얼마 남지 않은 것 같은데 참으로 불쌍하단 말이야. 결혼한 지 일 년도 채 안 되어 가는 데 남편을 잃을 수 있다니.

황제 폐하를 구하기 위해 입은 부상만으로는 그렇게 몸이 나빠질 수 없는데 말이지. 역시 로에나 드 비슈발츠가 그를 제거하기 위해 약을 먹였다는 소문이 맞는 것 같아. 백작 부인이 그 소문에 관한 한 입을 딱 다물고 있는 것으로 보아 확실하단 말이지?

본래 비슈발츠 가문의 후계자라 할 수 있는 영식의 다리를 다치게 한 것도 그 영애라면서? 참으로 무섭군. 그런데 이번에 사교계에 데뷔하기 위해 돌아온다더니 그대로 지켜봐도 되는 건가? 그런 악독한 여자라니, 사교계의 수치가 아닌가 말일세.

그런데 그들 부부 참 웃기지 않아? 백작은 디뵌젤 공녀를, 백작 부인은 로샨 공녀를 각기 황후로 지지하고 있으니 말이야.

"……라는 소문이 요즘 사교계 내에 퍼지고 있어요."

라고 디뵌젤 공녀는 내게 말했다.

내가 백작의 병간호를 핑계로 사교계에 통 나서지 않았더니 이렇게 손수 찾아온 것이다. 자신의 최측근의 자리에 올라선 나를 위로한다는 핑계를 대고서. 저와 나의 우정을 과시하기 위해서였다. 누구 보란 듯이 말이다.

시간은 쉼 없이 흘러 어느덧 새 황제가 즉위한 지 일 년이 다 되어 가는 상태였다.

그동안 사교계는 디뷘젤과 로샨으로 양분되어 소리 없는 전쟁을 벌여 왔다. 황후라는 지고한 직위를 얻기 위해서였다. 이들이 상대를 향해 물밑에서 치열하게 벌여 온 공작은 두말하기 어려울 정도로 매섭고 날카로웠다. 혹자는 정치보다 더 무서운 싸움이라 평하며 혀를 내두를 정도였다. 하지만 이것도 이제 슬슬 끝이 보이고 있었다. 그것도 디뷘젤의 승리로.

그도 그럴 것이 암만 로샨가가 황제의 지지를 전폭적으로 받고 있긴 하지만 그것은 적정선을 넘지 않았고, 그 와중에 디뷘젤 공작이 자신의 능력을 한껏 발휘하여 그를 압도해 버리니 어쩔 도리가 없었다.

물론 현 황제의 힘이 막강하긴 하나 독불장군처럼 무작정 모두를 짓누를 수 없는 법이다. 그렇기에 사교계 내에선 디뷘젤 공녀가 우선 황비의 직위를 받는 데 그치지만 언제고 곧 로샨 공녀를 압도하여 황후의 자리에 오를 것이라는 전망을 하고 있었다. 일 년 동안 들인 공치곤 나쁘지 않은 성과였다.

나는 아직도 황제의 시선을 받기 위해 온갖 헌신을 다하는 한 마리의 암캐를 떠올리며 빙그레 웃었다.

불쌍한 로샨 공녀. 그녀는 아직도 황제에 대한 지독한 외사랑에 빠져 허우적거리는 상태였다. 자신을 돌아봐 주지 않는 사람의 등 뒤를 계속 지키면서 그렇게. 그를 위해서라면 무엇이든지 다 하면서까지 말이다. 결국, 이렇게 다 빼앗길 거면서.

나는 디뷘젤 공녀의 찻잔에 차를 따라 주며 다정한 목소리로 말했다.

"공녀, 남편의 장례식에 참석하실 거죠? 황비의 자격으로 말이에요. 아아, 요즘 그이의 건강이 무척 나빠져서 걱정이랍니다. 하지만 차도가 있지 않으니 어쩔 수 없지요."

디뷘젤 공녀가 존귀한 자리에 오를 것이 확정된 이상 라데 비슈발츠가 더는 존재할 이유가 없었다. 그래서 나는 넌지시 그의 죽음을 암시했고, 공녀는 당연하다는 듯 고개를 끄덕였다. 오늘의 말은 아마 디뷘젤 공작에게도 전해질 터였다. 그리고 그는 백작이 완벽하게 죽을 수 있도록 도와줄 것이다. 불쌍한 미망인의 옆자리를 채우는 건 미카엘 아이레스, 아니, 멜 비슈발츠였다.

"오, 이런 안타까운 일이군요. 하지만 내가 황비가 되는 데 크게 일조한 백작의 죽음이니 당연히 참석해야죠."

"가문의 영광이 될 거예요."

그녀는 내 말에 고개를 한 번 가볍게 끄덕이더니 차가 맛있다고 칭찬했다. 그리고 공녀가 오기 전까지 내가 읽고 있었던 글에 대해 호기심을 드러냈다.

"그런데 시스, 무얼 보고 있었나요?"

"별장에서 요양하고 있는 로에나가 요즘 심심풀이로 적고 있는 글이랍니다. 아무래도 시골이다 보니 많이 적적한 모양이에요. 함께 간 하녀장이 그녀의 재능이 무척 빼어나다며 나에게 보내 주었답니다."

실제로는 이런 발칙한 생각을 품고 있으니 경계하라는 의미로 믈랑이 보내 준 것이긴 하지만 말이다.

내 충성스러운 하녀인 믈랑은 로에나를 따라가 그녀를 감시하는 역할에 최선을 다하고 있었다. 그러기 위해 하녀장의 자리도 마리에게 넘긴 상태였다.

"어머, 그래요? 무척 궁금하네요. 그러고 보니 로에나 영애가 곧 돌아온다죠? 사교계 데뷔를 위해서요. 문득 시스가 사교계에 데뷔했었던 때가 생각나네요. 정말 아름다웠죠."

내 데뷔탕트는 새 황제가 즉위한 지 얼마 안 되어 일어났기에 그렇게 화려하지 않았다. 내 또래의 귀족 영애가 많지 않은 것도 한몫했다. 하지만 내게 있어 더없이 만족스러운 데뷔였다. 이전의 삶과 달리 나를 가리켜 손가락질하거나 무시하는 사람이 없어서였다. 모두 나와 춤을 추고 싶어 했다. 내 주변에 모여 아부를 떨어 댔다.

그날 멜은 사교계 데뷔를 축하한다며 내 방 전체를 장미꽃으로 뒤덮었다. 그는 그것도 모자라 데뷔탕트 무도회에 나타나 내 눈동자 색을 닮은 목걸이, 귀걸이, 팔찌를 꺼내어 모두의 눈앞에서 손수 걸어주었다. 무도회에 참석한 모든 여인이 부러움의 탄성을 내지를 정도의 황홀한 구애였다.

우리는 그날 함께 웃으며 밤새 춤을 췄다. 다리가 아파 더는 못 움직일 때까지, 그렇게. 그리고 마지막으로 몸이 녹아내릴 듯한 키스를 했다. 멜은 내 얼굴에 입맞춤을 하며 계속 사랑한다고 달콤한 목소리로 속삭였다. 가장 완벽한 날이었다.

"아름답다고 해주셔서 감사해요. 정말로 행복한 날이었답니다."

"로에나 영애도 부디 그런 데뷔가 되어야 할 텐데 말이에요. 건강이 좋지 않다고 하던데, 수도로 올라올 수는 있는 건가요?"

"네, 아마도요. 이렇게 동화를 쓸 정도면 많이 나아졌다는 소리일 테니 괜찮을 거예요."

"그것참 다행이네요."

나는 그녀의 염려에 고맙다고 말한 뒤 공녀가 오기 전 내 곁에 앉아 로에나가 쓴 글을 읽고 있었던 아리나에게 눈짓으로 다시금 글을 읽을 것을 명령했다. 나와 함께한 일 년 동안 글을 배워 온 아이—계속 내 옆에 있기 위해선 이 정도의 교양은 필수다—는 이제 이 정도의 동화쯤은 무리 없이 읽을 수 있을 정도로 성장해 있었다. 그래서 가끔 잭이 '아리나가 저보고 멍청하다고 놀려요'라고 투덜거릴 정도였다.

아리나는 곧 낭랑한 목소리로 로에나의 억울함과 악의가 담긴 동화를 읽어 내려갔다.

"옛날 아주 오랜 옛날 한 나라에 백작이 살고 있었어요. 그 백작에게는 아름다운 딸이 하나 있었답니다. 그녀의 이름은 엘이었어요. 어느 날 백작은 엘에게 새어머니를 소개했어요. 그녀에게는 딸이 둘 있었답니다. 하지만 엘만큼 아름답지도 현명하지도 않았어요. 그들은 아름답고 선량한 엘을 질투했지요. 어느 날 백작은 먼 나라로 배를 타고 떠나게 되었어요."

사실 로에나의 동화는 그리 재미있지만은 않았다. 아니, 듣기만 한다면 누구나 당사자를 떠올릴 수 있는 이름의 이야기는 어처구니없을 정도로 황당하면서 불쾌했다. 그렇지 않나. 자신의 애칭인 '엔'을 '엘'로 바꾸는 유치함이라니! 리안의 성별을 여자로 바꾸어 자신을 구박하는 못된 새 언니로 만드는 것 또한 우스웠다. 이런 글로 진실을 알릴 수 있을 거라 생각하다니. 로에나는 아직도 자신만의 세계에 갇혀 있었다.

그럼에도 이를 모르는 척하는 건 아직 멀쩡한 정신으로 살아 있을 로에나가 필요하기 때문이다. 그래서 이런 발칙한 행동을 너그럽게 용납할 수 있었다. 숨 쉴 공간은 만들어줘야 하지 않나. 이유야 어쨌든 그녀는 비슈발츠가의 이름을 달고 있는 여인이기 때문이다. 그리고 이것은 다른 남자와 혼인하기 전까지 쭉 지속할 자비일 터였다. 수도에 올라올 로에나에겐 나와의 생활이 지옥처럼 느껴진다 하더라도 말이다.

아무튼 디뷘젤 공녀가 가고 나면 로에나에게 편지를 보내어 이 정도의 글로는 진실을 알아차리는 이가 없으니 좀 더 분발하라고 격려해야겠다. 나를 불쾌하게 만들었으니 데뷔탕트는 꿈도 꾸지 말라고 으름장을 놓는 것도 괜찮을 것 같고. 아니면 황제를 사로잡기 위해선 유리 구두가 있어야 한다고 넌지시 언급을 해줘 볼까? 어떤 것이든 무척 재미있을 것이다. 이런 발칙한 행동에 대한 대가로 말이다.

"……황태자는 엘에게 청혼을 했어요. 그래서 기뻐하며 그의 청혼을 받아들였지요. 황태자비가 된 엘은 이후로 그와 함께 오래오래 행복하게 살았답니다."

한가로운 오후의 티타임은 너무나 평화로웠다. 그것은 아리나의 마지막 말처럼 완벽한 동화의 끝이나 다름없었다. 그토록 바라 마지않은 지위, 완벽하게 통제하게 된 운명이 너무나 기꺼워 웃음이 흘러나올 것만 같았다. 그래서 나는 환하게 웃음 지으며 지금 이 시간을 만끽했다. 더없이 좋은 날이었다.

〈완결〉

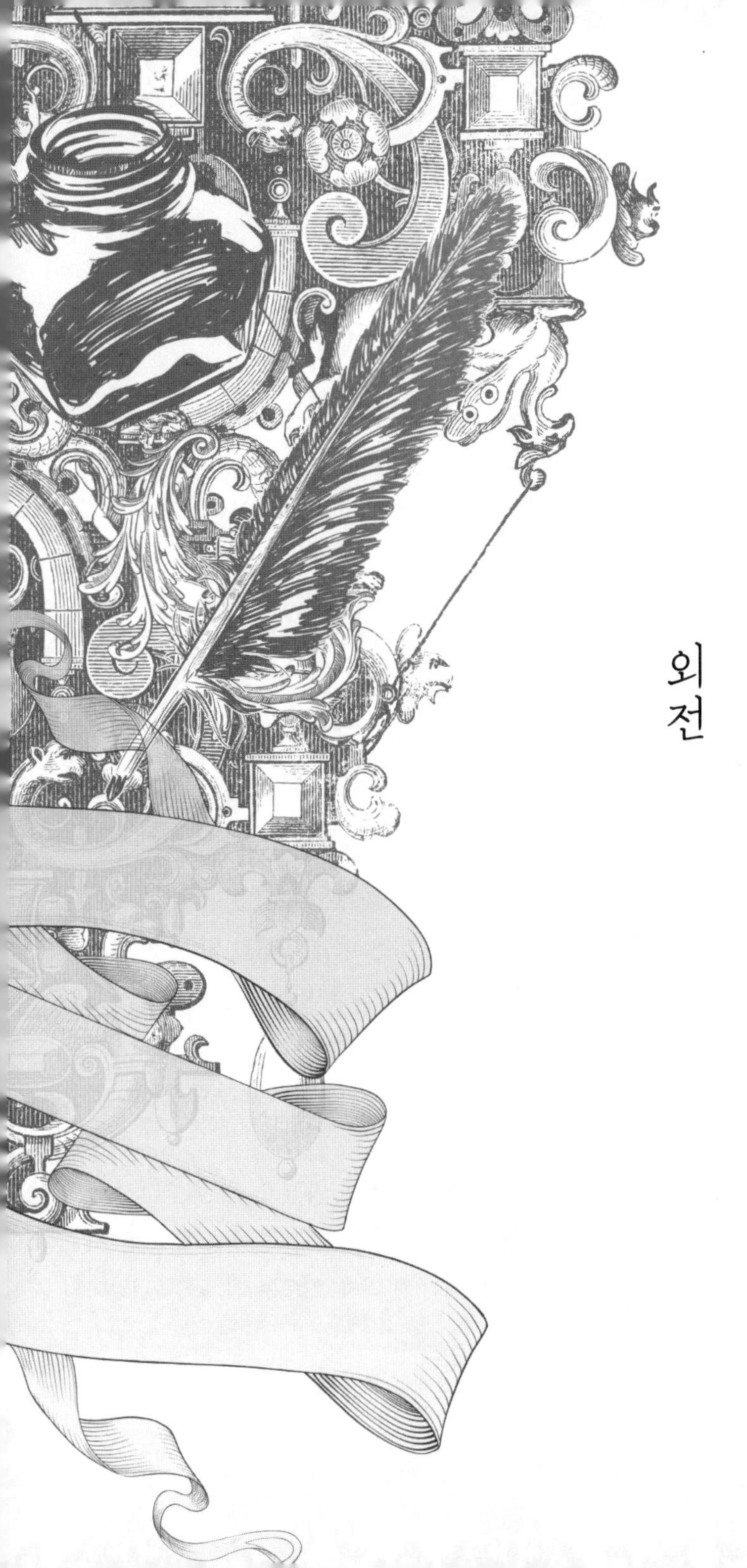

외전

1
데뷔탕트 무도회

"데뷔탕트를 열 때가 되지 않았나요?"

갑작스러운 소리였다. 소린 영애가 내뱉은 뜬금없는 말에 모두 눈을 깜빡였다. 한가로운 오후 디뵌젤가의 티타임에 모인 여인들은 지루한 시간을 트릭트락(Tric-trac)을 하면서 겨우 버티는 중이었다. 매번 모이는 얼굴이 거기서 거기다 보니 이제는 더는 나눌 대화가 없었다. 여느 모임처럼 돈이 걸린 카드 게임을 하다가 서로의 멱살을 잡는 우스꽝스러운 상황이 이어지지 않는 이상 그저 견뎌 낼 수밖에. 모임의 주최자인 디뵌젤 공녀부터 말없이 차를 마시며 침묵할 정도니 두말할 필요가 있을까.

그래서 몇몇은 따분한 표정을 지으며 책장을 넘겼고, 몇몇은 터져 나오는 하품을 삼키며 멍하니 창밖을 바라보았다. 그런 와중에 소린 영애가 뜻밖의 말을 꺼내니 모두의 귀가 번쩍하고 트는 건 당연한 일이었다.

"어머, 그러고 보니 작년에도 이맘때쯤 데뷔탕트를 열었었죠."

영애 한 명이 쾌활한 목소리로 소린 영애의 말을 받았다. 새로운 주제가 반갑다는 듯 무척 활기에 찬 얼굴이었다. 그녀는 읽던 책을 덮고서 소린 영애의 곁으로 엉덩이를 가까이 들이밀었다. 모두의 눈이 이쪽으로 향했다.

"한동안 폐하의 불편한 심기를 살피느라 다들 제대로 된 무도회조차 열지 못했잖아요. 계절이 한차례 바뀌었지만 수도는 여전히 겨울이에요. 그래서 전 늘 황궁에 갈 때마다 두꺼운 겨울 코트를 걸치고 가야 하는지 고민한답니다. 그런데 데뷔탕트라니! 드디어 봄이 오는군요!"

다른 이의 말에 소린 영애가 턱을 들어 올리며 거만한 어조로 대꾸했다.

"조금만 주변을 주의 깊게 살핀다면 말할 수 있는 내용이지요. 왜 다들 이런 생각을 못 했는지 이해가 가지 않아요."

순간 어색한 침묵이 흘렀다. 그녀와 마주한 영애가 애써 미소 짓지 않았더라면 분위기가 무척 가라앉았을 것이다. 실제로 몇몇은 눈빛으로 미묘한 심정을 전달하기도 했다. 하지만 소린 영애는 그것을 느끼지 못했다는 것처럼 계속 말을 이어 나갔다.

"비슈발츠 영애가 올해 데뷔탕트를 치를 나이잖아요. 그녀에게 애정 어린 관심을 기울였더라면 쉽게 떠올릴 수 있었을 거예요. 다정한 교류라는 게 이런 게 아니겠어요?"

그러고 보니 요즘 소린 영애와 비슈발츠 영애의 교류가 잦다고 했었나? 사람들은 저마다 눈짓을 보내며 소리 없는 대화를 나누었다.

대외적으로 소린 영애는 분별력이 모자라 경망스러운 행동을 자주 하는 멍청한 인사라는 평이 붙어 있지만 재력만큼은 디뵌젤 공녀 못지않으므로 많은 이를 곁에 두고 있었다. 조금만 기분을 풀어준다면 재물을 물 쓰듯 쓰니 아니 그러할까. 영지 내 자리한 광산에서 나오는 이득이 어마어마하기에 가능한 일이었다.

디뵌젤 공녀가 그녀를 자신의 무리에 넣은 게 그 재력으로 인함이니 의심할 여지는 없는바, 여기 앉은 사람 중 가장 값비싼 드레스를 입은 것도 바로 소린 영애였다. 그런데 그녀가 비슈발츠 영애의 데뷔탕트를 거론하며 챙긴다? 이는 시스에 드 비슈발츠에게 돈 좀 쓰겠다는 선언이나 다름없었다.

"어머나, 그렇네요. 비슈발츠 영애의 나이가 올해로 열여덟이었죠? 그걸 다 헤아리고 있다니, 소린 영애는 정말로 마음이 고우세요."

사람들은 부러움을 삼키며 소린 영애를 칭찬했다. 치밀어 오르는 감정이야 어떻든 그녀가 말한 데뷔탕트가 침체된 사교계에 신선한 바람을 불러일으킬 게 분명하므로 흥미가 돋지 않을 수 없었다.

그래서 모두 읽던 책과 하던 게임을 멈추고 디뵌젤 공녀의 주변으로 둥글게 모여 앉았다. 밉살스러운 어조야 어쨌든 눈이 번쩍 뜨이는 주제니까 말이다.

다시 새로운 차와 다과가 들어오며 영애의 시중을 드는 하녀들의 손길이 바빠졌다. 상석에 앉은 디뵌젤 공녀 또한 지금의 주제가 마음에 드는지 부드러운 미소를 지으며 느긋하게 부채를 부치고 있었다. 아닌 게 아니라 그간 로샨 공녀와 대치 아닌 대치를 벌이느라 심신이 매우 피곤한 그녀다. 승기는 자신에게 기울어지고 있긴 하나 무언가 확실하게 치고 나갈 계기가 없어 곤란하던 차였다.

황제를 등에 업고 있는 로샨과 막상막하의 대결을 벌이고 있다는 자체가 대단한 일이지만, 사교계 내에서의 비등함이란 무능력과 일맥상통하므로 만족스럽지 않았다. 그 정도밖에 안 된다는 말과 다름없으니까.

그렇기에 아이린 드 디뵌젤은 현 상황을 바꿀 만한 무언가가 필요하다고 생각했다. 자신이 차기 황후감에 적합하다는 것을 알릴 만한 그럴듯한 계기가 나타나야 할 텐데 딱히 뾰족한 수가 떠오르지 않았다.

조급함만 치밀어 올랐다. 그런 와중에 소린 영애가 '데뷔탕트'라는 말을 꺼내니 오랜 갈증이 해결된 느낌이었다.

맙소사, 내가 왜 이걸 놓치고 있었지?

공녀는 환희에 차 부들거리는 입술을 애써 억누르며 차분하게 칭찬의 말을 꺼냈다.

"데뷔탕트라, 좋은 의견이에요. 모두가 놓치고 있었던 걸 훌륭하게 집어주셨어요, 소린 영애. 비슈발츠 영애를 생각하는 영애의 마음에 참으로 감탄이 나오는군요."

공녀의 말에 소린 영애의 얼굴이 환해졌다. 방종한 태도로 모두의 눈살을 찌푸리게 하는 그녀라 할지라도 강자 앞에서 고개를 조아려야 함을 알고 있었다. 그렇기에 소린 영애는 공녀 앞에서만큼은 특유의 자만심과 오만을 저 멀리 던져 버리고 순한 개처럼 얌전히 굴었다. 조금 전의 칭찬에 세상을 다 얻은 것처럼 방실방실 웃는 것도 이 때문이었다.

"그녀가 벌써 사교계에 데뷔할 나이가 되었다니. 정말 감격스러워요. 비슈발츠 영애를 위해서라도 필히 데뷔탕트를 열어야겠어요. 나의 사랑스러운 친구는 이 일에 대해 무척 기뻐할 테지요. 그녀의 또 다른 친구는 조금 슬퍼하겠지만요."

눈치 빠른 이 하나가 재빨리 공녀의 말을 받았다. 공녀의 숨은 속내를 잘 헤아리는 탓에 그녀의 가까이에 앉아 있는 영광을 누리는 여자였다.

"중요한 일을 헤아릴 줄 모르는 이에 대해서 슬퍼할 까닭이 있을까요? 제가 비슈발츠 영애라면 오히려 그녀-로샨 공녀-에 대한 실망으로 우울해졌을 거예요. 아아, 정말이지 공녀께서는 너무 마음이 고우셔서 탈이에요."

다른 사람도 질 수 없다는 것처럼 재빨리 입을 열어 말했다.

"요즘 사교계 분위기가 매우 침체되어 다들 무기력한 상태였는데, 데뷔탕트 무도회를 연다는 소문이 돈다면 다시 활기를 되찾겠지요. 벌써부터 설레요. 물론 폐하의 승낙이 있어야 하지만 곧 존귀한 자리에 오르실 영애께서 직접 말을 꺼내신다면 거절하지 못하실 거예요."

"오히려 적당한 때에 맞춰 이야기를 꺼냈다 감탄하시지 않을까 몰라요."

"로샨 공녀는 결코 가질 수 없는 현명함이지요. 부디 제국의 위대한 황제께서 너그러운 마음으로 무도회가 열리는 것을 허락해 주시길 바랄 뿐이에요."

순식간에 소린 영애의 말이 디뷘젤 공녀가 꺼낸 것으로 둔갑하였지만 아무도 이에 대해 이의를 제기하거나 이상하게 여기지 않았다. 그녀가 직접 움직여 데뷔탕트에 대한 건의를 꺼낸다는 것 자체만으로도 이들의 대척점에 서 있는 로샨 공녀에 대한 공격이 될 수 있으므로 되레 신이 난 표정이었다.

그래서 그들은 어떻게 하면 데뷔탕트를 화려하게 잘 성사시킬 수 있을까 고민하기 시작했다. 어느 순간 대화에서 밀려나 버린 소린 영애가 멍청히 눈을 깜빡이며 무어라 말을 꺼내려고 했지만, 드레스와 보석을 사는 것이 아니라면 모두의 주목을 받지 못하는 게 현실이므로 점차 고립되었다. 그녀의 존재감이 부각되는 건 돈을 쓸 때뿐이므로.

그렇게 어느 정도 시간이 흘렀을까. 탁상시계의 바늘이 세 바퀴를 더 돌았음에도 영애들은 여전히 살롱에 모인 지식인처럼 열변—체면 따위는 잊어버린 모양이다—을 토하며 점차 목소리를 높여 가고 있었다. 그 뜨거운 열기를 식히기 위해 차가 차가운 와인으로 바뀌고 가벼운 과일이 조금 무게감이 느껴지는 빵 종류로 바뀌었으나 아무도 그 섬세한 시중을 눈치채지 못했다. 디뷘젤 공녀가 가벼운 농담을 건네기 전까지 말이다.

"오, 다들 진정하세요. 그대들이 무엇을 바라는지 모르는 바는 아니지만 지금 너무 과열되고 있어요. 이러다가 의자에 재만 남는 게 아닐지 모르겠군요. 그럼 나는 위험한 능력을 가진 마녀로 모두의 입에 오르내리겠지요. 그러니 친애하는 여러분, 부디 내 능력이 드러나지 않게 해줘요."

그녀의 말에 모두 웃음을 터뜨리며 호흡을 골랐다. 와인을 마시며 목을 축이는 이도 있었다.

"다들 데뷔탕트 무도회가 우리의 친구인 비슈발츠 영애를 위한 일임을 잊고 있는 것 같아요. 불쌍한 그녀를 생각한다면 그럴 수 없는 노릇이죠. 그러니 본질을 잊지 말도록 해요."

'불쌍함'이라는 단어에 얼마나 많은 이야기가 함축되어 있는지 모르는 이는 없기에 모두 소리 없는 웃음을 머금었다. 비슈발츠 영애가 원치 않은 결혼으로 인해 모두의 동정을 받고 있다고는 하나 그것을 대놓고 말할 수 있는 사람은 한정되어 있었다. 그래서 지금의 이야기가 재미있게 느껴졌다. 그녀의 친구라 할 수 있는 디뵌젤 공녀의 입에서 나올 줄은 몰랐기 때문이다. 당사자가 없는 상황이기에 더더욱 그러했다.

"그러므로 이 일에는 어떤 정치적인 사감이 섞여 들어가는 일은 없어야 할 거예요. 우리의 우정을 증명하기 위한 노력이라 해두지요. 예상치 못한 결과는 어쩔 수 없다 하더라도요."

공녀가 주입하려는 듯 다시금 강조했고, 모두 고개를 주억거리며 입을 모아 대답했다. 그녀가 무슨 의미로 말한 것인지 알기에 수긍한 것이다.

오로지 소린 영애만이 큰 눈을 껌뻑이며 멍청하게 굴었지만 그건 조롱의 대상조차 되지 못했다. 그녀가 내일이라도 당장 비슈발츠 영애에게 달려가 오늘의 이야기를 전부 털어놓을 게 분명하므로 지금의 침묵이 오히려 반가웠다. 물론 화제가 데뷔탕트에 입을 드레스로 넘어간다면 다시금 인기인으로 급부상할 테지만 말이다.

"자, 그럼 이야기를 좀 더 심화해서 나누어 볼까요? 오늘 본가의 요리장이 매우 바빠지겠군요. 하지만 그의 솜씨만큼은 제대로니 부디 기대해 주세요."

해가 지려면 아직 몇 시간이 더 남았지만 쉴 새 없이 떠드느라 허기진 여인들의 배를 미리 채우게 하는 것도 괜찮은 방법일 것이다.

디뷘젤 공녀는 하녀를 불러 몇 가지 지시 사항을 내리며 머릿속에 떠오른 몇 가지 생각을 차분하게 뒤로 물렸다. 그리고 언제쯤 황궁에 입궁해야 좋을지 궁리하기 시작했다.

디뷘젤이 나선 이상 데뷔탕트 무도회가 열리는 건 기정사실이라 할 수 있었다. 물론 황제의 인가가 기다리고 있긴 하지만, 저가 바보가 아닌 이상 지금쯤 꽉 죄인 목줄을 조금 느슨하게 풀어줄 차례임을 모르는 바는 아닐 터, 이만큼 좋은 핑곗거리는 없었다.

그러잖아도 살롱 곳곳에서 황제의 냉혹한 성정과 판단에 대한 불만이 터져 나오고 있는 상태다. 그 수위가 조금만 건드려도 곧 흘러넘칠 것처럼 아슬아슬했다. 물밑에선 그를 희화화하여 조롱하는 이가 제법이었다. 당장은 힘의 크기 차이로 인해 입을 다물고 있지만 이러한 불공평은 시간이 지나면 해결될 터, 제국 역사상 말년까지 절대 권력을 쥔 황제가 없다는 것에 비춰 볼 때 결국 승리자는 귀족들이 될 게 뻔했다.

그렇기에 디뷘젤 공녀는 황제가 자신의 제안을 받아들일 수밖에 없을 거라 자신했다. 되레 이런 훌륭한 생각을 가지고 찾아온 자신을 얼마나 더 높이 평가할 것인지 생각만 해도 짜릿했다. 비슈발츠 영애 또한 자신을 챙겨 주는 공녀의 마음 씀씀이에 감동하여 더더욱 친밀한 태도를 보일 것이다. 그래서 그녀는 자비로운 미소를 지으며 소린 영애를 향해 손짓했다. 그리고 홀린 것처럼 자신에게 다가오는 그녀에게 귓속말로 무어라 속닥였다.

며칠 후 사교계에 황제가 이번 해에 열여덟 살이 되는 영애들을 위한 데뷔탕트 무도회를 허가했다는 소문이 퍼졌다. 이에 대한 의견을 낸 것이 아이린 드 디뷘젤이라는 이야기도 모두의 귀에 들어갔다.

이 소식을 들은 로샨 공녀가 화를 내며 길길이 날뛰었다는 허황한 가십이 은밀하게 떠도는 건 당연한 일이었다. 그 둘이 황후 자리를 놓고서 다투고 있다는 걸 모르는 이가 없으니까.

자연 시선은 데뷔탕트에 나서게 될 시스에 드 비슈발츠에게로 향했다. 그 둘과 친분이 있다고 알려진 소녀라 그녀의 '샤프론(사교계에 나가는 젊은 여인의 보호자)'이 누가 될지 궁금했던 것이다. 그로 인해 우정의 추가 어디에 기울어져 있는지 알 수 있기 때문이다. 어쩌면 치정 관계보다 더 흥미진진한 스캔들이 될 수 있는 상황이므로 사람들은 마른침을 삼키며 이 기묘한 삼각관계를 주시했다.

성악가가 부르는 아리아가 천장 높이 울려 퍼졌다. 그럴 때마다 사람들은 수건과 꽃을 던지며 열광적으로 호응했다. 발을 구르며 배우의 이름을 부르짖는 이도 있었다. 극장에 자리한 대부분이 작위를 가진 이였지만 체면 따위는 아랑곳하지 않는다는 것처럼 열성적으로 굴었다.

그 모습을 망원경으로 지켜보던 시스에는 아리아에 맞춰 울려 퍼지는 휘파람 소리에 미간을 찌푸렸다. 오늘 나오는 배우가 신문에 실릴 정도로 유명한 이라더니 다들 이만한 열광쯤은 아무렇지 않다는 것처럼 무대 위를 바라보았다. 심지어 그녀의 옆에 있는 아이레스 경 또한 이 정도의 소란은 당연하다는 듯 차분한 태도를 유지하고 있었다. 어쩐지 자신만 불편해하는 것 같아 그녀는 슬쩍 메마른 입술을 혀로 축였다.

시스에 드 비슈발츠는 오페라를 좋아하지 않았다. 좋지 않은 기억이 많았기 때문이다. 이전 삶에서 처음 오페라를 보았을 때 몸을 악기처럼 쓰는 배우의 열연에 감탄했던 그녀는, 반응이 촌스럽고 경망스럽다는 이유로 주변의 비웃음을 한 몸에 받았다. 같이 가 주는 이가 없어 홀로 극을 보러 갔던 게 다음 날 사교계 전반에 퍼지는 바람에 두고두고 웃음거리가 된 것은 물론이다. 그러니 다른 이와 공연 평을 나누며 교류하는 건 꿈에도 상상조차 할 수 없었다.

사람들은 시스에가 교양을 누리려고 할 때마다 그녀의 신분을 들먹이며 지식의 결여를 염두에 두는 것처럼 오만하게 대했다. 그들은 시스에와 이야기를 나눌 때마다 마치 무언가를 참는다는 것처럼 행동했다. 치욕스러운 상황이었다. 눈에 띄는 차별은 굴욕적이었고 비굴함으로 집어삼키기에 너무나 썼다.

그런데도 저들과 어울릴 수밖에 없었던 까닭은 어떻게든 연줄을 만들어 보기 위해서였다. 사교계는 정글과 다를 바 없어 홀로 떨어져 도태되면 잡아먹히니 말이다. 물론 그녀에게 있어 그마저도 수치의 한 장면으로 남았지만.

어쨌든 다른 사람과 함께 오페라를, 그것도 가장 좋은 자리에 앉아 구경하는 건 처음이라 초중반까지 영 맞지 않은 옷을 입은 것처럼 거북하고 불편했던 그녀다. 유명한 공연이면 표를 구하는 것도 어려웠던지라 더더욱 그러했다.

그러나 이야기가 중반으로 치닫자 자세가 한결 여유로워졌다. 어느덧 음악은 비극을 예고하듯 장렬한 음을 토해 내고 있었다. 그래선지 여기저기서 비통에 찬 신음이 흘러나왔다. 하지만 그녀는 귀에 와 닿는 건 배우의 훌륭한 노랫소리가 아니었다. 옆에 앉은 이의 가만한 숨소리, 그 규칙적인 오르내림이 무엇보다 자극적으로 다가와서다.

계속 틈을 보다가 이제야 겨우 용기가 났다는 듯 조심스럽게 감아 오는 사내의 손가락이 긴장감을 불러일으키고 있었다. 타인의 온기는 분명 황홀한 떨림을 담고 있었지만 그만큼 고통스러웠다. 바쁜 와중에 겨우 짬을 내서 만났기 때문일까? 평온한 얼굴에 비해 손끝은 얼음물에 담근 듯 차가웠다. 긴장하고 있다는 증거였다. 그래서 그녀는 숨을 참으며 손에서부터 시작된 달콤한 압박을 견뎌 내려고 애를 썼다. 망원경 너머 아름답게 분장한 배우들이 나타났다 사라지기를 반복했지만 그 무엇도 그녀의 머릿속을 잠식하지 못했다.

시스에가 정신을 차린 건 어느덧 극이 끝나 미카엘 아이레스가 그녀에게 말을 걸었을 무렵이었다. 그는 그녀가 오페라에 무척 감동하여 제자리를 뜨지 못한다고 생각한 듯 낮은 목소리로 조심스럽게 물었다. 이 상냥한 남자는 시스에가 맛보고 있는 감격을 깨고 싶지 않은 것 같았다. 하지만 이제 곧 자리를 떠나야 하니 어쩔 수 없다는 것처럼 일어날 것을 권했다.

"원하신다면 배우를 만나게 해드릴 수 있습니다. 이 또한 여운을 이어 가는 방법 중 하나일 테지요."

"어떻게요?"

"그를 제 가문에서 후원하고 있으니까요."

예술가를 후원하는 건 사교계 내에 있어 이제 기본 소양이 되었지만 이만한 유명 배우의 뒤를 봐준다는 건 놀라운지라 시스에의 눈이 크게 깜빡여졌다. 무방비한 상태의 얼굴은 부드럽게 풀려 또래의 천진난만함을 가득 담고 있었다.

미카엘 아이레스는 그런 그녀가 무척 사랑스러워 문득 키스하고 싶다는 생각을 했다. 도톰하게 잘 익은 입술이 자꾸 그의 시선을 어지럽히고 있었다. 그러나 감정적으로 행동하기에 장소가 그리 좋지 않았다. 무엇보다 그의 아가씨는 자신의 본능대로 막 대할 수 있는 이가 아니었다. 너무나 소중하고 또 소중해 바라보는 것조차 벅차오르니까. 그래서 그는 욕망으로 들끓어 오르는 맹수의 이빨을 태연하게 감추고 점잖은 기사의 탈을 썼다. 그리고 그녀가 배우에게 너무 관심을 보일까 싶어 은근한 견제의 말을 이어 나갔다. 질투의 빛은 선연했으나 표현하는 이가 너무나 능숙하게 감정을 갈무리하는 바람에 정작 그녀의 귀에 닿은 건 매너 섞인 배려뿐이었다.

"하지만 실제로 본다면 조금 실망하실지도 모르겠군요. 배역과 배우는 다른 법이니까요. 그래도 원하신다면 안내해 드리겠습니다."

시스에는 그런 미카엘의 감정을 조금도 눈치채지 못한 채 순진하게 고개를 내저었다.

"그럼 오페라를 본 것으로 만족해야겠네요. 아니, 그것으로도 충분해요."

물론 그녀는 중후반에 이르러 이야기가 어떻게 흘러갔는지 기억하지 못하고 있었다.

사실 오늘 오페라 감상은 갑작스러웠다. 약속도 없이 대뜸 나타나 오페라를 보자고 권유한 건 미카엘 아이레스였기 때문이다. 그간 무슨 일이 그렇게 많은지 편지만 겨우 보내왔던 그는 정무복도 갈아입지 않은 채 시스에를 찾아왔더랬다. 그리고 당황으로 인해 아무 말 못 하는 그녀에게 한숨을 토해 내듯 말을 쏟아 냈다.

"불공평합니다. 저를 오래 보지 못했는데도 너무 잘 지내고 계시지 않습니까? 전 이렇게 말라 가고 있었는데요."

오랜만에 보아서일까? 그는 그간의 내숭을 잊어버리기라도 한 듯 직설적인 태도를 보였다. 서운함을 잔뜩 토해 내는 진득한 집착은 소름이 끼칠 정도로 섬뜩했다. 그래서 시스에는 자신의 귀를 의심해 봐야만 했다.

"……네?"

"나를 보지 못해 아주 조금이라도 불편해했으면 좋았을 텐데…… 그리고 그게 내 얼굴을 보면 낫는 증상이면 얼마나 좋을까요?"

"……."

그녀가 당황으로 인해 아무런 대답을 하지 못하자 미카엘이 쓴웃음을 지으며 어깨를 으쓱였다. 이제야 정신을 차린 듯 그의 눈동자가 조금 또렷해졌다. 그녀가 알던 유순한 빛이었다.

"그렇게 보지 마십시오. 작은 불평일 뿐이니까요. 하지만 진심입니다. 시스. 내가 그러는 것처럼 그대도 내가 없으면 안 된다고 느꼈으면 좋겠습니다. 네, 그래요. 당신의 유일한 처방 약이 나였으면 좋겠어."

"하지만 아이레스 경, 그렇게 될 수 없어요."

"아니요. 그럴 수 있습니다. 난 항상 그랬으니까요."

"멜……."

"이런, 나의 아가씨는 아직도 날 모르는군요. 언제쯤 확실하게 알아주실까요? 겁먹지 마십시오. 작은 소망일 뿐인걸요. 그러니 너그러운 마음으로 넘어가 주십시오. 확실한 건 그대가 보고 싶었다는 겁니다. 너무나 많이. 아아, 이제야 살 것 같습니다."

그때의 그는 수면 위로 겨우 고개를 내밀어 숨을 들이쉬는 사람처럼 무척 간절해 보였다. 그래서일 것이다. 보고 싶었다는 말이 그토록 절절하게 느껴진 것이. 아이레스 경은 여전히 시스에에게 있어 가장 비참하면서도 달콤한 패배자였다. 그러니 그 누가 거부할 수 있겠는가, 이 가엾은 이를! 갑작스러운 요청이라 할지라도 말이다. 아무렴 다른 여인이라면 그가 자신이 막 잠들기 직전에 찾아왔어도 기쁜 마음으로 환영했을 것이다. 미카엘 아이레스는 그럴 만한 가치가 있는 사내였다.

반란을 제압한 지 반년이 지났어도 황실의 상황은 여전히 나아진 바가 없었다. 특히 황제의 안위를 보필하는 황실기사단은 아직 잡히지 않은 잔당들로 인해 늘 긴장으로 가득 찬 나날을 보내야만 했다. 물론 이마저도 청음의 기사가 제 발로 찾아와 황제의 검이 된 덕에 겨우 한숨을 돌린 터였다. 그만큼 할 것이 많았다. 산더미라는 표현이 부족할 지경이었다.

황제는 매일같이 공격적으로 귀족들을 억눌렀다. 키란 공작이 단두대의 이슬로 사라진 지 오래되었으나 그는 이 정도로는 만족스럽지 않다는 것처럼 주변을 강하게 압박했다. 하루에도 몇 번씩 반란으로 의심되는 이들이 잡혀 왔으며 대부분이 고문으로 인해 몸이 망가지거나 교수형으로 죽었다. 죽지 않은 이는 노예로 팔렸다.

자연 그들의 재산이 황실로 귀속되었는데 그에 따른 서류의 양이 만만찮았다. 덕분에 미카엘 아이레스마저 손을 걷고 나선 판이었다. 로샨 영애가 눈물로 호소했기 때문이다. 황제의 엄청난 압박이 있었기도 하고.

그래서 미카엘 아이레스는 몇 달 동안 집에도 제대로 들어가지 못한 채 황제가 내어준 방에서 먹고 자며 일에 몰두했다. 어떻게든 짬을 내어 휴식을 취하려 해도 황제부터가 밤잠을 설쳐 가며 일하니 불평의 말을 내뱉기가 어려웠다.

이게 다 더럽게 의심이 많은 황제 때문이라며 투덜거려도 그래야 뒤탈이 없다는 걸 알기에 묵묵히 견뎌 냈다. 승전연 때 황제가 아니라 시스에 드 비슈발츠의 손을 잡았던 죄가 제법 큰지라 이렇게라도 비위를 맞춰야 했다.

물론 그에게 시스에의 편을 들겠다 미리 예고했었지만 실행하는 건 또 다른 법이다. 그저 내가 죄인이로소이다 하고 납죽 엎드리는 수밖에. 무엇보다 그날 무슨 일이 있었는지 모르겠으나 이후로 며칠 동안 상처 입은 짐승처럼 으르렁거렸던 그를 생각한다면 어쩔 도리가 없었다.

하지만 이러한 생각은 오래가지 못했다. 기사라는 껍질 속에 옭아매여 있었던 더러운 성질이 꿈틀거리기 시작한 것이다. 처음 한두 달은 어쩔 수 없다 해도 그것이 서너 달을 훌쩍 넘어가 버리니 인내심에 한계가 찾아왔다. 자신이 일에 몰두한 사이에 시스에가 완전히 버림받았네 어쩌네라는 말도 안 되는 이야기로 사교계가 들썩이자 눈이 확 돌아갈 것만 같았다.

그녀의 남편—결혼식도 못 올린 사내를 남편이라 할 수 있다면 말이다—이 독약으로 인해 사내구실을 제대로 못 하는 병자임이 밝혀지자 언제 그랬냐는 듯 들끓기 시작하는 사내들의 태도가 미카엘 아이레스를 더더욱 분노하게 했다. 겉으론 냉정함을 유지하며 태연하게 굴어도 속으론 저들을 난도질해 죽이다 못해 뼈까지 아주 발라 먹은 참이었다. 아니, 팔다리 하나쯤 자르는 게 다 뭐야? 쓸데없는 기운을 뿜어내고 있는 세 번째 다리를 뭉개 버리는 게 낫지. 그럼 두려워서라도 그녀의 주변에서 얼쩡거리지 못할 터였다.

미카엘 아이레스는 신경질적으로 펜을 놀리며 그렇게 생각했다. 어떻게 명분만 잡히면 그대로 두들겨 패 주다 못해 사지를 기형적인 모양으로 꺾어줬을 텐데 참 아쉬울 따름이었다.

문제는 황제가 준 일로 인해 집무실 바깥을 빠져나가지 못하는 현실이다. 책상 한쪽에 가득 쌓아 올린 서류의 대부분이 오늘 황제에게로 가야 하는 서류인지라 딴 곳에 눈을 돌릴 틈이 없던 것이다. 그래서 더

미칠 것만 같았다.

기계적으로 서류를 살피는 미카엘 아이레스는 위험한 짐승이나 다름없었다. 원체 서늘한 얼굴로 주변 사람을 얼어붙게 만드는 이이지만 황실에 갇혀 있던 몇 달 동안은 그 상태가 더 심각했다. 노골적으로 심기가 불편함을 드러내며 으르렁거리는데 그야말로 굶주린 맹수가 따로 없었다. 어찌나 무섭게 굴던지 간단한 다과를 가지고 들어왔던 시종이 소스라치게 놀라며 도망갈 정도다. 차가운 눈동자로 '이게 다 뭐야?'라고 묻는 시선에 심장마비에 걸릴 것만 같다며 하소연하는 이도 부지기수였다. 오죽하면 로샨 영애가 찾아와 진정하라고 말했을까? 그의 고귀한 평판이 악명으로 바뀌지 않기를 바란다는 그녀의 진심은 우정으로밖에 설명할 방법이 없었다. 뭐, 사나운 말을 지껄이며 조롱하는 그에 의해 허망하게 사라진 위로였지만.

물론 미카엘 아이레스는 그런 것 따윈 신경 쓰지 않았다. 승전연에서 공개적으로 그녀를 버릴 때 명예도 같이 버린 상태였다. 진창에 처박혀 더러워진 게 이제 와 깨끗해질 리가 만무하잖나. 오히려 그는 자신의 평판이 나쁘게 나서 시스에에 대한 타인의 관심이 완벽하게 사그라졌으면 좋겠다고 생각했다.

내 눈에 예쁜 사람이 다른 사람의 눈에 안 예쁠 수 없다는 걸 알았어야 했는데!

되레 자신의 안일함을 저주하고 싶은 심정이었다.

어디 한 군데라도 좀 부족했더라면 그나마 안심했을 텐데 그가 아는 시스에는 거의 완벽에 가까운 여자라 그저 애만 탔다. 미모나 몸매는 둘째 치고라도 그녀와 대화를 나눈다면 그녀를 좋아하지 않을 사람이 없을 테니까 말이다. 적정선을 유지하면서도 은근히 틈을 주는 듯한 상냥한 말투가 묘한 매력으로 다가오기 때문이다. 거기에 우아한 교양과 재치가 곁들여진다면, 맙소사, 제국의 모든 사내를 사랑에 빠지게 할

게 분명하다.

아니, 거기까지면 차라리 낫다. 그래도 깊게 빠져들지는 않을 테니까. 백미는 그녀가 짓는 웃음이었다. 도톰한 입술에 걸린 부드러운 미소는 고양이처럼 앙큼해 보이는 얼굴을 더더욱 매혹적으로 보이게 하며 사람을 죄다 홀렸다. 그것의 마법에 빠져 버린 미카엘 아이레스는 이것이 심장에 얼마나 해로운지 익히 잘 알고 있었다.

해롭다고? 아니, 파괴적이지. 동방의 어느 나라에선 고개를 돌리는 것만으로도 나라를 멸망시킨 미인이 있다 하던데, 비슈발츠 영애의 미소는 그보다 더했으면 더했지—물론 이 모든 건 미카엘 아이레스의 주관적인 생각에 불과하다—못하지는 않을 것이다.

이를 모르는 시스에 비슈발츠야 매번 편지를 보내어 안부를 물었지만, 그는 시스의 편지를 읽다가도 행여 그녀의 주변에 다른 이가 달라붙을까 봐 전전긍긍했다. 그 자신이 일방적으로 매달리는 관계라 시스에 비슈발츠가 스스로에게 질리면 어쩌나 하는 걱정까지 들었다.

그녀의 곁에 뤼세트 로샨이 있다면 어느 정도 안심할 수 있을 것이나 승전연을 계기로 묘하게 금이 가 버린 관계인지라 이마저도 여의치 않았다.

게다가 요즘은 디뵌젤 공녀와 더 어울린다는 소식이 들려오고 있는 상태였다. 아직 데뷔탕트에 나서지 않은 몸이지만 라데 비슈발츠 백작의 부인이라는 이명을 방패 삼아 부지런히 사교계의 여기저기를 누비는 중이라 이런저런 사람을 꽤 많이 만나고 다닌다는 소리가 자자했다. 이건 그녀가 잭이라는 소년을 귀여워하는 것보다 더 상황이 나빴다. 그 꼬맹이는 신분 차이라는 벽이라도 있지 다른 이는 그러지 않으니까.

"차라리 누군가를 심어서 감시라도 하면 속이 편하겠군."

이때만큼 황제의 직속 그림자가 부러웠던 적이 없었다.

미카엘 아이레스는 비슈발츠가가 디뵌젤가를 비롯한 여타의 가문에 힘입어 다시금 일어선다는 것에 경의를 가지면서도 한편으론 그녀가 아무것도 못 하는 사람이었으면 하고 바랐다. 걷는 것, 아니, 숨 쉬는 것조차 자신에게 의존한다면 얼마나 기쁠까? 처음에는 마음만이라도 얻고 싶었는데, 정작 그렇게 되고 나니 자꾸 욕심이 커지고 있었다. 음습한 소유욕은 피가 뚝뚝 흘러내리는 날것 그 자체로 잔혹하고 역겨웠다.

아닌 게 아니라 자신이 조금만 덜 이성적이었더라면 진작 일이고 뭐고 다 팽개치고 시스에 비슈발츠를 납치하여 가둬 놨을지도 몰랐다. 그녀의 모든 것을 지지해 주고 싶지만 한편으론 그 자신밖에 모르게 빼앗아버리고 싶은 두 개의 욕망이 항상 그의 내부에서 격렬하게 맞부딪치고 있었다. 처음 맞이하는 진정한 사랑은 여태껏 겪어 보지 못했기에 그만큼 위태로웠다.

매일같이 그녀가 등장하는 꿈을 꾸는 것도 문제였다. 채워지지 않은 갈증에 잠이 깨면 허리 아래가 달콤한 고통으로 욱신거렸다. 부끄러움과 죄책감에 차가운 물을 마시며 달래려 해도 허기는 가시지 않아 괴로울 따름이었다. 마음 같아선 당장 꿈속의 주인에게로 달려가고 싶지만, 그녀에게 있어 자신은 상냥하고 사려 깊은 기사 그 자체이므로 참고 또 참을 수밖에 없었다.

미카엘 아이레스는 시스에의 믿음을 배신하고 싶지 않았다. 사실, 이런 욕망을 가지는 것 자체가 그녀에 대한 배반이므로 마음이 무거웠다.

상냥하면서도 포용적인 사내의 행색을 흉내 내긴 하나 본성은 흉포한 맹수 그 자체이므로 언제고 자신의 이빨을 들킬지도 모른다는 것 또한—그는 이미 그녀에게 성격을 들켰다는 사실을 몰랐다—걱정스러웠다. 물론 비슈발츠 영애에게 화를 낼 일은 곧 죽어도 없을 테지만 다른 이에게 하는 행동을 보고서 충격을 받으면 어쩌나 싶은 조바심이 있었다.

이런 사람일 줄 몰랐다고 하면 뭐라고 변명하지? 더러운 성격 때문에 떠난다면 어떻게 하지? 불쌍하게 매달리면 마음이 약해지는 그녀니까 다시금 흔들리지 않을까? 아니, 그전에 얼쩡거리는 자식들부터 반 죽여 놔야…….

하지만 이러한 고민은 넉 달밖에 지속하지 않았다. 그녀의 얼굴을 몇 달 동안 보지 못하니 숨이 턱턱 막혀 온 탓이다. 제대로 된 사고조차 할 수 없을 정도로. 이미 그에게 있어 시스에 드 비슈발츠는 심장이며 숨 자체였다. 어떻게 이렇게 빠질 수 있을까 스스로도 의아할 정도로 깊게 박혀 버린 각인이었다.

그래서 충동적으로 집무실을 뛰쳐나왔다. 어디 가냐고 외치는 시종의 말을 무시한 채 말을 몰아 비슈발츠가로 내달렸다. 무슨 일이냐는 듯 두 눈을 동그랗게 뜬 그녀의 얼굴을 붙잡고 키스하려는 충동을 애써 억누르며 가까스로 이성을 되찾았다. 신기하게도 바라만 보고 있는 것만으로도 살 것 같았다. 오랜 갈증 끝에 아주 잠깐이지만 해갈을 한 느낌이었다. 제 성질을 못 이겨 펄떡펄떡 뛰던 심장이 주인을 만난 듯 온순하게 가라앉았다. 아마 그가 짐승이었더라면 꼬리를 세차게 흔들다 못해 배까지 발라당 까면서 아주 난리를 피웠을 것이다.

그러나 미카엘 아이레스는 감정을 쉽게 내비칠 정도로 순진한 청년이 아니었다. 조금 전에 노골적인 속내를 드러내는 실수를 저지르긴 했지만, 금세 수습하여 멀쩡한 미소를 지을 정도로 말이다. 오히려 태연한 척 손을 내밀며 그녀의 동정심을 자극하고 있었다.

"오늘 저녁은 제 마음대로 할 겁니다, 시스. 그러니 멀쩡하지 못한 시간을 보낸 불쌍한 남자를 위해서 부디 아량을 베풀어주십시오."

무례한 요청에도 불구하고 어쩔 수 없다는 것처럼 고개를 끄덕이는 그녀의 모습에 황홀한 감탄을 삼키며 기어코 오페라 극장으로 향했다.

이 교활한 사내는 그녀가 자신의 간절함에 약하다는 것을 알기에 적당히 완급을 조절하며 자신의 욕심을 채워 나가는 중이었다. 이것은 엄청난 절제를 요구했는데, 다행히 오늘은 극장에 모인 다른 사람들에게 시스에의 곁엔 자신이 있음을 각인시키는 것으로 모든 것이 상쇄되었다. 다행스럽게도 그는 본능을 조절할 줄 아는 신사였다.

사실 시스에 드 비슈발츠는 미카엘 아이레스 못지않게 매우 바쁜 사람이라 그간 제대로 된 만남을 가진 적이 없었다. 만나는 장소라 해봤자 비슈발츠가가 전부이고 그마저도 한두 시간에 불과한 짧은 교제일 뿐, 이렇게 시간을 보내는 건 오랜만이라 할 수 있었다. 그래서 그는 오늘의 이 시간이 무척 만족스러웠다.

오페라 극장을 빠져나온 뒤 바로 헤어지는 게 아니라 근처 공원에 들러 함께 걷는 것부터가 그랬다. 강 근처의 공원은 정원이 무척 잘 꾸며져 있어 사교계 내에서도 유명했다. 선선 황제의 아내인 앙투아지 황후의 명령으로 조성된 이곳은 가깝게는 이웃 나라에서 멀게는 동방의 끝자락에 자리한 작은 나라에 이르기까지 진귀한 식물을 수입해 와서 제법 눈요기가 되었다.

온갖 기화요초가 두루 섞인 정원의 조경은 밤하늘 아래에서도 무척 아름답게 빛이 났다. 그래서 오늘과 같이 공연이 끝나는 날이면 만남을 즐기는 연인들로 북적였다. 아이레스 경과 비슈발츠 영애 또한 천천히 걸음을 옮기며 달콤한 꽃향기를 맡는 중이었다.

"오페라는 만족스러우셨습니까?"

"네."

그의 물음에 시스에가 미소를 지으며 대답했다. '이런 충동적인 요청이라면 언제든지 승낙하겠어요'라고 장난스럽게 덧붙이는 음성은 밤공기만큼이나 상쾌했다. 그도 그럴 것이 오늘 본 오페라는 연인 사이에 가볍게 볼 수 있을 만한 내용을 담고 있었다. 생전 처음 황실 무도회에 참석하게 된 시골 귀족 영애의 하루를 익살스럽게 담아낸 것으로 이제 곧 데뷔탕트를 치르게 될 그녀에겐 무척 공감될 내용이었다.

"역시 배우를 만나게 해드릴 걸 그랬군요."

그가 마음에도 없는 소리를 내뱉자 시스에가 고개를 설레설레 내저으며 웃었다.

"그런 말씀 마세요. 그저 처음 무도회에 참석했을 때가 생각났을 뿐이에요."

"그때 어떤 기분이셨습니까?"

"설레고 두려웠죠. 사실 세상을 다 가진 기분이었어요."

기실 시스에의 시선은 돌아오기 전의 무도회를 담고 있었으나 미카엘이 그것을 알 수 있을 리 만무했다. 그래서 그는 그녀가 작년에 어머니를 따라 무도회에 참석했음을 떠올리고 가벼운 마음으로 말을 받았다.

"그러한 경험을 또 하게 되시겠군요."

"네?"

"데뷔탕트 무도회가 곧 열리게 되잖습니까?"

"네, 그렇죠."

시스에는 고소를 삼키며 천천히 고개를 끄덕였다. 참담했던 과거의 기억이 떠올라 기분이 저조했지만 아무렇지 않은 척했다.

"뤼세가 기대하고 있더군요. 시스, 그대와 함께 참석할 생각에요. 하지만 제가 어림도 없다고 말했습니다. 꿈도 꾸지 말라고 말이지요. 뒷골목의 건달처럼 무서운 표정을 짓고서 으르렁거렸지요."

일부러 인상을 찡그리며 험악한 사내의 목소리를 흉내 내는 그의 태도에 시스에는 소리 내어 웃고 말았다.

"세상에, 믿어지지 않아요. 정말로 그랬어요? 멜, 부디 거짓말이라 해줘요. 상상이 가지 않는걸요."

"하지만 시스, 유감스럽게도 제가 말한 건 전부 다 진실입니다. 그녀를 단념시킬 이유가 있었기 때문이지요."

"무엇을요?"

"함께 참석하는 것을 말입니다. 데뷔탕트 무도회에 등장하는 그대의 곁엔 뤼세가 아닌 제가 있어야 하니까요."

미카엘의 말에 시스에의 뺨이 살짝 달아올랐다. 그녀는 부끄럽다는 것처럼 입술을 몇 번 달싹이더니 이내 시선을 피해 버렸다. 그 순진한 반응에 미카엘 아이레스는 갈증이 치밀어 오르는 것을 느끼고 입술을 혀로 핥았다.

예쁘게 물들인 뺨을 보니 구미가 당겼다. 귓불은 물론이고 목까지 죄다 붉은 물이 든 게 만지면 달콤한 무언가가 뚝뚝 흘러내릴 것만 같았다. 사교계의 예법으로 무장한 여인이 맥없이 허물어져 여린 속내를 내보이는 것만큼 사랑스러운 것이 또 있을까? 그것은 격의 없는 웃음소리를 듣는 것보다 더한 위력을 가지고 있었다.

미카엘 아이레스는 음흉한 속내를 감추고서 조용히 그녀의 손을 바라보았다. 여기서 손이라도 잡으면 소스라치게 놀라 파드득 떨 것이 분명할 테지. 시스에 드 비슈발츠는 의외의 곳에서 여린 모습을 보여 주니까 말이다. 어쩌면 귀여운 새가 날갯짓하듯 파닥거릴지도 모른다.

하지만 그는 생각을 실행으로 옮기지 않았다. 순간의 충동에 휩싸여 스스로의 만족을 채우기엔 시스에가 너무나 소중하고 또 어려웠다. 보이지 않는 목줄이 그녀의 손에 쥐어져 있었다. 그렇기에 그녀가 그를 향해 '그만' 혹은 '기다려'라고 말해도 거리낌 없이 받아들일지 몰랐다.

남들이야 그녀를 가리켜 원치 않은 결혼을 한 불쌍한 여인, 혹은 그를 이용하여 비슈발츠가를 일으켜 세운 독한 소녀라 생각할지 모르겠으나 미카엘에게 있어 시스에는 털을 곤두세운 고양이 그 자체였다.

선을 지킨 상태로 바라만 본다면 그 우아한 자태를 여과 없이 보여 주나 조금만 가까이 갈라치면 멀찍이 떨어져 경계의 눈빛을 보낸다. 그러니 이토록 신중해질 수밖에 없는 것이다. 아름다운 겉모습에 흠뻑 빠져 손을 내민다 하더라도 이득이 되는 친교는 얻을 수 없으므로, 반한 이만 손해인 셈이다. 문제는 이러한 감정적인 불균형이 그녀에게 더더욱 빠지게 만드는 부작용을 낳는다는 점이었다. 아이레스 그 자신이나 뤼세트 로샨, 심지어 황제에 이르기까지.

미카엘 아이레스는 요즘 들어 퍽 우울해진 자신의 친구를 생각하며 입매를 단단하게 굳혔다. 그녀는 황제가 황태자였을 시절보다 더 불행한 나날을 보내고 있었다. 남들이야 가문이 공작가로 격상되었고 그녀 자신조차 유력한 황후 후보로 거론되고 있으니 얼마나 행복하겠냐며 시샘의 눈길을 보내고 있지만, 아이러니하게도 로샨이 얻은 건 단 하나도 없었다.

시스에와는 살얼음 낀 것처럼 아슬아슬했고 황제는 그녀를 유능한 정치적 파트너로만 보았을 뿐 '여자'로 보지 않았다. 우습게도 모두 우정이라는 이름하에 차단되고 있는 관계였다.

"너랑 취향이 같다는 게 너무나 비참하고 서글퍼."

언젠가 그를 찾아와 한숨처럼 속내를 털어놓은 공녀의 얼굴은 곧 쓰러질 것처럼 아슬아슬했다. 그것은 마치 떠나간 이를 붙잡지 못한 자의 비참한 고백과도 같았다.

뤼세트 로샨은 시스에 드 비슈발츠를 생각보다 더 좋아하고 있었다. 황태자의 명령으로 지속적인 만남을 가지다 보니 예상치 못하게 더 빠져 버린 모양이다. 그래서 그녀는 다른 이처럼 사교계적인 우정을 고수하는 시스에의 행동에 무척 충격을 받았다. 물론 친구라는 이름으로 그녀를 조율하며 아슬아슬한 상태에 이르기까지 밀어붙인 건 자신이지만 그래도 스스로의 효용을 따지자면 누구와도 비견할 수 없기에 감히 떠날 수 없으리라 생각해서다.

실제로 그녀는 승전연 당일까지 자신에 차 있었다. 모든 것이 위대한 황제의 계획 아래 다 이루어질 것이라고 말이다. 아무렴 비슈발츠가를 일으키기 위해서라면 뒷배가 필요할 게 아닌가.

그런데 디뵌젤 공작, 그 늙은 여우가 먼저 손을 쓰다니! 시스에가 이전에 디뵌젤 공녀와 인연이 있었던 걸 잊어버린 게 뼈아플 따름이었다.

"그래서 네가 사내가 아님을 감사하게 여기고 있어. 만약 남자였더라면 진작 내 칼에 쓰러졌을 거다. 난 질투심이 강한 남자거든."

그녀는 미카엘의 냉소에 허탈한 웃음을 지었다. 벌려진 입술을 타고 흘러나오는 목소리는 모래처럼 버석버석했다. 뤼세트 로샨은 꽤 지쳐 있었다.

"그것참 고마운 말씀이시네요, 아이레스 경. 그런데 차라리 칼이라도 맞고 쓰러졌으면 좋겠다는 생각이 들어. 그럼 조금이라도 나를 가엾게 여겨 주실까? 폐하를 위해 모든 걸 다 했지만 결국 얻은 건 하나도 없어. 공녀? 그게 다 뭐야? 결국 가문의 영광으로 남을 뿐 내게 돌아오는 건 아무것도 없는데……. 그런데도 그의 곁을 떠나지 못하고 있는 난 정말 어리석어. 그러니 시스가 날 멀리하는 거겠지. 디뵌젤 공녀를 대하는 것처럼 말이야. 우리 중 패배자는 오롯이 나뿐이로구나. 우스운 건 뭔지 알아? 그래도 난 계속 이 길을 고수할 거라는 사실이야."

"……술이라도 한잔하겠나?"

위로하는 데 술만큼 좋은 건 없지만 대낮에, 그것도 섬세한 신경을 가진 여인에게 할 말은 아니었다. 사내를 위로하는 것도 아니고 말이다.
뤼세는 배려라고는 눈곱만치도 없는 무정한 기사의 말에 한숨을 폭 내쉬었다. 어릴 적부터 볼 거 안 볼 거를 다 경험하며 격의 없이 자라다 보니 이젠 자신의 성별마저 초월해 버리나 보다.

"아이레스 경. 얼음의 기사님. 보통은 품에 안고서 위로해 주는 거 아닌가요? 너무 매정하시네요."
"농담하는 거 보니까 아직은 살 만하나 보군. 네가 이디를 위해 나까지 배신하려고 한 걸 생각한다면 이마저도 아까워. 그렇잖아. 내게 있어 그녀가 어떤 사람인 줄 알면서도 감히……!"
"그러는 너 역시 당일 우리의 뒤통수를 쳤잖아? 그러니 상쇄되었다 치자. 어쨌든 술은 사양할게. 아직 할 일이 산더미라서. 조금 전의 푸념도 잊어줘. 내가 하고자 하는 말은 그게 아니었으니까."
"그럼 왜 온 거지?"

뤼세트 로샨은 냉정한 그의 태도에 다시금 한숨을 내쉬며 어깨를 축 늘어뜨렸다. 입에 발린 위로를 해줄 이가 아닌 걸 알지만 그래도 저 역시 사람인지라 이런 취급을 당할 때면 가끔씩 마음이 허해지고 슬퍼졌다. 외로움으로 텅 빈 가슴이 오래 굶주린 것처럼 허기질 때도 있었다. 그래서일까? 그녀는 이런 냉정한 사람의 마음을 완벽하게 사로잡은 시스에가 부럽다고 생각했다.

"시스가 곧 데뷔탕트를 치를 거야. 본래라면 그녀의 고모인 마담 드 라발리에가 샤프론이 되는 게 맞겠지만-그게 완벽하기도 하고-지금 병석으로 인해 정신을 못 차리고 있는 상태잖아? 그래서 내 어머니가 해주면 어떨까 싶어."

이는 황제 폐하의 뜻도 담겨 있어, 라는 말을 꿀꺽 삼킨 그녀는 애써 미소 지으며 얼음의 기사를 바라보았다.

"그걸 왜 내게 이야기하는 거지? 그리고 공작 부인께서 그런 수고스러운 일을 왜 하시는지 모르겠군. 내 어머니가 계시는데."

미카엘의 말에 뤼세가 아직 멀었다는 듯 고개를 설레설레 내저었다. 어느새 그녀의 눈동자에는 한심함이라는 단어가 내려앉아 있었다.

"사내들이란 이렇다니까? 이봐요, 아이레스 경! 아직 시스가 백작 부인이라는 사실을 명심하셔야지요. 너와 다니는 거야 사교계 내에서 흔한 유희에 불과하니 다들 아무렇지 않게 넘길 테지만 후작 부인이 나선다면 꽤 심각해질 수 있어. 그녀의 명예를 생각한다면 자중할 줄 알아야지. 그리고 시스 입장에서 네 어머니를 만나 뵈는 게 부담일 거라고는 생각하지 않아?"

"부담이라고?"

뤼세는 당연하다는 것처럼 고개를 끄덕였다. 그녀는 자신의 친구가 여느 평범한 남자처럼 자신의 사랑이면 모든 것이 다 해결될 거라 믿는 얼간이일 거라고 미처 생각하지 못한 듯 무척 당황하고 있었다. 행복해야 할 데뷔탕트에 연인의 어머니와 함께하다니, 그날을 망치려고 마음먹지 않고서야 이럴 순 없었다.

"네가 그녀의 입장이 돼 봐. 편하겠어?"

"아아, 그렇군."

"그러니 내 어머니께 부탁드린다는 거야."

"그런데 왜 그걸 내게 말하는 거지? 시스에게 네가 직접 말하지 그러나?"

로샨은 미카엘의 말에 우물쭈물하며 망설이는 모습을 보였다. 창백해진 낯은 두려움으로 가득 차 있었다. 미카엘은 그 얼굴의 의미를 너무나 잘 알았다. 거부당할까 봐 미리 상처를 받은 것이다. 그것은 그가 시스에를 대할 때 항상 감추고자 하는 감정이었다.

"내가 말하면 의심부터 할 테니까. 이미 어그러진 관계야. 이 이상 실망을 주고 싶지 않아."

"실망이라니?"

"내가 하는 모든 일은 폐하에게 이득이 되는 것을 최우선으로 하고 있다는 것을 모르지는 않을 텐데? 이 제안 또한 그 속에서 고르고 고른 최선의 방법이야. 영민한 그녀는 샤프론 제안이 어떤 의미를 가지는지 쉽게 알아차릴 테지."

"그러는 넌 내가 어떤 대답을 할지 모르는 건가?"

"……그녀는 좋은 친구야. 그래서 잃고 싶지 않아. 하지만 그만큼 황후가 되고 싶어. 그렇게라도 그의 옆에 있고 싶어. 경쟁에서 진다면 더는 이렇게 돌아다닐 수 없게 될 테니까. 알아, 멜, 내가 한심하다는걸. 하지만 다른 이의 아내로 살아가는 것보단 낫지 않아? 다른 멍청한 귀부인처럼 사치품이나 사고 도박을 하며 시간을 보내라고? 맙소사, 그럴 순 없지. 그러니까 비난 어린 눈으로 바라보지 말아줘."

"멍청하다는 걸 알고 있다니 그나마 다행이야. 널 다시 가정교사에게 데려가 교육시켜야 하는지 고민하고 있던 찰나거든."

"……한결같다는 건 좋은 게 아니구나. 이봐요, 얼음의 기사님. 오랜 친구에게 조금만 상냥해질 수 없어? 마음이 아픈데?"

"욕심이 많군."

"알아."

뤼세트 로샨은 힘없이 웃었다. 소리조차 나오지 않은 그것은 억지로 그린 미소에 불과했으나 그래도 울음이라 할 순 없었다. 그래서일까? 이어서 흘러나오는 목소리는 체념에 가까웠다.

"그래서 지금 이렇게 힘들어하는 거잖아."

미카엘 아이레스는 고개를 가볍게 저으며 상념을 털어 냈다. 힘이 빠진 뤼세가 안타깝지 않은 건 아니지만, 그들로 인해 고생한 시스에를 생각한다면 이대로 지켜봐야 하는 게 아닌가 하는 생각이 들어서다. 실제로 그는 그녀의 삶이 지금처럼 평온하기만을 바라고 있었다. 시스에 비슈발츠는 자신의 가문만 움켜쥐는 것에 만족하는 소박한 여자이니까.

그의 눈에 비친 그녀는 정치의 모략이나 사교계의 암투 같은 것에 별로 관심이 없어 보였다. 디뷘젤 공녀와 어울리는 건 황제에게서 벗어나기 위한 발판일 뿐이지, 그마저도 깊게 발을 담그지 않는 채 냉정하게 선을 그은 상태다. 그 이상 나아간다면 좋지 않은 일이 일어난다는 것을 아는 것처럼. 그녀는 이제 미카엘 그 자신만큼이나 황제를 잘 파악하고 있었다.

사실, 귀족이 된 지 이제 겨우 두 해가 다 되어 가는 소녀가 이만큼 버텨 냈다는 것만으로도 박수를 받을 만했다. 그 혹은 로샨이라 하더라도 시스에처럼 할 수 없었을 것이다. 아니, 일반적인 사람이라면 귀족 생활에 익숙해지는 데도 바빠 다른 이에게 실컷 이용만 당했을 테다.

하지만 그녀는 그렇지 않았다. 날 때부터 귀족이었다는 것처럼 날카로운 식견을 보였고, 끝끝내 황제에게서 자신이 원하는 것을 쟁취해 냈다. 그 용감함은 기사인 그라 할지라도 쉽게 내보일 수 없는 것으로 존경을 받아 마땅한 것이었다. 그러니 황제와 뤼세가 계속 그녀를 탐내고 있지 아니한가. 어쩌면 미카엘 아이레스 그 자신이 그녀의 곁에 있는 것 자체가 저들로 하여금 여지를 주고 있는지도 모르겠다. 그러니 뤼세가 찾아와 샤프론과 같은 되지도 않은 말을 지껄이는 터였다.

'어리석게도.'

미카엘은 복잡 미묘한 심경을 애써 짓누르며 시스에를 바라보았다. 어쨌든 지금 그녀를 보니 데뷔탕트에 대한 욕심이 스멀스멀 치밀어 오른다. 뤼세에게 제 성질을 마음껏 부리며 협박에 가까운 말을 내뱉긴 했지만 지금에서 생각해 보니 함께 등장하는 것만으로는 부족했다. 미카엘은 시스에에게 평생 잊지 못할 특별한 무언가를 선사하고 싶었다. 지금처럼 늘 환하게 웃을 수 있게 말이다.

그래서 그는 뤼세가 말한 샤프론의 이야기를 꺼내지 않기로 결심했다. 뤼세의 목표는 황후였다. 그런 자리에 올라설 사람이 고작 샤프론 하나를 성사시키지 못했다고 망가진다면 결국 운명이 아닌 것이다. 적어도 그녀라면 제2, 제3의 계략을 생각해 놨겠지. 그 계획에서 시스에의 이름이 빠질 수만 있다면 미카엘은 무엇이든 할 수 있었다.

"몇 달 동안 편지로만 안부를 물을 정도로 바쁘지 않았나요? 앞으로도 그럴 거라는 이야기가 있던데, 저를 에스코트해 주실 수 있을까요?"

미카엘 아이레스는 시스에의 물음에 순진무구하게 웃으며 바로 대답했다.

"그동안만 바빴던 겁니다. 데뷔탕트 무도회가 열릴 즈음이면 제법 한가해질 겁니다."

물론 거짓말이다. 황제가 믿을 만한 사람에게 서류를 나눠주지 않은 이상 앞으로 더 바빠질 예정이었다. 계속해서 황제파가 될 만한 귀족들이 채워지고 있긴 하지만 일정 작위 이상은 어려웠고—공적이 없으니까—그마저도 누구나 봐도 될 법한 내용의 서류를 처리하고 있어서다. 빌어먹을 황제가 의심병을 고치지 않는 이상 끝없이 이어질 상황이었다.

물론 그가 그럴 수밖에 없는 사실을 알고 있는 미카엘이라 대놓고 불만을 표시하지 못하지만. 때문에 수틀리면 그냥 오늘처럼 뛰쳐나오면 될 일이다.

"듣기론 서류가 산처럼 쌓여 있다 하던데요. 그래선지 지금 무척 피곤해 보여요. 이제라도 돌아가 쉬는 게 낫지 않을까요?"

"이런 애타는 마음은 저뿐인 거군요."

"네?"

"내 사랑스러운 아가씨. 이게 쉬는 것임을 왜 몰라주는 겁니까? 조금만 더 같이 있고 싶습니다."

"하지만……."

시스에는 이전보다 더 뾰족하게 마른 턱을 하고 있는 미카엘을 걱정스레 바라보았다. 그리 밝지 않은 빛 속에서도 그의 눈이 벌겋게 충혈된 게 바로 보였다. 입술은 희게 일어 거칠어 보였다. 얼굴은 안쓰러울 정도로 창백하게 질려 있었다. 오페라를 관람할 적만 하더라도 어찌어찌 버틴 모양이지만 시간이 흐르다 보니 축적된 피곤이 노골적으로 드러나게 된 모양이다.

그녀는 문득 이전에 황태자와 싸워서 다쳤을 적 자신을 찾아왔던 그를 떠올렸다. 그때도 집으로 가지 않고서 자신을 찾아왔었다. 보고 싶다는 말과 함께. 시스에만이 진정한 안식처라는 듯이 말이다. 오늘도 그날과 같은 심정이었을 것이다. 눈에 피곤이 덕지덕지 묻어 있는데도 기어코 자신을 찾아와 함께 시간을 보내고 있는 것을 보면. 그녀라면 망설이지 않고 집에 가서 쉬었을 것을 이렇게 무거운 몸을 이끌고 어떻게든 함께 있으려고 한다. 어쩌면 이렇게도 헌신적일까?

시스에는 한숨을 삼키며 상냥한 어조로 말했다.

"네, 그래요. 그럼 조금 더 같이 있어요. 하지만 다정하신 기사님. 저의 체면과 명예를 생각하신다면 그 시간이 그리 길지 않는 게 좋을 거예요. 저는 한 남자를 기절할 때까지 데리고 다닌 무자비한 여인으로 불리는 걸 바라지 않는답니다."

"이런, 제 체력을 무척 가볍게 보고 계시는군요."

"누구라도 지금 멜을 본다면 그렇게 생각할 거예요."

"그럼 어떻게 해야 그런 생각을 하지 않을까요? 전 매우 멀쩡한데 말입니다."

"그거야 멜이 더 잘 알지 않을까요?"

그러자 그의 얼굴이 내려오며 시스에의 입술에 가벼운 키스가 뿌려졌다. 그는 당황한 그녀의 표정에 싱글벙글 미소를 지으며 능청스레 말했다.

"그렇군요. 정말 피곤하다면 이런 행동은 감히 하지 못할 테니까요. 그렇지 않습니까?"

그야말로 찰나에 불과한, 아주 짧은 입맞춤이었지만 시스에는 바로 손으로 입술을 감싸며 주변의 눈치를 살폈다. 파르르 떨리는 속눈썹이 그녀의 당혹을 이야기해 주고 있었다. 태연한 건 미카엘뿐으로 그는 화제를 돌리려는 것처럼 빠르게 말을 이어 나갔다. 조금 전의 키스는 그저 인사에 불과했다는 것처럼 여상스럽기 짝이 없는 태도였다.

"솔직하게 고백하자면 기사 단장직을 반납하고 싶은 기분입니다. 일에서 빠져나올 수 있을까 싶어서 말입니다. 하지만 폐하께선 오히려 더 잘되었다며 다른 직위를 주어서라도 저를 부려 먹으실 테지요."

난데없는 고백에 시스에는 숨을 들이쉬었다. 남들에게 있어 완벽하기 그지없는 기사 단장이 속으론 이런 생각을 하고 있다는 게 퍽 우습고 또 그러한 속내를 듣는 게 자신뿐이라는 사실이 무척 달콤하게 느껴졌기 때문이다. 얼음의 기사라는 이명을 가진 이치곤 무척 소년처럼 투덜거리고 있긴 하지만 말이다.

'짐승들끼리 친구가 된 건가?'

그녀는 꼬리와 귀가 있다면 아래로 축 늘어져 낑낑거렸을 게 분명한 남자의 모습에 치밀어 오르는 웃음을 삼켰다. 뤼세트 로샨은 황제의 충견, 미카엘 아이레스는 ……그래, 덩치만 큰 강아지. 이보다 더 잘 어울리는 비유는 없을 것이다. 그래서 그녀는 충동적으로 발꿈치를 들이 그의 뺨을 쓰다듬었다. 정수리를 쓰다듬기엔 키가 모자랐다. 어느새 입맞춤으로 인한 당혹은 사라지고 없었다.

"……?!"

미카엘 아이레스는 뜻밖의 스킨십에 잠깐 놀랐다가 이내 눈을 휘어 가며 부드러운 미소를 지었다. 그러고는 손을 뻗어 시스에의 손을 맞잡았다. 희고 긴 손가락이 빈틈없이 맞물리며 서로의 체온을 나누어 가졌다. 그래서 그는 시스에가 손가락에 아무런 장신구를 하지 않았음을 깨달았다.

"하지만 아직은 아니 되겠지요?"

미카엘 아이레스는 그녀의 손등에 입맞춤하며 속삭이듯 말을 이어 나갔다. 그녀의 갈색 눈동자가 자신을 향해 반짝이고 있는 것을 보니 데뷔탕트 무도회를 대비하여 무엇을 준비해야 할지 알 것만 같았다.

"그렇지 않아요. 결정은 언제나 경이 하시는 거예요. 폐하라 할지라도 강제하실 수 없는 거랍니다."

시스에가 나직한 목소리로 대답했다. 그녀는 그의 기분을 고려해 조심스럽게 말을 하려고 노력하고 있었다. 실상 결정권은 자신에게 있는 줄 모르고서. 그래서 그는 고개를 가볍게 끄덕이며 아무렇지 않다는 것처럼 말했다.

"위대하신 태양께서도 부디 그렇게 생각해 주셨으면 좋겠습니다. 그래서 시스는 어떤 꽃을 좋아하지요?"

"네?"

동그랗게 떠진 눈동자에 황당함이 어렸다. 그녀는 갑자기 훅 치고 들어오는 그의 말에 무척 당황스러워하고 있었다.

"아니면 지금 막 피곤함을 느낀 불쌍한 남자를 위해서 무릎을 빌려주시든지요."

미카엘 아이레스는 빙그레 웃으며 그녀의 대답을 차분히 기다렸다. 그런 그의 뇌리에는 꽃과 목걸이, 반지, 귀걸이 등 여러 가지 것이 떠올랐다 사라지기를 반복하고 있었다. 그것은 갑작스럽게 오페라를 보러 온 것만큼이나 무척 충동적이지만 한편으로 더없이 만족스러웠다. 그래서 그는 체념했다는 듯 정원의 한구석에 놓여 있는 벤치로 향하는 그녀의 뒤를 가벼운 발걸음으로 따라갈 수 있었다.

사교계의 소문은 빛보다 빠르다. 말하기 좋아하는 사람들 때문이었다. 평소에는 게으르기 짝이 없는 귀족들이 가십에 관련해서는 누구보다 부지런해졌다. 그들은 마치 소문을 위해 살아가는 것만 같았다.

이번의 가십은 오페라에 함께 참석한 비슈발츠 백작 부인과 아이레스 경의 이야기였다. 초점은 백작 부인에게 맞춰져 있었는데, 신혼 생활이 얼마나 지났다고 벌써부터 전 애인을 만나냐는 비난이 거셌다. 수도의 귀족 중 애인이 없는 자가 거의 드물지만 질투로 가득 찬 마음은 그것을 외면하고 있었다. 이러한 마음은 아이레스 경이 그의 저택으로 제국 최고의 보석 세공사를 불렀다는 게 알려졌을 때 절정에 달했다.

사실 시스에 드 비슈발츠가 사교계를 활발하게 휘젓고 다닐 수 있는 건 오롯이 디뵌젤 공녀와 로샨 공녀가 그녀의 친구로 있기 때문이었다. 그렇지 않았더라면 여타의 다른 영애처럼 흐린 존재감을 보였을 게 분명하다. 어쩌면 그녀의 태생적인 신분을 거론하며 은근히 배척했을지도 모르겠다.

물론 아이레스 경의 연인이라는 위치도 대단히 좋은 배경이 되었을 테지만 사교계란 그 정도의 이름값만으로는 살아남을 수 없는 세계였다. 남녀의 애정이란 언제고 쉽게 깨질 수 있는 유리잔과 같기 때문이다.

그렇기에 사람들은 사교계의 정점에 올라설 두 여인의 눈에 든 그녀가 매우 운이 좋다고 생각했다. 어떤 이는 시스에와 친해지기만 한다면 두 공녀의 눈에 들 수 있을 거라 생각해서 그녀와 친분을 만들려고 애를 썼다. 하지만 시스에는 과거 자신을 모욕하고 조롱했던 이와 적절한 거리를 둔 채 어울리지 않으려고 했고, 필요하다고 생각되었을 때는 디뷘젤 공녀의 무리를 교묘하게 이용하여 고립시키곤 했다. 이유도 모른 채 어느 순간 모임에서 밀려나 버린 여인들은 억울함을 호소했지만 그 누구도 그들을 향해 손을 내밀지 않았다.

디뷘젤 공녀가 보이는 압도적인 총애와 소린 영애가 보여 주는 애정(금액)의 정도는 이미 시스에를 그 무리의 이인자로 생각하게끔 했다. 그래서 여타의 세력이 없는 젊은 여인들은 감히 시스에의 눈에서 벗어나지 않으려고 노력했다. 정작 그녀는 모임에 잘 나타나지 않는데도.

그런 와중에 디뷘젤 공녀가 데뷔탕트 무도회를 제안했고, 시스에 비슈발츠가 올해 18살이라는 사실이 밝혀지자 질투심이 폭발하지 않을 수 없었다. 그녀가 주인공이 될 것이 분명한 무도회를 열겠다고 하니 아니 그러하랴.

이번에 사교계에 데뷔하는 영애 중 그녀만큼 유명한 사람은 없었다. 그래서일까? 귀족 여인들은 티타임을 가질 때마다 시스에 비슈발츠를 거론하며 입술을 삐죽였다. 이번에 데뷔탕트를 치를 소녀가 자신의 동생이거나 딸인 여인들이 특히 그러했다. 디뷘젤 공녀의 귀, 아니, 당장 비슈발츠 백작 부인의 귀에 들어가면 큰일 날 수위의 이야기였지만 들끓어 오르는 투기가 이러한 위험을 무릅쓰게 했다.

"비슈발츠 백작 부인이 이제 겨우 열여덟 살이라는 소리 들으셨나요? 데뷔조차 하지 않았는데 결혼을 했단 말이잖아요. 정말로 우습네요. 암만 폐하의 명이라 하지만 뭐가 그리 급했담? 사교계를 우습게 보지 않고서야 그럴 수 없어요."

"비슈발츠 백작 때문이지요. 그녀와 결혼을 해야 백작의 성을 달 수 있으니까요. 뭐, 그건 그렇다 치더라도 결혼한 지 얼마나 되었다고 아이레스 경과 바람을 피우는지 이해가 되지 않아요. 수치라는 단어를 모르는지, 원. 누가 그런 여자의 딸이 아니랄까 봐 천박한 티를 다 내고 다니네요."

"그런 여자라니요?"

"어머, 모르셨어요? 백작 부인의 어머니, 그러니까 전 백작 부인 말이에요. 창녀라는 소문이 있어요. 계획적으로 선 백작을 유혹해서 가문으로 들어왔다나 봐요? 그래서 마담 드 라발리에가 탐탁하지 않아 하셨잖아요. 일전에 낳은 영식이 다른 남자의 아이라는 소문이 돌았던 것도 그 때문이에요."

"세상에, 정말이에요? 그냥 헛소문이 아니었나요?"

"그럴 리가요. 그렇지 않다면 남들의 시선을 의식하지 않고서 아이레스 경을 만날 리가 있나요? 정말이지 핏줄이란 속일 수 없는 법이에요. 그런 여자에게 속고 있는 아이레스 경이 가엾을 따름이지요. 주변에 그보다 더 아리땁고 정숙한 여인이 많은데 왜 하필 그런 여자를 만나는 건지 이해할 수 없다니까요? 이번에 보석 세공사를 가문으로 불렀다는 것부터가 그래요."

"그게 왜요?"

"생각해 보세요. 보석 세공사를 왜 불렀겠어요? 백작 부인의 데뷔탕트를 위한 선물을 마련하려는 게 아니겠어요? 그냥 보석이 아닌 그 귀한 알렉산드라이트를 주문했다 하니 이쯤 되면 노골적이라 할 수 있지요. 백작 부인의 머리카락과 눈 색이 갈색이잖아요."

"말도 안 돼! 그 비싼 보석을 말이에요? 고작 그런 여자에게?"

"내가 그 세공사와 건너 건너 친분이 있어 알게 된 사실인데 목걸이는 물론이고 귀걸이, 팔찌에 이르러 몸에 달 수 있는 거의 모든 걸 주문했다 하더라구요. 기막히지 않아요?"

"……과분하긴 한데, 조금 부럽네요. 그 누가 연인에게서 그런 귀한 보석을 선물을 받을 수 있겠어요?"

"그러니까 더 말이 안 되는 거죠. 그녀에게 있어 어울리지 않는 물건이잖아요. 어쨌든 그녀 덕분에 알렉산드라이트의 가치가 떨어질 테니 그건 고마워해야겠군요."

어떤 이들은 아이레스가가 보석 세공사를 부른 게 후작 부인 때문이라 생각하며 소문을 비웃었다. 암만 사랑에 빠졌다 하나 얼음의 기사로 유명한 그럴 리가 없다는 생각에서였다. 사람의 성격이 그렇게 쉽게 바뀔 리가 있나?

그러나 안타깝게도 세공사를 부른 건 미카엘 아이레스였으며, 그는 자신의 행동에 얼이 빠진 것처럼 구는 가족들의 시선을 무시한 채 세공사와 열성적인 대화를 나누기까지 했다. 이번 일로 인해 그동안 쓰지 않고 모아 놨었던 월급의 2/3 이상이 사라졌지만, 오히려 그는 돈을 더 쓰지 못해 안달이었다.

"그러니까 동생아, 나는 네 머리가 어떻게 좀 된 것 같구나."

오죽하면 성품이 부드럽기로 유명한 그의 형이 동생의 정신 건강을 의심했을까?

아닌 게 아니라 비슈발츠 영애와 연인이라는 소문이 돌기 시작한 이후로부터 그의 동생은 점점 더 이상해지고 있었다. 이쯤 되면 미카엘의 냉정한 성품에 기가 질려 울었다는 소문이 돌 법한데 되레 자신의 자존심을 죽여서까지 유부녀가 된 여인에게 매달리는 것부터가 그랬다. 넉 달 동안 황궁에 갇혀 일만 하다가 겨우 뛰쳐나왔다 싶었더니만 바로 그녀에게 달려갔다는 가십 또한 그를 기함하게 만드는 요소 중 하나였다.

"오랜만에 집에 와서 하는 게 세공사를 부르는 거라니. 나는 네가 우리와 시간을 보낼 줄 알았다만?"

미카엘 아이레스는 걱정 어린 시선으로 자신을 바라보는 형의 행동에 비웃음을 지으며 대꾸조차 하지 않았다. 오히려 진지한 얼굴로 손에 들린 편지를 바라볼 뿐이었다. 그것은 뤼세트 로샨이 보낸 편지로 그녀가 데뷔탕트를 했을 당시에 받았던 선물 목록이 빼곡하게 적혀 있었다.

거듭된 무시에 보통 사람이라면 얼굴을 붉히며 무안해할 테지만 그의 형님은 아랑곳하지 않았다. 이러한 취급을 한두 번 받은 게 아니라서 이제는 익숙했다. 오히려 그는 이런 동생의 행동이 참으로 귀엽다고 생각하며 흐뭇해하는 괴상한 성품의 소유자였다.

"어쨌든 굉장히 불안한 생각이 들어서 물어보는 건데 말이다, 예전에 말했던 '미카엘 비슈발츠'가 농담이 아니었던 거냐?"

과거 미카엘 아이레스가 가족이 다 모인 저녁 식사 시간에 여상스러운 어조로 '성이 바뀔지도 모르겠군요. 비슈발츠로 말입니다'라고 말한 적이 있었다. 이를 위해 부단장—그때는 부단장이었다—의 직위 또한 빠르게 반납할 것이라는 소리를 덧붙이면서. 충격적인 선언에 가족들은 포크를 놓치거나 사레들린 듯 마른기침을 토했다. 조용하고 우아한 식사 시간이 소음으로 인해 난장판이 된 건 아이레스 가문의 역사상 처음 있는 일이었다.

귀족 세계에서 차남은 별다른 대우를 받지 못하는 위치에 있다. 눈에 띄는 공을 세우지 않은 이상 이름뿐인 남작이 되어 한량에 가까운 생활을 하는 게 대부분이었다. 그처럼 노골적으로 다른 가문에 가겠다고 말한 적은 없었다. 오죽하면 후작 부인이 손을 벌벌 떨며 두통약을 찾았을까? 그 상황 속에서 태연한 건 아이레스 후작과 미카엘뿐이었다. 그는 자신과 똑 닮은 아들을 바라보며 '후회하지 않을 거라면 마음대로 하려무나'라고 말했고, 미카엘 아이레스는 고개를 끄덕이며 감사를 표했다. 나중에 제정신을 차린 그의 형이 자신의 동생을 설득하려고 애를 썼지만 언제나 그랬듯 미카엘 아이레스를 이길 수 없었다.

"승전연 때 그녀를 놓은 게 아니었어?"

"형님, 제 연애 사정에 무척 관심이 많으신가 봅니다. 아주 감사하게도 말이지요."

미카엘은 다 읽은 편지를 곱게 접어 탁자에 올려놓으며 서늘한 어조로 말했다.

"그야 네가 내 모습을 관찰하며 흉내 내려 하지 않았니? 그러니 관심을 가질 수밖에. 네 눈에 비친 내 모습이 그러한가 싶어 부끄럽기도 하고."

"그냥 흥미를 느낀 것으로 끝내면 아니 됩니까? 아니면 동생을 위해 조언을 해주시든가요."

"조언?"

"이전에 형수님께 보냈던 선물과 같은, 그런 것 말입니다."

그의 말에 형님의 얼굴이 기묘하게 일그러졌다. 환청이 아니고서야 자신의 동생이 이런 말을 할 리가 없었다. 아니면 진짜 미쳤다거나. 업무가 과하다더니 정말로 정신이 이상해진 게 아닐까?

"내가 착각한 게 아니라면 말이다, 설마 방 안 전체를 꽃으로 가득 채웠던 그걸 묻는 거냐?"

"예."

"너도 그렇게 하려고?"

"……."

"역시 주치의를 부르는 게……."

"형님."

"아니다, 네가 헛말을 할 리가 없지. 그래, 나처럼 하고 싶다고? 그런데 꽃향기를 맡으면 재채기를 하는 여인이라면 역효과일 텐데?"

"그러지는 않을 겁니다. 이전에 병문안을 갈 때마다 꽃을 들고 갔었거든요."

"그, 그래. 그랬구나."

형님은 떨떠름한 표정을 지으며 말끝을 흐렸다. 꽃을 든 미카엘 아이레스라니. 이전에 그러한 소문이 돌았을 때 말도 안 되는 이야기라고 말하며 크게 웃었던 자신이 생각나 무척 민망해졌다. 한 번이면 모를까 매일같이 그랬다는 소리에 괴담이라 치부하며 아무렇지 않게 넘겼던 것 또한 떠올랐다. 그런데 그게 다 사실이었다니. 그는 소름이 돋는 걸 느끼며 애써 헛기침을 했다.

"크흠, 그럼 다행이고. 어쨌든 네가 이런 문제로 도움을 요청하다니 참으로 놀랍구나."

"그러게 말입니다. 평생 형님의 조언 따위는 안 들을 줄 알았는데 말입니다."

"……."

"형님?"

미카엘 아이레스는 갑자기 손가락으로 자신의 관자놀이를 누르며 한숨을 내쉬는 형님의 모습에 미간을 찌푸렸다.

"아니, 한결같은 네 태도가 참으로 놀라워서 말이다. 설마 그녀에게도 이런 모습을 보이는 건 아니겠지?"

"쓸데없는 소리를 하실 거면 이만 나가 주십시오."

"……어련히 잘하고 있으려고. 그런데 너 말이다, 예전에 내가 네 형수의 방 안을 꽃으로 가득 채웠을 때 낯부끄러운 짓을 한다며 질색하지 않았나?"

"그때는 그랬지요. 그런데 지금에 와 생각해 보니 그리 나쁘지 않은 것 같아서 말입니다. 아침에 일어났을 때 꽃으로 가득 찬 방 안을 바라볼 그녀가요. 형수님이 그랬듯 그녀 또한 행복해하겠지요."

세상에, 내 동생의 입에서 다른 사람을 행복하게 해주고 싶다는 말이 튀어나오다니! 형님의 입이 크게 벌려졌다. 그는 빠르게 뛰는 심장을 애써 부여잡으며 하녀를 불러 가장 독한 술 한 잔을 가지고 오라고 명령했다. 제정신으로는 도저히 이야기를 나눌 수 없을 것 같아서였다. 그래서 그는 하녀가 술을 가져오기 무섭게 그것을 한입에 다 털어 넣었다. 한심하다는 듯 바라보는 미카엘의 시선을 조용히 흘려 넘기며.

"그래서 그녀가 어떤 꽃을 좋아하는지는 알고?"

미카엘 아이레스는 오페라를 보았던 날 꽃이 가득한 정원에서 대수롭지 않은 질문인 것처럼 꺼내었던 물음에 장미라고 대답했던 그녀의 말을 떠올리며 고개를 끄덕였다. 자신의 머리를 무릎 위에 올려놓은 채 잠시 눈을 붙이라고 말하던 목소리는 얼마나 달콤했던가!

"그것참 다행이로구나. 나는 거기에 마음을 담은 편지를 곁들였단다."

"그렇군요. 계속 말씀하십시오."

"이후 근사한 식당에 가서 함께 식사를 나누었지. 이후 연극을 관람했고."

"데뷔탕트 당일 꽃을 보낼 것이기에 그건 무리로군요."

"아까 주문한 보석이 데뷔탕트 선물인 거냐?"

"예."

"그럼 그것을 꽃과 함께 보내는 게 좋겠어. 진귀한 보석이니까 무척 좋아하겠군."
"그렇군요. 조언 감사합니다."
"아니, 내가 한 게 뭐가 있다고. 그런데 멜, 너 정말로 비슈발츠가 될 거냐?"
미카엘 아이레스의 눈이 가늘게 좁혀졌다. 그는 당황한 기색이 역력한 형님의 행동에 한숨을 내뱉었다. 그의 다정한 형님은 가족에 대한 애정이 너무나 깊어 가끔 이런 되지도 않는 오지랖을 부렸다. 이는 간섭받기 싫어하는 미카엘에게 있어 끔찍한 일이나 다름없었다.
"형님, 오랜만에 집에 온 터라 무척 피곤한 상태입니다. 이 아우를 배려해 주지 않으시겠습니까?"
"하지만 멜!"
"그렇게 해주시겠다고요? 정말로 감사합니다."
미카엘의 단호한 태도에 무어라 불평을 토해 내려고 했던 형님은 서늘하게 가라앉은 그의 눈동자에 입술을 꾹 다물었다. 지독하게 더러운 그의 성질이 생각났기 때문이다.
뭐, 지금이야 성인이 되었다고 예의 바르게 행동하지만, 어릴 적만 하더라도 미친놈처럼 주변을 다 때려 부쉈더랬다. '지랄 발광'이라는 단어를 시각적으로 표현한 몸짓은 그야말로 행위 예술에 가까웠다. 남들은 얼음의 기사를 가리켜 냉정하고 점잖은 신사라 하지만, 그가 보는 자신의 동생은 그저 불편한 심기를 억누르고 있는 무서운 짐승이었다.
그래서 그는 마른침을 꿀꺽 삼키며 애써 무해한 미소를 지었다. 개 같은 성미를 한껏 드러낸 미카엘을 제압할 수 있는 건 하늘 아래 오롯이 셋뿐이니까. 아버지인 아이레스 후작과 존귀하신 황제 폐하, 그리고 사랑하는 어머니.
……그런데 앞으로 한 명이 더 추가되려나?

"그래. 피곤하겠다. 다음에 이야기하자꾸나."

"아니요, 다음은 없습니다."

"멜!"

"형님. 형님께서 아우를 생각하는 마음은 잘 알겠지만 어차피 제 인생입니다. 형님께서 왈가왈부할 권리가 없어요."

"진심이냐?"

"예."

"네 명예가 바닥으로 떨어지고 있어도?"

"그게 무어라고 신경을 써야 합니까? 삿된 자들이 교활한 혓바닥을 놀린다 하나 한때일 뿐입니다. 그리고 제가 그런 거에 흔들릴 사람으로 보입니까?"

"그래, 그렇구나. 네가 그렇게 여기고 있는데 내가 무슨 말을 더 할까?"

형님은 한숨을 내쉬며 자리에서 일어났다. 저런 눈을 한 미카엘은 아버지라 할지라도 꺾지 못했다. 어머니인 후작 부인이라 할지라도 마찬가질 터였다. 하물며 자신이라면 시도조차 하지 못할 것이다.

결국 미카엘의 마음을 사로잡은 그녀를 찾아가 설득해야 한다는 것인데, 현명한 그는 이러한 행동이 지나친 월권임을 알기에 재빠르게 머릿속에서 지워 버렸다. 어차피 시간이 지나면 빛바랜 종이처럼 변색될 게 분명한 게 남녀의 사랑이라 미카엘도 언젠간 제정신을 차릴 날이 올 것이다. 그때 되돌아온 멜을 너그럽게 받아주면 될 일이다. 그래서 그는 지금만큼은 동생의 선택을 존중하기로 마음먹었다.

"이만 푹 쉬어라. 아, 참. 입이 무거운 꽃집을 소개해 주랴? 내가 꽃을 산 곳인데 말이다. 입이 무거워서 아주 좋더구나."

"예, 부탁드립니다."

"그래. 내일 네 집무실에 찾아갈 수 있도록 해놓으마."

이런 것도 로맨스라면 로맨스겠지. 형님은 미카엘의 방문을 닫으며 지끈거리는 머리를 손으로 꾹꾹 눌렀다. 하녀에게 말해서 두통약을 가져오라고 말해야겠다고 생각하며. 그런 그의 얼굴에는 세상의 온갖 근심, 걱정이 다 서려 있었다. 매우 우울하게도 말이다.

미카엘 아이레스는 극단적인 성격을 가지고 있지만 일할 때만큼은 매우 꼼꼼한 편이었다. 황제가 황태자가 되기 전부터 함께 붙어 다니며 그의 일을 돕다 보니 업무 능력 또한 닮아버린 것이다. 물론 황제에 비한다면 조금 덜 깐깐한 편이긴 하지만.

그래서 그는 시스에를 위한 선물을 준비하는 과정에서도 한 사람의 조언을 따르는 우를 범하지 않았다. 할 수 있는 한 여러 사람의 이야기를 들으며 가장 완벽한 형태로 선물을 마련하고자 애를 썼다. 그런 그에게 있어 뤼세트 로샨은 미카엘의 가장 이상적인 조언자였다.

"꽃과 함께 선물을 보낸다고? 낭만적이긴 한데, 너무 성의 없잖아."

그녀는 미카엘의 말에 코웃음을 치며 고개를 설레설레 내저었다. 무드 없는 남자라며 가차 없이 깎아내리는 말투엔 이런 것까지 알려 줘야 하냐는 한심함이 깃들어 있었다.

"요즘 들어 나를 자주 그런 불쾌한 시선으로 바라보는 것 같군."

"그럴 만하니까. 어쩜 남자들이란 이렇게도 일차원적인지 모르겠어. 이보세요, 아이레스 경. 너무 뻔한 선물이 아닌가요? 이렇게 해야 한다는 공식이 있는 것도 아니고, 정말 하품이 나올 지경이네요."

"지혜로운 로샨 영애, 그럼 이 아둔한 자의 머리를 트이게 해주시겠습니까? 얼마나 대단한 생각을 가지고 계시는지 궁금하군요."

그녀는 코웃음을 치며 미카엘의 말을 맞받아쳤다.

"친애하는 아이레스 경, 생각해 보세요. 이런 값비싼 선물을 준비하면 뭐 하냐구요. 일에 치여 만나지도 못하면서. 정말이지 묵묵히 기다리는 시스가 참으로 대단할 정도야. 이런 무정한 남자가 뭐가 좋다고."

"폐하를 사모하는 네가 할 소리는 아니로군. 제정신이 아니고서야 그를 좋아할 리 만무하지 않나."

뤼세트 로샨은 미카엘의 말에 이를 바드득 갈며 깊게 억눌린 소리를 내었다. 강하게 구겨진 미간만 보더라도 그녀가 얼마나 화를 참고 있는지 알 수 있었다.

"……그래서 너는 그 더러운 성격을 시스가 모르게끔 잘 숨기고 있다 이거지?"

"바보가 아니고서야 당연한 일이지. 그리고 말은 바로 하지? 위대하신 황제 폐하께서 지금이라도 내 일을 걷어 가시면 매일 그녀를 만나 보러 갈 수 있다는 사실을 말이야. 기사단의 일이 아닌 다른 일로 혹사를 당하는 건 내가 최초가 아닌가."

이게 다 친구와 주군을 잘못 얻은 탓에 떠안게 된 업무였지만 그는 매우 현명하게도 이를 입 밖에 올리지 않았다. 대신 압박을 하려는 것처럼 로샨 영애를 빤히 쳐다볼 뿐이었다. 그런 그의 행동에 약이 오르는 건 당연지사. 뤼세트 로샨은 울컥한 마음을 이기지 못하고 한소리 하려다가 문득 떠오른 생각에 끓어오르는 화를 억누르며 빙그레 미소 지었다. 흘러나오는 목소리가 어린아이를 꾀는 마녀처럼 무척 달콤했다.

"그래서 제 조언이 필요 없다는 건가요?"

"만약 그랬다면 이렇게 시간을 낭비하지 않았을 테지."

어디 한번 말해보라는 것처럼 거만하게 턱을 들어 올리는 게 어쩜 황제와 똑같은지. 뤼세트 로샨은 그나마 마음을 터놓을 수 있는 친구라는 게 고작 이런 남자라는 사실에 서글픔을 느끼며 느릿느릿 입을 열었다. 이왕 이렇게 된 거 어디 한번 부끄러움 좀 느껴 봐라, 하는 심술이 머리끝까지 치밀어 올랐다.

그에게는 무척 안타까운 일이지만 뤼세트 로샨은 미카엘과 같은 남자를 어떻게 정신적으로 고문하는지 아주 잘 알았다. 그가 어떠한 부분을 성가셔하는지 또한 말이다. 아닌 게 아니라 약점 아닌 약점을 내뱉으며 미카엘의 얼굴을 살피는 그녀의 입가엔 음흉한 미소가 걸려 있었다.

"나라면 꽃만 보내겠어. 보석은 모두가 보는 눈앞에서 걸어줄 테야. 장소는 그래, 데뷔탕트 무도회가 열리는 홀이 좋겠어. 그럼 소설 속에 나오는 한 장면처럼 무척 멋질 거야."

그녀의 말에 미카엘의 미간이 잔뜩 찌푸려졌다. 빼어난 외모 탓에 어릴 적부터 사람들의 시선을 한 몸에 받았던 그는 주목받는 자리를 별로 좋아하지 않았다. 꼬리처럼 길게 이어지는 시선과 그에 따른 수군거림이 싫어서였다. 그렇기에 로샨이 제안한 내용이 퍽 마음에 들지 않았다. 정치적인 일로 시선을 모으면 또 모를까 이런 로맨틱한 상황의 주인공이 되는 건 무척 껄끄럽다 못해 거부감마저 느껴졌다. 자신이 무얼 싫어하는지 알면서도 굳이 그런 방법을 권유하는 속내가 궁금할 따름이었다.

"말이 되는 소리를 해야지. 내가 할 것 같아?"

"하지만 시스는 무척 좋아할 텐데?"

뤼세트 로샨의 입에서 시스에의 이름이 거론되자 미카엘의 눈이 가늘게 좁혀졌다. 그는 못마땅하다는 것처럼 입술을 꾹 다물다가도 곧 한숨을 내쉬며 '계속해'라는 말을 중얼거렸다. 뤼세는 그런 그의 반응에 실소가 터져 나올 것만 같았다.

"그리고 그녀를 위한다면 그 정도 수고쯤은 감수해야 하지 않을까? 요즘 사교계 내에서 네가 시스와 다시 만난다는 소문이 급격하게 퍼지고 있다는 걸 알고 있을 텐데? 그로 인해 좋지 않은 말이 나오고 있다는 사실 또한 말이야. 그녀의 사회적 위치를 생각한다면 어쩔 수 없는 노릇이지. 그런데 그날 모두가 보는 앞에서 시스의 목에 목걸이를 걸어준다면 다시는 이에 대해 이러쿵저러쿵 떠드는 사람은 없을 거야."

"떠드는 사람 중에 이디도 있나 보군."

그의 말에 로샨의 얼굴이 창백하게 질렸다. 미카엘은 알 만하다는 것처럼 코웃음을 쳤다. 연애에 관한 한 무지에 가까우므로 그녀에게 도움을 받곤 있긴 하지만 그 안에 정치적인 계산 혹은 이기적인 마음이 들어 있음을 모르는 바는 아니었다. 정신을 차리지 않으면 그들의 뜻대로 휘둘린다는 것 또한 말이다.

"사람의 마음이 쉽게 바뀌지 않으리라는 것을 알아. 하지만 나를 이용해서 그 녀석에게 충격을 줄 생각을 하다니, 너도 참 어지간하군."

뤼세트 로샨은 작은 목소리로 변명하듯 말했다.

"아냐. 그럴 의도가 아니었어. 정말이야. 생각도 안 하고 있었어. 알잖아. 내가 그를 위해서라면 무엇이든 할 수 있다는걸. 하지만 상처를 주고 싶지는 않아."

"하지만 폐하께서는 아무렇지 않게 우리에게 상처를 주실 수 있는 분이잖나? 그걸 아는 네가 이런 제안을 하다니 참으로 놀라워."

뤼세는 미카엘의 말에 반박하지 않았다. 그녀도 인정하는 사항이기 때문이다. 그도 그럴 것이 세 친구 중 가장 속을 알 수 없는 이가 황제였다. 오랜 시간 함께해 왔지만 그가 진정으로 이들과의 관계를 소중하게 여기고 있는지 장담하지 못할 정도로 말이다. 하지만 어릴 적부터 한결같이 자기중심적인 결정을 내리며 친구들을 휘두른 그인지라 이제는 거부감조차 들지 않았다. 정글 같은 황실에서 살아남기 위해선 그렇게 해야 한다는 걸 알기 때문이다.

그런데 이런 황제가 조금씩 흔들리며 인간적인 모습을 보이기 시작한 건 시스에 드 비슈발츠가 나타나고서였다.

처음에는 미카엘을 위한답시고 일부러 접근해 이런저런 시험을 장난삼아 던져 봤던 그가 어느새 탐욕 어린 눈을 한 채 그녀를 바라보고 있었다. 말은 아니라 하지만 은밀하게 드러난 한 꺼풀 너머의 진심은 무서울 정도로 집요했다. 만일 그가 공정한 친구의 가면을 뒤집어쓰지 않았더라면 더욱더 노골적으로 그녀를 가지려고 했을 것이다.

하지만 한 가닥의 경계가 황제의 발길을 붙잡았고, 멀리 돌아가는 계획을 짜게 만들었으며 결과적으로 시스에에게 날개를 달아주는 꼴이 되어버렸다.

미카엘 아이레스는 기억하고 있었다. 이전에 황제가 자신에게 한 말을. 지독한 첫사랑 혹은 무감각한 삶. 앞 또는 뒤를 선택할 수밖에 없는 인생의 동전은 모두에게 공평했으나 그만큼 가혹했다. 언젠가 곧 사그라져 버릴지 모를 열정은 불타오르는 그 순간은 세상을 모두 집어삼킬 만큼 뜨거웠으나 그뿐이었다.

그런데도 동일한 성격을 가진 연정이 한 끗 차이로 어긋나 버린 건 미카엘 아이레스가 황태자보다 더 지킬 것이 없었기 때문이었다. 끊임없이 의심하고 밀어내고 시험해야 하는 그보다 유명한 기사에 불과한 그가 마음을 드러내는 게 더 자유로웠다. 장남이 아닌 차남이라는 위치 또한 그녀에게 거리낌 없이 다가갈 수 있었던 원동력 중 하나였다.

반면 이오발데 황태자는 지고한 위치를 스스로 선택한 만큼 버려야 할 것이 많았다. 속에 품은 감정이 한여름의 뜨거운 소나기처럼 잠시 쏟아졌다가 곧 메말라 버릴 거라 착각한 것 또한 그를 냉정하게 만들었다. 그에게 있어 중요한 건 자신이 얻을 수 있는 이득이 최우선이었다. 어릴 적부터 정적의 피를 손에 묻혀 가며 살아온 황태자에게 있어 감정적으로 엎드리고 매달리고 구걸하며 애원하는 건 있을 수 없는 일이다.

그래서 그는 흔들리는 마음은 착각에 불과한 거라고, 여타의 다른 여인들이 그랬듯 제 잘난 얼굴과 위치와 달콤한 말에 넘어가지 않을 수 없을 거라고 자신만만해하며 관계의 주도권을 잡고자 했다. 그것이 가장 큰 패인인 줄 모르고서. 아니, 이 모든 불행의 원인은 감정적으로 미숙한 그 자신이었다.

"그녀를 위해서라면 무도회장 안에서 무릎을 꿇는 것은 어렵지 않아. 다만 이후의 상황이 너무나 빤히 보이기 때문에 불쾌해."

미카엘 아이레스는 손가락으로 의자를 톡톡 두들기며 말을 이어 나갔다. 표정 하나 없는 매끈한 얼굴은 얼음처럼 서늘했다. 조금 전만 하더라도 농담에 가까운 말을 주고받았던 게 거짓이라는 듯 로샨 공녀를 날카로운 시선으로 바라보았다.

"뤼세트 로샨. 착각하지 마. 그녀는 네가 아니야. 너처럼 생각하고 행동하고 이용하지 않아."

시스에 드 비슈발츠가 발버둥 치며 계략 아닌 계략을 꾸밀 때는 모두 비슈발츠가가 얽혀 있을 때뿐이다. 그래서 미카엘은 그녀가 참으로 좋았다. 적당히 이기적이고 적당히 계략적이며 적당히 욕심이 많은 시스에가. 자신에게는 보드라운 과육처럼 달콤하고 말랑말랑한 그녀가 퍽 사랑스러웠다.

미카엘 자신과 로샨, 그리고 황제는 정도를 몰랐지만 시스에는 어느 정도의 선을 정해 놓고서 나가지 않은 사람이었다. 어떤 이에게는 잔인해질 수 있지만 모두에게는 그렇지 않다는 사실은 실로 놀라웠다. 사교계 내에서 다신 볼 수 없는 변종이었다.

우스울 정도로 적당히 나쁜 여자. 다른 이를 아무렇지 않게 이용하는 것 같으면서도 불안해하는 기색이 역력한 그녀는 그렇기에 그들의 관심을 받을 수밖에 없었다. 같으면서도 다른 느낌이란 결여를 채울 수 있다는 말과 같으니까. 그것은 놀라우리만치 생생하면서도 황홀했다.

물론 그녀에게 바라는 바는 모두 달랐다. 미카엘은 시스에가 그 상태 그대로 있기를 바랐고 로샨은 그녀가 자신과 같은 사람이 되기를 원했으며 황제는 비슈발츠 영애를 자신의 이기심대로 휘두르려고 했다. 그렇기에 변화를 원하는 로샨과 황태자가 한마음이 되어 그녀를 궁지에 몰아넣게 되는 건 자연스러운 일이었다.

뤼세트 로샨은 시스에를 원하는 황제의 욕망에 응답해 열심히 그를 도왔다. 어차피 제국의 황제는 여러 명의 황비를 둘 수 있었다. 정부를 두는 건 외도라고 할 수 없을 만큼 지극히 자연스러웠다. 그래서 로샨은 정치적인 문제 때문에 황후가 부담스러운 거라면 둘이서 같이 황비가 되는 것도 나쁘지 않겠다고 생각했다. 이 정도라면 우정과 사랑을 모두 쟁취할 수 있지 않을까? 허울 좋은 꿈은 시스에가 그 계획을 보기 좋게 걷어차기 전까진 매우 찬란했다.

"……폐하께서도 이제 포기라는 단어를 아셔야 할 때야. 그리고 멜, 신께 맹세컨대 조금 전의 조언은 너를 골탕 먹이려는 의도만 들어 있었어. 믿어줘. 폐하는 전혀 생각지도 않았어. 정말이야. 아니, 어쩌면 무의식적으로 발현된 것인지도 모르겠네."

무미건조한 목소리에 아이레스의 얼굴이 경멸로 일그러졌다. 그는 마른세수를 하며 한숨처럼 중얼거렸다.

"정말이지 너란 여자는 지독하군."

"믿지 않겠다면 나도 더는 애원하지 않을 거야. 다만 확실하게 해줘. 내 조언이 이런 식으로 경멸받는 건 꽤 불쾌한 일이니까. 무엇보다 날 찾아온 건 너라는 걸 명심해. 그래서 어떻게 행동할 거지, 아이레스 경?"

"확실히 나쁘지는 않은 조언이야. 하지만……."

미카엘 아이레스는 눈을 들어 창밖을 바라보았다. 구름 한 점 없는 하늘이 유독 새파랬다.

"우리의 위대하신 황제 폐하께서 그걸 견뎌 낼 수 있을지가 참으로 궁금하군."

데뷔탕트 무도회 날짜가 정해지자 수도의 온 상점이 밀려들어 오는 손님으로 인해 북적였다. 지위가 높거나 돈이 많은 가문이야 집 안으로 상인을 불러오지만 노비네 부인의 상점은 감히 오라 가라 할 만큼 만만한 곳이 아니었다. 사교계의 내로라하는 여인들이 그녀가 디자인한 옷을 입으므로 유행에 뒤떨어진다는 소리를 듣지 않기 위해선 부인의 드레스가 꼭 필요했다. 그래서 시스에 역시 없는 시간을 짜내어 그녀의 상점을 방문할 수밖에 없었다.

오랜만에 만나서일까. 그녀는 눈에 띄게 반가워하며 시스에를 맞이했다. 두 공녀의 친구로 인해 이미 유명 인사가 된 그녀인지라 부티크 안에 있는 모든 이의 시선이 이들에게 향해 있었다.

"데뷔탕트 드레스를 준비하기 위해서 나를 찾아온 거겠지요? 그렇지 않아도 미리 생각해 둔 게 있답니다."

그녀는 스케치가 잔뜩 되어 있는 종이를 시스에에게 보여 주며 자신감 어린 미소를 지었다. 사교계 내에선 이미 그녀가 이번 무도회의 주인공이 될 것이라는 소문이 자자한 터였다. 부인은 작년만 하더라도 잔뜩 얼어서 주변인의 눈치를 살피던 소녀가 어느새 이런 위치에까지 오른 것인지 무척 신기해하며 종이를 내려다보는 시스에를 유심히 바라보았다. 시간이 그녀를 여인으로 만든 것인지 고양이처럼 앙큼해 보이는 얼굴은 물론이고 몸매 또한 싱그럽게 물올라 있었다.

"이 드레스는……."

조용히 종이를 넘기던 시스에가 한 디자인에 시선을 고정한 채 말끝을 흐렸다. 언뜻 단순한 것 같지만 어깨를 드러낸 대담한 실루엣의 드레스는 그녀의 눈에 매우 익숙한 것이었다.

'로에나의 약혼식 드레스! 그러고 보니 이맘때쯤이었나, 약혼식이 열

렸던 날이?'

"이게 마음에 드나요? 역시 탁월한 안목을 가졌어요, 영애는."

도비네 부인의 칭찬에 시스에는 실소를 삼키며 짤막한 감사의 말을 건넸다. 다른 훌륭한 것이 많았는데 유독 그 드레스에 눈이 간다는 건 아직도 과거에 묶여 있다는 소리와 다름없었다. 하지만 운명적으로 이것을 입어야 한다는 생각이 들었다. 그녀는 복잡해지는 심경을 애써 추스르며 부인에게 말했다.

"제게 어울릴까요?"

이 드레스가 로에나와 아주 잘 어울렸던 까닭은 그녀가 대단한 미인이어서였다. 얼굴이 모든 것을 압도하는데 옷이 화려할 이유가 있을까.

그래서 시스에는 이 드레스를 입어야 한다고 생각하면서도 걱정스러웠다. 자신은 로에나와 같은 미인이 아니니까 말이다. 평범한 갈색 머리카락은 햇살 아래 밝게 빛나는 금발과는 달랐다. 풍만하게 솟아오른 가슴 또한 우아한 드레스와는 어울리지 않는 것이었다.

하지만 도비네 부인은 별걱정을 한다는 듯 빙그레 미소 지었다.

"그러니 내가 있는 거죠. 마법처럼 어울리게 해줄게요. 굉장히 아름다울 거예요."

"부인이 있어 다행이에요. 벌써부터 기대가 되네요."

시스에는 부인에게 인사하며 자리에서 일어났다. 그녀의 뇌리로 황태자의 손을 붙잡은 채 우아하게 춤을 추던 로에나의 푸른 드레스가 너울거리고 있었다.

사람들은 시스에를 볼 때마다 은밀한 미소를 지으며 미카엘 아이레스에 대한 이야기를 꺼내려고 애를 썼다. 그들은 미카엘의 마음이 단순한 변덕인지, 아니면 진정한 사랑인지에 대해 알고 싶어 하고 있었다. 그래야 시스에의 위치를 정확하게 표현할 수 있으니 말이다. 남자 구실을 못하는 남편과 옛 연인을 농락하는 나쁜 남자! 이보다 더 재미있는 이야기가 또 있을까?

그들은 시스에를 가엾어하면서도 그녀가 조금 더 불행해지기를 원했다. 진창에 처박힌 이를 안쓰러워할 수 있는 자비심은 우월감을 느끼지 않고서야 불가능한 일이었다.

하지만 미카엘 아이레스는 이런 사람들의 반응을 비웃기라도 하듯 좀 더 짬을 내어 그녀를 만나기 시작했다. 집무실에는 서류가 산더미처럼 쌓여 있다는 소문이 자자한데 그는 그것에 대해 별로 신경 쓰지 않는 것처럼 보였다. 아니, 사실은 거의 반항에 가깝다고 볼 수 있었다. 실제로 미카엘 아이레스는 자신을 미친 듯이 부려먹는 황제에게 매우 화가 나 있는 상태였다. 저번에 한번 궁을 뛰쳐나와 오페라를 본 게 무슨 큰 죄라고 더 많은 서류를 내보내냔 말이다.

아닌 게 아니라 낮에는 기사단 훈련을 하고 밤에는 서류를 보느라 온몸이 말라 죽어 가고 있었다. 그래서 그는 또다시 탈출을 감행-한 번이 어렵지 두 번째는 쉬웠다-했고, 아무렇지 않다는 듯 시스에를 찾아와 연극을 보고 저녁을 먹으며 가까운 살롱에 가서 게임을 즐기기까지 했다.

강변으로 피크닉을 가서 그녀의 손을 잡아 보고 순결한 입술에 키스하며 한량처럼 벌러덩 드러눕기까지 했다. 시스에가 읽어주는 책을 자장가 삼아 눈을 감거나 그녀가 초대된 사냥터에 찾아가 주변 사내들에게 차가운 시선을 보낼 때도 있었다.

가장 중요한 일은 자신이 주문한 보석을 확인하는 것이었다. 그의 심미안은 사내답지 않게 매우 드높고 섬세하여 세공사가 가져온 디자인을 번번이 퇴짜 놓았다. 완벽하지 않으면 큰돈을 쏟아부어 만들 이유가 없었다.

세공사는 자신의 마음에 들지 않을 때마다 눈썹을 꿈틀거리며 살벌한 기운을 쏟아 내는 얼음의 기사에게 식은땀을 뻘뻘 흘리면서 굽실거렸다. 그는 매번 밤을 새워 가며 보석을 세공하는 데 온 힘을 쏟았고, 결국 역작에 가까운 목걸이와 귀걸이, 팔찌 세트를 만들어 냈다. 완성된 물건을 아이레스가에 가져왔을 때 그의 얼굴은 십 년은 더 폭삭 망가져 있었다.

매우 분통 터지게도 미카엘 아이레스는 세공사가 만들어 낸 예술품을 '이제 좀 볼만하군'이라는 말로 후려쳤다. 물론 다른 의뢰인에 비해 금액을 어마어마하게 지급한 손님이므로 이런 오만한 태도를 보이는 게 당연하지만, 그는 자신의 실력을 폄하하는 기사의 태도에 눈물이 날 것만 같았다. 그것도 무작정 세공한 게 아닌 시스에 비슈발츠의 초상화를 놓고서 만든 물건인데! 그녀를 연상시키는 디자인을 완성해 달래서 그렇게 했더니 되돌아오는 건 '장님인가? 그녀의 아름다움이 이 정도밖에 안 돼?'라는 폭언이었다.

세공사는 수십 번의 누락 끝에 겨우 자신의 역작을 받아들인 기사에게 욕을 실컷 퍼부어주고 싶었지만 애써 참으며 비굴한 웃음을 지었다. 그러곤 다신 이자의 의뢰를 받아들이지 않으리라 결심했다. 일 년도 안 되어 비슈발츠 백작 부인을 위한 반지를 만들게 된다는 것을 꿈에도 모르고서.

"이제야 제대로 된 물건을 가져왔군. 수고했다."

데뷔탕트 무도회가 열리기 겨우 하루 전날에 물건을 완성한 세공사의 굼뜬 행동에 약간 화가 난 미카엘인지라 자연 나오는 목소리가 곱지 않았다. 그는 자신의 더럽게 까다로운 심미안에 문제가 있음을 인식하지 못하고 하마터면 일을 망칠 뻔한 사실에만 분노하고 있었다.

하지만 시간이 오래 걸린 만큼 물건은 매우 완벽했다. 아마 황실 사람이라 하더라도 이만한 작품을 가지지는 못했을 것이다. 그래서 그는 들끓어 오르는 성질을 애써 짓누르며 조심스럽게 보석을 챙겼다. 이미 꽃은 비슈발츠가의 하녀장과 집사에게 말해 시스에가 잠든 틈을 타 방 안에 가득 채우기로 한 상태였다.

보석을 건네는 건 알아서 하면 될 일이고, 샤프론이 문제인데 소문에 의하면 디뷘젤 공작 부인이 시스에를 위해 기꺼이 나서 준 모양이었다.

"왜 내게는 손을 내밀지 않지? 떨어진 신뢰를 회복하기가 이리 어려운 줄 몰랐어, 멜. 절망적이야. 이젠 다신 고양이의 등을 함부로 쓰다듬을 수 없을 거야. 그런데도 친구라는 이름을 유지하고 있다니, 이 얼마나 우스운 일이지?"

뤼세트 로샨은 그 소문에 분통을 터뜨렸지만, 다른 사람들은 시스에를 위해 기꺼이 나서 준 공작 부인의 아량을 칭송하고 있었다. 그리고 그런 고귀한 분을 샤프론으로 맞이하는 시스에의 인맥에 새삼 감탄하며 그동안 해왔던 비난의 수위를 조금씩 낮추었다. 헤어진 연인이 다시 만나게 되었으니 더는 물어뜯을 게 없다는 게 주된 반응이었다.

"사내구실을 제대로 못 하는 병신 같은 남자가 남편인데 나라도 다른 이를 만나겠어요. 무엇보다 상대가 그 미카엘 아이레스잖아요! 그러한 사내에게 안 넘어갈 여자가 어딨겠냐구요. 외로움에 허벅지를 쥐어뜯는 것보다 낫지, 뭐. 아니, 첫날밤이라도 제대로 치렀겠냐 말이에요. 우리는 그녀를 동정해야 해요."

"아무렴요. 사교계 내에서 그런 일 따윈 이젠 흠도 아니지 않아요? 오히려

백작 부인이 귀족 세계에 완벽하게 녹아들었다 칭찬받아야 마땅하지요."

"저도 그렇게 생각해요. 저 혼자 잘난 듯이 고고하게 구는 것보단 낫지요. 고리타분하게도 언제 적 순결을 거론하는지 모르겠어요. 그럴 거면 신전에 들어가 평생 혼자 살 것이지, 원."

황제가 황태자 시절 그녀와 함께 자주 어울려 다녔음에도 불구하고 정부에 대한 말을 언급하지 않는 건 뤼세트 로샨의 눈치를 보기 때문이었다. 그렇기에 그들은 허용되는 범위 안에서 온갖 저질스러운 상상을 거듭하며 그녀를 환영할 준비를 끝마쳤다.

데뷔탕트 무도회가 모든 소녀에게 있어 가장 낭만적인 날임은 틀림없지만 시스에 드 비슈발츠만큼 로맨틱하게 하루를 시작한 사람은 없을 것이다.

데뷔 당일 날 그녀는 평소와 달리 늦잠을 잤다. 어제 늦게까지 쉬지 않고 일을 했기 때문이다.

시스에는 대외적으로 병석에 누워 있다 알려진 라데 비슈발츠를 대신하여 가문을 돌보며 무척 바쁜 나날을 보내고 있었다. 그녀는 하루에 두 시간 정도의 쪽잠을 자며 상업은 물론이고 대공가로 인해 얽힌 정치적인 일까지 해치웠다.

주변 사람을 믿지 못하는 황제처럼 시스에 역시 사람들에게 많이 데였던 과거의 기억으로 인해 모든 일을 혼자 다 하려는 습성이 있었다. 그래서 그녀는 잠을 깨는 차를 물처럼 마셔 대며 하루의 모든 시간을 서재에 틀어박히는 것으로 할애했다.

가문을 장악한 시스에 비슈발츠는 친인척들에게 있어 폭군이나 다름없었다. 그녀는 전 가주와 달리 무척 공격적으로 가문을 꾸려 나갔다. 자신에게 반하는 친인척들을 무자비하게 찍어 누르며 자신만의 왕국을 견고하게 구축했다. 물론 시스에야 이전에 가문을 장악했던 기억이 있으니 그것을 바탕으로 그들의 목줄을 쥘 수 있었지만, 영문을 모르는 친척들로선 자신들의 약점을 기막히게 찌르다 못해 후벼 파기까지 하니 미칠 지경이었다.

뭐라도 해봤어야 덜 억울하기라도 할 텐데 어어 하는 사이에 승기는 그녀에게로 넘어가 버렸고, 자신들은 가주의 처분을 기다리는 처량한 신세로 전락했다. 실제로 라데라는 사내를 새로운 가주로 맞이한 지 얼마 안 되었음에도 상당수의 친척이 내쳐졌으며, 대부분이 파산하여 한적한 시골로 쫓겨났다. 암만 경우 없는 일이라고 소리를 광광 질러 대도 백작가의 실권을 틀어쥔 건 그녀인지라 먹혀들 리가 없었다.

일각에서는 그런 시스에를 가리켜 염치가 없다, 탐욕스러운 여자다 하며 손가락질했지만 그녀의 뒤로 디뷘젤 공작가가 있는 이상 더는 비난할 수 없었다.

현재 비슈발츠가를 드나들 수 있는 친척들은 시스에에게 아부하며 그녀의 호의를 받기 위해 노력하는 머저리들뿐이다. 그것도 그들의 가치가 장기 말로 써먹을 정도는 된다고 생각한 시스에가 자비를 베풀었기에 가능한 일이었다. 주변의 이목도 고려해야 하기도 하고.

어쨌든 요 몇 달 동안 주변을 정리하느라 더 바빴던 그녀인지라 피곤이 쌓이다 못해 억눌린 화산처럼 부글부글 끓어오르던 중이었다. 그런 와중에 오랜만에 마음 놓고 잠자리에 들었으니 일찍 일어날 수 있을 리가 만무했다. 그래서 그녀는 이른 아침부터 하녀들과 하인들이 방을 들락날락했음에도 불구하고 전혀 일어나지 못했다.

시스에가 잠에서 깬 건 평소보다 세 시간은 더 늦은 아침 무렵이었다. 코끝을 간질이는 싱그러운 향기에 눈을 뜬 그녀는 흐린 눈으로 멍하니 고개를 돌리다가 침대는 물론이고 방 전체가 장미꽃으로 뒤덮였다는 사실을 깨달았다.

깜짝 놀란 그녀가 상체를 일으켜 세우자 비로소 진한 장미향이 맡아졌다. 침대 위는 물론이고 협탁, 바닥에 이르기까지 온통 장미꽃으로 가득한 상태였다.

"이게 무슨?"

깜짝 놀란 시스에가 낮은 목소리로 중얼거리자 한가득 꽃을 안고 들어오던 마리가 화색이 돋은 목소리로 쾌활하게 말했다.

"마님, 일어나셨어요?"

"하녀장, 이게 다 뭐지?"

마리는 꽃을 꽃병에 꽂으며 호들갑스러운 어조로 대답했다.

"아이레스 경께서 보내신 선물이랍니다. 마님을 놀라게 만들기 위해서 몰래 준비하신 거예요. 어쩜 이렇게 낭만적일까요?"

"아이레스 경이?"

"네."

순간 그녀의 뇌리로 이전에 어떤 꽃을 좋아하느냐고 물었던 그의 질문이 생각나는 건 당연한 일일 터. 시스에는 손바닥으로 얼굴을 감싼 채 나지막한 신음을 흘렸다. 그다지 좋아하는 꽃이 없어 장미라고 둘러댔던 게 이런 결과로 나올 줄이야. 어쩐지 자신의 대답을 듣고서 무척 좋아하더라니만.

시스에는 자리에서 일어나 아이레스 경의 선물을 천천히 둘러보았다. 장미 정원을 통째로 옮겨 온 듯 보이는 것이 죄다 장미꽃뿐이었다. 이만한 방을 다 채우기 위해 얼마나 많은 꽃이 필요했을지 감히 상상조차 할 수 없을 정도였다. 그 정도로 어마어마했다.

침실과 이어진 자그마한 응접실에도 장미가 가득가득 쌓여 있는 것으로 보아 수도에 자리한 꽃집이란 꽃집에서 죄다 긁어모았을 게 분명했다. 모두 가시를 손질한 것으로 이제 막 딴 것처럼 생생하기 그지없었다.

"마님, 기쁘지 않으세요?"

마리가 어리둥절하다는 듯 그녀에게 물었다. 시스에가 깨어난다면 기쁨의 탄성을 내지르거나 좋아서 눈물을 글썽일 거라 생각했는데 생각보다 덤덤한 반응을 보여 이상했던 것이다.

시스에는 고개를 설레설레 내저으며 소파 위에 앉았다. 그리고 그녀에게 편지지와 잉크를 가져오라고 명령했다. 마리는 실망에 가득 찬 표정을 하며 방을 빠져나갔다.

"너무 과해. 심장에 좋지 않아."

혼자 남게 된 그녀는 한숨을 내쉬며 오른손으로 심장 부근을 지그시 눌렀다. 장미꽃 속에 둘러싸여 있다 보니 그녀의 뺨 역시 장미를 닮아 버린 모양이었다. 조금씩 열이 오르기 시작한 얼굴은 딱딱하게 굳어 있던 입매마저 즐거움으로 씰룩이게 만들었다.

시스에는 지금의 상황이 무척 설레고 기뻤다. 그러나 그 이상으로 얼떨떨하고 당혹스러웠다. 이전 생에서는 단 한 번도 이러한 애정을 받아 본 적이 없는 그녀인지라 이런 일을 아무렇지 않게 넘어갈 만큼 대담하지 못했던 것이다. 그렇기에 놀란 가슴을 진정시키는 게 우선이었다.

"이 정도면 소문이 파다하게 났을 거야. 정말 어쩌려고 이런 일을 벌인 거야……."

그녀는 장미꽃잎을 손가락으로 희롱하듯 매만지며 조용히 중얼거렸다. 하지만 곤란해하는 어조와 달리 시스에의 얼굴은 조금씩 이성의 통제를 잃어 가는 중이었다. 아닌 게 아니라 그녀는 지금 자신의 광대뼈가 불룩 솟아올라 있다 못해 입술이 긴 호선을 그리고 있다는 것을 느끼지 못하는 것 같았다.

“이만한 꽃을 보내면 뒤처리는 어떻게 하라고. 말리는 것도 일이겠네. 도대체 무슨 생각을 한 건지 모르겠어.”

아무도 없는 방 안에서 장미꽃잎을 만지작거리며 조용히 투덜대던 그녀가 갑자기 푸흐흐 하고 채신머리없는 웃음을 터뜨렸다. 꽃을 주문하며 부끄러워했을 아이레스 경이 생각나 웃지 않을 수 없었던 것이다.

아니지. 시스에는 자신의 생각을 정정했다. 가문의 기사와 다투던 때의 그가 얼마나 사납고 냉혹했는지 떠올리고 나니 꽃 하나 가지고서 수줍어할 리가 없다는 판단이 들어서였다. 특유의 냉랭한 표정으로 명령했으면 또 모를까. 오만한 표정으로 말이지. 그래도 그의 이명에 비한다면 색다른 모습일 게 분명하여 가슴 한구석이 간질간질해졌다.

시스에는 무릎을 세워 거기에 얼굴을 바짝 붙인 상태로 몸을 웅크렸다. 그리고 다른 한 손으로 계속 보들보들한 꽃잎을 쓸어내리며 달콤한 한숨을 내뱉었다. 덕분에 다시 맞이하는 데뷔탕트에 대한 불안함은 물론이고 황제를 봐야 한다는 두려움 또한 사르르 녹아 없어지는 것 같았다.

“나를 지켜 주는 아이레스 경. 그는 의도치 않았겠지만 이렇게 또 나를 지켜 주는 건 당신이네. 아주 놀랍게도 말이야.”

이뿐일까. 그의 애정 공세로 인해 그간 그녀를 향해 입방아를 찧었던 모든 이가 벙어리처럼 잠잠해질 터였다. 오히려 가장 로맨틱한 아침을 맞이했다 부러워할지도 모르겠다.

잠시 후 마리가 방으로 돌아왔다. 시스에는 문을 열고서 편지지와 잉크를 가지고 들어오는 하녀장을 향해 시선을 던졌다. 그런 그녀의 뒤로는 편지가 가득 쌓여 있는 바구니를 들고 오는 또 다른 하녀가 보였다. 아닌 게 아니라 벌써 아이레스 경이 했던 일에 대한 소문이 퍼진 모양이었다. 그래서 그녀는 다시금 헛바람이 섞인 실소를 토해 냈다. 과거와 현재를 통틀어 가장 달콤하면서도 완벽한 아침이었다.

오늘 열리는 데뷔탕트 무도회는 제국 역사상 가장 급하게 치러진 행사일 것이다. 그래서 작년과 달리 규모가 작고 조금 초라했다. 황제의 허락을 받았다고는 하나 아직도 반란자들이 잡혀 들어오고 있는지라 이보라는 듯이 크게 여는 건 눈치가 보였기 때문이다.

오늘 아침에도 반란을 의심받은 귀족이 잡혀 들어왔더랬다. 직위는 자작에 불과하나 이런저런 일로 제법 인맥을 쌓아 나름 중앙 정치계에 이름을 올린 자였다. 그런데 삼 년 전에 선 황후와 몇 번 편지를 나누었던 게 발견되었고, 그러면서 여러 가지 의심스러운 정황이 드러나 바로 끌려온 것이다. 비극적인 건 그의 딸이 열여덟 살이고 데뷔탕트 무도회에 참석하기로 했다는 점이었다.

그래선지 홀에 모인 사람들의 표정은 밝지 않았다. 불과 오후 티타임 때만 하더라도 시스에 드 비슈발츠가 받은 꽃에 대한 이야기를 이러쿵저러쿵 나누던 그들이었다. 소설에나 나올 법한 일을 고스란히 경험한 그녀가 어찌나 부럽던지 손수건을 물어뜯으며 이를 바득바득 갈았더랬다. 그런데 이런 기분이 몇 시간이 채 가기도 전에 새로운 희생자가 잡혀 들어온 것이다.

희생자.

그래, 이보다 더 적합한 말은 없을 테지. 귀족들은 피투성이가 되어 감옥에 갇혀 있을 자작을 떠올리며 마른침을 삼켰다.

황제파는 반란을 꾀한 정황이 계속 드러나고 있다며 입에 거품을 물고서 달려들지만, 사실 그게 귀족들의 세력을 억누르기 위한 핑계에 불과하다는 사실을 모두 잘 알고 있었다. 제국의 위대하신 황제 나리께서 절대적인 황권을 가지기 위해 발버둥을 친다는 것을. 그가 건드리기 쉬우면서도 빠지면 빈자리가 크게 드러나는 자들만 골라서 잡아 온다는 사실 또한 말이다. 소위 말하는, '본보기로 족친다'가 요즘 일어나는 유혈 사태의 주요인이었다.

"그렇다고 해서 이런 날까지 본보기를 보이실 필요는 없잖아요. 요즘 무서워서 살 수가 없다니까요?"

"그러게 말이에요. 얼마나 더 목줄을 죄어야 만족하실는지. 다들 얼굴이 꺼멓게 죽은 것 좀 봐요. 이러니 흥이라도 나겠어요?"

"살다 살다 이렇게 초라한 데뷔탕트 무도회는 처음이에요. 작년만 하더라도 엄청나게 성대했었는데 말이죠. 디븬젤 공녀가 아니었다면 열리지도 않았을 행사긴 하지만요."

"소린가에서 자금을 댔다는데, 덕분에 아주 엉망이지는 않아요. 얼마나 쏟아부었을까요, 그 철없는 아가씨는?"

보통 때 같으면 아름답고 상냥한 여인과 유쾌하고 신사다운 남자가 한데 어울려 신나게 춤을 췄을 터였다. 그도 아니라면 부드럽게 울려 퍼지는 음악에 귀를 기울이며 술을 마시고, 구석에 마련된 테이블에 앉아 카드놀이를 하며 한창 화제가 되는 가십에 대해 입방정을 떨었을 것이다. 또는 자신들이 걸친 보석을 자랑하든가 말이다.

하지만 사람들은 그럴 기분이 나지 않는다는 것처럼 무척 우울한 표정을 지었다. 흥이 나지 않아서였다. 홀에 들어오는 '새로운 얼굴'들부터가 죽을 것처럼 바들바들 떨면서 들어오는데 그 누가 신이 나겠는가.

오늘 데뷔하기로 한 영애가 머리채를 잡힌 상태로 질질 끌려갔다는 소문이 돈 이후로 죄다 죽상이었다. 샤프론의 손을 잡고서 들어온 한 영애는 홀에 들어오는 순간부터 울 것처럼 주변을 두리번거리다가 앞으로 크게 넘어지는 실수를 저지르기까지 했다.

모든 게 엉망이었다. 사람들은 손으로 이마를 감싸며 한숨을 내쉬었다. 황제의 고약한 심보 덕분에 최악의 무도회가 계속되고 있다. 그들은 할 수만 있다면 비슈발츠 영애에 대한 소식으로 가득 찼던 즐거운 오후로 되돌아가고 싶다고 생각했다.

다행히 분위기는 디뵌젤 공녀가 등장하고 나서 많이 완화되었다. 그녀 자체는 무척 온화하고 사려 깊은 성품을 지니고 있지만 함께 나타난 소린 영애가 무척 수다스럽고 눈치가 없기에 모두에게 있어 눈요기가 되었기 때문이나. 여러 의미로 말이다.

여기에 로샨 공녀가 자신의 추종자를 거느리고 나타나자 더더욱 흥미진진해졌다. 이 두 사람이 황후 자리를 놓고서 대결하고 있음을 알기에 저들이 어떤 대치를 벌일지 즐거워하며 주의 깊게 주시했다. 화젯거리가 생기니 대화가 활발해지고 사람들의 제스처가 커졌다. 주변에 흐르는 음악에 귀를 기울이며 춤을 추는 여유를 보이는 이들도 있었다.

새로운 얼굴들에 대한 관심도 커져 잔뜩 긴장하여 얼어붙어 있던 소녀들에게 농담을 건네는 사람이 점차 늘어났다. 한쪽에 모여 앉아 담배를 피우며 여유롭게 카드를 돌리는 남자들 사이에서 아무렇지 않게 정치 이야기가 흘러나오는 건 분위기가 많이 완화되었다는 증거나 다름없었다.

시스에 드 비슈발츠가 등장한 건 무도회가 한창 무르익었을 때였다. 그녀는 자신의 샤프론인 디뵌젤 공작 부인과 등장했는데 그런 시스에의 옆에는 남편인 라데 비슈발츠 백작이 아닌 미카엘 아이레스 경이 서 있었다. 사람들은 오늘의 주인공이라 할 수 있는 그녀의 등장에 숨을 죽이고서 바라보았다.

양어깨와 풍만한 가슴골이 우아하게 드러난 푸른 드레스는 별을 박은 것처럼 찬란하게 빛나고 있었다. 긴 목덜미가 잘 보이도록 틀어 올린 머리나 그에 어울리는 화장이나 어느 하나 할 것 없이 감탄이 터져 나올 만큼 완벽했다.

같은 날 데뷔하는 영애들이 풋내 나는 모습을 보여 주었다면 그녀는 매우 자연스러운 태도로 스스로의 사랑스러움을 뽐내고 있었다. 그것이 모든 이의 이목을 끌었다.

"이제 노골적으로 선언하는군요."

"아침에 방 안을 꽃으로 가득 채워 줬다 하잖아요. 말 다 한 거죠. 그건 그렇고 저 드레스 좀 봐요. 어쩜 저렇게 우아하면서도 아름답죠?"

"도비녜 부인의 야심작이라 하잖아요. 그나저나 참 대단하네요. 샤프론은 디뷘젤 공작 부인이고 에스코트하는 사내는 아이레스 경이잖아요."

"남편은 어디에 두고 저런 모습을 보이는지 모르겠어요."

"쉿. 조용히 해요. 두 공녀에게 신임을 받는 유일한 사람이라는 거 몰라서 하는 소리예요? 잔말 말고 가서 듣기 좋은 말 몇 마디나 좀 해줘요."

시스에의 주변엔 금세 사람들이 몰렸다. 그녀가 부드럽게 웃으며 양해의 말을 구해도 한 마디라도 더 나누고 싶어 안달하는 사람이 대부분이었다. 어떤 이는 자신의 딸을 앞세워 그녀에게 눈도장을 찍으려고 애를 썼다. 좋은 인상을 남긴다면 디뷘젤 공녀 혹은 로샨 공녀에게 소개해 줄지 모르기에 매우 필사적이었다. 더 나아가 아이레스 경의 눈길을 받아도 좋다는 사람도 있었다. 사교계 내에 바람이라는 건 지극히 당연한 일로 지탄받을 만한 행위는 아니니까 말이다.

실제로 이 젊고 잘생긴 사내와 한번 잠자리에 들 수만 있다면 모든 것을 버릴 수 있다고 생각하고 있는 여인이 꽤 많았다. 그래서 그들은 시스에에게 이야기를 나누는 척하면서 미카엘 아이레스를 향해 몸을 부딪쳤다. 요즘 유행하는 옷이 가슴골이 깊게 드러나는 드레스라 참 다행이었다.

그러나 안타깝게도 미카엘 아이레스의 가드는 단단하다 못해 차가웠다. 그의 시선은 오롯이 시스에 드 비슈발츠에게 향해 있었으며, 그는 그녀에게 달려드는 남자들을 교묘하게 차단하며 완벽히 자신들만의 세계를 구축하고 있었다.

에스코트가 이렇게 달콤하고 은밀한 상상을 하게 만드는 거였나? 사람들은 꿀이 떨어질 것처럼 황홀한 미소를 지으며 시스에를 인도하는 아이레스 경의 행동에 나지막한 탄식을 내지르며 몸을 베배 꼬았다. 자신에게는 더없이 싸늘한 남자가 한 여자에게만큼은 크림처럼 녹아내리는 것이 계속 나쁜 상상을 하게 만들고 있었다. 누군가 목 놓아 아이레스 경의 이름을 부르는 게 지극히 당연한 행동인 것처럼 보일 만큼.

이는 사교계를 드나들며 못 볼 꼴을 다 보았던 시스에에게도 매우 보기 드문 광경이었다. 그녀는 뺨을 발갛게 물들인 채 숨을 할딱이며 아이레스 경의 이름을 부르는 여인의 모습에 미간을 찌푸렸다.

"아이레스 경, 저 부인께서 경을 부르는 거 맞지요? 그런데 왜 울면서 부르는 거죠? 아니, 웃고 있는 건가요? 세상에, 이제는 바닥에 주저앉아서 손수건을 물어뜯고 있어요."

"시스, 신경 쓰지 않으셔도 됩니다. 별일 아닙니다."

"하지만……."

의아해하는 시스에의 곁으로 로샨 공녀가 다가와 말을 가로챘다. 그녀는 알 만하다는 것처럼 아이레스 경을 바라보다가도 디뵌젤 공작 부인이 시스에의 샤프론이 된 것에 우울한 표정을 지었다.

"멜이 참석하는 무도회에선 익숙한 일이에요. 그러니 걱정 말아요. 어쨌든 드디어 데뷔군요. 축하해요, 시스. 오늘처럼 기쁜 날은 없을 거예요."

뺨에 가볍게 키스하는 공녀의 행동에는 분명 애정이 섞여 있었다. 사람들은 시스에가 디뵌젤 공녀와 함께 다님에도 불구하고 변함없이 그녀와의 우정을 이어 나가는 로샨 공녀의 대범함에 찬사를 보냈다.

"사실 시스는 더 성대한 무도회에서 데뷔탕트를 치렀어야 하는데 무척 아쉬워요."

"말만으로도 감사해요, 뤼세. 폐하께서 허락해 주신 것만으로도 감사해야 할 판인걸요."

"그것도 그렇지요."

로샨 공녀는 시스에의 입에서 황제에 대한 이야기가 나온 것에 무척 놀랐으나 그것이 곧 비아냥에 가까운 소리임을 깨닫고선 씁쓸한 미소를 지었다. 대신 화제를 돌려 즐거운 이야기를 이어 나가려고 애를 썼다. 그녀는 시스에가 디뷘젤 공녀에게 가기 전까지 충분히 이야기를 나누고 싶어 하는 것 같았다.

"멜이 드디어 제구실을 다 했다죠?"

"네?"

"시스를 제국의 모든 여인이 가장 부러워하는 사람으로 만들었잖아요."

시스에는 뤼세가 말하는 게 오늘 아침 자신의 방 안을 가득 채운 꽃임을 깨닫고서 부드러운 미소를 지었다.

"과분한 아침이었어요."

시스에의 대답에 아이레스 경이 그녀의 손등을 들어 올려 가볍게 키스하며 달콤한 목소리로 말했다.

"그렇지 않습니다. 오히려 그럴 기회를 주셔서 감사할 따름인걸요. 시스, 나의 아가씨. 당신에게 과분한 일이라는 건 없습니다."

얼음의 기사가 비슈발츠 영애에게 푹 빠져 있다는 걸 알고 있지만 이 정도일 줄은 미처 몰랐던지라 대부분의 사람이 떨떠름한 표정을 지었다. 주변인의 목격담에 의하면 간이고 쓸개고 다 빼 줄 것처럼 군다고 하나 주도권을 다 내어준 상태로 바싹 엎드린다는 소리는 없었기 때문이다.

"세상에, 저것 좀 봐요. 지금 곤란해하는 비슈발츠 영애의 눈치를 살피는 거 맞죠?"

"……내 아이레스 경이 저럴 리가 없어요. 냉정한 얼음의 기사님이 어째서 저런 모습을 보이는 거죠? 맙소사."

"술이라도 마셔야겠어요. 제정신으로는 못 견디겠군요."

"하지만 설레지 않나요?"

"네?"

"저거 보세요. 주변 사람들에게는 여전히 냉기가 풀풀 날리는 얼음의 기사인데 비슈발츠 영애 앞에서만큼은 다정한 사람인 거 말이에요. 극명한 온도 차이에 숨을 못 쉴 것 같아요. 세상에! 신이여 저 커플을 축복하소서!"

"……부인의 입술을 먼저 가엾게 여기세요. 술을 얼마나 마신 건가요?"

물론 이러한 웅성거림은 오래가지 못했다. 홀에 등장한 황제 때문이었다. 사람들은 질식할 것 같은 표정으로 가장 높은 곳에 서 있는 제국의 위대한 군주를 바라보았다.

황제는 이전보다 더 마르고 창백한 얼굴을 하고 있었다. 그것은 그를 무척 신경질적으로 보이게 만들었다. 음울하게 가라앉은 눈동자가 그러한 생각을 부추기고 있었다.

제국의 데뷔탕트란 그리 복잡한 절차를 요구하지 않았다. 그저 황제 앞에 이름이 불리면 그에게 나아가 인사를 하는 것뿐이었다. 그러면 사교계의 데뷔가 끝난다. 다만 황제 앞에서 인사를 하는 것 자체가 사교계의 내로라하는 귀부인들 앞에서 자신이 익혀 온 예법을 평가받는 것과 다름이 없어서 많은 소녀가 긴장을 하다가 무너지기를 반복했다. 사소한 틈 하나가 자신의 흠집으로 남아 두고두고 오르내리기 때문에 중압감을 이겨 내지 못한 것이다.

실제로 제대로 인사를 하지 못하거나 저들에게서 합격점을 받지 못한 영애가 사교계에 녹아들지 못하고 겉만 빙빙 돌다가 말도 없이 사라지는 경우가 많았다. 그럴듯한 배경이 있어 저들 무리에 받아들여진다 하더라도 은근한 무시를 받기 일쑤였다.

사교계 내에선 이를 두고서 '인사 무덤'이라고 표현했다. 그 한 번의 행위로 수많은 소녀가 묻혀 버렸으니 가히 그럴 만도 했다. 고작 인사 한 번에 멀쩡한 사람의 인생을 망가뜨려 버리는 스스로에 대한 양심은 뒤로하고. 오히려 사람들은 '황제는 그런 그들을 무덤으로 처넣어버리는 장의사인가?' 하고 낄낄대었을 뿐이다.

사교계의 인사들은 매번 데뷔탕트 때마다 데뷔할 영애들의 명단을 추려 은밀한 내기를 걸었다. 이번엔 누가 엉덩방아를 찧을지, 새된 목소리로 인사말을 읊을지, 벙어리처럼 멍하니 서 있을지 돈을 거는 것이다.

이들은 막 성인이 되는 풋풋한 영애가 두려움과 수치심으로 인해 바들바들 떠는 걸 즐겼다. 자신의 핏줄이 아니라면 뭐든 상관없었다. 남의 불행만큼 즐거운 게 또 없으니까. 지루한 인사 행렬을 구경해 주는 값으로 아주 그럴듯하지 않나.

그래서 사람들은 황제의 등장에 숨이 막힐 것 같은 표정을 지으면서도 시종장이 들고 있는 명단을 바라보며 눈을 빛냈다. 드디어 시작인 것이다.

황제는 무도회에 모인 사람들에게 짤막한 인사를 건네고 자리에 앉았다. 벌써부터 지루한 것인지 그의 표정은 권태로 가득했다. 물론 그것이 그의 미모를 가릴 순 없었지만 온몸 가득 냉기를 뿜어내는 황제의 모습은 불편한 휴식을 취하는 맹수와 같아서 모두 숨을 죽인 채 다음 순서를 기다렸다. 어느덧 홀은 핀 떨어지는 소리가 들릴 만큼 깊은 침묵에 휩싸여 있었다.

잠시 후 시종장이 앞으로 나와 들고 있던 종이를 펼쳤다. 그리고 차분한 어조로 오늘 데뷔탕트를 치르게 된 영애들의 이름을 부르기 시작했다.

호명된 소녀들이 하나둘씩 나와 제국의 위대한 군주 앞에 고개를 조아렸다. 대부분 긴장한 표정이 역력하여 숨이나 제대로 쉴까 의심스러웠다. 어떤 이는 말을 제대로 꺼내지 못해 허둥대다가 울음을 터뜨리면서 달아나기까지 했다.

"가엽게도 다신 못 보겠네요."

"저 영애의 샤프론이 파니에 백작 부인인가 보죠? 세상에, 저 일그러진 얼굴 좀 봐요. 우스워라. 그 정도의 안목으로 무슨 샤프론을 한다고……."

사람들은 그럴 때마다 혹평을 내리며 비웃음을 지었다. 비록 황제의 눈치를 살피느라 대놓고-작년에는 아주 큰 소리로 조롱했다-소리 내어 웃지는 못하지만 실패한 샤프론의 귓가에 들리도록 떠들어줄 용의는 있었다.

워낙에 긴장되는 자리인 데다가 황제가 가진 기운이 범상치 않아 실수하는 영애가 늘어나고 있어 모두의 즐거움은 극에 달했다. 드레스 자락을 밟아 넘어지는 영애, 황제와 눈이 마주치는 바람에 비명을 내지르며 그대로 주저앉은 영애, 인사 방법을 까먹어 제멋대로 하다가 그대로 얼어붙어버리는 영애 등등 총체적 난국이었다.

물론 그 와중에도 아주 침착하게 인사를 하는 이가 있었지만 고매하신 귀부인들의 눈에 들기엔 아주 모자랐다. 각각의 샤프론들은 자신이 데려온 영애들이 실수할 때마다 부채로 얼굴을 가리며 참담함을 감췄다. 데뷔탕트는 영애들의 교양 수준을 시험하는 자리이지만 더불어 샤프론의 안목을 평가하는 자리이기도 하므로 그들 역시 조롱에서 자유로울 수 없었다.

그렇게 시간이 흘러 드디어 시스에 드 비슈발츠의 차례가 되었다. 그간 공녀를 따라 사교계에 드나든 보람이 있는지 그녀는 다른 소녀와 달리 아주 침착하다 못해 여유롭기까지 해 보였다. 황제를 향해 걸어가는 걸음걸이나 시선 처리, 손끝의 방향까지 감탄이 나올 정도로 완벽했다. 그 우아한 자태에 모두의 입에서 감탄이 흘러나온 것은 당연한 일이었다.

시스에는 인사하는 자리에 멈춰 서서 차분하게 고개를 숙였다. 어떻게라도 흠을 잡기 위해 눈을 부릅뜬 사람들을 비웃기라도 하듯 그녀의 행동은 물 흐르듯 자연스러웠다. 황제에 대한 찬양을 담은 인사말을 내뱉는 목소리는 차분하면서도 부드러웠다. 발음은 정확했고 빠르기는 보통이었으며 어떠한 떨림조차 느껴지지 않았다. 심지어 고개를 숙이는 각도까지 예법서에서 바로 튀어나온 듯 정확했다. 먹이를 노리고 있던 하이에나들에게 있어 맥이 빠질 만한 일이 아닐 수 없었다.

"재미없네요."

"그러게요. 마음에 들지 않을 정도로 말이에요."

"디빈젤 공작 부인은 흐뭇하게 웃으시는군요."

"지금까지의 유일한 승자이니 그럴 만도 하죠."

"아이레스 후작 부인 또한 표정이 밝네요. 하긴 내가 그녀라도 웃지 않을 수 없겠어요. 이만한 교양을 갖춘 이인데 그 누가 출생을 따지겠어요?"

"병상에 누워 계신 마담 드 라발리에께서 작년에 그녀를 아주 철저하게 가르친 모양이에요. 아니라면 이런 모습을 보일 수가 없죠."

"어쨌든 그녀가 누울 관은 몇십 년 후에나 볼 수 있게 되겠군요. 아마 내년엔 우리처럼 인사 무덤에 들어갈 사람들을 고르고 있겠지요."

"어쨌든 이번에는 그녀를 환영해야 한다는 소리네요. 애석하게도 말이에요."

인사 무덤에서 살아남은 사람은 황제의 환영 인사와 함께 주변 친인척 혹은 지인들에게 데뷔 축하 선물을 받을 시간을 얻게 된다.

시스에는 '사교계에 발을 들이게 된 것을 축하한다'는 문장을 아주 길게 늘어뜨리는 황제를 침착한 태도로 바라보았다. 그간 이런저런 핑계를 대고서 그를 만나는 걸 피해 왔는데, 오늘날에 이르러 결국 만나게 된 황제는 어딘가 조금 불편해 보였다. 특히 그는 시스에와 시선을 마주할 때마다 무심코 한숨을 내뱉으며 말을 끊었는데, 어쩐지 침착함을 잃어버린 것 같아 모두 조금씩 당황하고 있었다.

'설마 나와 눈을 마주쳤기에 그러는 건 아니겠지?'

의아함을 느낀 시스에가 살짝 고개를 갸웃거리며 그의 안색을 살피려고 할 때였다. 황제의 인사말이 끝나기가 무섭게 누군가 앞으로 걸어 나와 감히 입을 열었다. 미카엘 아이레스 경이었다.

"나의 아가씨께 데뷔탕트 선물을 드리고자 합니다, 황제 폐하. 부디 허락해 주십시오."

그의 발언에 홀이 뒤집혔다. 사람들은 얼음의 기사가 모두가 보는 앞에서 그의 연인에게 선물을 줄 것이라 미처 예상치 못했기에 입을 떡 벌렸다. 이런 짓까지 하겠다고? 아이레스 경 당신이? 얼마나 충격이었던지 저자가 아이레스 경을 흉내 내고 있는 파렴치한일 것이라는 망언을 내뱉는 자도 있었다.

"멜, 나의 기사여. 그대가? 진정으로?"

황제 또한 친우의 행동을 예상치 못했던 모양인지 자리에서 반쯤 일어나 있었다. 그런데 기이하게도 그의 행동은 놀라워하기보다는 약간 분노하고 있는 것처럼 보였다. 실제로 황제의 미간은 깊게 구겨져 있었으며 그의 입술은 보이지 않을 정도로 미세하게 떨리는 중이었다.

하지만 그는 사람들이 이상하다고 생각하기도 전에 바로 자리에 앉아 태연한 어조로 입을 열어 말했다. 언제 그랬냐는 듯이.

"그대가 이런 모습을 다 보일 때가 있군. 이젠 얼음의 기사라는 이명을 버려야겠어.”

“제 검은 폐하를 노리는 적에게만 자비가 없으니 그들은 제게서 그 어떠한 온정을 느낄 수 없을 것입니다. 그러니 그것으로 충분한 것이 아니겠습니까?”

“내가 경을 아주 잘못 알고 있었던 모양이야. 덕분에 나 나름대로 준비한 게 쓸모없어졌군.”

황제의 말은 아주 의미심장했다. 모르는 이가 듣는다면 그가 시스에 드 비슈발츠를 위해 선물을 준비했다고 착각할 정도였다.

사람들은 설마 하는 심정으로 서로를 바라보았다. 아무리 그녀가 이전에 황태자였을 시절의 황제와 어울려 다녔다 하지만 이 정도로 친밀한 관계였을 줄 미처 생각지 못했기 때문이다. 물론 황태자였을 적 이 여자 저 여자를 닥치는 대로 만나고 다니기로 유명한 그였지만 그즈음 비슈발츠 영애는 친우의 여자로 소문이 나지 않았던가.

“아니겠죠?”

“그럼요, 자비로우신 폐하께서 친구를 위해 선물을 준비했을 수도 있잖아요. 그러니 가볍게 생각합시다.”

“하지만 분위기가 이상한데요? 그리고 저 영애가 그 정도의 가치가 있다구요? 모두의 눈앞에서 황제 폐하의 축하 선물을 받을 정도로? 이건 제국 역사상 전무후무한 일이라구요.”

“맞아요. 디뵌젤 공녀와 로샨 공녀, 아이레스 경만 하더라도 놀라운데 설마 황제 폐하까지? 아니에요, 아닐 거예요. 그 정도로 대단한 여자는 아니에요.”

여인들의 부채질이 빨라졌다. 그들은 눈짓하며 최대한 목소리를 낮춰 소곤거렸다. 사내들은 콧수염을 쓰다듬으며 은근한 희롱의 말을 건네었다. 그들의 주 관심사는 시스에 드 비슈발츠가 얼마나 대단한 요부이기에 저만한 사내들의 마음을 사로잡았냐는 것이었다. 그저 두 사내가 관심을 표현했을 뿐인데, 이미 그들의 뇌리에 걸친 시스에는 닳고 닳은 창녀나 다름없었다.

하지만 이러한 수군거림도 잠시 미카엘 아이레스의 대답이 이어지자 모두 긴장하며 그를 주시했다.

"저를 그렇게 생각해 주실 줄 미처 몰랐습니다, 폐하. 하지만 준비하신 건 훗날 비슈발츠 백작에게 보내 주시면 그가 기뻐하지 않겠습니까?"

완곡한 거절에 장내가 침묵에 휩싸이는 건 당연한 일, 그들은 황제의 눈치를 살피며 바들바들 떨었다. 행여 저 더러운 성미를 가진 황제가 폭발한다면 무도회고 뭐고 이대로 끝날 게 자명하기 때문이다.

시스에 드 비슈발츠가 나선 건 그즈음이었다. 그녀는 아주 맹랑하게도 황제를 바르게 쳐다보며 입을 열었다.

"당사자의 의견은 존중되지 않는 것입니까? 현명하신 폐하, 소녀의 불편함을 헤아려 주십시오."

"뭐라?"

"기쁘게 받아들이겠으니 모두 주십시오. 하면 된 것이 아닙니까?"

이건 숫제 당돌하다 못해 머리가 돈 것이나 다름없었다. 사람들은 시스에가 맹수의 입안에 머리를 집어넣고서 '나 잡아먹어 봐라'라고 약 올리고 있다고 생각했다. 제정신이라면 감히 황제 앞에서 이런 말을 할 수 있을 리가 없었다. 대담함도 정도가 있어야 칭찬받는 법이다.

저건 그냥 같이 죽자는 거야.

누군가의 입에서 탄식이 흘러나왔다. 황제랑 다녀 놓고선 아직도 그를 모르는 건가? 물론 이 질문은 '아이레스 경이 그녀에게 하는 걸 보면 몰라요?'라는 답에 금세 납득이 되었다. 황제 역시 아이레스 경처럼 그녀 앞에서 내숭을 떨고 있었다면 저런 패기를 부릴 법도 하다.

물론 시스에의 행동은 겁 없는 도발이 아니었다. 그녀만큼 황제의 자존심을 잘 아는 이가 없기에 할 수 있는 태도인 것이다. 시스에의 말마따나 황제와 아이레스 경 모두 그녀에게 선물을 준다면 화제가 되는 건 연인인 그일 게 분명하니 이를 노리고서 한 소리였다. 지독한 에고이스트인 황제가 그러한 치욕을 견딜 리 만무하니까. 기껏 준비한 선물이 뒷전이 되는 상황을 말이다. 그리고 그녀의 예상은 아주 훌륭하게 맞아떨어져 황제가 한발 물러서는 기적을 만들어 냈다.

"아니, 아이레스 경이 기껏 용기 내어 선물을 준비했는데 내가 거기에 찬물을 끼얹을 수 없는 노릇이지. 나중에 따로 비슈발츠가에 보내도록 하겠다."

"감사합니다, 폐하."

사람들은 너무나 쉽게 끝나 버린 상황에 어안이 벙벙하여 멍청하게 눈만 껌뻑였다. 당혹의 바다에서 자유롭게 움직이는 건 오롯이 아이레스 경뿐이었다. 그는 남들이야 어떤 표정을 짓든 말든 바로 무릎을 꿇고서 시스에의 손등에 입을 맞추었다.

"사교계의 가장 아름다운 꽃이 되기를 바라며 제가 준비한 선물을 시스, 그대에게 드리고 싶습니다."

아이레스 경이 손짓하자 그의 시종이 기다렸다는 듯 여러 상자가 담긴 쟁반을 들고서 나타났다. 그가 무엇을 준비했는지 아는 사람들이나 모르는 사람들이나 모두 숨을 죽이며 그의 손에 들릴 완벽한 예술품을 맞이할 준비를 마쳤다.

그들은 상자가 열려 목걸이와 팔찌, 귀걸이가 세상에 모습을 드러냈을 때 경탄에 찬 소리를 내질렀다. 밝은 금갈색에 가까운 알렉산드라이트는 장인의 섬세한 손길 아래 완벽한 자태를 뽐내고 있었다. 황실 사람들이나 가질 법한 물품에 여인들은 질투에 찬 시선을 보내었다. 그리고 아이레스 경이 손수 그녀의 귀에 귀걸이를 달아주고 목걸이와 팔찌를 채웠을 때 한숨에 가까운 신음을 내뱉으며 고개를 떨구었다. 이

장면을 보고 나니 자신들이 시스에 드 비슈발츠를 위한 들러리라는 생각이 들어 자괴감이 느껴졌던 것이다.

이는 위대하신 황제 폐하도 마찬가지로 그는 차갑게 불타오르는 시선으로 아이레스와 시스에를 바라보다 주먹을 세게 움켜쥐었다. 그는 손톱이 손바닥을 파고들어 상처가 깊게 나고 있음에도 화를 억누르는 데 집중하고 있었다.

“제 혀가 조금만 더 매끄러웠더라면 가장 아름다운 언어로 나의 아가씨 그대를 찬양했을 것입니다. 그리고 오늘의 기쁨을 즐겁게 노래했을 테지요. 하지만 그럴 재주가 없어 조악한 물품으로나마 대체하니 부디 너그럽게 받아주십시오.”

시종장의 손에 든 명단에 아직 이름이 더 남아 있었다. 인사 무덤에 처박힐 사람들이. 그렇기에 이렇게 시간을 끄는 건 모든 이에게 있어 민폐라 할 수 있었다.

하지만 사람들은 부러움으로 인해 몸을 배배 꼬는 것도 잠시 그 미카엘 아이레스가 언제 또 이러한 모습을 보여 주겠냐 싶어 울컥 차오르는 분노를 삼키고서 시스에의 반응을 기다렸다. 제정신이 박힌 사람이 아니고서야 거부할 리 없겠지만, 조금 전 황제에게 보여 주었던 그녀의 태도는 배를 갈라 간을 확인해 보고 싶을 만큼 파격적인 것이라 혹시나 모를 반전을 기대했던 것이다. 그러나 안타깝게도 시스에 드 비슈발츠는 수줍은 얼굴로 고개를 끄덕였고, 이 둘은 주변의 시선은 상관없다는 것처럼 손을 다정하게 꼭 잡고서 자신들만의 세상으로 빠져들었다.

귀부인들은 꿀이 뚝뚝 흘러내리다 못해 바닥에 흥건하게 젖을 만큼 다정한 시선을 한 상태로 시스에를 홀의 구석진 곳으로 인도하는 아이레스 경의 태도에 무심코 한숨을 내쉬었다.

미카엘 아이레스 경이 모두에게 냉정하게 굴었던 때가 그립군.

아마도 이것이야말로 지금 모두가 가장 절실하게 느끼는 소망일 터였다.

그렇기에 그 누구도 뤼세트 로샨이 안타까움과 슬픔이 뒤섞인 눈으로 황제를 바라보고 있었다는 걸 눈치채지 못했다. 황제의 손바닥에서 피가 흘러내리고 있었던 것 또한 말이다.

"이렇게 따로 나와도 괜찮나요?"

시스에 드 비슈발츠가 의아하다는 듯 미카엘에게 물었다. 그녀는 지난날의 기억을 떠올리며 현재의 상황에 무척 당황하는 중이었다. 이전 삶에서의 데뷔탕트 때는 홀의 한구석에 처박혀 어디든 떠나지 못했으니까 말이다.

그래서 그녀는 자신을 황궁의 정원으로 자연스럽게 인도하는 아이레스 경의 태도에 불안함을 느꼈다. 그냥 나왔으면 또 모를까 황제를 도발하여 그의 심기를 불편하게 만들지 않았나.

'이걸 꼬투리 잡으면 어쩌지? 그냥 가만히 있을 걸 그랬나?'

그녀는 자기도 모르게 입술을 잘근 씹으며 고민했다. 하지만 그때 그 누구라도 나설 수밖에 없는 상황이었다. 그렇지 않았으면 아이레스 경이 황제와 대치하는 상황이 벌어졌을 테니까 말이다. 시스에는 아이레스 경이 더는 자신을 위해 황제와 대립하지 않았으면 했다. 그녀야 이런저런 핑계를 대고서 빠져나갈 수 있지만 기사단장이라는 직위에 얽매인 아이레스 경은 어떻게든 황제와 대면할 수밖에 없는 처지였다. 그렇기에 조금 더 덜 위험한 상황에 있는 게 나았다.

"그러는 시스야말로 아까 두렵지 않았습니까?"

그 개 같은 성격의 황제와 맞서는 거 말입니다, 라는 말을 삼킨 미카엘은 애써 미소 지으며 시스에의 표정을 살폈다. 그의 아가씨는 매우 현명하게도 황제의 자존심을 자극하여 상황을 자연스럽게 풀어냈다. 그것은 칭찬받아 마땅한 일이나 돌이켜 보면 그녀가 자신을 지켜 준 꼴이나 다름없어 무척 미묘한 감정이 들고 있었다.

'내가 언제 이런 식으로 누군가의 도움을 받아 봤지?'

그는 이 자그마한 체구의 사랑스러운 여인이 자신을 위해 나섰다는 사실이 무척 행복하면서도 두려웠다. 자칫 황제가 자존심을 죽여 가면서까지 그녀를 압박했다면 큰일이 일어날 수도 있었기 때문이다.

"절 지켜 주실 거잖아요."

시스에가 맑은 눈동자로 그를 바라보며 뜻밖의 말을 내뱉었다. 그녀의 목소리에는 한 점의 흔들림이 없었다.

"그러니까 제가 아이레스 경을, 멜을 지킨 거예요."

미카엘 아이레스는 무언가 울컥하는 감정이 치솟아 오르는 것 같아 심장을 손으로 지그시 눌렀다. 이루 말할 수 없는 감격으로 인해 온몸이 울렁거리고 있었다. 그것은 감동 그 자체였다.

이용해도 된다고 말했던 관계가 어떻게 이런 식으로 발전하게 된 것일까? 물론 지난날의 관계에서 상처를 받은 적이 없지만 그래도 미카엘은 그녀가 자신을 위해 주는 날이 온 것에 큰 기쁨을 느꼈다. 검으로 이름을 날리기 시작한 이후 그 누구도 그를 지켜 준다고 말하지 않았다. 오히려 자신이 지키면 지켰지 도움을 받은 적이 없었다.

미카엘 아이레스는 그대로 그녀를 강하게 껴안고서 키스하고픈 충동을 애써 짓누르며 이성을 잃지 않으려고 노력했다. 불안함으로 축 늘어진 그녀를 보고서도 감히 욕심을 채운다면 개새끼나 다름없었다.

"그런데 제가 오히려 멜을 곤란하게 만든 건 아닌지 모르겠어요."

"왜 그렇게 생각하시는 겁니까? 전혀 그렇지 않습니다."

"하지만 멜, 멜도 아시잖아요. 폐하께서 얼마나 집요한지 말이에요."

그 자식의 집요함은 엄청나게 잘 알지요, 라는 말이 목 끝까지 치밀어 올랐지만 미카엘은 애써 미소를 지었다. 그리고 시스에를 안심시키기 위해 노력했다. 그간 어찌나 괴롭혀 온 건지 그녀는 황제라 하면 거의 불안 증세를 보일 정도로 무척 두려워하고 있었다.

'그런데도 나를 위해 용감하게 나선 거지? 두려웠을 텐데도. 오롯이 나를 위해서!'

어쩌면 이리도 사랑스럽고 또 사랑스러울까. 보통 몇 달이면 사랑이 식는다는데 왜 난 더 깊어져 가는 거지? 미카엘은 달큼하리만치 농익어 가는 자신의 감정이 놀라우면서도 무섭다고 생각했다.

일방적으로 구애를 하다가 겨우 받아들였기 때문일까? 그의 사랑은 밝은 빛처럼 찬란하면서도 음습한 어둠과 같은 양면성이 있었다. 지금도 보라. 연약함으로 떨고 있는 그녀의 모습에 안타까움을 느끼면서도 이대로 껴안고서 자신만 생각하게 하고 싶다는 충동이 치밀어 오른다. 그는 스스로의 저열함에 욕을 삼키면서 시스에의 어깨를 부드럽게 감싸 안았다.

"하지만 시스, 폐하께서 저를 함부로 대할 수 없다는 것 또한 아셔야지요. 그러니 걱정하지 마십시오."

"그럴 수 있다면 오죽 좋을까요? 멜, 제 염려가 기우라고 생각하지 마세요. 가끔은 여자가 더 섬세하게 감정을 읽는 법이랍니다. 그도 그럴 것이 폐하께선 저로 인해 자존심이 무척 상하셨잖아요. 아무렴, 모두 앞에서 그런 발언을 해버렸으니 당연하지요."

"언제나 그랬듯 제가 나의 아가씨 당신을 지킬 것인데도 말입니까?"

"그러니 더 걱정되는 거예요."

그녀의 눈동자가 미카엘 아이레스를 직시했다. 그는 그 속에 자신이 가득 담겨 있음을 깨닫고 희열에 휩싸였다. 그 누가 시스에에게 있어 이런 시선을 받을 수 있을까? 오롯이 자신뿐이다. 황제도, 로샨도, 그 무엇도 아닌 미카엘 아이레스 그밖에 없었다. 그래서 얼음의 기사는 깊게 차오르는 흥분을 가라앉히며 헐떡이는 것처럼 급하게 말을 이어 나갔다.

"시스, 그대는 내가 어떠한 생각을 하는지 꿈에도 상상조차 하지 못할 테지요. 나는 나의 아가씨, 당신이 평온하게 살아갔으면 합니다. 아름다운 꽃에 파묻혀 잠에서 깨고 좋아하는 차를 마시며 책을 읽다가 달콤한 낮잠을 자는 그런 삶을 말입니다. 어쩌면 요리사가 만들어 낸 음식으로 식사를 하고 가벼운 산책을 하다가 보석상에 들러 장신구를 산 다음 저녁에는 오페라를 구경하거나 극을 관람하는 것도 좋겠지요."

"하지만 전 여기에 있어요. 그리고 그 누구도 저에게 그런 삶을 살도록 만들어주지는 않을 거예요. 이미 늦었으니까요."

"제가 그렇게 할 수 있다고 한다면 따라 주시겠습니까?"

시스에는 미카엘 아이레스를 물끄러미 바라보았다. 간절한 열망이 깃들어 있는 그의 얼굴엔 어쩐지 섬뜩한 광기가 깃들어 있는 것처럼 보였다. 그렇게 한다고 대답한다면 지금 당장에라도 위의 말을 행할 것처럼, 그렇게. 그럼 그녀는 그의 바람대로 아무런 풍파에 휘둘리지 않는 평온하고 안락한 삶을 살 수 있을 터였다. 하지만 그런 수동적인 삶이 무슨 의미가 있을까? 시스에는 고개를 설레설레 내저었다.

"……비슈발츠가는 내 전부예요. 승전연 날 라데 비슈발츠가 모든 것을 움켜쥔 것처럼 말이지요. 내 뜻이 멜의 뜻이라 하지 않았나요? 그건 여전한가요?"

"예, 언제라도 영원히."

"그럼 멜이 다정하신 얼음의 기사님께 전해 주시겠어요? 상냥하게 거절하겠다고. 그분은 무척 너그러우신 신사시니까 제 말을 이해해 주실 거예요."

그러곤 그녀는 부드럽게 웃었다. 이 다정한 얼음의 기사는 아주 순간이지만 그녀에게 자신의 본성을 드러냈다는 사실을 모르는 모양이었다. 그러니 이리도 얼빠진 표정으로 마주 웃을 수 있는 거겠지.

미카엘 아이레스는 시스에 드 비슈발츠에게 푹 빠져 있다. 이건 부인할 수 없는 진실로 앞으로 그녀가 어떠한 선택을 하든 그는 맹목적으로 뒤따를 터였다. 그도 그럴 것이 시스에 앞에선 그 어떤 논리나 이성적인 판단이 존재하지 않았다. 그녀가 원하기만 한다면 미카엘은 언제라도 바보, 얼간이, 장님, 그리고 벙어리가 될 수 있었다.

"예. 반드시 전달해 드리겠습니다."

그래서 그는 순순히 자신의 뜻을 꺾었다. 오롯이 시스에 드 비슈발츠를 위해.

"감사해요. 그런데 멜, 꽃에 대한 감사는 편지로 전해 드렸지요. 목걸이와 팔찌, 귀걸이에 대한 보답은 어떻게 해야 할까요?"

미카엘 아이레스가 자신을 위해 선물을 준비한다는 소문이 있었지만 시스에에게 자세하게 설명하는 사람은 없었다. 로샨 공녀가 자신의 친구를 위해 열심히 정보를 통제했기 때문이다.

그렇기에 그녀는 당일까지 아무것도 몰랐다. 아침에 장미꽃 속에서 깨어나리라는 것이나 모두가 보는 앞에서 보석을 선물로 받을 것이라는 사실을 말이다. 그것도 자신의 머리카락 색을 닮은 보석을 줄 것이라곤 꿈에도 상상조차 하지 못했다. 아마 주변의 이목이 없었더라면 그의 얼굴에 대고서 키스를 마구 퍼부어줬을 것이다.

알렉산드라이트는 과거 사치스러운 생활을 했던 시스에조차도 감히 손을 대지 못한 귀한 보석이었다. 자신의 머리카락 색을 표현하는 보석을 산다면 고작 호박이나 고를까 이 정도의 품질을 가진 예술품은 꿈도 꾸지 못했더랬다. 하지만 그는 알렉산드라이트로 가장 아름다운 목걸이를 만들어 그녀의 목에 걸어주었다. 시스에의 가치가 이와 같다는 방증으로 이를 지켜보던 다른 귀족들에게 당당하게 선언하는 것과 다름없었다.

그래서 기뻤다. 너무나 행복했다. 보석이 비싸서가 아닌 그녀 자체를 가장 높게 평가해 주는 이가 자신을 사랑하는 미카엘이라서 그러했다. 그가 오늘을 위해서 얼마만큼의 용기를 내었는지 익히 짐작할 수 있었기에 더더욱 감격스러웠다. 그러므로 고작 감사 인사와 편지만으로는 그의 세심한 마음에 보답할 수 없을 터였다. 때문에 시스에는 이 순간만큼 그가 원하는 무엇이든 다 해줄 수 있을 거라고 생각했다.

"그럼 데뷔탕트 첫 춤을 저와 함께 춰주십시오."

무도회 때는 홀의 모든 창문과 문을 활짝 열어 음악 소리만큼은 바깥에서도 희미하게 들을 수 있었다. 때마침 음악이 시작되었고, 미카엘 아이레스는 달빛 아래 환한 웃음을 지으며 그녀에게 손을 내밀었다. 아름다운 얼음의 기사는 어둠 속에서도 찬란하게 빛나고 있었다.

"이것으로 만족하시나요?"

시스에는 그의 손을 잡으며 장난스럽게 속삭였다. 근심이 사라진 그녀의 얼굴엔 미카엘 아이레스가 반했던 그때의 미소가 떠올라 있었다.

"제 욕심을 부추기시는 겁니까?"

"그렇다면 어떻게 하실 생각이세요?"

미카엘은 시스에가 처음으로 또래의 소녀다워 보인다고 생각했다. 그래서일까? 그의 리드에 따라 경쾌한 발놀림으로 스텝을 밟는 그녀의 몸은 천진하다 못해 무척 사랑스러웠다.

"그럼 그 욕심에 기대어 솔직한 속내를 밝혀도 됩니까?"

"얼마든지요."

"이런, 저를 너무 봐주시는 건 아닌지요?"

시스에는 미카엘의 말에 순진한 목소리로 대답했다.

"그야 멜이니까요."

아아. 미카엘은 신음을 삼키며 충동적으로 그녀의 뺨에 키스를 했다. 시스에가 놀랐는지 두 눈을 동그랗게 떴지만 지금만큼은 자신이 무뢰한처럼 느껴지지 않았다. 그는 지극히 당연한 반응을 한 것뿐이니까.

"그럼 그 어떤 것도 수용한다는 말입니까?"

"……제가 겁먹지 않을 수 있도록 살살해 주세요. 부탁드려요, 아이레스 경."

그는 결국 소리 내어 웃고 말았다. 무척 채신머리없는 행동이지만 그녀 앞에선 체면이고 뭐고 세울 각이 나오지 않았다.

어떻게 이런 사람이 다 있는 거지? 그는 새삼 디뷘젤 공작가에 갔던 날 시스에 드 비슈발츠의 웃음을 보았던 자신의 운명에 감사하고 싶은 기분이었다. 그렇지 않았으면 이런 기분을 평생 맛보지 못했을 테니까. 진정한 사랑이 무엇인지 알지도 못했을 테고 말이다. 뿐만이랴. 질투라는 것도 사전에서만 찾을 수 있는 단어인 줄만 알았을 것이다.

어쨌든 시스에는 지금 자신이 덩치 큰 맹수의 목줄을 풀어놓은 줄 까맣게 모르고서 순진하게 웃고 있었다. 그래서 그는 음흉한 속내를 슬금슬금 풀어놓으며 자신의 욕심을 양껏 내비쳤다.

시스에는 모르겠지만 본래의 미카엘 아이레스는 사양이라고는 모르는 남자였다. 때론 염치를 불구할 정도로 이기적으로 굴었다. 그가 한 수 접어들고 가는 건 가족과 친구, 그리고 시스에뿐이었다.

그런데 이런 그에게 '수용'이라는 단어를 내어놓다니. 이 순진한 아가씨를 어떻게 한다지?

특히 겁먹지 않게 해달라는 말이 치명타였다. 그는 아무렇지 않게 자신의 마음을 올렸다 내렸다 하는 시스에를 바라보며 눈꼬리를 부드럽게 휘었다. 다시금 사랑에 빠질 것만 같았다. 조금 전보다 더, 아주 많이.

물론 그렇다고 해서 시스에가 준 기회를 흘려보낼 생각은 없었다. 평소 가졌던 불만을 아무렇지 않게 털어놓을 기횐데 말이다. 바보가 아니고서야 놓칠 순 없는 법이다. 그래서 그는 가장 마음에 걸렸던 일을 여상스러운 어조로 꺼내기 시작했다. 치졸한 감정이 뒤섞인 말이었지만 아무렇지 않게 내뱉는 그의 얼굴은 놀라우리만치 뻔뻔했다.

“가끔 비슈발츠가에 가면 시스 곁에 어린 소년이 있더란 말입니다.”

“어린 소년이요? 잭 말인가요?”

“네, 그가 맞을 겁니다.”

“잭이 왜요?”

“제가 올 때마다 있더군요.”

“가끔 불러서 거리의 이야기를 듣거든요. 잭은 정말로 솜씨 좋은 이야기꾼이랍니다.”

시스에는 교묘하게도 잭이 정보상에서 일한다는 것을 숨겼다. 미카엘은 그것을 알고 있지만 모르는 척 말을 이어 나갔다.

“일반적인 이야기꾼은 아닌 것 같더군요. 시스가 무척 아끼는 아이인 듯하던데 맞습니까?”

“좋은 아이예요. 아리나와 함께 말이에요.”

미카엘은 시스의 허리를 붙잡고 능숙하게 몸을 움직였다. 그는 한 바퀴 부드러운 턴이 이뤄진 다음 다시금 제게로 달라붙는 가녀린 몸체가 퍽 마음에 들었다. 그녀의 머리카락이 움직일 때마다 흘러나오는 진한 장미향은 분명 자신이 아침에 보내었던 장미를 이용한 것일 터였다. 그는 향기로 인해 누그러지는 마음을 애써 다잡으며 평소 생각해 왔던 불만을 터뜨렸다.

“좋은 아이인 건 저도 알겠습니다. 그렇지 않다면 시스가 아이를 저택으로 부를 리가 없을 테니까요. 하지만 너무 자주 있더군요.”

“……네?”

“그 소년과 너무 가깝게 지내는 거 아닙니까?”

"잠시만요, 멜. 그러니까……."

"어려도 사내는 사냅니다."

"세상에, 아이레스 경. 지금 무슨 소리를 하는 거예요."

미카엘은 자신의 말에 놀라는 시스에의 태도에 비죽비죽 솟아오르는 심술을 꾹 삼켰다. 솔직한 속내를 밝히라고 해서 진심을 말했더니 놀라는 건 또 뭐란 말인가.

아닌 게 아니라 그는 정말로 잭이라는 소년에 대해 할 말이 참으로 많았다. 핏줄도 아닌 소년이 무어 예쁘다고 저리도 귀히 여기는 것인지 가끔 불안함을 느낄 정도였다. 황태자를 따라나섰던 전장에서도 그녀의 곁에 찰싹 달라붙어 있다가 시키는 대로 라데 렐신에 대한 소리를 고래고래 내질렀던 녀석이 아닌가. 심복으로서의 충성은 좋지만 그 이상의 애정은 사양이었다.

미카엘 아이레스는 진심으로 시스에를 다른 사람과 나누고 싶지 않았다. 아리나라는 소녀는 그렇다 치고라도 잭까지 그녀의 마음 한구석을 차지하는 건 있을 수도 없고 있어서도 안 될 일이었다. 아무렴 그렇고말고. 시스에 비슈발츠는 너무나 매력적인 여인이니까 말이다.

"솔직한 속내를 밝히라 하지 않으셨습니까?"

"하지만 그건……."

"질투하는 겁니다."

"네?"

"시스의 주변에 사내는 없었으면 좋겠습니다."

"네?"

"시선과 미소와 몸짓이 나에게만 향했으면 좋겠습니다."

"네?"

미카엘 아이레스는 못 알아듣는 것처럼 자꾸 네네거리는 시스에의 얄미운 입술에 쪽 하고 가벼운 키스를 퍼부었다. 이러면 좀 정신을 차리려나?

일부러 질투라는 노골적인 단어를 선택했음에도 믿지 못하는 건 그 자신을 너무 좋게 봐주었기 때문이었다. 그래도 그 또한 사람인지라 투기 정도는 하는데 말이다. 미카엘 아이레스는 시스에 관한 일이라면 지나가는 개미에게도 질투심을 느낄 수 있었다.

"전 질투심이 많은 사내입니다. 그래서 시스와 가까이 앉아 있는 그 소년에게 질투를 느끼고 있어요. 전 바빠서 몇 번 만나지도 못하는데 그 소년은 손쉽게 시스를 만나니 말입니다."

"하지만 그 아이는 아직 어리고……."

"그래 봤자 차이가 크게 나는 건 아니잖습니까? 한 다섯 살 이상 차이 납니까?"

"그건 아니지만……."

"그럼 금세 성장하여 남자가 되겠군요."

"맙소사, 멜. 그건 정말 아니에요."

"그 소년도 그렇게 생각할지가 문제지요."

분명 아직 잭이라는 소년은 시스에를 누이처럼 생각하고 따르고 있는 게 분명했다. 그건 미카엘의 눈에도 확연하게 보였다. 하지만 누이에 대한 애정이 연인의 애정으로 바뀌게 될지 누가 안단 말인가?

'불온한 싹은 미리 잘라 버리는 게 낫지.'

이번 일로 겸사겸사 그가 질투심 많은 남자라는 것을 각인시키는 것도 좋을 것이다. 그러잖아도 그녀 곁에 얼쩡거리는 사내놈들 때문에 스트레스를 받고 있는 미카엘 아이레스다. 그는 그녀가 자신의 불안감을 조금이라도 알아주기를 바랐다. 그들의 관계에서 늘 지고 들어가는 건 미카엘이니까. 그녀가 자신을 버릴지언정 미카엘이 그녀를 버리는 것은 죽어도 상상할 수 없었다. 그렇기에 훗날 자신들이 헤어지는 날이 온다면 그건 시스에의 마음이 식었기 때문일 테다.

"아예 만나지 말라는 건 아닙니다. 제가 무어라고 그런 요청을 감히 하겠습니까? 단지 시스의 곁에 남자가 있다면 그것이 소년이든 아이이든 제가 무척 불안해하는 걸 알아주셨으면 합니다. 네, 그뿐이에요."

시스에의 몸이 다시금 빙그르르 돌았다. 미카엘은 다른 손으로 그녀의 마른 어깨를 붙잡으며 천천히 옆으로 걸음을 옮겼다. 치마가 꽃처럼 넓게 퍼지며 주변을 부드럽게 휩쓸었다. 그녀의 숨이 조금씩 가빠지고 있었다.

"잭은…… 절 가족처럼 여기고 있어요. 저도 그렇구요. 그렇기에 멜이 그 아이에게 불안함을 느낄 줄은 몰랐어요."

"제가 매우 치졸하면서도 저열하기 때문입니다. 그래서 그럽니다. 하지만 이런 마음을 먹을 만큼 시스, 그대를 너무나 사랑합니다."

어느덧 음악이 멈추고 그들의 춤도 끝났다. 하지만 시스에는 여전히 미카엘의 품에 안겨 천천히 스텝을 밟고 있었다.

"제가 경께 믿음을 드리지 못해서인가요?"

그녀가 조용한 목소리로 그에게 물었다.

시스에는 아이레스 경의 불안이 자신에게서 기인한 것 같아 마음이 불편했다. 그녀가 아는 사랑은 집착으로 가득 찬 매달림뿐이었으니까. 그래서 그의 질투가 이전의 자신처럼 더러운 감정으로 변환될까 봐 두려웠다.

"아니요. 제 문제입니다. 다른 사람이 시스에게 끌리는 건 당연한 일인데도 전 그것을 받아들이지 못하고 있으니까요."

"제게 끌리는 게 당연하다고요?"

시스에는 두 눈을 크게 뜨고서 그에게 물었다. 이전 삶이나 지금 삶이나 누구도 그녀에게 이런 말을 해준 적이 없었다. 그래서 자존감을 세워 주는 말이 무척 황홀하게 들렸다. 마치 꿈을 꾸는 기분이었다.

"그렇습니다. 그렇지 않으면 제가 그대를 사랑할 리가 있겠습니까?

저 역시 시스의 매력에 빠져 버린 것을요. 아니, 끌리지 않았더라 하더라도 저는 분명 그대를 사랑했을 겁니다."

이번에도 당신은 아무렇지 않게 날 구하는구나.

시스는 울고 싶었다. 기이하게도 멜의 말을 듣자마자 가슴속 한구석에 사리하고 있는 불안함이 떨어져 나가는 기분이었다. 더는 로에나처럼 굴지 않아도 될 것 같았다. 그녀가 입었던 드레스, 그녀가 했었던 행동, 그녀가 샀었던 보석까지 전부 다.

운명에서는 벗어났지만 두려움은 떨쳐 버리지 못했던 지난날이 그로 인해 상쇄되는 느낌이었다. 마치 족쇄가 떨어져 나간 것 같다. 그래서 그녀는 크게 소리 내어 울고 싶었다. 그의 품에 안겨서 엉엉 아이처럼 그렇게 모든 걸 토해 내고 싶었다.

하지만 목을 가득 메우는 뜨거운 감정을 가까스로 참으며 배시시 웃었다. 오늘같이 좋은 날에 눈물을 보여서는 안 되니까. 대신 상냥한 어조로 그에게 속삭이듯 말했다.

"그럼 질투심 많은 멜 경, 제가 어떻게 하면 안심하시겠어요?"

미카엘이 손을 뻗어 그녀의 자그마한 얼굴을 부드럽게 감싸 쥐었다. 그리고 낮은 목소리로 속삭이듯 말했다.

"잭이라는 소년이든 누구든 만나면 꼭 멀리 떨어져 앉아주십시오. 그리고 그럴 때마다 제게 키스하러 달려와 주세요."

"그거면 되나요?"

"충분합니다."

"……지금은요?"

미카엘은 대답 대신 그녀의 입술에 자신의 입술을 겹쳤다. 그는 따뜻하면서 보드라운 살을 가르고 입천장을 천천히 쓸다가 치열과 혓바닥은 물론이고 아래까지 구석구석 탐색하며 달큼한 타액을 들이켰다. 온몸의 감각이 입안에 집중되는 것 같았다. 이게 정상이라는 것처럼.

그래서 그는 마치 밀어붙이는 것처럼 그녀의 입술을 집어삼키며 집요하게 매달렸다. 그녀의 목에 손을 가져다 대고 허리를 강하게 감싸쥐며 공기 하나 들어갈 틈 없이 몸을 밀착했다. 자신의 몸에 그녀의 가슴이 강하게 짓눌려도 아랑곳하지 않고서 그렇게. 그리고 시스에가 거의 기절할 것처럼 헐떡일 때야 겨우 입술을 떼고서 장난스러운 어조로 물었다.

"그런 다음 제게 비슈발츠라는 성을 붙여 주세요."

"언제요?"

"지금이라도 당장."

시스에가 맑은 웃음을 터뜨렸다. 어느새 음악이 시작되고 있었다. 미카엘은 그대로 다시 그녀의 몸을 인도하며 경쾌한 춤을 추었다. 밤은 점점 더 깊어만 가는데 음악은 끊이지 않아 발이 자꾸 움직였다. 시스에와 미카엘은 계속 웃으며 쉬지 않고 춤을 췄다. 다리가 아파 더는 못 움직일 때까지 그렇게. 그리고 마지막으로 몸이 녹아내릴 듯한 키스를 하며 사랑을 속삭였다. 눈, 뺨, 코, 입술, 턱, 목덜미에 이르기까지.

"사랑합니다. 시스, 그대를 너무나 사랑합니다."

절절한 사랑 고백은 밤하늘의 별보다 더 찬란하게 빛났다. 그것은 그녀의 목에 걸린 목걸이보다 더 가치가 있었다. 그래서 시스에는 오늘처럼 완벽한 데뷔탕트는 또 없을 거라고 생각했다.

사랑스러운 날이었다.

다음 날 사교계에서 '인사 무덤'을 완벽하게 통과한 사람은 시스에드 비슈발츠뿐이며, 그녀가 미카엘 아이레스에게 엄청난 선물을 받았다는 소문이 떠돌았다. 사람들은 한동안 그 보석을 아주 자세하게 관찰할 수 있었는데, 그녀가 어디를 나갈 때마다 그것을 차고 다녔기 때문이다.

한편 제국에서 두 번째로 큰 정보상은 아이레스가에서 밀려드는 의뢰로 인해 정신을 차리지 못했다. 그들은 일을 해결할 사람으로 잭을 꼭 집어서 지목했는데, 덕분에 잭은 한동안 비슈발츠가에 드나들지 못할 정도로 매우 바쁜 나날을 보내야만 했다. 초인적인 힘으로 서류를 끝낸 미카엘 아이레스가 비슈발츠가에 하루 종일 죽치고 앉아 시간을 보내는 날이 올 때까지 말이다.

2
발각(發覺)

제국의 사교계는 몹시 문란하면서 비도덕적인 측면이 강했다. 어떤 사람이 누군가와 연애를 하거나 결혼을 하면 성적인 부분으로 쉽게 생각된다는 점에서 그랬다. 특히 여인에게 가차가 없었는데, 사냥감으로 물색되는 이는 주로 이제 막 결혼한 새 신부였다.

시스에 드 비슈발츠, 아니, 이제는 비슈발츠 백작 부인이라 불려야 할 여인은 자꾸만 비틀어지는 입매를 가까스로 내리며 조용히 침묵했다.

그녀의 앞에는 땅딸막한 추남이 자꾸 되지도 않는 농담을 지껄이며 유혹의 말을 건네고 있었다. 그는 자신의 부를 과시하며 애인에게는 돈을 아끼지 않는 쾌남임을 자랑했다. 공작새 수컷이 암컷을 유혹하기 위해 화려한 꽁지깃을 활짝 펼친다더니 남자의 복장은 그야말로 돈을 처바른 상태였다.

보통 이 정도 잘 차려입었으면 제법 어울린다든가 꽤 볼만하다는 것과 같은 의례적인 찬사가 튀어나왔겠지만, 애석하게도 남자의 얼굴이

이 모든 것을 깎아 먹고 있었다. 입을 벌릴 때마다 시궁창 물을 들이부은 것과 같은 악취가 흘러나오는 것부터가 그랬다. 무엇보다 옆으로 퍼진 뚱뚱한 몸은 상대를 본래의 나이보다 더 들어 보이게 했으며, 굼뜨고 지저분하다는 인상을 받게 했다. 정말이지 최악의 남자였다. 그 어디에서도 매력을 느낄 수 없을 정도로.

시스에는 얼마나 자신이 우습게 보였으면 이런 남자가 치근대는지 모르겠다며 속으로 한탄했다. 그는 자신이 아이레스 경 못지않게 꽤 매력 있는 남자라 믿는 것 같았다. 그도 아니면 바지 위로 흉물스럽게 튀어나온 세 번째 다리를 맹신하고 있거나. 혹은 누군가의 저열한 사주일지도 모르겠다. 어쨌든 이 모든 것을 감수하더라도 이 남자는 아니었다.

사교계가 유독 여인에 비해 남성에게 너그러운 곳이지만 눈앞의 남자에게만큼은 그렇지 못했다. 지독하게 못생긴 외양은 둘째 치고 잠자리 매너가 매우 더러웠기 때문이다. 그의 가학적이고 지저분한 성욕과 지나친 자기애는 상대로 하여금 조롱을 불러일으켰다.

못생겼으면 성격이라도 좋아야지.

귀족들은 종종 사내를 거론하며 그렇게 이죽거렸다. 오죽하면 창녀들도 사내를 피하냐면서.

실제로 남자는 정상적인 방법으로 애인을 사귀지 못했다. 돈으로 사거나 약점을 잡아야만 연인을 얻을 수 있었다. 그렇기에 늘 오래가지 못했다. 지급한 돈만큼 대우를 받아야겠다는 속물적인 성격을 버텨 낼 여자가 없어서다.

물론 남자는 애인이 자주 바뀌는 것을 자랑스러워하는 편이었다. 애인을 사귀는 것에 많은 돈이 들긴 하지만 어쨌든 이 또한 능력이 있어야 가능한 부분이니까. 진정한 남자를 모르는 속물적인 여자들 때문에 재산이 축나고 있긴 하지만 말이다.

그러나 이러한 불만도 머지않아 끝나게 될 것이다. 남자는 곧 죽을지 모르는 허약한 사내를 부군으로 가지고 있는, 부유한 과부가 될 가능성이 큰 여인을 탐욕스러운 눈으로 바라보았다. 가지고 있는 미모도 미모지만 순종적으로 자신의 말을 잘 들어주는 모습이 무척 마음에 들었다. 그도 그럴 게 사교계의 드센 여인들만 겪다 보니 이런 청순하면서도 순수한 여자가 그리울 수밖에 없었다. 그래서 남자는 더욱더 열과 성을 다해 그녀를 유혹했다. 외모야 아이레스 경에 비해 조금 떨어지는 편일지 모르겠으나 가진바 재산과 남성으로서의 상징은 누구에게도 뒤지지 않을 자신이 있었다. 아무렴 사내라면 침대 위의 능력이 최고가 아니겠는가.

"저만 한 사내를 만나기가 얼마나 어려운지 아십니까? 저는 여인을 기쁘게 할 줄 아는 능력이 아주 탁월하고……."

시스에는 이대로 있다간 끝도 없이 추근거릴 것만 같은 그의 태도에 한숨을 삼켰다. 혹시 모를 사태를 생각하여 얌전히 경청하고 있었더니 남자의 자신감이 끝도 없이 상승한 모양이었다. 갑자기 거만한 미소를 지으며 어깨를 펴는 것부터가 그랬다. 남자는 시스에가 자신의 여자인 것처럼 음탕한 눈빛을 보내더니만 노골적으로 가슴 부근을 훑어 내렸다. 곤란해하는 그녀의 행동을 앙탈이라 생각하는지 눈을 찡긋거리기까지 했다.

그 역겨운 행동에 깜짝 놀란 시스에는 자신도 모르게 입 안쪽의 여린 살을 깨물었다. 수치심으로 인해 얼굴이 새빨갛게 달아오르는 것 같았다.

사실 남자는 저번에 시스에와 함께 데뷔탕트를 치른 어린 영애를 희롱하다가 그녀의 아비에게 크게 혼쭐난 적이 있었다. 고작 한 달 전에 일어난 일로 아직도 모두에게 회자될 만큼 우스꽝스러운 사건이었다. 사타구니를 집요하게 노리는 칼날도 칼날이거니와 남자가 그것에 겁을 먹고서 바지에 소변을 지려 버렸으니 그럴 수밖에 없었다.

시스에도 아는 부인을 따라서 그 결투를 구경했는데, 그가 자신이 지린 오줌 위로 엉덩방아를 찧다 못해 엉엉 울음을 터뜨린 모습을 아직도 잊을 수 없었다. 저런 것도 핏줄을 잘 타고난 덕분에 귀족 행세를 하는구나 싶어서였다. 그만큼 남자의 모습은 한심했다.

수치를 아는 이라면 적어도 일 년은 저택에 칩거하면서 소문이 잦아지기를 기다릴 터였다. 그런데 남자는 뻔뻔하게도 이 여자 저 여자에게 들이대며 자존심 회복에 힘을 쓰고 있었다. 마치 발정 난 개새끼 같았다. 게다가 그는 머리도 나쁜 모양인지 시스에를 향해 제대로 된 호칭을 사용하지 않고 있었다.

"……비슈발츠 영애, 그러니 나와 함께-"

견디지 못한 시스에가 재빠르게 남자의 말을 가로챘다. 지금껏 평판을 생각해서 꾹꾹 참았는데, 더는 안고 갈 인내심이 없었다. 그냥 이 역겨운 돼지를 자신의 눈앞에서 치우고 싶을 뿐이다.

"제 부군의 지위를 부정해서 그리 부르시는 건 아니실 테고, 그렇다고 해서 제가 혼인하였음을 모르시는 바는 아닐 텐데 어째서 저를 영애라 부르는지 알 수 없군요. 저와 제 부군을 부정하는 행위는 폐하의 명에 반하는 것임을 알고 계십니까?"

서늘한 어조에 남자의 얼굴이 당혹으로 물들었다.

"어, 어험. 그런 게 아니고……."

"또한 저를 어찌 보았기에 이런 불쾌한 제안을 하시는지 모르겠습니다. 정말 무례하시군요."

"불쾌한 제안이라니. 부인이 아이레스 경과 그렇고 그런 사이라는 걸 모르는 이는 아무도 없을 터인데 어찌 그런 반응을 보이는 겁니까? 설마 부인도 다른 멍청한 여자들처럼 얼굴을 보는 겁니까? 자고로 사내란 미끈한 낯짝이 전부가 아닙니다. 나와 같이 듬직하고 내면적으로 건실한 남자가 최고인 것이지요. 어험, 그리고 내가 아이레스 경보다 많이 뒤떨어진다고 생각하지는 않습니다만? 손수 증명해야 아시겠습니까?"

남자가 땀에 젖어 끈적끈적한 손을 뻗어 그녀의 어깨를 잡으려고 했다. 말이 통할 것 같지 않으니 몸이라도 희롱하겠다는 의도였다. 실제로 남자의 머릿속에는 자신의 품에 안겨 앙탈을 부리는 백작 부인의 모습이 그려지고 있었다.

'제아무리 도도한 년이라도 가슴을 콱 한번 움켜쥐면 끝이지.'

그는 음흉한 미소를 지으며 자신과 같은 진정한 사내를 만나게 된 여자가 아주 운이 좋은 거라고 생각했다. 아무리 따져 보아도 자신보다 그녀에게 더 잘 어울리는 남자는 없었다. 고자라 알려진 비슈발츠 백작이나 비쩍 마른 아이레스 경이 부인에게 밤의 즐거움을 알려 줄 수 있을 리가 만무하니까. 물론 백작 부인이 곤란한 표정을 지으며 몸을 피하고 있지만 그것은 사내를 애태우기 위한 전략에 불과할 것이다. 정말이지 앙큼한 년이 아닌가.

하지만 남자의 의도는 뜻밖의 난입으로 인해 막혔다. 시스에를 보호하듯 그 사이로 뛰어든 한 남자에 의해서였다.

"도대체 무슨 짓입니까? 부인께서 두려워하지 않습니까?"

시스에는 뜻밖의 상황에 두 눈을 크게 떴다. 처음 보는 사내가 자신을 보호하는 게 놀라워서였다. 혹시 한 번이라도 대화를 나눠 본 사이일까 싶어 머리를 굴려 보았지만 눈에 들어오는 뒷모습이나 귀에 들려오는 목소리나 낯설지 않은 것이 없었다. 단지 그가 걸치고 있는 제복만이 익숙할 뿐이다. 황실 소속 기사만 입을 수 있는 옷이었으니까.

예상치 못한 상황에 남자가 주춤거렸다. 그는 기사가 자신을 향해 흉흉한 기세를 내뿜으며 추궁하자 뻗었던 손을 재빨리 등 뒤로 감추고 어색한 미소를 지었다.

그의 뇌리로 한 달 전에 맛보았던 공포가 새록새록 떠오르기 시작했다. 코앞에서 검이 번뜩이던 그날의 치욕 또한. 평생 검이라곤 고기를 자르는 나이프 외엔 들어 본 적이 없는 남자인지라 검을 다루는 이에게 두려움을 느끼고 있었다.

그래선지 눈앞의 애송이가 어떤 가문의 사람인지 따져 볼 생각조차 들지 않았다. 다만 도망쳐야 한다는 마음만 들었다. 그래서 그는 헛기침을 몇 번 하고서 '이 이야기는 다음에 계속하도록 하지요'라는 말을 재빠르게 내뱉었다. 그리고 시스에의 대답을 들을 새도 없이 바로 줄행랑을 쳤다. 귀족의 품위라곤 전혀 찾아볼 수 없을 만큼 추한 퇴장이었다. 꼬리 말린 개도 저보단 나을 것이다. 시스에는 안도의 한숨을 내쉬었다.

"괜찮으십니까? 제가 괜히 끼어들어 부인의 심기를 어지럽혀 드린 게 아닌가 싶습니다."

기사는 남자가 사라지기가 무섭게 몸을 돌려 시스에에게 사과의 말을 건넸다. 아직은 앳된 티가 물씬 풍기는 청년으로 부끄러워하는 얼굴엔 소년과 같은 풋풋한 면이 있었다.

시스에는 실례가 되지 않는 선에서 남자를 바라보았다. 확실히 처음 보는 얼굴이 맞았다.

"아니에요, 정말 감사드립니다."

그녀가 부드럽게 미소를 지으며 감사를 표하자 기사의 얼굴이 확 붉어졌다. 조금 전의 용맹한 모습은 어디로 사라졌는지 노골적으로 수줍어하고 있었다.

'황실에 존재하는 두 기사단 중 어느 곳의 소속일까? 이왕이면 아이레스 경의 밑이었으면 좋겠는데.'

시스에는 눈을 느리게 깜빡이며 차분하게 생각했다. 앳된 얼굴을 보니 잭이 떠올랐다.

"아, 아닙니다. 부, 부인을 지켜드릴 수 있어서 저, 정말로 영광입니다."

물론 외양을 따지자면 잭과 달리 퍽 싱그럽게 잘생긴 청년이었다. 이 얼굴로 조금 전의 무례한 남자에게 소리를 지른 거라면 소설에 나오는 영웅 기사처럼 제법 멋진 그림이 나왔을 게다. 그런데 이런 남자가 시스에 앞에선 나무토막처럼 뻣뻣하게 굴며 정신을 차리지 못하고 있었다. 아닌 게 아니라 뺨으로부터 시작된 붉은 노을이 그의 목 끝까지 드리워진 상태였다.

"어떻게 보답을 할 수 있을까요?"

"마, 말씀만으로도 감사합니다."

시스에는 남자의 행동에 소리 내어 웃고 싶었지만 꾹 참았다. 밀림과 같은 사교계에서 능구렁이 같은 이들만 만나선지 눈앞의 기사가 참으로 신기하게만 느껴졌다. 자신에게 순정을 다 바치고 있는 아이레스 경만 하더라도 이 정도로 순진하지는 못할 터였다. 잭과 아리나 이후로 오랜만에 만나는 선한 감정이다.

어쨌든 역겨운 돼지에게서 자신을 구해 준 거나 마찬가지라 시스에는 어떻게든 남자에게 보답하고 싶었다. 그가 아니었으면 꽤 곤란한 상황에 빠졌을 게 분명하니까. 그녀는 자신의 명예가 그런 남자에 의해 짓밟히는 것을 원치 않았다. 비슈발츠의 명예는 그녀만이 망가뜨릴 수 있었다.

"그럴 수 없어요. 응당 보답해야 마땅한 것을요."

"괘, 괜찮습니다."

"제발요. 저를 은혜를 모르는 무뢰한으로 만들지 말아주세요."

그러자 남자가 새빨개진 얼굴로 눈을 질끈 감고서 뜻밖의 말을 내질렀다.

"사모합니다."

"……네?"

"부, 부인을 사모합니다. 그래서 지켜드리고 싶었습니다. 그러니 보답한다 말하지 말아주십시오."

"그러니까 지금……."

시스에는 말끝을 흐리며 기사의 얼굴을 살폈다. 목 끝까지 채워진 단추, 먼지 하나 묻지 않은 새 망토, 그리고 빳빳하게 다려진 바지까지. 어딜 봐도 이제 막 기사단에 들어온 신입이라는 티가 노골적으로 드러났다. 그래서 그녀는 이 얼토당토않은 고백에 제대로 된 반응을 해줄 수 없었다. 가끔 신입 길들이기라는 명목으로 짓궂은 신고식을 치르는 경우가 있으니 말이다. 이 또한 그런 장난의 일환인 건가. 귀족 사내들이란 여인을 우습게 보는 경향이 있으니 말이다.

그래서일까. 조금 전만 하더라도 순진해 보이던 기사가 비열한 사내처럼 보였다. 평판이 좋지 않은 남자에게 걸려 쩔쩔매고 있으니 장난치기 쉬울 거라 생각한 걸까? 순간 그녀의 눈동자가 서늘하게 일렁이며 눈매가 가느다랗게 좁혀졌다. 어떤 반응을 해줘야 저들의 저열한 감성을 충족시켜 줄 수 있을지 골치가 아팠다. 그야말로 산 넘어 산이다.

하지만 기사의 반응이 먼저였다.

"이만 실례하겠습니다. 살펴 가십시오!"

그는 시스에의 반응에 상관없이 그저 마음을 고백했다는 것에 의의를 두는 것 같았다. 말을 내뱉음과 동시에 시선조차 마주치지 못하는 것부터가 그랬다. 과하게 절도가 잡힌 작별 인사는 또 어떻고? 말이 끝나기가 무섭게 순식간에 사라져 버린 남자의 등 뒤로 조급한 발소리만 울려 퍼졌다. 결국 부끄러움을 이기지 못하고 도망친 것이다.

졸지에 홀로 남겨진 시스에는 얼떨떨한 표정으로 기사가 사라진 방향을 향해 시선을 던졌다. 느끼한 돼지에 순진함을 가장한 기사까지 당최 무슨 일이 일어나고 있는지 모르겠다. 그녀는 연이어 이어진 최악의 만남에 한숨을 내쉬며 손바닥으로 이마를 감쌌다. 보이지 않는 곳에서 이 모습을 보고서 낄낄거리고 있을 기사들을 생각하니 불쾌감이 들었다.

"도대체 뭐야? 이게 무슨……."

항상 느끼는 거지만 제국의 귀족들은 대부분 질이 나빴다. 아니, 그냥 나쁜 정도가 아니라 말로 표현하기 어려울 정도로 최악이었다. 그 때문에 시스에는 이런 상황에 빠질 때마다 이전의 불쾌했던 감정이 치밀어 올라 미칠 것만 같았다. 우아한 레이디로서 참는 것도 한두 번이지 여자라는 이유로, 혼인했다는 이유로 이렇게 매번 희롱당하는 게 짜증스러웠다.

사교계에서 사내놈들에게 치근덕거림을 당하지 않는 부류는 한정되어 있었다. 미모가 엄청나게 떨어지거나 나이가 많거나 가진 재산이 형편없거나 혹은 건드리면 무서울 정도의 뒷배를 자랑하거나.

……그도 아니라면 평판을 생각지 않고서 내키는 대로 일을 저지르는 미친년이든가.

"하지만 아직은 내 목소리조차 제대로 낼 수 없는 형편이지."

안타깝게도 몸이 약하다고 알려진 비슈발츠 백작은 그녀의 방패막이가 될 수 없었다. 그렇다고 아이레스 경에게 마냥 의지하기엔 도덕적인 부분에서 걸렸다. 사교계 내에서 가장 성행하고 있는 게 불륜과 애인 만들기라 하지만, 사교계의 신입생에게 이러한 너그러움이 제공될 리가 만무하니까. 작정하고 길들인다는데 견딜 수 있는 사람이 몇 있으랴. 좀 전의 돼지가 시스에에게 접근할 수 있었던 것도 이런 암묵적인 생각이 모든 장애물을 걷어 냈기 때문이다. 그러니 억울하고 분해도 참는 수밖에. 아직은 말이다.

시스에는 한숨을 내쉬며 걸어온 길을 되돌아갔다. 오늘 평소 알고 지내던 귀부인들과 황궁의 정원을 산책하기로 약속했는데 이런 기분으론 도저히 갈 수가 없었다. 그래서 그녀는 몸이 아프다는 핑계를 대고서 침대에 드러누웠다. 이후로 어떤 가십이 떠돌아다닐지 생각만 해도 분통이 터졌다. 이러다가 화병이 날지도 모를 지경이었다.

그런데 시스에의 예상과는 달리 소문은 매우 로맨틱한 방향으로 흘렀다. 어딜 가도 황궁 기사단의 신입 기사가 곤경에 빠진 비슈발츠 백작 부인을 구한 다음 자신의 마음을 고백했다는 이야기뿐이었다.

"앨피어스 경이에요. 일리야 앨피어스 경이요."

시스에가 꾀병을 핑계로 드러눕자 친분이 있던 몇몇 사람이 그녀를 찾아왔다. 그리고 사교계에 만연해 있는 가십을 이야기하며 그녀를 구한 기사의 정보를 아낌없이 풀었다. 이제 막 기사단에 입단한 천재 기사로 고작 열일곱 살에 불과하며, 소년다운 풋풋하면서도 잘생긴 외모를 가지고 있어 많은 여인의 가슴에 불을 지르고 있다는 소리였다. 그런데 그런 그가 비슈발츠 백작 부인을 향한 연모의 감정을 드러내니 여기저기서 난리가 났다고 한다.

"세상에, 앨피어스 경이 부인을 사모한다고 하니 정말 부럽지 뭐예요? 기사님들에게 사랑을 받는 비결이 뭔가요? 좀 알려 줘요."

귀부인은 눈을 흘기며 투덜거렸다. 똑같은 유부녀인데 왜 자신은 다른 남자에게 인기가 없는지 알 수 없다면서.

"어디서 만난 적이 있나요? 설마 첫눈에 반한 건가요? 그랬대요?"

호기심으로 가득 찬 여자의 열정은 귀찮을 정도로 강했다. 밑도 끝도 없이 질문을 내던지는 게 곤란할 지경이었다. 쉬지 않고 나불대는 입에 진력이 날 지경이다.

시스에는 말끝을 흐리며 부인의 애간장을 태웠다. 이런 식으로 자꾸 대화를 막으니 여자의 입이 조금씩 다물어지고 있었다.

"글쎄요……."

사실 앨피어스는 시스에의 이전 삶이나 현재나 전혀 연관이 없던 귀족 가문의 이름이었다. 이번에 만나지 않았다면 그만한 나이의 젊은 영식이 있다는 것조차 몰랐을 정도다. 그와 같은 미모라면 우연히 스쳐 지나갔다 하더라도 기억했을 테니까. 그런데 아무리 기억을 뒤져 봐도 시선 한 번 마주친 일이 없었다.

이상한 건 돼지에게 잡혀 있었다는 이야기는 쏙 빠지고 젊고 멋진 기사에게 고백받았다는 사실만 부각되고 있다는 점이다. 그녀의 추측대로 기사단의 신고식이었다면 돼지의 추근거림에 초점이 맞춰졌을 텐데 말이다.

시스에는 복잡해져 오는 머리에 한숨을 삼켰다. 당최 일이 어떻게 돌아가는지 알 수 없었다.

'그럼 정말로 첫눈에 반한 건가? 설마 아니겠지? ……대체 왜?'

어쨌든 아이레스 경으로도 모자라 앨피어스라는 애송이 기사의 구애까지 한 몸에 받게 되었다. 모두에게 있어 부러운 일이 아닐 수 없었다. 눈앞의 귀부인만 하더라도 눈 안에 서린 질투를 가리지 못하고서 입술을 비죽이지 않는가.

'이런, 또 다른 골칫거리가 생긴 셈이네.'

시스에 드 비슈발츠는 아무렇지 않다는 것처럼 부드러운 미소를 지으며 귀부인의 호들갑을 받아넘겼다.

"소문이 많이 와전되었군요. 그 용감한 기사님은 수줍음이 많으신 건지 저를 구해 주시고 바로 떠나가셨답니다. 그래서 제대로 된 대화조차 나누지 못한걸요. 그렇지 않았더라면 성함을 모를 리가 없었겠죠."

"그럼 고백을 받지 않았단 말인가요?"

"그럼요. 원래 소문이란 과장되게 나는 법이잖아요."

"그래요? 이상하다. 그럴 리가 없는데……."

"도대체 누가 그러한 소문을 퍼뜨렸는지 궁금할 정도예요. 혼인한 지 얼마나 되었다고 말이에요. 정말 속상하네요. 혹시 부인은 아시나요?"
시스에는 가십이 거짓말이라는 것처럼 태연하게 굴었다.
"어, 어머. 글쎄요? 대체 누가 그랬을까? 저도 궁금하네요."
"이런 헛소문이 빨리 잦아졌으면 좋겠어요. 어떤 비열한 사람이 저를 곤경에 빠뜨리는지 모르겠으나 제겐 부군뿐인걸요."
시스에의 말에 부인의 얼굴이 살짝 일그러졌다. 기막히다는 듯 바라보는 표정엔 '네가 아이레스 경과 그렇고 그런 사이라는 걸 다 아는데 내숭은'이라는 말이 무언의 힐난처럼 퍼져 있었다.
시스에는 모르는 척 계속 '자신은 결백하며 누군가의 음모다'라는 주장을 펼쳤다. 어찌나 억울해하던지 나중엔 부인이 누그러진 태도로 범인을 찾아야겠다며 맞장구를 칠 정도였다. 물론 눈을 데굴데굴 굴리는 게 무언가 찔리는 기색이 있어 보였지만 대놓고 추궁하지 않았다. 어차피 사교계 내에 영원한 아군은 없는 법이다. 그저 눈앞의 상대를 잘 이용하기만 하면 되었다. 질투와 의심이 사라지니 적당히 가벼우면서 상냥한 여자가 자리에 앉아 있지 않은가.
오늘 찾아온 부인은 사교계에서도 특히 입이 가볍기로 유명한 사람이었다. 이만큼 구워삶아 놓았으니 어쩌면 오늘이 가기도 전에 고백을 받은 사실이 헛소문이라는 이야기가 떠돌게 될지 모르겠다. 시스에는 진실로 그러기를 바랐다.
'특히 아이레스 경의 귀에 들어가야 할 텐데…….'
그간 자신을 향한 여러 더러운 소문을 들었지만, 이번 일처럼 남의 눈치를 살피기는 또 처음이다. 하지만 연인이라 알려진 멜을 생각하면 그럴 수밖에 없었다. 잭에게 질투를 한 것만 봐도 그렇지 않나. 미카엘 아이레스는 매우 섬세한 감정을 가진 남자였다.
물론 이런 식으로 헛소문이 돌고 있음에도 아직 반응이 없다는 건 거기까지 퍼지지 않았다는 방증일 것이다. 뭐, 영원한 비밀은 없는 법이라 언제고 그의 귓가에 들어갈 이야기겠지만.

시스에는 이왕 이렇게 된 이상 고백이 거짓이었다는 소문까지 함께 들어갔으면 했다. 그렇게 된다 하더라도 아이레스 경의 반응이 두려운 건 사실이지만 말이다. 그저 바라는 것이 있다면 오해는 하지 말았으면 하는 점이다. 그래서 그녀는 초조하게 아이레스 경이 자신을 찾아올 날을 기다렸다. 그리고 얼마 되지 않아 놀랍게도 매우 태연한 얼음의 기사를 볼 수 있었다.

시스에 드 비슈발츠에게 앨피어스가의 애송이가 마음을 고백했다는 소문을 들었을 때 아이레스는 생각보다 화가 나지 않았다. 그의 더러운 성격을 아는 가족이 오히려 마음 졸이며 아이레스의 눈치를 살필 정도였다. 퇴근한 그의 손을 붙잡고 다짜고짜 물건을 마음껏 부술 수 있는 방에 넣어주었으니—물론 형님이 주도했다—아니 그러하랴.

마음껏 행동해도 좋으니 멀쩡한 기사 다리는 부러뜨리지 말아 달라는 멍청한 애원에 되레 황당해진 건 미카엘 아이레스였다. 신에 맹세코 아이레스는 소문, 아니, 시스에에게 화가 나지 않았다. 그가 아는 시스에는 그만한 가치가 있는 매우 사랑스러운 여자이기 때문이다. 아니, 그만큼 매력적이라는 데 뭐 어쩌라는 건지. 그는 멀쩡한 방 안에 경악을 토해 내는 형님의 엉덩이를 신경질적으로 걷어차며 그렇게 생각했다.

오히려 진정한 여인을 알아보는 눈을 가졌다고 칭찬하면 또 모를까. 할버드 경을 잇는 천재라더니 눈 하나는 제대로 박힌 모양이었다.

혹자는 정숙하지 못한 그녀가 어린 기사를 유혹한 게 아니냐는 헛소리를 지껄였지만, 이 또한 들을 가치도 없는 개소리였다. 아름다운 여자에게 끌리는 건 당연한 이치가 아닌가. 오히려 자신의 눈에 아름다운 여인이 다른 사람에게도 그럴 수 있음을 뼈저리게 깨닫게 될 뿐이었다. 그래서 아이레스는 시스에에게 감히 마음을 표현할 수 있을 정도로 자신이 쉽게 보였다는 사실을 깊게 반성했다. 스스로가 범접하기 어려운 사내였더라면 목숨이 아까워서라도 그러지 못했을 테니까.

"역시 본보기로 한 놈을 잡아서 족쳐야겠어."

아이레스가 말한 그 '한 놈'이란 간이 부을 대로 부은 앨피어스가의 애송이었다. 물론 그는 이 일에 앞서 시스에에게 돼먹지 않은 수작을 부린 돼지 새끼 한 마리를 도살해야 한다는 사실을 잊지 않았다. 미카엘은 꼼꼼한 남자였다. 순식간에 정해진 스케줄에 얼음의 기사는 만족스러운 미소를 지었다. 이번 일 역시 시스에 몰래 해치울 수 있을 터였다. 그는 그럴 능력을 충분히 갖추고 있었다. 그래서 미카엘은 아무렇지 않게 소문에 대한 감정을 잘 추슬렀다. 뭐, 그 전에 시스에의 마음을 살피러 가야 하겠지만.

미카엘 아이레스는 하인을 시켜 예쁜 꽃을 준비한 다음 그것을 들고서 시스에를 찾아갔다. 남들이야 이들이 소문으로 인해 다투나 싶어 흥미진진해했지만, 실상은 우울한 짐승 한 마리가 자신의 아름다운 주인에게 바짝 엎드리러 가는 꼴이었다. 겸사겸사 자신의 매력을 과시하기도 하고.

눈에서 멀어지면 마음에서도 멀어진다는데, 자칫 방심했다간 멜이 아이레스라는 이름으로 되돌아갈지 모른다. 그러니 이런 식으로 예뻐해 달라고 꼬리 좀 쳐 놔야 했다. 두 사람의 관계에서 감정적인 을인 건 언제나 그였으니 말이다.

한동안 일에 치여 많이 만나지 못했던 까닭일까? 오랜만에 본 시스에는 기억 속보다 몇 배는 더 아름다웠다. 데뷔탕트에서 보았던 것보다 더. 미카엘 아이레스는 청초한 매력을 뽐내는 그녀의 자태에 숨이 막혀 아무런 말을 건네지 못했다. 그저 떨리는 손을 감추며 조용히 꽃을 내밀 뿐이었다.

"멜?"

시스에가 걱정스럽다는 듯 그의 이름을 불렀다. 단순한 울림이었지만 그마저도 유혹적이었다. 아이레스는 귓불이 뜨끈하게 달아오르는 것을 느끼며 입꼬리를 당겨 웃었다.

찰나의 순간이지만 또 이렇게 반하고 만다. 비단 외모 때문은 아니었다. 그저 말로 표현할 수 없는 사랑스러움에 심장이 크게 요동치는 것이다. 격한 일렁임에 머리가 다 어지러웠다. 아이레스는 두근거리는 마음을 들키지 않으려고 애를 쓰며 천천히 자리에 앉았다. 그리고 황홀하다는 듯 시스에를 바라보았다. 동시에 생각하는 게 어떻게 하면 더 욱더 예쁨받을 수 있을까 하는 것이었다. 앨피어스가의 애송이를 처리하는 것에 대한 당위성을 부여하기도 하고.

"왜 아무런 말이 없는 건가요? 혹시 무슨 일이라도 있나요?"

"아무것도 아닙니다, 시스."

"하지만……."

시스에가 머뭇거리며 말을 이어 나갔다.

"혹시 화가 난 건가요?"

평소보다 가라앉은 목소리는 힘이 없었다. 미카엘은 그녀의 말에 두 눈을 크게 뜨며 바로 부인했다.

"그럴 리가요. 제가 시스에게 화를 낼 일은 죽어도 없을 겁니다. 어떻게 감히 그럴 수 있겠습니까?"

시스에는 아직도 모르고 있었다. 그녀를 생각하기에도 바쁜 미카엘 아이레스를 말이다. 그의 부인에 시스에가 조심스럽게 말을 유도했다.

"아니요. 속상하다면 화를 내야 해요. 참을 필요는 없어요."

"제가 시스에게 속상할 일이 뭐가 있겠습니까?"

시스에는 아이레스의 표정을 살피며 입을 다물었다. 확실히 그녀의 기사는 평소와 다를 바 없었다. 상냥하게 휘어진 눈매나 다정하면서도 부드러운 목소리나. 모두 자신이 알고 있는 미카엘 아이레스였다.

설마, 아직도 소문을 못 들은 걸까? 아니면 들었음에도 참고 있는 걸까. 알았다면 가만히 있을 그가 아닌데? 동생과 같은 잭에게도 질투한 사람이지 않나.

시스에는 차마 먼저 입을 열어 소문에 대한 이야기를 꺼낼 수 없었다. 그가 자신의 행실에 대해 비난하지 않으리라는 것을 알지만 조금 불안했다. 이전의 삶에선 온전한 사랑을 받아 본 적이 없었던 그녀인지라 이러한 감정적인 부분에서 매우 서툴고 어린 게 사실이었다. 그렇기에 겪어 본 적이 없는 일에 대한 대비가 매우 취약했다. 어떤 때는 자신이 감정적으로 매달리는 게 더 낫겠다고 생각할 정도였다.

"사실 본의 아니게 앨피어스 경과 대련을 하게 될 일이 생겼는데 혹시 오해하실까 봐 걱정하는 마음이 들긴 했습니다."

"오해요?"

"예. 기사단장이기에 당연히 해야 할 훈련인데 이상한 헛소문이 돌까 말입니다."

순간 시스에는 '이번 일에 대해선 아무런 감정이 들지 않는 건가요?'라는 말을 불쑥 내뱉을 뻔했다. 초조해하는 자신과 달리 미카엘 아이레스는 무척 태연해 보였다. 말로는 그녀가 전부라 하지만 그 어디에도 위기감을 느낄 수 없었다. 그래서일까? 그녀의 뇌리로 이전에 들었던 말 하나가 스쳐 지나갔다.

"이고, 남자는 다 똑같아요. 제 여자가 되었다 싶으면 금세 마음 놓고서 다른 곳에 눈을 돌린답니다. 우스운 건요, 그러면서도 사랑한다는 소리를 계속 지껄인다는 거예요. 안심시키려는 개수작이죠. 아니, 말로는 누가 못 해요?"

설마, 벌써 감정이 식은 건가? 그래서 이번 일 따윈 아무렇지 않다는 걸까?

입을 열어 물어볼 수도 있지만 차마 그러지 못하는 건 거부를 당했던 경험이 지독하게 아팠기 때문이다. 그래서 이런 일에 대해서는 용기를 낼 수 없었다. 그저 평소처럼 말을 빙빙 돌려 가며 상대의 의중을 살펴야겠다는 생각만이 들었다.

"도움을 받은 분이 있는데 응당 보답을 해야겠죠?"

"보통은 그렇습니다만."

"상대가 원하지 않는다고 한다면요?"

"무슨 일 있었습니까?"

"……아니요, 아무것도. 그것보다 훈련을 어떻게 하는데 미리 헛소문이라고 이야기하는지 궁금해요."

"시스? 그, 생각만큼 엄청나게 지독하게 구는 게 아니라…… 그러니까 훈련 중에도 다칠 수 있지만 그건 오롯이 검술 증진을 위한 가르침에 불과하고, 사감이라곤 전혀 들어가지 않는……."

시스에는 변명을 하는 것처럼 재빠르게 말을 이어 나가는 남자의 태도에 그린 것과 같은 미소를 지었다. 그리고 차분한 어조로 대답했다. 그런데 묘하게 맥이 빠진 듯한 음성이었다.

"네, 멜이 하는 일인데 어련히 잘하겠어요? 헛소문에 휘둘리지 않을 테니 걱정하지 말아요."

"시스?"

"내가 멜을 믿지 않으면 누굴 믿겠어요? 게다가 소문은 언제나 과장되게 나는 법이죠. 저는 그런 이야기에 일희일비하지 않아요. 멜도 그렇잖아요?"

"그렇습니다만……."

"그러고 보니 가져오신 꽃이 참으로 예쁘군요. 정말 고마워요. 꽃병에 꽂아 놔야겠어요."

뭔가 이상하지 않나?

미카엘은 어쩐지 찝찝한 마음이 들었지만 자신이 준 꽃을 하녀에게 조심스럽게 건네주는 그녀의 행동이 예뻐 금세 넘겨 버렸다. 동시에 다짐하는 것이 역시 눈은 제대로 달린 것 같으니 얼굴을 제외한 다른 부위를 잘근잘근 밟아주겠다는 생각이었다. 일리야 앨피어스가 자신의 소속 기사였으니 손대기가 쉬웠다.

그래서 그는 애송이에 대한 생각을 잠시 묻어 둔 채 시스에게 집중하려고 노력했다. 눈에 담는 시간도 부족할 판에 시커먼 사내놈을 떠올리는 것으로 시간을 낭비하는 게 아까웠다.

미카엘은 시스가 하녀에게 꽃을 넘겨줌과 동시에 열심히 꼬리를 흔들어 대며 다정한 스킨십을 이끌어 내려고 노력했다. 이제 며칠만 더 버티면 황제 놈이 준 서류 지옥에서 벗어날 수 있지만 그런 내색은 전혀 하지 않고서 힘들다는 말만 반복했다. 그리고 기어코 그녀의 손이 자신의 뺨을 어루만지게 하는 쾌거를 끌어냈다.

미카엘은 스킨십도 시스가 주도하게 하고 싶었다. 그렇기에 키스를 할 때도 열에 여섯은 시스에가 먼저 다가오게끔 유도했다. 그녀의 눈치를 살피며 조금씩 물에 젖어 가듯 그렇게 애정을 쏟아 냈다. 커다란 짐승이 제 주인을 바라보며 '기다려'를 배우는 것처럼. 그래서 오늘과 같은 접촉만 하더라도 세상을 다 얻은 것처럼 기뻐할 수 있었다.

"어서 일이 줄어들어서 시스와 함께 있는 시간이 많아졌으면 좋겠습니다."

"……그래요."

시스에는 자신의 손바닥에 뺨을 비벼 대며 달콤한 한숨을 내쉬는 남자의 모습에 가까스로 하나의 단어를 곱씹었다.

믿음.

그는 나를 믿기 때문에 이런 소문쯤은 상관치 않는 것이다. 그 외의 것은 필요가 없다. 그녀는 그렇게 생각했다. 그래야만 겨우 숨을 쉴 수 있을 것만 같았다.

어느 순간부터 사교계 내에서 돼지라 불리는 남자가 보이지 않았다. 알고 보니 불의의 습격을 당해 최소 몇 달은 거동하지 못할 거란다. 좋지 않은 곳에 칼을 맞아 고자가 되었다는 이야기도 있었다.

어찌 되었든 모두에게 즐거움을 주었던 멍청이 하나가 잠시 무대 뒤로 퇴장한 꼴이니 모두 아쉬워하며 입맛을 다셨다. 어떤 이는 더는 여자에게 껄떡대지 못할 터이니 남색을 하는 게 아니냐며 껄껄 비웃었다. 오래지 않아 그마저도 곧 별거 아닌 농담이 되어버렸지만.

이어진 소문은 아이레스 경이 기사단을 혹독하게 굴리고 있다는 소리였다. 처음엔 비슈발츠 백작 부인 때문에 그런 게 아니냐는 의구심이 피어올랐으나—기사단에 앨피어스 경이 있기 때문이다—공평하게 구르는 기사들의 모습에 쏙 들어갔다.

뭐, 앨피어스 경이 특히 다른 이보다 더 많이 바닥에 엎어지고 연무장을 뛰어다니는 모습을 보였지만, 신입이라 어쩔 수 없다는 변명에 납득할 수밖에 없었다. 덕분에 미카엘 아이레스는 아주 자연스럽게 앨피어스를 두들겨 팰 수 있는 명분을 얻게 되었다. 그는 앨피어스가의 애송이가 다른 엄한 생각을 하지 못하게끔 처절하게 굴리고 또 굴렸다. 아침에는 멀쩡했던 이가 연무장 바깥으로 나갈 때쯤에는 짐승처럼 엉금엉금 기어 나갔다. 어떤 때는 기어 나가다가 바닥에 토하기까지 했다. 기절하는 건 예삿일이었다.

하지만 미카엘은 저렇게 험하게 대해도 되냐고 묻는 부단장의 질문에 여상스러운 태도로 '좋은 검을 만들기 위해서 몇 번이고 망치로 두들기지 않는가?'라는 개소리를 지껄였다. 마치 천재의 성장을 위해 한 몸 희생하는 스승처럼 말이다.

그래서 사람들은 아이레스 경이 소문과 상관없이 진심으로 인재를 아낀다고 칭찬했다. 가까이서 검을 맞대는 앨피어스 경은 전혀 그렇게 생각하지 않았지만.

퍽.

둔탁한 타격 소리가 연무장에 울려 퍼졌다. 쌍쌍이 짝을 지어 연습하고 있던 기사들은 어깨를 움찔하며 한숨을 삼켰다. 그런 그들의 얼굴엔 '또 시작되었군'이라는 표정이 떠올라 있었다.

일리야 앨피어스는 치밀어 오르는 신음을 삼키며 휘청거리는 몸에 힘을 주었다. 자신의 복부를 걷어찬 단장의 발에는 오늘도 감정이 실려 있었다. 이건 추측이 아니라 확신이다. 그는 눈치가 아예 없는 바보는 아닌지라 몇 번의 경험 끝에 단장이 자신에게 사적인 감정을 가지고 있음을 금세 깨달았다. 그것이 분노에 가깝다는 것 또한 말이다.

일리야 앨피어스는 몸을 바로 세우려고 노력했다. 바로 눈앞에 얄미운 단장이 서 있었지만 지칠 대로 지친 몸은 검을 들고 있는 것만으로도 힘겨웠다.

하지만 단 한 대라도 저 매끈한 낯짝을 후려갈기고 싶었다. 그는 이를 악물고서 단장에게로 짓쳐 들었다. 그러나 돌아오는 건 역시 어마어마한 통증과 함께 노랗게 변해 버린 시야뿐이다. 암만 자신이 할버드 경을 이을 천재라는 소리를 듣지만 그와 호각을 이룬다고 알려진 미카엘 아이레스에 비할 바는 아니었다. 그래서 더더욱 분했다. 일리야 앨피어스는 진심으로 시스에 비슈발츠와 같은 여인이 왜 저런 남자의 연인이 되었는지 이해할 수 없었다. 자신의 직위를 이용하여 연적을 괴롭히는 비겁자인데.

일리야는 그녀를 만났던 처음을 기억했다. 몸이 좋지 않은 아버지를 대신하여 어쩔 수 없이 무도회에 참석했던 날이었다. 그곳에서 그는 갑자기 숨이 멎어버린 시스에를 보았다.

처음 보는 누군가의 죽음은 강렬하면서도 두려웠다. 그래서 그녀가 다시 깨어났을 때 홀린 것처럼 바라볼 수밖에 없었다. 파르스름했던 입술에 피가 돌고 창백한 피부에 생기가 흐르며 굳게 감겨 있었던 눈이 부드럽게 일렁였을 때, 그 순간 경외감이 들었다. 생이, 삶이 돌아오는 순간이 이토록 아름다울 줄은 미처 몰랐었다. 그것은 말로 표현할 수 없는 감정이었다. 지루함으로 굳어 있던 심장이 생생하게 날뛰는 순간이었다.

그때부터 그는 시스에 드 비슈발츠를 연모하기 시작했다. 아직은 어리고 힘이 없어 멀리서 바라보기만 했지만, 그래도 좋았다. 시스에가 황제로 인해 보잘것없는 평민과 혼인을 해야 했을 땐 억울하고 분했지만 그럼에도 가까이서 지켜볼 수 있어서 다행이라 생각했다.

오히려 그녀와 혼인한 남자가 사내구실을 못 하는 고자이며 언제 죽을지 모르는 병자라는 사실이 기꺼울 따름이었다. 그 말은 그녀에게 가까이 다가갈 수 있는 계기가 곧 생길 거라는 소리와 다름없으니까. 이런 생각을 다른 사람도 하는 것인지 시스에의 주변은 늘 사내로 북적였다. 노골적인 구애의 현장은 눈살이 찌푸려질 정도였다. 일리야가 주먹을 불끈 쥘 정도로 말이다.

그중에서도 미카엘 아이레스는 최악이었다. 그 남자는 결코 시스에와 어울리지 않는다. 승전연 때 대놓고 그녀를 포기하지 않았던가. 그래서 그녀가 그런 보잘것없는 자와 혼인한 것이고 말이다. 그런데 무슨 낯짝으로 뻔뻔하게 그녀의 곁을 지키려고 하는지 이해할 수 없었다. 속죄하기 위해 만나면 또 모를까.

고결한 얼음의 기사라고? 자신에게 달라붙는 여인을 쳐다보지 않으면 고결이라는 단어를 붙일 수 있는 건가? 일리야는 얼토당토않은 이명에 비웃음을 지었다. 그건 언어에 대한 모욕이었다. 저자는 무척 감정적인 짐승인 데다가 정정당당하게 대결할 줄 모르는 비겁자이며 모두를 속이는 사기꾼이었다.

일리야 앨피어스는 진심으로 이보다 더 저열한 남자를 만나 보지 못했다. 누구든 저 반반한 낯짝 속에 숨겨져 있는 진실을 밝혀야 하는데, 다들 눈이라도 먼 것처럼 미카엘 아이레스를 찬양했다. 그것은 자신의 아버지도 마찬가지였다.

"아이레스 경에게 가르침을 받고 있다지? 영광이로구나. 열심히 배우려무나."

빌어먹을, 영광은 무슨.

미카엘 아이레스의 실력이 진짜라는 것은 일리야도 인정하는 바였다. 무척 서글프게도 남자의 명성은 얼굴이나 가문으로 얻은 게 아니었다. 처음 검을 맞대었을 때 무심코 감탄을 터뜨렸을 정도니까. 하지만 그뿐이었다. 매번 검을 맞대면서 알게 된 단장은 생각보다 훨씬 질투가 심하며, 자신의 힘을 이용하여 아무렇지 않게 상대를 쥐어 패는 데다가 심지어 말투 또한 저열했다. 귀족이니 거친 언어를 사용하지 않겠지만 상대의 속을 긁어내리며 살살 간을 보는 게 더 악질적이었다.

"재능을 믿고서 연습을 게을리하는 건가? 내 방식이 성에 차지 않는 모양이군. 하긴, 모두가 떠받들어주는 천재니 나태할 만하지."

차라리 대놓고 '내 연인에게서 떨어져'라고 말했으면 비웃음이라도 지어줬을 터였다. 그런데 그런 것엔 관심도 없다는 것처럼 아주 처절하게 일리야를 굴리고 있었다. 그것이 더 치졸하게 느껴졌다.

사실 처음엔 아이레스 경과 검을 맞댄다는 사실이 뿌듯하고 좋았던 그였다. 단장이 자신을 키우기 위해 이런 수고를 겸하는 거라고 착각해 존경심마저 일었다. 그래서 엄청나게 두들겨 맞으면서도 단장에 대한 감사를 표현했다. 이 모든 게 자신의 감정을 해소하기 위한 아이레스 경의 음모임을 깨닫기 전까지는 그러했다.

일리야는 악에 받친 눈을 감추지 않고서 단장을 노려보았다. 시스에 드 비슈발츠도 저자의 이런 더러운 성격을 알고 있는 건가? 자신밖에 모르는 거만하고도 난폭한 남자에겐 백작 부인이 만 배나 더 아까웠다. 그녀는 훨씬 더 좋은 남자를 만날 필요가 있었다. 이를테면 자신과 같은.

앨피어스가의 젊은 기사는 차가운 분노를 감추며 낮은 목소리로 대답했다.

"노력하고 있습니다."

"노력으로 부족해. 모든 신경을 검에만 집중하고, 자는 것을 제외한 대부분의 시간을 연습에 할애해. 그렇지 않으면 도태될 거다."

언뜻 들으면 자신을 생각해서 하는 충고 같았다. 하지만 일리야는 더는 그에게 속지 않았다. 남자의 말은 시스에를 생각할 틈 없이 오롯이 검에만 열중하라는 경고를 담고 있었다. 그래서 일리야는 자신도 모르게 아이레스를 도발했다.

"그럼 꿈속은 괜찮습니까?"

"뭐?"

그는 살짝 일그러진 단장의 얼굴에 자신이 어떤 의미로 그런 말을 한 것인지 알아들은 것 같아 유쾌해졌다. 혈기 왕성한 청년이 밤에 꿈을 꾼다면 뭐가 있겠는가.

"아니, 제 꿈이니 허락받을 이유가 없겠군요."

"꿈을 꾸면서 잘 수 있다니. 훈련이 편한가 보군."

"이 정도도 버텨 내지 못한다면 아이레스 경에게 훈련받는다 할 수 있겠습니까?”

그의 말에 미카엘 아이레스가 웃었다. 늘 차가운 표정을 짓고 다니던 사내가 대놓고 활짝 웃으니 태양처럼 강렬하고 아름다웠다. 왜 모든 여인이 저 남자의 눈에 들지 못해 안달 난 것인지 알 수 있을 것만 같았다. 황제가 황태자였던 시절 저 둘이서 사교계의 시선을 독차지했다지, 아마.

일리야는 울컥 끓어오르는 속내를 참으며 그에게서 시선을 떼지 않았다. 가문이며 검술이며 외모며 체구며 무엇 하나 단장에 비해 나은 게 없는 참이라 기분이 저조해지고 있었다. 내세울 게 있다면 젊음뿐이다.

“좋은 기세야.”

“예?”

“경이 훈련을 잘 버텨 낸다니 아주 흡족해. 그럼 더는 망설이지 않고서 훈련을 지속할 수 있겠어.”

미카엘 아이레스는 태연한 어조로 일리야의 속을 긁었다. 그는 애송이의 도발에 넘어갈 만큼 녹록찮은 인물이 아니었다. 헤쳐 온 날과 살아온 시간이 너무나 달랐다. 겉으로는 잘 닦인 길을 거침없이 달려온 엘리트로 보이겠지만, 실상은 황태자를 황제로 만들기 위해 고군분투한 나날이 많았던 아이레스다. 그러니 이 정도는 가렵지도, 우습지도 않았다. 다만 대상이 연모해 마지않는 시스에라는 게 불쾌할 뿐이다.

역시 눈치 보지 않고서 다리 하나는 잘랐어야 했을까. 더는 그녀가 구설에 오르지 않았으면 하는 마음에 수위를 조절하고 있는데 말이다. 미카엘 아이레스는 치밀어 오르는 살기를 침착하게 가라앉히며 너그러운 웃음을 지었다. 다른 이가 보기엔 부하를 아끼는 상관의 미덕이 엿보이는 지극히 자애로운 태도였다.

덕분에 일리야 앨피어스는 이전보다 더 심하게 구르기 시작했다. 이제는 기어 나가는 게 다행일 만큼 혼절한 상태로 끝나는 나날이 이어졌다. 하지만 아무도 그를 도와주지 않았다. 오히려 힘내라고 응원하면 또 모를까. 기사단의 숙소에서는 앨피어스 경이 언제까지 버틸 수 있을지에 대한 내기가 은밀하게 이루어지고 있었다.

시스에 비슈발츠가 거짓이라고 단언하고, 미카엘 아이레스는 고백한 당사자를 매우 아끼며 가르치니 일리야 앨피어스에 대한 소문은 금세 잦아졌다.

사람들은 너무나 손쉽게 사그라진 가십을 안타까워했다. 동시에 비슈발츠 백작 부인에게 그 정도로 대단한 매력은 없는 거라며 안도했다. 몇몇 사람만이 귀염둥이 기사와 스캔들이 났다는 사실을 부러워할 따름이었다. 그렇게라도 났다는 게 어디냐면서.

하지만 그들에게 있어 매우 안타깝게도 시스에의 스캔들은 현재 진행형에 가까웠다. 고백하기 무섭게 도망갔던 수줍음은 어디로 사라졌는지, 갑자기 꼬박꼬박 편지를 보내기 시작한 일리야 앨피어스 때문이다.

시스에는 남들의 이목은 아랑곳하지 않는 것인지 아주 대범하게 비슈발츠가로 편지를 보낸 어린 기사의 행동에 미간을 찌푸렸다. 지금이야 소문이 퍼지지 않고 있지만 언젠간 타인의 입에 오르내릴지 모를 일이었다. 그러니 애초부터 책잡힐 만한 일을 하면 안 되었다.

그녀는 단정한 글씨체가 적힌 편지 봉투를 심각한 표정으로 내려다보았다. 처음에는 꺼림칙한 마음에 몇 번 불에 태워 버렸지만, 답장을 보내 주지 않는 게 당연하다는 것처럼 계속 편지를 보내는 기사의 끈질김에 진력이 다 난 상태였다.

기사들은 원래 다 이렇게 포기를 모르는 건가?

그녀는 눈썹을 한번 치켜세우더니 마지못해 페이퍼 나이프를 손에 쥐었다. 그만하라는 답장을 쓰기 위해선 편지의 내용을 확인해야 하니까.

그녀는 자신을 언모한다는 이 기사의 감정이 진심인지 가짜일지 모르겠으나, 부디 낯을 붉히지만 않았으면 좋겠다고 생각했다. 그리고 진심으로 이 기사의 행위가 자신을 골탕 먹이기 위한 함정이 아니기를 바랐다.

시스에는 비슈발츠가를 추스르는 것만으로도 벅찼다. 여기저기서 그녀를 뜯어먹기 위해 날뛰는 짐승들이 많으므로 정신을 바짝 차려야 했다. 어머니의 병세가 나아지지 않고 있다는 점 또한 그녀를 우울하게 만드는 요소 중 하나였다. 그녀의 행동으로 인해 마음의 문이 닫혔다 하지만 이전의 삶에서 어머니만큼이나 자신을 위해 준 이가 또 있었던가.

무엇보다 다리를 저는 데다가 아비 없이 자랄 동생을 생각한다면 흔들림 없이 우뚝 서야만 했다. 일리야 앨피어스의 스캔들에 대해 전혀 신경 쓰지 않는, 아니, 오히려 적극적으로 그의 성장을 돕고 있는 아이레스 경이 야속하게 느껴질 정도로.

복잡한 기분 탓인지 편지 봉투가 갈기갈기 찢겼다. 잘 벌려지지 않는 봉투 속에서 편지지를 억지로 잡아당기다 보니 모서리가 엉망으로 구겨졌다. 다행히 글자는 알아볼 수 있었다. 기사의 글씨는 봉투 겉면에 적힌 것만큼이나 단정했다. 내용 또한 이리저리 뱅뱅 돌림이 없이 직설적이었다. 요지는 간단했다.

아이레스 경과 같은 위선자와 함께하기엔 시스가 너무나 안타깝고 아깝다는 소리였다. 그녀가 행복하기 위해선 그와 헤어져야 한다는 말도 담겨 있었다. 그야말로 쓸데없는 참견이자 월권이었다.

이 기사는 내게 무엇을 바라는 것인가.

시스에는 헛바람이 섞인 한숨을 내뱉으며 깃펜을 들었다. 그리고 귀족들이 그러하듯 문장 하나를 뱅뱅 돌리다 못해 아주 길게 늘여 썼다. 우아한 미사여구로 가득 차 있는 편지의 내용은 단순했다.

『내가 알아서 할 일. 당신이 상관할 바가 아니다.』

상대의 연정을 짓밟는 건 겪어 봤기에 손쉬웠다. 여지만 주지 않으면 된다. 사실 이마저도 진실 된 마음인지 불분명하지만.

이 어린 기사가 정말로 시스에를 생각했다면 그렇게 큰 소리로 마음을 밝혀서는 아니 되었다. 같이 진창을 구르자는 소리밖에 더 되나. 그도 아니라면 이 남자는 정치적인 감각이나 주변을 살펴보는 눈치라곤 요만큼도 없는 단순한 기사일 터였다.

어쨌든 내 속뜻을 제대로 알아주면 좋겠다. 조용히 나가떨어지면 더욱더 환영할 일이지.

시스에는 뻑뻑해진 눈가를 손으로 꾹꾹 누르며 다시금 한숨을 내뱉었다. 곧 있으면 차를 마실 시간이고, 어머니와 어린 동생이 서재를 방문할 것이다. 그리고 주어진 일과처럼 로에나의 투덜거림과 칭얼거림이 담긴 편지가 도착하겠지.

시스에는 애써 그린 듯한 미소를 지으며 서류에 정신을 집중하기 위해 노력했다. 미카엘 아이레스는 여전히 소문에 관심이 없어 보였다. 아마도 그는 시스에가 앨피어스 경에게 편지를 받고 있다는 사실조차 모를 것이다. 시스에는 일그러지는 입매를 억지로 들어 올렸다. 깃펜을 잡고 있는 손이 오늘따라 유독 무겁게 느껴졌다. 눈길은 빈 편지지에 향해 있었다. 결국, 그녀는 서류를 덮고서 눈을 감았다.

질투는 매번 겪지만 언제나 늘 새로운 모습으로 나타난다. 그래서 그녀는 지금의 상황이 무서웠다. 이전처럼 추해질까 싶어서.

남자의 질투는 흉포했다. 속된 말로 이성을 잃은 짐승이 날뛰는 꼴이었다. 겉으론 아무렇지 않은 척 태연하게 굴지만 부글부글 끓어오르는 속이 인내심을 마구 짓눌렀다. 건방진 애송이가 감히 시스에게 편지를 보내고 있다는 사실–비슈발츠가 하녀 한 명을 미리 포섭해 놓은 게 다행이었다–을 알게 된 이후론 살의가 일었다.

아닌 게 아니라 머릿속으론 온갖 잔혹한 상상을 반복하고 있던 그다. 미카엘 아이레스는 헛웃음을 지으며 이마를 감쌌다. 이러다가 정말로 큰일을 치를 것만 같았다. 주변 사람들은 자신을 가리켜 얼음의 기사네, 냉정하네 추켜세우고 있지만 타고난 본성을 감출 수 없는 법이다. 이제는 연무장에서 굴리는 것만으로 성이 차지 않았다. 연습용 목검이 아닌 진검으로 자꾸 눈길이 가는 것도 그 때문이었다.

앨피어스가의 어린 기사는 정도를 몰랐다. 그는 겁도 없이 자꾸 미카엘을 도발하려고 했다. 그것은 용기라기보다는 얄팍한 머리를 굴려 얻어 낸 저열한 한 수였다. 미카엘 아이레스가 견뎌 내고 있는 명예의 무게가 자신의 이름보다 무거움을 알기에 할 수 있는 선택이었다.

자고로 고금을 막론하고 미인을 얻는 건 쉽지 않은 일이다. 미카엘 아이레스는 이러한 진리를 순순히 인정했다. 자신의 친우인 황제까지 탐내고 있는 여인인데 다른 사람의 눈에 띄지 않으리라는 법은 없었다. 하지만 어쩌겠는가. 반한 게 죄지. 물론 이런 식으로 덤벼드는 건 재미가 없다. 주제도 모르는 게 계속 발밑에서 꿈틀대는 것이 퍽 거슬려서다. 이쯤이면 확실하게 제거해야 하지 않을까?

실제로 미카엘 아이레스는 마음만 먹는다면 지금이라도 당장 어떠한 이유를 들어서라도 앨피어스 경을 망가뜨릴 수 있었다. 그러나 중요한 건 편지를 받은 시스에의 마음이다. 만일 그녀가 어린 기사를 치운 것에 대해 슬퍼한다면 매우 곤혹스러울 것 같았다. 미카엘은 그 어떤 경우라도 시스에가 불행해하는 모습을 보고 싶지 않았다.

그래서 살의로 가득 찬 마음을 꾹꾹 눌렀다. 그녀에게 달려가 대체 무슨 이야기를 나누는지 묻고 싶었지만, 어째서 그 애송이의 편지를 받는 거냐고 따지고 싶었지만 가까스로 참았다. 무엇보다 그녀의 마음이 흔들리고 있지 않은지 살펴보고 싶었지만 애써 외면했다. 두려웠기 때문이다. 연인이라는 이름하에 묶여 있지만 실상은 자신의 일방적인 구애로 맺어진 게 아닌가.

겨우 잡은 손이었다. 행여 자신의 행동을 집착이라고 생각해서, 그리하여 경멸을 느끼고 떠난다면 견딜 수 없을 것이다. 잭에 대한 질투의 마음을 표현했을 때 곤란한 표정을 지었던 그녀였기에 더더욱 그럴 수밖에 없었다. 그러잖아도 황제의 시험 때문에 의심이라면 아주 질색을 하는 시스에 비슈발츠다. 그때의 경험 때문인지 그녀는 자신을 억제하거나 감시하는 듯한 행위를 아주 싫어했다. 그렇기에 미카엘은 함부로 몸을 움직이지 못했다. 사랑에 빠진 남자는 이토록 겁쟁이가 될 수밖에 없었다.

"부인……."

하녀장 마리가 시스에의 눈치를 보며 편지가 놓인 은쟁반을 책상 위에 내려놓았다. 시스에는 익숙한 필체의 편지 봉투에 한숨을 삼켰다.

이전에 상관 말라는 답장을 보냈음에도 어린 기사는 끈질기게 달라붙었다. 자신의 어떤 점이 그의 마음에 불을 붙였는지 모르겠으나, 남자는 그녀가 행복해야 한다고 주장하고 있었다. 놀랍게도 기사의 편지에는 아이레스 경에 대한 경멸이 가득했다. 일리야 앨피어스는 미카엘 아이레스가 지금 시스에의 연인이라는 사실을 잊은 모양인지 아주 신랄하게 그의 행위를 비난하고 있었다. 얼음의 기사가 자신의 재능을 꽃피우기 위해 손수 검을 들어 가르침을 내리고 있는데도 말이다.

『……아니요, 부인께서는 그의 가면에 속고 계신 겁니다. 그러니 딱 한 번만 제게 시간을 내어주십시오. 만나 주신다면 아이레스 경의 추악한 모습을 증명할 수 있습니다. 질투로 인한 비난이 아닙니다. 저는 그저 제 마음을 가져간 부인께서 행복하기를 바랄 뿐입니다. 그것으로 족합니다. 부디 허락해 주십시오. 그렇게 해주신다면 이후로 더는 편지를 보내어 귀찮게 굴지 않겠습니다.』

그가 말하는 '추악한 모습'이란 무엇일까. 설마 아이레스 경의 더러운 성격을 이야기하는 건 아니겠지.

시스에 비슈발츠는 자신의 앞에서는 늘 다정한 모습만을 보였던 남자를 떠올리며 헛웃음을 지었다. 그녀는 미카엘 아이레스가 이명과 달리 무척 거친 성미를 가진 이라는 걸 알고 있었다. 외양이야 차가운 얼음처럼 서늘하기 그지없지만 속은 금세라도 폭발할 것처럼 자글자글 끓어오른 상태라는 것 또한. 일리야 앨피어스는 이를 가리키며 이중성이라 욕하고 싶은 것일까?

『정말로 더는 편지를 보내지 않으실 건가요? 그럼 승낙하겠어요.』

그녀는 잠시 망설이다 깃펜에 잉크를 듬뿍 찍어 우아한 필체로 글을 적어 내려갔다. 저번에는 말을 뱅뱅 돌려가며 길게 썼지만, 이번만큼은 직설적으로 끊어야 할 것 같아서 거침없이 문장을 이어 나갔다.

『제가 행복하기를 바라는 경의 마음은 감사하게 여기고 있어요. 하지만 저는 지금 정말로 행복하답니다.』

마지막 문장을 쓸 때 손이 멈칫했지만, 애써 끝을 맺었다.

"……애정이 식은 건 아니야. 하지만 왜 이런 일에 관심을 보이지 않는 걸까. 갑자기 당신이 어려워지고 있어, 멜."

'멜'이라는 이름을 중얼거릴 때 혀끝이 아랫니를 살짝 스치며 입천장으로 말아 올라갔다. 그때 너무 세게 긁힌 모양인지 끝부분이 아팠다.

어쨌든 참으로 우습다. 시스에는 깃펜을 내려놓으며 다시금 헛웃음을 지었다. 그간의 구애는 다 잊어버리고 고작 이번 한 번의 일로 불안해하다니…….

그러나 덜 불행한 시스에와 연애하기 위해선 이런 고통도 감수해야겠지. 사람의 발을 붙잡는 건 언제나 과거의 경험이다. 그녀는 우울함에 젖은 자신이 참으로 어리석다고 생각하며 편지 봉투 위로 붉은 촛농을 부었다.

"그러니 이번 일을 끝으로 깨끗하게 잊어버리는 거야."

며칠 후 일리야 앨피어스가 시간과 장소를 적은 편지를 보냈다. 시스에는 무심한 표정으로 그것을 바라보다가 바로 촛불에 태웠다.

"가혹 행위로 인해 기사단을 나가고 싶다는 소리를 하고 있어. 어떻게 된 것인가. 기사단장. 이전의 소문 때문에 사심을 채우는 건 아니겠지? 아니면 앨피어스가를 쳐 내자고 시위하는 건가?"

미카엘 아이레스는 황궁의 복도를 걷다 말고 앞머리를 거칠게 이마 위로 밀어 넘겼다. 갑자기 황제가 불러 그의 응접실을 찾아갔더니 앨피어스가의 애송이를 거론하며 자신을 비난하고 있었다. 마치 모든 잘못이 그에게 있다는 것처럼 말이다. 덕분에 좋았던 기분이 사정없이 곤두박질친 상태였다.

미카엘 아이레스는 입술을 비틀며 냉소를 머금었다. 사실 제국 내에서도 고만고만한 귀족가 중 하나인 앨피어스가를 시고하신 태양께서 이런 식으로 지극히 살필 이유가 전혀 없었다. 검의 천재라 불리는 또 다른 기사가 황제의 편이 된다면 큰 힘이 되겠지만, 계속 훈련을 시켜본 결과 그는 자신과 할버드 경을 뛰어넘을 재목은 못 되었다. 정도를 걸은 정직한 검은 응용력과 센스가 부족했다. 교본을 통한 검술이야 당연히 동기를 뛰어넘겠지만, 그뿐이었다. 그러니 황제가 이토록 공을 들일 까닭이 없었다.

그럼에도 굳이 아이레스 경을 불러 경고의 말을 날리는 건 구색을 갖춰야 했기 때문이다. 귀족파와 갈등을 겪고 있지만 이렇게 그들을 포용할 수 있다는 면모를 보이기 위해서였다. 아니, 앨피어스가는 핑계고 시스에를 독점하고 있는 자신에 대한 추악한 질투를 보내고 있는 것이다. 그 남자라면 그럴 만도 했다.

'하, 그런데 정말이지 머리를 아주 잘 굴렸군그래.'

얼음의 기사는 자신의 가문 뒤에 숨어 이런 깜찍한 짓을 저지른 애송이를 생각하며 흉흉한 미소를 지었다. 뜻밖의 일격에 머리가 얼얼했다. 고만고만한 애송이라 생각했더니 생각보다 날카로운 발톱을 가지고 있는 맹수였다. 서열을 노려 봄 직한 그런 수컷. 그러니 연무장을 실컷 구르고 있는데도 눈빛이 형형하게 살아 있었겠지.

"이쯤 되면 꺾을 만하잖아. 하하. 겁 없는 애새끼 같으니라고. 아주 재미있어."

너무 봐준 건가. 시스의 원망을 감수하고서라도 진작 발 하나를 부러뜨려야 했는데 말이다. 가혹 행위라, 핑계 한번 그럴듯했다. 무슨 그런 농담을 다 하는지, 원. 진짜로 당했더라면 말을 꺼낼 혀조차 남아 있지 않았을 텐데.

사실 황실 기사단의 서약서엔 훈련 도중 뼈가 부서지더라도 기꺼이 감내한다는 조약이 걸려 있었다. 연습 과정에서 일어난 불미스러운 사건은 개인의 부주의 때문이라는 소리와 함께. 그런 문장이 있음에도 흔쾌히 사인을 한 건 기사단을 들어온 기사 본인이었다. 그러니 앨피어스가의 가주나 황제나 기사단 운영에 있어 월권을 행사할 수 없었다. 신성한 계약을 무시하는 건 기사단의 기강을 무너뜨리겠다는 말과 다름없으니까.

그런데 이런 식으로 압력을 넣겠다고?

그는 재빠르게 걸어 기사단의 연무장으로 들어왔다. 그곳의 한가운데에는 다른 선배 기사와 검을 맞대기에 여념이 없는 앨피어스가의 애송이가 있었다. 가만히 팔짱을 끼고서 지켜보노라니 시선을 느낀 일리야가 도전적으로 그를 바라보았다. 미카엘 아이레스는 대외적인 웃음을 지었다. 무표정한 얼굴로 입꼬리만 끌어 올리는 그런 거. 냉기를 풀풀 풍기는 단장의 모습에 주변 기사들이 기겁하며 물러났다. 아이레스는 아랑곳하지 않고서 어린 기사를 불렀다.

"앨피어스 경. 내 가르침이 힘들었나?"

"예."

"가혹 행위라 느껴질 만큼?"

"예."

주저 없이 대답하는 일리야의 행동에 연무장 온도가 급속도로 내려가고 있었다. 미카엘 아이레스는 피식 헛웃음을 지었다.

"그대는 기사단에 들어오기 전에 받았던 서약서를 한 번도 읽어 본 적이 없나?"

"읽었습니다."

"그럼 문맹이 아니라 머리가 나쁜 거로군."

"……."

비꼬는 말에 울컥한 건지 앨피어스는 대꾸조차 하지 않은 채 입술을 콱 깨물었다. 세상의 모든 불만이 가득 찬 얼굴이었다. 저런 표정을 하고 있으니 확실하게 어린 티가 났다. 자기 뜻대로 되지 않으면 직성이 풀리지 않은 어린아이. 황태자가 다섯 살 때 저런 모습을 했었나? 아이레스는 차분하게 말을 이어 나갔다.

"아직 어려서 그런가. 앞으로는 평가지를 써 줄 테니까 가져가게."

"……지금 무슨 말씀을 하시는 겁니까?"

"그래야 앨피어스가의 가주께서 안심할 게 아닌가. 황제 폐하께서도 납득하실 테고."

"지금 저를 조롱하시는 겁니까?"

"그 누군들 경과 같은 불만이 없었을까? 훈련이 마음에 들지 않으면 나가도 좋다. 아니면 군말 없이 버텨. 주변에서 하도 천재라고 치켜세워 주니 제국에 다시없을 대단한 인재가 된 것 같았나? 착각하지 마라. 그대의 재능이 동기보다 비정상적으로 빠를지 모르나 나만큼은 아니야. 할버드 경만큼은 더더욱 아니고. 언젠가 반드시 멈춰 버릴 게 분명한 성장을 방패 삼아 이런 우스운 짓을 저지르다니. 배짱도 좋군."

"그러는 경이야말로 지위를 이용하여 저를 괴롭히고 있는 게 아닙니까?"

주변에서 헛바람을 집어삼키는 소리가 났다. 대부분의 기사가 황망한 표정으로 앨피어스를 바라보고 있었다. 그들의 눈동자는 '이게 미쳤나?'라는 비난으로 가득했다. 상명하복이 이루어져야 할 기사단인데 새파랗게 어린 신입 하나가 하극상에 가까운 태도를 보이고 있으니 아니 그러할까.

"머리가 나쁠뿐더러 저 좋을 대로 망상을 하는 병이 있었군."

무덤덤한 말투가 이렇게 사람의 속을 긁는 건 또 처음이었다. 일리야는 부들부들 떨리는 몸을 애써 진정시키며 주먹을 꽉 쥐었다. 여유로운 태도로 자신을 바라보는 매끈한 낯짝이 미치도록 싫었다.

"아닙니까?"

"내가 왜?"

"그야!"

"설사 그렇다고 하더라도 그게 왜?"

미카엘 아이레스가 눈꼬리를 나긋하게 휘어가며 서늘하게 웃었다.

"내 기사단에 들어온 이상 버텨. 그게 아니면 나가게. 경이 아니더라도 그 자리를 메꿀 인재는 많아. 오늘 훈련은 여기까지 하겠다. 자율적으로 연습한다면 말리지 않겠다. 이상."

부드럽게 돌려진 몸에서는 우아함이 뚝뚝 흘러내렸다. 기사들은 자그마한 폭탄 하나를 던져 놓고서 조용히 사라지는 상관의 뒷모습을 맥없이 바라보았다. 정적이 내려앉은 가운데 몸을 움직이는 건 오롯이 이 사건의 원흉이라 할 수 있는 애송이뿐이었다.

앨피어스는 이를 바드득 갈다 못해 바로 아이레스가 사라진 곳으로 달려갔다. 어찌나 재빠른지 주변 기사들이 말릴 틈이 없었다.

"저거 미쳤네."

"음…… 동감. 그것도 아주 단단히 미쳤지. 아직 사태 파악이 안 되나 보네."

"이명이 얼음의 기사라고 해서 진짜로 냉정할 거라 생각하는 건가?"

"어쩌면. 그동안 그렇게 맞아 놓고서 왜 아직도 모르지?"

"멍청해서지."

"……왜 저런 게 우리 기사단에 들어왔는지 모르겠군. 검만 잘 쓴다뿐이지 완전 꽉 막혔잖아. 미치겠네. 눈치가 저렇게 없을까? 가면 처맞기만 더 하나?"

"놔둬. 저래야 정신 좀 차릴 테니까."

기사들은 두런두런 이야기를 나누며 한숨을 내뱉었다. 그리고 주변에 널브러진 무기들을 모아 정리하기 시작했다. 어떤 이들은 내일 앨피어스 경이 연무장에 나타날 수 있을지 내기를 하고 있었다. 하지만 그 어디에도 상관을 따라간 막내에 대한 걱정은 보이지 않았다. 견디지 못하면 낙오되니까. 이것이야말로 여태껏 기사단에서 하극상 한 번 나오지 않은 이유였다.

"기다려 주십시오!"

새된 목소리가 복도를 쩌렁쩌렁하게 울렸다. 미카엘 아이레스는 무표정한 얼굴로 걸음을 멈췄다. 바로 따라올 거라 생각지 못했는데 이런 모습을 보여 주다니, 역시 애송이는 애송이였다. 어디에 사람들의 이목이 있을지 모르는데 이렇게 흐트러진 모습을 보여 주는 것부터가 그랬다. 그 나이 때의 미카엘이나 황태자 또는 로샨이었더라면 이렇게 행동하지 않았을 것이다. 앨피어스가의 젊은 기사는 처세술이고 뭐고 검만 익혀 온 게 분명했다. 이것은 모두 앨피어스가의 가주가 잘못 키운 탓이었다.

"뭔가?"

"치졸한 짓 그만해 주십시오."

"치졸한 짓?"

"예. 질투로 인해 부하 기사를 괴롭히다니, 이것이야말로 치졸하고 저열한 짓이 아니고 뭐겠습니까?"

"그렇게 생각하나?"

"아닙니까?"

도전적인 시선에 헛웃음조차 나오지 않았다. 미카엘 아이레스는 자신을 이렇게 바라본 이가 얼마 만인가 차분하게 생각했다. 황제가 황태자였을 적 그의 위엄을 지키기 위해서라도 자신에게 함부로 대하는 이가 있으면 가차 없이 응징했었다. 황위에 도전하는 정적을 제거하는 일이라 손 속이 과할지언정 선황제조차 묵인하던 시절이었다. 그래서 더욱더 마음껏 날뛸 수 있었다. 황태자는 이런 자신의 친우에게 '미친 놈'이라 말하며 낄낄거렸더랬다.

"맞아. 치졸하고 저열한 짓이지."

미카엘 아이레스는 순순히 수긍했다. 그러면서 이 애송이가 얼마만큼 바락바락 기어오를지 기다렸다.

"그러니 그만두시란 말입니다."

"왜?"

"예?"

"내가 왜 그래야 하지?"

앨피어스의 손이 반사적으로 자신의 허리춤에 향했다. 검을 뽑고 싶어 죽겠는지 크게 부들거리는 몸이 우스웠다.

"왜 검을 뽑지 않나?"

일리야 앨피어스는 가쁜 숨을 억누르며 으르렁거렸다.

"……당신은 비슈발츠 백작 부인과 어울리지 않습니다."

순간 아이레스의 미간이 꿈틀거렸다. 일리야는 아주 잠깐이지만 흐트러진 모습을 보인 아이레스에게 계속 비아냥거렸다. 노골적인 도발이었다.

"그녀는 당신과 같이 비열한 작자를 연인으로 둬서는 안 됩니다. 불행해질 테니까요."

"그걸 왜 그대가 결정짓지?"

"그럼 사모하는 여인이 진창으로 걸어가는 걸 바라만 보고 있으라는 겁니까? 승전연에서 그녀를 버릴 때는 언제고! 차남이기에 아이레스가를 이을 수 없으니까 비슈발츠가의 직위가 탐이 난 것이지. 그래서 그녀를 이용해 먹고 있는 거고. 비열한 자식!"

나오는 말은 격하나 목소리는 점점 낮아지고 있었다. 이제야 눈치가 보이는 건가. 미카엘은 묘한 표정으로 앨피어스를 바라보았다. 이를 악물어 가며 온갖 모욕적인 말을 퍼붓는 게 제법 머리를 굴리고 있는 티가 났다.

"앨피어스 경, 말이 좀 심하군."

"그렇지 않습니까? 아니라고 말해보십시오."

"그걸 왜 그대에게 말해야 하지? 내가 왜?"

"남편이 있는 부인에게 노골적으로 구애를 하다 못해 데뷔탕트 때 선물을 줘서 그녀의 명예를 깎아내리지 않았습니까? 그렇기에 자격 없는 남자들이 부인에게 다가서는 거 아닙니까? 도대체 얼마만큼 그녀를 더 흔들어야 직성이 풀리겠습니까?!"

"공개적으로 마음을 전달한 그대가 할 말은 아니지."

"마음을 전달하는 건 누구나 할 수 있는 일입니다. 하지만 행동하는 건 부인의 처지를 고려하고 있지 않다는 방증이 아닙니까. 나는 당신과 달라. 그러니 부인에게서 떨어져. 그녀는 너와 같은 남자가 감히 넘볼 여인이 아니야."

"……그럼 어떤 사내가 그녀에게 어울린다는 거지?"

"적어도 당신은 아니야."

"그대도 아니고?"

일리야가 머리를 한 대 얻어맞은 것처럼 멍한 표정을 짓더니 이내 잇새를 악물며 말했다.

"……내가 당신보다 못할 게 뭔데."

하하. 아이레스의 입에서 메마른 웃음이 터져 나왔다. 결국, 결론은 이거였다. 네가 물러나라. 경쟁에서 도태된 수컷의 비굴함이 여기에 있었다. 그동안 열심히 편지를 보내더니만 시스에의 마음을 사로잡지 못한 모양이었다. 그래서 계속 미카엘 아이레스에게 시비를 건 것이고. 오늘의 행동 역시 그것의 일환인 걸까? 미카엘 아이레스는 더는 눈 앞의 애송이를 봐줄 필요가 없다고 생각했다.

"아주 많지."

순식간에 달라져 버린 기세에 주변의 공기가 무겁게 내려앉았다. 미카엘은 제국이 자랑하는 기사 중 하나였다. 할버드 경에 비하면 조금 못 미친다는 평이 있으나 그 또한 만만찮은 재능을 가지고 있었다.

그런 사내가 노골적으로 살기를 일으키니 어린 천재의 몸이 바들바들 떨리기 시작했다. 거쳐 간 전장이나 손에 묻힌 피나 헤쳐 나온 시간이나 무엇 하나 애송이와 비교할 바 없는 진짜다. 애초에 상대가 되지 않는 싸움이었다.

"지금 제게 결투를 신청하는 겁니까?"

일리야 앨피어스가 새하얗게 질린 얼굴로 그에게 물었다. 바들거리는 손이 검 주변을 더듬거리고 있는 게 훤히 보이는데도 짐짓 배짱을 부리는 게 보통은 아니었다.

미카엘 아이레스는 애송이에 대한 평가를 살짝 올렸다. 그래, 이 어린 기사는 그간 그가 상대했던 그 어떤'개자식들'보다 제법 배짱이라든지 수작이라든지 일을 키우는 면모가 괜찮았다. 지금도 다른 사람이 지나갈까 싶어 몸을 잔뜩 움츠리는 게 매우 그럴듯하지 않는가. 누가 보면 미카엘 아이레스가 일방적으로 신입 기사를 핍박하고 있는 꼴이었다.

"아니, 그럴 가치조차 없다."

"제 검이 겁나서 말입니까?"

"하하, 기억력만 나쁜 애새낀 줄 알았더니 제 실력조차 헤아리지 못하는 얼간이로군."

일방적인 폭언에 일리야의 눈썹이 꿈틀하고 불만으로 일그러졌다. 그럼에도 계속 도전적으로 바라보는 건 물러서지 않겠다는 방증이었다.

"길고 짧은 건 대봐야 알지요."

"눈은 장식인가. 왜 대봐야 알지? 그냥 척 봐도 아는데. 허리춤에서 손 떼."

"뭐라고?"

"목을 자를 순 없지. 하지만 손목이나 성대를 베는 건 어렵지 않아. 아니, 평생 한 다리로 살아 보는 진귀한 경험을 해보는 것도 나쁘지 않겠군."

"뭐?"

"그래서 자꾸 기어오르는 게 아닌가?"

"나를 질투하잖습니까!"

"내가?"

"그래! 어차피 단장, 당신이나 나나 똑같은 처지야. 비슈발츠 백작이 살아 있는 한 그녀는 어떤 남자의 것이 되지 않아! 그러니 앞으로 기회는 충분하다는 거지. 그래서 자꾸 안절부절못하며 나를 괴롭히는 거잖아."

"하, 하하하. 뚫린 게 다 입이라고 헛소리를 지껄이는 거라면 몸 여기저기에 구멍을 내주는 것도 나쁘지 않겠군."

"드디어 그 음흉한 본색을 드러내는구나. 어디 한번 해보시지!"

일리야의 몸이 짓쳐 들었다. 재빠른 공격이었다. 하지만 조금 전까지 훈련을 받았던 터라 평소에 비해 굼떴다. 지친 몸으로 하는 주먹질은 그 누구라도 쉽게 피할 수 있었다.

미카엘은 가볍게 고개를 뒤로 내빼는 것으로 일리야의 공격을 피했다. 그리고 손을 뻗어 건방진 애송이의 머리채를 휘어잡았다. 목이 어깨에 닿을 정도로 크게 꺾인지라 벌려진 입에서 신음이 튀어나온다. 아이레스의 손을 붙잡는 타인의 손은 고통으로 인해 바들바들 떨렸다.

"컥."

"일리야 앨피어스 경."
길고 우아한 손가락이 어린 기사의 뺨을 장난치듯 톡톡 가볍게 두들겼다.
"정신 차려, 애송아. 그녀가 네 마음을 받아주지 않는다고 해서 내게 징징거릴 이유는 없어. 하극상도 하극상 나름이지. 뇌의 대부분을 검술을 익히는 데 할애했나?"
긴 다리를 이용하여 무릎 안쪽을 후려 차니 상대의 몸이 휘청이며 아래로 쓰러지듯 주저앉았다. 머리는 그대로 쥐어 잡힌 상탠데 중심은 아래로 쏠리니 아픔은 배가 되었다. 손을 움직여 벗어나려 해도 힘의 차이부터 엄청났다. 상대를 고통스럽게 제압하는 것도 아이레스 경이 우위였다.
"머리를 굴려서 일을 이렇게 질질 끌어온 건 칭찬받을 만해. 그래, 제법 재미있었어. 귀찮기도 하고. 하지만 천재라는 이명이 언제까지 갈지 궁금한데? 폐하께서 그대의 알량한 가문의 칭얼거림을 받아주는 것도 이번 한 번뿐일 거다. 그러니 하극상은 이쯤 하지?"
"비열한 자식."
"앨피어스 경. 무기가 아니더라도 사람의 몸을 망가뜨리는 건 어렵지 않아. 힘을 조금만 주면 간단해지지. 나는 이번과 같은 일로 멀쩡한 기사 하나를 병신으로 만들고 싶진 않아."
일리야는 일그러진 웃음을 지으며 씹어뱉듯 말했다.
"거짓말."
"아, 들켰나? 내가 괴롭히는 걸 알았다면 진작 꼬리를 말고 도망쳤어야지."
미카엘 아이레스는 웃음을 거두고 무표정으로 중얼거렸다. 어느새 그의 발은 일리야 앨피어스의 무릎을 강하게 짓누르고 있었다. 여기서 조금만 더 힘을 준다면 근육 파열까지 갈 수 있을 것이다. 아니면 하극상을 핑계로 정말 다리 하나를 잘라 버릴까. 황제가 뭐라 하겠지만 이를 핑계로 좀 쉬는 시간을 가져도 좋고.

차분한 태도로 고민하는 그에게 일리야의 목소리가 들려왔다.

“그런데 비슈발츠 백작 부인도 아이레스 경이 이런 흉포한 성격을 가졌다는 거 알고 있습니까?”

“뭐?”

어린 기사의 얼굴에 어느새 득의양양한 미소가 걸려 있었다. 고통으로 헐떡거린 게 거짓말이라는 것처럼.

“다른 영애에게 행동하는 것처럼 무척 정중하게 구는 것 같던데, 이런 식으로 폭력을 행사할 수 있는 사람이라는 거 알고 있냔 말입니다.”

“하하. 지금 뭐 하자는 거지?”

일리야는 눈짓으로 미카엘의 뒤를 가리켰다. 미카엘은 불안한 느낌에 천천히 고개를 돌렸다. 그리고 크게 눈을 떴다. 시스에 비슈발츠가 복도에 서 있었다. 무표정한 얼굴을 한 상태로.

“하극상이요? 제가 언제 그랬다는 겁니까? 정말 너무하십니다, 단장. 제가 부인께 마음을 고백했기에 괴롭히시는 거잖습니까. 이제 제발 그만해 주십시오.”

아무 말 못 하고 뻣뻣하게 굳어 있는 미카엘의 귀로 절절하게 호소하는 일리야의 목소리가 날카롭게 파고들었다. 신입 기사를 핍박하는 꼴, 갑자기 낮아져 버린 목소리. 그의 뇌는 순식간에 모든 상황을 이해했다. 하지만 거세게 날뛰고 있는 가슴은 이성적이지 못했다.

“시스…….”

앨피어스 경의 머리를 붙잡고 있는 손에 힘이 풀리는 건 당연한 일이었다. 아이레스 경은 힘없이 시스에의 애칭을 불렀다. 어린 기사가 일부러 그의 몸을 거세게 밀치며 자리에서 일어났음에도 아무런 대응조차 하지 못했다. 등에서 식은땀이 쏟아지며 당혹으로 휘몰아치는 뇌리엔 '큰일이다'라는 단어만 가득했다. 이런 폭력적인 행위에 행여 그녀가 겁이라도 먹었을까 봐 차마 다가서지 못하고 있었다.

"시스, 그러니까 이건……."

"앨피어스 경."

시스에 비슈발츠가 입을 열어 미카엘의 말을 잘랐다. 그녀의 목소리는 무척 차분했다. 아니, 다 되었다는 것처럼 행복하게 웃고 있던 일리야 앨피어스의 걸음을 바로 멈추게 할 만큼 무척 차가웠다.

"다치셨군요. 상처를 치료하러 가셔야겠어요."

"예? 하지만……."

"부축해 드리고 싶지만 그럴 수 없음을 이해해 주시길 바라요. 무엇보다 경께선 제게 약조하신 내용을 지키셔야죠."

"이 모습을 보고도 그냥 가라고 하시는 겁니까?"

그럴 수 없다는 것처럼 격하게 반발하는 기사를 그녀는 메마른 시선으로 바라보았다. 예쁘장한 얼굴 어디에도 어린 기사에 대한 동정심이 깃들여 있지 않았다. 그저 남을 대하듯 무감각할 따름이었다. 그때처럼. 일리야 앨피어스는 지금 자신을 바라보는 그녀의 모습이 죽음을 맛보았을 때의 그 얼굴과 흡사함을 깨닫고 자신도 모르게 뒤로 한 걸음 물러났다.

"그러기 위한 약속이었으니까요."

"부인, 제발……."

"앨피어스 경. 제발이라는 말은 제가 하고 싶군요."

"……알겠습니다."

"부탁드리겠어요. 부디 이후론 아무것도 하지 말아주세요."

"부인!"

"강요는 또 다른 폭력일 뿐이에요. 저에겐 경의 행동도 별다를 바 없이 느껴지는군요. 그래요, 저는 경이 무서워요. 두려워요. 계속 말해야 하나요? 얼마나 더 표현해야 제 진심을 알아주실 건가요?"

여지조차 주지 않는 완벽한 거절이었다. 연정을 거부당한 기사의 얼굴이 슬픔으로 일그러졌다. 수치심과 애달픔이 뒤섞인 얼굴엔 희미한 분노마저 깃들고 있었다. 시스에는 앨피어스 경을 바라보며 끝내 한마디를 던졌다.

"전 경의 연정이 반갑지 않아요. 오히려 거북해요. 그러니 접으세요."

잔혹한 말에 고개를 수그리고 있던 아이레스 경마저 깜짝 놀라 시스에를 바라봤다. 앨피어스 경은 새하얗게 질려 벌벌 떨고 있었다.

"앨피어스 경, 부디 살펴 가세요."

이 말을 끝으로 시스에는 그를 향해 시선조차 돌리지 않았다. 그저 그녀가 나타났을 때부터 아무런 말조차 하지 못하고 우두커니 서 있는 얼음의 기사에게 손을 내밀었을 뿐이다.

"아이레스 경, 차 한 잔 주시겠어요?"

분명 멜이 아닌 '아이레스 경'이었다.

미카엘 아이레스는 집무실을 가는 내내 딱딱하게 굳은 얼굴을 고수했다. 손수 차를 내려 찻잔에 따를 때까지도 그랬다.

시스에는 아이레스 경이 차를 준비할 동안 소파에 앉아 주변을 힐긋 바라보았다. 아직도 일이 많은 건지 집무실 책상 위에는 서류가 탑처럼 쌓여 있었다.

그러고 보니 아이레스 경의 집무실에 들어온 건 처음인가? 책상과 의자, 옷을 거는 옷걸이 등 어디에서나 쉽게 볼 수 있는 가구들이지만 그가 일하는 곳이라 생각하니 어느 하나 눈을 뗄 수 없었다. 그래서 그가 준 차조차 제대로 마시지 못했다. 조금 전까지만 하더라도 머리가 혼란스러웠는데, 이렇게 방 안을 살피니 조금 진정이 되는 것 같았다.

반면 미카엘 아이레스는 그녀가 차분하게 집무실 풍경을 구경할 동안 숨조차 제대로 쉬지 못했다. 덜덜 떨리는 손끝은 차갑게 식은 지 오래였다. 사람을 처음 베었을 때도 이런 공포감을 느끼지 아니했는데. 놀랍게도 그녀와 함께 전장에 나갔을 때보다 지금이 더 참담했다. 미카엘은 앨피어스가의 애송이가 오늘따라 왜 그렇게 자신을 도발했는지 이제야 알 수 있었다.

그는 손바닥으로 얼굴을 감싸다가 한숨을 삼켰다가 발끝을 바라보았다가 마른침을 소리 없이 삼키기를 반복했다. 애송이를 가차 없이 내쳐 버린 시스에다. 그의 연정이 무섭다고 말하면서. 그런 다음 자신에게는 멜이 아니라 '아이레스'라고 불렀다. 두려워했던 현실에 부닥치자 도무지 정신을 차릴 수 없었다.

'상대방의 머리카락을 휘어잡다 못해 허벅지를 강하게 짓누르기까지 했는데 엄청 무서웠겠지.'

사실 미카엘 아이레스와 일리야 앨피어스의 구애 방식은 묘하게 비슷한 구석이 있었다. 다만 미카엘이 좀 더 요령껏 시스의 눈치를 살피며 조금씩 그녀의 마음을 열어 갔다는데 차이가 있을 뿐이다.

게다가 미카엘은 겉으론 여유로운 척 굴고 있지만 비슈발츠가에 들어가는 편지를 알아볼뿐더러 그녀 주변을 얼쩡거리는 사내를 다 한 번씩 손봐 준 이력도 있었다. 뿐만이랴. 그녀를 위해서 기꺼이 가문이나 가족을 버릴 의향이 충만했다. 그러므로 이 모든 게 밝혀진다면 자신이 시스에라도 기겁하며 도망갈 터였다.

'애송이와 나눈 대화는 어디서부터 들었을까? 나에게도 연정이 고맙지 않다고 하면 어떻게 하지? 아이레스라고 부른 것으로 보아 이미 마음을 정리한 건가? 내가 끔찍하게 느껴진 걸까?'

시스에 비슈발츠는 연약한 여성이었다. 그와 같은 폭력적인 남자를 좋아할 리가 만무했다. 게다가 항상 앞에선 점잖은 척 좋은 말만 했는데, 차가운 어조로 상대를 조롱하기까지 했으니 속았나 싶었을 것이다.

항상 좋은 모습만 보이고 싶었는데…….

처음에야 천천히 자신의 성격을 드러내야겠다고 마음먹었지만 계속 지내다 보니 이대로가 좋다고 생각했다. 성격을 죽이니 안정적이고 달달한 세계가 찾아들었다.

자신의 행동에 당황하며 어쩔 수 없이 져 주는 시스에가 예쁘고, 쪼는 듯한 키스에 부끄러워하는 그녀가 사랑스러웠다. 그의 어리광에 곤란한 표정을 짓다가도 이내 손을 뻗어 마주 잡아주는 상냥함에 심장이 터질 것만 같았다. 살뜰하게 안아주는 것이나, 멜이라는 단어를 조곤조곤하게 내뱉으며 살며시 미소 짓는 행위가 퍽 어여뻤다. 그래서 그녀 앞에서만큼은 다정하고 멋진 미카엘 아이레스가 되고 싶었다.

반전의 성격이라는 것도 어느 정도가 돼야 이해할 수 있는 법이다. 미카엘 아이레스가 생각해도 그녀 앞에서의 자신과 방금 전의 자신은 거의 다른 사람이라고 할 수 있는 수준이었다. 사기꾼이라 비난해도 할 말이 없을 정도로.

그는 살짝 눈을 들어 시스에 앞에 놓인 찻잔을 바라보았다. 막상 차를 달라고 했지만 그녀는 미카엘이 내어준 차에 입조차 대지 않고 있었다. 이제 자신이 닿는 물건에 손을 대는 것조차 싫다는 걸까. 한번 겁을 먹은 마음이 끝도 없이 축축 처졌다. 이전에야 '성격을 들키면 애절하게 애원하고 매달려야지. 그럼 날 버리지 않을 거야'라고 생각했지만, 막상 그렇게 되니 머리가 백지장처럼 새하얗게 물들고 있었다. 그저 처분을 기다리는 죄수처럼 그녀가 무슨 말이라도 해주기를 묵묵히 기다릴 뿐이다. 언제나 그런 것처럼 이 관계는 시스에의 손에 달렸으니 말이다.

"손은…… 손은 괜찮으세요?"

한참의 침묵 후에 시스에가 조심스럽게 입을 열었다. 원래 그런 사람이냐는 원색적인 비난이 아닌 미카엘을 걱정하는 소리였다.

미카엘은 깜짝 놀라 고개를 들어 올렸다. 두려움과 경멸로 가득 차야 할 얼굴이 걱정과 안쓰러움으로 인해 잔뜩 무너져 있었다. 그 어디에도 상대를 제압한 차가운 남자에 대한 거리낌은 없었다. 몸을 망가뜨린다, 병신으로 만들어버리겠다 등의 거친 말을 내뱉었는데도 시스에의 눈은 미카엘의 손에 향해 고정된 상태였다. 놀랍게도 이 사랑스러운 여인은 미카엘과 같은 기사가 고작 상대방의 머리카락을 휘어잡은 것만으로도 크게 다쳤을까 봐 안절부절못하고 있었다.

어떻게 이럴 수가 있지?

그녀의 반응에 두려움은 순식간에 사라지고 한 줄기의 희망이 빼꼼 고개를 들어 올렸다. 미카엘은 시스에의 눈치를 살피며 기어들어 가는 목소리로 겨우 대답했다.

"괜찮습니다."

"하지만 표정이 안 좋으신데 손이 아파서 그런 게 아닌가요?"

"아닙니다. 그렇지 않아요."

"그럼 보여 주세요."

"예?"

"손이요."

단호한 명령에 쭈뼛대며 손바닥을 보이자 그녀가 손을 뻗어 그의 손을 자신에게로 끌어당겼다. 굳은살이 잔뜩 박인 손바닥은 평소와 다를 바가 없었다. 고작 그 정도 힘을 썼다고 해서 가죽이 쓸리지는 않는다. 작정하고 주먹질을 했으면 또 모를까. 설령 다쳤다 하더라도 지금과 같은 강렬한 느낌을 주지 못했을 것이다. 미카엘은 자신의 손바닥을 꼼꼼하게 살피는 시스에의 머리를 내려다보며 신음을 삼켰다.

그의 손등을 받치고 있는 여인의 손바닥은 너무나 부드럽고 따뜻했다. 별거 아닌 접촉이지만 미치도록 황홀했다. 그녀가 자신을 두려워하지 않은 상태에서 잡은 것이라 더더욱 그러했다. 평소처럼 시스라 부르며 어리광을 부리고 싶을 정도였다.

"다행이네요."

미카엘은 그녀의 손이 자신에게서 떨어지는 게 너무나 아쉬웠지만 애써 표정을 갈무리했다. 대신 용기를 내어 물었다. 그녀가 자신을 두려워하지 않을 때 대화를 나누어야 할 것 같았다. 교활한 본성은 이런 부분에서 약삭빠름을 자랑했다.

"……어떻게 오신 겁니까?"

"앨피어스 경과 약속이 있었서요."

"그를 만나러 오신 겁니까?"

"이후론 더는 편지를 보내지 않겠다 약조하셨거든요. 그래서 연무장으로 가던 중이었어요."

"……그것뿐입니까?"

"네."

곧장 대답하는 모습엔 어린 기사에 대한 흔들림이 없었다. 미카엘은 마음속으로 '다행이다'라고 중얼거리며 한숨을 삼켰다. 앨피어스 경에게는 자신이 구애했을 때와 달리 그 어떤 여지조차 주지 않은 모양이었다.

"……혹시 보셨습니까?"

"네."

"언제부터……."

"앨피어스 경이 주먹을 쥐고서 달려들었을 때부터요."

"그렇습니까."

미카엘은 착잡한 표정을 감추지 않은 채 대답했다. 애송이의 공격을 피하는 데 온 신경을 집중하느라 그녀의 기척을 못 잡아낸 거였다. 그렇지 않았으면 좀 더 점잖은 모습을 유지했을 텐데 말이다. 그럼 이런 일이 일어나지 않았을 테지.

'최악이군.'

그는 여전히 시스에를 속이고 싶어 하는 자신의 마음에 경멸을 느꼈다. 오늘 일이 아니었다면 계속 잘 지낼 수 있을까? 대답은 '아니'였다. 앨피어스 경이 아니더라도 언젠가는 일어날 게 뻔한 사건이었다.

그래도 이렇게는 아니었어.

미카엘은 천천히 말을 이어 나갔다.

"제가 두렵습니까? 속였다고 생각합니까?"

귀족이란 본래 자신의 명예를 위해서라면 거짓된 성격을 가지고 살아갈 수 있는 자들이었다. 미카엘 아이레스야 그런 모습이 없었을까. 하지만 타인과 연인은 궤를 달리하는 위치에 있었다. 그녀를 진심으로 믿었다면 조금 더 빨리 그의 진정한 모습을 보여 주고 양해를 구해야 했다. 미카엘 아이레스가 우려하는 부분은 여기에 있었다. 행여 시스에가 자신이 그녀를 농락하기 위해 거짓을 꾸몄다고 생각할까 봐 두려운 것이다.

시스에는 느릿하게 눈을 깜빡였다. 미카엘 아이레스는 그런 그녀를 뚫어져라 쳐다보고 있었다.

속였다고 생각하냐고?

그녀는 남자의 물음을 천천히 곱씹었다. 남자는 자신의 더러운 성격을 들켰다는 것에 큰 공포를 느끼고 있었다. 실상 시스에가 이야기하고 싶은 건 그게 아닌데.

'이미 알고 있었다고 하면 어떤 표정을 지을까. 오히려 자신을 속였다며 화를 낼까? 그것보다 오늘 앨피어스 경과 만나기로 했다는데 이젠 신경 쓰이지도 않는 걸까?'

마음이 답답했다. 사랑한다는 말을 듣고, 키스를 나누는 사이가 되었지만 정작 중요한 반지가 없다. 끈질기게 애정을 갈구할 때는 언제고 정작 이러한 일에는 여상스러운 태도를 유지한다. 과거 할버드 경에 대한 마음으로 온갖 집착과 패악을 부려 보았던 시스에로선 도무지 이해할 수 없는 태도였다.

그녀 자신은 할버드 경이 다른 여인에게 눈길만 줘도 속이 뒤집히는 줄 알았는데. 그가 다른 여자에게 인사를 건네도 너무 화가 나 미칠 것만 같았는데. 그래서 그대로 여자에게 달려들어 얼굴을 죄다 긁어버리고 싶었는데.

정작 미카엘 아이레스는 자신의 연적이 될지도 모르는 사내의 훈련을 도와주다 못해 자신의 마음을 받아주지 않는다고 징징대지 말라 충고한다. 보통은 징징대지 말라는 게 아니라 고백조차 하지 말라고 협박하지 않나? 그런데 이 남자는 왜 그런 말을 한 걸까?

물론 스스로 앨피어스 경을 괴롭혔다 자백했지만, 사람들의 눈이 많은 곳에서 실행해 봤자 얼마나 했겠는가. 홧김에 내뱉은 말일 터였다.

시스에는 끝없이 우울해지는 감정을 애써 추스르며 차분하게 대답하려고 노력했다.

"그렇게 생각하지 않아요."

"……그럼 왜 멜이라 부르지 않으시는 겁니까."

시스에는 그의 질문이 우습다고 생각했다. 자신의 일에는 관심조차 보이지 않으면서 애칭을 부르지 않은 것에 불안함을 표시한다. 도대체 무슨 생각을 하는지 모를 일이었다. 그래서 그녀도 불만스러웠던 부분을 이야기하기로 결심했다.

"제가 앨피어스 경과 만나기로 한 부분에 대해서는 어떻게 생각하세요?"

그러자 그가 화제를 돌리려는 듯이 바로 딴소리를 내뱉었다.

"무섭지 않다는 건 무슨 뜻입니까?"

시스에는 미간을 찌푸렸다. 냉큼 대답해도 기분 나쁠 판에 되레 추궁하고 있으니 기가 막혔다. 그래서 대화의 주도권을 자신에게 끌어오기 위해 애를 썼다.

"그분이 제게 편지를 보낸다는 말을 들었을 때 어떤 기분이 드셨어요?"

"왜 성격을 숨겼는지에 대한 의문을 표시하지 않는 겁니까?"

"앨피어스 경이 제게 마음을 고백했는데 아무런 생각조차 들지 않았나요?"

"……비슈발츠 백작 부인."

미카엘이 답답하다는 표정으로 그녀의 대외적인 이름을 입에 올렸다. 시스에는 냉큼 받아쳤다.

"네, 미카엘 아이레스 경."

"시스."

그가 달래듯 다시 그녀의 애칭을 불렀다. 하지만 시스에는 미카엘이 원하는 대로 그의 애칭을 부르지 않았다. 대신 입을 꾹 다문 채 침묵했다. 유치하지만 나름대로의 반항이었다. 그에게 이런 식으로 칭얼거려야 하는 현실이 부끄러웠고, 다른 것에는 태연하면서 성격이 밝혀졌다고 눈에 띄게 전전긍긍하는 남자의 태도가 미웠다. 이런 것도 포용할 줄 모르는 속 좁은 사람으로 보였나 싶어 속상했다. 연인이라는 이름으로 묶인 이후 처음으로 맞이하는 갈등이었다. 어디서부터 풀어 나가야 할지 막막했다.

"시스, 제발."

하지만 그가 계속 애절한 눈망울로 자신을 애칭을 부르는데 버텨낼 장사가 없었다. 빌어먹게도 남자는 자신의 외모를 활용할 줄 알았다. 그것도 아주 잘. 그래서 그녀는 아이레스 경과 시선을 마주치지 않으려고 노력하며 빠르게 말을 내뱉었다. 그가 집중하고 있는 주제가 별거 아니라는 것처럼. 감정을 노골적으로 드러낸 언어는 꽤 직설적이었다.

"무섭지 않냐고 물으셨죠? 네, 그래요. 무섭지 않아요. 전혀요. 잊으신 모양인데 전 황제 폐하를 버텨 낸 사람이에요. 제 강단을 우습게 보지 마세요."

"시스."

"성격을 숨겼는지에 대한 의문을 표시해야 하나요? 왜요? 숨긴 게 아니라 그런 성격도 있다고 생각하면 안 되나요? 그것보다 어째서 제가 겁을 먹을 거라 여긴 거죠? 차라리 제게 좋은 모습을 보여 주려고 노력했다고 칭찬받고 싶다고 말해요. 그럼 너그럽게 넘어가 드릴 테니까."

"시스에, 나의 아가씨……."

"우스운 말로 들릴지 모르겠지만 경께서 황제 폐하의 친우라는 점에서 그럴 수도 있겠다는 생각을 했어요. 그러니 제게만 그런 모습을 안 보이시면 돼요. 어렵나요?"

"그렇지 않아요. 절대로 그럴 리 없습니다. 신께 맹세코 말입니다."

"그럼 됐어요."

남자의 눈이 동그랗게 떠졌다. 그는 자신이 잘못 들었다 생각한 모양인지 고개를 좌우로 흔들기까지 했다.

"예? 그걸로 끝입니까?"

"그간 감추느라 고생했다고 말씀드릴까요?"

"……화나셨군요. 저에게요."

시스에는 순간 얼굴이 확 달아오름을 느꼈다. 격해진 감정으로 인해 어느새 말투가 뾰족하게 날 서 있었다. 남자는 다른 일에만 신경 쓰고 있는데, 정작 자신은 스캔들에 관심을 주지 않는 아이레스가 미워 노골적으로 징징댄 것이다. 그러니 얼마나 추해 보일까.

미카엘 아이레스는 시스에의 동요를 눈치채지 못한 것처럼 차분하게 말을 이어 나갔다. 이제는 자신의 차례라는 것처럼, 그렇게.

"앨피어스 경과 만난다는 부분에선 그래서 그 기사가 나를 도발했구나, 라는 생각을 했습니다. 만일 그가 그렇게 행동하지 않았다면 여전히 시스에게서 다정한 멜로 남았을 거라는 마음과 함께요."

원하는 대답이 아니었다. 시스에는 본능적으로 입술을 깨물려다가 꾹 참았다. 더는 감정적으로 동요하는 모습을 보이고 싶지 않았다. 하지만 이어지는 말은 그녀의 예상과 전혀 다른 소리였다.

"편지를 보낸다는 소리를 들었을 땐 시스가 흔들릴까 봐 무서웠고, 그 기사를 베어버리고 싶었습니다."

성격을 들켜서 그런지 이제는 솔직하게 속내를 밝히고 있었다. 물론 편지에 관한 부분은 거짓말을 살짝 섞었다. 앨피어스 경에게서 들었다는 것으로.

"오전에 황제 폐하께서 저를 부르시더군요. 앨피어스 경에 대한 가혹 행위를 중지하라고 말입니다."

"가혹 행위요?"

"예."

아이레스 경은 무표정한 얼굴로 말했다.

"지도한다는 핑계로 마구 몰아붙였기 때문입니다. 보통 사람이라면 진작 도망가고도 남았겠죠. 치졸한 방법을 써서 괴롭힌 겁니다."

그는 뜻밖의 말에 넋이 나간 시스에에게 단언했다.

"저는 그런 사람입니다."

솔직해지는 건 어렵지 않았다. 뭐든 시작이 문제였다. 미카엘 아이레스는 반포기 상태로 감춰 놨던 마음을 털어놓기 시작했다. 더는 좋은 사람인 척 행동하는 게 어려웠다. 집착으로 인해 음험해진 마음은 이미 수위를 넘긴 지 오래였다.

"앨피어스가의 젊은 기사가 시스에게 고백했다는 소문을 들었을 때 어떤 마음이 들었냐고 물으셨습니까? 이자는 어떻게 제거할까, 시스에게서 어떤 방법으로 떼어 낼까 고민하느라 그대를 돌아볼 여력이 없었습니다. 매번 그렇게 해왔으니까요."

"매번……."

"네, 항상, 언제나, 늘. 시스 당신의 주변에서 얼쩡거리는 개새끼들을 그대로 두고만 볼 수 없어서. 아니, 그것밖에 내가 할 수 있는 일이 없지. 선택권은 그대에게 있다고 생각하니까."

"선택권이 제게 있나요?"

"아직도 모르십니까?"

미카엘 아이레스는 미소를 지었다. 괴로움이 가득한 웃음이었다. 그는 순진하게 자신의 말을 되묻는 그녀가 사랑스러우면서도 두려운 것인지 주먹을 꽉 쥐었다.

"그럼 이제 알게 되었군요."

이제야 마주하게 된 진실은 서로에게 있어 악몽이나 다름없었다. 가려진 현실을 적나라하게 드러내기 때문이다. 단단하게 결속되어 있다 생각한 사랑은 실상 금이 쩍쩍 가 있는 살얼음과 같았다. 연인의 눈치를 보며 전전긍긍하는 남자와 그런 남자에게 속을 다 보이지 못하는 여자가 서로에게 얽혀 있으니 그럴 수밖에 없었다.

"질투의 마음을 꼭꼭 숨기고 있는데도 이런 행위를 아무렇지 않게 합니다. 그러니 고삐를 잘 죄어주지 않으면 언제고 시스 그대를 질리게 할지 모릅니다. 잭이라는 꼬맹이를 질투할 때와는 수준이 다릅니다. 차라리 지금처럼 한 발짝 뒤에 물러나 있는 상태로 그대의 의견을 존중하는 게 나을지도요. 지금 허락만 해주신다면 이대로 무릎 꿇고서 버리지 말아 달라고 애원하며 매달리고 싶을 정도니까요."

냉소가 뒤섞인 어조로 상상치도 못할 말을 아무렇지 않게 내뱉는 이 사람이 과연 미카엘 아이레스 본인이 맞을까. 숨겨진 성격만 나쁠 거라 생각했는데, 한 꺼풀 벗겨진 남자는 과거의 그녀와 다를 바 없었다.

아니, 놀라울 정도로 똑같았다. 더 나은 시스에 비슈발츠라 여겼는데, 착각이었다. 그저 조절을 잘하고 있는 시스에였을 뿐이다.

"폭력적인 행위와 거친 언사는 너그럽게 포용해 주셨지만 이런 못된 마음까지는 안아주실 순 없을 테지요. 저라도 두려울 테니까요. 그러나 오늘만은 솔직해지겠습니다. 언제나 그런 것처럼 그대의 관대함에 기대어 어리광을 부릴 테니까요. 그러니 조금만 봐주십시오. 이후론 낌새조차 내지 않을 터이니."

과거의 일을 겪어 봤기에 질투는 추한 거라고 생각했다. 아니, 생각했었다. 그렇기에 시스에는 남자의 무덤덤한 행위가 야속하면서도 표를 내지 못했다. 사내란 본디 자신의 이상형에 맞춰 사랑을 그려 나가는 면모가 있으므로 변해 버린 그녀의 태도에 변심이라도 할까 싶어서였다. 그런데 여상스러운 태도 안에 이토록 질척한 감정이 숨어 있었다니. 어떻게 지금까지 몰랐던 거지?

그만큼 남자의 행위가 은밀하면서도 계획적이라는 방증이었다. 음흉한 사내라 욕하며 진절머리를 내야 하는데, 기이하게도 기쁘다는 생각부터 들었다.

당신도 나와 똑같았구나. 같은 마음으로 불안해했구나. 다행이다.

시스에는 울렁이는 가슴을 한 손으로 지그시 눌렀다. 관심이 없는 것 같아 서운했는데, 그런 게 아니었다는 사실이 드러나자 웃음이 새어 나올 것만 같았다.

"그게 전부인가요?"

"무슨 의밉니까?"

"더는 숨기지 말라는 소리예요."

"……경멸의 눈길을 보내지 않는다고 약조하신다면요."

미카엘 아이레스는 초조한 기분에 시스에의 목소리가 조금 전보다 나긋나긋하게 풀려 있음을 깨닫지 못하고 있었다. 그저 유기당할까 봐 무서워 바짝 엎드릴 뿐이다.

"네, 약조할게요."

남자는 거의 체념에 가까운 태도로 고분고분 입을 열었다. 자신의 말을 듣고도 도망가지 않는 시스에의 행동에 미약한 기대를 했기 때문이다. 곧 벌려진 입을 타고서 엄청난 만행들이 튀어나왔다. 상상도 못 할 숫자였다. 하나씩 손을 꼽아 가며 말을 하는데 열을 뛰어넘었다. 미카엘에게 당한 남자 중엔 시스에가 기억조차 하지 못하는 이도 있었다.

시스에는 미카엘의 말이 길어지면 길어질수록 오묘한 표정을 지었다. 질투에 눈이 멀어서 한 짓치고는 굉장히 본격적이며 체계적이었다. 어떤 것은 너무나 타당한 처벌을 내린지라 자신을 핑계 삼은 게 아닌가 싶은 의구심마저 일었다. 또 다른 것은 왜 그런 짓을 했냐고 묻고 싶을 정도로 유치했다.

물론 미카엘 아이레스가 자신의 만행을 축소한 탓도 있지만-그녀에게 더 이상 충격을 주고 싶지 않아서다-정말로 별거 아닌 일로 꼬투리를 잡은 것 같은 경우가 있어 그럴 수밖에 없었다. 게다가 이 모든 걸 세세하게 기억하고 있다는 자체부터가 놀라웠다. 그만큼 상대방에게 화가 났다는 소리가 아닌가. 남자의 집요함에 소름이 돋을 지경이었다.

"제가 무섭습니까?"

말을 마친 남자가 살금살금 눈치를 봤다. 그런 그의 얼굴 위로 귀가 축 늘어진 커다란 짐승이 덧씌워졌다.

"무섭다고 하면 뭐가 달라지나요?"

"두려움을 느끼는 상대 옆에 있을 순 없으니까요."

"제가 떠나가는 걸 바라만 보고 계시겠다고요? 매정하신 분이로군요."

"그렇다고 제 곁에서 시들어 가는 모습을 볼 수 없잖습니까. 제가 뭐라고 감히 그대를 힘들게 할까요? 차라리 제가 아픈 게 낫습니다. 그리고 시스를 처음 만났을 때처럼 애정을 갈구하며 곁을 빙빙 돌겠지요."

"외면한다면요?"

"괜찮습니다."

바보 같은 남자다. 시스에는 결국 한숨을 내쉬고야 말았다. 앨피어스 경을 압박하던 무서운 사내는 어디로 사라졌는지 여기에 있는 건 하찮은 짐승 한 마리였다. 그것도 손수 제 목줄을 물고 와 잡아당겨도 상관없다고 말하는 얼간이. 역시 우리는 닮았다. 대놓고 질투하면 상대가 기겁하여 도망갈까 봐 무서워한 점이. 서로의 눈치를 살피느라 정작 중요한 것에서 빙빙 돌아가는 게 우스울 정도로 똑같다.

시스에는 어깨에 힘을 빼고서 찻잔에 손을 뻗었다. 그리고 차갑게 식은 차를 천천히 마셨다.

"멜."

미카엘은 시스에가 부른 애칭에 두 눈을 크게 떴다. 만약 꼬리가 달려 있다면 좌우로 세차게 흔들렸을 법한 반응이었다. 적나라한 반응에 시스에는 마음속의 불만이 사르르 녹는 것을 느꼈다. 이후 차오르는 것은 기쁨과 만족, 그리고 동질감이었다. 그러니 나도 당신에게 솔직해져야겠지. 그게 예의일 테니까.

"두려웠어요."

"예?"

"서운했어요. 화가 났어요. 속상했어요. 무서웠어요."

시스에의 말이 계속될수록 미카엘 아이레스의 표정이 묘하게 찡그려졌다. 그는 지금 자신이 무슨 말을 듣고 있는지 이해할 수 없다는 표정을 하고 있었다. 아니, 믿을 수 없는 것 같았다.

"그게 무슨……."

"더는 내게 관심이 없는 것 같아서."

"왜 그런 생각을……."

"앨피어스 경이 제게 마음을 전달했는데 아무런 반응이 없으셨잖아요. 이후로도 제가 그와 어떤 교류를 하고 있는지 알아볼 생각조차 하지 않고. 오히려 연적의 훈련을 돕기까지 했죠."

"그건!"

시스에는 변명하려는 아이레스의 말을 재빠르게 가로챘다.

"네, 오늘에서야 알게 되었죠. 그게 훈련이 아니었다는 사실을요. 하지만 생각해 보세요. 공식적으로 전 비슈발츠 백작 부인이에요. 멜의 명성에 흠집이 날 만한 여자라는 거라구요. 그러니 불안해할 수밖에 없잖아요."

"그런 생각은 하지 마십시오. 제가 얼마나 비슈발츠가 되기를 원하는지 알잖습니까?"

"알아요. 멜은 늘 저를 위해 주시죠. 언제나 말이에요. 이번의 일도 제 반응을 살피며 행동하려는 거였죠?"

"예."

"그러면서 뒤로는 앨피어스 경을 괴롭혔고요."

"……부정하지 않겠습니다."

"하지만 내색조차 하지 않는데 제가 어떻게 안단 말이에요? 맙소사, 우리에게 필요한 건 오늘과 같은 시간이었어요."

시스에가 탄성에 가까운 소리를 내뱉자 마음이 놓인 미카엘이 일부러 농담을 건넸다.

"차가운 차를 아무렇지 않게 마실 수 있는 용기가 있어야 하겠지요."

"……차도 마시지 않고서 바로 일어나 버릴까 봐 신경 쓰이셨나요?"

"예."

"제가 무례했군요."

"그렇지 않습니다."

시스에는 그런 남자의 태도에 흐릿한 미소를 지으며 고개를 절레절레 내저었다.

"그런 말 말아요. 그러고 보면 멜은 한 번도 절 비난한 적이 없군요. 어떻게 그럴 수 있죠?"

그가 처리한 사내만 하더라도 어마어마한 숫자였다. 한두 번이면 모를까 자꾸 이렇게 남자들이 치근덕거리니 화가 나기도 할 것이다. 어쩌면 다른 이처럼 연인을 의심하며 졸렬한 속내를 풀 수도 있을 터였다. 하지만 아이레스는 이상한 말을 들었다는 것처럼 의아해했다.

"왜 시스를 비난합니까? 꽃이 내 눈에만 예쁜 게 아니고 보석의 반짝임을 나만이 아는 게 아닌데. 그들은 제대로 된 안목을 가지고 있는 겁니다. 그것도 가장 아름다운 것을 찾을 줄 아는 심미안을 말입니다. 하지만 절대로 가질 수 없는 것이라 다시는 손을 뻗지 못하도록 경고해야 하지 않겠습니까?"

"그래서 앞으로도 계속 경고를 하실 생각인가요?"

"……절 두려워하지 않는다면요."

"두려워한다면요?"

"……들키지 않는 방법을 찾아야겠지요."

끝까지 하지 않겠다는 소리는 없었다. 그것도 아주 당당하게 했다. 시스는 아이레스 경의 말에 그만 소리 내어 웃고 싶었다. 남자는 자신의 질투를 부끄러워하지 않았다. 그저 시스에에게 미움을 받을까 봐 무서워할 뿐이었다.

"너무 심하게는 하지 말아요."

"예."

결국 그런 것이다. 하지 않아도 될 걱정을 사서 한 거다. 그는 언제나 한결같았는데.

시스에는 자신의 어리석음이 부끄러웠다. 한 가닥의 불안에 매달려 아이레스 경이 감추고자 노력했던 비밀과 마주하게 되었다. 그는 그녀를 속였고, 시스는 멜을 피해자로 만들었다. 그럼에도 미안해하며 안달복달하는 건 미카엘 아이레스 경뿐이었다. 시스에는 손을 뻗어 아이레스 경의 소매를 붙잡았다. 그리고 나지막한 목소리로 사과의 말을 중얼거렸다.

"미안해요."

"예?"

"믿지 못해서 미안해요."

"죄송합니다. 속여서 미안합니다. 그럼에도 놔주지 못하는 저열한 마음을 용서하십시오."

"그렇지 않아요. 아이레스 경이 어떤 성격을 가지고 있든, 어떤 행동을 하든 전혀 무섭거나 두렵지 않으니까요. 결국 다 저를 위한 거잖아요. 다만 숨기지 않았으면 좋겠어요."

미카엘 아이레스가 자리에서 일어나 시스에 곁에 가까이 다가왔다. 그는 무릎을 꿇은 상태로 그녀를 올려다보았다. 커다란 개 한 마리가 발치에 엎드려 주인을 바라보는 꼴이었다.

"숨기지 않을 테니 도가 지나치다 싶으면 꾸짖어주십시오. 하지만 미워하지는 않았으면 좋겠습니다. 그리고 다신, 다신 아이레스라 부르지 말아요, 제발."

"두려웠어요?"

"네."

"솔직하게 표현한다면요. 숨기지 않는다면 언제나 제게 있어 멜일 거예요."

"숨이 막힐지도 모르는데 괜찮습니까? 나중에 후회해도 놓지 않을 겁니다."

그녀의 손이 남자의 뺨을 부드럽게 어루만졌다. 동시에 상냥한 어조로 속삭이듯 말했다.

"꾸짖어 달라면서요. 그럼 된 거 아닌가요?"

"그렇군요. 내 목줄은 시스 그대의 손에 잡혀 있으니."

이제 그녀의 또 다른 손마저 남자의 반대쪽 뺨에 와 닿아 있었다. 아이레스의 손은 시스의 허리를 감싸 안았다.

"사실 전 질투를 좋아해요. 질투를 잘하기도 하구요. 그러니까 오늘만큼은 질투하는 일이 생긴다면 달려와서 키스해 달라는 저번의 부탁을 모르는 척할래요."

난데없는 고백에 아이레스의 입에서 웃음이 터져 나왔다. 그는 자신의 유일한 주인을 향해 눈웃음을 치며 낮게 속삭였다.

"섭섭하긴 하지만 그래도 완벽하군요. 더할 나위 없어요."

자신을 위해 타인에게 위해를 가해도 좋다는 여자와 그런 그녀를 위해서라면 무엇이든 할 수 있는 남자의 결합은 운명이라 할 수밖에 없었다.

시스에는 불안의 근원이 사라지자 놀랍도록 충만해지는 마음에 기분 좋은 미소를 지으며 남자의 얼굴을 품에 안았다. 이후로 자신의 더러운 성격을 숨기는 남자의 행동을 보지 못하게 될 것 같아 아쉬웠지만 그래도 괜찮았다. 불안에 떠는 것보다 나으니까. 어차피 그는 앞으로도 시스에의 앞에선 순한 짐승일 수밖에 없었다. 그러니 앞으로도 계속 좋아질 것이다. 연인이 되고서 처음으로 맞이하는 갈등은 이렇게 싱겁게 끝이 났다. 한 사람의 절대적인 우위를 확인하는 것으로.

⁂

일리야 앨피어스는 어린 나이만큼이나 실연을 능숙하게 받아들이지 못했다. 한동안 그는 넋이 나간 것처럼 굴었으며 밤새 술에 취해 있다가 새벽 연습에 지각하기 일쑤였다. 그러는 동안 몸이 점점 망가졌다. 결국 이 가엾은 어린 기사는 요양을 핑계로 기사단을 나갔다.

사람들은 일리야 앨피어스가 기사단장의 혹독한 지도를 견디지 못하고 도망간 거라 수군거렸다. 쇠를 두들겨 담금질하는 것도 정도껏 하지 너무 의욕이 앞섰다는 평이 지배적이었다.

"얼마나 두들겨 팼으면 도망을 가?"

뤼세트 로샨은 황제가 준 서류를 그에게 건네며 나지막이 이죽거렸다. 앨피어스가에서 가혹 행위를 멈춰 달라는 중재 요청을 한 지 얼마나 되었다고 이런 사달이 났냐며 얄밉게 중얼거리는 게 이 상황을 고소해하는 것 같았다.

미카엘 아이레스는 그런 그녀를 무심한 표정으로 바라보았다. 연락도 없이 집무실에 찾아왔다 싶더니만 이 이야기를 하려고 온 모양이었다. 정말이지 악우가 따로 없다.

"그러다가 시스가 네가 이랬다는 걸 알면 어떡하려고. 다행히 가혹 행위에 대한 소문은 퍼지지 않았지만 그래도 조심해야 할 거 아냐?"

"알고 있어."

"뭐?"

"그녀도 알고 있다고."

뤼세트 로샨은 자기도 모르게 입을 딱 벌렸다. 그녀는 자신이 들은 게 사실인지 믿을 수 없었다.

"벌써 들켰단 말이야? 세상에, 엄청 충격이 컸겠어. 그래서 도망가겠대? 다신 보지 않겠대? 여기서 뭐 해. 빨리 가서 달래 줘야 할 거 아니야!"

"그녀는 괜찮아."

미카엘은 로샨이 준 서류를 가볍게 분리하며 대답했다. 뭐 이런 거 가지고 호들갑을 떠냐는 듯 여상스러운 태도를 유지하는 게 여유마저 엿보였다. 그 어디에도 불안해하는 모습은 없었다.

"괜찮다고? 네가 한 행동을 알고 있는데도? 그 더러운 성격을 알면서도?"

"그래. 이해할 수 있다더군."

"말도 안 돼! 어떻게 이해할 수 있다는 거지? 아이레스 후작 부인마저 포기한 네 성격을? 협박한 거야?"

미카엘은 부드러운 미소를 지으며 대답했다.

"꼭 자기 같은 생각을 하는군. 머저리가 따로 없어."

"그렇지 않고서야 네 성격을 받아줄 수 있을 리가 만무하잖아."

"내가 황제 폐하의 친구라서 다 설명이 된다더군."

반박이 필요 없는 완벽한 답이었다. 로샨은 자신도 모르게 입을 다물었다. 끼리끼리 논다고 황제나 아이레스나 성격이 개 같기는 마찬가지였다. 아니, '태초의 더러운 성격에 황제 폐하가 있었다. 그리고 그 아래에는 미카엘 아이레스'라는 말이 더 잘 어울릴 것이다.

그도 그럴 게 아주 어릴 때부터 이 둘의 싹수머리를 질릴 정도로 겪어 보지 않았나. 하물며 시스에 비슈발츠는 황제의 시험을 다각도로 경험해 보기까지 한 사람이었다. 그런고로 미카엘 정도는 조금 성격이 나쁜 사람으로만 느껴질 테다. 뒷공작으로 손쓴 것만 들키지 않는다면.

"……그렇군. 그럼 앞으론 거리낄 게 없겠네?"

"아니? 더 열심히 상냥하게 굴어야지."

"어째서?"

"어째서라니? 그녀에게 화를 낼 상황이 뭐가 있어. 아껴 주기도 바쁜데."

"……그래."

시스에에게 하는 행동의 반만 내게 했으면 널 좋아했을지도 모르겠다, 이 자식아.

뤼세트 로샨은 어쩐지 울컥 화가 치솟는 것 같아 그에게 인사조차 하지 않고서 집무실을 빠르게 빠져나왔다. 오랜만에 놀림거리가 생긴 거 같아 신나게 달려왔건만, 되레 흠씬 두들겨 맞은 기분이다. 오늘따라 햇살이 좋고 공기가 맑은데. 그녀는 집무실이 있는 창문을 향해 눈을 한번 흘겼다. 그리고 야무지게 입술을 깨물었다. 새파랗게 빛나는 눈동자는 오기로 가득했다.

그날 저녁 시스에의 서재로 편지 한 통이 배달되었다. 익숙한 필체로 작성된 그것은 미카엘 아이레스가 유년 시절에 벌였던 온갖 기행에 대한 이야기가 구구절절하게 적혀 있었다. 그것도 더러운 성질을 부각하는 것들로만. 이것은 하루에 한 통, 혹은 두 통씩 배달되었는데, 미카엘 아이레스가 편지의 내용을 알게 될 때까지 지속되었다. 이 기묘한 편지가 더는 배달되지 않았을 때 미카엘 아이레스와 뤼세트 로샨이 한바탕 설전을 벌였다는 소문이 떠돌았다.

이후 미카엘 아이레스는 정중한 태도로 시스에에게 그 편지를 불태울 것을 요청했고, 시스에는 가볍게 거절하며 그것들을 책상 서랍 안에 고이 보관했다. 그것도 아주 오랫동안 말이다.

3
마무리

라데 비슈발츠가 죽었다. 백작이 된 지 삼 년도 채 안 된 시점이었다. 사람들은 뜻밖의 소식에 안타까워하며 영웅의 죽음을 기렸다. 전쟁 이후 수도로 돌아온 내내 알 수 없는 병마와 싸우며 고통스러워한 그였다. 종내에는 아편을 피우면서까지 지통을 참아 냈는데, 결국 이기지 못하고 단명한 것이다. 소문에 의하면 주치의가 그의 마지막을 예감하여 백작 부인에게 이 소식을 알렸다고 한다. 그리고 백작 부인은 침착한 태도로 남편의 운명을 받아들였다.

사람들은 백작의 마지막을 무척 궁금해했다. 그도 그럴 게 황제를 구한 영웅이지 않은가. 그런데 단명이라니. 소설 속에 나올 법한 완벽한 죽음에 환호하지 않을 수 없었다. 아직 거리에 그의 활약상을 기린 연극이 공연되고 있으므로 이러한 반응은 당연했다. 어쩌면 생의 마지막도 이렇게 영웅다운지!

모두의 이목이 비슈발츠가로 향해 있었다. 그런 그들에게 있어 거리로 나온 백작가의 고용인들은 꼭 잡아야 할 유명 인사나 다름없었다.

사람들은 장례 준비를 위해 상점에 들른 하녀와 하인을 붙잡고 부드럽게 구슬렸다.

푸줏간 주인은 고기를 한 덩어리를 더 준다면서 꾀었고, 술주정뱅이는 마시던 술을 미련 없이 건네었다. 빵집 주인은 갓 구운 빵을 무작정 하녀의 장바구니에 밀어 넣었으며, 과일 장수는 그들의 입에 과일을 물리고서 이야기 값을 지불했다고 배짱을 부렸다.

하녀와 하인들은 뜻밖의 상황에 곤혹스러운 표정을 지었다. 실상 그네들도 하녀장을 통해 건너 건너 들었기 때문이다. 백작이 어떻게 사망하였는지 정확하게 알고 있는 건 백작 부인과 하녀장뿐이었다. 그럼에도 입을 연 건 답례로 받은 물건의 값이 제법 쏠쏠해서였다. 자신의 말 한 마디에 환호성을 내지르며 추임새를 넣어주는 사람들의 반응도 재미있고 말이다. 그래서 몇몇은 싸구려 술 한 잔씩 더 얻어 마시며 마치 눈앞에서 본 것처럼 우쭐댔다. 놀랍게도 백작가 고용인이 하는 말은 마치 짜기라도 한 듯 전부 똑같았다.

저들의 말에 의하면 백작은 부인과 함께 생의 마지막을 함께 보냈다고 한다. 백작 부인은 백작의 손을 붙잡고 끊임없이 용기를 불어넣어 줬으며, 그가 고통을 호소하며 괴로워할 때마다 기도문을 읊조렸다는 것이다. 신의 자비를 호소하는 부부의 모습이 어찌나 애처롭던지 울지 않은 사람이 없었다고 했다. 그렇게 끔찍했던 밤이 지나 마침내 작별의 시간이 다가왔을 때, 백작 부인은 남편의 이마에 조용히 키스하며 마지막 인사를 건넸다. 그리고 백작은 아내의 시선을 받으며 평온하게 눈을 감았다.

이는 백작 부부의 사이가 매우 나쁠 거라고 생각했던 많은 이의 예상을 뒤엎는 이야기였다. '남편이 죽어 가는 걸 차가운 시선으로 바라보는 냉정한 백작 부인'의 이야기는 정녕 연극에서만 볼 수 있는 것일까? 사람들은 크게 실망한 표정을 지으며 한숨을 내쉬었다. 이런 재미

없는 이야기를 기대한 게 아니기 때문이었다. 그럼에도 이 이야기는 호사가들의 입에 자주 오르내렸다. 애틋한 이야기를 즐기는 사람도 있어서였다. 그래서일까? 어느 순간 백작의 죽음은 '사랑하는 사람이 죽어가는 걸 지켜만 봐야 했던 불쌍한 연인'의 이야기로 변질되었다. 백작 부인을 향해 많은 사람의 동정이 쏠리는 건 당연한 일이었다.

물론 모두가 이 이야기를 좋아한 것은 아니었다. 백작 부인이 병약한 남편에게 질려 그를 독살한 것이라는 주장을 내세우는 사람이 있었으니까. 그는 백작 부인의 연인이 아이레스 경임을 지적하며 불륜으로 인한 치정 살인이라고 힘주어 말했다. 백작이 몇 번의 공식 석상을 제외하고 단 한 번도 얼굴을 보이지 않은 것과, 황태자를 구할 정도로 용감했던 이가 갑자기 아프기 시작한 게 수상쩍다는 것이다. 백작이 병석에 누운 이래 그를 전담했다고 알려진 하녀가 단 한 명도 없었다는 점도 백작 부인을 의심하는 이유 중 하나였다.

어떻게 이 모든 것을 조사했는지 모르겠으나 남들이 보기에 꽤 신빙성 있는 자료가 대부분이었다. 사람들은 남자의 말에 흥미를 느끼고서 귀를 기울였다. 남편을 독살한 악녀라니, 이보다 더 재미있는 사건은 없었다. 그러나 그의 주장은 받아들여지지 않았다. 신전에서 나온 신관과 의사가 백작의 사인이 이름 모를 병임을 공식적으로 발표했기 때문이다. 무엇보다 의혹을 제기한 남자가 비슈발츠가의 먼 친척에게 사주받았다는 사실이 밝혀지면서 그가 내세운 증거 자료는 악의가 섞인 거짓말로 마무리되었다.

이후로도 어처구니없는 루머 몇 개가 진실인 것처럼 거리를 떠돌아다녔지만, 백작 부인의 명예를 훼손한 남자에게 아이레스 경이 결투를 신청했고, 결국 시체가 되어 들려 나왔다는 소문이 퍼지면서 순식간에 잦아들었다.

무엇보다 사람들은 비슈발츠 백작이 본디 실체가 없는 유령이었다는 허무맹랑한 소리를 믿고 싶지 않아 했다. 그건 죽은 백작뿐만 아니라 그에게 작위를 내려 준 황제를 모욕하는 것과 다름없었다. 그래서일까? 몇 번이고 사실에 가까운 증거가 흘러나왔지만, 대부분 무시당하거나 사장되었다. 그렇게 진실은 쉽고 빠르게 묻혔다.

백작의 장례식은 신전에서 진행되었다. 죽은 자의 신분을 생각한다면 무척 성대한 편이었다. 많은 사람이 참석해 그의 죽음을 애도했다. 백작이 원인을 알 수 없는 병 때문에 죽었기에 그의 관은 이례적으로 못질이 미리 되어 있는 상태였다. 대신 비슈발츠가의 문양이 수놓인 붉은 천을 덮는 것으로 가주에 대한 예우를 대신했다.

시스에 비슈발츠는 관 옆에 서서 사람들의 인사를 받았다. 그녀는 머리에 작은 모자를 썼는데, 챙의 끝부분에 달린 검은 망사가 턱 끝까지 내려와 있었다. 사람들은 젊은 과부가 자신의 표정을 가려 버리자 무척 아쉬워했다. 그들은 그녀가 얼마나 냉정한 상태로 견디고 있는지 확인하고 싶어 죽을 지경이었다. 하지만 백작 부인은 시종일관 작은 목소리로 대답했으며, 움직임이 거의 없는 상태로 자리를 지켰다.

예상외로 감정을 자유롭게 드러낸 건 로에나였다. 그녀는 귀부인들이 위로의 말을 건넬 때마다 약간 찡그린 듯한 기묘한 표정을 지으며 입술을 몇 번이나 달싹였다. 그리고 기어들어 가는 목소리로 겨우 '감사합니다'라는 말을 내뱉었다. 그런 그녀의 얼굴은 티 하나 없이 매끄럽기만 했다.

다정한 성품을 지녔다고 알려진 로에나가 가족의 죽음에 눈물 한 방울조차 보이지 않은 건 이상한 일이었다. 되레 껄끄러운 모습을 보이며 시선을 피하는 게 무언가 사연이 있는 것처럼 보였다. 이는 많은 사람에게 좋지 않은 상상을 하게 만들었다. 몇몇은 로에나가 많이 변했다며 작게 흉을 보기까지 했다.

로에나의 이상한 태도는 백작의 관을 땅 아래로 내릴 때도 지속되었다. 그녀는 백작 부인의 가족임에도 그녀와 멀찍이 거리를 두고서 서 있었다. 누가 보면 남이라고 생각할 정도였다. 심지어 로에나는 관 위로 흙을 뿌릴 때 내키지 않는다는 것처럼 대충 뿌리기까지 했다. 가십을 좋아하는 사람들에게 있어 무척 흥미로운 태도가 아닐 수 없었다. 사람들은 비슈발츠가의 자매를 바라보며 소곤거렸다.

"역시 그 말이 맞았나 봐요."

"그 말이라뇨?"

"로에나 영애가 백작 부인을 무척 싫어한다는 소문이요."

"그래요? 전 왜 사이가 좋다고 알고 있었죠?"

"잘못 알고 있었나 보죠. 어쨌든 싫어하다 못해 증오한다는 소리까지 있어요."

"어째서일까요?"

"저들 모녀가 온 뒤로 집안이 쫄딱 망하다시피 했으니까 그렇죠. 안 그런가요? 선대 백작이 죽어, 반란으로 인해 집이 폭삭 망해, 자신은 사교계가 아닌 시골 별장에서 요양하지, 나라도 백작 부인을 원망할 것 같은데요?"

"생각해 보니 그렇군요. 그래서 저렇게 사이가 나빠 보이는 걸까요? 그렇다고 해도 저런 행동을 하는 건 아니잖아요."

"그러게 말이에요. 세상에, 비슈발츠가의 천사도 사람이긴 하는군요. 어머나, 저 표정을 좀 봐요. 예의 없기도 하지."

남자들 또한 한쪽에서 담배를 피우며 잡담했다. 직위가 낮은 사람을 제외하곤 여기에 모인 대부분의 사람이 라데 비슈발츠의 정체에 대해 알고 있었다. 그래서 그들은 허상에 불과한 자의 장례식을 누구 보라는 것처럼 크게 연 시스에의 배짱에 크게 감탄했다.

"대단한 여자야. 이런 식으로 일을 벌일지 누가 알았겠어? 들키지 않을 자신이 있었던 건가?"

"아마도 그렇지 않을까요? 삼 년 동안 주변 사람들을 감쪽같이 속였는데, 장례식쯤은 우습지도 않겠죠. 그나저나 적절한 시기에 잘 죽였군요. 1년은 너무 짧고, 5년은 좀 길다 싶으니까요. 머리를 아주 잘 썼습니다."

"아이레스 경 때문이지 않겠는가? 그가 아니라면 늙어 죽을 때까지 라데 비슈발츠를 놓지 않았을 거야. 탐욕스러운 손길로 꼭 붙잡고 있었겠지."

"글쎄요? 그러기가 쉽지 않을 텐데요?"

"자넨 그 소문을 못 들었는가?"

"소문이요?"

"선대 황제 폐하께서 비슈발츠가를 그녀에게 주겠다는 약조를 써 주었다는 이야기가 있어. 그렇기에 현 황제 폐하께서 그녀의 행동을 지켜만 본다는 거야."

"세상에. 그게 정말입니까?"

"그러니 유령을 앞세운 상태로 백작가를 삼킬 수 있지 않았겠는가."

"놀라운 일이로군요. 그럼 아이레스 경이 백작 부인과 결혼해도 소용없다는 소리 아닙니까?"

"글쎄? 그자의 생각을 우리가 어찌 안단 말인가. 확신할 수 있는 건 비슈발츠가를 노리고서 백작 부인에게 접근하는 머저리가 많이 생길 거라는 것뿐이지."

"앞으로 사교계가 매우 시끌벅적해지겠군요."

이들의 말마따나 이제 막 상을 당한 미모의 젊은 과부는 모두에게 있어 유혹의 대상이 될 수밖에 없었다. 벌써 백작 부인의 곁에는 그녀의 눈에 들기 위해 애쓰는 젊은 청년들로 즐비했다. 검은 망사로 뒤덮여 표정조차 보이지 않는 여자에게 어떤 반응을 이끌어 내고 싶은지 알 순 없지만, 꽁지깃을 활짝 펼친 수컷 공작새의 몸부림은 퍽 눈물겨워 보일 지경이었다.

"젊은 것들이란……."

중년 귀족 한 명이 나직이 혀를 차며 저 멀리 서 있는 아이레스 경을 힐끔거렸다. 그라면 당연한 것처럼 부인의 옆에 서 있을 줄 알았는데 거리를 두고 있다니 의외였다. 아무래도 남편의 장례식이라고 예의를 차리고 있는 모양이다. 그래 봤자 오늘 하루뿐이겠지만.

잠시 후 애도의 종소리가 울려 퍼지며 장례식이 끝났음을 알렸다. 귀족들은 기다렸다는 것처럼 우르르 몰려 나가 마차를 타고 빠져나갔다. 무덤을 끝까지 지키고 있었던 건 비슈발츠 백작 부인과 아이레스 경뿐이었다.

이렇게 또 한 사람이 모두의 뇌리에서 사라졌다.

사교계 사람들은 아이레스 경과 백작 부인이 금세 결혼할 것이라고 생각했다. 걸림돌이었던 백작이 죽었겠다, 더는 남의 눈치를 볼 필요가 없었으니까. 그러나 모든 이의 예상과 달리 백작의 장례식 이후 석 달이 지났음에도 청혼 소식이 들려오지 않았다. 서로에 대한 애정이 떨어졌기 때문은 아니었다. 예상치 못한 장애물이 그들의 발목을 잡아서였다.

사실 미카엘 아이레스는 백작의 장례식 이후 하루에도 몇 번씩 청혼 방식에 대해 고민하고 있었다. 라데 비슈발츠라는 유령이 사라진 이상 더는 '아이레스'라는 성을 가지고 있을 이유가 없어서였다. 물론 근래에 들어 시스에게 접근하는 사내들이 많아진 것도 한몫했고. 하지만 아무리 생각해 봐도 별다른 수가 생각나지 않았다. 검술에 특화된 사내의 머리는 섬세함이 부족했다. 상상력이 부풀어 오르는 건 멋모르는 어린 시절이나 가능한 일이었다.

그래서 그는 껄끄러운 마음을 무릅쓰고 로샨을 찾아갔다. 잠시 큰형에게 도움을 요청할까 싶었지만, 아무런 도움이 안 되는 인간임을 깨닫고 친구에게로 시선을 돌린 것이다.

뤼세트 로샨은 미카엘 아이레스의 방문에 지긋지긋하다는 표정을 지었다. 시스와 관련된 일이 아니라면 그가 먼저 자신을 찾아온 적이 없으니 이러한 반응은 당연했다. 그렇다고 해서 그녀가 미카엘에게 시스에를 위한 조언을 해주는 걸 싫어하는 것은 아니었다. 오히려 매우 유익한 행동이라고 생각했다. 그녀 또한 시스에를 좋아하니까. 그러나 공을 들여 도움을 줘 봤자 돌아오는 건 자랑을 기본으로 한 타박이나 연애에 관한 잘난 척뿐이었다. 미카엘 아이레스의 그 어디에도 자신에 대한 예의와 존중이 보이지 않았다.

로샨은 문득 이 거만한 기사에게 고맙다는 말을 들어야겠다고 생각했다. 디뵌젤 영애와 경쟁이 심화되는 지금 이런 식으로라도 자존심을 세워야지 그렇지 않으면 견딜 수 없을 것만 같았다. 그래서 그녀는 오랜 친구에게 차를 내주는 대신 먼저 감사 인사를 내뱉을 것을 요구했다.

"감사합니다, 라고 먼저 말해봐."

미카엘 아이레스는 말도 안 되는 소리를 들었다는 것처럼 미간을 찌푸렸다. 그리고 바로 '미쳤군'이라는 말을 내뱉었다. 그런 그의 목소리에는 약간의 경멸이 뒤섞여 있었다.

로샨은 그의 뻔뻔한 태도에 한숨을 내쉬었다. 제 주변의 사내들은 왜 이리 염치가 없을까? 할 수만 있다면 저 얄미운 뺨을 크게 꼬집어 옆으로 잡아당기고 싶은 심정이었다. 얼음의 기사가 양 뺨이 퉁퉁 부은 상태로 돌아다닌다니, 그야말로 우스갯거리 그 자체가 아닌가. 아마도 사교계 내에서 꽤 오랜 시간 회자될 것임이 분명하다. 물론 그러기 전에 양 손목이 먼저 그의 손에 붙잡히겠지만 말이다. 그러니 상상으로만 남길 수밖에.

속마음을 삼킨 그녀는 미카엘을 향해 상냥한 목소리로 말했다. 자신의 친구들—물론 황제도 속한다—은 이런 기본적인 예의에 있어 조금 멍청한 부분이 있으므로 하나하나 가르치는 수밖에 없었다. 안타깝게도 둘 다 자기 잘난 맛에 사는 인간이기 때문이다.

"내가 지금까지 네게 준 도움을 생각한다면 감사 인사만으로도 모자라. 하지만 친구기 때문에 이 정도로 봐주겠다는 소리잖아. 아이레스 경, 세상에 대가 없는 도움은 없답니다. 가까운 사이라 할지라도 말이에요."

"로샨 공녀, 어떠한 우정은 대가를 바라지 않지요. 저는 우리의 관계가 그런 상투적인 요소에서 벗어난, 매우 숭고한 감정이라 생각합니다만?"

"오, 위대한 기사님. 안타깝게도 저는 매우 속물적인 사람이라서 인사치레에 무척 약하답니다. 그것이 얼음의 기사라고 알려진 친구의 인사라면 더더욱이요."

"그 기사가 자존심을 세우며 끝내 인사를 하지 않는다면 어떻게 되는 겁니까?"

"그대로 작별 인사를 해야겠지요. 그리고 우리의 관계는 저 깊은 땅속에 갇힌 비슈발츠 백작처럼 종말을 맞이하게 될 거예요. 실망과 낙담으로 이루어진 관계가 좋을 리 없잖아요? 무엇보다 전 염치없는 사람을 친구로 두지 않았답니다."

아이레스의 뺨이 살짝 붉어졌다. 이제야 자신이 로샨에게 어떠한 무례를 저질렀는지 깨달은 모양이었다. 그는 잠시 머뭇거리더니 기어들어 가는 목소리로 겨우 말을 꺼냈다.

"고맙군."

"요즘 피곤해서 그런가 잘 들리지 않네요? 친애하는 아이레스 경, 다시 한번 말씀해 주시겠어요?"

"고맙다고 했어."

"정중하지 않은 말은 듣지 않느니만 못하죠."

시선을 살짝 내리깐 채 못 들은 척 시치미를 떼는 그녀의 행동은 매우 얄미워 보였다. 하지만 그간 그에게 당했던 일을 생각한다면 이 정도는 약과였다.

미카엘 아이레스는 친우의 행동에 작은 한숨을 내쉬었다. 그리고 다른 귀족 영애를 대하듯 정중한 태도로 허리를 숙이며 감사의 말을 전했다.

"그간 나를 위해서 애써 주신 영애의 노고에 감사를 표합니다. 동시에 나의 무례를 참아주신 그대의 인내심에 경의를 드립니다. 이후론 영애를 존중하여 예의를 다할 터이니 이만 노여움을 푸십시오."

"그게 정말인가요?"

"예, 제 성을 대고 맹세코."

로샨은 그의 말에 어이가 없다는 것처럼 헛웃음을 지었다.

"곧 바뀔 성을 대고 맹세하다니, 경에겐 부끄러움이라는 게 없나요?"

미카엘은 뻔뻔한 얼굴로 태연하게 대답했다.

"그럼에도 용서해 주실 거잖습니까?"

"제가요?"

"예."

잠시 두 사람 간 눈싸움이 이어졌다. 허공에 뒤섞인 사나운 시선은 흡사 싸우는 것처럼 격렬했다. 누군가 자존심을 접지 않는 이상 끝없이 이어질 유치한 전투였다.

둘 중에 먼저 백기를 든 건 로샨이었다. 그녀는 슬그머니 시선을 내리며 뻑뻑해진 눈을 손으로 꾹꾹 눌렀다. 벌려진 입술 사이론 한숨이 새어 나왔는데, 조금 전의 행동이 퍽 어리석게 느껴졌기 때문이다. 세 살 먹은 애도 아니고 이게 무슨 짓이람. 그래서 그녀는 하녀를 불러 차를 타 오라고 명령하는 것으로 눈싸움에 관한 위대한 종전을 선언했다.

"이런 바보 같은 짓을 하다니. 이건 어릴 적에도 자주 하지 않았던 행동이잖아."

"맞아. 어리석은 행동이지."

"……왠지 용서해 주고 싶지 않아졌어."

그녀가 투덜거리자 미카엘이 어깨를 으쓱했다.

"그래도 차를 가져오라고 시켰잖아. 그럼 다 된 거 아닌가?"

"다음엔 엎드려 빌게 할 거야."

장담하는 것처럼 큰소리를 치는 그녀의 태도에 미카엘이 코웃음을 쳤다. 로샨의 발밑에 엎드리는 자신이라니, 상상조차 할 수 없어서다. 이는 현 황제라 할지라도 하지 못했던 일이었다. 만약 이런 굴욕적인 행동을 하게 된다면 그건 시스에 비슈발츠의 발밑이 될 터였다.

"내가 영애를 존중하듯 영애도 제 자존심을 지켜 주시죠."

"그래서 활짝 웃어드리고 있잖아요. 심지어 차까지 대접하고 있죠. 그러니 경께선 제 친구임을 다행스럽게 생각하셔야 할 거예요."

미카엘은 대답 대신 양손을 들어 올렸다. '어쩌라는 거야?'라는 뉘앙스가 섞인 행동이었다. 그러다가 눈을 사납게 치켜뜨는 로샨의 시선에 찔려 조용히 하녀가 따라 준 차를 마셨다. 그녀의 인내심이 우정을 뛰어넘을 정도로 넓고 깊어서 다행이었다.

"그래, 오늘은 무슨 일로 저를 찾아오셨나요? 시스와 관련된 일이겠지만, 그래도 구체적으로 듣고 싶군요."

뤼세의 물음에 미카엘이 목소리를 가다듬고서 정중한 어조로 말했다.

"그녀에게 청혼하려고 합니다. 하지만 좋은 방법이 생각나지 않아요. 그래서 그대에게 조언을 구하고자 찾아왔습니다. 뤼세 그대는 나보다 더 현명한 사람이 아닙니까?"

"청혼? 시스에게? 멜, 지금 청혼이라 한 거 맞지?"

미카엘 아이레스는 약간 상기된 표정으로 고개를 끄덕였다. 도움을 구하러 왔지만 막상 구체적인 이야기를 나누게 되니 어쩐지 설렜던 탓이다. 그러나 그것도 잠시 딱하다는 것처럼 자신을 바라보는 그녀의 표정에 그의 입술 끝에 매달린 미소가 사라졌다.

"세상에, 멜, 가엽게도. 안타까운 일이지만 아직 그녀에게 청혼할 수 없어."

"아직이라니? 그게 무슨 의미지?"

"세상은 여전히 라데 비슈발츠를 황제를 구한 영웅으로 생각하고 있거든."

"그 이름이 왜 나오는지 모르겠군."

"모르겠어?"

뤼세트 로샨은 한숨을 내쉬며 차분한 어조로 설명했다.

"사람들이 영웅에 열광하는 이유가 뭐겠어? 자신들이 할 수 없는 일을 그는 했기 때문이야. 그래서 선망하는 거지. 그렇기에 영웅은 완벽해야 해. 그 어떤 흠집도 용납되지 않을 만큼. 그리고 이건 그의 연인에게도 적용되지."

미카엘이 흥분한 목소리로 소리치듯 말했다.

"말도 안 되는 소리로군. 이걸로 내가 납득할 수 있다고 생각한다면 오산이야. 그런 광대놀음에 시스를 올리라고?"

"진정해, 멜."

"무엇보다 그녀가 왜 저 우매한 자들의 시선을 신경 써야 하지? 도무지 이해할 수 없군."

"맞아, 나도 네 말에 전적으로 동의해. 하지만 우릴 기준으로 시스의 주변을 판단해선 안 돼. 그녀의 기반은 아직 불안정한 상태란 말이야. 비슈발츠가를 맡은 지 고작 삼 년이 흘렀을 뿐인걸. 무엇보다 멜. 넌 아이레스가의 장자가 아니잖아? 그러니 지금으로선 네가 할 수 있는 일이 전혀 없어."

"……그걸 굳이 상기시켜 주다니 정말 고맙군."

그가 비꼬자 로샨이 달래는 것처럼 부드러운 목소리로 말했다.

"그런 식으로 받아들이지 마. 최대한 이성적으로 생각하라는 거야. 모르겠어? 라데 비슈발츠는 죽었지만 그의 유령은 아직 시스의 곁에 살아 있어. 아니, 살아 있어야만 해. 그래야만 탐욕스러운 친척들이 그녀의 가문을 노리지 않으니까."

"이럴 거면 왜 그를 죽인 거야?"

미카엘 아이레스가 이해할 수 없다는 듯 그녀에게 물었다.

"라데 비슈발츠는 모두의 뇌리에 선명하게 남아 있을 때 죽어야 하니까. 그게 영웅의 숙명이야. 그리고 황제는 살아 있는 영웅을 원치 않지."

미카엘 아이레스는 혼란스럽다는 듯이 연거푸 한숨을 내쉬었다. 그리고 도저히 견딜 수 없다는 것처럼 몇 번이나 마른세수를 하더니만 갑자기 자리에서 벌떡 일어나 주변을 초조한 걸음으로 서성였다. 로샨은 그런 그를 달래는 것처럼 차분하게 말을 이어 나갔다.

"시스가 왜 백작과 자신의 이야기를 로맨스로 둔갑시켰는데. 그건 그의 죽음에 대한 비난을 피하기 위해서가 아냐."

"그녀를 찾아가야겠어."

로샨은 미카엘의 말에 고개를 내저었다.

"그건 좋은 방법이 아냐. 시스에겐 남편을 애도할 시간이 필요해."

"그래서 이러지도 저러지도 못한 채 마냥 기다리란 말이야? 지금도 그녀 곁엔 가문을 노리는 멍청이들이 바글바글한데!"

"그래서 그녀가 흔들리는 모습을 보이니? 맙소사, 시스에 대한 믿음이 어디로 다 사라진 거야?"

미카엘 아이레스는 걸음을 멈추고 입술을 꾹 깨물었다. 실망으로 가득 찬 눈동자는 크게 흔들리고 있었다. 높은 파도가 치는 바다처럼, 매우 격렬하게.

"그간 인내심을 가지고서 기다렸잖아. 잠시 기간이 연장되었다고 생각하면 안 되는 거야?"

"뤼세, 나는 성자가 아니야."

"알아."

"그렇다고 해서 연인의 곤란함을 모른 척하는 멍청이도 아니지. 하지만 이렇게 무작정 손 놓고서 기다릴 순 없어."

"할 수 있는 방법은 아주 많아. 다만 그 시기를 조금만 더 늦추자는 거야."

"어느 정도?"

"일 년?"

"너무 길어."

차갑게 일축한 미카엘이 이내 삼 개월이라는 말을 덧붙였다. 뤼세는 말도 안 된다는 것처럼 고개를 흔들었다.

"삼 개월 안에 사람들에게서 그의 그림자를 지워 낼 수 있을까? 그것도 시스가 피해를 보지 않는 선에서 말이지."

"나 같으면 그 머저리들을 전부 죽여 버릴 텐데. 그럼 무척 간단해지겠지."

"그래, 멜 너라면 가능할지도 몰라. 하지만 폐하께서 그걸 용납하실까? 무엇보다 비슈발츠가의 친인척들이 죽어 나간다면, 범인으로 의심받는 건 시스야. 설마 그녀를 곤란하게 만들 생각은 아니겠지?"

"……그래서 이대로 지켜만 보라는 건가?"

뤼세트 로샨이 자리에서 일어나 미카엘에게로 가까이 다가갔다. 그리고 그의 손을 붙잡고 진정하라는 것처럼 작게 토닥였다.

"삼 개월 동안 그럴듯한 청혼 방법을 찾는 건 어때? 그럼 기분이 한결 나아질 거야. 내가 장담하지."

"글쎄? 그보다, 뤼세 넌 이디의 명을 거스르지 않는 선에서 그 누구보다 자유로운 사람이지 않나? 이번에도 그럴 거라고 믿고 싶군."

그녀가 어처구니가 없다는 듯한 표정을 지으며 그에게 물었다.

"……너를 무대 위의 광대로 만들어도?"

"시스를 얻기 위해서라면 그 정도는 문제가 아니야."

로샨은 몸을 돌려 자리로 되돌아갔다. 그녀는 차분한 태도로 차를 마시며 대화의 호흡을 골랐다. 그리고 자신의 목소리를 기다리는 미카엘에게 입을 열어 말했다.

"그럼 보답으로 나를 황후로 만들어주지그래? 그럼 더 열심히 도와줄 수 있을 것 같은데? 아이레스 경, 이 제안은 어떻게 생각하세요?"

그에게 있어 말이 안 되는 소리였다. 덕분에 청혼 계획이 불발된 것에 대한 분노가 사라졌다. 미카엘 아이레스는 로샨의 눈동자에 어린 긴장감에 대놓고 한숨을 내쉬었다.

"나보고 널 불행하게 만들라는 소리인가? 그걸 원하는 거야?"

"맙소사, 멜. 왜 내가 불행할 거라고 예상하는 거야? 내가 원하는 건 네 입에서 도와주겠다는 소리가 나오는 거라고. 회피하지 마."

"그건 내가 할 소리야, 뤼세. 제발, 내가 어떤 대답을 할지 알고 있잖아?"

로샨은 미간을 찌푸리며 볼멘 목소리로 대답했다.

"그래, 알고 있어. 그런데 그게 왜? 사실 불공평하잖아. 너는 왜 내 부탁을 들어주지 않는 건데? 항상 나만 손해 보지. 그래, 맞아. 너나 이디나 모두 내게서 자신들이 원하는 걸 얻기만 해."

"지금 내가 할 수 있는 말이라곤 널 진심으로 걱정하고 있다는 소리일 거야, 뤼세."

"그렇게 날 생각한다면 한 번쯤 내가 원하는 걸 주란 말이야. 하지만 고귀하신 아이레스 경께서 그럴 리가 없겠지."

말을 마친 그녀는 어깨를 축 늘어뜨리며 마른침을 소리 없이 삼켰다. 사실 로샨도 자신의 말이 억지임을 잘 알고 있었다. 인생을 책이라 표현한다면, 황후가 된 그녀의 이야기는 온통 비탄과 절망으로 가득 찬 서사가 될 게 뻔하니까.

"어쩌면 도와줄 수 있을지도 모르지. 내가 널 저주할 만큼 우리 둘의 사이가 나빠진다면 말이야. 그땐 전력을 다해서 널 황후로 만들어 주겠어."

그의 의미심장한 말에 뤼세는 자신도 모르게 헛웃음을 지었다. 포기하라는 소리를 에둘러서 표현하는 미카엘의 말에 실망해서였다. 그녀는 한껏 풀이 죽은 목소리로 대답했다.

"오, 그래. 도저히 일어날 수 없는 일이라는 걸 완곡하게 표현해 줘서 고마워. 그런 일이 일어날 수 있도록 매우 노력해야겠군. 어쨌든 야심 차게 날 찾아왔지만 일이 이렇게 돼서 안타깝네요, 아이레스 경. 이를 어쩌죠?"

"네 말마따나 기다리면서 내가 할 수 있는 일을 찾아봐야지. 친절한 조언과 맛있는 차 대접에 깊은 감사의 말을 드립니다, 로샨 공녀."

"이런 일이라면 언제든지 환영이에요, 아이레스 경."

미카엘이 로샨에게 다가와 그녀의 손등에 입맞춤을 했다. 방문한 목적이 사라졌으니 더는 이곳에 남을 이유가 없어진 것이다.

"아쉽게도 이제 헤어져야겠군요."

그의 정중한 태도에 로샨은 빙그레 웃으며 위로의 말을 건넸다.

"그렇네요. 부디 행운을 빌어요."

"감사합니다, 로샨 공녀."

이렇게 미카엘 아이레스의 원대한 계획이 시작도 하기 전에 사라졌다. 사교계 사람들에게 있어 무척 안타까운 일이 아닐 수 없었다.

자세한 내막을 모르는 사교계 사람들은 아예 시스에를 찾아가 좋은 소식이 없냐며 그녀를 넌지시 떠보았다. 미카엘에게 물어보기가 겁나니 그녀를 목표 삼은 것이다. 이는 죽은 남편을 애도하기 위해 바깥나들이를 거의 하지 않는 백작 부인에게 있어 매우 무례한 행동이었다.

시스에는 자신을 향한 관심을 부담스러워하며 몇 번이나 정중한 태도로 아이레스 경에 대한 질문을 삼가 달라고 부탁했다. 이것은 디뷘젤 공녀가 보낸 편지도 예외는 아니었다. 놀랍게도 백작 부인의 태도는 죽은 남편을 무척 사랑해서 그리워하는 것처럼 보였다. 평소 그녀가 누구와 어울렸는지를 생각해 본다면 어처구니가 없는 모습이었다.

자연스럽게 백작 부인을 거세게 비난하는 사람이 생겼다. 아이레스 경의 추종자들이 제일 열심이었다. 그들은 그녀의 이기적인 행동으로 인해 아이레스 경이 고통받고 있다고 떠들었다. 그가 백작 부인에게 청혼하지 않는 건 이런 이유 때문이라는 것이다. 추종자들은 특히 자세한 내막을 모르는 대중에게 시스에가 했던 파렴치한 행동(불륜)을 알리고 싶어 했다.

하지만 사람들이 원한 건 영웅의 불행이었다. 특히 예술계의 반응이 컸다. 시, 노래, 연극, 그림 등 다양한 분야의 예술가들이 서사가 있는 비극에 심취하여 백작 부인을 뮤즈 삼고자 했다. 그렇기에 하루에도 몇 번씩 비슈발츠가의 대문을 두들기며 시스에와 만나기를 원했다. 그녀에게서 얻은 영감을 헌사하기 위해서였다. 우습게도 수도가 그녀로 인해 크게 들끓고 있었다. 이 열풍은 비정상적일 정도로 거세어 어떤 때는 광기마저 느껴졌다.

"영웅의 죽음이란 정말로 놀랍네요. 이럴 줄 미리 알고 계신 거죠?"

잭은 시스에가 내어준 과자를 먹으며 말했다. 그녀의 명령대로 소문을 좀 조작했기로서니 이런 반응이 나올 줄은 미처 몰랐기 때문이다.

"덕분에 시간을 벌 수 있었지."

시스에는 빙그레 웃으며 잭이 있는 방향을 향해 슬쩍 과자가 담긴 그릇을 밀었다. 아닌 게 아니라 사람들이 알아서 열광해 준 덕분에 그녀에게 치근대는 사람이 많이 줄어든 상태였다. 대중의 비난을 감수할 정도로 시스에를 애타게 원하는 사람은 없었기 때문이다. 아무리 귀족이라 하지만 이목이 무서운 건 매한가지였다.

장례식 이후 로에나를 대동하여 어떻게든 저택으로 들어오려고 계획했던 친인척들도 숨을 죽인 채 사람들의 눈치를 보고 있었다. 시스에가 잭을 이용하여 그들의 이야기를 넌지시 흘렸기 때문이다. 홀로 남겨진 가엾은 여인이라는 허상 위에 '그녀를 노리는 검은 손'이라는 설정을 살짝 올리는 건 쉬운 일이었다. 그리고 대중은 그녀의 의도에 응답했다. 어느새 거리엔 영웅의 재산을 노리는 탐욕스러운 친척들에 대한 이야기가 유행처럼 퍼지고 있었다.

"아가씨에게 좋은 일이 생기는 거라면 저도 좋아요."

잭은 그녀를 주제로 한 그림과 시와 악보가 널려 있는 응접실 한편을 힐끔 바라보았다. 예술의 예 자도 모르는 그이지만 저것들 모두가 공들여서 제작된 작품이라는 것을 한눈에 알 수 있었다.

"그나저나 요즘 아리나에게 글을 배우고 있다며?"

시스에가 찻잔에 차를 따르며 주제를 돌렸다. 잭이 퉁명스러운 어조로 투덜거리듯 대답했다.

"어떻게 아셨어요? 그걸 고새 일러바친 거예요? 걘 왜 이렇게 입이 가벼워요?"

"그래서 배울 만하니?"

"지금 제게 배울 만하냐고 물으신 거예요? 세상에, 오늘 들은 말 중 가장 끔찍한 소리네요. 지나가는 개가 더 잘 가르칠걸요? 그만큼 개는 교사로서 최악이에요."

"그래? 그럼 내게서 배우지 않고."

잭은 대답 대신 뺨을 붉히며 고개를 푹 숙였다. 시스에는 잔잔한 미소를 지으며 그의 대답을 기다렸다. 말하기 부끄럽다는 듯 몇 번이나 손가락을 꼼지락거리며 시간을 끌던 잭이 이내 입을 열었다. 기어가는 것처럼 작은 목소리였다.

"……하잖아요."

"뭐라고?"

"……똑똑하잖아요."

"좀 더 크게 말해주지 않겠니? 무슨 말인지 알아들을 수가 없구나."

"아리나가 저보다 더 똑똑하잖아요. 전 멍청하구요. 아가씨가 저를 가르친다면 무척 답답해할 게 분명해요. 그래서 내게 질리면요?"

"맙소사, 잭. 놀라운 말을 하는구나. 내가 그럴 사람으로 보였니?"

"아니어도 제가 못 견뎠을 거예요. 어쩌면 저부터 스스로와 아리나를 비교하며 힘들어했을지 모르죠."

잭은 시무룩한 얼굴로 말을 이어 나갔다.

"어쨌든 아리나에게 어느 정도 배운 다음에 아가씨를 놀라게 해주려고 했는데……. 입이 깃털만큼 가벼운 개 때문에 다 망했어요."

"그렇구나. 그런데 잭, 한 가지 정정해야 할 게 있어. 난 너와 아리나를 비교하지 않았을 거야. 왜냐하면 나부터 그런 비교를 끊임없이 당해 왔기 때문이지."

"아가씨가요?"

시스에는 놀랍다는 것처럼 두 눈을 크게 뜬 잭을 향해 부드럽게 웃었다.

"내가 처음부터 귀족이었던 건 아니잖니."

"……그렇네요."

"그러니까 다시는 그런 생각하지 말렴. 알겠니?"

"네."

"그럼 이제 내게 글을 배울 수 있겠어?"

"음, 역시 안 될 것 같아요."

"어째서니?"

잭은 두 주먹을 불끈 쥔 채 분한 얼굴을 지었다. 그는 마치 눈앞에 아리나가 있는 것처럼 콧김을 세게 내뿜으며 빠르게 대답했다.

"그야 절 놀릴 게 분명한 아리나 때문이죠. 끈기 없이 도망쳤다고 약 올릴 게 뻔해요. 그러잖아도 자길 선생님으로 부르지 않는다고 매일 귀찮게 군다고요."

"너흰 정말이지 사이가 무척 좋구나."

"그런 끔찍한 소리 마세요. 우린 악연이에요, 악연!"

시스에는 얼굴 표정을 일그러뜨리며 몸을 부르르 떠는 잭의 모습에 입을 가리며 크게 웃었다. 못마땅하다는 듯 툴툴거리는 모습이 딱 제 나이 또래의 소년다운 행동이라 그녀는 다소 안도가 되는 기분이었다.

전쟁 이후 잭은 매우 달라졌다. 신체적으로나 정신적으로나 많은 변화가 있었다. 훌쩍 큰 키는 물론이고 목소리 또한 낮고 묵직해졌다. 소년과 청년의 경계에 서 있는 몸은 단단하면서도 날렵했다. 고작 일 년 사이에 아이는 다른 사람이 되어 있었다.

개중 가장 큰 변화라 할 수 있는 건 비위가 좋아졌다는 점이다. 손가락이 잘릴 때만 하더라도 구역질하며 울부짖었던 소년은 이제 시체를 봐도 아무렇지 않게 되었다. 아니, 필요하다면 사람 한둘쯤은 망설임 없이 죽이기까지 했다.

뒷세계에 발을 걸치고 있는 모든 직업이 다 그렇듯 정보를 다루는 일 또한 비밀 유지가 생명이다. 그렇기에 규칙을 어긴 형제가 나오면 정보상에 얼마나 피해를 주었느냐에 따라 처벌 방식이 결정되었다. 잭의 첫 살인은 다른 곳에 정보를 팔아먹고 도망간 중년의 남자를 대상으로 한 것이었다. 정보상의 법칙에 따라 배신자를 처벌한 그날 소년은 처음으로 아리나를 붙잡고 울었다. 그리고 사흘 밤낮을 앓았다.

뒷골목에서 살아간다는 건 이런 걸 의미했다. 그곳은 병에 걸린 늙은 창녀가 이쪽에서 널브러져 죽어 가고 있다면 반대쪽엔 맞아 죽은 어린아이의 시체가 널려 있는 게 당연한 세상이었다. 그러므로 살아남기 위해선 이런 풍경에 익숙해져야만 했다. 특히 잭 같은 경우는 정보상에 너무 깊게 몸담고 있었기에 빠져나간다는 생각 자체가 어려웠다.

그래서 소년은 이를 악물고 견뎠다. 악몽과 허상에 시달려 미칠 것 같았지만 꿋꿋이 이겨 내었다. 시스에에게 도움이 되고 싶었으니까. 그녀의 일을 도울 때마다 느끼는 성취와 쾌감은 중독이나 다름없었다. 피로 얼룩진 사춘기는 한겨울처럼 매섭게 다가왔다.

그렇다고 해서 손해만 본 것은 아니었다. 잔혹한 성장통은 정신적인 변화를 끌어냈다. 어수룩한 소년은 사라지고 뱀의 혀를 가진 교활한 악동이 탄생했다. 의뢰자와 협상을 할 때의 잭은 더할 나위 없이 냉혹하고 음흉한 사람이었다. 의뢰를 받는 눈은 이미 업계 최고라는 소리를 들을 정도로 날카로웠다. 목적을 달성하기 위해 수단과 방법을 가리지 않는다는 비난은 이제 그에게 있어 명예가 되었다.

이제 잭을 어린 정보상이라고 말하며 얕잡아 보는 사람은 없었다. 오히려 그가 얼마나 냉정하고 무자비한 사람인지 이야기하며 몸서리를 쳤다. 기이하게도 악명이 높아질수록 뒷골목을 걷는 게 편해졌다. 어느덧 잭의 주변에는 그를 호위하는 사람이 몇 있었다. 그렇기에 지금 이런 잭의 모습을 본다면 매우 놀라다 못해 턱이 빠질 사람이 한둘은 아닐 터였다.

과장된 몸짓으로 진저리를 치며 투덜대던 잭이 이내 아무렇지 않은 척 슬쩍 머리를 시스에 쪽으로 쭉 빼었다. 그리고 눈을 몇 번이고 빠르게 깜빡이며 헛기침 소리를 내었다. 시스에는 잭의 의도가 무엇인지 빤히 보였기에 웃음을 삼키며 손을 뻗었다. 그리고 그의 머리를 살살 쓰다듬었다.

그녀를 향한 잭의 어리광은 나날이 다채로워졌다. 스킨십하는 범위도 꽤 넓어졌다. 아이레스 경이 괜히 경계하며 날을 세우는 게 아닌 것이다. 특히 잭의 이러한 반응은 시스에가 동생인 리안을 안고 있는 모습을 보여 줄 때 가장 두드러졌다.

이제 4살이 된 아이 발레리안은 잘 걷지 못했다. 균형이 맞지 않는 한쪽 다리로 인해 한 걸음 내디딜 때마다 크게 절뚝거리기 일쑤였다. 인내심이 짧은 아이는 빠르게 고통을 호소했고, 하녀들은 도련님의 칭얼거림에 쩔쩔매었다. 소동을 잠재우는 건 병상에 누워 있는 어미가 아닌 누이인 시스에였다.

가문의 실질적인 주인인 시스에는 리안에 대한 일도 손수 처리했다. 그녀는 동생의 어려움을 익히 살폈고, 아이가 다리로 인해 상처받지 않도록 섬세하게 돌보았다. 시스가 짜증을 내는 리안을 안아 들고서 눈물로 젖은 뺨에 쪽쪽 다정한 키스를 퍼붓는 모습은 이제 구경거리도 아니었다. 상냥한 목소리로 '우리 리안, 장하기도 하지. 아파도 꾹 참고 걸었구나'라고 속삭이는 것 또한 말이다.

그녀는 리안에게 매번 점차 더 잘 걸을 수 있을 거라고 용기를 북돋아주었다. 애정이 담뿍 담긴 손길로 아이의 머리카락을 살살 쓰다듬었다. 그러니 리안이 제 누이인 시스에게 맹목적인 관심을 가지며 좋아하는 건 당연한 일이었다.

발레리안은 다정한 누이를 좋아해 늘 그녀의 품에 있고 싶어 했다. 하지만 안타깝게도 시스에는 매우 바빴고, 그를 돌봐야 할 어미는 매일같이 침상에 누워 잠을 잤으며, 유모는 아이의 변덕에 휘둘려 갈피를 못 잡았다. 하녀들은 리안의 난폭한 성미를 감당하느라 정신을 차리지 못했다. 시스에의 눈길이 닿지 않은 곳에선 그만한 폭군은 또 없었다.

물론 리안은 시스에 앞에서만큼은 천사처럼 행동했다. 아이는 누이를 볼 때마다 제 통통하게 부풀어 오른 양 뺨을 실룩이며 천진난만한 웃음을 지었다. 이 영악한 도련님은 어떻게 해야 시스에에게 사랑받을 수 있을지 잘 알고 있었다. 그녀의 관심을 독차지하는 사람은 없다는 사실 또한 너무 빨리 깨달았다.

이런 리안에게 있어 아리나와 잭은 눈엣가시였다. 그들이 방문하면 시스에가 자신을 품에 안다 말고 유모에게 넘겼으니까. 온기가 한순간에 사라지는 느낌은 매우 좋지 않았다. 자신의 것을 빼앗기는 느낌이란. 그 허망함에 짜증이 치밀어 오르는 것이 여러 번이었다. 그래서 그 때마다 떼를 쓰거나 엉엉 울어 보았던 리안이다. 하지만 시스에는 다시 아이를 안아주는 대신 곤란하다는 것처럼 어색하게 웃었다. 그리고 아이의 이마에 가볍게 키스하며 부드러운 목소리로 달랬다.

리안은 어렸지만 제 누이를 다른 사람과 나누는 게 이상하다는 것쯤은 본능적으로 알았다. 사랑하는 사람에게 있어 특별해질 수 없다는 건 퍽 서글픈 일이었다. 하지만 누이를 곤란하게 만들고 싶지 않았다. 덕분에 쌓이는 건 불만과 시스에의 관심을 차지하는 상대방에 대한 미움뿐이었다.

"찌쯔에 누놔는 왜 째랑 이쯔려고 해?"

어느 날 유모는 성난 얼굴로 잔뜩 짜증을 부리는 어린 도련님의 질문에 '만나야 할 이유가 있기 때문이에요'라고 대답했다. 리안에게는 이해할 수 없는 말이었다. 그래서 아이는 대신 잭과 아리나를 가리키며 '쟤들도 내 말 따라?' 하고 물었다. 유모는 고개를 끄덕였고, 리안의 입술에 악마와 같은 심술이 화르르 피어올랐다. 그녀 덕분에 아리나와 잭이 자신을 돌보는 하인과 하녀와 다를 바 없는 신분이라는 것을 깨닫게 된 리안이다. 아이의 마음에 저들을 얕보는 마음이 생기는 건 당연한 일이었다.

이후 리안은 잭을 마주할 때마다 어마어마한 심술을 부리며 노골적으로 괴롭혔다. 괜히 다리를 걷어차는 건 물론이고 지나가는 하인이나 하녀를 시켜 그를 내보내라는 억지 주장을 펼쳤다. 가끔 손에 들고 있던 물건을 던질 때도 있었다. 물론 던지는 손에 힘이 없어 잭이 크게 다치는 일은 없었지만. 어쨌든 모두 시스에가 없을 때만 일어나는 일이었다.

사람들은 타인인 잭보다 어린 도련님의 비위를 맞추는 게 더 중요했으므로 그가 곤란해하는 것을 일부러 모르는 척했다. 그리고 시스에에게 알리지 않았다. 대외적으로 잭과 아리나는 시스에에게 개별적으로 고용된 사람인지라 특별한 대접을 받을 이유가 없었다.

잭은 리안의 눈동자에 서린 질투를 어렵지 않게 읽었다. 그것은 자신 역시 가지고 있는 감정이기 때문이다. 이런 그에게 있어 아이의 심술을 참아 내는 건 고역이었다. 시선을 마주할 때마다 저 작은 몸을 어찌나 걷어차고 싶던지!

잭은 피를 이은 가족이기에 당연하다는 듯 시스에의 품에 안기는 아이가 부럽고 또 미웠다. 하지만 한순간의 감정으로 인해 어렵게 쌓은 유대를 망칠 수 없었다. 그렇기에 잭은 시스에에게 어리광을 부리는 것으로 자신의 마음을 감싼 치졸한 분노를 떨쳐 버리고자 했다.

기이하게도 그녀가 자신의 머리나 뺨, 어깨를 가볍게 어루만질 때마다 안도와 평안함이 찾아들었다. 특히 자신을 향해 사랑스럽다고 하는 시스에의 말을 들을 때마다 평범한 소년이 된 것 같아 매우 좋았다. 자신을 버리고 죽은 어머니가 다시 살아 돌아온들 이런 감정을 전해 주지 못했을 것이다.

“오늘은 뭐가 그렇게 힘들었니?”

잭은 그녀의 웃음이 섞인 질문에도 감은 눈을 뜨지 않고서 작은 목소리로 대답했다. 나른하게 젖은 목소리가 흡사 하품하는 것처럼 몽롱했다.

“남들 이목을 피해 아이레스가에 다녀온 것이요. 아가씨의 편지는 무사히 잘 전달되었어요.”

“고생했어. 네가 있어서 얼마나 다행인지 몰라.”

다른 가문도 아닌 사교계에서도 내로라하는 후작가였다. 그곳에 몰래 침투하느라 고생이란 고생은 다 했을 게 뻔했다. 그러니 이렇게 기운 빠진 소리를 내며 어리광을 부리는 터였다. 놀랍게도 잭은 시스에게 있어 점점 더 중요한 조력자로 성장하고 있었다. 그녀는 그런 잭이 기특하면서도 안쓰러웠다.

미카엘 아이레스가 뤼세트 로샨을 방문한 그다음 날 시스의 편지가 그의 방으로 은밀히 전달되었다. 물론 이때의 시스는 미카엘이 로샨을 만난 것을 모르고 있는 상태였다.

그녀는 편지에 매우 짤막하게 ‘사람들의 이목이 많아 상황을 제대로 설명하지 못함을 양해해 달라’고 적었다. 그리고 자신을 믿고 조금만 기다려 줬으면 좋겠다고 덧붙였다. 장례식이 열렸던 날이나 그 이후나 사교계의 눈이 그녀를 끈질기게 따라왔으므로 그와 제대로 된 말 한 마디조차 건네지 못했던 상황이었다.

그 누구보다 영웅의 죽음을 환영했던 황제는 그녀가 만든 완벽한 허상을 후대까지 남기기 위해 할 수 있는 모든 것을 통제하려고 했다. 귀족들이 대중의 이목을 의식하며 섣불리 움직이지 않는 것도 황제가 그러기를 원했기 때문이다. 실제로 많은 이가 라데 비슈발츠의 죽은 시기가 적당하다고 여겼지만, 사실 황제와 로샨은 그가 더 빨리 죽기를 바랐다. 그들이 생각한 기한은 일 년 이내였으니까.

그러나 시스에는 저들의 말에 동의하지 않았다. 그녀에게 필요한 건 시간이었다. 그래서 시스에는 황제와 로샨을 대상으로 필사적으로 시간을 더 끌며 바쁘게 뛰어다녔다. 본디 타국의 첩자가 백작을 암살 혹은 독살한다는 대본이 짜여 있었지만, 그녀는 그가 이름 모를 병에 걸렸다는 것으로 교묘하게 죽음의 신이 도달하는 시기를 늦췄다. 이것은 비슈발츠 백작의 후원자인 디뵌젤 공작이 그녀의 방패가 되어주었기에 할 수 있는 행동이었다. 이 때문에 황제는 백작의 병명을 마음대로 조정할 수 없었다.

그렇게 시간이 흘러 백작이 사망하였을 즈음, 버러지 같은 친인척을 제외한 대부분의 권한이 그녀의 손에 들어온 상태였다. 물론 아직 손봐야 할 부분이 많아 시간이 더 필요하긴 했지만. 어쨌든 일차적인 성과를 달성한 시스에는 잭을 시켜 백작과 백작 부인의 로맨스에 대한 거짓 소문을 퍼뜨렸다. 백작이 죽었기에 더는 디뵌젤 공작과의 연계를 기대할 수 없으니 타인의 이목을 방패 삼아 숨기로 한 것이다.

통제광인 황제는 시스가 자꾸 이렇게 자신의 손에서 벗어나는 걸 불쾌하게 여겼다. 그가 시스에를 놔두는 건 멜의 연인이라는 위치 때문은 아니었다. 그 스스로도 무어라 정의하기 어려운 감정이 복잡하게 뒤엉켜 있기 때문에 잠시 한 걸음 물러나 지켜보고 있는 것뿐이다. 그렇기에 시스에가 자꾸 이런 식으로 내일이 없는 것처럼 날뛰는 건 매우 위험했다. 언젠가 황제의 관심이 떨어진다면 어떻게 될 것인가. 로샨 공녀는 이를 걱정하고 있었다.

그래서 공녀는 황제의 생각을 다른 방향으로 이끌어 내기 위해 무척 애를 썼다. 덕분에 황제의 마음이 중간에서 바뀌었고, 그는 시스에보다 더 완벽하게 라데 비슈발츠라는 허상을 완성시켰다. 시스에는 황제의 생각이 빤히 보였지만 시간을 벌 수 있었기에 잠자코 따르는 척했다. 아이레스 경을 생각한다면 다소 이기적인 행동이라 할 수 있지만 어쩔 수 없었다.

『세상에는 완벽함이란 존재하지 않아요. 그건 영웅도 마찬가지죠. 사람들이 열광하는 건 라데 비슈발츠가 완벽해서가 아닌, 그의 비극적인 죽음이 우스워서예요. 평범한 자신보다 못한 대단한 영웅이라니! 그 누구라도 빠져들 수밖에 없죠. 그러므로 때가 되면 그들의 구미에 맞는 우스꽝스러운 이야기 하나를 제공하려고 해요. 그러니 멜, 부디 내 이기심을 용서해 주시겠어요?』

시스에는 자신의 결정으로 인해 아이레스 경이 상처받을 것임을 잘 알고 있었다. 그럼에도 이기적으로 구는 건 여기서 멈추는 게 더 위험하기 때문이었다. 그녀는 미카엘에게 보낸 편지에 대화의 중요성을 언급했다.

『우리 사이에 아직 하지 못한 많은 대화가 쌓여 있다는 걸 알고 있어요. 내가 먼저 용기 내어 말해야 한다는 것 또한 말이에요. 용감한 기사님, 사악하고 못된 마녀도 용서받을 수 있을까요? 어쩌면 기사의 덕목에 관용이 있음에 감사해야 할지 모르겠어요.』

시스에는 미카엘 아이레스가 편지 내용을 어떻게 받아들일지 걱정되었다. 제아무리 성자라 할지라도 일방적인 희생을 강요한다면 화가 날 수밖에 없었다. 하물며 사람인 그는 어떻겠는가.

"답장은 어떻게 받아 오죠?"

잭의 질문에 시스에가 낮은 목소리로 조용히 말했다.

"받아 오지 않는 게 좋아."
"네?"
"그런 게 있단다."
잭이 고개를 들고서 그녀에게 말했다. 그의 눈동자는 매우 진지하게 빛나고 있었다.
"뭔지 모르겠지만 대단히 어려운 일인 것으로 보여요."
"그렇게 생각하니?"
"네."
"그래, 몹시 어려운 일이야. 너와 아리나의 관계처럼 아주 복잡하지."
"걔랑 아무 사이 아니라니까요?"
"그래, 그래."
발끈하는 잭의 얼굴은 목까지 빨갛게 달아올라 있었다. 시스에는 그걸 지적하는 대신 빙그레 웃으며 찻잔을 들어 올렸다. 잭은 그런 시스에의 태도에 한숨을 푹 내쉬더니 손을 뻗어 과자를 집어 들었다. 그리고 정보상 본부에 돌아간다면 먼저 아이레스가에 관련된 소식이 없나 살펴봐야겠다고 생각했다.
그리고 시간이 되어 정보상으로 돌아간 잭은 시스에에게 은밀하게 꽃 하나를 전달해 달라는 의뢰가 자신을 지명하여 들어왔다는 사실을 알게 되었다. 솜처럼 촘촘한 꽃잎이 부풀어 오르듯 피어오른 보라색 꽃은 상대에 대한 자신의 믿음과 신뢰를 증명하기 위해 종종 배달되는 것이었다.
기이하게도 이 의뢰엔 의뢰인의 이름이 적혀 있지 않았지만, 잭은 본능적으로 한 사내를 떠올리며 헛웃음을 지었다. 제국에서도 내로라하는 정보상의 후계자를 고작 심부름꾼으로 써먹는 사내의 뻔뻔함이 기가 막혀서였다. 하지만 꽃을 받음으로써 매우 기뻐할 시스에를 생각하니 의뢰를 받지 않을 수 없었다. 그래서 피곤함을 무릅쓰고 바로 비슈발츠가로 달려가 꽃을 배달했다.

꽃을 받은 시스에는 예상대로 환한 웃음을 지으며 기뻐했다. 늦은 밤에 무례를 무릅쓰고 찾아온 보람이 있었다. 잭은 그녀의 얼굴을 바라보며 마주 웃었다. 그에게는 이것만으로도 충분했다.

마담 드 라발리에는 아이를 낳지 못한다. 이건 귀족 여성에게 있어 가장 큰 불행이라 할 수 있었다. 사람들은 레이디로서의 라발리에는 존경하고 우러러봤지만, 여성으로서의 그녀는 동정했다. 물론 마담의 남편이 나중에 정부를 들여 아이를 낳았지만, 죄다 딸이거나 어릴 때 병을 앓고 죽은 경우가 많았다. 오죽하면 사교계에서 신이 그녀에게 아이를 허락하지 않았다는 소리까지 나왔을까.

그래서 마담은 친인척 중 괜찮은 자질과 성품을 지닌 아이를 입양할 계획을 세웠다. 그리고 이미 몇몇 후보가 선정되어 후계자로서의 교육을 받는 중이었다. 아마 그녀가 쓰러지지 않았더라면 진작 최종 후보 한 명을 선택해 사교계에 인사시켰을지 모른다.

의사는 마담이 아픈 게 노환 때문이라며 절대 안정을 요구했다. 하지만 그녀의 실제 병명이 화병의 일종임을 모르는 사람은 없었다. 그것도 커다란 화산 하나가 내부에서 폭발할 것처럼 부글부글 끓어오르고 있는 셈이었다. 노구에 닥친 정신적인 충격은 그녀의 몸과 영혼을 금이 간 그릇처럼 만들었다. 마담은 한 일 년 동안 제대로 정신을 차리지 못하고 골골 앓았다. 도중에 열이 확 올라 몸의 반쪽이 마비될 뻔한 사건이 있었지만, 의사의 노련한 치료 덕분에 팔 한쪽으로만 그쳤다.

안타깝게도 그녀는 한쪽 손만 쓸 수 있게 되었다는 사실을 받아들이는 걸 힘겨워했다. 하필 오른손이 움직이지 않게 된지라 절망이 배로 찾아들었다. 머리론 인식해도 몸은 자연스럽게 손을 쓰려고 하는 바람에 이런저런 실수가 자꾸 반복되었다. 가장 고통스러운 건 의자에 앉는 것조차 제대로 할 수 없이 자꾸만 한쪽으로 몸이 기울어진다는 점이었다. 그건 그녀 자신을 매우 우스꽝스럽게 보이게 했다.

마담은 오랜 시간 사교계 내에서 영향력 있는 인사로 군림해 왔기에 친구와 적이 많았다. 그러므로 자신의 몸이 이렇게 망가졌다는 걸 다른 사람이 안다면 분명 희화화하여 조롱할 게 뻔했다. 귀족 세계에서 스스로의 약점을 드러낸다는 것은 먹잇감으로 삼아 달라는 말과 다름없었다.

그래서 그녀는 계속 병석에 드러누워 있는 척하면서 뒤로는 은밀하게 보조 기구를 만드는 장인을 찾았다. 그도 그럴 것이 몇 년 전만 하더라도 대기사 결투로 인해 한쪽 팔과 다리가 날아가는 부상을 입은 기사가 수두룩했다. 수도에 모조 손과 다리를 만드는 가게가 성행한 건 당연한 일이었다.

마침내 장인을 찾은 그녀는 물건을 만들었고, 그것에 적응하기 위해 오랜 시간을 소모했다. 이후 병석을 떨친 마담이 사교계에 모습을 드러냈을 때, 그녀는 마치 팔이 부러진 것처럼 붕대로 감고 있었다. 이즈음 시스에의 압박 때문에 숨을 못 쉬겠다는 친인척의 호소문이 라발리에가에 쉴 새 없이 날아오던 참이었다.

비슈발츠 백작이 죽은 지 고작 45일이 지났을 뿐인데 여기저기서 죽겠다는 소리가 가득했다. 벌써 몇몇 사람이 그녀의 발밑에 납작 엎드려 개처럼 꼬리를 흔들고 있었다.

마담은 자기들끼리 뭉치다 못해 자신에게까지 손을 벌리는 그들의 행태에 한숨을 내쉬며 차가운 어조로 일축했다.

"그대들의 일은 그대들의 몫이요. 내가 감당해야 할 일은 아닌 것 같소만."

그녀라고 해서 시스에의 행동이 증오스럽지 않은 건 아니었다. 그 천박한 게 감히 주제도 모르고 동생의 가문을 탐욕스럽게 삼키고 있는데 아니 그러할까.

시스에가 벌인 사기극은 지탄받아 마땅한 더러운 행위였다. 뻔뻔하기 짝이 없는 범죄였다. 그럼에도 참을 수밖에 없는 건 황제가 라데 비슈발츠의 존재를 인정했기 때문이다. 그가 아니었다면 진작 시스에의 거짓을 폭로하여 저택에서 당장 내쫓았을 것이다.

이미 가문은 시스에의 손아귀에서 놀아나는 중이었다. 시간이 더 지난다면 완벽하게 그녀의 입안에 떨어지게 될 게 뻔했다. 머저리 같은 친척들이 아우성치며 발을 동동 굴려 봤자 이제 할 수 있는 건 아무것도 없었다.

마음 같아선 죽은 동생이 남긴 핏줄에 기대어 반격을 꾀하고 싶었지만, 마음 여린 로에나는 시스에의 상대가 되지 못했으며, 발레리안은 신체적인 조건에서 매우 불리했다. 결국, 마담이 할 수 있는 일이라곤 그 더러운 곳에서 로에나라도 빼내어 오는 것이었다.

마담은 로에나가 몇 년 동안 시골의 낡은 별장에 갇혀 사교계 나들이를 하지 못했다는 사실을 깨닫고 분노했다. 말로는 요양이라 하지만 누가 보아도 감금이나 다름없었다. 한창 사교계 사람들과 어울리며 화려한 나날을 보냈어야 할 조카가 그런 식으로 세월을 낭비하고 있다니! 오랜만의 나들이에 좋지 않은 소식만 잔뜩 듣게 된 마담은 치솟아 오르는 분노를 꾹꾹 삼키며 로에나에게 마차를 보냈다. 시스에에게 말하지 않은 채 그녀를 다시 수도로 데리고 온 것이다.

이 소식을 들은 시스에는 바로 마담을 찾아왔다. 백작이 죽은 이후 외출 한번 하지 않는다고 알려진 그녀지만 이번 일은 두고 볼 수 없었던 모양이다.

마담은 태연하게 찾아오다 못해 살가운 어조로 인사를 건네는 시스에의 태도에 헛웃음을 삼켰다. 소문과 달리 시스에의 얼굴은 매우 밝다 못해 활기차 보였다. 마담에게 있어 거슬리는 일이 아닐 수 없었다.

"좋아 보이는구나. 그래, 놀라운 일도 아니지."

마담이 비아냥거리자 시스에가 빙그레 웃으며 말했다.

"이제 조금씩 슬픔을 극복해 나가고 있어서 그렇게 보이나 봅니다. 그러는 고모님이야말로 좋아 보이세요."

붕대로 칭칭 감긴 팔을 본다면 좋아 보인다는 말을 쓸 수 없겠지만, 시스에는 모르는 척 태연하게 말을 이었다.

"그 장인의 솜씨가 꽤 좋긴 하지요."

마담은 시스에가 입에 올린 '장인'이라는 단어에 잠시 멈칫했다가 이내 부드러운 미소를 지었다. 언제 동요했냐는 듯 금세 심경을 추스르는 게 과연 사교계를 주름잡았던 그녀다웠다.

"그래서 이런 아름다운 찻잔을 구할 수 있었단다."

시스에는 자연스럽게 말을 돌리는 마담의 행동에 비웃음을 삼켰다. 이미 책을 통해 마담의 팔에 대해 잘 알게 된 상태였다. 제게 먼저 이를 드러내기에 그녀의 약점을 슬쩍 찔러 보았더니 미모사처럼 바로 움츠러드는 게 우스웠다.

"황제라 할지라도 네 얼굴을 보기가 퍽 어렵다지. 그런데 내게는 이리 발걸음 해주다니 참으로 고마운 일이로구나."

"고모님께서 건강해지셨다는데 어찌 걸음 하지 않을 수 있겠어요?"

"아직 건강이 다 회복된 건 아니란다. 사실 이렇게 앉아 있는 것도 조금 힘에 부치는구나."

함께 앉아 있고 싶지 않으니 빨리 나가라는 소리였지만 시스에는 못 알아들은 척 서글픈 탄성을 내질렀다. 그리고 자리에서 벌떡 일어나 마담에게 다가가더니만 그녀의 무릎 아래로 살짝 기대어 앉았다. 자신의 한 손을 라발리에의 무릎 위로 올린 상태로 고개를 살짝 들어 올리며 물기 어린 시선을 보내는 게 딱 고모를 걱정하는 조카의 모습이었다.
"저런, 저는 고모님을 생각하면 가슴이 너무 아파요. 오래오래 건강하셔야죠. 네? 많이 힘드시면 주치의를 불러 살피라 할까요?"
이 아이가 언제 이렇게 컸을까. 마담은 능청스럽게 대화를 주도해 나가는 시스에의 모습에 가슴이 섬뜩해짐을 느꼈다. 이전만 하더라도 제 말에 고분고분한 태도를 보이며 순종했던 아이인데, 지금은 그때와 전혀 다른 사람 같았다. 전형적인 사교계의 여인 그 자체다.
마담은 터져 나올 것 같은 한숨을 삼키며 주치의를 부를 필요가 없다고 대답했다. 그리고 그녀에게 자리로 되돌아가 줄 것을 부탁했다. 시스에가 사교계의 여인들처럼 나온 이상 대화를 나누는 것 자체가 의미 없어졌다. 둘 중 한 사람이 흰 손수건을 내던지지 않는 이상 끝도 없이 반복될 이야기일 게 분명하기 때문이다. 예상컨대 시스에는 대화의 주제를 마담의 움직이지 않는 팔로 삼을 것이다. 라발리에에게 있어 무척 불리한 일이었다.
그렇기에 마담은 그녀와 조금 직설적으로 대화하기로 마음먹었다.
"나를 걱정해 주니 참으로 고맙다마는 마음의 근심부터 덜어주지 않겠니?"
"그렇게 하고말고요. 제가 어떻게 하면 고모님의 마음을 편안하게 해드릴 수 있을까요? 부디 알려 주세요."
"네가 근래에 좋지 않은 일을 겪었다는 걸 안다마는 네 가족도 챙겼어야지."
"어머니의 건강은 많이 좋아지고 있는 편이고, 리안 역시 씩씩하게 잘 자라고 있는걸요. 그렇지, 참. 고모님, 나중에 리안과 함께 오겠어요. 정말 사랑스럽고 귀여운 아이랍니다."
마담은 로에나만 쏙 빼놓고 이야기하는 시스에의 당돌한 행동에 기가 차는 것을 느꼈다. 어른인 자신이 한발 물러서 먼저 로에나에 대해 이야기할 수 있도록 배려해 주었건만, 누가 본데없는 핏줄 아니랄까 봐 버릇없이 굴고 있었다. 마치 제멋대로 로에나를 데려간 자신에게 항의하는 것 같았다.

"네 동생에 관한 이야기란다."

마담은 시스에에게 다시 한번 기회를 주기로 했다. 그러나 시스에는 태연한 얼굴로 그녀의 제안을 흘려 버렸다.

"고모님께서 리안을 그렇게 걱정하고 계실 줄은 미처 몰랐어요. 어머니께서 아신다면 무척 기뻐하실 거예요."

"네 동생이 리안뿐이니?"

그녀의 말에 시스에가 모호한 표정으로 옅게 웃었다. 대답하지 않겠다는 의도가 빤히 보이는, 사교계에서 자주 쓰는 전형적인 수법이었다. 마담은 그런 시스에의 태도에 처음부터 자신에겐 이 대화의 주도권이 없었음을 깨달았다. 정말이지 교활하기 짝이 없는 여자였다. 고작 몇 년을 보지 않았다고 이렇게 사람이 달라질 수 있는 것인가. 아니면 숨겨 왔던 본성을 드러낸 것인가. 아마도 후자겠지.

결국, 마담은 쓰게 웃으며 보이지 않는 손수건을 내던졌다. 그녀에게서 로에나를 데려오기 위해선 어쩔 수 없는 상황이었다. 시스에가 비슈발츠가를 주무르고 있는 이상 로에나의 거취를 결정하는 것 또한 그녀의 손에 달렸다고 할 수밖에 없으니까.

"로에나 말이다."

"어머, 저는 고모님을 근심케 하는 사람이라고 해서 어머니와 리안만 생각했지 뭐예요. 부디 제 아둔함을 이해해 주세요. 로에나는 고모님을 기쁘게 하는 아이라 미처 떠올리지 못했답니다."

시스에가 천연덕스러운 얼굴로 말했다. 그녀는 마담의 말에 전혀 밀림이 없이 잘 받아치고 있었다.

"그래, 네 말대로 로에나는 날 행복하게 만들지. 그래서 그 사랑스러운 아이가 고통스러워하는 걸 못 견디겠더구나."

"세상에, 로에나가 고통스러워하다니요. 무슨 일이 있었나요? 제가 살펴본 바로는 딱히 문제 될 만한 일이 없었는데 말이에요."

"문제가 될 만한 일이 없었다니, 그게 무슨 소리냐? 누구라도 그 별장에 갇혀 산다면 불행을 느낄 것이야. 간단한 티 파티와 무도회가 없는 시골이라니, 생각만 해도 끔찍하구나. 지식을 교류할 수 있는 마땅한 상대를 찾아볼 수 없는 건 또 어떻고? 별장은 잠시 쉬는 곳일 뿐 머물러 살 만한 곳은 결코 아니란다. 그런데 로에나를 그런 곳에 몇 년 동안 기거하게 하다니, 도대체 생각이 있는 것이냐, 없는 것이냐?"

"고모님, 저를 오해하지 말아주세요. 그건 모두 로에나를 위한 일이었어요."

마담은 말도 안 된다는 듯 미간을 강하게 찌푸렸다. 그리고 어디 한번 변명을 해보라는 것처럼 턱을 오만하게 들어 올렸다.

"로에나가 이전에 풀케르를 따랐다는 사실을 잊어버리셨나요? 할버드 경이 자진하여 황궁 기사가 되었지만, 그것만으로 폐하의 기분이 풀릴 리 없죠. 그래서 로에나를 잠시 대피시킨 거예요. 가문과 그녀를 지키기 위해서 어쩔 수 없었어요."

반란 사건 이후 황후의 가문은 처참하게 무너졌다. 그녀를 따르던 사람들 역시 산산이 흩어져 더는 사교계에서 볼 수 없게 되었다. 아주 잠깐 발을 걸친 사람이라도 이렇다 할 변명조차 하지 못한 채 바로 수도를 떠나야만 했다.

"그래서 계속 별장에 있게 했다?"

"병을 핑계로 물러난다면 연민을 살지언정 손가락질은 받지 않을 테니까요."

마담은 입술을 꾹 다물었다. 시스에가 뜻밖의 부분에서 치고 들어오니 할 말이 없었던 것이다. 그녀의 말마따나 로에나를 지키기 위해서 어쩔 수 없이 별장에 처박아 놓은 것이라 꼬투리를 잡는 게 어려웠다. 오히려 로에나를 데려온 게 그녀를 위험에 빠뜨린 상황이 되어버렸다.

'영악한 것 같으니라고…….'

라발리에는 비틀어진 입술을 가리기 위해 찻잔을 들었다. 그리고 차갑게 식은 차를 마시며 차분히 호흡을 골랐다.

분명 시스에의 말은 어느 하나 틀린 곳이 없었다. 그녀의 말에 의하면 로에나를 다시 시골 별장으로 보내야 할 것만 같았다. 이성적으로 생각한다면 분명 그래야만 했다. 문제는 마담의 감성이 꽃다운 나이에 시들어 가는 로에나를 외면하지 못한다는 점에 있었다.

"분명 로에나의 죄가 적지 않지. 하지만 아무것도 모르는 아이가 어떻게 풀케르의 명령을 거절할 수 있겠냔 말이야. 너는 그것을 호소해야만 했어."

"오, 고모님. 폐하께서 왜 라데 렐신을 저와 결혼하게 했는지 모르시겠어요? 그분의 목숨을 구한 영웅을 비슈발츠 백작으로 만드는 대신 가문의 죄인을 합리적으로 처분하라는 무언의 압박을 하신 거예요."

시스에는 태연하게 거짓말을 내뱉었다.

"고모님께서도 아시잖아요. 라데 렐신이 허상이라는 것을요. 제가 왜 그림자와 결혼했겠어요. 비슈발츠가를 잿더미 상태로 놔둘 순 없잖아요."

계속 가문의 존립을 거론하며 짙은 목소리로 호소하니 그 라발리에라 할지라도 흔들릴 수밖에 없었다. 시스에는 지금 가문을 위해서 자신이 희생했다는 걸 강조하고 있었다. 이는 이전에 로에나를 지키기 위해 칼을 맞았다고 말했던 때와 비슷했다. 그녀는 마담이 어떤 부분에서 약해지는지 훤히 꿰뚫고 있는 상태였다.

"그나마 제가 로샨 공녀와 친분이 있기에 폐하께서 이러한 제안이라도 주신 거예요."

“왜 내게 미리 말하지 않았느냐…….”

마담의 물음에 시스에가 처연한 목소리로 작게 말했다. 축 처진 어깨는 분명 의도적이었으나 라발리에의 눈에는 그저 슬픔을 못 이겨 늘어진 것처럼 보였다.

“저 혼자만 버티면 될 일이니까요. 그럼 모두가 편안해질 수 있는걸요. 게다가 이게 자랑 삼아 할 말도 아니구요. 로에나에게라도 말하고 싶었지만 그때 그 애의 감정이 너무 격해져 있는 바람에 오해만 잔뜩 샀지 뭐예요. 이후에라도 풀려고 노력했지만 쉽지 않았어요.”

마담은 어떻게 말을 해야 할지 모르겠다는 것처럼 머뭇거렸다. 어느새 그녀의 눈은 부드럽게 풀린 상태였다.

“얘야…….”

“사실 전 두려워요. 제가 잘 해나가고 있는지조차 모르겠는걸요. 아아, 로에나가 풀케르와 친분이 없었더라면 좋았을 텐데요. 그럼 그녀와 함께 가문을 돌볼 수 있었을 거예요. 당연히 다른 이와 갈등이 빚어지는 일은 없었을 테구요. 그저 안타까울 따름이에요.”

시스에의 말에 마담은 드디어 한숨을 내쉬었다. 시스에는 지금 모두가 놓치고 있는 걸 정확하게 지적하고 있었다. 현 황제가 제위에 앉아 있는 한 로에나는 언제나 풀케르라는 낙인에 빛을 보지 못할 것이라고 말이다. 그러니 가문이니, 사교계니 무슨 소용이 있겠는가.

“그래서 넌 로에나를 다시 되돌려 보냈으면 좋겠다고 말하는 것이냐? 폐하께선 그 애가 수도에 돌아온 걸 신경조차 쓰지 않으실 거야.”

“하지만 사람들은 달라요. 로에나는 무척 아름답고 매력적인 여성이니까요. 누가 그 아이를 가만히 놔두겠어요? 금세 소문이 퍼질 거예요. 그럼 폐하께서도 아시겠죠.”

“내가 그분을 뵈어야겠구나.”

마담이 말했다. 시스에는 순간 입술을 비틀 뻔했지만 가까스로 참았다. 이 늙은 표범은 끝내 로에나를 데리고 있겠다고 말하고 있었다. 한 번 크게 앓고 나니 머리가 어떻게 되었나. 시스에는 당장에라도 저 늙은 목을 강하게 붙잡고 협박이라도 하고 싶었지만 애써 무해한 미소를 지으며 눈을 크게 깜빡였다.

"저는 실패했었죠. 그래서 아직도 마음이 무겁답니다. 부디 폐하께서 고모님의 아름다운 마음에 감동하시기를 바라요."

"그 아이가 비슈발츠가 아니면 되겠지."

"예?"

"네가 느끼는 부담을 덜어주겠다는 소리다. 로에나의 죄를 라발리에가가 껴안는다고 한다면 폐하께서도 달리 보실 거야."

"그 말씀은……."

마담 드 라발리에는 드디어 시스에에게 로에나를 데려온 목적을 밝혔다. 애당초 예상과 달리 그녀를 위로하는 차원에서 하게 되었지만, 이야기를 했다는 점에선 똑같았다.

"죽은 동생도 나를 이해해 주겠지. 네 의견은 물어볼 것도 없겠지. 그렇게 로에나를 생각하는 아인데, 설마 반대하려고."

이는 마담이 비슈발츠가에서 완전히 손을 뗀다는 의미와 다름없었다. 시스에가 했던 거짓말이 이루어 낸 쾌거였다. 그러나 이 모든 기쁨은 로에나가 라발리에의 성을 달게 된다는 점에서 색이 바랬다.

시스에는 빙그레 웃으며 마담에게 말했다. 당장에라도 저 늙은 암표범의 계획을 막고 싶었지만, 지금은 때가 아니었다. 시스에는 빨리 집으로 돌아가 로샨 공녀에게 편지를 써야겠다고 생각했다.

"그럼요, 당연하죠. 다만 고모님이 폐하를 만나 뵙기 전까지 로에나가 수도에 들어왔다는 사실을 극비에 부쳐야 하겠죠. 그래야 뒤탈이 없을 테니까요."

"그렇지."

"그럼 로에나가 이곳에 있는 게 낫겠군요."

시스에가 말을 하면 할수록 마담의 얼굴색이 밝아졌다. 그녀는 흐뭇한 시선으로 그녀를 바라보며 크게 맞장구를 쳤다.

"그래, 그러니 네가 별장 쪽을 잘 마무리 지어줬으면 좋겠구나."

"예, 걱정 마세요."

"부탁하마."

"오히려 제가 부탁드리고 싶은걸요. 로에나를 위해서 손수 나서 주시다니, 정말 감사할 따름이에요. 부디 폐하께서 자비를 베풀어주시길 간절히 바라요. 그리고 로에나가 저에 대한 오해를 풀었으면 좋겠어요."

"그건 걱정 말렴. 내가 로에나와 잘 이야기해 보마."

"수고를 끼쳐서 죄송해요."

"아니란다. 나야말로 네 노고를 몰라봐 줘서 미안하구나."

오해가 풀린 라발리에의 얼굴은 매우 자애로웠다. 좀 더 곰곰이 생각해 본다면 여러 허점이 눈에 띄겠지만, 그것까지 생각하기에 라발리에의 건강 상태가 매우 좋지 않았다. 그래서 그녀는 다정한 태도로 시스에를 배웅했다.

시스에는 그런 마담의 뺨에 다정스레 키스하며 마차에 올라섰다. 그리고 활짝 웃으며 손을 흔들다가 마차가 정문에서 꽤 멀어졌을 즈음에야 표정을 지우고서 함께 온 하녀 세릴에게 말했다.

"저택에 도착하자마자 너는 바로 거리로 나가서 잭을 불러오렴."

"예."

말을 마친 시스에는 차가운 얼굴로 침묵했다. 그런 그녀의 속은 부글부글 끓어오르고 있는 상태였다. 그도 그럴 게 하고 많은 사람 중에 왜 하필 로에나란 말인가. 이대로 계속 낡은 별장 안에서 썩어 가기를 바랐는데. 덕분에 마담을 완벽하게 속일 수 있었지만, 그래도 아닌 건 아닌 거다.

시스에는 입술을 잘근잘근 씹으며 불안한 마음을 애써 삼켰다. 과거에도 라발리에는 로에나를 도와 그녀를 기어코 황태자가 있는 무도회에 참석하게 만들었다. 그리고 모든 미래가 비틀어진 지금 장소는 다르나 이전처럼 로에나를 사교계 안으로 진입하게 하려 한다. 분명 다른 상황이지만 이상하게도 묘한 기분이 드는 건 사실이었다. 이건 또 무슨 일일까.

무엇보다 로에나를 시골 별장으로 되돌려 보낸다는 목표에 성공하지 못했으니 일을 마쳐도 마친 것 같지 않았다. 몸에 얼룩이 묻은 듯 찝찝함이 가득했다. 하지만 이제 그녀가 할 수 있는 일이라곤 하나도 없었다. 황제의 뜻에 모든 것이 결정 날 것이다.

시스에는 손바닥으로 마차 벽을 두어 번 빠르게 쳐 속도를 재촉했다. 곧 마부의 소리와 함께 마차가 더 빨리 비슈발츠가로 내달렸다. 말의 울부짖음이 귓가에 강하게 달라붙고 있었다.

저택으로 돌아온 시스에는 옷을 갈아입을 새도 없이 바로 서재로 들어가 편지지를 꺼냈다. 그리고 빠른 속도로 로샨 공녀에게 편지를 써 내려갔다.

마담이 로에나를 데려와 자신의 성을 물려주려고 하는데 어떻게 해야 할지 모르겠다는 게 주 내용이었다. 그녀를 용서한다면 분명 여기저기서 불만 어린 목소리가 튀어나올 텐데, 그 불똥이 비슈발츠가로 향한다면 견딜 수 없을 것이라는 불안함도 살짝 곁들였다. 물론 백작의 장례식 이후 처음으로 보내는 편지라 말을 이리저리 비꼬면서 신중하게 돌려 썼다. 로샨이라면 이 편지를 황제에게 가져갈 것이 분명하기 때문이다.

그렇게 몇 시간 동안 공을 들여 편지를 쓴 시스에는 마침 도착한 잭에게 편지를 맡긴 후 한 가지 의뢰를 더 추가했다.

"예전에 마담 드 라발리에가 가문을 대신할 후계자를 뽑는답시고 여러 사람을 교육하고 있다는 소리를 들은 적이 있어. 그들을 조사해 주렴. 최대한 빨리 처리해 줄 수 있니?"

잭은 시스에의 말에 씩 웃으며 대답했다.

"그럼요. 아가씨의 일은 언제나 제게 있어 최우선이니까요."

"고생하렴."

"예."

만일 황제가 로에나를 받아들인다면, 후계자들끼리 다투게 하면 된다. 그도 그럴 것이 마담의 눈에 들기 위해 열심히 경쟁하며 노력해 왔던 자들이 이대로 순순히 물러날 리는 없을 터였다. 그들의 가족 또한 가만히 있을 리 만무했다. 저라도 그럴 것이다.

"제아무리 깨끗한 방이라도 빗질을 하면 먼지가 일어나는 건 당연하지. 구심점이 되는 시간을 늦추면 될 일이야."

시스에는 한숨을 내쉬며 자리에 앉았다. 이제 조금만 더 하면 모든 게 끝이 나는데, 로에나에게 신경을 쓰기엔 시간이 너무 아까웠다. 그래서 부디 황제가 현명한 선택을 하길 바랐다.

며칠 후 잭이 조사한 자료가 그녀에게로 배달되었다. 그리고 그다음 날 로샨 공녀의 편지가 도착했다.

『이제 폐하께서도 상대방을 향해 포용의 미덕을 보여 주실 때가 되었어요. 로에나 비슈발츠 영애라면 좋은 선례가 되겠죠. 라데 비슈발츠를 존중하는 의미로도 보일 수 있을 테니까요.』

시스에는 무표정한 얼굴로 편지를 강하게 구겼다.

사흘 후 사교계에 로에나 드 비슈발츠가 수도로 올라왔다는 소식이 퍼졌다. 파격에 가까운 일이 일어나고 있었다.

시스에는 오랜만에 검은색 드레스를 벗었다. 그녀는 하녀의 도움을 받아 머리를 올리고 보석 핀을 꽂았으며 밝은색의 드레스를 입고 곱게 화장을 했다. 간만의 사교계 나들이였다. 가엾다고 동정을 받을지언정 비웃음을 당할 수 없었다. 과부도 과부 나름이니까.

시스에는 거울 속에 비친 자신의 모습을 바라보며 만족스러운 웃음을 흘렸다. 오늘 사교계 모임에 로에나가 참석한다고 했다. 이를 알려 준 것은 로샨 공녀였다. 그녀는 장례식 때 자신을 노려보았던 로에나의 눈빛을 생각하며 양손을 가볍게 쥐었다 폈다 움직였다.

"어디 한번 해볼까?"

나직이 흘러나오는 목소리는 꽤 비장했다.

사교계 사람들은 오랜 칩거를 깨고서 나타난 백작 부인의 모습에 입을 떡 하니 벌렸다. 남편을 애도하다 못해 말라 죽어 간다더니 오랜만에 본 그녀의 얼굴은 여전히 싱그러웠다. 화사한 얼굴 그 어디에도 눈물로 인해 퉁퉁 부은 자국을 찾아볼 수 없었다.

백작 부인은 자신을 맞아주는 사람들에게 인사를 하다가 바로 로에나가 있는 곳을 향해 방향을 틀었다. 그리고 그녀의 손을 잡고서 다정한 목소리로 말했다.

"로에나, 나의 엔. 먼저 가면 어떻게 하니. 나를 향한 네 배려는 언제 보아도 감탄스러울 따름이야."

로에나와 이야기하던 사람들은 시스에의 등장에 매우 놀란 모양인지 두 눈을 크게 떴다. 시스에는 그런 그녀들에게 가볍게 인사한 뒤 로에나를 자신에게로 살짝 끌어당겼다.

"시스……."

로에나가 약간 굳은 얼굴로 잡힌 손을 빼려고 손목을 약간 뒤틀었다.

하지만 시스에의 힘이 더 강했다. 옴짝달싹 못 하게 된 로에나는 이내 시선을 내리며 침묵했다.

이미 사교계 내에선 로에나가 라발리에의 성을 가지게 된다는 사실이 퍼져 있었다. 그래서 시스에의 등장을 매우 흥미롭게 여겼다. 그들은 백작 부인이 검은 드레스를 벗고 나타난 이유가 로에나 때문임을 깨닫고 있었다.

"이야기 좀 할까?"

시스에가 작게 소곤거렸다. 로에나가 '할 말 없어'라고 대꾸했다. 시스에는 그런 로에나의 반응에도 아랑곳하지 않고 그녀의 팔을 아프게 잡아당겼다. 물론 다른 사람의 눈에는 시스에가 로에나를 재촉하는 것으로밖에 보이지 않았다.

"하지 마, 시스. 난 너와 이야기하고 싶지 않아."

"그래?"

갑자기 시스에가 눈물이 글썽거리는 얼굴로 로에나에게 말했다. 다른 사람의 귓가에 충분히 닿을 수 있을 만큼 약간 큰 소리였다.

"엔, 난 네 위로가 필요해. 제발, 응?"

그러자 모두의 시선이 로에나에게로 향했다. 그녀는 우리 안의 동물이 된 것 같은 기분이 들어 뺨을 붉혔다. 고모님은 로에나에게 시스에가 자신들을 위해 희생했다고 말하며 오해를 풀라고 했지만, 그녀는 더는 자신의 의붓언니를 믿을 수 없었다.

로에나가 생각하는 시스에는 정말로 교활하고 못된 여자였다. 달콤한 혀로 거짓말을 일삼았고, 남의 인생을 아무렇지 않게 망쳤다. 그녀의 탐욕스러움은 사악한 뱀 그 자체였다. 로에나는 자신의 욕심을 위해서라면 가족의 불행도 아랑곳하지 않는 시스에가 무척 미웠다.

지금도 보라. 자기 말을 들어주지 않는다고 잡은 손에 다짜고짜 힘부터 주며 압박하지 않는가. 그런데 이런 여자가 가문과 자신을 위해서 희생했다고? 로에나는 시스에를 향해 위선자라고 크게 소리치고 싶었다. 하지만 아무도 그녀의 실체를 모른다. 오로지 자신만이 알 뿐이다.

로에나는 답답해져 오는 마음에 입안의 여린 살을 잘근 깨물었다. 그리고 시스에의 손에 끌려 구석으로 향했다. 그녀는 시스에가 어떤 말을 하든 흔들리지 않겠다고 다짐하면서 마음을 가다듬었다.

"몸은 괜찮니?"

시스에가 먼저 말했다.

"나쁘지 않아."

로에나가 차분한 목소리로 대답했다. 그러자 시스에가 손을 뻗어 로에나의 뺨을 어루만졌다. 끔찍한 손길이었다. 마음 같아선 소리가 날 정도로 세차게 내치고 싶었지만 이곳을 향한 사람들의 시선이 두려웠다. 시스에가 다정한 언니 흉내를 내며 자신의 건강 상태를 물어보는 건 저들을 의식하기 때문이었다.

"다행이구나."

시스에가 웃으며 말을 덧붙였다.

"또다시 테라스에서 떨어져 내린다고 협박할까 봐 무서웠거든."

로에나의 얼굴이 순식간에 창백해졌다. 눈동자는 풍랑을 만난 조각배처럼 쉴 새 없이 흔들렸다. 수치를 아는 얼굴이었다.

"오, 이런. 조금만 더 상냥하게 웃어주지 않을래? 생명의 은인을 대하는 태도가 아니잖아. 서글퍼지려고 하는구나."

"……시스, 내게 무슨 말이 하고 싶은 거야."

"오랜만에 보는 동생인데 같이 있고 싶어 하는 게 잘못된 건가?"

로에나가 조금만 더 용감했더라면 별 우스운 소리를 다 들었다는 듯 비웃음을 지었을 것이다. 그러나 그녀가 할 수 있는 최대한의 반항은 시스에의 말에 꼬투리를 잡는 것뿐이었다.

"오랜만은 아니잖아. 장례식장에서 봤었고……."

우물쭈물하며 말끝을 흐리는 목소리에는 힘이 없었다. 이전에 보였던 앙칼스러운 모습은 어디로 다 사라졌는지 그녀는 자꾸 시스에의 눈치를 살폈다. 시스에의 얼굴에 걸린 건 분명 미소였지만, 차갑게 가라앉은 눈은 그렇지 않았으니까. 시선으로 욕할 수 있다면 지금과 같을 것이다.

"그래, 그때 봤었지. 네가 어찌나 냉랭하게 굴던지 온갖 안 좋은 소문이 다 돌았었거든. 난 네가 몸이 좋지 않아서 그런 거라고 생각하고 웃으며 넘겼었단다. 말해보렴. 고모님께 편지를 받은 게 언제부터지?"

"그게 왜 궁금한데?"

"네가 날 버리고 가잖니."

달콤한 속삭임이었다. 아마 예전의 로에나라면 마음이 흔들려서 바로 대답했을 것이다. 시스에가 자신을 사랑하지 않는다는 진실을 깨닫지 않았더라면 말이다. 거짓과 기만에 둘러싸여 눈먼 장님처럼 살았겠지. 로에나는 생각했다. 더는 속지 않을 거야, 라고. 그녀는 견딜 수 없다는 것처럼 시스에의 손을 뿌리쳤다. 소리가 날 정도로 큰 저항은 아니었지만 시스에를 멈칫하게 하기에 충분했다.

"그런 거짓말은 그만둬. 날 생각하는 게 아니잖아. 넌, 넌 정말로 지독한 거짓말쟁이야."

시스에는 로에나의 입에서 나온 '지독한 거짓말쟁이'라는 소리에 낮은 웃음을 터뜨렸다. 이 말은 선량한 로에나가 할 수 있는 가장 큰 욕이었다. 그러니 말을 내뱉은 직후 되레 자신이 크게 모욕을 받은 것처럼 바들바들 떠는 거겠지. 시스에는 이런 로에나의 모습에 고모님의 청은 어떻게 바로 승낙했는지 모르겠다고 생각했다. 동시에 어깨를 으쓱이며 로에나에게 말했다.

"그래서?"

"뭐?"
"내 거짓말 때문에 비슈발츠가가 제대로 돌아가고 있잖아. 그걸로 된 거 아냐?"
로에나가 이를 갈 듯 낮은 목소리로 말했다.
"부끄러운 줄 알아, 시스."
"그럼 어떻게 해야 하는 건데. 말해보렴, 정직한 로에나. 아니, 정직하지 않은 로에나겠지? 너 또한 다른 사람들을 속이고 있잖아."
"그렇지 않아. 난 그런 적 없어."
"오, 그래? 네가 리안의 다리를 다치게 한 걸 고모님은 아시니?"
로에나 때문에 리안이 다리를 절게 되었다는 걸 아는 사람은 몇 없었다. 아마 시스에와 그녀의 어머니 그리고 로샨 공녀, 로에나뿐일 것이다. 마담 드 라발리에는 발레리안의 부상이 예기치 못한 불행이라 생각했다. 시스에는 그녀가 그렇게 착각하도록 놔두었다. 그래야 그 사건이 로에나의 약점으로 자리 잡을 수 있기 때문이었다.
"아냐, 내가 아니야."
"네가 후계자인 동생을 질투해서 죽일 뻔했다는 걸 고모님도 아시냐고 물었어."
"아니라고 했잖아."
시스에는 울음이 섞인 목소리로 강하게 부인하는 로에나의 행동에 비웃음을 지었다. 그녀는 로에나가 자신에게 반감을 품고 있다는 걸 잘 알고 있었다. 그렇지 않았다면 이상한 동화를 써서 거리에 배포할 생각을 하지 않았을 것이다. 그런 로에나가 라발리에의 성을 가지면 얼마나 더 날뛸지 상상하지 않아도 뻔했다.
'싹은 처음부터 밟아줘야지.'
시스에가 생각하기에 로에나는 스스로에 대해 좀 더 잘 알 필요가 있었다. 자신을 표현할 수 있는 건 화사하게 핀 꽃이 아니라 많이 건드리면 툭 하고 움츠리는 겁쟁이 미모사라는 사실을 말이다. 그래서 시스에는 로에나에게 경각심을 심어주기로 마음먹었다. 가엾은 동생을 보살피는 건 언니로서 해야 하는 당연한 의무니까.

곧 그녀의 입술이 열리며 불순한 의도를 담은 말 하나가 툭 튀어나왔다.

"그래, 그렇게 생각하고 싶겠지. 하지만 네 경쟁자는 그렇게 여기지 않을 것 같은데?"

"경쟁자?"

"네가 나타나기 전 라발리에가의 후계자가 되기 위해 노력했던 사내들 말이야. 그들과 그들의 가문이 얼마나 이를 갈고 있는지, 불쌍한 로에나. 난 그걸 알려 주려고 했을 뿐인데……."

시스에가 손을 뻗어 로에나의 머리카락을 매만졌다. 좋은 향기가 나는 부드러운 금발이 손가락 사이로 스르륵 흘러내렸다. 시골의 척박한 환경에서도 자신을 꾸미는 건 소홀히 하지 않은 모양이다.

"고모님은 네게 결코 그들에 대해 알려 주지 않으실 거야. 하지만 난 달라."

"……."

마담의 양녀로 들어갔다고 해서 바로 후계로 결정되는 건 아니다. 시스에는 이것을 말하고 있었다.

"가엾은 로에나. 오래지 않아 넌 깨닫게 될 거야. 비슈발츠 성을 달고 살았던 시절이 더 행복했다고."

로에나는 가까스로 입을 열어 대꾸했다. 그러나 그녀의 얼굴은 겁에 잔뜩 질려 있었다.

"아니, 그렇기를 바라는 거겠지."

"글쎄? 사실 넌 내가 왜 이렇게 행동하는지 이해가 가지 않을 거야. 그런데 로에나, 마음을 차분하게 먹고 곰곰이 생각해 보렴. 내가 이걸 누구에게 배웠을 것 같니? 날 처음으로 가르친 사람이 누구였지?"

시스에는 빙그레 웃으며 로에나의 뺨을 가볍게 쓸어내렸다.

"뭐, 리안이 다리를 절게 될 거라는 이야기를 들은 이후 단 한 번도 그 아이를 먼저 보고 싶다고 말한 적이 없으신 고모님이시니까. 그분처럼 가문을 사랑하는 사람은 또 없을 거야. 잊지 마, 로에나. 결과야 어떻든 항상 널 도와준 건 나였어. 그렇지?"

그녀는 숫제 기절할 것처럼 파들파들 떠는 동생의 뺨에 부드럽게 키스하며 '합당한 의심은 좋은 거야'라고 중얼거렸다. 그리고 더는 볼 일이 없다는 것처럼 스쳐 지나갔다. 목적을 달성했으니 이 자리에 계속 있을 필요가 없어진 것이다.

사람들은 시스에가 로에나에게서 떨어지자 금세 그녀 주변으로 달려들었다. 검은 드레스를 벗은 백작 부인의 모습은 접근하기 쉬운 먹잇감처럼 보였다. 미카엘 아이레스 경이 없는 지금이 최적의 시기였다.

그러나 그것도 잠시 그녀는 어지럽다는 핑계로 자리를 떠났고, 사람들은 시스에가 정말로 로에나를 만나기 위해서 저택을 박차고 나온 것인지 어리둥절했다. 새로운 성을 다는 동생을 위해 남편을 애도하는 행위마저 저버리고 온 그녀의 애틋한 마음이 묘하게 다가왔기 때문이다.

"비슈발츠가도 참 안됐어요. 이래저래 이용만 당하고 있으니 말이에요."

저들도 바보가 아닌 이상 비슈발츠가가 현 황제에게 있어 어떤 용도로 사용되는지 알고 있었다. 다만 황제의 기세에 눌려 아무런 말을 하지 못하고 있을 뿐이다. 힘이 없는 귀족 가문이기에 되레 날카로운 칼처럼 사용되는 아이러니는 현 정치의 민낯이라 할 수 있었다. 백작 부인이 칩거를 깨고 나온 까닭도 여기에 있을 것이다. 이용당하는 자의 서글픔을 드러내기 위해서였다.

"그러고 보니 요즘 이상한 소문이 돌고 있다죠?"

"아, 그 소문 말인가요? 폐하께서……."

"그러게요. 황태자를 구한 늠름한 사내가 갑자기 아프기 시작했는데 수상쩍을 수밖에 없죠."

"……뭐, 권력 앞에선 은인도 소용없으니까요. 사실 그게 정치 아니겠어요?"

"그래도 입조심합시다. 폐하께서 아시면 큰일이에요."

요즘 들어 수도에 은밀한 소문 하나가 퍼지기 시작했다. 황제가 영웅의 인기를 질투하여 그를 죽였다는 내용이었다. 사람들은 말도 안 되는 이야기라고 비웃었으나, 사교계의 귀족들은 그럴지도 모른다며 수군거렸다. 황제의 성격이 나빠서가 아니라, 정치를 하는 자로서 충분히 공감되는 이야기기 때문이었다. 물론 사교계의 오락적인 가십에 있어 중요한 요소가 아니긴 하지만. 확실한 건 질투에 미친 황제가 비슈발츠가의 영웅을 죽였고, 이를 핑계 삼아 멀쩡한 두 자매를 갈라놨다는 사실이었다.

사람들은 지인의 부축을 받아 홀의 구석진 곳으로 향하는 로에나를 바라보며 이야기를 나누었다.

"나라도 드레스를 벗어 던지고 달려오죠. 백작 부인이 멀쩡한 드레스를 입고 나타났다는 사실은 비난할 거리가 못 되어요. 오히려 그녀의 용기에 박수를 보내야 마땅해요."

"그럼요. 저들 자매에겐 고모님에게 입양된다는 사실이 그나마 위안이 되겠네요."

"세상에, 처음으로 그녀에게 동정심이 드네요."

"그러니까요. 저 작은 비슈발츠 양의 얼굴을 보세요. 창백하게 질려 어찌할 바를 몰라 하고 있잖아요. 가엾게도. 언니인 백작 부인을 따라나서고 싶었겠죠."

"벌써 따로 살고 있다 하잖아요. 오늘 타고 온 마차가 라발리에 가문의 것이라죠?"

"어머나, 그게 사실인가요? 폐하께선 정말 손이 빠르시군요. 가여워라."

이렇게 말하는 그들의 뇌리엔 라발리에가 로에나를 자신의 후계로 삼기 위해 데려갔다는 생각은 전혀 없었다. 귀족들에게 있어 로에나는 그저 이용당하기 딱 좋아 보이는 아름다운 천사이므로. 아니, 딱히 로에나가 아닌 다른 영애라 할지라도 이렇게 생각했을 게 분명했다. 귀족들에게 있어 가문이란 자부심이자 명예의 근간이라 대를 이어 나가는 건 마땅히 사내여야 했다. 비록 대상이 머저리에 생식이 불가능한 고자라 할지라도 말이다.

며칠 후 시스에는 황제의 직인과 라발리에가의 도장이 찍힌 편지를 받았다. 로에나의 입양을 허락하라는 내용이 담긴 종이였다. 시스에는 망설임 없이 인장을 꺼내어 빈 곳에 찍었다. 그런 그녀의 책상엔 로샨 공녀가 보낸 편지가 펼쳐져 있었다.

『멜을 생각해서라도 계획한 시간을 단축하는 건 어떤가요? 폐하의 눈을 다 피할 순 없지만 몇 가지 도움을 줄 수는 있어요. 그러니 이만 로에나 영애의 입양 일을 기쁘게 받아들여요. 개인적인 감정을 사사로이 드러내는 건 좋지 않은 일이에요, 시스.』

시스에가 망설임 없이 도장을 찍은 건 로샨 공녀가 보낸 편지에 대한 제안을 받아들이겠다는 뜻과 다름없었다. 그녀가 로에나의 마음을 부추긴 건 다름 아닌 시간을 벌기 위해서였는데, 일을 빨리 진행할 수 있도록 도와주겠다고 하니 손을 잡은 것이다.

이렇게 마담 드 라발리에가 간청했고 황제가 승인했으며 시스에 드 비슈발츠가 받아들인 입양 사건은 세간의 예상과 달리 매우 빨리 처리되었다. 그리고 로에나 비슈발츠는 로에나 라발리에가 되었다.

뤼세트 로샨이 작정하고 나서기 시작하자 순식간에 모든 것이 안정되었다. 그간 황제의 눈치를 살피느라 길을 빙빙 돌아서 가야 했는데, 그러지 않아도 되자 일이 쉬워진 것이다. 삼 개월은 족히 바라봐야 할 것 같았던 서류가 일주일도 채 되지 않아 완성되었고, 이로 인해 날 파리 같던 친인척도 하나둘씩 떨어져 나갔다.

시스에의 손에 문서 하나가 완성될수록 누구는 감옥에 들어갔고 누구는 도박 빚을 갚지 못해 살해당했으며 누구는 어이없는 사고로 즉사했다. 작위를 판 귀족의 가족이 각자 다른 곳으로 뿔뿔이 흩어지는 건 그나마 나은 축에 속했다. 물론 횡액을 당한 건 로에나에게 들러붙어 비슈발가를 주무르려고 했던 이들이었다.

이 일이 사교계 내에서 회자되지 않은 건 모두 이름 없는 시골 귀족이기 때문이었다. 누군가 의아함을 느껴 사건을 추적해 나간다 하더라도 이미 정보가 잭의 손에 의해 조작된 뒤이기에 별다른 소득을 얻지 못할 게 뻔했다. 더군다나 로샨 공녀가 자신의 힘을 이용하여 일을 덮어버렸으니, 먼지 하나 나올 틈이 없었다.

시스에가 일을 이렇게 빠르고 과감하게 처리할 수 있었던 건 모두 로샨이 내뱉은 말 때문이었다. 그렇지 않았더라면 좀 더 시간을 들여 마무리 지었을 것이다.

"폐하의 귀에 들어가는 일은 결코 없을 거예요. 친구의 약점을 잡는 친구는

없죠."

그리고 매우 놀랍게도 로샨은 황제에게 비슈발츠 방계에게 일어난 일들에 대해 침묵했다. 황제를 향한 그녀의 첫 배신이었다. 덕분에 혹시 모를 사태에 대비하여 반박 증거를 만들어 놓았던 시스에의 노력이 우습게 되어버렸다.

"적어도 나는 폐하께 비밀을 만든 적이 없어요. 그분은 그렇지 않지만요. 뭐, 어쩔 수 없는 노릇이죠. 어쨌든 내가 베어 문 첫 번째 사과예요. 함부로 던져 놓으면 어딘가에서 싹이 돋아날지도 모르죠. 그러니까 조심해요."

시스에를 찾아와 솔직한 속내와 함께 경고를 날린 그녀는 '멜과의 약속도 지킬 수 있게 되었군' 하고 속으로 생각했다. 로에나를 만나러 간 이후 더는 검은 드레스를 입게 되지 않은 백작 부인이지만 미카엘 아이레스의 방문은 여전히 요원한 상태였다.

시스에는 로샨의 말에 고개를 내저으며 되물었다.

"폐하께선 이번 일로 얻은 게 더 많잖아요. 그러니 이런 사소한 사건에는 신경 쓰지 않을 것 같은데요? 어떻게 생각하세요?"

로샨 공녀는 난처하다는 듯 미간을 찌푸렸다. 그녀의 입에서 한숨이 섞인 대답이 흘러나왔다.

"시스, 제발, 그런 뜻이 아니잖아요."

"로샨 공녀, 아니, 뤼세. 도움이란 폐하께서 아셨을 때도 손을 내밀 수 있는 걸 말하는 거예요. 내가 겪은 불편함을 생각한다면 이런 배려는 마땅히 요구할 수 있다고 생각해요. 너무 무례한가요?"

"……처음이자 마지막으로요?"

"우리가 쌓은 신뢰를 생각한다면요."

"좋아요, 그렇게 하죠. 앞으로 할 일이 많겠군요."

로샨의 말에 시스에가 빙그레 웃으며 말했다.
"동화 한 편 읽을 시간은 있어요."
"동화요?"
"네. 요정이 등장하는 아주 환상적인 이야기죠."
몇 년 전 그녀의 어리석은 동생은 글을 통해 자신이 알고 있는 진실을 폭로하려고 했다. 별장에 시중들러 간 하녀가 플랑이었기에 망정이지 그렇지 않았더라면 로에나가 그런 깜찍한 짓을 저지르고 있다는 사실을 미처 몰랐을 뻔한 시스에였다. 물론 나중에 플랑을 시켜 완성된 원고를 빼돌리긴 했지만, 로에나가 미리 다른 사람에게 글을 베낀 편지를 보냈기에 그것이 한두 번 정도 거리에 뿌려지는 것까지는 막지 못했다.
그나마 다행인 건 로에나가 동화를 귀족의 방식대로 썼다는 점이다. 단순한 줄거리에 비해 은유와 비유, 귀족적인 화법으로 가득 찬 이야기는 일반 사람에게 있어 무척 어렵게 다가왔다. 사교계에 발을 담가보지 않은 사람은 주인공의 대화가 무엇을 의미하는지 깨달을 수 없었다. 덕분에 이야기는 순식간에 사장되었고, 뿌려진 종이는 대부분 찢기거나 거리의 거지들에 의해서 수거되어 불쏘시개로 쓰였다.
시스에는 요즘 그 글을 거리 아이들의 눈높이에 맞게 수정하고 있었다. 이 일은 아리나가 제격이었는데, 그녀는 자신의 상상을 더해서 만들어진 이야기가 무척 마음에 드는지 매일같이 시스에에게 자랑하며 즐거워했다.

"마법을 부려서 드레스를 입히는 거예요. 마법을 부리는 다정하고 상냥한 성품을 가진 사람이어야 하니까 요정 대모는 어때요? 마차 또한 마법을 부려서 만드는 거죠. 뜨거운 크림이 듬뿍 든 빵을 마차로 만든다든가, 아니면 우스꽝스러운 야채로 만든다든가요. 지나가는 모든 게 마법처럼 변하는 거예요.

그런데 이름을 이렇게 바꿔도 되나요? 신데렐라라니…… 영웅을 우스꽝스럽게 만들었다고 사람들이 화내는 게 아닐까 몰라요. 그냥 우습게 만든 것도 아니고 여자로 바꿔 버렸잖아요. 황제 폐하께서 진노하시면 어쩌죠?"

아리나의 상상력은 무척 유쾌하고 사랑스러웠다. 로에나가 만든 이야기에 생명을 불어넣는 솜씨가 보통이 아니었다. 뜻밖의 재능을 발견하게 된 시스에는 아리나의 걱정을 일축시키며 그녀를 제대로 가르쳐 봐야겠다고 마음먹었다.

"너에게 해가 가는 일은 없을 거야. 원작자가 누군지 알게 되면 모두 쉬쉬하려고 노력할걸? 그러니 걱정하지 말렴."

아리나에겐 대수롭지 않은 일처럼 말하며 다독였지만, 사실은 매우 큰 일이었다. 황제가 직접 작위를 내려 준 백작을 여성화해 조롱한 것도 모자라 황태자와 결혼한다는 결말을 지어 황실 자체를 모독하고 있으니 말이다. 대중의 분노는 물론이고 황제의 진노까지 두루 받아야 할 터였다.

그럼에도 아리나에게 계속 글을 쓰게 한 건 믿는 바가 있기 때문이었다. 영웅의 몰락을 바라 그의 죽음을 주도한 황제이기에 이것을 마냥 불쾌하게만 받아들이지 않을 거라 믿어서다. 오히려 그라면 이 이야기를 이용하여 자기 입맛대로 여론을 조성할 게 뻔하니까.

가장 중요한 건 원작자가 로에나라는 사실에 있었다. 황제에 의해 라발리에가 된 로에나, 정치적인 목적에 의해 어쩔 수 없이 흩어져 버린 자매—마담이 먼저 요청했다는 사실은 빠진 상태다—의 이야기는 모두의 흥미를 사기에 충분했다. 그런 와중에 이런 이야기를 로에나가 썼다는 게 밝혀지면 '왜 이렇게까지 한 거지?'라는 의문을 품은 사람이 늘어날 터였다. 어쩌면 원망으로 인해 이런 무모한 짓을 저지른 거라고 믿을지 모른다.

무엇보다 라데 비슈발츠가 완벽하게 망가져야 아이레스 경과의 만남이 수월해질 수 있었다. 벌써 석 달이 다 가도록 그를 만나지 못한 시스에다. 이제 그의 기다림에 대한 보답을 해야 할 차례였다. 그래서 그녀는 아리나를 재촉하여 글을 완성했고, 이제 책을 통해 그것을 배포할 작정이었다.

"비슈발츠 가문으로 끝인 거죠?"

뤼세트 로샨이 물었다. 시스에는 고개를 끄덕였다.

"시스가 욕심이 없는 사람이라서 다행이에요."

시스에는 대답 대신 웃었다. 굴러 들어온 뱀 하나가 한 가문을 통째로 집어삼켰는데 그게 욕심이 없는 거라니……. '시스에 비슈발츠'로서 완전해지기 위해 이 모든 짓을 저질렀다는 걸 안다면 이렇게 쉽게 욕심이 없는 사람이라 말하지 못할 것이다.

"일이 마무리되어 가는 것 같아서 다행이에요. 혹시 해서 방문해 보았는데, 안심이 되네요."

뤼세트 로샨의 말은 언제나 조언으로 가득한 걱정뿐이었다. 그도 아니라면 친구인 아이레스 경에 대한 말을 하든가. 그 어디에도 자신의 어려움에 대한 말은 없었다. 이는 디뷘젤 공녀와 자신 사이에 끼어 있는 시스에를 배려해서였다.

"동화를 통해 심신의 안정을 찾는 것도 좋지만 멜도 좀 생각해 줘요."

"언제나 하는걸요."

시스에 비슈발츠는 얼굴 가득 수줍은 미소를 지으며 말했다.

"다른 사람이 상상하는 것보다 더요."

로샨은 고개를 숙여 시스에의 뺨에 키스했다. 깃털처럼 가벼운 접촉이었다.

"멜이 비슈발츠의 성을 달게 되는 날을 고대하고 있어요. 부디 그를 실망시키지 말아요."

시스에는 부드러운 목소리로 그런 일은 없을 거라고 대답했다. 그녀의 뜻대로만 이루어진다면 그와 만날 날이 머지않을 테니까. 영웅이 대중에 의해 완벽하게 뭉개진다면 말이다.

어느 날부터 뒷골목의 아이들의 입에서 '신데렐라'라는 기묘한 이름을 가진 사람이 오르내리기 시작했다. 특히 여자아이들이 많이 말했는데, 모두 환상에 젖은 것처럼 눈을 반짝이며 '요정'이니 '마법'과 같은 상상의 단어를 내뱉었다.

"내가 요정 대모라면 푸른색의 드레스를 입혀 줬을 거야."

"아냐, 흰색 드레스여야지. 레이스와 보석이 잔뜩 박혀 있어서 밤하늘의 별처럼 반짝반짝 빛날 거야."

"마법 지팡이를 이렇게 휘두르면 얍 하고 낡은 옷이 예쁜 드레스로 바뀌겠지?"

먹고사는 게 바빠 작은 손이나마 부모의 일을 도와주기에 바쁜 아이들인지라 누군가를 대상으로 이야기꽃을 피우는 건 극히 드문 일이라 할 수 있었다. 부모는 저녁을 먹는 내내 쉴 새 없이 종알거리는 딸의 이야기에 귀를 기울였고, 거리의 음악사는 춤을 추듯 빙그르르 도는 여자아이의 모습에 인정을 베풀 듯 곡을 연주해 주었다. 어떤 아이는 떠돌이 개의 앞발을 붙잡고서 '마부'라고 말하며 크게 웃었다.

아이들을 사로잡은 새로운 동화는 그 속에 나오는 요정 대모처럼 마법과 같은 힘을 지니고 있었다. 그것은 순식간에 온 거리를 끌어당기다 못해 새로운 이야기를 찾아 헤매는 단막 인형극의 배우까지 빠져들게 했다.

거리에 나온 사람들을 대상으로 한 공연이 열리는 건 당연한 일이었다. '신데렐라'와 '황태자'의 이름이 붙은 조잡한 인형은 사람의 발을 붙잡았고, 그들은 극이 끝났을 때 구리 동전 몇 개를 아낌없이 던져 주었다. 다른 곳에선 신데렐라 이야기에 곡을 붙인 악사가 목청껏 노래를 부르고 있었다.

그렇게 이야기가 퍼지고 또 퍼져 커다란 극장에서 배우들이 공연을 시작하게 되었을 무렵 이상한 소문이 떠돌기 시작했다. 신데렐라가 사실은 제국의 영웅인 '라데 렐신'을 조롱하기 위해 만들어진 이야기고 그가 살아생전 백작 부인을 학대하며 괴롭혔다는 것이다.

물론 이 말도 안 되는 헛소문을 믿을 사람은 없었다. 과거 비슈발츠 백작의 장례식 때 그를 음해하는 말이 떠돈 적이 있지 않았나. 알고 보니 거짓임이 밝혀졌지만 말이다. 그렇기에 다들 이번에도 그럴 것이라고 생각했다.

그런데 이번 가십은 꽤 오래갔다. 그럴듯한 증거가 여기저기서 마구 튀어나왔으며 비슈발츠 백작 부인이 불행한 결혼 생활을 했다는 증언이 금이 간 둑처럼 줄줄 새어 나왔다. 처음엔 '설마' 했던 사람들은 이내 '진짜?'라는 반응으로 자기들끼리 수군거렸다. 소문이 들끓고 있음에도 계속 침묵을 지키고 있는 백작가의 행동이 이러한 의심을 합리적으로 부추겼다. 이로 인해 비슈발츠 백작 부인에 대한 동정심이 끝없이 높아지는 중이었다. 여기에 시스에의 사주를 받은 잭이 사람을 여럿 풀어놓음으로써 그럴듯한 연극이 완성되었다.

"폐하를 구한 영웅이라 해도 인성까지 바르라는 법은 없지."

"사실 운이 좋아 구한 것일 수도 있잖아. 그렇잖으면 바로 병에 걸려 죽을 리가 있나?"

"그러고 보니까 사내치고 꽤 작은 체구를 가지고 있다고 했지."

"사실 말이야, 내 아는 사람이 귀족 나리 댁에 물을 길어다 주고 있는데 그쪽에선 이런 말이 나오고 있다 하더라고."

"무슨 말?"

"황제 폐하께서 귀족들 숨통을 틀어막기 위해 비슈발츠가를 이용한 거라고 말이야. 그래서 다 죽어 가는 사람을 영웅으로 둔갑시켜서 백작 부인과 결혼시켰다는 거지. 연인이 있는 분인데도 말이야."

"연인이 있었어?"

"그렇다고 하던데? 얼음의 기사와 혼인을 약속한 사이였다고 하더라고. 그런데 원치 않은 결혼을 하고 그에게서 학대까지 받은 거지."

"그런데도 그렇게 오래 애도의 시간을 가졌단 말이야? 대단하군."

"그러니까. 어쨌든 불쌍한 분인 건 확실해."

사교계는 사교계대로 난리가 났다. 귀족들은 오래간만에 들이닥친 흥미로운 사건에 매우 흥분하며 여기저기서 마구 떠들어 댔다. 저들도 바보가 아닌지라 이번 소문이 어떤 반향을 불러일으키는지 잘 알고 있었다. 그래서 그들은 백작 부인에게만 유리하게 돌아가는 상황에 흥미진진해하며 황제의 반응을 기다렸다. 평생 영웅의 그림자에 잡혀 살 것만 같았던 여인이었는데 이런 식으로 머리를 쓰다니 퍽 놀라운 일이었다.

"역시 동생을 라발리에가에 보낸 게 분했나 봐요."

"그래도 조금 경솔하게 행동한 건 아닐까요? 폐하께서 진노하기라도 하시면 어쩌려고 그러는지, 원."

"아이레스 경을 생각한다면 어쩔 수 없는 일이지만요. 그래도 현명한 방법은 아닌 건 확실해요."

라데 비슈발츠의 정체에 대해 어느 정도 아는 사람들은 담배를 피우며 다른 의견을 내놓았다. 그들의 뇌리엔 이미 이번 소문의 범인으로 시스에 비슈발츠가 낙점된 상태였다.

"영웅의 그림자를 지우는 건 좋지만 폐하까지 건드는 건 좀 위험한 것 같은데, 그렇지 않습니까?"

"그렇지요. 라데 비슈발츠를 아주 몹쓸 사내로 만들었지 않습니까? 이 때문에 그를 백작으로 임명한 폐하의 안목이 아주 우습게 되었어요."

"그래도 돌아가는 꼴이 꽤 재미있지 않습니까?"

"뭐가 말입니까?"

"한낱 여인이 벌인 일치고 너무 빠르게 소문이 확산하고 있다는 사실이 말입니다. 정말 대단하지 않습니까? 가십 속의 부인은 매우 연약하고 불쌍한 피해자이죠. 그것도 연인과 강제로 헤어져 버린……. 이전에 장례식에서도 느꼈었지만 그녀는 생각했던 것보다 더 대담하고 영리한 데다가 무모하기까지 하는군요."

"……그러니 비슈발츠가 외에 다른 것에는 신경조차 쓰지 않겠지."

"예?"

"딱 자신이 원하는 것만 챙기고 있다는 소리요. 지금의 소문 역시 그렇잖소. 비슈발츠가와 아이레스 경, 이 두 가지만 노리고 있지. 더는 욕심내지 않는 게 신상에 이롭다는 걸 알기 때문일 것이오. 그러니 폐하께서도 크게 책을 잡지 못하고 소문만 바로잡으려고 하는 게 아니겠소?"

"그녀의 짓일 게 뻔한데도 말입니까?"

"증거가 없잖소."

"예?"

"이 정도까지 일을 키웠는데 증거를 남기는 멍청한 짓을 할 리가."

남자, 디뷘젤 공작이 담배 연기를 내뿜으며 조소를 머금었다. 과거 라데 렐신을 후원했다고 알려진 노귀족은 '그를 백작으로 추천한 나에게도 오물이 묻었군'이라고 중얼거렸다. 그러나 그렇게 말하는 그의 얼굴엔 백작 부인을 향한 분노는 보이지 않았다.

"끌어올 수 있는 건 다 끌어와서 방패 삼았군. 하하. 폐하께선 이번만큼 당신이 아이레스 경과 절친한 친구 사이라는 게 곤혹스러웠던 적이 없으셨을 게야."

"그건 또 무슨 말씀입니까?"

"백작 부인과 아이레스 경의 로맨스는 이미 사교계 내에서도 유명하지 않은가. 그런데 라데 비슈발츠라는 유령 때문에 이 둘이 이어지기가 어렵게 되었어. 폐하께서는 이를 관망하고 계셨지. 그래서 두려움을 무릅쓰고 덤벼든 것이라네."

"예?"

"폐하께선 필히 소문을 바로잡으려고 하시겠지. 하지만 전부 다 고칠 수는 없을 게야."

"저, 무슨 말씀을 하시는 건지……."

디뵌젤 공작은 얼굴을 붉히며 크게 쩔쩔매는 중년인의 태도에 한숨을 내쉬었다.

"아직도 모르겠는가? 백작 부인이 감히 폐하께 선택지를 내민 게야. 우정이냐 명예냐, 선택하라고 말일세. 폐하를 감히 시험하는 거야. 하하하."

"예? 설마요. 어떻게 여자의 몸으로 감히……."

"왜, 사교계의 한 축을 담당하는 내 딸은 여자가 아니던가?"

"아니, 그건 다르지 않습니까? 정치와 사교계는…… 그러니까……."

공작은 대놓고 미간을 찡그리며 타박이 섞인 잔소리를 퍼부었다. 그의 눈에 어린 건 한심함 그 자체였다.

"사교계 내에서 벌어지는 알력 다툼이 정치가 아니고 뭔가. 정신 좀 차리게. 이렇게 아둔해서야. 그쯤 되었으면 이 정도 수는 당연하다는 것처럼 읽어야지. 언제까지 남이 떠먹여 주기를 기다리고 있을 텐가? 백작 부인이 라데 렐신으로 활동하지 않음을 감사히 여기게. 자리를 빼앗길 자가 여럿 보이는군."

주름진 입술 사이로 흰 연기가 느릿하게 피어올랐다. 노공작은 자신의 눈치를 보다가 이내 저들끼리 이야기를 하는 귀족 사내들을 바라보며 혀를 끌끌 찼다. 그의 혀끝에 '머저리들'이라는 말이 머물렀지만 공작은 애써 참았다. 보면 볼수록 한심한 작자들이 아닐 수 없다. 저런 멍청이들이 정치를 하겠다고 설치고 있으니 귀족파가 아직 젊디젊은 황제에게 휘둘리는 것이다.

디뷘젤 공작은 백작 부인을 떠올리며 담배를 재떨이에 비벼 껐다. 한 순간의 호기심으로 라데 렐신이라는 인물을 후원하게 되었지만 아직은 만족스러웠다. 그녀는 분명 자신의 딸이 황후의 자리에 올랐을 때 좋은 조력자가 되어줄 것이다. 당나귀 스무 마리를 가지는 것보다 비루먹었을지언정 영리한 좋은 말 한 한 마리가 있는 게 더 좋은 건 사실이지 않나.

"폐하께선 어떻게 반응하실지 기대가 되는구먼. 허허."

어쨌든 그녀 덕분에 오만한 황제가 크게 당하는 꼴을 보게 되어 기분이 좋아진 디뷘젤 공작은 느긋하게 자리에 앉아 와인을 마셨다. 지금쯤 황제의 집무실이 발칵 뒤집혔을 거라 생각하니 술이 술술 넘어가는 것 같았다.

디뷘젤 공작의 예상과 달리 황제의 집무실은 조용했다. 고성을 내지른다거나 물건이 던져지는 소란은 없었다. 다만 숨이 막힐 듯한 침묵만이 존재했을 뿐이다. 황제나 그에게 불려 온 로샨 공녀나 모두 입을 꾹 다문 채 한곳을 노려보고 있었다.

잠시 후 황제가 입을 열어 말했다.

"나를 아주 우습게 만드는군. 천하의 얼간이가 따로 없어."

문자 그대로 청천벽력과 같은 일이었다. 감히 자신을 건드리다니. 황제는 으르렁거리며 거친 숨을 내쉬었다. 선대의 황제 중 대중의 조롱을 받지 않은 이는 없지만, 누구보다 자존심이 강한 황제인지라 이런 보잘것없는 일에 엮인 것에 대해 무척 분노하고 있었다. 그는 특히 이 일을 주도한 사람이 시스에라는 사실을 견디지 못했다. 그녀가 어떤 마음으로 이런 일을 벌였는지 알 것 같아서였다.

시스에의 의도는 뻔했다. 아이레스 경을 생각하여 그와의 관계를 인정해 달라는 소리였다. 그래서 의도적으로 라데 비슈발츠의 명성을 망가뜨렸으며, 그녀 자신의 명예마저 떨어뜨린 것이다. 정말이지 어처구니가 없는 여자였다.

뤼세트 로샨은 그런 황제를 바라보며 차분한 목소리로 시스에의 편을 들었다.

"그만큼 절박했다는 소리겠죠. 아니 그러겠어요?"

"뤼세!"

황제가 소리 높여 자신의 이름을 불렀지만 로샨은 눈 하나 깜빡하지 않았다.

"폐하를 도와 라데 비슈발츠를 불멸의 영웅으로 만들었어요. 멜을 배신하는 행동인데도 말이죠. 시스가 그걸 몰랐겠어요? 그런데도 고분고분한 태도를 보였죠. 그녀는 기다리고 있었던 거예요."

"……그래서 지금 시스가 잘했다는 건가?"

로샨은 한숨 섞인 목소리로 달래듯이 그에게 말했다.

"그런 뜻이 아니잖아요. 폐하, 이제 그만 그녀를 놓아주세요. 시스에게는 멜이 필요하고, 멜에게는 시스가 필요해요. 아시잖아요. 아니라면 그녀를 불러 벌을 주세요. 물론 그렇게는 못 하시겠죠. 멜이 길길이 날뛰는 건 둘째 치고 폐하부터 시스에게 손댈 마음이 없으시니까요."

"그만해. 이런 소리를 들으려고 널 부른 게 아니야."

"아니요, 끝까지 말해야겠어요. 폐하, 부디 현명한 결정을 내려 주세요. 지금 폐하께 필요한 건 냉철한 결단력이에요. 폐하와 전 포기라는 말을 알아야 해요."

"포기라고?"

뤼세트 로샨은 쓰게 웃었다.

"네, 현실을 직시하는 거죠. 제가 요즘 그러기 위해 무척 노력하고 있거든요. 분별력을 되찾는다면 이전으로 돌아갈 수 있을까 싶어서요."

말을 마친 로샨의 얼굴은 무척 쓸쓸해 보였다. 포기와 체념이라는 글자가 그녀의 얼굴에 깊게 새겨져 있었다. 보답받지 못한 긴 짝사랑에 지쳐 울음을 삼키기를 여러 번, 로샨의 심장은 이 무심한 남자에게 더는 기대를 하지 않을 만큼 매우 무뎌진 상태였다. 이제는 보잘것없이 멍청한 남자와 결혼해 사교계를 의미 없이 전전할까 두려워 독하게 버티고 있는 것뿐이다. 그렇기에 그녀는 황비라도 되어 지금처럼 정치에 손댈 수 있었으면 좋겠다 싶었다. 황후는 꿈도 꾸지 않았다. 뤼세트 로샨은 슬슬 포기에 익숙해지고 있었다.

"멜은 비슈발츠가 되는 거고?"

황제의 질문에 그녀는 잠시 뜸을 들였다가 잠긴 목소리로 물었다.

"……폐하, 그녀를 사랑하세요?"

"뭐?"

"아니, 다시 여쭙겠어요. 멜을 진정한 친구라 여기고 있으신가요?"

"당연하지."

"그럼 그를 축복해 주지 않으시겠어요?"

"뤼세!"

"폐하. 전 지금껏 폐하께서 원하시는 대로 다 했어요. 그건 멜도 마찬가지였죠. 그러니 감히 바라건대, 폐하를 위해 희생한 불쌍한 친우를 위해 한 번쯤 물러나 주실 순 없는 건가요? 폐하의 충실한 신하가 아닌 진정한 친구로서 부탁드리는 거예요."

"뤼세트 로샨!"

황제가 그녀의 이름만 자꾸 부르는 건 딱히 반박할 말이 없기 때문이었다. 그래서 로샨은 그를 만난 이래 처음으로 자기 뜻을 밀고 나갔다.

"처음으로 폐하가 아닌 멜을 위해 행동할 수 있게 허락해 주세요. 제 소중한 친구인 그를 위해서 말이에요. 저는 그의 행복한 모습을 볼 수 있는 권리가 있어요. 그건 폐하도 마찬가지 아닌가요?"

해결할 수 있는 방법은 이미 나와 있었다. 황제가 고집을 꺾고 미카엘 아이레스를 축복하면 될 일이다.

—라데 비슈발츠가 자신을 구한 영웅은 맞지만 직위에 대한 욕심이 있었다. 그래서 어쩔 수 없이 사랑하는 연인을 갈라놓게 되었다. 그가 가문에서 어떤 모습을 보였는지 황제인 내가 알 수 없는 노릇이다. 하지만 적어도 전장에서의 그는 그 어떤 사내보다 용감했다.

황제는 라데 비슈발츠라는 영웅의 허상을 취하고, 시스에 드 비슈발츠는 가련한 과부가 되었지만 미카엘 아이레스라는 진정한 사랑을 통해 결혼의 상처를 치유받는다. 실로 완벽한 결말이 아닐 수 없었다.

"내 명예를 훼손시킨 그녀를 그대로 놔두라고?"

"사교계 내에선 비슈발츠가를 이용하는 것에 대한 불만이 아주 커요. 평소에 관심조차 갖지 않던 가문이지만 어쨌든 귀족 가문이잖아요. 자신들을 대입하는 거죠."

"그래서?"

"이때 그녀를 처벌한다면 저들의 반발은 더욱더 극심해질 거예요. 그러잖아도 로에나 라발리에에 대한 이야기로 한동안 시끄러웠잖아요."

"아아, 그것도 그녀의 작품이었지. 피해자가 다 되었군."

"그렇게 몰아붙인 게 폐하시구요."

황제는 어이가 없다는 듯 허탈한 웃음을 지었다. 황자로 태어난 이래 황제가 될 때까지 언제나 선택은 그의 몫이었다. 그 누구도 그에게 선택을 강요하지 않았다. 황태자가 되기 위해 형제를 죽인 게 그 스스로의 결정인 것처럼. 그의 아비인 황제도 자신이 황태자인 그를 움직이고 있다고 착각했지만, 결국 저조차도 자신이 만든 체스판 위의 말이었을 뿐이다. 그런데 조그마한 여자 하나가 자신을 옴짝달싹 못 하게 만들어 놓고서 한 가지 선택만을 강요했다. 기가 막힌 일이었다.

황제는 잠시 침묵했다. 그러나 그 행동은 매우 짧았다. 황제는 고집이 셌으나 어리석지 않았다.

"……멜을 위해서야."

그의 말에 로샨은 희미한 미소를 지으며 대답했다. 예를 갖춰 인사를 하는 모습엔 힘이 빠져 있었다.

"예. 그도 기뻐할 거예요. 자비로우신 폐하, 현명하신 결단에 감사드립니다."

황제는 로샨에게 잠시 기다리라 말하더니 작은 함 하나를 가져와 건넸다.

"이건 백작 부인에게 건네주었으면 좋겠군."

"무어라 말하며 전해 드릴까요?"

황제는 모호한 미소를 지으며 짧게 말했다.

"말하지 않아도 그녀라면 알 거야. 이만 나가 봐."

"예."

뤼세트 로샨은 그에게 다시 한번 인사를 한 뒤 집무실을 빠져나갔다.

다음 날 사교계와 수도엔 하나의 소문이 퍼졌다. 지금까지의 가십을 반박하는 내용으로 라데 비슈발츠가 전쟁 영웅인 것 맞지만 가정사까지 완벽할 수 없다는 내용이었다.

이것은 사내들의 공감을 샀다. 그들은 고개를 크게 끄덕이며 '남자가 그럴 수도 있지'라고 외쳤다. 백작 부인이 불쌍하긴 해도 어쩔 수 없는 부분이라는 것이다.

"어차피 아이레스 경인가 뭐시긴가와 결혼할 거 아냐? 그럼 다 된 거지. 죽은 백작만 아쉽게 되었네. 응? 그런 미인과 작위를 놔두고 일찍 죽다니, 나라도 미칠 거야."

술에 잔뜩 취해 고주망태가 된 사내 하나가 주점에서 소리 높여 외치며 낄낄거렸다. 그는 계속 백작 부인과 아이레스 경, 라데 비슈발츠를 거론하며 온갖 음담패설을 지껄이는 중이었다. 그럴 때마다 술기운으로 인해 벌겋게 달아오른 눈매가 저열하게 반짝였다.

"계집년이 된 제국의 영웅과 그년과 결혼한 변태 백작 부인을 위하여!"

남자는 말이 심하다는 주변의 만류에도 기어코 무례한 말을 외쳤다. 그리고 그는 세상을 다 가진 것처럼 크게 웃었다. 누군가 그의 뒷머리를 붙잡고 바로 탁자에 박아버리기 전까지 그는 주점의 왕이었다.

쾅 소리가 나기 무섭게 주변은 순식간에 조용해졌다. 주정뱅이를 기절시킨 이가 바로 잭이었기 때문이다. 모두 그가 왜 여기에 있는지 모르겠다는 듯 말없이 눈만 껌뻑였다.

"시끄러워서 나도 모르게 손이 나갔군."

잭은 더러운 것을 만졌다는 듯 손을 가볍게 털었다. 그리고 발을 들어 기절해 축 늘어진 남자의 몸을 사정없이 걷어찼다. 어찌나 세게 찼던지 그 큰 덩치가 데굴데굴 굴러 저 구석에 처박혔다. 그 모습을 무심히 바라보던 잭이 차가운 어조로 말했다.

"이 자식 깨어나면 치료비는 필요 없다고 전해 줘."

그러자 누군가 떨떠름한 얼굴로 잭에게 물었다.

"치료비요?"

"그럼 저게 제정신으로 보여? 머리에 충격을 줬으니 이제 말짱해졌을 거 아냐."

"아, 네. 그렇습죠."

"굳이 고맙다고 말하고 싶으면 나를 찾아오라고 말해줘. 알겠어?"

잭은 자신의 시선을 피하는 주변을 한번 휙 둘러본 다음 주점을 나갔다. 가게는 그가 나갔음에도 한동안 얼어붙은 것처럼 침묵을 유지했다.

거리로 나온 잭은 숨을 한번 들이켰다. 담배 연기와 술 냄새로 가득 찬 주점에 앉아 있다가 바깥으로 나오니 공기가 상쾌하게만 느껴졌다. 이제야 살 것 같았다.

"머저리들."

그러다 문득 시스에에게 온갖 더러운 말을 지껄이던 술주정뱅이를 떠올린 잭은 인상을 찌푸리며 욕설을 내뱉었다. 그는 오늘만 하더라도 조금 전의 멍청이까지 합쳐서 벌써 열 명이 넘는 사내를 기절시킨 상태였다. 모두 시스에를 조롱하며 욕한 자들이었다. 그나마도 다른 주점에 가서 정보를 모아야 했기에 죽이지 않은 것이지, 원래라면 혀를 잘랐을 것이다. 물론 일을 하면서 일반인을 건드리는 건 안 되지만, 그의 뇌리엔 그런 규칙 따윈 사라진 지 오래였다. 되레 좀 더 손봐주지 못한 게 아쉬울 따름이다.

"어쨌든 이번에는 좀 더 제대로 된 이야기를 들을 수 있었으면 좋겠군."

잭은 뻐근한 어깨를 앞뒤로 한번 움직인 다음 바닥을 향해 침을 한번 탁 뱉었다. 그리고 한곳을 향해 걸어가기 시작했다. 오늘 들르기로 한 마지막 주점이었다.

일주일도 채 되지 않아 신데렐라라는 동화의 주인공이 라데 비슈발츠라는 이야기가 사라졌다. 동시에 그를 기리던 공연과 노래, 그림이 줄어들었다. 어떤 소문이 퍼지든 이미 망가져 버린 영웅이었다. 사람들은 점차 그에게 흥미를 잃어 갔다. 자연 백작 부인에 대한 시선도 사그라졌다.

미카엘 아이레스가 비슈발츠 백작가에 드나들기 시작한 것도 이즈음이었다. 뤼세트 로샨과 이야기했던 것보다 조금 더 시일이 지났지만, 그는 오랜만에 시스에를 만날 수 있다는 사실을 순수하게 기뻐했다. 이미 로샨을 통해 시스에가 벌인 일에 대해 알고 있는 그이므로 벅찬 가슴을 감출 수 없었다.

"그간 잘 지내셨습니까?"

"네, 멜도 잘 지내셨어요?"

미카엘은 그녀가 손등을 내밀자 가벼운 입맞춤을 했다. 마음 같아선 입술을 훔치고 싶었지만, 고용인들의 시선이 있었다. 점잖은 모습을 보여야 했다.

시스에는 미카엘을 응접실로 안내했다. 그가 미리 서신을 보내었기에 탁자에는 이미 차와 다과가 준비된 상태였다.

"보고 싶었습니다."

미카엘은 자리에 앉자마자 그녀에게 솔직하게 고백했다. 남들의 이목이 두려워 편지조차 제대로 주고받지 못한 둘이었다. 그렇기에 애틋함이 더 컸다.

"이제 다 끝난 겁니까?"

"네."

"정말이지요."

시스에는 수줍게 웃으며 고개를 끄덕였다. 그 모습에 미카엘은 안도의 한숨을 내쉬었다.

그녀가 자신의 가문을 지키기 위해 고군분투하는 동안 그는 아무것도 할 수 없었다. 심지어 그녀가 자신을 위해 스스로의 명예를 저버리는 소문을 내었을 때도 기다릴 뿐 어떠한 개입조차 하지 못했다. 어떻게든 시스에에게 도움이 될 만한 일을 찾아보려고 했는데, 가만히 있는 게 오히려 도움이 되는 날이 많았다.

미카엘은 그것이 무척 끔찍하게 느껴졌다. 폭풍의 한가운데에 서 있는 연인을 바라보는 건 고문이나 다름없었다. 차라리 몸에 칼을 꽂는 게 나았다. 육체적인 고통은 익숙하니까. 스스로의 무능력함을 깨닫는다는 건 그만큼 두렵고 무서웠다.

어떤 때는 이런 자신이 그녀에게 청혼해도 될까 고민이 될 정도였다. 검만 쓰는 자신과 달리 뭐든 척척 해내는 시스에가 아닌가.

물론 그녀는 그에게 자신의 결정이 이기적이라 고백했지만, 그건 잘못된 말이었다. 미카엘 아이레스가 장자였더라면 좀 더 쉽게 일이 풀렸을 테니까. 그러나 그가 작위를 이어받을 수 없는 차남이기에 가문의 힘을 쓸 수 없었고, 이 때문에 시스에는 혼자서 위기를 헤쳐 나가야만 했다. 미카엘은 그것이 너무나 가슴 아팠다.

어쨌든 오래간만에 보게 된 시스에다. 그래선지 맞은편에 앉아 있는 것 자체가 고통스럽게 느껴졌다. 그는 그녀에게 좀 더 가까이 다가가고 싶었다.

"곁에 가도 됩니까?"

미카엘이 조심스러운 어조로 물었다. 시스에는 고개를 끄덕였다. 그는 몸을 일으켜 시스에에게 다가왔다. 그리고 손을 뻗어 그녀의 뺨을 어루만졌다. 그렇게 그는 한동안 시스에의 얼굴을 빤히 쳐다보았다. 뜨겁고 달콤한 시선이었다.

"다시 말하지만."

시스에가 입을 열어 말했다. 침묵이 꿀처럼 달았지만, 이전에 그에게 보낸 편지에도 적었듯이 그들에게는 대화가 필요했다. 무엇보다 그녀는 그가 자신을 오해하지 않았으면 했다.

"제 이기적인 결정을 믿고 기다려 줘서 감사해요. 그런 일엔 대화를 나눠야 마땅하지만 시간이 없었어요."

"힘든 결정이었겠지요."

"그저 두려웠어요."

"일이 망쳐질까 싶어서요?"

"아니요."

시스에가 낮은 목소리로 속삭였다.

"당신이 내게 실망할까 봐요. 저는, 그게, 그게 두려웠어요."

마주한 시선에는 물기가 어려 있었다. 미카엘은 황제와 담판을 지을 정도로 강해 보였던 그녀가 자신 앞에서 솔직한 심정을 드러내자 가슴이 터질 것만 같았다. 그는 목이 타오르는 것을 느끼며 작은 목소리로 물었다. 의도치 않게 목 안쪽으로부터 긁는 듯이 으르렁거리는 소리가 흘러나왔다.

"위로해 드려도 됩니까?"

"네, 부디 그래 주세요. 그래야 더 솔직하게 이야기할 수 있을 것만 같으니까요."

그는 팔을 양쪽으로 크게 벌려 그녀를 자신의 품으로 끌어당겼다. 그리고 시스에의 마른 등을 가볍게 토닥였다. 따뜻하고 다정한 품이었다. 시스에는 그의 넓은 어깨에 이마를 기대며 눈을 감았다. 이제야 모든 것이 끝난 것처럼 온몸에 안도가 흘러들어 왔다.

"다정하신 기사님, 설마 저를 어린아이 취급하시는 건 아니죠?"

그래서일 것이다. 이런 농담이 흘러나오는 것은.

"그럴 리 있겠습니까? 물론 그것 나름대로 즐겁겠지만요."

시스에는 그의 말에 나직이 웃음을 터뜨렸다. 그의 품에선 햇살 냄새가 났다. 태양처럼 강렬하면서도 포근한 향이었다. 그래서 그녀는 자신도 모르게 그의 어깨에 뺨을 슬쩍 비비며 어리광을 피웠다. 어쩐지 살 것 같았다.

“조금 전 제가 실망할까 봐 두렵다고 하셨지요?”

“네.”

“왜 그렇게 생각하신 겁니까?”

“이기적이니까요. 제멋대로 행동해 놓고서 나중에 통보하잖아요.”

“어쩔 수 없지 않았습니까. 제가 시스라도 그랬을 겁니다. 그리고 제겐 언제든지 이기적으로 굴어도 좋습니다.”

“멜은 제게 너무 관대하죠.”

“그래서 싫습니까?”

시스에의 뺨이 빨갛게 물들어 갔다. 그녀는 속삭이듯 작게 말했다.

“아니요.”

미카엘은 부드럽게 소리 내어 웃으며 그녀의 등을 다시 가볍게 토닥였다. 그리고 사랑스러운 연인을 만나면 가장 해주고 싶었던 말을 내뱉었다.

“수고했어요.”

“…….”

“고생했습니다.”

그녀의 입에서 물기 어린 목소리가 촉촉하게 흘러나왔다.

“……기다려 줘서 고마워요.”

“아무런 도움이 되지 못하는 이지만 손을 놓지 않아줘서 고맙습니다.”

“고마워요. 정말로 고마워요.”

미카엘은 시스에를 자신의 품에서 떼어 냈다. 그리고 눈물에 젖은 그녀의 뺨에 키스를 한 번, 촉촉하게 젖은 눈가에 다시 입맞춤을 한 번, 마지막으로 말갛게 젖은 숨결이 흘러나오는 입술에 애정을 담아 부드럽게 키스했다.

그렇게 미카엘 아이레스와 몇 번의 입맞춤을 나누며 울고 웃었던 시스에는 그의 품에 안긴 상태로 차분하게 말을 꺼냈다. 몇 달 전 자신이 어떤 상태에 놓여 있었는지, 그렇기에 어떤 선택을 해야 했는지, 아직도 남은 일들이 얼마만큼인지 등등 말이다. 물론 친인척을 치워 버린 일은 축소하고 책을 이용하여 정보를 조작한 사실을 은폐했지만, 그럼에도 미카엘은 그녀가 매우 어렵고 바쁜 나날을 보냈다는 걸 알 수 있었다. 자칫하면 저 아래로 굴러떨어질 수 있는 험준한 절벽 위에서 홀로 버티고 또 버텼다는 것 또한 말이다.

"아직 해야 할 일이 많아요. 그렇지만 이제 더는 누구도 제게 라데비슈발츠에 대해 이야기하는 사람은 없을 거예요. 그것이 황제라 할지라도 말이죠."

시스에는 단언하듯 말했다.

일주일 전 그녀를 찾아온 로샨 공녀의 말은 그런 그녀의 생각을 확신하게 만들었다. 처음으로 황제가 아닌 미카엘의 편을 들었다고 말하는 그녀의 얼굴은 무척 후련해 보였다.

"아이레스 경은 내게 고맙다는 말은 하지 않겠죠. 원래 그런 사람이니까요. 그럼에도 하나도 섭섭하지 않은 건 왜일까요?"

그녀는 손에 들고 온 상자 하나를 내밀며 어깨를 으쓱였다.

"이건 폐하께서 시스에게 주는 선물이에요. 뭐가 들었는지는 나도 몰라요. 폐하께선 시스가 보면 알 거라고 말씀하셨어요."

황제가 준 선물이라 꺼림칙했지만 받지 않을 수 없었다. 시스에는 내키지 않는 마음으로 겨우 함을 받아 뚜껑을 열었다. 그리고 두 눈을 동그랗게 떴다.

그 안에는 이전에 그녀가 깨뜨렸던 유리 구두 한 켤레가 완전한 모양을 한 채 얌전히 놓여 있었다. 구두 위에는 쪽지 하나가 꽂혀 있었는데, 간결하지만 힘이 넘치는 필체로 '데뷔탕트'라는 단어가 적혀 있었다. 황제가 쓴 것이다.

시스에는 침묵했다. 몇 년 전 자신의 데뷔탕트 때 황제가 자신에게 선물을 줄 것처럼 굴더니만 이걸 준비한 모양이었다. 기이하게도 삼 년 이상은 가지고 있었을 게 분명한 유리 구두는 먼지 하나 없이 깨끗했다. 그것을 바치고 있는 붉은색 쿠션 또한 만든 지 얼마 되지 않은 것처럼 색이 선명했다.

"제게 이걸 전달하라 하셨다고요?"

"네, 도대체 뭐길래 그러는 거예요?"

시스에는 로샨의 질문에 어색한 웃음을 지으며 함을 닫았다.

보통 유리 구두는 순결을 뜻한다. 그러므로 다른 사내가 이걸 건넸다면 바로 불쾌해하며 던져 버렸을 것이다. 하지만 황제와 그녀에게 있어 유리 구두는 좀 더 복잡한 의미를 지닌 것으로 쉽게 보고 넘길 수 없었다.

"별다른 말씀은 없으셨구요?"

"네. 그냥 시스가 보면 알 거라고 했어요."

유리 구두를 한 짝씩 나눠 가졌을 때, 황제는 그걸 찾으러 가겠다고 말했다. 그리고 시스에가 그의 눈앞에서 유리 구두를 깼을 때 그들의 관계는 완벽하게 산산조각이 났다. 우호적인 감정이든 적대적인 감정이든 말이다.

그러므로 황제가 똑같은 유리 구두를 만든 건 아마도 이런 의미였을 것이다. 다시 이전처럼 관계를 쌓아 가자는 화해의 몸짓, 뭐 그런 거. 그런데 미카엘 아이레스에 의해 선물을 건네는 게 무산되었고, 덕분에 그와의 관계는 나날이 최악으로 치달았다. 그것은 라데 비슈발츠의 죽음을 가장하였을 때도 마찬가지였다.

한데 미카엘 아이레스에 대한 우정을 택한 날 그녀에게 유리 구두를 보내었다. 이는 무엇을 의미하는가.

"폐하께 감사하다고 전해 주세요. 물론 편지를 쓰겠지만, 그보다도 먼저 표현하고 싶어서 말이에요."

"네, 그럴게요. 무엇이 들었는지 물어보는 건 실례겠죠?"

"안타깝지만 그래요."

"알겠어요. 그럼 더는 물어보지 않을게요. 자, 비슈발츠가를 완벽하게 손에 넣었겠다, 위협이 되는 친인척들은 저 멀리 치워 버렸겠다. 이제 무엇이 남았나요?"

"마무리요."

"다 끝난 게 아닌가요?"

"제 손을 빠져나간 게 하나 있어요."

로샨 공녀는 시스에가 가리키는 게 무엇인지 금세 깨닫고는 옅은 미소를 지었다.

"그러고 보니 요즘 그곳이 후계 문제 때문에 시끄럽다죠?"

"글쎄요, 금시초문이라서……."

"시스가 사교계에 관심을 가지게 되면 지루하지 않을 것 같네요."

"그곳은 원래 유쾌한 곳이죠. 저는 그저 관망할 따름이에요."

시스에의 말에 로샨 공녀가 만족스러운 얼굴로 고개를 끄덕였다. 그리고 저택을 빠져나가기 전에 기어코 한마디 말을 던졌다.

"멜을 너무 오래 기다리게 하지 말아요."

그녀가 지적한 기다림은 미카엘이 그토록 바라 마지않은 소망을 가리키는 것일 터였다. 뤼세트 로샨의 말이 맞았다. 시스에는 미카엘을 너무 오래 기다리게 만들었다. 그건 아름다운 공주라 할지라도 해서는 안 될 실수였다. 하물며 사악한 마녀는 어떻겠는가.

상념을 마친 시스에는 다시 조곤조곤한 목소리로 신데렐라 동화를 시작으로 최근 비슈발츠 백작에 대한 소문이 사라진 것까지 설명하며 이야기를 끝마쳤다. 길고 긴 여정이었다.

"그럼 다 끝난 거로군요."

"중요한 것은요."

시스에가 잠시 몸을 뒤로한 채 그의 품에서 빠져나왔다. 그리고 미카엘을 빤히 바라보았다. 이제 서로에 대한 마무리를 지을 시간이다.

"내 마무리는 끝나지 않았어요. 멜도 그런가요?"

"무슨 말을 하는 겁니까?"

"우리에 관해 이야기하는 거예요."

순간 그녀의 말을 이해하지 못해 어리둥절한 표정을 지었던 미카엘의 얼굴이 점점 밝아지기 시작했다. 그는 벅차오르는 기쁨을 이기지 못한 채 시스에의 어깨를 강하게 붙잡았다. 그리고 떨리는 목소리로 물었다.

"마무리, 그렇죠. 아직 마무리를 못 지은 게 있었죠."

"이제는 제가 기다릴 차례예요, 상냥한 기사님."

미카엘은 환하게 웃으며 고개를 끄덕였다. 그리고 그녀를 다시 껴안았다. 부드럽고 가녀린 몸이 자신의 몸에 딱 맞게 들어왔다. 행복한 느낌이었다.

"오래 기다리게 하지 않겠습니다."

"네."

"그러니까 조금만 기다려 주세요."

"멜 당신의 일이라면 얼마든지요."

그의 머릿속으로 반지, 꽃, 로맨스 소설, 소파 등 여러 가지 것이 스쳐 지나갔다. 이전부터 계획해 왔던 근사한 청혼이 드디어 빛을 볼 때가 된 것이다.

두 사람의 마무리.

어쩌면 새로운 시작일 수 있는 마침표를 두고서 미카엘은 소리 내어 웃었다. 기이하게도 벌써 하나를 완성한 기분이었다.

4
청혼

디뷘젤 공녀는 가끔 의외의 곳에서 엉뚱한 모습을 보였다. 바늘 하나 들어갈 틈 없이 완벽하게만 보이는 그녀를 생각한다면 놀라운 일이 아닐 수 없었다. 이런 때의 공녀는 마치 평범한 소녀 같았다.

이번에 내게 보낸 편지 역시 생뚱맞은 생각에서 비롯된 계획일 것이다. 그녀의 이런 태도가 우리에게 있어 새삼스러운 건 아니지만, 당혹스러운 건 사실이므로 나는 차마 답장을 쓰지 못했다. 몇 년 전에 있었던 티 파티를 재현하겠으니 그때 입었던 복장을 그대로 갖춰 입고 오라는 소리에 뭐라 대답하겠는가.

이제는 입고 가는 게 우스울 정도로 유행이 지나버린 디자인이었다. 옷장에 남아 있는지조차 생각나지 않았다. 아니, 예전에 마리에게 보상이라며 넘겨줬던 것 같기도 하다. 그만큼 아주 오래된 이야기라는 거다. 공녀가 주최하는 티 파티 하나 때문에 이전의 드레스를 다시 만들어야 한다니. 그 정도의 가치가 있는 것일까? 어쩐지 한숨이 나올 것 같았지만, 편지의 말미에 꼭 참석해 달라는 말이 있어 준비하지 않을 수 없었다.

다행히 티 파티가 열리는 날은 한 달 뒤로 그간 드레스를 만들기에 넉넉한 시간이었다. 나는 마리와 세릴과 함께 기억을 짜내어 그때 입었던 옷의 디자인과 색을 겨우 떠올렸다. 그들은 뜻밖의 명령에 무척 당황했지만 이내 흥미진진해하며 나보다 더 완벽하게 드레스를 재현하려고 노력했다.

"머리와 화장도 그때처럼 해야 할까요?"

나는 마리가 건넨 뜻밖의 질문에 쉽게 대답하지 못했다. 생각지 못한 부분을 짚은 것이라 말문이 막힌 것이다. 맙소사. 나는 소름이 돋는 것을 느꼈다. 유행이 지난 옷을 입고 가다 못해 머리 모양까지 맞춰야 하다니, 이 얼마나 우스꽝스러운 일이란 말인가. 아마 그 티 파티엔 광대를 따로 부를 필요가 없을 것이다. 서로를 바라보며 웃느라 바쁠 테니까. 더 끔찍한 건 이 질문을 편지에 써서 공녀에게 보낸 내 행동이었다. 의도야 어떻든 간에 주최자의 의사에 따라야 할 게 아닌가.

그리고 며칠 후 디뵌젤 공녀가 보내온 답변은 큰 한숨을 내뱉게 하기에 충분했다.

『당연한 거 아닌가요?』

아무래도 디뵌젤 공녀가 미친 것 같다.

이상한 행동을 하는 건 그녀뿐만이 아니었다. 로샨 공녀도 평소와 다른 모습을 보여 나를 놀라게 했다. 황후가 되기 위한 대결 때문에 부담을 많이 받아서 그런 것일까. 아니면 아이레스 경을 위해 황제의 명을 거절했던 여파가 아직 남아 있는 것일까. 다짜고짜 나를 찾아와 여행을 가자고 말하는 그녀는 내가 아는 뤼세트 로샨이 아닌 것 같았다. 그녀를 알게 된 이후 단 한 번도 이런 식으로 외출을 감행한 적이 없었기 때문이다.

"가끔 이러는 때도 있어야 하는 법이죠."

뤼세의 말은 간단했다. 로샨가의 별장에 가서 잠시 쉬고 오자는 소리였다. 준비는 자신이 다 해왔으니 나가기만 하면 된다면서 나를 살살 꾀는 공녀의 얼굴은 무척 들떠 보였다. 갑작스러운 제안에 당황스러움을 느낀 나는 그녀를 잠시 진정시키려고 노력했다.

"잠깐만요, 뤼세. 갑자기 여행이라니요."

"나쁘지 않잖아요. 가끔 이런 재미도 느껴 봐야죠."

"하지만……."

"쉬잇, 이리 와서 이걸 봐요."

그녀는 망설이는 내 손을 붙잡고서 대문 앞까지 성큼성큼 걸어 나갔다. 문밖에는 이미 여행 가방이 잔뜩 쌓인 마차 여러 대가 대기한 상태였다. 로샨은 자랑이라도 하듯 마차 하나하나를 가리키며 자신이 챙겨 온 물건을 자세하게 설명했다. 그 양이 어찌나 많은지 여행을 가는 게 아니라 그곳에서 살려고 하는 사람 같았다.

"완벽하죠? 그러니까 시스는 옷 가방만 가지고 오면 돼요."

공녀는 자연스러운 태도로 주위 하녀들에게 내 짐을 꾸리라는 명령을 내렸다. 누가 보면 그녀가 이 저택의 주인이라고 생각할 정도였다. 물론 하녀들은 내 눈치를 살피며 움직이지 않았다. 나는 한숨을 내쉬며 그네들에게 물러나라고 말했다.

"하지만 너무 갑작스럽지 않나요?"

"아니요, 그렇지 않아요. 우린 지금 지쳐 있는 상태라구요. 이제 쉴 때도 되었어요. 폐하께서 쉴 틈을 주지 않으시니 이렇게라도 도망쳐야죠."

로샨 공녀는 한껏 우는소리를 했다. 며칠 동안 황제의 등쌀에 시달리며 정신적인 긴장 상태를 유지했던지라 매우 힘들었다는 것이다. 그러고 보니 그녀의 얼굴은 안색이 파랗게 질려 퍽 좋지 않아 보였다. 피곤으로 인해 푹 꺼진 눈두덩이엔 검은 그늘이 짙게 드리워져 있었다. 분명 몇 달 전만 하더라도 이런 모습은 아니었는데 말이다. 어쩐지 공감이 가는 모습에 나도 모르게 그녀의 어깨를 감싸 안아줄 뻔하였다.

나 역시 근래 들어 매우 바쁜 나날을 보냈다. 로에나가 라발리에라는 성을 단 이후로 특히 그랬다. 그녀를 견제하기 위한 계략을 짜느라 쉴 틈이 없었다. 그래서 매일 서재에 틀어박혀 서류만 보았다. 몇 시간 동안 꼼짝없이 글만 보느라 머리에 쥐가 나고 눈이 빠질 것만 같았지만, 어쩔 수 없었다.

아직 내 주변엔 인재가 부족했다. 일을 믿고 맡길 수 있는 사람이 한 손에 꼽을 정도로 적었다. 내게 필요한 건 로에나에게 맹목적이었던 마고처럼 일을 잘하면서 충성스럽기까지 한 사람이었다. 마리는 탐욕스러우면서 멍청했고, 세릴은 과거의 기억 때문에라도 믿을 수 없었다. 폭력으로 얻어 낸 충성을 신뢰하는 게 이상하지 않나. 물론 충성스러운 블랑이 있지만 그녀는 그다지 영리하지 못했다. 차라리 아리나를 키워서 곁에 두는 게 나을지 모른다.

여기에 덧붙여 뭐든 내 손을 타지 않으면 불안해하는 성격도 스스로를 몰아붙이는 데 한몫했다. 사람을 잘 믿지 못하는 것 또한 몸을 고달프게 하는 요인 중 하나였다. 과거의 경험이 나로 하여금 상대를 끊임없이 의심하게 했으니까. 그야말로 고생을 사서 하고 있었다.

어쨌든 시간은 한정되어 있는데 해야 할 것은 너무 많았다. 어떤 것은 한계에 이르러서야 가까스로 해결책이 나왔다. 미칠 노릇이었다. 덕분에 나는 매일 쫓기는 사람처럼 일에 허덕였다. 하녀에게 마사지를 받으며 쉬었던 날이 까마득할 지경이었다. 여기에 불면증까지 겹쳐 잠조차 제대로 자지 못했다. 많아 봤자 세 시간이 전부였다. 이로 인해 어지러움을 느끼며 쓰러질 뻔한 일이 몇 번 있었다. 주치의는 이런 내게 갑자기 기절해도 이상하지 않을 거라며 쉬어야 한다고 말했다. 그렇지 않으면 크게 앓아누울지 모른다고 경고했다. 로샨 공녀의 말마따나 우리에게 필요한 건 휴식이었다.

하지만 이런 식으로 무작정 여행을 떠나는 건 좋지 않았다. 당장 하루만 쉬어도 서류가 산처럼 쌓이는데, 여행을 다녀온다면 분명 서재 안이 종이로 꽉 차 안으로 들어가지도 못할 게 뻔했다. 나는 그것을 한꺼번에 해치울 자신이 없었다.

"오, 제발요."

로샨은 망설이는 내게 애원하듯 말했다. 그리고 별장 주변에 있는 호수와 정원이 얼마나 아름다운지 설명했다. 주변을 산책하다가 마음에 든 장소가 있으면 자리를 깔고 앉아 점심을 먹고, 이후 승마를 하거나 낚시를 하면 무척 즐거울 거라는 이야기였다. 어쩌면 수영을 할 수 있을지도 모른다고 나를 꼬드겼다.

나는 그녀가 말한 '낚시' 이야기에 깜짝 놀랐다. 보통은 남자들이 많이 하기 때문이다. 귀족 사내들은 사냥이야말로 자신들이 남성성을 과시할 수 있는 유흥이자 운동이라 생각했다. 사냥감을 죽이고 피를 보는 행위를 통해 스스로의 강함을 증명할 수 있어서였다. 이게 뭐 그리 신성하고 대단한 일이라 떠받드는지 모르겠으나, 자신들의 행위에 도취된 얼간이들은 사냥을 나설 때마다 전쟁을 나가는 것처럼 비장하게 굴었다. 이들이 여인에게 사냥터의 한구석을 내어주는 건 자신들을 응원할 때뿐이었다. 이게 아니라면 선을 딱 잘라 긋고선 큰일을 한 것처럼 거드름을 피웠다.

낚시 또한 물고기를 사냥한다는 점에서 이와 비슷한 맥락을 취했다. 비록 짐승을 쫓는 것보단 덜 야만적이긴 해도 생명을 죽인다는 건 같았다. 그래서 그들은 이것 역시 연약한 여인은 감히 할 수 없는 일이라며 딱 잘라 말했다. 물론 사냥이나 낚시에 성공하는 이가 드문 데다가 있어 봤자 허풍을 늘어놓는 머저리뿐이었지만, 사내라는 이유로 너그럽게 허용되었다. 그렇기에 남자가 물고기를 낚아 오는 걸 얌전히 기다리면 또 모를까, 로샨 공녀처럼 직접 낚시를 할 생각을 하는 사람은 없었다.

아주 드물게 사냥을 하는 여인이 있었지만, 대부분 시골 변방의 가난한 영애들이었다. 하지만 그녀들은 실수라도 사냥을 할 줄 안다는 말을 꺼내지 않았다. 무식하고 난폭한 여자로 취급받기 때문이었다. 수도에 기거하는 귀부인은 고양이나 개를 쓰다듬을 줄만 알지, 닭의 목을 잡고 비트는 일 따위는 감히 상상조차 하지 못했다. 그래서 나는 로샨 공녀의 말이 무척 신선하게 다가왔다.

"낚시라 했나요? 설마, 해본 적이 있다는 소린가요?"

"네. 아주 어릴 적에 이디와 멜을 따라 자주 해봤거든요. 어때요, 해보고 싶지 않나요? 무척 재미있을 거예요. 장담하죠."

눈을 가늘게 뜬 채 나를 유혹하는 그녀는 동화 속에 나오는 마녀 같았다. 맙소사, 제국의 공녀가 낚시와 수영을 하자고 조르다니. 정말이지 뜻밖의 모습이 아닐 수 없었다. 그런데 우습게도 마음이 흔들렸다. 과거의 말괄량이가 고개를 스멀스멀 들어 올리고 있었다. 어쩐지 군침이 일었다. 로샨 공녀는 망설이는 내게 기다렸다는 듯 최후의 카드를 내밀었다.

"정 걱정된다면 매일 사람을 시켜 서류를 별장으로 가져오게 할게요. 덧붙여 여행하는 동안 백작가에 대한 지원을 아낌없이 하겠어요. 어때요?"

나는 순간 멈칫했다. 그녀의 말이 마음에 걸려서였다. 휴식을 취하러 가는 여행인데 서류를 가져다준다고? 나는 로샨의 얼굴을 물끄러미 바라보았다. 무척 매력적인 제안이나 그대로 받아들이기엔 그간 그녀를 봐 왔던 내 본능이 용납지 않았다. 이제 보니 휴식은 핑계고 나를 데리고 떠나는 게 주된 목표인 것 같았다.

자, 생각해 보자. 내가 수도에 있으면 안 되는 이유가 뭘까? 떠나야만 알 수 있는 답이려나?

그래서 나는 아무것도 모르는 척 천천히 고개를 끄덕였다.

"네, 좋아요. 하지만 바로 떠나는 건 무리고, 조금 시간을 줘요. 한두 시간 정도면 될 거예요."

로샨 공녀는 내 말에 눈에 띄게 기뻐했다. 그녀는 저택으로 돌아가는 대신 응접실에 앉아 나를 기다리기로 했다. 아무리 봐도 수상쩍은 일이었다.

나는 하녀를 시켜 옷 가방을 꾸리게 하고, 어머니와 리안에게 일이 있어 잠시 저택을 비울 거라고 말해 놓았다. 그리고 잭에게 편지를 썼다. 수상쩍은 일이 생기면 바로 알려 달라는 의뢰였다. 특히 로에나에 대한 감시를 철저하게 해달라고 요청했다. 행여 이번 일에 황제가 개입되어 있을까 봐 불안했기 때문이다. 그렇지 않으면 로샨 공녀가 이렇게 오래 여행을 갈 수 있을 리 만무하지 않나.

그렇게 대충 준비를 다 마친 나는 마리에게 어머니와 리안을 부탁한다 말하고 로샨 공녀가 준비한 마차에 올라탔다. 마차는 곧 부드럽게 움직여 로샨가의 별장을 향해 내달렸다. 백작가에 들어온 이후로 처음으로 해보는 여행이었다.

로샨가의 별장은 무척 아름다웠다. 널따란 부지 위에 우뚝 솟아 있는 저택은 장엄하면서도 고풍스러웠다. 가볍게 산책할 수 있는 숲길과 사냥터, 잘 가꾸어진 정원과 커다란 연못은 동화책 속에나 볼 수 있을 법한 풍경이었다. 확실히 사람들로 북적이기만 한 수도와 달랐다. 그녀의 별장은 휴식을 취하기에 최적화된 곳이었다.

별장에 도착한 첫날, 우리는 오랜 시간 마차에 갇혀 있었기에 기진맥진한 상태였다. 그래서 저녁을 먹을 틈도 없이 방으로 기어들어 가 그대로 잠이 들었다. 그리고 다음 날 느지막이 일어나 하녀가 준비한 차를 마시고 빵을 먹었다. 우습게도 고작 이 정도만 했을 뿐인데도 내게는 환상적인 아침처럼 느껴졌다.

로샨 공녀의 장담대로 이곳은 늦잠을 자도, 식사를 아무 때나 해도 전혀 간섭받지 않는 천국 그 자체였다. 타인의 이목에 신경 쓰느라 얌전하게 행동할 필요가 없었다. 그저 느긋하고 여유롭게 지내면 되었다. 잠을 자고 싶으면 자고, 책을 읽고 싶으면 읽고, 산책하고 싶으면 마음껏 걸을 수 있었다. 그 누구도 나의 행동에 대해 간섭하지 않았다. 나를 이곳으로 데려온 로산 공녀부터 격식을 던져 버렸기 때문이다.

이 부분에 대한 로산 공녀의 변화는 매우 놀라웠다. 그녀는 항상 입고 다녔던 화려한 드레스를 벗고 가벼운 차림의 옷을 입었다. 그리고 고상하게 걷는 대신 발을 쿵쿵 울리며 매우 씩씩하게 걸었다. 시골뜨기 처녀처럼 크게 소리 내어 웃는 것은 물론, 말을 타고 여기저기를 뛰어다녔다. 몸에 단 보석이라곤 귀걸이가 다인 공녀의 차림은 무척 단출하면서도 자유스러웠다. 고작 하룻밤이 지났지만 벌써 그녀의 얼굴엔 생기가 돌고 있었다.

나는 이런 공녀의 모습은 처음이라 무척 놀라웠다. 그래선지 그녀가 숨기고 있는 비밀의 한 부분을 엿본 것 같은 불편함이 있었다. 내가 아는 뤼세트 로샨은 완벽한 귀족 영애 그 자체였으니까. 그런데 내 눈앞의 그녀는 과거의 나보다 더 자유스러웠다. 누군가 이 상태의 공녀를 본다면 사교계의 그녀와 동일 인물일 거라 미처 생각지 못할 것이다.

그렇기에 나는 그녀가 뭘 믿고 내게 이런 모습을 보여 주는 걸까, 하고 고민했다. 로샨을 알게 된 지 몇 년이 지났지만 우리에게는 일련의 사건들로 인해 작은 벽 하나가 존재했다. 그러므로 이런 허물없는 생활을 보여 주는 건 서로를 위해서라도 그리 바람직하지 않은 일이었다. 벽이 생기기 전에도 알지 못했던 진정한 모습이 아닌가. 그런데 왜 갑자기 모든 것을 공개해 버리는지 알 수 없는 노릇이다. 나를 별장으로 데려온 것부터 시작해서 이 모든 게 의문투성이였다.

더 놀라운 건 이런 그녀를 대하는 고용인들의 태도였다. 그들은 이런 공녀의 모습이 익숙하다는 것처럼 태연하게 굴었다. 오히려 나뭇잎과 먼지로 뒤범벅이 된 공녀를 향해 더 필요한 것은 없냐고 물었다. 그녀가 돌아올 시간을 정확히 예측하여 목욕물을 준비한 늙은 하녀의 태도는 대단하다고밖에 표현할 길이 없었다.

"내 이런 모습을 아주 오래전부터 보아 왔기 때문이죠."

공녀는 입이 무거운 하인과 하녀를 칭찬하는 내 말에 과일을 와작 베어 물며 대답했다. 오늘은 낚시를 하겠다며 나를 연못으로 끌고 온 그녀였다. 커다란 나무 아래 큰 천을 깐 다음 그 위를 개구쟁이처럼 마구 뒹굴거리던 로샨은 해맑은 웃음을 지었다.

"멜과 함께 별장을 찾아와서 사냥을 한다, 낚시를 한다 온갖 소란을 다 피웠으니 이젠 익숙할 만도 하죠. 이건 비밀인데 나무에 올라갔다가 팔을 부러뜨린 적도 있어요."

나는 큰 비밀을 말하는 것처럼 목소리를 낮춘 그녀의 행동에 미소를 머금었다. 로샨의 행동에 의문을 품은 것도 잠시 이 허물없는 생활이 마음에 든 건 사실이라 나 또한 말랑말랑하게 풀어진 참이었다. 문득 그녀처럼 가끔 이렇게 별장에 찾아와 마음대로 지내보는 것도 괜찮겠다는 생각이 들었다. 고상하고 아름다운 가구들로 채워진 저택엔 어울리지 않는 모습이지만, 뭐 어쩌랴.

"자, 이제 나는 낚시를 할 거예요. 시스도 할래요?"

한동안 천 위에 누워 과일을 집어 먹던 로샨 공녀가 벌떡 자리에서 일어나더니 내게 물었다. 나는 들고 온 책을 보여 주며 고개를 내저었다.

"우선 이걸 다 보고 싶은데요."

"그럼 구경이라도 해요."

"내 눈이 네 개면 가능할 일이지만, 뭐, 노력해 볼게요."

내 말에 로샨 공녀가 크게 소리 내어 웃었다. 평소의 기품 있는 웃음이 아니지만 듣기에 매우 시원시원했다. 나는 어쩌면 이 웃음이야말로 그녀를 진정으로 대변하는 게 아닐까 하고 생각했다.

평소 황제의 부름을 받아 이런저런 일을 다 계획하고 실행하는 로샨이다. 그때의 그녀는 바늘 하나 들어갈 틈 없이 냉정하고 무자비해 보였다. 위엄은 가득하되 생기는 부족했다. 차가운 심장을 가진 황제의 인형. 사람들은 그녀를 그렇게 평했다. 그러니 그 누가 뤼세트 로샨의 안에 저리 호탕하게 웃는 여인이 숨어 있을 거라고 상상할 수 있으랴.

만일 황제가 그녀를 조금만 더 아끼고 존중했더라면, 사교계의 사람들은 지금 그녀의 모습을 조금이나마 엿볼 수 있었을 것이다. 그리고 로샨은 지금보다 더 활발하게 활동했을 터였다.

어쩌면 제국의 역사상 가장 위대한 여성으로 이름을 남겼을지도 모른다. 황후가 되기 위해 다른 여인과 경쟁하는 귀족 영애가 아니라. 그녀의 능력은 오롯이 장남이기에 작위를 차지한 몇몇 머저리보다 훨씬 나았으니까.

그러고 보니 이전에 사교계 여인들이 로샨을 두고서 했던 말이 있었다. 만일 그녀가 황후는커녕 황비조차 되지 못한다면 매우 불행한 삶을 살 것이라고. 로샨처럼 활발하고 야심만만한 여성이 남편의 그림자에 숨어 자수를 놓는 생활에 만족할 수 있을 리 만무하기 때문이다. 가십과 새로 나온 보석 종류에 대해 떠들기를 좋아하는 그네들이지만 눈치가 아예 없는 건 아니었다. 오히려 남편보다 더 정치적인 계산이 빠른 사람이 많았다. 사교계에서 오래 버티려면 이만한 판단과 행동은 필수였다.

"낚시하고 싶으면 언제라도 이야기해요. 나는 준비가 되어 있으니까."

말을 마친 그녀는 땅바닥에 아무렇게나 던져 놓은 낚싯대를 들고서 연못으로 씩씩하게 걸어갔다. 평소 저런 걸음을 어떻게 숨겼는지 신기할 정도로 대범한 동작이었다.

나는 나무에 등을 기댄 채 갈무리해 두었던 페이지를 폈다. 바람을 가르는 소리와 함께 로샨에게서 흘러나온 낮은 감탄사가 내 귀를 파고들었다. 책은 이제 막 남자 주인공과 여자 주인공이 마주치는 장면부터 시작하고 있었다. 문장에 시선을 고정하며 나는 자연스럽게 하녀가 챙겨 준 바구니에 손을 집어넣었다. 달걀만 넣었을 뿐인 샌드위치가 입안에 달콤하게 휘감겼다. 평화로운 시간이었다.

로샨은 별장에 도착한 이후 삼사 일을 제외한 대부분의 날을 낚시와 사냥을 하는 데 시간을 보냈다. 어릴 적부터 낚시를 해왔다는 말이 허언은 아니었는지 로샨은 꽤 능숙하게 물고기를 낚아 올렸다. 크기가 큰 것은 힘에 부쳐 놓치긴 해도 대부분은 어렵지 않게 잡고서 내게 자랑했다. 그러면서 내게 은근슬쩍 함께 낚시할 것을 권했는데, 그게 한두 번이 아닌지라 나는 결국 견디지 못하고 그녀가 건네준 낚싯대를 잡았다.

로샨은 내 변화에 크게 기뻐하며 이것저것을 자세하게 알려 주었다. 그리고 지루함을 견디지 못한 내가 딴생각을 하다가 물고기를 놓치는 것을 진지하게 바라보며 잔소리 섞인 조언을 퍼부었다. 어느 날은 사냥터에서 사냥감을 쫓던 내가 우연히 발이 걸려 넘어지자 배를 잡으며 박장대소를 터뜨렸다. 물론 비웃음은 아니었다. 그녀는 그저 내가 자신과 같은 행동을 한다는 것에 큰 기쁨을 느끼고 있었다.

그도 그럴 것이 반역 사건 이후 많이 서먹해진 그녀와 내가 아닌가. 내가 노골적으로 디뵌젤 공녀와 어울리기 시작한 이후 딱 남들만큼 교류했던 우리였다. 그런데 그녀가 황제의 명을 어기기 시작한 뒤로부터 조금씩 변화가 일었다. 어떤 이유에선지 모르겠지만 공녀는 내게 자신의 진짜 모습을 숨김없이 보여 주고 싶었던 모양이었다.

나는 그것이 그렇게 나쁘지 않다고 생각했다. 단지 그게 왜 지금이어야 하는지 궁금할 따름이었다. 하지만 로샨 공녀는 내 질문에 답하지 않았다. 그저 더욱더 열정적인 모습으로 도망가는 사슴의 엉덩이에 화살을 꽂을 뿐이다. 비록 사슴이 그대로 달려 나가 끝내 잡지는 못했지만, 썩 나쁘지 않은 솜씨였다.

"행여 멜에게 말할 생각하지 말아요. 분명 날 놀릴 테니까."

늦은 오후 무렵, 땀이 흘러내리는 이마를 손등으로 아무렇게나 닦은 공녀가 나를 보며 말했다. 그녀가 타고 있는 말에는 사냥당한 토끼 몇 마리가 주렁주렁 매달려 있었다.

"그리고 손에 끼고 있는 반지 잃어버리지 않게 조심하구요."

나는 그녀의 말에 입술을 살짝 내밀었다. 어쩐지 조심성이 없는 사람이 된 것 같아서 억울했던 것이다. 그도 그럴 게 낚시를 하다가 갑자기 사냥으로 방향을 전환한지라 미처 장갑을 챙길 틈이 없었다. 로샨이 이렇게 변덕스러운 사람인 줄 누가 알았겠나.

뤼세트 로샨이 말하는 반지는 아이레스 경이 두 번째로 준 반지였다. 처음은 사교계 데뷔 때 받은 것으로 축하의 의미를 담고 있었고, 지금 끼고 있는 건 그냥 내게 주고 싶었다며 그가 건넨 것이다. 멜은 반지를 줄 때 최대한 덤덤한 어조로 말했다. 그러면서 별거 아니라는 것처럼 이야기했다. 하지만 나는 이게 특별한 의미가 있는 반지라는 걸 금세 눈치챘다. 왜냐하면 그즈음 그가 나에게 청혼하기 위해 반지를 샀다는 소문이 사교계 내에 쫙 퍼졌기 때문이다.

그러나 안타깝게도 그땐 내 남편인 비슈발츠 백작이 살아 있는 시점이라 그의 바람은 이루어지지 않았다. 그래서 나는 아무것도 모르는 척 태연한 표정을 가장한 채 멜에게서 반지를 받았다. 만일 내가 그였더라면 배신감에 젖다 못해 크게 화를 냈을 것이다. 어쩌면 더는 못 견디겠다고 말했을지도 모른다. 기약 없는 기다림만큼 힘든 건 없기 때문이다. 하지만 이 사랑스러운 남자는 나를 위해 슬픔과 실망을 삼키고서 태연한 척하려고 무척 애를 썼다.

아, 그가 내게 새로운 반지를 끼워 줬을 때 얼마나 손이 떨렸는지 느끼지 않은 사람은 설명해도 모를 것이다. 멜의 입에서 흘러나오는 열렬한 찬탄이 얼마나 나를 부끄럽게 만들었는지 또한 말이다. 그러므로 지금 내 손에 끼워져 있는 이 반지는 부끄러움의 결정이라 할 수 있었다.

그래서 나는 하루에도 몇 번씩 이 반지를 끼고 있다는 사실을 잊어버리려고 노력했다. 오늘도 공녀가 반지에 관해 이야기하지 않았더라면 모르는 척 굴었을 것이다.

"그러려고 노력하고 있어요."

"네, 그러니까 내일부턴 장갑을 꼭 끼고 나와요. 알겠죠?"

그녀는 어린 동생을 챙기는 언니처럼 걱정스레 말했다. 괜한 참견이었으나 그녀의 기분을 상하게 하고 싶지 않았으므로 나는 고개를 끄덕였다.

로샤가의 별장에 온 지 벌써 일주일이 지나가고 있었다. 그간 틈틈이 저택에서 보내 준 서류를 보고 그녀를 따라서 낚시와 사냥을 하면서 시간을 보낸 터였다. 나는 새삼 이곳에 있는 동안 서류 때문에 두통을 앓은 적이 없다는 사실을 깨닫고 놀라워했다. 뿐만이랴. 로에나에 대한 생각은 전혀 않고 있었다.

수도에서도 별다른 일은 없는지 잭에게서 편지가 오는 일이 없었다. 나는 속으로 다행이라고 생각했다. 오래간만에 느끼는 평화가 그로 인해 깨진다면 무척 속상할 것 같아서였다.

이후로도 로샨 공녀와 나는 어린아이처럼 마구 날뛰며 저택 주변을 휩쓸고 다녔다. 어느 날은 맨발로 풀 위를 걸어가다가 갑자기 쏟아지는 비를 고스란히 맞고서 웃음을 터뜨린 적이 있었다. 홀딱 젖어 볼품없어진 모습이 꽤 우스웠기 때문이다.

그녀는 폭풍처럼 달려와 나를 완벽하게 해제시켰다. 온몸으로 달려드는 솔직함에 당해 낼 수가 없었다. 과거의 시스에나 지금의 나나 단 한 번도 겪어 보지 못했던 순수한 유년이다. 아리나에게서나 살짝 엿보았던 시절을 이렇게나마 맛볼 수 있게 되자 무척 즐겁고 신이 났다.

그래서일까. 날이 가면 갈수록 몸가짐이 엉망이 되었지만 아쉽거나 불안하지 않았다. 오히려 이 시간이 오래가기를 바랐다. 아마도 이때즈음엔 이게 황제의 계략이라 할지라도 기꺼이 용서할 마음이 있다는 대범한 생각을 했던 것 같다. 그만큼 하루하루가 끝내주게 완벽했다.

비를 맞았던 그날 로샨과 나는 따뜻한 물에 목욕하고 요리사가 준비한 뜨거운 수프를 마셨다. 그리고 그녀의 안내에 따라 벽에 걸려 있는 그림을 구경하고, 그녀가 연주하는 피아노 소리를 듣기 위해 음악실로 갔다.

로샨은 제법 과장된 행동으로 인사를 했다. 무대에 오른 연주가처럼 으스대는 게 우스꽝스러웠다. 그럼에도 모처럼 그녀가 사교계의 귀족 영애처럼 보였다. 소박하고 수수한 옷차림을 한 상태로 피아노 앞에 앉았을 뿐인데도 내가 아는 뤼세트 로샨이 튀어나왔다. 정말 신기한 일이었다.

살짝 열어 놓은 창문 틈 사이로 빗소리가 새어 들어왔다. 그녀가 연주하는 곡은 떨어지는 비처럼 시원하고 경쾌했다. 음악에 조예가 낮아 어떤 곡을 연주하는지는 알 수 없었지만 책을 읽으면서 듣기엔 나쁘지 않았다.

잠시 후 연주를 마친 로샨이 내 맞은편에 와서 앉았다. 그녀는 하녀를 시켜 따뜻하게 데운 술을 가져오라고 명령했다. 몸이 으슬으슬하니 그것이라도 마셔야겠다는 소리였다. 비를 맞은 것 때문에 기어코 감기가 든 모양이었다. 그래선지 흘러나오는 목소리도 조금 이상하게 들렸다.

“휴식이 나쁘지만은 않죠?”

“망설였던 게 이상하게 느껴질 만큼요.”

로샨은 내 대답에 활짝 웃었다.

“그거 다행이네요.”

그녀의 뺨은 붉게 물든 상태였다.

잠시 후 하녀가 술을 가지고 왔다. 로샨은 그것을 홀짝홀짝 마시며 소파에 몸을 나른하게 기대었다.

잠시 우리 사이에 침묵이 흘렀다. 그녀가 주도한 고요함이었다. 쾌활한 웃음으로 시끄럽게 떠들어 대던 로샨은 어느새 사라지고, 잔뜩 흐린 하늘처럼 우울한 빛을 띤 공녀가 내 앞에 앉아 있었다. 그래서 나는 그녀가 좋지 않은 몸에도 불구하고 피아노를 친 게 ‘뤼세트 로샨’을 불러오기 위한 나름대로 의식일지 모르겠다고 생각했다. 따뜻하게 데운 술은 부가적인 것이었다.

잠시 후 로샨이 입을 열었다. 술에 젖은 목소리는 매우 낮고 어두웠다. 나는 순식간에 바뀐 분위기에 마른침을 소리 없이 삼켰다.

“여기에 와 있었던 보름 동안 비슈발츠가는 아무런 일이 없이 잘 돌아가고 있었어요. 그러니 걱정하지 말아요. 수도 또한 아주 조용하다고 해요. 심심할 정도로요."

이곳에 와 처음으로 듣는 수도의 이야기였다. 로샨은 내가 잠자코 귀를 기울이자 말을 이어 나갔다.

"물론 시스와 내가 별장에 와 있다는 사실은 알려지지 않았답니다. 아마 폐하께서 소문을 막으신 모양이에요. 하지만 오해하지 말아요. 그분이 시켜서 시스를 여기에 데려온 건 아니니까. 믿어줬으면 좋겠군요."

나는 그녀의 말에 참으로 빨리 이야기한다고 생각했다. 별장으로 온 지 벌써 보름이 다 되어 가고 있었다. 일을 벌이려고 마음먹었으면 진작 일어나고도 남은 시간이었다. 이제 와 누구의 사주를 받지 않았다고 하면 어떻게 믿겠는가. 그리고 왜 이때 이런 이야기를 꺼내는 것인가. 알 수 없었다. 내가 침묵하자 로샨은 쓸쓸한 얼굴을 하며 중얼거리듯 말했다.

"정말인데? 거짓이라면 왜 폐하께서 나를 찾지 않으시겠어요? 폐하를 골리려고 했는데 오히려 내가 당한 기분이네요. 속상해라."

뜻밖의 소리였다. 나는 그녀가 이런 식으로 솔직하게 속내를 털어놓을 줄 몰라 당황했다. 그래도 황제의 최측근인 그녀가 아닌가. 그런데 왜 이런 말을 하는 것일까? 황제는 로샨 공녀가 없어도 괜찮다는 걸 이참에 보여 주려고 했던 건가? 그래서 편지 한 통 보내지 않는 거고? 이 둘은 이제 내가 이해하기에 매우 어려운 수준에까지 도달해 있었다.

나는 문득 그녀가 왜 휴식을 부르짖었는지 궁금해졌다. 황제를 골리기 위해서라고 생각하기엔 무언가 부족했다. 하지만 무턱대고 물어보기엔 매우 무례한 부분이었다. 혼란스러워하는 내 속도 모르고 로샨이 계속 떠들었다.

"시스, 그대가 나와 함께 있었던 시간이 즐거웠으면 좋겠어요. 그리고 내 부끄러운 부분을 이상하다 여기지 않아줘서 고마워요."

나는 바로 대답하지 못했다. 로샨 또한 내게 이런 모습을 보이는 게 쉽지 않았을 거라 생각하니 이상하게도 입을 열 수 없었다. 대신 그녀를 빤히 쳐다보았다.

"내일은 뭐 할까요?"

뤼세트 로샨이 내게 물었다. 나는 이번에도 대답하지 않았다. 이런 식으로 고백을 하는 것 자체가 휴가가 끝났다는 것을 의미할 텐데 왜 갑자기 이렇게 떠보는지 도통 모를 일이었다. 내 시선에 그녀는 잘 알겠다는 것처럼 고개를 끄덕이더니 손을 들어 자신의 이마를 짚었다.

"정말 시스를 속일 수 없겠네요. 맞아요, 이제 현실로 돌아갈 시간이죠. 여기에 오느라 버렸던 모든 명예와 책임감과 미련을 다시 껴안게 될 거구요, 내 속의 철없는 여인과는 작별하겠죠. 다시 절벽 아래로 뛰어드는 거예요. 절망과 좌절이 반복되는 슬픔 속에서 나는 여전히 누군가의 애정을 갈구하겠고, 그러다 이내 체념이라는 말을 상기하겠지요. 하지만 곧 아무렇지 않을 거예요. 항상 그랬으니까."

갑작스러운 한탄에 놀란 것도 잠시, 나는 차분하게 그녀의 말에 귀를 기울였다. 이것이야말로 그녀를 별장으로 떠나게 한 진짜 원인일 테니까.

"……망설이고 있는 건가요?"

내가 가까스로 꺼낸 질문에 로샨은 빙그레 미소 지었다. 어쩐지 울음이 섞인 듯 희미한 웃음이었다. 그녀는 이제 황제를 두려워하고 있었다. 나는 그게 안쓰러웠다. 어떠한 감정인지 알기 때문이다.

"글쎄요? 자, 시스, 이제 자신의 가슴속의 어린아이에게 인사하도록 할까요? 그간 고마웠노라고 말하는 거죠. 무척 즐거운 시간이었잖아요. 그렇게 생각하지 않아요? 이왕이면 다정한 키스를 보내 주도록 합시다."

그러나 뤼세는 질문을 회피하며 자리에서 일어났다. 이제 그녀의 뺨은 새빨갛게 달아올라 녹아내릴 것만 같았다. 술기운과 열 때문인지 잠시 비틀거린 그녀가 내게 손을 흔들었다. 나는 그녀에게 물었다.

"내일 뭐 할까요?"

뤼세트 로샨은 내 말에 잠시 크게 웃었다. 견딜 수 없다는 것처럼, 그렇게. 그러다 곧 상냥한 목소리로 대답했다.

"마차를 타고 돌아가야죠. 원래의 세계로요. 휴식은 이제 끝이에요. 신데렐라의 동화처럼 마법이 끝났답니다. 그러니 잘 자요, 시스. 내일 보죠."

로샨은 망설임 없이 몸을 돌렸다. 나는 음악실을 빠져나가는 그녀의 뒷모습을 뚫어지게 보았다. 크게 비틀거리는 로샨의 모습에 지나가던 하녀 한 명이 붙들어주려고 안절부절못했지만 그녀는 손을 들어 만류했다. 그리고 복도의 끝까지 혼자의 힘으로 걸어갔다. 항상 그랬던 것처럼.

음악실에 홀로 남은 나는 비바람이 밀려들어 오는 창문을 바라보며 한숨을 내쉬었다. 정확히 보름이 되어서야 다시 수도로 돌아간다 말하는 그녀의 행동은 역시 수상쩍은 데가 있었다. 통보도 없이 바로 떠났다가 갑작스레 돌아가게 되다니. 이건 마치 디뷘젤 공녀의 티 파티에 참석하기 위해 준비를 할 시간과 맞물리지 않는가.

로샨은 분명 황제가 시킨 일이 아니라고 말했다. 그저 스스로의 의지로 나를 끌어들인 것이라고, 그녀는 그렇게 변명했다. 하지만 그것을 곧이곧대로 믿기엔 나는 순진하지 않았다. 그저 사이가 나쁜 두 공녀가 무슨 일로 이렇게 합심하여 일을 벌인 것인지, 그게 대체 무엇인지 궁금할 따름이었다. 그리고 이 모든 질문에 대한 해답은 아마 보름 뒤에 있을 티 파티에 있을 터였다.

나는 차갑게 식은 찻잔을 들어 이미 사라지고 없는 그녀를 향해 들어 올렸다.

"즐거웠던 유년을 위해."

예의는 어디에서도 찾아볼 수 없는 매우 시끄럽고 소란스러우며 난장판에 가까운 하루하루였지만, 제법 나쁘지 않았던 보름이었다. 그도 그럴 게 여기가 아니라면 어디서 낚시와 사냥을 배우겠는가. 이번 휴식은 그것만으로도 충분했다. 목구멍을 타고 넘어가는 차가운 액체가 유쾌할 정도로 달았다.

다음 날 로샨 영애는 어제 언제 그런 말을 했냐는 듯 약간 열이 오른 얼굴로 내게 다가와 태연하게 말을 걸었다. 보석이 잔뜩 달린 화려한 드레스를 입은 그녀는 뤼세트 로샨 그 자체가 되어 있었다. 어디에도 맨발로 잔디를 밟고 다니며 낚시를 하던 용감한 여인은 보이지 않았다. 그리고 그것은 나 또한 마찬가지였다. 그렇게 두 명의 귀족 영애가 마차를 타고 각자의 집으로 향했다.

다시 비슈발츠 저택으로 돌아오니 할 일이 쌓여 있었다. 나는 나를 반기는 리안을 품에 안으며 작게 한숨을 내쉬었다. 서류야 별장에서 틈틈이 봤다 쳐도 잭의 방문에 드레스 가봉에 정신이 하나도 없었다. 디뵌젤 공녀의 티 파티가 이제 보름도 채 남지 않은 시점이었다.

나는 다시 서재에 틀어박혀 정신없이 일했다. 다행히 적절한 휴식으로 인해 마음이 편안해져 이전보다 두통이 발생하는 현상이 적어졌다. 불면증 증세도 많이 완화되었다. 뭐, 로샨가의 별장에 있었을 땐 누가 잡아가는지도 모를 만큼 푹 잤던지라 다시 수면 시간이 짧아진 게 아쉽긴 하지만 그래도 이만하길 다행이었다.

문제는 발레리안이 잔뜩 골이 나 있다는 점이었다. 아이는 내가 자신을 두고서 멀리 떠나 있었던 사실을 무척 불만스러워했다. 리안은 저택에 있을 땐 서재에서 일한답시고 잘 놀아주지 않더니만 갑자기 멀리 떠나 오랫동안 돌아오지 않았다며 엉엉 울었다. 아직 어린 리안에게 있어 보름이란 시간은 숫자 백을 세는 것보다 까마득했던 모양이다.

그래서 며칠은 하던 일을 그만두고 리안과 놀아줘야 했다. 아이가 낮잠을 자기 전까지 동화책을 읽어주거나, 함께 간식을 먹으며 이야기를 나누었다. 근처 강가에 산책하러 나가기도 하고 리안이 그리는 그림의 모델이 되어주기도 했다. 다행히 아이는 쉽게 토라진 만큼 금세 마음을 풀었다.

"나눈 누나가 쪼아."

빨갛게 달아오른 뺨을 감추지 못한 채 정원에서 막 꺾어 온 꽃 한 송이를 내미는 리안의 모습은 분명 사랑스러운 것이었다. 아이는 내가 고마움의 표시로 뺨에 키스를 하자 비로소 나를 서재에 들여보내 주었다. 내 귀여운 독재자는 신기하리만치 나를 닮았다. 리안이 가진 신체적 결함에 따른 열등감은 과거의 시스에게서나 볼 수 있는 음울한 감정이었다. 그러므로 내가 리안에게 약한 건 당연한 일이었다.

그렇게 시간이 흘러 디뵌젤 공녀의 티 파티가 열리는 당일이 되었다. 블랑의 도움을 받아 몇 년 전에 유행했던 촌스러운 드레스를 입고, 그날의 화장과 머리를 한 나는 데리고 갈 하녀 또한 그때와 똑같이 선택했다. 그나마 다른 건 설레지 않는 마음뿐이었다.

내가 디뵌젤가에 도착했을 때 이미 사람들은 서로를 바라보며 웃음을 흘리고 있었다. 어떤 이는 그날 내가 이런 차림을 했냐며 투정을 부리기도 했다. 놀라운 건 응접실 가구를 그때처럼 완벽하게 갖추어 놓은 디뵌젤 공녀의 뛰어난 기억력이었다. 그녀는 여기에 그치지 않고 그날을 재현하려는 것처럼 동방 상인을 부르기까지 했다.

"잠시 후 동방의 상인이 진귀한 물건을 가지고 이곳을 방문한다는 사실을 잊어버린 것은 아니겠지요? 잠시 차 한잔을 마시면서 기다리는 것도 좋겠군요."

말하는 것까지 똑같았다. 사람들은 결국 견디지 못하고 소리 내어 웃고 말았다.

상인이 응접실로 들어왔을 때, 우리는 그날처럼 행동하려고 애를 썼다. 새침한 표정으로 소파에 앉았다가 부채질을 하고, 아이린 공녀는 내게 시선을 주며 말을 걸고, 정말로 재미있는 광경이었다. 눈을 마주칠 때마다 까르르 웃음을 터뜨리는 그녀들의 모습은 순진한 소녀 같았다. 그 어디에도 사교계에서 활동하는 귀족 여인처럼 보이지 않았다.

"시스에 영애는 무엇이 마음에 드나요?"

아이린 공녀는 내게 눈짓을 하며 장난스러운 어조로 물었다. 그때의 나는 저들의 눈치를 보느라 겸손한 척했으므로 한걸음 뒤로 물러서는 대답을 내놓았었다.

"다른 영애분들의 훌륭한 식견과 견문을 본받을 수 있도록 잠시 제게 시간을 주세요."

그러니까 이렇게 말한 게 맞았나? 디뷘젤 공녀는 빙그레 웃으며 대답했다.

"오, 부디 비슈발츠 영애의 기대에 부합했으면 좋겠어요."

우리는 동방 상인의 물건을 감상하고 하나씩 마음에 드는 것을 샀다. 그리고 차를 마시며 한참 이야기를 나누다가 저녁 식사를 하러 갔다. 메뉴 또한 동일하게 차린 것인지는 모르겠으나 여전히 나무랄 데가 없는 음식들이었다. 식사 후 개인 시간이 주어진 것도 똑같았다. 물론 내 곁엔 아이린 드 디뷘젤이 있었다.

"오늘 밤 문을 꼭 닫아 놓으세요."

디뵌젤 공녀가 말했다. 그녀는 뜻밖의 말에 의아해하는 내게 큰 비밀을 알려 주는 것처럼 작게 속삭였다.

"소린 영애가 벼르고 있거든요."

맙소사, 그것마저 따라 할 생각이었나. 그래도 그렇지 너무 들뜬 게 아니냔 말이다. 나는 어색한 미소를 지으며 고개를 끄덕였다.

"문을 잠글 수 있게 열쇠를 주시겠어요?"

"물론이죠."

아직까지 나는 그녀에게 의심스러운 점을 찾을 수 없었다. 공녀는 시종일관 유쾌하게 굴었고, 그저 자신의 재미있는 티 파티가 성공적으로 끝나기를 바라는 사람처럼 행동했다. 어디에도 로샨 공녀와의 접점이 보이지 않았다. 그저 우연인 건가.

그날 밤 소린 영애가 내 방을 찾아왔지만, 그녀는 이전처럼 문을 열고서 들어오지 못했다. 디뵌젤 공녀가 준 열쇠로 미리 문을 잠가 놨기 때문이다. 덕분에 나는 편하게 잠잘 수 있었다. 고작 몇 시간에 불과한 짧은 수면이었지만, 뭐 그래도.

다음 날은 응접실에 모여 사교계의 이야기를 나누었다. 오후에는 음악가를 불러 음악을 감상하고 이후 편을 나누어 로뮴 게임을 했다. 과거에는 그들과 친분이 없어 거절한 게임이었다. 우리는 어린아이처럼 열을 내며 상대방을 이기려고 애를 썼다. 먼저 앞서 나가면 소리를 내지르며 열심히 응원했다. 게임이 끝났을 땐 모든 사람의 얼굴이 흥분에 못 이겨 빨갛게 달아올라 있었다. 다들 부채와 물을 찾으며 이마에 흐른 땀을 식히려고 노력했다.

그러다가 누군가가 내뱉은 '벌칙을 정해 놓고 경기할 걸 그랬어요'라는 말에 다시 불타올랐다. 점잖은 영애들이지만 상대방을 골탕 먹이는 것에서는 예외가 없어 다소 부끄러운 벌칙이 내기에 걸렸다. 그러니 아까보다 더 열과 성을 다해 게임에 임할 수밖에 없었다. 다행히 공녀와 내가 속한 편이 이겨 우리는 느긋하게 상대방의 창피한 모습을 구경했다. 커다란 말 가면을 쓴 상태로 우스꽝스러운 희곡을 흉내 내는 귀족 여성의 모습이란 흔히 볼 수 없는 재미였다. 아마 몇 년은 이를 가지고 이야기를 나눌 터였다.

그다음 날에는 개인 시간이 주어졌다. 어떤 사람은 산책을, 어떤 사람은 낮잠을, 어떤 사람은 그림을 그렸다. 그리고 나는 몇몇 사람에게 붙들려 이야기를 나누었다.

처음에는 드레스와 보석으로 시작하다가 곧 최근에 본 연극과 음악으로 흐름이 이어졌다. 사교계의 한 축을 담당하는 패라서 그런지 저들이 이끌어 가는 대화에는 얻을 만한 정보가 많았다. 간간이 이어지는 농담 또한 풍성해 시종일관 웃음이 터져 나왔다. 그렇기에 갑자기 주제를 바꿔 기사에 관한 이야기를 나눌 줄 미처 예상치 못했다.

"영애께서는 할버드 경을 많이 보셨죠? 비슈발츠가가 자랑하는 기사이니 아니 그러겠어요?"

어라, 이건 또 무슨 소리지. 나는 말을 꺼낸 영애를 바라보았다. 그녀는 할버드 경을 비슈발츠가가 자랑하는 이라고 지칭하고 있었다. 어쩐지 익숙한 말이라 헛웃음이 터져 나올 뻔하였다. 소린 영애뿐만 아니라 다른 사람들도 과거로 돌아간 것처럼 심취한 모양이다. 그래도 그렇지 이것까지 따라 할 줄 몰랐는데……. 너무 즐기는 거 아닌가?

내가 선뜻 대답하지 못하자 다른 사람이 나인 것처럼 자연스럽게 말을 받아넘겼다.

"어머, 너무 곤란한 질문은 하지 마셔요. 할버드 경은 많이 바쁘신 분이라 많이 보지는 못하셨을 거예요. 그렇죠?"

물론 이들이 원하는 건 나의 적극적인 참여였다. 그러므로 내가 이를 받아치지 못하고 움츠린다면 분위기는 매우 이상해질 것이다. 나는 어색한 미소를 지으며 고개를 끄덕였다. 그리고 그날 내가 무슨 말을 했는지 기억하려고 애를 썼다. 그러니까 분명 이렇게 대답했었던 거 같은데?

"할버드 경은 로에나의 기사이므로 제가 뵐 일이 드물답니다."

"아쉬운 일이네요."

"그러게요. 로에나 영애만 호위하다니 말이에요."

그네들은 내 말에 만족스럽다는 듯 환하게 웃더니 곧 현 사교계에서 인기 있는 기사들에 대한 이야기를 풀어놓기 시작했다. 대부분 에스코트 받은 경험과 함께 춤을 춰 봤다는 수줍은 소리였다. 간혹 도움을 받았던 경험이 흘러나오긴 했으나 감탄을 받을 만큼 대단치 않았다. 야심 차게 꺼낸 이야기치곤 그 행적이 너무나 초라했다.

그렇게 몇 분 정도 떠들었을까. 어느덧 주제가 아이레스 경으로 넘어왔다. 그는 과거나 지금이나 여전히 인기 많은 사내라 이런 식으로 종종 타인의 입에 오르내렸다. 물론 오늘은 나 때문에 언급되는 것이었다.

영애들은 내 얼굴을 바라보며 장난스러운 미소를 지었다.

"아이레스 경의 에스코트를 받는 여인이 있기나 할까요?"

"글쎄요, 그분의 마음을 녹일 수 있는 여인부터 있을지 의문이에요."

"맞아요. 이상하게 상냥한 아이레스 경은 상상이 되지 않더라구요."

"비슈발츠 영애께서는 흠모하시는 기사분이 있으신가요?"

순간 과거가 밀려들어 오는 기분이 들었다. 이미 겪은 일인데도 기시감이 일고 있었다. 저들이 원하는 대로 장단을 맞추고 있음에도 자꾸 묘한 느낌이 드는 게 이상했다.

"제가 기사분에 대해 아직 잘 모르는 터라……."

"아이레스 경과 같은 멋진 기사님은 어떠신가요?"

한 영애가 낭만 어린 소녀의 시선으로 나를 바라봤다.

"너무 훌륭한 분이라 뭐라 말씀드려야 할지 모르겠네요. 기사로서의 실력은 물론 성품 또한 나무랄 데가 없는 분이니까요."

말을 마친 나는 응접실 문이 있는 곳을 향해 시선을 돌렸다. 설마 그 때처럼 아이레스 경이 문을 열고 들어오는 건 아니겠지? 다행히 그런 일은 없었다. 나는 남들 모르게 자그맣게 한숨을 내쉬었다.

"아이참, 이럴 땐 아이레스 경에 대해 관심이 없다고 말해야죠."

순간 소린 영애가 타박하듯 목소리를 높였다. 순간 우리 사이에 차가운 침묵이 흘렀다. 분위기를 깨는 말에 다들 어안이 벙벙한 것인지 입을 딱 벌렸다. 어떤 이는 대놓고 미간을 찌푸리기까지 했다. 하지만 소린 영애는 이를 눈치채지 못한 듯 계속 말을 이어 나갔다. 옆에 다른 사람이 곤란하다는 듯 작게 만류했지만 그녀는 아주 막무가내였다.

"그래야 내가 부인께 '맙소사, 아이레스 경을 보고도 아무렇지 않아요?'라고 말하죠. 정말 실망이에요."

나는 차분한 목소리로 대답했다.

"첫 만남은 아니지만, 여러 번 만나 본 바에 의하면 끌릴 이유가 충분한 남자였으니까 당연하죠. 우연은 존재하더군요. 그럼 된 거 아닌가요?"

소린 영애는 내 말이 마음에 들지 않은 것인지 입술을 비죽 내밀며 고개를 옆으로 휙 돌렸다. 어린애 같은 행동에 모두 한숨을 내쉬며 자리에서 일어났다. 그녀 덕분에 깨진 판이었다. 더는 대화를 이끌어 갈 이유가 없었다.

그렇게 사람들이 하나둘씩 사라지고, 소린 영애와 단둘이 남게 된 나는 뒤늦게 자신의 잘못을 깨달았는지 울상을 짓는 그녀를 향해 한마디를 던졌다.

"아, 봄은 모두에게 공평하게 찾아오는 법이라고 내게 말했지요? 네, 제게도 봄이 찾아오더군요."

그리고 나 또한 그녀를 떠나 다른 곳으로 갔다. 이후 소린 영애는 밤이 깊어 잠자리에 들 때까지 그 자리에 계속 혼자 앉아 있었다. 누구도 그녀에게 다가가 말을 걸지 않았다. 안쓰럽지만 자업자득이었다.

디뷘젤 저택에서의 시간은 너무도 빨리 흘러 어느덧 마지막 날이 되었다. 공녀는 그때처럼 마지막 날을 피크닉으로 끝낼 것을 권했고, 사람들은 흔쾌히 동의했다. 그래서 모두 옷을 갈아입기 위해 자신의 방으로 돌아갔다. 나만 그때처럼 응접실에 앉아 있었는데, 공녀가 잠시 남아 달라고 부탁했기 때문이다.

"잠깐만 응접실에 앉아 기다려 주시겠어요? 단둘이서 할 이야기가 있어요."

내가 느꼈던 의문점에 대한 해답이 나오는 것인가. 나는 흔쾌히 수락하며 그녀를 기다렸다. 대체 어떤 이야기라서 티 파티의 마지막 날이 돼서야 하는지 매우 궁금했다.

잠시 후 문이 열렸다. 디뷘젤 공녀인 줄 알고 환하게 웃으며 자리에서 일어난 나는 뜻밖의 사람에 깜짝 놀라 그대로 멈추었다. 문 앞에 아이레스 경이 서 있었다.

"멜?"

설마 이것까지 재현한 건가. 당황한 내가 막연히 그의 이름을 불렀을 때였다. 멜은 묵묵한 동작으로 내게 인사를 하더니만 갑자기 주변을 서성이듯 움직였다. 그리고 이내 결심을 한 것처럼 내게 성큼성큼 다가와 말했다.

"실례가 되지 않는다면 영애의 성함을 여쭈어봐도 되겠습니까?"

"멜, 아니, 아이레스 경?"

"저는 아이레스가의 미카엘이라고 합니다. 아름다우신 영애, 부디 그대의 이름을 알 수 있도록 허락해 주십시오."

나는 얼떨떨한 마음을 감추지 못한 채 그의 질문에 대답했다.

"비슈발츠가의 시스에라고 합니다."

"비슈발츠가의 영애시로군요."

멜은 환하게 웃었다. 마치 커다란 곰 인형을 선물 받은 어린아이 같았다. 설마 아이레스 경까지 이런 일에 동참할 줄 미처 몰랐기에 나는 무척 당황했다. 디뷔젤 공녀의 완벽함에 감탄해야 할지, 멜이 보여 주는 뜻밖의 행동에 놀라워해야 할지 도통 갈피가 잡히지 않아서다.

"왜 혼자 계시는 겁니까?"

멜의 말은 과거의 기억을 이곳으로 완벽하게 불러오고 있었다. 물론 지금의 나는 그때와 달리 그와 대화하고 싶은 마음이 많았지만 말이다.

"디뷔젤 공녀를 기다리고 있는 거랍니다."

그가 걸음을 옮겨 가까이 다가왔다. 그리고 중얼거리듯 말했다. 어쩐지 낭패라는 식이었다.

"이런, 책은 없군요."

그 말이 우스워 나는 살짝 미소 지었다.

"그래서 더는 수줍음이라는 말을 못 하겠네요."

"왜 못 합니까? 영애께서 어떤 말을 하시든 기꺼이 경청할 준비가 되어 있는데 말입니다."

어쩐지 나 또한 그의 장단에 맞춰 줘야 할 것 같았다. 그래서 나는 일부러 그날처럼 말을 꺼냈다.

"감사한 말씀이네요. 그럼 부디 제게 다시 인사를 드릴 기회를 주시겠어요?"

그러자 그가 약간 굳은 표정으로 나를 바라봤다.

"무슨 인사를 말입니까?"

"경께서 본래의 목적을 상기할 수 있도록 하는 작별 인사 말이에요. 디뷔젤 공녀가 돌아오셔서 이 광경을 보면 무슨 생각을 하시겠어요?"

그때의 나는 친분 없는 사람과 대화하는 것을 고통이라 생각했다. 그래서 그를 빨리 내보내려고 애썼다. 그와 함께 있기보다는 책을 읽는 게 더 낫겠다고 여겨서였다. 아이레스 경과 같은 기사가 왜 내게 당신의 귀중한 시간을 낭비하는지 이해할 수 없었기 때문이다. 지금은 아주 잘 알고 있지만.

"해야 할 일을 하고 있다고 생각하겠지요."

미카엘 아이레스가 얼굴 가득 미소를 지으며 내게 다가와 손등에 입을 맞췄다. 그리고 한쪽 무릎을 바닥에 꿇고서 나를 바라보았다. 열린 입을 통해 흘러나오는 건 진심 어린 고백이었다.

"비슈발츠 영애, 그대에겐 불행하게도 나는 내 가슴속에 불타는 감정과 열렬하게 사모하는 마음을 고백하지 않을 수 없습니다. 내가 그대로 인해 어떤 열병을 앓고 있는지 아신다면 저를 세상에서 가장 불쌍하고 가엾은 사람으로 여기게 될 것입니다. 물론 기사 된 도리로서 참아야 함을 압니다. 신사답게 의젓한 태도로 기다리며 영애의 마음이 열리기를 기다려야 한다는 것 또한 말입니다. 그러나 나는 그대가 너그러운 마음을 가진 이임을 알기에 이리도 비겁하게 애정을 갈구하고 또 갈구하는 것입니다. 믿지 못하시리라는 것을 압니다. 영애와 제가 마주한 시간은 그리 길지 않았으니까요. 그러나 신께 맹세컨대 제 마음에는 한 점의 부끄러움도 없습니다. 내 모든 것은 당신에게 향해 있습니다. 나의 빛, 나의 사랑, 나의 고통. 나는 당신을 알고서 심장을 쥐어짜는 아픔이 무엇인지 알게 되었습니다. 그것이 얼마나 황홀한 슬픔인지 또한. 이것은 마음의 굶주림입니다. 당신을 보는 것만으로도 닿고 싶은 마음에 허기가 지고 목이 마릅니다. 가끔 나의 텅 빈 내부에 당신이라는 존재를 채워 넣고 싶은 욕망이 차오르기까지 합니다. 그러나 그대는 너무 소중하여 내가 감히 함부로 대할 수 없는 존재입니다. 그러므로 이 고통은 오롯이 나의 몫입니다. 사랑스러운 시스에. 나는 당신을 사랑함으로써 새로운 세상을 맛보게 되었습니다. 그간 나의 세계가 차가운 얼음처럼 황량했다면 지금은 가을 들녘의 무르익은 벌판처럼 가득 찼습니다. 이건 경이입니다. 누구도 내게 이런 세계가 있음을 알려 주지 않았습니다. 그런데 당신은 내게 기적을 알게 했고, 낯선 감정에 눈뜨게 했으며 모든 위대한 것들을 겸허히 포용할 줄 아는 미덕을 가지게 만들었습니다. 그러니 나는 당신 앞에 무릎을 꿇을 수밖에 없습니다. 친애하는 시스에. 모든 예술적인 것은 끝이 없습니다. 그래서 완전함을 가지기 위해 끊임없이 노력하는 것입니다. 그러나 당신이라는 예술은 너무나 완벽하여 나를 두렵게 만듭니다. 나는 어떻게 해야 당신을 소유할 수 있을지 모릅니다. 그저 그대가 내게 손을 내밀어 나를 감싸 안아주기만을 기다릴 뿐입니다. 내 열정의 근원인 시스에. 그러니 부디 바라건대 나를 용서하십시오. 나는 그대 앞에만 서면 왜 이렇게 욕심만 차오르는지 모르겠습니다. 내 감정이 우리의 관계를 긍정적으로 이끌었다면 그대를 향한 간절함 또한 분별과 냉정으로 반짝여야 마땅합니다. 그런데 왜 나는 계속 그대를 향한 허덕임으로 갈피를 잡지 못하는지 이해할 수 없습니다. 그대가 내 손을 잡고 있다는 사실은 더는 내게 위안이 되지 못합니다. 나는 점점 숨을 쉬는 법을 잊어버리고 있습니다. 그러나 이런 내게도 희망이 있다면 그대가 내 손을 뿌리치지 않고 있다는 점입니다. 이로 인해 나는 살아갑니다. 당신이 내게 보여 주는 웃음, 손길 그리고 언어는 나에게 있어 구원입니다. 나는 이로 인해 만족을 얻고 혹시 모를 불안을 잠재웁니다. 내 안에 자리한 모든 의심을 불태워 없애 버립니다. 하지만 시스, 불완전한 내가 완전함의 이상을 지극히 바라고 따르는 건 당연한 일입니다. 당신은 내가 없어도 완전하지만 나는 당신이 없이는 아무것도 할 수 없기 때문입니다. 모든 것에는 근원이 있습니다. 내 근원은 당신입니다. 그런데 그대가 없는 내 삶에 어떻게 영혼이 존재할 수 있겠습니까? 그렇기에

나는 물질적인 증명으로 당신을 바라고자 합니다. 당신이 이걸 가리켜 무례하고 야만적인 속박이라 비난해도 나는 달게 받겠습니다. 그럼에도 나는 당신의 것이기 때문입니다."

나는 그의 말에 목이 막힌 것처럼 아무런 대답을 내놓을 수 없었다. 그저 숨이 막혔다. 가슴이 벅차올라 견딜 수 없었다. 눈가는 이미 뜨겁게 달아오른 상태였다.

미카엘 아이레스는 이런 내게 부드러운 미소를 지으며 품 안에서 작은 상자 하나를 꺼내어 열었다. 그 안에는 반지가 있었다.

"진정으로 바라건대 시스, 내가 비슈발츠가 되게 해주십시오. 부디 당신에 대한 사랑으로 가득 찬 나의 소망을 너그럽게 받아주십시오. 그리하면 그대가 내 영혼을 삼킨다 하더라도 기꺼이 받아들일 것입니다. 다시 말하지만 나는 당신의 것입니다."

나는 손을 내밀었다. 거기엔 이미 그가 준 두 번째 반지가 끼워져 있었지만 그걸 보는 멜이나 나나 아무렇지 않았다. 그는 침착한 태도로 두 번째 반지를 빼고서 자신이 가져온 반지를 끼워 주었다. 어느새 내 뺨에는 뜨거운 눈물이 흘러내리고 있었다.

"경은 조금 전만 하더라도 제 이름조차 몰랐잖아요. 그런데 반지라니…… 어떻게 손을 내밀지 않을 수 있겠어요?"

나는 그때처럼 그에게 말을 하려고 노력했다. 이런 농담을 하지 않으면 소리 내어 엉엉 울 것만 같아서였다. 하지만 흘러나오는 목소리는 내가 들어도 엉망이었다. 먹먹하게 젖은 소리가 이제 막 말을 처음 배우는 아이처럼 어설펐다.

"그대가 내 것이라고 했지요?"

"예."

"제국의 고결한 기사님, 이전에도 그랬지만 이번에도 제게 확답을 강요하시는군요. 그래요, 그대가 옳았어요. 나는 당신에게 답을 내어

주었고, 그건 지금 내 손에 끼워진 반지가 그것을 증명해요. 멜, 그대는 언제나 내 의사를 존중했죠. 그러니 나 또한 그대를 존중하는 거예요."

"시스, 그대니까요."

"존경하는 기사님, 여기서 좀 더 솔직한 속내를 말해달라고 바라는 건 무례한 처사인가요?"

미카엘 아이레스, 아니, 미카엘 비슈발츠는 내 말에 환하게 웃으며 고개를 내저었다. 그리고 손을 뻗어 내 뺨을 감싸 쥐었다.

"사랑합니다, 시스."

"네."

그의 얼굴이 가까워졌다. 이제 숨결이 닿을 정도였다.

"나와 결혼해 주십시오."

"네, 기꺼이."

이전의 나는 미카엘 아이레스에게 여지를 주지 않으려고 했다. 헛된 희망이 얼마나 무서운지 알고 있었기 때문이다. 그리고 그는 무례에 가까운 내 행동에도 신사다움을 잃지 않으며 존중해 주었다. 그래서 나는 우리의 인연이 그걸로 끝인 줄 알았다. 그렇기에 이 장면이 오랜 시간이 흘러 이렇게 다시 재현될 줄 알았더라면 나는 좀 덜 냉정하게 말했을 터였다.

"시스."

"네."

"시스."

"네."

나는 자꾸 내 이름을 부르는 그의 행동에 결국 크게 울음을 터뜨렸다. 왜 갑자기 나타나서 나를 울리는 건지, 그의 행동이 사랑스러우면서도 야속했다.

"내게 다시 말해줘요. 나는 당신의 것이라고."
"멜, 당신은 나의 것이에요."
그러자 그가 내 입술에 가볍게 키스했다. 나는 울면서 계속 말했다. 멜, 당신은 나의 것이에요. 내가 당신을 가졌어요. 그리고 당신 또한 나를 가졌지요.
멜의 입술이 이제 내 입술뿐만 아니라 뺨과 눈가, 이마에까지 향했다. 그는 달콤한 목소리로 속삭이며 엉엉 우는 나를 달랬다.
"쉬이, 너무 울지 말아요."
"하지만 울음이 멈추지 않아요. 어떻게 해야 할지 나도 모르겠어요."
그러자 그가 몸을 일으켜 나를 자신의 품에 안았다. 따뜻하고 단단한 품이 나를 감싸자 더더욱 크게 울음이 흘러나왔다. 마치 어린아이가 된 기분이었다. 내 울음은 많은 시간이 지나서야 가까스로 멈추었다. 멜은 그때까지 내 등을 토닥이며 나를 달랬다. 민망한 순간이었다.
"그때 말했던 마무리가 이렇게 이루어지는군요."
"네. 그런데 멜, 어떻게 이곳에서 청혼할 생각을 한 거예요?"
내 질문에 멜은 의미심장한 미소를 지었다. 그리고 아직도 모르겠냐는 듯 자신의 이마를 내게 살짝 가져다 댔다.
"설마, 멜……."
"뤼세와 디뵌젤 공녀의 도움이 컸죠."
"왜 그렇게……."
"잊지 못할 특별한 청혼을 하고 싶어서입니다. 그리고 내가 그대를 얼마나 사랑하는지 그대에게 반한 그날로부터 다시금 되새기기 위해서였어요."
그의 대답에 말문이 막히는 것 같았다. 오늘의 청혼을 위해서 로샨을 통해 내 긴장을 풀게 하고, 디뵌젤 공녀와 연합하여 그날의 기억을 완벽하게 재현한 거였으니까. 내가 그간 느낀 의문의 답이 이거였었나.

어떻게 이렇게 감쪽같이 나를 속일 수 있었던 것일까? 그의 치밀한 계획에 감탄이 나왔다. 이를 위해 열정적으로 협조한 로샨과 디뷘젤 공녀의 행동 또한 놀라웠다. 특히 디뷘젤 공녀는 자신의 패거리와 집까지 제공한 셈이니 어떻게 감사를 해야 할지 모를 노릇이었다.

"고마워해야 할 사람이 아주 많아요. 어떻게 인사를 해야 할지 모르겠어요."

다시 흘러나오는 눈물에 내가 훌쩍이자 아이레스 경이 농담 섞인 목소리로 대답했다.

"감사 인사는 내가 해야 할 것 같은데요. 그대가 받아주지 않았더라면 이 모든 게 말짱 헛것이 될 뻔하지 않았습니까?"

"그럼 그때처럼 말할 걸 그랬어요. '제게 기사님의 명예를 지킬 기회를 주세요'라고요. 그다음이 '실망감으로 물들 경의 모습을 다른 분들이 보지 않았으면 좋겠다'라는 소리였나요?"

내 말에 그가 크게 웃으며 속삭였다.

"맙소사, 그 말을 들었을 때 정말 절망에 빠지는 줄 알았습니다. 하늘이 무너지는 것 같았죠. 지금에 와선 추억으로 남았지만 말입니다."

"사실 이후로 저를 포기하실 줄 알았어요. 그런데 그렇게 하지 않으셨죠."

"사랑에 빠졌기 때문입니다. 그대가 아니라면 안 될 것 같았으니까요. 나를 완벽하게 사로잡으셨지요."

"완전히요?"

"네, 더할 나위 없이. 돌이킬 수 없을 만큼 아주 완벽하게요."

본래의 나라면 눈물로 인해 퉁퉁 부은 얼굴을 보여 주기 싫어했을 테지만, 청혼을 받아들여선지 기이한 용기가 샘솟아 오르고 있었다. 그도 그럴 것이 이 이상 거리낄 게 뭐가 있단 말인가. 그래서 바로 손을 뻗어 그의 얼굴을 잡아당겼다. 그리고 그의 입술에 키스했다. 나는 놀라움으로 가득 찬 멜에게 수줍은 미소를 지으며 말했다.

"나의 것, 내 사랑, 나의 기사님. 이젠 물릴 수 없어요. 당신은 완벽하게 나라는 여자에게 잡힌 거예요. 무서운 마녀에게 말이죠."

멜은 내 말에 황홀한 표정을 지으며 내게 키스했다. 이번엔 혀가 엉키는 야한 접촉이었다. 영혼을 휘감는 진한 스킨십에 온몸이 떨려 왔다. 달콤하고 진한 감각이 나를 부드럽게 녹이고 있었다.

그는 목이 긁히는 듯한 소리를 내며 작게 으르렁거렸다.

"이렇게 아름답고 매혹적인 마녀라면 언제든지 환영이죠."

그리고 다시 열정적으로 키스했다. 기다리다 못한 디뷘젤 공녀가 재촉하는 것처럼 노크를 할 때까지.

그렇게 우리는 완벽하게 서로의 것이 되었다.

다음 날 나는 이 청혼을 위해 열과 성을 다해 준 배우(영애들)의 환대를 받으며 디뷘젤 공녀의 저택을 떠나는 마차에 올라탔다. 공녀는 고마워하는 내게 눈을 찡긋하며 짐짓 으름장을 놓았다.

"나중에 배로 돌려받을 거예요."

그러면서 하는 말이 티가 나지 않게 연기하느라 무척 힘들었다는 소리였다. 나는 겁먹지 않은 얼굴로 '각오하고 있어요'라고 말했다. 내 대답에 공녀는 크게 웃으며 결혼식 축하 선물을 기대하라고 속삭였다.

그렇게 나는 멜의 손을 꼭 붙잡은 채 자택으로 돌아왔다.

미카엘 아이레스가 내게 청혼했고 그걸 내가 받아들였다는 소식은 오후가 채 되지 않아 수도를 휩쓸었다. 저택에 사람들의 축하 편지가 빛발치는 건 당연한 일이었다. 하지만 그 어디에도 황제의 편지는 보이지 않았다. 나는 그가 보냈던 유리 구두를 창고 깊숙한 곳으로 집어넣었다. 어쩌면 내가 죽을 때까지 먼지에 뒤엉킨 상태로 처박혀 있을지도 모를 일이었다. 그럼에도 하나도 두렵지 않았다. 이제는 새로운 사람을 맞이해야 할 때였다.

5
남은 조각들

첫 번째 – 첫날밤

결혼식은 근사했다. 날은 화창했고 드레스는 찬사를 받을 정도로 아름다웠으며 사람들 앞에서 한 맹세의 키스는 녹을 듯이 달콤했다. 무엇보다 미카엘이 내 손에 커다란 보석이 박힌 결혼반지를 끼웠을 때, 누군가 크게 앓는 소리를 내었고, 신께 맹세컨대 그건 결혼식 중 가장 의미 있는 장면이었다. 나는 부러움이 가득 담긴 시선을 한 몸에 받으며 그의 손을 붙잡았다. 새로 결혼을 했음에도 나는 여전히 비슈발츠 백작 부인이었다. 나는 이 사실이 무척 만족스러웠다.

어떤 의미론 첫 번째 결혼식이라 할 수 있으니 거창하게 열어야 한다는 어머니의 주장은 옳았다. 아이레스가의 재력과 로샨가의 적극적인 협조가 더해지니 모두에게 두고두고 회자될 만큼 화려해졌다. 황실 결혼식을 보는 줄 알았다며 옆 사람에게 속삭이던 누군가의 말처럼 성대하기 짝이 없는 결혼식이었다. 뭐, 멜이 결혼 서약서에 사인을 할 때

아주 잠깐 소동—몇몇 여인이 울다가 기절했다—이 있었지만, 이후론 완벽했다.

신 앞에 하는 맹세를 마지막으로 우리는 신전을 떠나 저택으로 돌아왔다. 그리고 축화 연회에 참석했다. 응접실과 파티 홀, 정원에까지 넓게 차려진 연회는 밤늦도록 이어졌다. 술과 음식이 끊임없이 추가되었고, 사람들은 쉴 새 없이 춤을 추며 우리를 축복했다.

멜은 자꾸 술을 권하는 사람들 때문에 정신없이 잔을 들이켜고 있었다. 짓궂은 사내들은 축하를 핑계로 멜의 술잔에 계속 술을 부었다. 그를 골탕 먹이기 위해서였다. 결혼식 연회에서 건네는 술은 결코 거부해선 안 된다는 빌어먹을 전통이 그를 힘겹게 했다.

다행히 아직까진 위기를 잘 넘기고 있는 모양이지만 점차 얼굴이 붉어지는 게 곧 위험 수위에 도달할 것처럼 보였다. 그들은 멜이 만취하여 첫날밤을 망치기를 바라고 있었다. 이를 보다 못한 멜의 형이 중간에서 그를 빼 오지 않았더라면, 아마 그렇게 되었을 터였다.

나 또한 곤란하긴 마찬가지였다. 귀부인들에게 둘러싸여 이러지도 저러지도 못하고 있었기 때문이다. 그들은 당황스럽게도 나를 붙잡고서 노골적인 음담패설을 날렸는데, 두 번째 결혼이라 알건 다 안다고 생각한 모양이었다. 물론 창녀를 통해 이런저런 교육을 받았긴 하지만 이렇게 노골적인 건 처음이라 나는 그만 창백하게 질리고 말았다. 그러자 귀부인들은 이런 내 모습에 수줍은 척한다며 깔깔거렸다. 그리고 자신들의 첫날밤에 관해 이야기를 하는데, 어찌나 자세하게 설명하던지 혼이 다 나갈 지경이었다. 마침 하녀가 방으로 돌아가야 한다고 말하지 않았더라면, 계속 붙잡혀 원치 않는 고통을 겪었을 것이다. 정말 다행이었다.

방으로 돌아온 나는 하녀의 도움을 받아 머리부터 발끝까지 깨끗하게 씻었다. 오늘을 위해 새롭게 마련한 향유로 온몸을 마사지하고, 눈썹과 손톱, 발톱까지 다시 깔끔하게 다듬었다. 어머니는 좋지 않은 몸으로나마 나서서 이 모든 것을 주도하고 있었다. 그녀는 하녀에 의해 단장된 내 모습에 눈물을 흘리며 기뻐했다. 오늘 벌써 여러 번 흘리는 눈물이었다.

"제대로 된 결혼식을 열다니 정말 기쁘구나. 오늘은 내 생애 가장 행복한 날이야."

어머니는 내 손을 붙잡고 나를 첫날밤을 위해 준비된 침대로 이끌었다. 그리고 어떻게 행동해야 하는지 조심스럽게 조언했다. 어머니가 말한 대부분의 말이 순결한 여인처럼 얌전하게 굴며 상대의 즐거움을 유도하라는 이야기였다. 그러면서 그녀는 감정을 솔직하게 내뱉으면 천박해 보일 테니 소리를 잘 참아야 한다고 덧붙였다.

어처구니가 없는 말이었다. 멜이라면 내가 어떻게 굴든 모두 받아줄 텐데 왜 그런 걱정을 한단 말인가. 내가 성녀처럼 굴든 창녀처럼 굴든 나 자체만으로도 기뻐할 사람인데. 그래서 나는 건성으로 고개를 끄덕였다. 어머니는 이런 내 모습이 긴장해서 그러는 줄로 착각하고 흐뭇한 웃음을 지었다. 이는 딸의 결혼을 훌륭하게 성사시킨 어머니만이 지을 수 있는 뿌듯한 미소였다.

"어떤 사내라도 지금 네 모습을 본다면 눈이 멀어버릴 게야. 사랑스러운 내 딸. 너는 행복하게 잘 살 거야, 암 그렇고말고. 이보다 더 완벽한 남자가 어디 있겠니?"

어머니는 내 뺨에 몇 번이고 키스했다. 그녀는 내게 있어 별로 도움이 되지 않는 말을 몇 번이고 떠들어 댔다. 그런 다음 주변을 다시 한 번 섬세하게 점검하는 것으로 신부 어머니의 역할을 마무리 지었다. 안심이 된다는 것처럼 한숨을 내쉬는 어머니의 모습에 내가 다 맥이 빠질 지경이었다. 그것은 당신이 하녀의 부축을 받아 방을 빠져나갈 때까지 지속되었다. 이제 곧 멜이 도착할 시간이었다.

홀로 남게 되니 갑자기 온몸이 떨려 왔다. 긴장으로 인해 숨을 쉴 수가 없었다. 손끝이 차가워지고 입안이 바짝바짝 말라 왔다. 태연한 척하려고 해도 자꾸만 한숨이 나왔다. 이러다가 그를 보면 기절하는 게 아닐까. 문득 이런 걱정이 들었다. 와인이라도 한 잔 마셔야 할 것 같았다. 다행히 침대 옆 좁은 탁자 위에 우리를 위한 와인과 잔이 놓여 있었다. 나는 그것을 향해 손을 뻗었다. 긴장을 풀 정도로 적당히 마시면 되겠지. 막연히 그런 생각을 했다.

그런데 갑자기 문이 열리고 멜이 들어왔다. 그의 얼굴은 약간 달아올라 있었는데, 아까 마신 술 때문인 것 같았다. 멜은 협탁에 손을 뻗으려다 만 나를 보고 그 자리에 멈춰 섰다. 그의 눈동자는 내가 알 수 있을 정도로 심하게 흔들리고 있었다.

"시스…… 그러니까…… 음, 가까이 가도 됩니까?"

그가 작은 목소리로 말했다. 맙소사, 멜은 지금 수줍어하고 있었다. 커다란 덩치를 가진 용감한 기사가 말이다. 나는 비로소 그의 얼굴에 어린 홍조가 전부 술 때문이 아님을 깨달았다.

멜의 태도에 나 또한 얼굴이 빨개졌다. 나는 가까스로 몸을 움직여 고개를 끄덕였다. 그가 가까이 다가올수록 심장 소리가 커지는 것 같았다. 멜은 내 눈치를 살피며 잠시 망설이다가 침대 끄트머리에 살짝 걸터앉았다. 그리고 마른세수를 하며 연거푸 짧은 숨을 내쉬었다. 그럴 때마다 술 냄새가 피어올랐다. 어색한 정적이 흐르고 있었다.

"시스, 음, 그러니까 취한 상태로 와서 죄송합니다."

잠시 후 그가 내게 고개를 꾸벅 숙이며 미안하다고 말했다. 긴장과 취기가 뒤섞인 멜은 얼음의 기사라는 이명을 가진 이답지 않게 퍽 귀여웠다. 그래서 나도 모르게 웃음이 흘러나왔다.

"너무 기뻐서 자제하지 못했습니다. 멀쩡한 모습을 보여 줘야 하는데…… 이런 제 모습에 실망하는 건 아니지요?"

"아니요, 그럴 리가요."

내 목소리에 그가 고개를 들어 올려 시선을 고정했다. 그리고 몽롱한 눈빛으로 중얼거리듯 말했다.

"아름다워요."

"네?"

"시스는 왜 이렇게 아름답습니까? 정말 완벽해요. 그런데 이제 내 부인이로군요."

"멜?"

멜은 자기가 내뱉은 '부인'이라는 단어가 마음에 드는지 부드러운 미소를 지으며 몇 번이고 그 말을 반복했다.

"부인, 그래, 부인. 이보다 더 황홀한 소리가 있을까요?"

"멜, 정말 많이 취했군요."

나는 그가 걱정이 되었다. 물이라도 마시게 해줘야 하지 않을까 싶은 생각이 들 정도였다. 그런데 멜이 갑자기 손을 뻗어 나를 붙잡았다. 그리고 곧장 고개를 기울여 내게 입을 맞추었다. 그답지 않은 매우 저돌적인 행동이었다.

멜은 사춘기에 막 접어든 소년처럼 성마르게 굴었다. 그야말로 잡아먹을 것처럼 게걸스러운 키스였다. 벌려진 입술 사이를 비집고 들어오는 말캉한 살덩이에 '흡' 하고 숨이 들이켜졌다. 호흡마저 삼켜 버릴 듯 강렬하게 몰아치는 입맞춤에 내가 할 수 있는 일이라곤 전혀 없었다. 내 목덜미를 잡은 손은 단단했고, 혀를 감아올리는 그의 혀는 집요하리만치 끈질겼다. 강하게 빨아 당기는 입술이 너무나 뜨거워 화상을 입을 것만 같았다. 그는 입술 사이로 흐르는 타액마저 용납하지 않겠다는 듯 내 입술 언저리를 야하게 핥아 내려갔다. 피부에 와 닿은 타인의 혀는 오싹하리만치 야릇했고 또한 무서웠다.

멜은 숨이 막힌 내가 그의 어깨를 주먹으로 두들길 때에서야 겨우 멈추었다. 물기 젖은 입술이 요염하게 반짝이고 있었다. 나는 허겁지겁 숨을 들이마시며 멜을 원망스레 쳐다봤다. 그러자 그가 빙그레 웃으며 말했다. 놀라울 정도로 뻔뻔한 태도였다.

"입 맞춰도 됩니까?"

"방금 한 건 뭔가요?"

"물론 입맞춤이죠."

순간 할 말을 잃어버린 나는 멍하니 그를 바라보았다. 첫날밤에 관한 긴장도 잠시, 주사 아닌 주사를 부리는 멜의 행동에 기가 막히는 것 같았다. 아니, 주사라 하기엔 좀 멀쩡한 것 같기도 한데? 설마, 그와 같은 사내가 술을 핑계 삼으려고…….

"멜, 진지하게 말하는 건데, 물부터 마셔야 할 것 같아요."

내 말에 멜은 고개를 내저었다. 묘하게 풀린 눈동자가 짐승의 그것을 연상시키는 것 같아 어쩐지 오싹했다. 어디선가 으르렁거리는 소리가 들리는 것 같았다.

"아니요, 괜찮습니다. 멀쩡한걸요. 그러니 물 대신 내게 입 맞춰 주십시오."

"네? 멜, 지금 무슨 소릴 하고 있는지 알아요?"

"네. 물론입니다. 내가 무슨 말을 했는지 모르지는 않아요. 그러니까, 시스, 네?"

나는 어리광을 피우듯 키스를 조르는 그의 행동에 뺨을 붉혔다. 멜은 숫제 배부른 짐승처럼 내 손에 자신의 뺨을 비비고 있었다. 세상에, 대체 왜 이러는 거예요. 나는 소리 없는 비명을 내질렀다.

"제발요."

그의 애원에 배 안쪽이 간질거렸다. 목을 긁는 듯 거칠게 내뱉는 목소리에 정신이 아찔했다. 나는 긴장을 이기지 못하고 시선을 내렸다. 아무렴 멜과 결혼한 사이인 데다가 입맞춤도 여러 번 했으니까 창피하게 여길 이유가 없지만…… 그래도 이 남자 왜 이렇게 야하게 구는 거야. 어쩐지 울고 싶은 기분이었다.

"시스, 어서요."

그가 계속 재촉했다. 어떻게든 내 입맞춤을 받겠다는 태도였다. 나는 머뭇거리다가 이내 순순히 고개를 들어 그의 입술을 혀로 핥았다. 어린 짐승처럼 그렇게. 그리고 더는 나아가지 못했다. 나로선 이게 최선이었다.

멜이 낮달처럼 희미하게 웃으며 내 아랫입술을 자신의 이로 가볍게 깨물었다. 그리고 곧 견딜 수 없다는 것처럼 긴 입맞춤을 퍼부었다. 어지럽게 얽히는 뜨끈한 살덩이와 그 주변을 감싼 끈적끈적한 타액이 감로수처럼 달았다. 나는 신음을 삼키며 그의 입맞춤을 받았다. 눈앞에서 별이 쏟아졌다.

"믿을 수가 없어요. 왜 이렇게 행복한 겁니까? 그러니 꿈이 아니라고 해주십시오."

잠시 후 입을 뗀 멜이 중얼거리듯 말했다. 나는 그의 목소리에 섞인 간절함에 가슴이 뛰는 것만 같았다.

"네, 꿈이 아니에요. 우린 결혼했어요, 멜. 그게 현실이에요."

"그렇군요. 그래서 미칠 것만 같습니다."

그가 나를 자신의 품 안으로 이끌었다. 단단하고 따뜻한 품에 긴장이 풀리고 있었다. 맞닿은 온기가 그저 사랑스러웠다.

"키스를 해도 자꾸 실감이 나지 않거든요."

속삭이듯 말하는 그의 목소리는 낮고 조심스러웠다. 나는 손을 뻗어 멜의 단단한 어깨를 어루만졌다. 그리고 '뭐가요?'라고 물었다.

"시스가, 내 부인이, 이대로 어둠에 녹아 사라질 것만 같습니다."

"이렇게 품 안에 있는데도요?"

"네. 이상한 일이지요."

“너무 오래 기다려서 그런가 봐요.”

내 말에 멜은 단호하게 부인했다.

“그렇지 않아요. 시스가 원한다면 얼마든지 더 기다릴 수 있습니다. 다만 그토록 바랐던 일이 이루어지니 믿지 못하는 것 같습니다.”

어떻게 하면 그의 불안을 해소할 수 있을까. 나는 멜의 다정하고 상냥한 품 안에서 뺨을 비볐다. 그리고 그에게 말했다.

“그럼 이렇게 하는 건 어떨까요? 오늘 있었던 일에 관해 이야기를 하는 거예요.”

“오늘 있었던 일 말입니까?”

“네. 가령 이런 거 말이에요.”

나는 작은 목소리로 오늘 내가 어떤 준비를 했는지 이야기했다. 물 한 모금 마시지 못한 상태로 드레스를 입으니 조금 힘들었지만 당신을 만날 걸 생각하며 참았다, 뭐 이런 것들로.

멜은 내가 한마디 말을 끝내면 기다렸다는 것처럼 바로 자신의 이야기를 했다. 그 전날 잠을 잘 자지 못하였다는 것부터 시작해서 아침에 자신을 놀리는 형과 잠시 투덕거렸다는 이야기까지, 내가 알지 못한 오늘의 그였다. 우리는 곧 신전에 가기 전까지 얼마나 설렜는지를 주고받으며 장난스럽게 웃었다.

“마지막으로 구두를 신는데, 심장이 터질 것만 같았어요.”

“그건 저 역시 마찬가집니다. 볼썽사납게 주저앉을 뻔했으니까요.”

“신전에 도착한 저를 멜이 에스코트해 주었죠.”

“그때 제 행동이 좀 이상하지 않았습니까?”

“네?”

“눈이 멀 것 같았거든요. 아니, 그때만큼은 멀었던 게 확실합니다.”

“지금은요?”

그는 대답 대신 내 손을 자신의 심장 부근에 가져다 댔다. 바깥으로 튀어나올 것처럼 격하게 요동치는 심장이 너무나 잘 느껴졌다. 아아, 그는 나를 사랑한다. 이건 분명한 확신이었다.

"나도 그래요."

"시스……."

그래서 나는 그에게 수줍은 목소리로 고백했다.

"나는 지금도 멜을 보고 있으면 눈이 멀 것만 같아요."

그와 함께 있으면 있을수록 우리의 애정은 아름답게 빛났다. 멜과 내가 서로를 가리켜 '당신의 것'이라고 말한 것도 다름이 아니었다. 그래서 나는 그가 조금 더 용기를 냈으면 좋겠다고 생각했다. 이제 우리에게 필요한 건 본능적인 솔직함이었다.

"멜, 나는 당신의 것이에요. 멜도 그렇지요?"

"네, 맞습니다."

"그러니 더는 불안해하지 말아요. 우리의 첫날밤이잖아요."

나는 그의 뺨에 키스하며 부드럽게 웃었다. 그러자 멜이 쉰 것처럼 낮게 깔리는 목소리로 속삭였다. 그것은 얼음의 기사가 내뱉은 것이라고 생각할 수 없을 정도로 매력적이었다.

"나의 시스, 그대는 늘 나를 미치게 하는군요. 나의 사랑, 나의 여신. 내가 당신을 다치게 하면 어떡하지요?"

그는 이마에 흘러내린 머리카락을 가볍게 뒤로 넘겼다. 눈꼬리를 휘어 가며 야하게 웃는 그의 얼굴에 가슴이 콩닥콩닥 뛰었다.

"그래도 괜찮아요. 멜, 당신이니까요."

나는 빨갛게 달아오른 얼굴을 숨기며 작은 목소리로 대답했다. 그리고 짐짓 오만한 말투로 명령하듯 말했다.

"그러니 내게 키스해요. 그럼 모든 게 용서될 거예요."

"모든 게 말입니까?"

"네, 날 다치게 하더라도 말이지요. 그러니 내 기사님, 내게 입 맞춰

주세요."

멜은 기다렸다는 것처럼 내게 입을 맞추었다. 나는 과감하게 손을 뻗어 그의 목을 감싸 안았다. 크고 따뜻한 손이 내 어깨를 어루만졌다. 나머지 한 손은 내 허리를 붙잡고 자신에게로 단단히 밀착시켰다. 내 몸은 그에게 붙들린 상태로 천천히 기울어졌다.

깊은 밤, 그와 나는 적막처럼 젖어 들어가 서로의 숨결을 공유했다. 작열하는 햇살에 몸을 내맡긴 듯한 강렬한 감각이 공간을 지배했다. 세상이 점멸되어 이명처럼 사라지는 환영 위로 더운 김이 흩뿌려졌다. 같은 체온을 공유한다는 것, 그 내밀한 쾌감에 모든 것이 일그러졌다 다시금 맞춰지기를 반복했다. 그렇게 우리는 서로에게 남자와 여자가 되었다. 미치도록 황홀한 시간이었다.

다음 날 아침, 나는 그의 품에 안긴 상태로 단잠에서 깨어났다. 나는 부끄러운 줄도 모르고 이제 막 잠이 깬 얼굴로 그를 바라보며 배시시 미소 지었다. 맞닿은 체온이 따뜻해 기분이 너무 좋았다. 멜은 그런 내 뺨과 턱과 목덜미에 깃털과 같은 키스를 뿌리며 작게 속삭였다.

"잘 잤어요, 부인?"

나는 작게 고개를 끄덕였다. 이제 막 잠에서 깬 건 똑같은데 멜의 얼굴은 여전히 근사했다. 불공평한 일이었다. 멜은 이제야 창피를 느낀 것처럼 고개를 돌리려는 내 얼굴을 손으로 고정한 다음 환한 미소와 함께 말했다.

"고개를 돌리지 말아요. 예쁜 얼굴을 계속 눈에 담게 해주십시오. 항상 이런 날이 오기를 기대했는데, 막상 이렇게 닥치고 나니……."

"어때요?"

"정말 환상적이로군요."

"그럼 이 환상적인 시간을 좀 더 이어 나가는 건 어때요?"

"그 말은?"

나는 두 눈을 크게 깜빡이며 장난스러운 어조로 속삭였다.

"전 좀 더 자야 할 것 같거든요. 멜은 어떻게 생각해요?"

그는 대답 대신 팔을 크게 뻗어 나를 자신의 품 안으로 더 가까이 끌어당겼다. 그리고 내 머리에 자신의 턱을 살짝 괸 상태로 말했다.

"부인, 부인은 어떻게 이렇게 현명합니까? 정말 좋은 생각입니다."

원만하게 합의에 도달한 나는 그의 체취를 들이마시며 조용히 눈을 감았다. 신혼 첫날부터 늦잠을 자게 되는 거지만, 뭐, 다들 알아서 이해해 주겠지. 어쩐지 조금 뻔뻔해진 것 같았지만 애써 무시한 채 따뜻한 체온을 좇아 잠에 빠져들었다. 그와 내가 완벽하게 잠에서 깨어난 건 점심이 지난 무렵이었다.

두 번째 – 원인

여자는 고개를 숙여 시선을 피했다. 잦은 기침에 목이 찢어질 것 같았지만 애써 꾹 참았다. 흔들리는 걸음에 머리마저 멍해지고 있었다. 하지만 이대로 주저앉을 수 없었다. 낡은 로브를 뒤집어쓴 여자가 홀로 골목에 서 있다는 건 손님을 받을 준비가 된 늙은 창녀라고 외치는 것이나 다름없으니까. 그래서 지친 몸이나마 어디 앉아서 쉴 수 없었다.

병은 그녀의 몸을 잠식하다 못해 이제 영혼까지 찢어발기고 있었다. 숨을 들이쉬는 것만으로도 죽음이 가까워지는 것 같았다. 여자는 크게 기침했다. 벌려진 입을 타고서 피가 쏟아져 내렸다. 헛구역질에 눈물이 흘러나왔다. 여자는 더러운 소매로 입술을 문질러 닦으며 소리 없이 울었다. 그녀는 자신의 신세가 처량해 견딜 수 없었다.

몇 달 전만 하더라도 자신은 화려한 드레스에 하녀 여럿을 부리던 귀족 부인이었다. 매일 화려한 드레스를 입고 맛있는 음식을 먹으며 연극과 오페라를 관람하러 다녔더랬다. 가끔 보석 상점에 들러 목걸이나 귀걸이를 사고, 모자 상점에서 최신 유행하는 모자를 맞추기도 했다. 새로운 모자에 어떤 새의 깃털을 달지 고민하는 건 그녀의 은밀한 즐거움이었다. 그런데 이렇게 한순간에 무너져 버리다니.

여자는 저택으로 병사들이 밀고 들어온 그날을 떠올렸다. 기분 나쁜 무도회 다음 날이었다. 느지막이 일어나 늦은 점심을 먹고 있는데 갑자기 문 앞에서 큰 소리가 들렸더랬다. 깜짝 놀라 나가 보니 황실 정규군 복장을 갖춘 병사들이 우르르 몰려와 하녀들을 발로 걷어차더니만, 자신과 딸을 붙잡았다. 그리고 가타부타 말도 없이 끌고 갔다. 여자가 소리를 지르며 도움을 요청했지만 아무도 그녀를 도와주지 않았다. 모두 그렇게 된 게 당연하다는 것처럼 바라보고 있었다. 그건 그녀의 딸도 마찬가지였다.

여자의 딸은 절망하는 그녀에게 태연한 어조로 말했다.

"로에나가 황태자의 눈에 든 이상 모두 끝난 거예요. 결국, 그 애에게 졌어요. 포기하세요, 어머니. 우릴 도와주는 사람은 없어요."

누구보다 못되고 나쁜 딸이었지만 그럼에도 사랑하는 제 자식이었다. 그런 딸이 다 끝났다는 것처럼 고개를 숙이는데 가슴 아프지 않을 어미가 없었다. 그래서 그녀는 어떻게든 살아남기 위해 애를 썼다. 하지만 딸의 말마따나 그들을 돌아보는 사람은 없었다. 되레 침을 뱉으며 욕했다. 그리고 금세라도 그들의 목을 매달 것처럼 크게 비난했다. 만일 로에나의 자비가 아니었더라면 여자와 딸은 이미 죽었을 것이다.

딸은 로에나의 선의를 증오했다. 여자로선 이해할 수 없는 반응이었다. 죽는 것보다 사는 게 낫지 않나. 그러나 딸은 쥐와 벌레가 들끓는 더러운 저택을 바라보며 크게 이를 갈았다. 그런 그녀의 얼굴은 무서울 정도로 일그러져 있었다.

"차라리 죽는 게 낫겠어요. 그 애는 자신만의 방법으로 우리에게 복수하네요."

오래지 않아 여자는 딸이 어떤 의미로 말했는지 깨달았다. 살아도 사는 것 같지 않은 지독한 하루하루였다. 바깥에 나가면 그들의 얼굴을 알아본 사람들이 돌이나 물건을 던졌고, 집 안에만 있자니 춥고 배고팠다. 로에나의 명령으로 그들을 살피러 온 하녀는 여자와 딸을 조롱하며 가져온 음식을 바닥에 던지고 발로 짓밟았다. 로에나는 자신이 당했던 모욕을 선의라는 이름으로 그들에게 고스란히 갚아주고 있었다.

여기에 병까지 걸리니 죽느니만도 못한 삶이 되었다. 여자는 날이 가면 갈수록 건강이 나빠졌다. 돈이 없어 의사를 부르기는커녕 약조차 지어 먹지 못했기에 나을 리가 없었다. 처음엔 가벼운 기침으로 시작했던 것이 곧 열병으로 번졌고, 이내 피를 토하는 상황에까지 이르렀다.

그녀의 딸, 시스에는 여자의 약을 구하기 위해 바깥에 나가 일을 구하려 했지만 아무도 그녀를 써 주지 않았다. 수도에는 이미 그들의 악행을 다룬 연극이 유행처럼 올라가고 있었다. 떠돌이 음악가들만 하더라도 여자와 시스에를 가리켜 죽일 년이라는 가사가 섞인 곡을 연주하며 노래를 불렀다. 길가의 비렁뱅이는 시스에가 지나갈 때마다 낄낄거리며 음담패설을 내뱉었다. 말이 감옥에 안 갇혔다뿐이지 이미 수도 전체가 하나의 수용소가 되어 그들을 감시하고 있었다.

여자는 상처투성이가 된 딸이 무표정한 얼굴로 내민 말라비틀어진 빵 조각에 온종일 울었다. 자신들이 로에나에게 한 행동은 분명 나쁜 짓이었다. 그러니 다른 사람의 말마따나 정당한 벌을 받고 있다 할 수 있었다.

하지만 이기적인 게 사람의 마음인지라 여자는 지금 자신이 처한 상황이 불합리하다고 생각했다. 그래도 자신은 로에나에게 먹을 것과 입을 것은 챙겨 주지 않았나. 만일 그녀가 병에 걸렸더라면 그래도 약은 지어줬을 것이다. 이런 식으로 서서히 괴롭히며 죽이지는 않을 터였다.

여자는 이를 바득 갈며 로에나를 저주했다. 똑같이 상대를 학대하는데 왜 자신들이 한 짓은 악행이고, 로에나가 하는 짓은 자비란 말인가.

그녀는 로에나의 본질을 자신과 시스에만 알고 있다는 사실이 무척 억울했다. 그러나 로에나는 황태자비이고 자신은 더러운 저택에 갇혀 곧 죽을 날만을 기다리는 죄인에 불과했다. 여자는 망가져 버린 미래와 자신으로 인해 고생하는 딸을 생각하며 다시금 크게 울었다. 과거의 영광이 아직도 눈에 선하건만–손바닥은 여전히 굳은살 하나 없이 보드랍기만 한데–다신 돌이킬 수 없는 추억으로 남았다는 사실이 무척 괴로웠다. 더 슬픈 건 죽어 가는 자신을 지켜볼 딸의 마음이었다.

그래서 여자는 떠나기로 했다. 시스에의 눈이 닿지 않는 곳에서 조용히 죽는 게 낫겠다고 생각해서였다. 그럼 시스에는 저 먹을 걸 더는 아픈 어미에게 양보하지 않아도 될 터였다.

여자는 딸이 먹을 것을 구하러 나간 틈을 타 겨우 몸을 일으켰다. 그리고 낡은 로브를 걸친 다음 딸이 놔두고 간 빵 조각 하나를 챙겼다. 한 걸음 내딛는 것만으로도 눈앞이 아찔하니 어지러웠지만 꾹 참고 저택을 떠났다.

깊은 병으로 인해 얼굴이 죄 망가진 터라 수도에 알려진 용모와 많이 달라진 여자였다. 그럼에도 혹 누군가 자신을 알아볼까 싶어 고개를 숙이고 허리를 굽혀 늙은이인 척 행동했다. 로브로 얼굴을 깊게 감싼 채 시선을 아래로만 향했다. 다행히 사람들은 병자인 것처럼 보이는 그녀의 모습에 인상을 찌푸리며 노골적으로 피해 갔다. 가끔 짓궂은 어린애 몇 명이 그녀 뒤를 졸졸 따라다니며 조롱기 있는 목소리로 놀려 댔지만—물론 여자의 정체를 모르고서 한 일이다—로브를 들춰 보는 일은 없었다. 그저 발을 걸어 넘어뜨리려고만 할 뿐이다.

여자가 비렁뱅이 와구스를 만난 건 저택을 떠난 지 하루도 채 안 된 시점이었다. 그녀의 느린 걸음은 왈패가 가득한 뒷골목을 빠져나가는 것만으로 크게 힘에 부쳤다. 굶주린 아이들은 여자가 쓰러지기만을 기다리며 그녀를 계속 예의 주시하고 있었다. 그러다 누군가 살그머니 다가와 그녀의 머리를 돌로 내려치려고 했지만, 와구스의 제지로 인해 무산되었다. 물론 여자는 그가 자신의 목숨을 구해 준 것을 전혀 몰랐다. 그저 격한 기침을 내뱉으며 숨을 헐떡일 뿐이었다.

"여기에 앉으십시오."

와구스가 여자에게 점잖은 목소리로 말했다. 그녀는 입가에 고인 피를 억지로 삼키며 와구스를 바라보았다. 남루한 차림의 비렁뱅이는 여자가 앉을 자리에 낡은 겉옷을 깔고 있었다. 이에 여자를 치지 못한 아이 하나가 크게 소리 높여 그를 비웃었다.

"꼴에 사내새끼라고 늙은 창녀를 꾀는 거냐? 다 늙은 주제에 바지나 벗을 줄 알면 또 모를까. 덜덜 떠는 손으로 뭘 할 수 있다고. 에라, 가다가 마차에 치여 죽어라! 퉤!"

그리고 자신을 향해 손을 들어 올리는 와구스를 피해 저 멀리 달아났다.

"저런, 못돼 먹은 녀석들 같으니라고."

와구스가 나직이 혀를 차며 한숨을 내뱉었다. 그리고 다시 여자를 바라보며 자리를 권했다. 예전이라면 더럽다고 질색했을 여자지만 지금 상당히 많이 지친 상태였다. 그녀는 잠시 머뭇거리다가 이내 걸음을 옮겨 와구스가 마련해 준 자리에 가서 앉았다.

"고맙네."

딱딱한 바닥이나마 잠시 앉을 수 있게 되니 좀 살 것 같았다. 여자는 퉁퉁 부은 다리를 주먹으로 살살 두들기며 차오르는 한숨을 삼켰다. 다리가 편해지니 피곤이 밀려들어 왔다. 이대로 드러누워 한숨 자고 싶은 기분이었다. 그런데 옆에서 꼬르륵거리는 소리가 들려왔다. 여자는 고개를 돌려 와구스를 바라보았다. 그는 붉게 달아오른 얼굴로 헛기침만 반복하고 있었다. 그녀는 그제야 그의 신발과 바지에 구멍이 나 있다는 사실을 깨달았다.

여자는 집을 나설 때 챙긴 빵 조각을 그에게 나눠주기로 결심했다. 병색이 완연한 자신을 위해 선뜻 자리를 마련해 준 친절한 사내였다. 그는 그녀의 빵을 먹을 자격이 있었다. 그래서 바로 빵을 꺼내 그에게 건네주었다. 와구스는 여자가 내민 딱딱한 빵조각에 난색을 보였다. 미안해서 먹을 수 없다는 뜻이었다.

"괜찮다네."

여자는 남자의 사양을 거부하고 그의 턱 밑까지 빵을 들이밀었다. 그를 주지 않고 남겨 봤자 먹을 수 없을 것 같은 몸이었다. 까슬까슬하게 가시가 돋은 혀와 입안은 물을 마시는 것만으로도 힘겨웠다. 여자에게 필요한 건 딱딱한 빵이 아닌 따뜻하고 부드러운 고기 수프 한 접시였다.

와구스는 떨리는 손으로 빵을 받았다. 비록 산발이 된 머리에 텁석부리 수염을 가져 얼굴 형체가 잘 드러나지 않았지만, 그의 눈동자는 별처럼 밝게 빛나고 있었다. 부드럽고 선한 시선이었다.

"고맙습니다."

많이 허기졌는지 그는 게 눈 감추듯 빵을 허겁지겁 먹어 치웠다. 아주 딱딱해서 침으로 녹여 먹어야 할 텐데 그럴 필요도 없이 와작와작

잘도 씹어 먹었다. 고작 한 조각에 불과한 빵이지만 그는 성찬을 대접받은 것처럼 만족스러워했다.

"보잘것없는 제게 은혜를 베풀어주셨으니 이를 어떻게 갚아야 할지요."

"먼저 자리를 내어주지 않았나. 그 보답이라 생각하게."

여자는 대답하다 말고 다시 크게 기침했다. 피가 나오는 횟수가 잦아지고 있었다. 이제는 시야조차 가물가물했다. 이대로 쓰러져 죽는 게 이상하지 않을 정도였다.

와구스는 여자가 기침하자 잠시 생각에 잠긴 것처럼 눈을 감았다. 그리고 곧 품속에서 카드를 꺼내어 섞기 시작했다.

"와구스들은 바람의 소리를 듣는다 하지요. 저 또한 그렇답니다. 물론 다른 이에 비해 능력이 많이 떨어지는 편이라 은혜를 갚기엔 부족하지 않을 겁니다."

"곧 죽을 몸 뭐 볼 게 있다고 카드를 뽑겠나."

"혹시 또 모를 일이잖습니까?"

그의 목소리는 낮았지만 알 수 없는 힘이 있었다. 그래서일까. 여자는 자신도 모르게 와구스가 펼친 카드를 한 장 뽑았다. 그는 여자가 뽑은 카드를 유심히 살폈다.

"한 장 더 뽑으시겠습니까?"

와구스는 여자가 뽑은 또 다른 카드를 처음 뽑았던 카드 옆에 내려놓았다. 그리고 마지막으로 한 장 더 뽑으라고 말했다.

"평탄하지 않은 유년 시절을 살았군요. 그러다가 새로운 사랑을 만나 부를 얻었죠. 그런데 잘못된 선택으로 인해 모든 것이 어긋났구요. 희망이 사라진 지금 간절한 바람 하나가 부인을 거리로 이끌었군요."

여자는 허탈한 웃음을 지으며 고개를 끄덕였다.

"그렇다네."

그녀가 바라는 건 딱 한 가지였다. 딸인 시스에의 행복. 그래서 자리를 박차고 떠난 게 아니겠는가. 자신이라는 짐이 사라지면 어떻게든 살 수 있을 거라 믿었기에. 어차피 슬픔은 한순간이다. 가슴에 묻는다 어쩐다 하지만, 그것이야말로 추억으로 희석된 과거의 변명이다. 현재 살아가는 덴 아무런 도움이 되지 않는 것이다. 그렇기에 그녀의 탐욕스러우면서도 영리한 딸은 자신의 이러한 뜻을 알고서 잘 살아갈 터였다.

"주신의 신전으로 가세요."

카드를 내려다보며 잠시 고심하던 와구스가 대뜸 그녀에게 말했다.

"주신의 신전?"

"그분이라면 운명의 흐름 정도는 바꿀 수 있지요."

"운명의 흐름?"

"위대한 희생 앞에 흔들릴 수밖에 없는 게 믿음 아니겠습니까?"

그는 큰 비밀을 말한다는 것처럼 작은 목소리로 속삭였다.

"과연 그럴까?"

"거리에서 떠돌기보다는 신전으로 가는 게 낫지요. 밑져야 본전 아니겠습니까?"

"……너무 과분한 보답이지 않은가."

와구스는 카드를 모아 다시 품속에 집어넣으며 씨익 웃었다.

"이런 인연도 운명이라 하지요. 오늘 저는 부인을 만나기 위해 이곳에 있었던 것입니다."

"고맙네."

여자는 그에게 인사하며 겨우 자리에서 일어났다. 그저 일어선 것뿐인데도 머리가 어지러웠다.

"위대한 희생은 다른 걸 의미하는 게 아니겠지?"

"모정보다 더 큰마음이 어딨겠습니까?"

여자는 희미하게 웃으며 고개를 끄덕였다. 그리고 작별 인사도 없이 앞으로 천천히 걸어가기 시작했다. 와구스는 그런 그녀의 뒷모습을 바라보며 벽에 등을 기대었다.

"소망하는 바가 이루어지면 참 재미있는 일이 일어나겠군. 빵 한 조각이 이끈 인연이 이리도 크도다."

그런 남자의 얼굴엔 알 수 없는 미소가 어려 있었다.

여자는 하루하고도 반나절을 꼬박 걸어 주신의 신전에 도착했다. 그곳엔 그녀 외에도 많은 사람이 모여 무릎 꿇고 기도드리고 있었다. 기부를 많이 하는 귀족들은 신전 안에 마련된 독방에서, 상인과 일반 사람들은 신상 앞에서, 그리고 그녀처럼 돈이 없는 자들은 신전 바깥의 계단에서 신의 자비를 구했다.

여자는 자신을 피하는 사람들 틈을 비집고 들어가 가까스로 자리를 잡을 수 있었다. 그녀는 바닥에 엎드려 간절히 기도했다. 모든 죄는 자신이 지고 갈 테니 시스에는 행복하게 살 수 있도록 해달라는 게 주된 내용이었다.

와구스는 위대한 희생 앞에 운명도 바뀐다고 말했다. 만약 그게 사실이라면 여자는 기꺼이 남은 목숨을 신 앞에 바칠 수 있었다.

'제발 내 딸이 행복하게 해주세요. 이대로 물러나기엔 너무 억울합니다. 저처럼 비참하게 죽지 않게 해주세요. 그럴 수만 있다면 이대로 죽어도 괜찮습니다. 부디 이 기도를 들어주세요.'

죄책감 따위는 없는 이기적인 기도였다. 하지만 여자는 그 누구보다 간절하게 빌었다. 신이 평등하다면 죄악이 있을 리 없고, 그녀와 같은 사람 또한 나타날 수 없을 테니까. 그러나 신의 가호 아래 서로 시기하고 질투하며 해치는 인간 군상들이 뒤엉켰다. 그의 방치 아래 본연의 사악한 마음을 펼친 그녀였다. 그러니 이런 뻔뻔한 기도쯤은 괜찮을 거라 여겼다.

어차피 이곳에 오는 데 온 힘을 다 쏟은 터다. 더는 물러설 곳이 없었다. 이미 자신의 목숨은 한계에 닿은 상태였다. 고작 한두 시간 기도를 했을 뿐인데 시야가 몽롱하며 잠이 쏟아졌다. 숨이 가빠 오고 귀가 먹먹하게 울리고 있었다. 죽음의 강에 허리까지 담근 기분이다. 그래서 여자는 더 필사적으로 빌었다.

'들어주기만 한다면 신이 아니라 악마에게라도 영혼을 팔겠어. 백작가는 내 딸 것인데…… 그 무도회만 아니었으면 완벽했는데. 너무 억울해. 그 아이로 인해 우리가 받은 고통은 왜 아무도 몰라주는 거야.'

여자는 입술을 강하게 물어뜯으면서 눈물을 쏟았다. 다른 이에게 무시받지 않기 위해 노력한 게 죄인 취급을 받을 일이란 말인가. 이제 숨이 턱 끝까지 차오른 상태였다. 여자는 기침을 하며 뜨거운 피를 한 바가지 쏟아 냈다. 그럼에도 기도를 하는 자세를 거두지 않았다.

'제발, 시스가 다시 백작가를 차지하게 해주세요. 이대로 물러서기엔 너무 안타까워요. 그 아이가 얼마나 노력했는데…… 왜 우리는 가지면 안 되는데? 제발, 제발 이 소리를 들어주세요. 어차피 죽을 목숨 아깝지 않습니다. 제발 내 목소리에 응답해 주세요.'

순간 때아닌 소나기가 쏟아졌다. 신전 바깥에서 기도하는 사람들이 바로 자리에서 일어나 이리저리 뛰어다니며 비를 피하려고 애를 썼다. 하지만 여자는 몸이 천근만근 무거워 자리에서 일어날 수 없었다. 그녀는 뜨거운 몸을 식혀 주는 비를 그대로 맞으며 계속 중얼거렸다. 온몸이 빠르게 젖어 들어가고 있었다.

"신도님, 괜찮으십니까? 신도님?"

'제발 응답해!'

누군가 여자의 몸을 일으켰다. 여자는 휘청거리며 엉엉 울음을 터뜨렸다. 와구스의 말은 틀린 것인가. 그저 죽을 자리를 찾아온 것뿐인가. 이제 숨을 쉬는 것조차 버거워진 상태였다.

그때 그녀의 시야로 무언가가 들어왔다. 주신의 신상인데, 누군가 그 앞에 작은 모래시계를 놔둔 상태였다. 부모를 따라 비를 피하러 가던 아이 하나가 그걸 잽싸게 집더니 바로 뒤집어 놓았다. 그런 아이의 얼굴엔 장난스러운 미소가 가득했다.

'모래시계……?'

그리고 그 모래시계의 근처에는 주신의 성전 구절이 적혀 있는 커다란 돌이 세워져 있었다.

네 믿음대로 이루어질지니, 보아라, 때가 이르러 모든 운명이 본래의 자리를 되찾았도다. 그리하니 너는 기뻐하라. 나는 너를 외면치 않았도다.

울컥.

여자의 입에서 또다시 피가 새어 나왔다. 그녀를 부축한 자의 입에서 비명이 터져 나오고, 여자의 몸은 힘없이 바닥으로 떨어졌다. 그럼에도 여자는 하나도 아프지 않았다. 오히려 웃음이 나올 것만 같았다. 와구스의 말이 맞았다. 위대한 희생 앞에 운명이 바뀌는 건 당연한 일이었다. 그래서 그녀는 만족스럽게 눈을 감을 수 있었다. 그렇게 여자의 몸은 차갑게 식어 갔다. 그녀에게 있어 거룩한 죽음이었다.

세 번째 - 과거의 그날 이후

황태자비의 못된 새 언니가 자살했다는 소식이 사교계를 강타했다. 사람들은 그녀의 죽음을 흥미로워하며 황태자비의 초췌한 낯짝을 비웃었다. 천사라고 추앙받은 인물이 제 의붓언니를 자살로 몰았다는 사실이 아이러니해서였다.

말이 자비이지 보이지 않는 곳에서 보복했을지 누가 안단 말인가. 새

어머니와 이복언니에게 내어준 집만 보더라도 황태자비가 어떤 마음을 가졌는지 쉽게 짐작할 수 있었다. 사교계 사람들은 '천사도 사람이긴 한 모양이죠'라고 수군거렸다. 어느새 그들 사이에선 그녀가 괴롭힘을 받은 건 이유가 있을 것이라는 소문이 퍼지고 있었다. 어떤 이는 시스에 드 비슈발츠가 벌을 받아야 마땅한 인물인가에 대한 재조명이 필요하다고 떠들어 댔다.

시스에가 자살한 장소는 명소가 되어 많은 이가 방문했다. 그녀의 시신을 수습한 병사 몇몇이 그녀의 유품을 빼돌려 비싼 값에 팔아넘겼다가 잡히는 사례도 있었다. 세기에 이름날 정도는 아니지만 제법 오래 화자될 만큼의 악명을 자랑한 악녀의 죽음이었다. 그것도 황태자비 앞에서 뛰어내린 것이라 모두 흥미를 느낄 수밖에 없었다.

어떤 이는 이 낡은 저택에서 시스에의 유령을 봤으며, 그녀가 자신에게 황태자비에게 살해당한 것을 말했다고 주장했다. 또 어떤 사람은 시스에의 유령이 죽기 전 살해당한 증거를 남겼다고 말했노라고 떠들어 댔다. 여기저기서 유령을 봤다는 사람이 늘어나고 있었다. 모두 범인으로 황태자비를 꼽았다. 자살로 위장된 타살, 그것도 제국에서 두 번째로 고귀한 신분을 가진 귀족 여성. 수도가 들썩일 만큼 대단한 사건이었다.

그래서 그 누구도 황태자비가 의붓언니의 장례를 성대하게 치르는 것에 관심을 두지 않았다. 오히려 그녀의 매끈한 얼굴을 손가락질하며 욕했다.

"독하기도 하지. 어쩜 저리도 뻔뻔하게 돌아다닐까요? 나라면 부끄러워서 고개도 못 들 텐데."

"황태자 전하께서 침묵하고 계시는 것으로 보니 정말 황태자비가 시스에 영애를 살해했나 봐요. 세상에, 끔찍하기도 하지."

"그럼 전하께선 살인자를 아내로 맞이하는 거예요? 어머나, 무서워라."

물론 모든 여론이 황태자비에게 등 돌린 건 아니었다. 마담 드 라발리에를 비롯한 로에나의 추종자들은 열변을 토하며 그녀의 억울함을 호소했다. 하지만 황태자가 자중하라는 경고를 보낸 이후로 이마저도 할 수 없게 되었다. 그는 사랑하는 연인이 불미스러운 스캔들에 휩쓸려 비난을 받고 있는데도 별 관심이 없어 보였다. 그저 나지막한 목소리로 '품위를 가지고 견디시오'라고 말할 뿐이었다.

로에나는 눈물을 삼키며 애써 웃어 보였다. 이제 그녀에게 남은 건 황태자비라는 직위뿐이었다. 비슈발츠라는 성은 황실의 것으로 바뀌었고, 가문은 친척 중 한 사람이 차지했으며 할버드 경은 황태자의 소유가 되었다. 사랑이라는 단어로 감내한 결과는 한쪽의 일방적인 희생뿐이었다. 그것도 벼랑 끝에 서 있는 것처럼 참담하기 그지없었다.

그러나 다시 되돌릴 수 없는 현실이기에 이마저도 놓치지 않기 위해 애를 써야 했다. 그래서 그녀는 순진무구한 미소를 지으며 자신에게 쏟아지는 비난을 버텼다. 황후의 자리가 곧이었다.

로에나는 가끔 시스에가 죽은 날을 떠올리곤 했다. 잊을 수 없는 사건이었으니까. 그것은 두려움이라기보다는 좀 더 예술적인 무엇이었다.

하늘을 향해 치솟아 오른 치맛자락이 꽃잎처럼 느껴졌다면 모두 소름끼쳐 할까. 악에 받친 눈동자가 얼마나 생생하던지, 로에나는 시스에에게서 눈을 뗄 수 없었다. 떨어진 꽃은 그 어떤 것보다 처참하고 추악했지만, 한편으론 아름다웠다. 만일 사람들이 달려와 그녀를 막아서지 않았더라면 로에나는 분명 시스에의 뭉개진 얼굴을 어루만졌을 것이다.

아아, 당신은 어쩌면 떨어지는 그 모습마저 아름다운가. 로에나는 두 팔을 양손으로 감싸 안으며 고개를 떨어뜨렸다.

"로에나, 난 네가 싫어."

그녀의 마지막 말이 이명처럼 윙윙 울리고 있었다. 그것은 낮고 음울한 가락을 띠었다. 죽음의 노래였다.

사실 로에나는 시스에가 자신을 증오할 정도로 싫어한다는 사실을 알고 있었다. 그 증오의 이면에 자리한 게 강하게 짓밟힌 자존심이라는 것 또한 말이다. 이 강렬한 감정은 로에나로 하여금 시스에에게 집중하게 만들었다. 지금껏 모든 이에게 사랑만 받아 왔던 그녀인지라 자신에게 오롯이 쏟아지는 부정적인 감정이 매우 신기하면서도 놀라웠던 것이다.

로에나는 궁금했다. 자신의 어떤 면이 시스에를 몸서리치게 만드는 것인지. 그래서 물어보았다. 내 어디가 싫은 거야, 라고.

"전부 다. 너의 위선적인 태도가 싫어."

시스에는 로에나를 가리켜 위선자라고 했다. 그녀는 남을 이용하는 로에나의 착한 성품이 구역질 날 정도로 싫다고 말했다. 로에나로선 이해할 수 없는 말이었다.

"착한 게 왜 구역질이 나는데? 모두에게 상냥한 건 좋은 일이야. 봐봐, 다른 사람들은 날 좋아하잖아. 그런데 왜 너만 나를 싫어하는 거야? 우리는 자매야. 자매는 사이가 좋은 거 아니었어?"

로에나는 어릴 적부터 착하고 예의 바른 숙녀로 자라야 한다고 교육

받았다. 그것이 귀족 영애가 가져야 할 기본적인 교양이었다. 사람들은 그녀가 얌전한 태도로 상냥하게 굴면 세상에서 가장 아름다운 영애라 찬탄하며 무척 예뻐했다. 천사가 따로 없다며 뺨에 키스하고, 커다란 품 안에 꼭 안고서 사랑스럽다고 속삭였다. 물론 그녀 또한 사람인지라 타인에게 상처를 주는 실수를 한 적이 몇 번 있었다. 하지만 그럴 때마다 기적에 가까운 우연으로 잘못이 덮어지거나 상대방의 잘못으로 책임이 떠넘겨졌다.

로에나는 그것이 마음에 들지 않았다. 잘못한 건 자신인데 왜 상대방이 혼난단 말인가. 그럼에도 그녀는 사람들 앞에서 자신의 잘못을 고백하지 않았다. 항상 칭찬만 받아 온 터라 다른 이들에게 날 선 추궁을 받을 자신이 없었다. 그래서 로에나는 자신으로 인하여 본의 아니게 피해를 받은 사람에게 미안하다고 말함으로써 스스로의 잘못을 어느 정도 인정하는 수법을 사용했다. 내가 진심으로 사죄했으니 상대방이 나를 용서해 줄 거라고 생각한 것이다. 다행히 상대방은 로에나의 행동을 용서하며 오히려 위로의 말을 건네기까지 했다.

"넌 정말 대단한 용기를 가지고 있구나. 자신의 잘못을 인정하기란 쉽지 않은 법이지."

이런 칭찬을 받을 때마다 로에나는 자기 자신이 자랑스러워 활짝 웃었다. 대부분의 영애가 자신의 잘못을 인정하지 않으려고 하는데, 자신은 그러지 않으니 대단하다 할 수 있었다. 그래서 로에나는 시스에가 자신을 미워하면 할수록 무척 서글펐다. 잘못했다고 사죄하는데 왜 자신을 가식적이라고 비난하는 건지 이해할 수 없었다. 시스에가 로에나에게 붙이는 '가식, 교활, 위선'이라는 단어는 모두 나쁜 사람에게 붙는 수식어이기 때문이다. 그건 다른 사람들과 반대되는 견해였다.

설마, 시스에는 사람을 보는 눈이 떨어지는 건가? 로에나는 진지하게 고민했다.

"그것은 아가씨를 질투하기 때문이에요."

마고는 로에나의 고민을 '질투'라는 한 마디로 일축했다.

"아가씨가 자신과 비교가 안 될 정도로 사랑스러운 데다가 모두의 애정을 듬뿍 받고 있으니 속이 상할 수밖에 없지요."

로에나는 마고의 말에 고개를 끄덕였다.

"역시 그런 거지?"

"그럼요, 이렇게 아름다운 아가씨가 자신의 동생인데, 저라도 질투가 나겠어요."

"하지만 뮤린 영애의 언니는 뮤린 영애를 매우 아끼는걸?"

"그야 친자매니까요. 시스에 아가씨와 아가씨는 피 하나 섞이지 않은 남남이잖아요. 그러니 질투의 감정이 더 앞서는 수밖에요. 무엇보다 아가씨는 할버드 경이 선택한 영애 중의 영애 아니겠어요?"

"난 시스에가 나를 좋아해 줬으면 좋겠어."

"글쎄요, 그러기 위해선 시스에 아가씨가 먼저 자신의 결함을 인정해야 하겠지요."

로에나와 시스에의 사이가 처음부터 나빴던 건 아니었다. 어색함에 데면데면하긴 했으나 가족이라는 이름으로 몇 번 대화를 나눈 적이 있었으니까.

시스에가 급속도로 차가워진 건 류스테윈 할버드 경 사건 이후로부터였다. 그녀는 뜻한 바대로 그를 소유하지 못한 게 화났던지 이후 찬바람이 쌩 불 정도로 로에나를 무시했다. 견디다 못한 로에나가 시스에를 붙잡고,

"나는 약속대로 그를 언니에게 보냈어. 왜 내게 화를 내는 거야? 내가 뭘 잘못했어?"

라고 말했으나 돌아온 건 화가 섞인 목소리뿐이었다.

"약속대로라고? 그래서 그에게 자율권을 줬니? 알아서 선택하라고?"
"그럼 어떻게 해야 하는데?"
"명령해야지."
"오, 시스에. 그럴 순 없어. 할버드 경은 내 하인이 아닌걸. 나는 그의 의사를 존중할 필요가 있다고. 그리고 난 그가 이런 선택을 할 줄 미처 몰랐어. 나는 그가 내 진심을 이해할 거라고 생각했단 말이야."
"아. 그래서 그런 말을 한 거야?"

시스에가 냉담한 목소리로 비꼬듯 말했다.

"널 대하듯 날 아껴 달라고? 그것도 울먹이면서?"
"내가 잘못한 거야?"

로에나의 말에 시스에가 기가 막힌다는 듯 코웃음을 쳤다. 그리고 혐오스럽다는 표정을 감추지 않은 채 그녀를 노려보았다.

"네가 울면서 가라고 하는데, 그 누가 가겠니? 제발 무슨 일이 있을 때마다 우는 것 좀 그만할래? 역겨워 죽겠으니까!"

로에나는 자신의 울음이 비난받는 상황을 이해하지 못했다. 모두 그녀의 눈물을 사랑했기 때문이다. 혹자는 로에나의 눈물을 진주라 칭하며 드높였다. 이는 자신의 감정을 순수하게 표현하는 것에 대한 찬탄이었다. 그래서 로에나는 할버드 경 앞에서 울먹인 사실이 창피하지 않았다. 그도 그럴 것이 그에 대한 안타까운 심정을 눈물로 표현했을 뿐인데 뭐가 나쁘단 말인가. 앞에서 웃지만 뒤에선 화를 내는 사람들보단 낫지 않나?

지식을 익히는 능력 또한 그러하다. 로에나는 시스에가 자신과 비교당한다는 사실을 잘 알고 있었다. 하지만 그것 또한 어쩔 수 없는 부분이었다. 날 때부터 귀족 영애인 자신이 시스에보다 뛰어난 것은 당연하지 않나.

마고는 이런 로에나의 고민을 명쾌하게 해결해 주었다.

"그것은 시스에 아가씨의 숙명이에요. 백작가에 들어온 이상 아가씨처럼 우아한 영애와 필연적으로 비교당할 수밖에 없는 거라구요. 아가씨가 너무 완벽한 걸 어떡해요. 솔직히 아가씨도 시스에 아가씨를 보면 답답하잖아요. 그렇지 않나요?"

"솔직히 말하자면 그래. 이렇게 하면 되는 걸 왜 계속 이해하지 못하고 헤매는지 모르겠어. 하지만 언니가 기분 나빠 할까 봐 꾹 참고 있기는 해."

"잘하셨어요. 하지만 가끔 도와주세요. 그분은 아가씨의 도움이 필요한 사람이니까요. 물론 처음부터 도와줘선 안 돼요. 기분 나빠 할 수 있으니까. 계속 지켜보다가 정말로 안 되겠다 싶으면 그제야 나서는 거예요."

"그래도 될까?"

"물론이지요. 아가씨가 도와준다는데 누가 거절하겠어요?"

로에나는 마고처럼 현명하고 사려 깊은 여인을 본 적이 없었다. 그녀는 아버지는 들어줄 수 없는 깊은 내면의 고민을 늘 자신의 일처럼 들어주었다. 아주 어릴 적 어머니를 여읜 이후 로에나가 가장 의지한 사람은 아버지가 아닌, 바로 마고였다. 그녀는 누구보다 로에나를 사랑했으며, 로에나를 위해서라면 무엇이든 다 했다. 때로는 자애로운 할머니, 때로는 어머니 역할을 두루 겸하며 그녀를 감싸 안아주었다. 그래서 로에나는 시스에로 인한 상처를 어느 정도 덜 수 있었다.

시스에와 로에나의 사이는 가면 갈수록 나빠졌다. 아니, 험악해졌다. 로에나는 평소와 같았지만 시스에의 증오심은 더욱더 커지고 있었다. 그녀는 로에나를 대할 때마다 분노를 감추지 못했다. 주위의 이목을 생각지도 않고 로에나를 조롱하려고 했다. 마치 독이 바짝 오른 뱀 같았다.

당황한 로에나가 어떻게든 대화로 갈등을 풀려고 했지만, 소귀에 경 전 읽는 수준이었다. 되레 자신을 얕잡아 본다며 길길이 날뛰는 바람에 로에나를 식겁하게 만들었다. 온갖 험한 말을 지껄이며 손톱을 날카롭게 세우니 놀라지 않을 수 없었다.

로에나는 자신의 그 어떤 점이 시스에를 자극하는지 알지 못했다. 시스에는 그녀에게 '가식적'이라 말하지만, 정작 그녀의 눈에는 시스에가 자신을 질투하는 것으로밖에 보이지 않았기 때문이다. 무엇보다 말 한마디라도 꺼낼 성싶으면 바로 '닥쳐'라는 소리부터 내뱉으니 대화가 원만하게 이루어질 리가 없었다.

그런데 이상하게도 로에나는 시스에가 밉지 않았다. 오히려 그녀가 자신을 거부하면 할수록 시스에에 대한 열망이 커져 갔다. 이상한 일이었다. 자신을 싫어하는 사람에게 애가 타다니.

로에나는 시스에의 포악한 성격이 무서웠지만, 자신을 온전하게 바라봐 준다는 사실이 기뻤다. 남들이 들으면 이상하다고 하겠지만, 오롯이 시스에만이 로에나 그 자체를 꿰뚫고 있는 기분이었다.

그래서 로에나는 시스에와 친해지고 싶었다. 그녀가 자신을 오해하지 않았으면 했다. 하지만 그 둘의 관계는 평행선과 다름없어 소통을 할 가능성이 거의 없었다. 평소처럼 행동하면 가식적이라 욕을 먹고, 그런 말이 듣기 싫어서 양보하면 자신을 무시한다고 길길이 날뛰니 대화가 이루어질 리가 만무한 것이다.

"내가 그렇게 싫은 걸까?"

시스에와 마주치고 난 다음의 로에나는 항상 우울했다. 아름다운 얼굴 가득 그늘이 잔뜩 드리워졌다. 로에나는 저를 다정하게 봐주지 않는 시스에의 눈동자에 안절부절못했다. 남들에게는 상냥하게 잘만 웃으면서 왜 자신에게는 그렇게 악독하게 구는지, 이해가 되지 않을 따름이었다. 그저 서글펐다.

한 번은 시스에의 말마따나 가식적으로 보이지 않기 위해서 남의 부탁을 에둘러 거절한 적이 있었다. 생전 처음 해보는 거절에 가슴이 다두근거리고 무서웠지만, 자신이 이렇게 변하려고 노력하는 걸 보여 주고 싶었기에 꾹 참았다. 시스에에게 웃어주는 모습을 보고 싶다는 욕망이 더 컸기 때문이다. 하지만 시스에는 웃지 않았다. 얼굴 가득 차가운 냉기를 흩뿌리며 로에나를 조롱했다. 상처 입은 짐승처럼 온몸의 털을 다 곤두세운 채 낮게 으르렁거렸다.

"이제야 그 더러운 본성을 드러내는구나. 넌 원래 그런 년이었어."

짙게 가라앉은 눈동자는 시기와 질투로 가득했다. 그리고 두려움이 뒤섞여 있었다. 로에나는 그런 그녀의 표정에 놀라움을 느꼈다. 기묘한 전율이 로에나를 사로잡고 있었다.

이거야? 이거였어? 언니는 내 변화를 두려워하고 있는 거야? 그럼 나를 미워할 수 없으니까. 정말 그래?

"미워하지 마, 시스에. 난 언니와 사이좋게 지내고 싶어."

"저리 사라져."

"나는 언니가 좋아. 왜 내게는 웃어주지 않는 거야? 제발 나를 봐줘. 언니가 원한다면 뭐든 고칠게. 그러니까 미워하지 마, 응?"

"그래? 이를 어쩌니. 나는 네가 너무 싫은데. 내가 죽어도 널 향해 웃는 일 따위는 없을 거야. 지옥에나 가지 그러니?"

그래도 내가 변하면 웃어줘, 응? 로에나가 물었다. 하지만 대답은 들리지 않았다. 로에나는 처음으로 시스에가 자신을 피하듯이 도망가는 모습을 보았다. 상황이 역전된 것이다.

마고는 이런 로에나의 행동을 걱정했다. 그녀가 시스에에게 너무 일방적으로 매달린다는 생각에서였다.

"그렇게 사납고 차가운 아가씬데, 그리 좋으세요? 아가씨. 아가씨와 시스에 아가씨는 더는 자매라는 범주 안에서 묶일 수 없어요. 아가씨를 미워하고 상처 주는 그분이 뭐가 그리 좋은가요? 이 늙은이는 도무지 이해할 수 없군요."

"그러지 마, 마고. 시스에 언니는 그냥 표현이 서툰 것뿐이야. 아니면 언니의 말마따나 내가 정말로 잘못하고 있든가."

"오, 아가씨 그렇지 않아요. 아가씨는 정말로 착하고 상냥한 숙녀랍니다. 제

말을 못 믿으시겠어요?"

"하지만……."

로에나는 잠시 말을 멈췄다가 침을 한번 삼키고는 다시 말을 이어 나갔다.

"정말로 내가 착하고 상냥한 사람이라면 왜 모든 사람이 다 나를 칭찬하지 않지? 특히 시스에 언니가 말이야."

"그건 질투 때문이에요. 아가씨는 모두가 선망하거나 질투할 수밖에 없는 대단한 분이니까요."

"모르겠어, 마고. 정말로 그러할까?"

어쩌면 자신을 증오하는 시스에의 행동에 본능적으로 위기감을 느꼈던 것일지도 모른다. 그래서 로에나는 처음으로 마고의 말에 반박했다. 마고는 더는 어리지 않은 아가씨의 모습에 묘한 서글픔을 느끼고 말을 아꼈다. 그리고 로에나가 옳은 결정을 하기를 기다렸다. 아름답고 영리한 로에나는 마고의 전부였다.

며칠 후, 생각을 정리한 로에나가 마고를 향해 선언하듯 입을 열었다.

"나는 이제 어린애가 아냐. 그렇지?"

"그럼요, 어엿한 영애시죠."

"눈물을 참는 법을 배우겠어. 칭찬에 매달리지 않을 테야. 더는 어린애처럼 굴 수 없어."

"오, 나의 사랑스러운 아가씨. 아가씨의 지난날을 마냥 어리광으로만 치부하지 마세요. 이 늙은이는 너무 슬퍼요."

"알아. 하지만 이미 봐 버린걸."

내 모습에 흔들리던 시스에를 말이야, 하고 로에나가 중얼거렸다.

"겨우 그녀가 내게 빈틈을 보여 줬어. 내가 변하면, 예전과 같은 모습을 보이지 않는다면 시스가 나를 보면서 웃어줄지도 몰라. 다른 사람에게 하는 것처럼 말이야."

어째서 자신이 이렇게 시스에에게 매달리는지 로에나 자신조차 몰랐다. 그냥 그녀의 모든 행동에 애가 탔다. 남들처럼 자신을 찬양하는 것 따위는 바라지 않으니, 그저 상냥하게 웃어줬으면 했다. 부드러운 목소리로 '로에나' 하고 제 이름을 불러 주면 좋겠다 싶었다. 단 한 번이라도 좋으니까. 더는 바라지 않을 테니, 제발.

확실히 시스에는 로에나가 조금씩 변하면 변할수록 다른 반응을 보였다. 얼핏 그녀를 잠식한 독기가 한풀 꺾인 것 같았다. 그래서 로에나는 더 노력했다. 버릇을 고치는 건 그리 쉬운 일이 아니었지만 시스에에게 보여 주기 위해 최선을 다했다.

조금만 더, 조금만 더. 이렇게 시간이 흐르면 시스에와 자신이 평행선이 아닌 한길에서 만날지도 모른다.

물론 갑작스러운 변화에 주변 사람들의 반응이 엇갈렸다. 로에나는 처음으로 누군가의 찡그린 얼굴을 보았기에 두려움을 느꼈지만 의연한 자세로 견뎠다. 간혹 위축될 때도 있었으나 꾹 참았다. 다정한 시스에를 보기 위해선 이 정도는 기꺼이 감수할 수 있었다.

하지만 로에나의 바람과 달리 그들의 관계는 쉽게 변하지 않았다. 아버지의 죽음과 대공의 반란으로 인한 병력의 차출이 로에나와 시스에의 상황을 역전시킨 것이다. 알을 깨고 나와 예전보다 더 찬란한 빛을 뿌리는 그녀에게 상당히 위축되어 있었던 시스에는 백작의 장례식이 끝나자마자 어미와 함께 가문을 휘어잡았다. 반란으로 인하여 로에나를 따르는 대부분이 영지를 떠나갔으므로 저택에 그녀를 지켜 줄 만한 인력이 없었다.

처음으로 힘의 균형이 깨졌다. 아니, 역전되었다. 로에나를 따르던 모든 사람이 순식간에 갈아치워졌다. 불공평한 처사였지만 아무도 감히 반발하지 못했다. 그저 몸을 움츠린 채로 눈치만 살폈다. 내전이 발발한 어려운 시기라 백작가에서 쫓겨나면 큰일이었다. 이 때문에 시스에 앞에서 로에나를 두둔하는 간 큰 사람은 없었다. 로에나가 아가씨에서 로에나로, 그리고 '계집'으로 격하되어도 모른 척했다. 오히려 고귀한 아가씨가 자신들과 같은 일을 한다는 사실에 묘한 쾌감을 느끼고 그녀를 구박했다.

처음으로 주변 사람들이 로에나의 '적'이 되었다. 로에나는 그것이 놀랍고 무서웠다. 그녀는 다른 사람이 자신을 사랑하는 척 할 수 있으며, 그간 자신이 받아 왔던 모든 애정이 스스로의 외모와 지위로 인한 것임을 깨닫고 슬퍼했다.

시스에가 말한 게 이런 거구나. 난 정말 아무것도 몰랐던 거야.

현실을 깨닫고 나니 오히려 마음이 편안해졌다. 그래서 로에나는 시스에로 인해 마고가 제 곁을 떠나갔음에도 크게 울지 않았다. 되레 그간 자신이 너무 마고에게 매달린 것 같아 창피하게 여겼다.

"마고, 변하려고 노력했지만 난 아직 멀었던 거야. 그러니까 시스에가 날 미워하는 건 당연해."

밑바닥의 삶에서는 모두가 찬양해 마지않았던 미모가 쓸모없었다. 희롱의 대상이 되면 또 모를까, 오히려 불편했다. 진주와 같다는 평을 들은 '눈물'은 멸시의 대상이 되었다. 이 모든 게 삶을 지탱하는 데 아무런 도움이 되지 않았다.

로에나는 자신이 얼마나 어리석은 삶을 살았는지 알게 되었다. 아이러니하게도 시스에로 인해 진창에서 뒹굴게 되었지만, 그녀는 그걸 발판 삼아서 자신의 내면을 가꾸는 계기로 삼고 있었다. 마치 진흙탕 속에서 핀 연꽃처럼.

그녀는 뱀이 한 꺼풀 허물을 벗듯 어린 시절의 떼쟁이 로에나에서 벗어나 좀 더 성숙한 인격체로서의 자기 성장을 실현했다. 원석을 가공하여 아름다운 보석으로 만들듯이 로에나의 내면은 찬란하게 성장하고 있었다.

그래서 그녀는 밑바닥의 생활이 그리 절망적이지 않았다. 나름대로 재미가 있었다. 특히 하녀들의 삶이 그러했다. 로에나는 그녀들을 통해 이곳이 사교계와 비슷하다는 것을 깨달을 수 있었다. 삶의 질과 수준만 다를 뿐 사람 사는 것은 모두 똑같았던 것이다.

서로를 향한 질투심과 경쟁심, 좋아하는 사내에 대한 연모의 마음을 갖는 건 영애나 천한 하녀나 다름없었다. 아니, 부채를 살랑이며 자신의 감정을 숨기는 그네들보다 솔직한 하녀들이 훨씬 나았다. 이들은 상대를 향해 격렬하게 부딪치더라도 속을 곪을 여지를 주지 않았다. 불합리한 상황에 부닥쳤을 속으로 꾹꾹 눌러 참고 인내하다 끝내 스스로를 죽이고 마는 귀족가의 생리와 전혀 달랐다.

로에나는 이들을 통해 시스에가 말한 가식의 의미를 깨달았다. 평민으로 살다가 귀족가에 들어온 그녀였으니 보는 눈이 다를 수밖에 없었다. 그래서 자신과 계속 어긋났던 거다. 접점이 없는 외침은 메아리나 다름없는데, 서로 그렇게 상대방을 향해 소리만 지른 터였다.

'나처럼 어리석은 이가 또 있을까.'

로에나는 죽은 지식을 가지고 크게 으스댔던 지난날을 자신이 부끄러웠다. 좀 더 빨리 알아차렸으면 좋으련만, 상황은 이미 최악으로 치달은 지 오래였다. 이미 시스에의 마음은 굳건히 잠겨 있었고, 자신과 눈조차 마주치려 하지 않았다. 열등감과 대화의 부재로 인해 어그러진 관계는 서로에게 있이 너무나 차갑고 참혹했다. 기막힐 정도로 서글픈 일이었다.

물론 로에나는 시스에의 감정이 열등감을 토대로 하되, 좀 더 복잡하고 어둡다는 것까지는 몰랐다. 그것이 상처받은 영혼의 방황이라는 것 또한 말이다. 누군가 시스에의 가치를 인정해 주었더라면, 그녀와 소통했더라면 이렇게까지 망가지지는 않았을 것이다.

하지만 하녀들은 시스에를 무시했다. 귀족가의 생리에 대해 잘 알지 못하는 그녀를 교묘하게 조롱하며 괴롭혔다. 어미를 잘 만나 신분 상승을 한 그녀에 대한 치졸한 질투 때문이었다. 그래서 마고를 위시한 모든 하녀가 똘똘 뭉쳐 시스에를 상대했다. 워낙 은밀하게 진행된 일이기 때문에 시스에는 속수무책으로 당할 수밖에 없었다. 그녀는 점점 더 고립되어 갔다.

참다못한 시스에가 성질을 부려 처벌을 가하면 성질 나쁜 여자라 손가락질당했다. 태생이 그러니 어쩌겠냐고 들으라는 듯 소곤거렸다. 비슈발츠 백작은 그런 시스에의 행동에 진저리 치며 관심을 끊었고, 어머니는 백작의 눈치를 보느라 그녀에게 신경을 쓰지 못했다. 로에나는 하녀들 사이에서 이상한 기류가 보인다는 걸 눈치챘지만 크게 관심을 두지 않았다. 시스에의 시선을 받기를 원했으면서 정작 그녀의 주변이 어떻게 돌아가는지 모르는 아이러니는 균열의 시발점이 되었다.

로에나는 그저 수박 겉껍질을 핥고 있을 뿐이었다. 그녀는 하녀들이 말을 듣지 않았던 것을 시스에의 능력이 부족했던 시기이니 어쩔 수 없다고 생각했다. 그리고 시스에의 행동을 단순한 열등감으로 치부했다. 그래서 로에나는 자신이 변모했을 때 시스에가 느꼈을 감정이 두려움이라는 걸 알았지만 그것이 내포하는 의미까지는 깨닫지 못했다. 그녀가 어떤 심정으로 살아가는지 또한.

그래서 다시 시스에를 만났을 때 감히 동정했다. 자신이 겪은 성장이 완전한 것으로 착각하고 멋대로 그녀를 재단했다. 이전과 다른 모습으로 변했으니 조금이라도 마음을 열어주지 않을까 고대하면서 말이다. 하지만 로에나에게 돌아온 건 예전보다 더 깊어진 강렬한 증오였다. 시스에를 잠식한 새까만 감적은 숨이 막힐 정도로 독한 기운을 내뿜었다.

"너는 영리하고 아름다워, 로에나. 너처럼 완벽한 소녀는 또 없을 거야. 알고 있어. 알고 있음에도 발악했어. 이길 수 있을 거라 생각했거든. 왜냐하면 네가 영원히 마고의 꼭두각시로 살아갈 거라 여겼기 때문이야. 하지만 넌 변했지. 껍질을 깨고 나왔어. 닿을 수 없는 곳으로 날아가기 위해. 나는 대체 뭐지? 난 뭘 한 걸까? 넌 어떻게 그렇게 웃을 수 있어? 어째서 여전히 그런 오만한 시선으로 날 바라보는 거야?"

"알았으니까. 알게 되었으니까. 언니가 말한 모든 것을 깨달았으니까. 그러니 감사하며 웃을 수 있는 거야."

"결국 난 널 도와준 셈이로구나. 하하하하."

시스에는 웃었다. 놀라울 정도로 처절하게. 그것은 상대방의 마음을 찢는 듯한 깊은 슬픔을 머금고 있었다. 로에나는 용기 내어 시스에에게 다가갔다. 그녀의 손을 잡고 간절한 목소리로 말했다.

"우린 단지 서로를 이해하지 못했을 뿐이야. 시간이 짧았잖아. 그러니 이만 나를 봐줘, 언니. 나는 언니를 사랑해. 언니가 필요해. 언니가 너무 좋아. 이제 그만하자. 나를 사랑해 줘."

"이해?"

시스에가 웃음을 멈추고 그녀를 비웃었다.

"무슨 이해? 내가 가지고 있는 허망함을 네가 이해한다고 말하는 거야? 감히? 웃기지 마."

그녀는 손을 뻗어 로에나의 목을 감쌌다. 뱀처럼 서늘한 그것은 몸서리쳐질 만큼 깊은 악의로 가득했다.

"차라리 죽어. 고통으로 울부짖어. 깊은 절망에서 헤어 나오지 못해 좌절해 봐. 모두가 사랑해 마지않는 아름다운 로에나. 나는 널 사랑하지 않아. 그러니 우린 서로를 이해할 수 없어. 영원히."

비슈발츠 백작이 죽은 이후 백작가를 장악하여 모든 하녀를 갈아 치웠지만, 그리하여 다른 사람과 자유롭게 이야기를 나눌 수 있게 되었지만 시스에는 여전히 공허했다. 마음을 채울 방법을 알지 못했기 때문이다. 그녀는 여전히 제자리에 머무르고 있었다. 앞으로 나아가지 못한 상태로, 그렇게.

로에나는 자신에게 쏟아지는 악의에 공포를 느꼈다. 마음의 문을 닫아버린 시스에는 이미 제정신이 아니었다. 그녀는 시스에에게 도움이 필요하다고 생각했다. 그것도 아주 절실하게 말이다.

그래서 어렵게 닿은 도움의 손길로 겨우 무도회에 참석했다. 황태자와 은밀하게 거래하여 서로에게 이득이 되는 합의를 이끌어 냈다. 마침 외척의 힘이 약하면서 아름다운 외모를 가진, 훌륭한 가문의 완벽한 영애를 찾고 있었던 그이기에 거부할 이유가 없었다. 공식적으로 그녀의 아름다움에 반한 황태자가 로에나에게 구애를 한 것으로 발표가 되었지만, 그 이면에는 복잡한 이해득실이 오갔다. 로에나는 모든 것을 감내하고 살아가는 조건으로 백작가를 돌려받았다.

"시스 또한 다시 밑바닥에서 시작해야 해요. 그래야 저처럼 성장하죠."
"악녀에게 어울리는 처사긴 한데, 그녀가 순순히 받아들일까?"

황태자의 말에 로에나는 덤덤한 얼굴로 대답했다.

"아마도요. 그녀는 제 추악한 모습을 좋아하거든요."

독기가 한풀 꺾이면 데려와야지. 하지만 시간이 길어지면 안 되니까 그녀를 조금 몰아붙여야겠다. 그런 다음 처음부터 다시 시작하는 거야. 로에나는 차분하게 생각했다.

이제 이런 기 싸움은 그만하고 싶었다. 정신적으로나 육체적으로나 너무 지치니까. 그래서 로에나는 시스에가 자신처럼 변화하기를 간절하게 바랐다. 그렇기에 새어머니가 사라지고 시스에가 자신 앞에서 자살하는 건 미처 예상치 못한 일이었다.

어떻게 이렇게 쉽게 저버릴 수 있는 거지?

로에나는 자조했다. 허망하게 사그라진 목숨인데 너무나 아름답게 쓰러져 눈물이 나왔다. 고고한 꽃은 로에나의 손에 꺾이는 걸 원치 않았다. 죽더라도 승자로서 삶을 마감하기를 원했다. 그게 시스에의 마지막 자존심이었다.

로에나는 조롱이라도 받은 듯 창백하게 질린 얼굴로 멍하니 바닥을 내려다보았다. 왜 이렇게 끝맺어야 하는지 죽은 시스에에게 물어보고 싶었다. 그러나 대답해 줄 이는 사라지고 없다. 로에나는 처음으로 깊은 허망과 외로움을 느꼈다. 이는 마고가 자신을 떠났을 때도 느끼지 못한, 기묘한 한기였다.

"지독한 악녀가 사라졌군."

황태자는 시체를 수습하고 돌아온 로에나를 향해 차가운 목소리로 말했다. 로에나는 한숨을 내쉬며 부정했다.

"아뇨, 그런 건 아니에요. 시스에는 악녀가 아니에요."
"그럼 뭐라고 설명해야 하지? 자살하는 바람에 그대와 나만 곤란해졌잖아."
"그녀는 단지. 단지……."
"단지?"
"가지고 싶었을 뿐이에요. 하지만 가질 수 없었죠."
"……그대로 인해?"
"아마도요."
"그래서 이제 어떻게 할 거지? 수습을 잘해야 할 거야, 나의 비."
"우선 장례를 치러야죠. 그리고 그녀를 기억하고……. 그리고 모르겠어요."
"어리석은 짓 하지 마."

황태자가 그녀의 손등에 키스하며 낮은 목소리로 경고했다. 로에나는 어색하게 웃으며 고개를 끄덕였다. 아직도 그녀의 귀에는 시스에의 마지막 말이 윙윙거리고 있었다.

죽음으로써 자신의 세계를 완벽하게 망가뜨린 그녀를 왜 그렇게 생각하는지 모르겠으나, 로에나는 자신 나름대로 최선을 다해 시스에를 기렸다. 그리고 몇 번이고 그녀의 마지막을 되새겼다. 증오로 인해 너무나 영롱히 반짝였던 그 눈동자를 추억하며, 그렇게.

“끔찍한 시신이었다지?”

미카엘 아이레스는 황태자의 말에 고개를 들어 그를 바라보았다. 해야 하는 일은 산더민데 그의 친우는 무슨 심술이 돋았는지 뜬금없는 말을 내뱉으며 시간을 끌고 있었다. 미카엘 아이레스는 미간을 좁히며 눈을 가늘게 떴다.

“머리가 죄다 터졌다더군.”

“도대체 뭘 말하는지 모르겠습니다, 전하.”

“내 비의 언니가 자살했다잖아. 맙소사, 멜. 사교계에 파다한 그 소문을 모르는 거야?”

미카엘 아이레스는 싸늘한 어조로 대꾸했다.

“내가 왜 그런 시시한 일에 관심을 가져야 하는지 모르겠군.”

알지도 못하는 여자의 죽음이 뭐 그리 대단하다고. 덧붙이는 말에 황태자의 입에서 웃음이 터져 나왔다. 그는 싱글거리며 어깨를 으쓱였다.

“덕분에 뤼세를 황궁에 들일 수 있는 계기가 되었거든. 흠이 있는 황태자비가 황후가 될 순 없잖아?”

“네가 퍼뜨린 거야?”

“글쎄?”

미카엘은 한숨을 삼키며 아주 잠깐이지만 황태자비가 가엾다고 생각했다.

“그나저나 아이레스 경, 곧 약혼을 한다지? 어느 가문의 영애야?”

황태자가 일을 멈추고 말을 시작한 건 결국 이 말을 꺼내기 위함이었을 터였다. 멜은 서늘한 어조로 귀찮다는 듯 짧게 대꾸했다.

“몰라.”

“뭐?”

"정략결혼. 이 이상 더 알 게 있어야 하나?"
"하긴 그렇지."
황태자가 고개를 크게 끄덕였다.
"하지만 너무 차갑게 대하지 말라고. 난 내 비를 위해 보석까지 주문했단 말이야."
"보석?"
"갈색빛이 도는 걸로. 최상품이지. 모두 감탄을 토할걸?"
"왜 하필 갈색 보석이야."
"죽은 여자의 머리카락과 눈 색깔이 갈색이거든."
미카엘은 탄식을 삼키며 고개를 설레설레 내저었다. 남들 앞에선 천하에 다시없을 사랑꾼처럼 굴 때는 언제고 이제 와 본성을 드러내다니. 친우지만 정말이지 적으로 삼고 싶지 않은 이였다.
"뤼세에겐 그러지 마. 걘 널 정말로 좋아한단 말이야."
"당연하지. 그녀는 아주 쓸모 있거든."
퍽이나. 미카엘은 그의 말에 반박하고 싶었지만 굳이 입 밖으로 꺼내지 않았다. 어차피 당사자 간의 일이다. 친구라는 이름으로 개입하는 것도 한계가 있다. 이러쿵저러쿵 훈수를 두는 게 오히려 상황을 최악으로 만들 수 있었다. 그래서 그는 오늘 만나기로 한 약혼녀를 생각하며 천천히 눈을 감았다. 벌써부터 피곤해지는 것 같았다.

네 번째 - 질투

발레리안은 요즘 기분이 매우 안 좋았다. 그는 입술을 비죽 내밀며 괜히 바닥을 발끝으로 걷어찼다. 유모가 무슨 일이냐고 물었지만 리안은 대답하지 않았다. 그저 귀여운 얼굴을 잔뜩 찌푸리며 뚱한 표정을 지을 뿐이다.

리안은 어느 순간부터 누이나 매형이 자신에게 관심을 덜 둔다고 생각했다. 아니, 확신이다. 이전이라면 먼저 자신을 찾아와 뺨에 키스한 다음 잘 잤냐고 물어볼 텐데, 요즘 누이는 자신에게 얼굴을 보여 주지 않았다. 근래엔 식사도 같이하지 않고 있었다. 소문으론 죄 토하고 있다는데, 뭐가 그리 힘든지 알 수 없는 노릇이다.

"도련님, 입술을 자꾸 깨무시면 흉 져요."

유모가 손을 뻗어 살살 그의 입술을 매만졌다. 성질 나쁜 도련님의 눈치를 살피며 조심스럽게 매만지는 게 퍽 애처로울 지경이다.

"유모."

"예."

"아가를 가지면 저렇게 토하는 거야?"

발레리안이 팔짱을 끼며 불만 가득한 목소리로 물었다.

"부인께서 유독 입덧이 심하긴 하시죠."

"그래도 함께 식사도 안 하고, 매일 누워만 있고, 그런데 약은 먹으면 안 된다 하고. 내가 다가가는 건 싫어하고."

"도련님……."

"외롭단 말이야."

칭얼거리는 말에 유모는 어색한 미소를 지었다.

시스에 백작 부인이 입덧을 시작한 건 얼마 되지 않았다. 모두가 함께한 저녁 식사 때 갑자기 헛구역질을 하며 토하더니만 이내 모든 냄새가 역하다며 물린 게 시작이었다. 어머니는 화색이 돈은 얼굴로 주치의부터 찾았고, 미카엘 비슈발츠 백작은 안절부절못한 얼굴로 자신의 아내를 부축해 방으로 데려갔다. 아무도 발레리안이 식당에 홀로 남았다는 사실을 인식하지 못했다. 리안은 그것이 매우 기분 나빴다.

불쾌한 심기는 계속 이어졌다. 저택 내 모든 사람들의 시선이 누이에게로 향했던 것이다. 아기가 생겼다고 했다. 발레리안의 조카가 누이의 납작한 배 속에 들어 있다는 소리였다. 발레리안은 그 말을 도무지 믿을 수 없었다.

"그럼 바로 나오는 거야?"

"아니요. 몇 달은 더 있어야만 아가님이 나온답니다."

"그런데 왜 다들 저렇게 안절부절못하는 건데?"

"초기라 아주 조심해야 하거든요."

"조심?"

"네."

유모는 발레리안의 머리를 빗으며 차분하게 대답했다. 먹는 것이나 걷는 것이나 입는 것이나 모두 조심해야 할 시기라 다들 저렇게 유난일 수밖에 없다고 그녀는 흐뭇한 웃음을 지었다.

"내가 어머니 배 속에 있을 때도 저랬어?"

"더 심했지요."

발레리안은 고개를 갸웃거렸다.

"그럼 내가 누이에게 달려가 안기는 것도 안 돼?"

"네."

그는 시무룩한 얼굴로 입술을 깨물었다. 보이지도 않는 아기 때문에 누이와 포옹할 수 없다니, 이보다 더 서러운 일이 어딨겠는가. 리안은 심통 난 얼굴로 유모가 예쁘게 묶은 리본 끈을 풀어 바닥으로 내던졌다. 자꾸만 화가 났다.

발레리안이 생각하는 매형은 아주 멋지고 대단한 사람이었다. 그는 누이를 많이 사랑했으며, 자신에게도 매우 잘했다. 다리를 저는 리안의 모습에도 크게 놀라지 않고 오히려 검을 잘 배울 수 있겠다며 그의 끈기를 칭찬했다. 나이 많은 형 또는 젊은 아버지와 사는 기분이었다. 리안은 백작이 없는 시간을 쪼개어 자신에게 검을 가르쳐 줄 때마다 행복한 기분을 느꼈다. 그때만큼은 자신이 남들과 다른 걸음을 가진 사람이라고 생각되지 않았다. 자존심이 회복되는 것 같았다.

그런데 그 매형조차 누이의 배 속에 있는 아기 때문에 저를 거들떠보지 않았다. 홀로 연무장에 나왔던 리안은 목검을 바닥으로 내팽개쳤다. 물론 백작은 그에게 오늘 검을 가르칠 수 없다며 미리 양해를 구하긴 했다. 그래도 혹시나 해서 나온 것인데, 아무리 기다려도 매형의 그림자조차 볼 수 없었다.

리안은 씩씩대다가 백작 부인의 방으로 걸음을 옮겼다. 살짝 열린 문틈 사이로 침대에 누워 있는 누이와 그녀에게 계속 말을 거는 백작의 모습이 보였다.

"아직도 속이 많이 불편합니까?"

"조금요."

"뭐라도 좀 드셔야 하는데 말입니다."

"어쩔 수 없지요. 그저 건강하게 나오기를 바랄 뿐이에요."

"정말 고맙습니다, 시스."

"또 그 말이에요?"

"몇 번을 해도 부족한걸요."

백작이 고개를 숙여 시스의 입술에 가벼운 입맞춤을 했다.

"분명 시스를 닮아서 예쁘고 멋진 아이일 겁니다."

시스에는 부드러운 미소를 지으며 고개를 끄덕였다. 그러다 다시 새하얗게 질린 얼굴로 헛구역질을 했다. 미카엘은 그런 그녀를 부축하며 침착하게 옆에 대기한 놋대야를 대 주었다. 신속하기 짝이 없는 움직임이었다.

리안은 잠시 방 안으로 들어갈까 고민했지만 이내 포기하고 몸을 돌렸다. 들어가 봤자 자신에게 관심조차 주지 않을 게 뻔한 상황이었다.

'누이의 품에 안겨 있고 싶은데…….'

발레리안은 울상이 된 표정을 지으며 괜히 눈가만 손등으로 벅벅 문질렀다. 태어나지도 않은 아기가 벌써 미웠다.

이후로 그는 방 안에 틀어박혀 잘 나오지 않으려고 했다. 심술과 오기가 뒤섞인 결정이었다. 유모가 걱정스러운 말로 달래려고 했지만 아이는 소리를 빽 지르며 성질을 부렸다.

"유모만 걱정하잖아. 아무도 내가 방 안에만 있는 걸 모르잖아! 그런데 나가 봤자 뭐 해."

몸이 약한 어머니는 발레리안이 무얼 하든 오냐오냐했다. 그녀는 리안이 잘 크기만 한다면 온 방 안의 가구를 죄다 부서뜨려도 너그럽게 이해할 사람이었다. 그럼에도 어머니는 정작 아이가 뭘 원하는지 깊이 있게 이야기 나누지 못했다. 리안을 이해하는 건 오롯이 누이인 시스에뿐이었다.

시스에는 리안이 가진 불안함과 열등감을 아주 잘 잡아채고서 아이의 근본부터 포용하려고 애썼다. 누이가 리안을 볼 때는 동정심이라는 게 없었다. 그를 낳은 어머니조차 가지고 있는 감정인데.

그래서 리안은 시스에가 좋았다. 상냥하고 아름다운 누이의 품이 오롯이 제 것이었으면 했다. 비록 미카엘에게 그 곁을 빼앗기긴 했지만, 덕분에 두 배로 사랑받을 수 있게 되었으니 질투고 뭐고 할 여력조차 없었다. 그저 온전한 부모 밑에서 크는 것 같아서 행복했다. 누이에게 아기가 생기기 전까진 분명 그랬다.

"아이가 없었으면 좋겠어."

"세상에, 도련님. 그런 말씀을 하면 안 돼요. 부인께서 무척 속상해하실 거예요."

"하지만 누이가 날 보지 않잖아."

"입덧 때문에 힘겨워서 그래요. 입덧이 잦아들면 다시 도련님을 안아주실 거예요."

"언제까지 기다려야 하는데."

리안은 크게 소리 내어 엉엉 울었다. 내 누이야. 아기 것이 아니란 말이야. 내 시스에 누이란 말이야.

아이는 끝내 주변의 물건을 던지며 패악을 부렸다. 기겁한 유모와 하녀들이 비명을 내지르며 이리저리 피했지만 아랑곳하지 않았다. 어머니조차 아이를 진정시킬 수 없었다. 리안을 저지한 건 비슈발츠 백작이었다. 그는 혼란스러운 방 안에 성큼성큼 들어와 대뜸 아이를 들어 올렸다.

"갑자기 들어서 미안하군. 무례를 용서해 주길 바라."

그리고 자신의 품에 안고서 부드러운 목소리로 말했다.

"잠시 나와 산책 좀 할까?"

아이는 단단하고 따뜻한 품에 놀라 잠시 크게 딸꾹질을 했다. 그러다 부끄럽다는 듯 뺨을 붉힌 채 고개를 끄덕였다. 눈물로 젖은 얼굴이 퍽 애처로웠다.

사람들이 미카엘의 품에 안겨 있는 리안을 보고 깜짝 놀라 걸음을 멈추었다. 평소 다리에 대한 열등감으로 누군가에게 안겨서 이동하는 걸 좋아하지 않았던 리안이었다. 그런데 백작의 품에 안기다 못해 그대로 정원으로 함께 가고 있었다. 현재의 리안은 마치 순한 양처럼 보였다.

"뭐가 그리 속상한 거지?"

미카엘이 속삭이듯 물었다. 다른 사람의 이목을 의식한 행위였다. 리안은 소매로 눈물을 닦으며 어물어물 중얼거렸다.

"누이를 못 만나잖아요. 날 찾지 않는 걸로 보아 내가 싫어진 게 분명해요."

"몸이 좋지 않아서 그래. 시스는 항상 리안을 걱정하는걸."

"……정말이요?"

"그럼."

미카엘이 리안을 정원 바닥에 살며시 내려 주었다. 그리고 몸을 굽혀 아이와 시선을 마주했다. 리안은 그런 미카엘에게 작은 목소리로 고백하듯 말했다.

"난 누이가 좋아요. 그래서 누이를 힘들게 하는 아이가 미워요."

"이런, 그건 정말 슬픈 말인데? 시스가 들었으면 굉장히 속상해할 거야. 좀 예뻐해 주면 안 될까?"

"……누이에게 말할 거예요?"

"그렇지 않아."

"……죄송해요."

미카엘은 순순히 잘못을 인정하는 리안의 머리를 커다란 손으로 한 번 쓱쓱 쓰다듬었다.

"시스는 헛구역질하는 모습을 보여 주고 싶지 않아 해. 굉장히 힘들뿐더러 보기 안 좋다고 생각하거든. 그럼에도 항상 네 이야기를 하고 있어, 리안."

"나도 누이를 보고 싶어요. 품에 안기지 못하더라도 손이라도 잡고 싶어요. 왜 같은 집에 있는데도 그녀가 그리운 거죠?"

"누이를 아주 많이 사랑하기 때문이야."

"멜도 그런가요?"

"물론."

"항상 같이 있는데도요?"

"그럼에도 늘 보고 싶은 게 그녀인걸? 사실 말이야, 내가 리안보다 더 시스를 사랑하고 있어."

"아니에요, 내가 더 사랑해요."

"글쎄?"

"그렇지 않아요."

"그럼 시스에게 가서 물어볼까?"

리안은 깜짝 놀란 얼굴로 미카엘을 바라보았다.

"그, 그래도 돼요?"

"지금쯤 안정이 된 상태라. 그리고 날 보낸 게 시스라서 말이지. 그러니 어떻게 생각해?"

"……눈이 많이 부었어요?"

"전혀."

발레리안은 그제야 해맑은 미소를 지으며 고개를 끄덕였다. 좋아요, 라고 말하는 아이의 얼굴은 제 나이 또래답게 천진난만해 보였다.

시스는 누워 있는 상태에서 발레리안과 미카엘을 맞이했다. 제대로 못 먹어선지 그녀의 얼굴은 평소와 달리 매우 홀쭉하게 내려앉은 상태였다. 그제야 누이의 모습을 제대로 보게 된 리안은 안절부절못하며 입술을 깨물었다.

"리안, 가까이 와 주지 않을 거니?"

"많이 안 좋아요, 누이?"

"음, 글쎄. 그래도 처음보단 나은 것 같은데……."

발레리안은 그녀에게 조심스럽게 다가갔다. 그리고 손을 뻗어 그녀의 손을 붙잡았다. 사랑하는 누이의 향기가 물씬 풍겼다. 어쩐지 다시 눈물이 나올 것만 같았다.

"뭐가 그리 심통이 나서 화를 낸 거니?"

"누이가 보고 싶어서……."

"그래, 그랬구나. 네가 얼마나 속상했는지 알겠어. 너를 미처 신경 쓰지 못해서 미안해. 하지만 리안, 어머니와 유모를 너무 곤란하게 하지 말렴. 응?"

"잘못했어요."

"이런, 그 말은 내가 아니라 어머니와 유모에게 해야지."

"네."

"착하구나."

시스가 리안의 손등에 쪽 하고 가볍게 키스했다. 미카엘은 그런 그들의 모습을 흐뭇한 미소와 함께 바라보고 있었다.

"아기는 언제 나와요?"

리안이 물었다.

"우선 배가 아주 많이 불러야 해."

"배가 불러요?"

"그럼."

"정말요?"

"물론이지. 아주 깜짝 놀랄 거야."

"그럼 그때까지 누이를 보러 오면 안 되는 거예요?"

"아니, 그렇지 않아."

"그럼 이전처럼 찾아와서 껴안아도 돼요?"

조심스러운 질문에 시스에는 부드러운 미소와 함께 상냥한 어조로 말했다.

"다정하기도 하지. 리안이 나뿐만 아니라 우리 아기까지 함께 안아주겠구나."

"나는 정말 누이가 좋아요."

"나도 그렇단다, 리안."

"멜보다도요?"

아이의 말에 시스에가 곤란하다는 것처럼 옅은 웃음을 지었다. 그리고 대답을 미루려는 듯 미카엘을 바라보았다. 미카엘은 자신은 모르는 일이라는 것처럼 어깨를 으쓱했다.

"어떻게 해야 우리 도련님의 기분이 좋아질까?"

시스에가 손을 뻗어 리안의 이마를 살살 어루만졌다. 리안은 입술이 비죽 튀어나오려는 것을 꾹 참고 어른스럽게 대답했다.

"아니에요. 다시는 누이를 곤란하게 하지 않을게요."

"고맙구나."

"누이를 힘들게 하는 아가는 조금 얄밉지만, 그래도 예뻐할 거예요. 그러니까 누이도 아주 아프지 말아요."

"그래."

리안은 잠시 머뭇거리더니만 그녀의 한쪽 팔이나마 품에 안았다.

"누이가 힘들지 않으면 내가 이렇게 방에 찾아와도 돼요?"

"그럼. 하녀를 통해 일러 줄게."

"네."

시스에는 자신에게 어리광을 부리는 리안의 모습에 기분 좋은 웃음을 흘렸다. 그리고 리안은 변함없는 시스의 태도에 크게 안도를 느꼈다. 누이는 여전이 자신을 아끼고 있었다. 지금은 그것으로 충분했다.

몇 달 후 시스에가 아이를 낳았다. 귀여운 여자아이였다. 리안은 쭈글쭈글한 아가의 얼굴에 크게 실망하다가도 이내 턱을 추어올리며 오만한 웃음을 지었다. 저렇게 못생긴 아이를 보니 안심이 되었던 것이다.

그러나 그것도 잠시 아이는 곧 미카엘과 시스에를 꼭 빼닮은 조카의 얼굴에 넋이 나가 하루 종일 아기를 보겠다고 떼를 쓰게 되었다. 사랑스러운 얼굴에 질투고 뭐고 부정적인 감정조차 생겨나지 않아서였다.

아이의 이름은 유레이니아, 유레이니아 드 비슈발츠로 정해졌다. 시스에와 미카엘의 첫 아이였다.

〈외전 완결〉

작가 후기

어느 날 문득 이런 생각을 했습니다.

'악녀가 개과천선하지 않으면 어떻게 될까?'

그리고 이게 '깨진 유리 구두의 조각'의 시초가 되었네요.

처음 한글 창을 켜 첫 문장을 시작하던 때가 아직도 생생합니다.

–바람이 불었다.

어쩌면 이때 제게 시스에라는 바람이 불었는지도 모릅니다. 그래서 놓지 못하고 끝까지 달렸던 것 같아요.

그녀의 이야기를 쓰면서 적당히 행복했고, 적당히 답답했으며, 적당히 즐거웠어요. 사교계와 귀족들의 세계를 그리느라 머리가 아픈 적이 많았지만, 그만큼 상상할 여지가 많아 재미있었구요. 독자님은 어떻게 느끼셨는지 모르겠네요.

부족한 글에 함께해 주셔서 감사합니다.

독자님들이 있어서 첫 장편 소설을 무사히 완결 지을 수 있었어요.
저는 정말 행운아입니다.

2월의 첫 자락에서, 열매 드림.